HEYNE <

Das Buch

Seit sie auf dem Raumschiff von Captain Caldswell angeheuert hat, gleicht das Leben von Devi Morris einem Desaster: Intrigen, feindliche Aliens und ein tödlicher Virus, der sie befallen hat. Doch als nach dem Verschwinden des Captains selbst die eigene Regierung Jagd auf sie macht, trifft Devi eine Entscheidung: Sie wird sich nicht länger verstecken – sondern den Kampf aufnehmen. Jetzt übernimmt sie das Kommando …

Rachel Bachs PARADOX-Saga:
Erster Roman: *Sternenschiff*
Zweiter Roman: *Söldnerehre*
Dritter Roman: *Kommando*

Die Autorin

Rachel Bach wuchs in Atlanta auf und wollte schon früh Schriftstellerin werden. Sie entschied sich für das Schreiben und lebt mit ihrem Sohn, ihrem Mann, ihrem Hund und einer vor Büchern berstenden Bibliothek zurzeit in Athen.

Rachel Bach

DIE PARADOX-SAGA
Kommando

Roman

Deutsche Erstausgabe

WILHELM HEYNE VERLAG
MÜNCHEN

Titel der amerikanischen Originalausgabe
HEAVEN'S QUEEN
Deutsche Übersetzung von Michael Pfingstl

Der Verlag weist ausdrücklich darauf hin, dass im Text enthaltene externe Links vom Verlag nur bis zum Zeitpunkt der Buchveröffentlichung eingesehen werden konnten. Auf spätere Veränderungen hat der Verlag keinerlei Einfluss. Eine Haftung des Verlags ist daher ausgeschlossen.

Dieses Buch ist auch als E-Book erhältlich.

MIX
Papier aus verantwortungsvollen Quellen
FSC® C014496
FSC www.fsc.org

Verlagsgruppe Random House FSC®N001967

Deutsche Erstausgabe 12/2017
Redaktion: Ralf Dürr

in der Verlagsgruppe Random House GmbH,
Neumarkter Straße 28, 81673 München
Printed in Germany
Umschlaggestaltung: Nele Schütz Design, München,
Satz: KompetenzCenter, Mönchengladbach
Druck und Bindung: GGP Media GmbH, Pößneck

ISBN 978-3-453-31891-5

www.diezukunft.de

Für meine Leser, die wunderbaren Menschen,
deren Unterstützung es mir ermöglicht,
den besten Beruf der Welt auszuüben.
Alle meine Bücher sind für Euch,
aber dieses hier ganz besonders.
Danke.

Prolog

Kommandant Brian Caldswell, Leiter einer wenig bekannten Organisation mit dem unglücklichen Namen »Vereinte Einsatzgruppe zur Untersuchung von Raumanomalien«, stand auf der Brücke des republikanischen Schlachtkreuzers, den er vor einer Stunde vom Flottenkommando angefordert hatte. Durch das Beobachtungsfenster starrte er hinaus in die schwarze Leere, wo sich eigentlich ein blühender Planet mit dreizehn Milliarden Einwohnern befinden sollte, und fragte sich, wie die Dinge in so kurzer Zeit derart aus dem Ruder hatten laufen können.

Sieben Jahre bekämpften sie die Phantome nun schon. Sieben Jahre ständiger Arbeit, während derer er seine Frau und die gemeinsame Tochter kein einziges Mal gesehen hatte. Aber in all den sieben Jahren hatte er kein einziges Mal versagt. Sie waren immer rechtzeitig da gewesen und hatten die Phantome von den Kolonieplaneten vertrieben. Selbst während der letzten achtzehn Monate, als die Angriffe so häufig wurden, dass es unmöglich schien, sie alle aufzuhalten, hatte Caldswells Team es jedes Mal geschafft. Immer. Bis gestern.

»Schuldgefühle bringen niemanden weiter.«

Um ein Haar hätte Caldswell einen Satz in die Luft gemacht. John Brenton stand plötzlich neben ihm, so nahe, dass er fast seinen Arm berührte, trotzdem hatte Caldswell ihn nicht kommen hören. *Verfluchte Symbionten*, dachte er wütend. Dr. Strauss wollte ihm ebenfalls einen einsetzen, aber das kam nicht infrage. Die ersten fünfzehn Jahre seiner Laufbahn hatte Caldswell damit verbracht, Sklaven aus den Fängen der Echsen zu befreien. Niemals würde er sich jetzt von einem Arzt ihr Erbgut ins Gehirn pflanzen lassen.

Brenton sprach unterdessen weiter. »Selbst wenn wir sofort gestartet wären, als der Gravitationsalarm losging, wäre der Planet bei unserem Austritt aus dem Hyperraum bereits zu instabil gewesen«, sagte er und starrte hinunter auf die wenigen Flüchtlingsschiffe, die sich im Schatten des Schlachtkreuzers zusammendrängten. Zehntausend Überlebende, mehr war von der republikanischen Kernwelt Svenya nicht mehr übrig. »Das Einzige, was wir tun können, ist, dafür zu sorgen, dass es nie wieder passiert.«

Caldswell blickte über die Schulter. »Und wie sollen wir das deiner Meinung nach anstellen?«

Maat lag hinter ihm, unter Brentons Jacke zu einer Kugel zusammengerollt, auf dem Boden. Dr. Strauss, allgemein anerkannter Plasmex-Experte und Maats Betreuer, kniete neben ihr und versuchte sanft, sie zum Aufstehen zu bewegen. Maat schien ihn nicht einmal zu hören. Sie lag einfach nur da, die dunklen Augen glasig und leer, und dennoch voller Angst. Der Anblick jagte Caldswell einen eiskalten Schauer über den Rücken, denn er bedeutete, dass sie Maat wahrscheinlich wieder betäuben mussten.

Maat war eine mächtige Plasmex-Manipulatorin, die sie aus einem Labor der Xith'cal befreit hatten. Labil war sie schon immer gewesen, aber die Medikamente waren erst letztes Jahr notwendig geworden. Die zunehmende Zahl der Phantom-Angriffe hatte ihre Anfälle immer schlimmer werden lassen, erst vor zwei Tagen hatten sie Maat regelrecht ins Koma versetzen müssen. Caldswell hätte die nächste Dosis niemals nach so kurzer Zeit angeordnet, aber als sie Svenya erreichten, war Maat hysterisch geworden. Als Brenton sie endlich mit der Spritze erwischte, hatte sie bereits über die Hälfte der Besatzung umgebracht. Sie hatte irgendetwas von einem Gott geschrien, einem Ungeheuer, das so groß war wie der Himmel selbst, und dann das Bewusstsein verloren. Zuerst hatte Caldswell noch geglaubt, sie fantasiere, aber da hatte er noch nicht gewusst, dass das Phantom, das sie hier jagen sollten, in weniger als einem galaktischen Standardtag einen Erdklasseplaneten vernichtet hatte. Jetzt war er sich nicht mehr so sicher, ob Maat wirklich übertrieben hatte.

»Sie ist stark«, sagte Brenton ernst. »Sie weiß sich zu helfen.«

»Und was, wenn nicht?«, fragte Caldswell. »Was, wenn dieses Ding wirklich so groß ist, wie sie behauptet? Das größte bisher maß, wie viel, fünfzehn Meter?«

»Dreizehn. Und sie ist damit zurechtgekommen.«

»Und trotzdem ist sie zusammengebrochen, als sie dieses hier sah«, entgegnete Caldswell nickend, als hätte Brenton seine Befürchtung soeben bestätigt. »Hast du die Schiffe gesehen, die es zerstört hat? Riesige Frachter, einfach zerquetscht wie Blechbüchsen. Das Vieh muss mehrere Kilometer lang sein, und es ist immer noch da draußen.«

Da Maat außer Gefecht war, hatte Caldswell Aufklärungsdrohnen losgeschickt. Jetzt wartete er darauf, dass die Verbindung zu ihnen abriss, sobald sie die Aura des

Phantoms erreichten. Diese Methode war zuverlässiger, als aufs Geratewohl das Feuer zu eröffnen, bis eine der Granaten zufällig ins Ziel traf. Caldswell musste unbedingt wissen, ob das Ding sich bewegte. Svenya war bei Weitem die größte Kolonie in diesem System gewesen, aber auch die anderen Planeten hatten mehrere Millionen Einwohner. Wenn das Ungeheuer sich auf einen davon stürzte, musste er etwas unternehmen. Was, wusste er selbst nicht. »Vielleicht sollten wir es noch einmal mit Nuklearsprengköpfen versuchen.«

Brenton schnaubte. »Die haben schon bei den Kleinen nicht funktioniert. Ein Phantom von dieser Größe würde nicht mal etwas merken.« Er schüttelte den Kopf. »Maats Kräfte sind das Einzige, das ihnen etwas anhaben kann.«

»Dann mal her mit deinen Vorschlägen«, fauchte Caldswell. »Wir haben es mit einem Monster zu tun, das innerhalb eines einzigen Tages einen ganzen Planeten zerstört hat und das wir weder sehen noch verfolgen, geschweige denn bekämpfen können. Seine bloße Gegenwart hat genügt, um unsere einzige brauchbare Waffe in ein Angstkoma fallen zu lassen, und das Oberkommando erwartet, innerhalb der nächsten Stunde von mir zu hören, wir hätten alles unter Kontrolle. Und jetzt, John, sag mir, was wir tun sollen!«

»Die Wahrheit sagen«, erwiderte Brenton. »Sag ihnen, wir haben die Situation *nicht* unter Kontrolle, weil etwas von dieser Größenordnung nicht kontrollierbar *ist*. Am besten evakuieren wir die restlichen Kolonien und riegeln den gesamten Sektor ab. Dass Phantome sich mit Überlichtgeschwindigkeit fortbewegen, ist nicht bewiesen. Wenn wir ihm genug Platz lassen, sehen wir es vielleicht nie wieder.«

»Dass sie es *nicht* tun, ist ebenso wenig bewiesen«, gab Caldswell zurück. »Seit sieben Jahren wissen wir nicht das Geringste über sie. Wir wissen nicht einmal, ob das Ungeheuer da draußen das einzige ist. Die Phantom-Population ist während der letzten zwölf Monate exponentiell angestiegen, und wir wissen weder warum noch woher sie kommen. Sicher scheint nur, dass es wohl so weitergehen wird.«

Was unser aller Ende wäre, dachte er schaudernd. Caldswell hatte die Xith'cal immer für die größte Bedrohung der Menschheit gehalten, aber die Echsen waren nichts im Vergleich zu diesem unsichtbaren Feind. Schließlich wandte er sich wieder dem Sichtfenster zu. »Wir müssen etwas unternehmen. Einen Weg finden, es irgendwie einzusperren oder …«

Ein tiefes Stöhnen ging durch das Schiff, und Caldswell verstummte. Es war mehr ein Gefühl als ein Geräusch, ein Druck in seinem Schädel, den er mittlerweile nur zu gut kannte: Es war der Schrei des Phantoms, aber einen so tiefen und durchdringenden hatte er noch nie gehört. Die Schiffsbeleuchtung begann zu flackern, dann neutralisierten Maats Kräfte die Aura des Phantoms, und Caldswell atmete auf.

»Es kommt näher«, sagte er, nachdem der Schrei verhallt war, den Blick auf Dr. Strauss gerichtet. »Ben! Wie schnell können Sie Maat wieder aufwecken?«

Dr. Strauss schüttelte so heftig den Kopf, dass ihm die dünnen, weißblonden Haarsträhnen ins kalkweiße Gesicht schlugen. »Es wäre äußerst unklug, ihre Harmonie jetzt zu stören. Sie steht immer noch unter der Einwirkung des Traumas, das der Anblick des Ungeheuers verursacht hat. Wenn wir sie jetzt aufwecken, steigt das Risiko eines vollständigen psychotischen Zusammenbruchs überproportional an.«

Noch während er sprach, flackerte die Beleuchtung erneut. Diesmal gingen nur die Notfalllichter an.

Caldswell fluchte. »Tun Sie's«, befahl er knapp. »Um die Konsequenzen kümmern wir uns später.«

Brenton packte Caldswell am Arm. »Wir wissen nicht einmal, ob sie überhaupt etwas ausrichten kann. Willst du wirklich riskieren, dass ihr etwas zustößt? Unserer einzigen Waffe?«

»Wenn dieses Ding uns erwischt, solange sie noch schläft, sind wir alle tot«, erwiderte Caldswell und sprang in den Geschützstand. Phantome ließen sich weder mit Sprengköpfen noch mit Energiewaffen töten, aber sie spürten den Schmerz. Falls ihm ein Treffer gelang, konnte er vielleicht …

Der Kreuzer erzitterte, als etwas gegen die Backbordseite schlug. Etwas Großes. Selbst auf Notenergie richteten die Steuerdüsen das Schiff sofort wieder aus, doch Caldswell hatte endgültig genug.

»Wecken Sie sie!«, schrie er und entsicherte mit einem Knopfdruck die Geschützbatterien, aber noch bevor er das Feuer eröffnen konnte, hallte schon der nächste Schrei durch die Brücke. Wie ein Meißel bohrte er sich in seinen Schädel. Im ersten Moment glaubte Caldswell, sie würden von einem weiteren, kleineren Phantom angegriffen, dann sah er Maat mit weit aufgerissenem Mund aufspringen.

»Sie kommen!«

Wie immer war Brenton als Erster bei ihr. »Ganz ruhig«, flüsterte er und schloss sie in die Arme. »Wer kommt?«

Maat vergrub das Gesicht an Brentons Brust, und Caldswell spürte einen Stich im Herzen. Maat war jetzt fast zwanzig, aber in diesem Zustand sah sie wieder genauso aus wie das kleine Mädchen, das sie vor so langer Zeit aus dem Xith'cal-Labor befreit hatten. Das kleine Mädchen, das sie beschützen sollten, statt es zu benutzen.

»Wer?«, fragte Brenton noch einmal.

Maat bebte am ganzen Körper. »Die, die in der Dunkelheit sprechen.«

Brenton warf Caldswell einen fragenden Blick zu, doch der zuckte nur die Achseln. Maat redete ständig wirres Zeug. Er überlegte gerade, was sie diesmal gemeint haben könnte, da nahm ein Blitz jenseits des Beobachtungsfensters seine gesamte Aufmerksamkeit in Anspruch.

In der Leere, die einmal Svenya gewesen war, schälte sich ein Licht aus der Dunkelheit, als wäre die Realität nur ein dünner Ölfilm auf einem See. Eine derartige Erscheinung hatte Caldswell noch nie gesehen. Er war ziemlich sicher, dass es sich um einen Hyperraumaustritt handelte, dann ließen die Schiffe, die sich vor seinen Augen materialisierten, sein Herz einen Schlag lang aussetzen.

Sie sahen aus wie Tiefseefische, ihre abgeflachten Körper schimmerten in wunderschönen Blau-, Grün- und Violetttönen. Sein republikanischer Schlachtkreuzer war im Vergleich geradezu winzig, trotzdem bewegten sich die fremden Schiffe mit einer mühelosen, natürlichen Eleganz, die Caldswell noch nie zuvor an einer Maschine gesehen hatte. Wären nicht die Fenster an Bug und Rumpf gewesen, er hätte geschworen, dass die Dinger *lebten*. Was auch immer sie sein mochten, ihr Anblick war so atemberaubend, dass er sie bis in alle Ewigkeit hätte bewundern können, aber das ging nicht, denn das Gebilde, das sich als letztes materialisierte, fegte jeden anderen Gedanken beiseite.

Die unbekannten Schiffe waren riesig, doch das hier war ein Gigant, mindestens so groß wie ein Xith'cal-Stammesschiff, nur dass es – diesmal war er absolut sicher – kein Schiff war. Während der Rest der Alienflotte in allen Farben des Regenbogens schimmerte, war der Nachzügler genauso schwarz wie das All ringsum. Einen Moment lang spiegelte er sich im verblassenden Licht des Sprungblitzes auf den Rümpfen der anderen Schiffe. Caldswell sah einen riesigen, keilförmigen Kopf, aus dem Abermillionen Tentakel ragten, und eine glänzende, pechschwarze Haut, die von tiefen, hässlichen Gruben übersät war, bei denen es sich um Mäuler handeln mochte oder auch etwas, für das er nicht einmal einen Namen hatte. Er starrte das Ding immer noch an, da eröffneten die Schiffe das Feuer.

Instinktiv hielt sich Caldswell an der Konsole fest, denn von seinem Sessel sah es so aus, als zielten die Alienschiffe genau auf *ihn*. Stattdessen ergoss sich das bläulich-weiß gleißende Feuer über das unsichtbare Phantom zwischen der Flotte und seinem Schlachtkreuzer. Einen entsetzlichen Moment lang stand das All ringsum in Flammen. Als der Körper des Phantoms unter dem Angriff von innen heraus zu leuchten begann, sah Caldswell zum ersten Mal, wie riesig es tatsächlich war – noch viel größer, als er befürchtet hatte. Kilometer, hatte er gedacht, vielleicht sogar mehrere Hundert, aber jetzt, da sich die Wahrheit leuchtend hell in sein Bewusstsein brannte, wusste er, was für ein Narr er gewesen war: Der schlangenartige Körper des Phantoms erstreckte sich von einem Ende der Staubwolke, die einmal Svenya gewesen war, bis zum anderen. Er war so groß wie ein Planet, noch größer sogar als das gigantische schwarze Ungeheuer, das den Angriff anführte. Und es starb alles andere als schnell.

Das Geschöpf brannte fast eine halbe Stunde lang, schlug in wildem Kampf um sich und zerstörte dabei mehrere der fischähnlichen Schiffe. Dass Caldwells Kreuzer nicht noch einmal getroffen wurde, war reines Glück. Die Aliens hielten das Feuer während der gesamten Zeit unvermindert aufrecht, schließlich erzitterte der Körper des Phantoms ein letztes Mal, dann begann es sich aufzulösen. Das war das Letzte, was Caldswell sah, bevor die Flammen verloschen und das Phantom wieder in der Unsichtbarkeit verschwand, dennoch war er sicher, wenn er durch das Glas greifen könnte, würde er den zerfallenden Kadaver unter seinen Händen spüren.

Maat hatte sich während des gesamten Kampfes nicht bewegt. An Brenton geklammert, war sie stumm dagestanden, die Augen wie gebannt auf das Lichterschauspiel gerichtet. Als es vorbei war, brach sie schluchzend zusammen.

Dr. Strauss eilte zu ihr und half Brenton, sie in den Kommandantenstuhl zu setzen. Caldswell wollte gerade zu ihnen gehen, da hörte er die Stimme in seinem Kopf.

Feind unseres Feindes.

Es waren keine Worte im eigentlichen Sinn, keine Sprache, die er kannte, eher Eindrücke und Bilder, die sich zu einer Bedeutung verdichteten, die weit tiefer ging als bloße Worte. Einen Moment lang glaubte Caldswell, er hätte es sich nur eingebildet, doch Dr. Strauss und Brenton rissen die Köpfe hoch, als hätten sie es ebenfalls gehört. Maats Schluchzen wurde unterdessen lauter.

Die wunderschönen Alienschiffe kamen näher, und das so schnell, dass keinerlei Hoffnung auf Flucht bestand, selbst wenn Caldswell es versuchte. Doch er wollte gar nicht fliehen. Er befahl dem Steuermann, auf Kurs zu bleiben, und trat an die Vorderseite der Brücke, gerade als die Alienflotte abrupt haltmachte. Wie eine Walherde schwebte sie vor seinem zwergenhaften Schlachtkreuzer.

Wer spricht für alle?

Die Worte fühlten sich an wie Finger, die in Caldswells Geist ungeduldig nach etwas suchten. Sie wollten wissen, wer hier das Sagen hatte. Er sah an Brentons Gesicht, dass er es ebenfalls spürte, aber Caldswell hatte das Kommando, also antwortete er: »Ich.«

Alle Bedenken, die Aliens könnten ihn vielleicht nicht hören, wurden sofort hinweggefegt. Caldswell spürte, wie die Präsenz in seinem Geist sich verdichtete, die Eindrücke wurden schärfer und lauter, als wendete der Sprecher sich nun direkt an ihn.

Feind unseres Feindes, wiederholte er, aber diesmal wurden die Worte von einem Gefühl der Verbundenheit und Zusammenarbeit begleitet. *Wir bieten dir Hilfe an.*

»Danke, wir wissen es zu schätzen«, erwiderte Caldswell. »Wir hätten dieses Ungeheuer niemals allein töten können.«

Das wissen wir, sagte das Alien herablassend. *Und jetzt wisst ihr es auch. Ohne uns seid ihr tot.*

Caldswell zog eine Augenbraue nach oben. »Welche Art von Hilfe bietet ihr uns an?«

Schutz. Das Wort fühlte sich an wie eine Mauer. *Das Universum wurde aufgerissen, Verderben breitet sich aus. Dies hier war erst der Anfang. Es werden noch mehr kommen.*

»Noch mehr« war Caldswells Interpretation. Der Eindruck, den das Alien ihm vermittelt hatte, war weitaus größer – wie eine endlose Flut. »Wie viele?«, fragte er.

Unzählige, antwortete die Stimme. *Mehr, als ihr oder wir zurückschlagen könnten.*

Caldswell nickte. »Ihr wollt also eine Zusammenarbeit.«

Ein Lachen tanzte durch seinen Geist, leicht wie eine Feder. *Wir kämpfen nur, wenn wir dazu gezwungen sind*, kam die Antwort. *Dieses Risiko können wir nicht eingehen. Wir sind unverzichtbar, wir dürfen nicht enden.*

Caldswell verschränkte die Arme vor der Brust. »Ist das so? Was springt dann für uns dabei heraus, wenn ihr nicht kämpfen wollt?«

Euer Überleben, antwortete das Alien, begleitet von dem Gefühl einer ausgestreckten Hand. *Wir sind Lelgis, die Unendlichen. Wir bieten euch unser Wissen an und die Chance, eure Spezies zu retten. Wir geben euch eine Waffe, mit der ihr die, die ihr Phantome nennt, töten könnt. Als Gegenleistung werdet ihr sie jagen, bis niemandem mehr Gefahr droht.* Die Gedankenstimme verstummte, bis Caldswell das Gesagte verdaut hatte, dann fügte sie hinzu: *Wir verlangen außerdem ein Opfer.*

»Ein Opfer?«, rief Brenton.

Caldswell zuckte zusammen. Er hatte ganz vergessen, dass die anderen die Stimme ebenfalls hören konnten.

Brenton funkelte das schwarze Alien vor dem Sichtschirm an, als könnte er es mit seinen Blicken erdolchen. »Klingt, als sollten wir die Arbeit machen, während ihr die Früchte erntet.«

Ohne uns werdet ihr sterben, erwiderte das Alien unbekümmert. *Ihr braucht uns, und damit wir euch helfen können, brauchen wir Maat.*

»Was?!«, bellte Brenton, doch Caldswell hob die Hand. »Erklär das genauer«, sagte er.

Sie hat das Potenzial, zu sein wie wir, antwortete der

Lelgis, begleitet von einem Gefühl unglaublicher Macht. *Gebt sie uns, dann machen wir sie zu dem Werkzeug, das uns alle retten wird.*

Caldswell spürte, wie Brenton immer wütender wurde, also beeilte er sich zu antworten, bevor Brenton es tat. »Wie würde das genau aussehen?«

Das riesige schwarze Alien kam ein Stückchen näher. *Sie wird an unserer statt die Flut aufhalten*, erklärte es, begleitet von dem Bild einer sich schließenden Tür. *Ohne diese Mauer wird das Verderben uns alle verschlingen. Der Untergang dieses Planeten war nur der Anfang, aber mit ihr können wir es aufhalten. Eine Einzelne wird geopfert, damit alle anderen leben.*

Caldswell biss sich auf die Unterlippe und überlegte, was das bedeuten mochte, da sprach das Alien schon weiter.

Wir machen dieses Angebot nur einmal, Feind unseres Feindes. Akzeptiere und rette deine Spezies, oder lehne ab und stirb.

»Tu das nicht, Brian«, sagte Brenton, der plötzlich direkt neben ihm stand. »Denk nicht mal dran. Wir können ihnen nicht vertrauen. Wir wissen nicht einmal, wer oder was sie sind.«

»Du hast selbst gesehen, wie sie das Monster getötet haben«, entgegnete Caldswell. »Ohne sie wären wir jetzt tot.«

»Maat ist unsere einzige Waffe gegen die Phantome«, gab Brenton hitzig zurück. »Du kannst sie nicht einfach …«

»Maat ist am Ende, und das weißt du verdammt gut!«, blaffte Caldswell. »Selbst wenn nicht, glaubst du, wir können ewig so weitermachen wie während der letzten Monate? Manche von uns müssen irgendwann auch einmal schlafen, John. Wir können mit einem einzigen Mädchen als Waffe nicht das ganze Universum beschützen. Nicht bei der Geschwindigkeit, mit der sich die Phantome ausbreiten. Wir brauchen eine andere Lösung, und wenn diese Lelgis uns eine anbieten, wäre es Selbstmord, sie nicht wenigstens anzuhören.«

»Du willst ihnen Maat einfach ausliefern?«, schrie Brenton. »Sie irgendwelchen Aliens auf dem Opferaltar ...«

»Genau das.« Caldswell deutete auf die Gesteinstrümmer draußen im All, die einmal ein Planet gewesen waren. »Wenn wir dadurch verhindern können, dass so etwas je wieder passiert, würde ich ihnen sogar meine eigene Tochter geben!«

Caldswell bereute seine Worte sofort, aber es war zu spät. Er hörte das Alien bereits wieder in seinem Kopf.

Gut, flüsterte es zufrieden. Caldswell spürte ein Tätscheln in seinem Geist, dann wendete die Alienflotte. *Folge uns.*

»Tun Sie's«, befahl er dem Steuermann und ignorierte Brentons entsetzten Blick.

Wenige Momente später, während der Kreuzer den Lelgis in die Dunkelheit folgte, versuchte Caldswell, Maat aus Brentons Armen zu lösen, doch Brenton ließ ihn nicht. Maat zitterte am ganzen Körper und starrte Caldswell mit angsterfüllten Augen an.

»Ich weiß, was sie vorhaben«, flüsterte sie, ihre Stimme brüchig wie Glas. »Sie dürfen mich nicht bekommen.« Tränen liefen ihr über die Wangen. »*Bitte*, Brian, tun Sie das nicht.«

Als er nicht antwortete, wurde Maat hysterisch. Brenton und Dr. Strauss mussten sie mit aller Gewalt festhalten und erneut sedieren, während Caldswell sich in seinen Kommandostuhl sinken ließ und der Lelgis-Flotte hinterherstarrte. Er wusste, Brenton würde ihm keine Ruhe lassen, denn er ergriff immer für Maat Partei, aber das spielte keine Rolle. Caldswell hatte seine Entscheidung getroffen: Wenn die Lelgis ihm die Waffe geben konnten, mit der sie das Monster da draußen vernichtet hatten, oder irgendeine andere, die den Phantomen in den Zahlen, in denen sie in letzter Zeit auftauchten, zuverlässig den Garaus machte, würde er jeden Preis bezahlen. Wenn die Lelgis es wünschten, würde er sich sogar mit auf den Opferaltar legen, solange sie ihm nur die Macht gaben, solche Tragödien zu verhindern.

Was waren schon zwei Tote im Vergleich zu den Milliarden bereits ausgelöschter Leben? Welches Opfer wäre nicht gerechtfertigt, wenn damit die anderen Welten gerettet werden konnten? Keines, sagte er sich. *Alles* war gerechtfertigt.

Fünf Tage später wurde Maat wie vereinbart an die Lelgis übergeben, und in einem entlegenen Winkel des nun gesperrten Svenya-Systems begannen die Arbeiten an einer Gefängnisstation, die später den Namen *Dunkelstern* erhalten sollte.

1

Ich bin schon oft an seltsamen Orten aufgewacht, aber eine Xith'cal-Rettungskapsel war sogar für mich neu.

Ruckartig fuhr ich hoch und erschrak derart, dass ich sofort etwas mit der Faust zertrümmert hätte, hätte ich nicht in weiser Voraussicht meine Rüstung verriegelt gehabt. So schlug ich mir lediglich leicht den Kopf an.

»Willkommen zurück.«

Ein Blick auf meine Kameras zeigte, wie Rupert Charkow mich über die Schulter anlächelte. Normalerweise hätte das Lächeln eines attraktiven Mannes meine Laune sofort gehoben, aber mein Verhältnis zu Rupert Charkow war in letzter Zeit etwas kompliziert. Also erwiderte ich nur ein gemurmeltes Hallo und schaute weg, allerdings erst nachdem mir aufgefallen war, dass Rupert seine Symbiontenschuppen wieder abgelegt und sich normale Kleidung angezogen hatte, während ich schlief.

Ich gebe gerne zu, dass ich ein wenig enttäuscht war, das Umziehen verpasst zu haben. Ich mochte mit einem beängstigenden Plasmex-Virus infiziert und generell verunsichert sein, was meine Situation betraf, aber ich war nicht *tot*. Wenigstens noch nicht, was nach den Ereignissen auf dem Stammesschiff des Sensenmanns und unserer verrückten Flucht vor den Lelgis an ein Wunder grenzte. Auf Caldswells Schiff hatte ich die Tatsache, noch am

Leben zu sein, zwar ausgiebig mit Rupert gefeiert, trotzdem hatte sich einiges zwischen uns verändert, also riss ich den Blick von seinem zweifellos wunderschönen Rücken los und konzentrierte mich auf meine Umgebung.

Überraschenderweise lohnte es sich.

»Wow«, keuchte ich und reckte den Hals. Das All jenseits der Cockpitverglasung war randvoll mit Sternen, hinter ihnen schimmerte ein Regenbogen aus Farben, die von einem tiefen Ultramarin bis zu leuchtendem Pink reichten. Das Farbspiel war so intensiv, dass mein Visier sich sofort verdunkelte, aber nicht einmal das genügte, um das kupferfarbene Strahlen des gigantischen Gasplaneten zu überdecken, den wir gerade umkreisten. Wie eine dritte Sonne erstrahlte er im reflektierten Licht des Doppelsterns hinter uns.

»Wo sind wir?«, fragte ich und hob die Hand vor mein Visier.

»Im Atlas-Emissionsnebel«, antwortete Ruppert. »Die Wiege vieler Sterne, wie du aufgrund des Namens vielleicht erraten hast, und Lizenzgebiet von Atlas Industries.«

Ich stieß einen leisen Pfiff aus. »Dass ihr Terraner euren Konzernen viele Freiheiten lasst, wusste ich ja, aber das ist echt übertrieben.« Warum sollte man einen so wunderschönen Ort den Heuschrecken zum Fraß vorwerfen?

Rupert zuckte die Achseln. »Mit dieser Meinung bist du nicht allein, doch im Moment ist es nur zu unserem Vorteil, dass die Republik so freigiebig Lizenzen für ihren ungenutzten Raum verteilt. Jeder terraformbare Satellit in diesem Sektor wird von Atlas ausgebeutet, und das bedeutet, dass wir reichlich Möglichkeiten zum Landen haben, solange wir es nur innerhalb der nächsten dreißig Minuten tun.«

»Was passiert in den nächsten dreißig Minuten?«

Rupert warf einen Blick auf die Instrumente. »Wenn ich die Anzeigen richtig interpretiere, geht uns dann der Treibstoff aus.«

Er sagte das so unbekümmert, dass mir die volle Tragweite beinahe entgangen wäre. »Moment. Du meinst, wir haben noch eine halbe Stunde, um mit einer Xith'cal-Kapsel auf einer terranischen Kolonie zu landen?«

Rupert nickte, und ich warf die Hände in die Luft. »Warum schießen wir uns dann nicht gleich selber ab und sparen uns den ganzen Ärger?«

Rupert schien schon etwas zu viel von der giftigen Xith'cal-Atmosphäre in der Rettungskapsel abbekommen zu haben, denn er lachte nur. »Alles wird gut«, versicherte er mir und deutete auf den Gasgiganten vor uns. »Das hier ist Atlas 35, er liegt auf einer regulären Handelsroute und hat zehn Monde. Wir brauchen uns nur einen auszusuchen, der Kommunikationseinrichtungen und ein hyperraumfähiges Schiff für uns hat. Bevor du es überhaupt mitbekommst, sind wir auch schon wieder weg.«

Ich wollte ihn gerade fragen, wo zum Teufel wir hinsollten, verkniff es mir aber. Caldswell – meine einzige Garantie, nicht sofort in ein Labor gesteckt und von Wissenschaftlern in sämtliche Moleküle zerlegt zu werden, damit sie an mein Plasmex-Virus herankamen – war im Hyperraum verschwunden, und das womöglich für immer. Doch mit diesem Problem wollte ich mich noch nicht beschäftigen, also konzentrierte ich mich lieber auf die unmittelbar anstehenden Dinge.

»Warst du schon mal hier?«, erkundigte ich mich. »Ich meine, kennst du jemanden, den du anfunken kannst, damit sie uns nicht sofort abknallen?«

»Ich bin auch zum ersten Mal hier«, antwortete Rupert und deutete auf die Bedienkonsole. »Aber wir haben einen Identifizierungscode vom terranischen Militär, mit dem wir alles regeln können. Ich muss ihn nur von deiner Rüstung aus übermitteln, denn ich habe keine Ahnung, wie man diesen Sender hier bedient.«

Ich konnte mir ein Grinsen nicht verkneifen. »Und wieder rettet meine Powerrüstung uns den Hals. Aber warum hast du mich nicht geweckt, bevor wir in den Orbit eingetreten sind? Sie hätten uns längst abschießen können.«

Rupert lächelte milde. »Du hast ausgesehen, als könntest du den Schlaf gut gebrauchen. Außerdem kommt niemand auf die Idee, auf einer Wirtschaftskolonie Langstreckenraketen zu stationieren.«

Da hatte er nicht unrecht. Mit einem Gedankenbefehl fuhr ich mein Com hoch und schaltete auf einen offenen Kanal. Da es nicht zu meinen Hobbys gehört, mich in Alienraumkapseln mitten im Nirgendwo zu verirren, kenne ich mich nicht allzu gut mit Funkverkehr im freien All aus, deshalb dauerte es eine Weile, bis alles bereit war. Meine Lady mochte viele Stärken haben, aber sie war keine Sendeanstalt, und selbst als ich alle Energie in die Antenne umleitete, war das Signal immer noch sehr schwach. Glücklicherweise wurden die Kanäle in diesem entlegenen Sektor kaum genutzt. Das Hintergrundgemurmel war entsprechend leise, sodass wir zumindest eine Chance hatten, gehört zu werden. Jetzt musste ich mir nur noch überlegen, an *wen* ich senden sollte.

»Die Auswahl ist erstaunlich groß«, sagte ich und musterte die Positionsmarker, die der Computer mir aufs Visier projizierte. »Ich habe alle Monde von Atlas 35 geortet. Irgendwelche Vorschläge?«

Rupert warf einen Blick auf die komplizierten Anzeigen der Xith'cal-Konsole. »Je näher, desto besser, glaube ich.«

Das klang nun überhaupt nicht mehr gut. Ich suchte mir also die nächstgelegene Empfangsstation aus und überlegte, wie ich den Notruf formulieren sollte, damit er nicht für eine List der Xith'cal gehalten wurde, da hielt ich plötzlich inne. Als ich die Kennungen sah, die mir das Com anzeigte, überkam mich ein unangenehmes Déjàvu, dabei hatte ich geglaubt, diesen Gedächtnislückenmist endlich hinter mir zu haben. Als ich dann meine gespeicherten Kontakte durchging, verflog mein Missmut aber gleich wieder: Die Kennung kam mir nur deshalb bekannt vor, weil sie es *war.* Mein verärgertes Stirnrunzeln verwandelte sich in ein breites Grinsen.

»Oh Mann«, sagte ich und wählte den Empfänger aus. »Du kannst von Glück reden, dass du mich hast.«

Eigentlich hatte ich erwartet, dass Rupert mich auslachen würde, aber er erwiderte nur: »Ich weiß.«

Seine spontane Reaktion brachte mich derart aus der Fassung, dass ich mich schnell wieder meinen Anzeigen widmete, bevor ich noch rot wurde. Ich schrieb die Nachricht, schickte sie ab und drückte die Daumen. Als mehrere Minuten lang keine Antwort kam, fing ich an, mir Sorgen zu machen, das Signal könnte selbst in dieser Stille hier draußen zu schwach sein, doch kurz bevor ich in Panik ausbrach, erklang eine ruppige männliche Stimme aus meinen Helmlautsprechern.

»Unidentifiziertes Xith'cal-Schiff«, sagte sie auf Universal mit starkem Akzent. »Normalerweise versende ich keine Warnungen, aber da Sie entweder so freundlich oder so dumm waren, mich mit einer paradoxischen ID anzufunken, gebe ich Ihnen zehn Sekunden, mir zu erklären, warum ich Sie nicht einfach wegpusten soll.«

Als der Ruf kam, stellte ich die Außenlautsprecher an, damit Rupert mithören konnte. Sein Gesichtsausdruck war unbezahlbar, als ich, statt etwas zu antworten, nur einen durchdringenden Pfiff ausstieß, so laut, dass Rupert zusammenzuckte.

Der Kerl am anderen Ende änderte seinen Tonfall schlagartig. »Seid gegrüßt, Schwarzdrossel«, sagte er in der Königlichen Sprache. »Wie kann ich behilflich sein? Sind Sie ein Gefangener der Xith'cal?«

»Wohl kaum«, antwortete ich. »Schön, deine Stimme zu hören, Higgs.«

Es folgte eine kurze Pause, dann brach mein Gegenüber in schallendes Gelächter aus. »Deviana Morris, ich glaub's nicht. Was zum Teufel machst du auf einem Xith'cal-Schiff?«

»Versuchen, irgendwie davon wegzukommen«, antwortete ich grinsend. »Kannst du uns einen sicheren Landeplatz zuweisen? Wenn möglich einen ohne automatische Abwehrraketen.«

»Für dich immer, Baby«, gurrte Higgs. »Ich informiere den Tower. Gib mir fünf Minuten, dann bekommst du den Leitstrahl.«

»Verstanden. Danke, Higgs. Bis gleich.«

Die Verbindung brach mit einem Klicken ab, und Rupert warf mir einen funkelnden Blick zu.

»Baby?«, wiederholte er mit einer nach oben gezogenen Augenbraue.

Dieser Unterton in seiner Stimme, dass ich mich ihm gefälligst zu erklären habe, gefiel mir gar nicht, aber da *er* dieses Ding landen musste, tat ich es trotzdem.

»Higgs und ich kennen uns schon lange«, erwiderte ich. »Er war mein erster Truppführer bei den Schwarzdrosseln, dann hat er bei einem Konzern als Chef der Sicherheitsabteilung auf irgendeiner abgelegenen Kolonie angeheuert.« Damals hatte ich ihn für verrückt gehalten, aber Higgs war Geld schon immer wichtiger gewesen als Ruhm. »Hätte nie gedacht, dass ich ihn eines Tages dort besuchen würde.«

Ruperts Augenbraue blieb erhoben. »Und der Pfiff?«

»Na ja, wir waren mal Schwarzdrosseln.«

»Ein so furchtbares Geräusch habe ich noch nie von einem Vogel gehört.«

»Und den Schrei einer paradoxischen Schwarzdrossel wohl auch nicht«, ergänzte ich mit einem abschätzigen Blick. »Schwarze Federn, drei Meter Spannweite, Zähne wie Sägemesser, jagt in Schwärmen?«

Rupert schnitt eine Grimasse und wandte sich wieder der Konsole zu. »Nach dieser Beschreibung bin ich umso froher, nie einer begegnet zu sein.«

»Hast du etwa geglaubt, wir hätten uns nach den jämmerlichen terranischen Singvögeln benannt?«, schnaubte ich. »Ich bitte dich. Wegen der Schwarzdrosseln war Paradox oberhalb der Schneegrenze vollkommen unbesiedelt, bis der erste Geweihte König kam und uns die Technologie zurückgab. Ein Schwarm von den Biestern skelettiert einen erwachsenen Mann innerhalb von Sekunden, und erst ihr *Geschrei* …« Ich erschauerte. »Lässt einem das Blut in den Adern gefrieren. Mein Pfiff eben war noch gar nichts.«

»Die Vorzüge deines Heimatplaneten«, murmelte Rupert. »Trotzdem verstehe ich nicht, warum du ihn einweihen musstest. Für eine Landeerlaubnis hätte meine Universalkennung genügt.«

»Jetzt haben wir eben Kontakt zur einheimischen Bevölkerung«, entgegnete ich, aber das war nur ein Teil der Wahrheit. Viel wichtiger war, jemanden zu haben, den ich kannte. Higgs war charakterlos bis zum Gehtnichtmehr, aber er war immer noch eine ehemalige Schwarzdrossel und außerdem Paradoxier. Solchen Menschen vertraute ich weit mehr als Ruperts Kennungen, vor allem auf einem entlegenen konzerneigenen Mond, wo man leicht auf Nimmerwiedersehen verschwinden konnte. Ich schaltete mein Com gerade auf Higgs' Leitstrahl um, da fiel mir der Zeitstempel der Übertragung auf.

»Rupert ...?«, krächzte ich. »Beim Austritt aus dem Hyperraum sagtest du doch, wir hätten wahrscheinlich etwas Zeit verloren.«

Er nickte. »Wie viel denn?«

»Acht Monate, zwölf Tage und fünf Stunden«, las ich mit pochendem Herzen vom Display ab. Acht galaktische Standardmonate entsprachen auf Paradox fast einem ganzen Jahr. Ein Jahr, einfach weg, einfach so.

Rupert schien das weit weniger zu bekümmern als mich. »Gar nicht mal so schlimm«, sagte er nur. »Ich hatte mit mehr gerechnet, aber um Caldswell und die anderen mache ich mir Sorgen.«

Das riss mich aus meinem Selbstmitleid. »Warum?«

»Der Sprung vom Stammesschiff hierher hat keine fünf Minuten gedauert, außerdem hatten wir ein Tor«, antwortete er. »Der zweite Sprung, den Caldswell machen musste, um den Lelgis zu entkommen, war viel riskanter und viel, viel länger.«

Er schaute hinauf zum sternenübersäten Himmel. »Zum Dunkelstern braucht man neun Stunden, aber bei einem unkontrollierten Sprung ist die Zeitdilatation vollkommen unkalkulierbar. Sie könnten sich, schon wenige Sekunden nachdem sie eingetreten sind, wieder aus dem Hyperraum materialisieren …«

»Oder in tausend Jahren«, beendete ich den Satz. »Das würde zu Caldswells Pech passen.«

Rupert drehte mir das Gesicht zu. »Bei den Detektiven ist er eigentlich für sein *Glück* bekannt. Aber wie er selbst immer sagt: Nur ein Narr verlässt sich auf sein Glück.«

Ich kicherte. »Daher kommt wohl auch der Name seines Schiffs.«

Ruperts Stimme wurde todernst. »Soweit ich weiß, hat er die *Glorreicher Narr* nach sich selbst benannt. Vor langer Zeit sagte er einmal zu mir, nur Narren setzen etwas aufs Spiel, das sie nicht verlieren dürfen.«

»Und was hat das mit Caldswell zu tun? Der Spielertyp ist er ja nicht gerade.«

»Ich glaube, der Name soll ihn daran erinnern, auch keiner zu werden«, antwortete Rupert leise.

Nicht zum ersten Mal fragte ich mich, woran ein Mann wie Caldswell sich so schlimm die Finger verbrannt haben mochte, dass er seinem eigenen Schiff einen Namen gab, der ihn auf ewig daran erinnern würde. Ich überlegte immer noch, da meldete Higgs sich mit unserer Landeerlaubnis.

Nie zuvor war ich auf einer Wirtschaftskolonie gewesen. König Stephen hatte sie im gesamten paradoxischen Raum verboten, und die Terraner hielten nichts davon, so unwichtige Nebenprojekte von Elitesöldnern bewachen zu lassen. Nach allem, was ich gehört hatte, hatte ich sie mir immer als verwüstete Einöden vorgestellt, als ausgeweidete Felsklumpen, denen die Konzerne längst alle brauchbaren Erze und Mineralien herausgerissen hatten. Entsprechend überrascht war ich von dem Anblick, der sich mir nun bot.

Mond E war etwa halb so groß wie Paradox, strahlend blau und grün schimmerte er im Licht der zwei Sonnen, das zusätzlich von den kupferfarbenen Gaswolken in der Atmosphäre von Atlas 35 reflektiert wurde. Offensichtlich hatte man ihn terraformt, noch bevor er erkaltet war. Zumindest schien mir das die einzig mögliche Erklärung dafür, dass Mond E nur einen einzigen, perfekt symmetrischen Kontinent hatte. Wie ein Gürtel legte er sich um den Äquator, nördlich und südlich davon erstreckten sich zwei Ozeane bis zu den Polen, dazwischen lagen Tausende von Kilometern brettebenen, waldbewachsenen Bodens. Das Grün war so intensiv, dass es mich beinahe blendete.

Erst als wir in die Atmosphäre eintraten, fiel mir auf, dass es sich bei dem leuchtenden Grün gar nicht um Wälder handelte, zumindest nicht im klassischen Sinn, denn ich sah keine Bäume, sondern endlose Reihen Sojapflanzen. Jemand musste gewaltig an ihren Genen herummanipuliert haben, denn sie waren riesig, bestimmt zehnmal so groß wie die, die ich von zu Hause kannte. Selbst die kleinsten hatten Blätter von der Größe eines Lastwagens, die das aus allen Richtungen einfallende Licht einfingen. Die gelblichen Wolken in der Atmosphäre von Atlas 35 ließen den Planeten sogar noch heller am Himmel erstrahlen als die beiden Sonnen.

Selbst nachdem wir die stark reflektierende obere Atmosphäre hinter uns gelassen hatten, war die Helligkeit kaum zu ertragen. Ich hob den Kopf und blinzelte ungläubig die Sterne an, die immer noch zu sehen waren. Trotz des atmosphärischen Streulichts zeichnete sich der

Atlas-Nebel deutlich am mittäglich blauen Himmel ab – eigentlich ein atemberaubender Anblick, hätte mein Visier sich nicht mitternachtsschwarz verfärbt, um meine Augen zu schützen. Ich versuchte dennoch, die Aussicht ein wenig zu genießen, bis wir die Koordinaten erreichten, die Higgs uns übermittelt hatte.

Vom All hatte es ausgesehen, als bestünde Mond E nur aus Pflanzen und Wasser, doch Higgs' Leitstrahl lotste uns direkt auf eine kleine Stadt zu. Im Näherkommen merkte ich allerdings, dass »Stadt« kaum das passende Wort war: Es gab zwar jede Menge Gebäude, aber keinen Hinweis auf menschliches Leben darin. Keine Häuser, Geschäfte oder Zivilschiffe auf den Landeplätzen, nur Ladezonen, Schienenzubringer und gigantische Verlademaschinen, die im grellen Licht glänzten. Niemand kam ins Freie gelaufen, als Rupert die Landefläche neben einem der turmhohen Stapel von Sojacontainern ansteuerte, und das war eigenartig. Immerhin landete gerade ein Xith'cal-Schiff mitten in einer terranischen Kolonie.

Die kleine Kapsel setzte mit einem Krachen auf, von dem sie sich wahrscheinlich nie wieder erholen würde, aber beeindruckt war ich trotzdem. Für eine Rettungskapsel hatte uns das Gefährt hervorragende Dienste geleistet. Ich hasste die Echsen wie die Pest, aber von Raumschiffen verstanden sie etwas, das musste man ihnen lassen.

Rupert öffnete gerade die Cockpithaube, da sah ich Higgs über den weißen Beton in unsere Richtung laufen. Zumindest vermutete ich, dass es Higgs war, denn sein Visier war genauso schwarz wie meines, weshalb ich sein Gesicht nicht erkennen konnte. Auf einer verlassenen Kugel irgendwo im All eine paradoxische Rüstung der Grafklasse zu sehen war trotzdem eine äußerst willkommene Überraschung. Ich winkte Higgs zu, dann sprang ich aus der Kapsel und ließ mich von ihm in eine knochenzermalmende Umarmung schließen.

»Devi!«, rief er, hob mich mitsamt der Lady hoch und drehte sich mit mir im Kreis, ohne dabei auch nur ins Wanken zu geraten. Nun ja, seine Rüstung konnte auch einen Panzer heben, wenn es sein musste. »Beim König, das nächste Mal kündigst du dich vorher an. Als ich eure Echsendose auf dem Schirm sah, hätte ich um ein Haar auf den Feuerknopf gedrückt.«

»Ging leider nicht«, erwiderte ich und machte mich los. »Und danke fürs Herlotsen. Ich finde es immer wieder schön, wenn zur Abwechslung mal nicht auf mich geschossen wird.«

Higgs trat einen Schritt zurück. »Du bist bestimmt anderes gewöhnt«, sagte er und nickte in Ruperts Richtung, der gerade meinen Rüstungskoffer aus dem Cockpit hievte. »Wer ist dein Begleiter? Ein Söldner wie du?«

Ich biss mir auf die Lippe. Was sollte ich sagen? Rupert beherrschte das Paradoxische perfekt, ich hätte ihn locker als Beamten der Königlichen Kanzlei ausgeben können, was gar nicht einmal so weit von der Wahrheit entfernt gewesen wäre, doch Rupert kam mir zuvor.

»Ich bin kein Söldner«, antwortete er mit seinem typischen leichten Akzent auf Universal, nahm seinen Koffer aus der Kapsel und sprang die zwei Meter elegant zu uns hinunter auf die Landebahn. »Sondern Devis Eskorte.«

Higgs erstarrte. Unter dem geschlossenen Visier konnte ich seinen Gesichtsausdruck nicht erkennen, aber ich spürte seinen ungläubigen Blick regelrecht, als er einen verschlüsselten Kanal zu mir öffnete und fragte: »Meint der Trottel das ernst?«

»Ist eine lange Geschichte«, begann ich, da griff Rupert in seine Tasche und zog einen Ausweis hervor. Es war zwar kein Königlicher Freibrief, aber wohl etwas Ähnliches, denn als er ihn Higgs unter die Nase hielt, verstummte der abrupt.

Rupert lächelte höflich wie immer, aber für mich war der höhnische Zug um seine Mundwinkel unverkennbar, als er den Ausweis in seine Jackentasche steckte. »Mr. Higgs, richtig?«

»Hauptmann Higgs«, korrigierte er auf Universal. Erst auf Ruperts Stirnrunzeln hin fügte er widerwillig hinzu: »Sir.«

Rupert nickte. »Ich brauche Zugriff auf Ihre Kommunikationsdrohnen, außerdem Ihr schnellstes Hyperraumschiff, beides so bald wie möglich. Der Atlas-Konzern wird selbstverständlich für alle Aufwendungen entschädigt.«

»Sie wollen ein Schiff?«, fragte Higgs in einem Tonfall, als hätte Rupert nach einem Einhorn verlangt. »Ähm, Sir, wir sind hier auf einer Wirtschaftskolonie. Hier gibt es keine hyperraumfähigen Schiffe.«

»Machst du Witze?«, fragte ich noch vor Rupert.

Higgs breitete entschuldigend die Arme aus. »Seht euch um. Dieser Mond ist eine vollautomatisierte Farm mit einer Besatzung von dreißig Mann. Meine Aufgabe ist es, mich um die Sicherheitsdrohnen zu kümmern. Ich habe meine Rüstung nur angelegt, weil ich dachte, ihr würdet in Schwierigkeiten stecken.«

»Dann haben Sie also kein Schiff für uns?«, hakte Rupert nach. »Zumindest keines mit Hyperraumantrieb?«

Higgs schüttelte den Kopf.

»Aber«, warf ich ein, »wie kommt ihr dann von hier weg?«

»Mit den Frachtern.« Higgs deutete auf die Mauer aus Containern in unserem Rücken. »Siehst du diese Kisten? Einmal im Monat werden sie von einem Kontinentalfrachter abgeholt.«

Ich blinzelte. »Kontinentalfrachter?«

»Ein Industrieschiff, das zu groß ist, um es auf einem Planeten mit Atmosphäre zu landen«, erklärte Rupert. »Normalerweise werden sie mit Raumaufzügen beladen. Die großen Konzerne setzen sie für Transporte zwischen Kontinenten ein.«

»Im Grunde genommen sind sie bewegliche Raumstationen«, fügte Higgs hinzu. »Nur eben für Frachtgut, nicht für Menschen. Die Feldmaschinen ernten das Soja und laden es auf die Züge, die es dann hierherbringen. Jeden Monat kommt ein Frachter und holt sie ab. Wer wegwill, fliegt einfach mit. Nach ein paar weiteren Zwischenstopps springt der Frachter mit seinem integrierten Hyperraumtor zu einem der Verteilungszentren in den Kernwelten. Von dort aus kommt man überall hin.«

»Moment«, sagte ich. »Der Frachter hat ein *integriertes* Tor?«

Higgs nickte. »Ich sagte ja, die Dinger sind groß.«

»Wann kommt der nächste?«, fragte Rupert.

»In ungefähr zwei galaktischen Standardwochen«, antwortete Higgs mit einem Schulterzucken. »Kann auch eine Woche früher oder später sein.«

Rupert wirkte nicht erfreut. »Können Sie nicht sofort einen herrufen?«

»*Ich* nicht«, erwiderte Higgs. »Ich bin nur Sicherheitspersonal. Die Route der Frachter wird vom Konzern festgelegt. Aber ich könnte Kontakt zu der entsprechenden Abteilung aufnehmen.«

Rupert fuhr herum. Ich glaubte, ihn leise fluchen zu hören, doch als er sich wieder Higgs zuwandte, war er wieder die Höflichkeit selbst. »Das wird nicht nötig sein, Hauptmann Higgs. Wir haben keine Zeit, um uns mit den Konzernformalitäten herumzuschlagen, und werden auf unsere eigenen Ressourcen zurückgreifen. Das bedeutet, dass ich nicht nur Ihre Kommunikationsdrohnen brauche, sondern außerdem Unterbringung und Verpflegung für mich und Miss Morris, bis wir abgeholt werden.«

Higgs seufzte. »Nun, was das betrifft, es gibt hier keine Hotels oder so was. Ich würde euch ja mit zu mir nehmen, aber ich bin mittlerweile verheiratet, und ich glaube, meine Frau wäre nicht begeistert.«

»*Du* hast geheiratet?«, prustete ich. »Die Arme muss verrückt sein.«

Higgs lachte, dann schnippte er mit den Fingern. »Ich hab's! Ihr könnt das Haus des Koloniemanagers haben. Es ist recht hübsch dort, und er kommt erst Ende des Jahres wieder.«

»Gut«, meinte Rupert nur, doch ich spürte, wie er immer ärgerlicher wurde. »Und die Kommunikationseinrichtungen?«

»Gleich da drüben.« Higgs deutete auf ein senkrechtes Gebilde jenseits des Landefelds, das eher aussah wie ein halb verfallener Wasserturm denn wie eine Sendeanlage. »Unser Kommunikationsoffizier ist ein asozialer Einzelgänger, der alles von der südlichen Halbkugel aus bedient, aber Sie brauchen nur Ihren Ausweis vor die Kamera zu halten, dann wird er Ihnen uneingeschränkten Zugang geben. In der Zwischenzeit hole ich mit Devi den Wagen.«

Rupert nickte knapp, dann presste er mir, noch bevor ich mich wegducken konnte, einen Kuss auf den Helm. »Bin gleich wieder da.«

Ich wollte ihm einen wütenden Blick zuwerfen, doch Rupert trabte schon mit für einen Menschen gerade noch akzeptablem Tempo über den im grellen Licht funkelnden Asphalt davon.

Higgs schaute ihm hinterher und stieß einen leisen Pfiff aus. »Gott und König, Devi, seit wann gibst du dich mit Terranern ab?«

»Halt die Klappe«, murmelte ich. Ich war wütend auf Rupert, weil er einfach so seinen Besitzanspruch auf mich zur Schau gestellt hatte – und auf mich selbst, weil es mir auch noch gefiel. »Machen wir, dass wir aus der Sonne kommen.«

»Wie tief die Mächtigen gefallen sind«, kommentierte Higgs, dann bedeutete er mir, ihm zu folgen.

Als wir die gut fünfzig Meter bis zu der Garage am Rand des Landefelds zurückgelegt hatten, hatte ich die Schnauze bereits gründlich voll von dem übergrellen Licht auf diesem Mond, hübscher Sternenhimmel hin oder her. Higgs hingegen wirkte um einiges entspannter, seit Rupert verschwunden war, was sich vor allem darin äußerte, dass er ohne Pause von seinem neuen Leben hier erzählte. Nun wusste ich alles: angefangen von seinem unfassbar hohen Gehalt bis zu seiner Hochzeit mit der Dame, die die vollautomatischen Züge überwachte.

»Wenn sie nicht wäre, hätte ich dich zu mir eingeladen, statt euch im Haus des Koloniemanagers unterzubringen«, erklärte er, als wir in den wohltuenden Schatten der Garage traten. »Aber lieber kriege ich Ärger mit ihm als mit meiner Frau. Sie macht sich ständig Sorgen, ich hätte sie bloß geheiratet, weil es auf dem ganzen Mond außer ihr nur noch vier andere Frauen gibt.«

»Und, hast du?« Es hätte Higgs ähnlich gesehen.

»Zum Teil vielleicht«, gestand er und nahm seinen Helm ab.

Im ersten Moment erschrak ich, vor allem weil er um so viel älter aussah, als ich ihn in Erinnerung hatte. Anscheinend war das Jahr, das ich im Hyperraum verloren hatte, ziemlich hart gewesen.

»Vielleicht habe ich ihr aber auch ein bisschen zu viel von *dir* erzählt.«

Ich verdrehte die Augen. Higgs und ich waren während unserer gemeinsamen Einsätze ein- oder zweimal miteinander im Bett gewesen. Es hatte Spaß gemacht, aber nach einer Weile ging er mir auf die Nerven, hauptsächlich weil er genau solche Dummheiten machte. »Warum erzählst du deiner Frau so was?«

Er zuckte die Achseln und ging weiter zu einem Lastwagen, der aussah wie eine Kreuzung aus Panzer und Traktor. »Sie hat mich gefragt.«

Danach beschloss ich, das Thema zu wechseln. Während wir zum Funkturm hinüberfuhren, erkundigte ich mich, woher dieses grelle Tageslicht kam. Zwei Sonnen und der reflektierende Gasgigant bedeuteten, dass es auf Atlas 35 Mond E keine Nacht gab; der Himmel wurde nur alle vierzig Stunden für zwei Stunden ein wenig dunkler als sonst.

»Wie hältst du das nur aus?«, fragte ich. »Nichts zu tun, keine Nächte und keine Möglichkeit wegzukommen. Ich würde durchdrehen.«

»Man gewöhnt sich dran«, antwortete Higgs und drückte auf die Bremse. Rupert stand in dem bisschen Schatten, den das kleine Vordach des Kontrollturms spendete, und wartete bereits auf uns. »Devi«, fügte Higgs mit gesenkter Stimme hinzu, obwohl wir über Funk sprachen. »Ist *wirklich* alles in Ordnung? Ich kenne diesen Terraner zwar nicht, aber …«

»Ich habe alles im Griff«, schnitt ich ihm das Wort ab. »Wir reden hier über *mich*, schon vergessen?«

Higgs warf mir einen skeptischen Blick zu. »Genau das meine ich. Zumindest früher warst du ja nicht gerade bekannt für dein Talent, dir Ärger vom Hals zu halten.«

Unwillkürlich musste ich lachen. »Danke für deine Anteilnahme, aber alles ist gut«, erwiderte ich, dann kam der Laster zum Stehen. »Im Moment will ich nur noch zu diesem Haus, damit ich endlich mal wieder richtig schlafen kann. Du kannst dir nicht vorstellen, was für eine Woche ich hinter mir habe.«

Higgs schaute mich fragend an, aber da Rupert sich schon in den Rücksitz geschwungen hatte, hakte er nicht weiter nach.

Schweigend fuhren wir durch die endlosen leeren Straßen des Verladebereichs. Aus der Luft hatte ich gar nicht gesehen, wie riesig das Gelände war. Wir brauchten volle fünfzehn Minuten, bis wir den Gebäudebereich verlassen hatten und die Plantagen erreichten. Als es dann endlich so weit war, sah ich nur noch Sojapflanzen.

Anfangs fand ich es angenehm, von übergroßen Gewächsen umgeben zu sein, die ich nur als schulterhoch kannte, aber schon nach kurzer Zeit verwirrten sie mich. Die Felder waren so angelegt, dass Automaten sie mit optimaler Effizienz abernten konnten, nicht damit Menschen sich darin gut zurechtfanden. Es gab nicht ein einziges Hinweisschild, und nach dem fünften Mal Abbiegen hatte ich die Orientierung vollkommen verloren. Glücklicherweise schien Higgs – oder seine Rüstung – den Weg auswendig zu kennen, denn eine halbe Stunde später bog er auf eine asphaltierte Zufahrtsstraße ab, die abrupt vor einer breiten Veranda endete.

Obwohl die Straße für die Erntemaschinen nur wenige Meter weit weg war, fühlte es sich an, als läge das Haus des Managers mitten im Wald. Eigentlich sah der kleine, zweistöckige Betonkasten eher billig aus, aber er war in einem beruhigenden Grünton gestrichen, der perfekt zu den umliegenden Pflanzen passte. Der Soldatin in mir missfiel zwar, dass die dicken Blätter fast bis zu den Fenstern reichten und potenziellen Angreifern perfekte Deckung boten, doch abgesehen davon fand ich das Haus durchaus kuschelig. Wie ein Vogelnest im hohen Gras.

Der Laster hatte kaum angehalten, da sprang Higgs schon aus dem Fahrersitz, tippte etwas in das Bedienfeld neben der Tür, und die Leuchtanzeige schaltete auf Grün.

»Alles bereit«, sagte er an uns gewandt und klappte sein Visier hoch. »In der Gefriereinheit müsste genug zu essen sein, über die Satellitenantenne auf dem Dach seid ihr mit dem planetenweiten Kommunikationsnetz verbunden. Ich wohne nur dreißig Minuten entfernt. Wenn ihr was braucht, meldet euch einfach.«

»Danke, Higgs«, erwiderte ich grinsend. »Du bist ein echter Lebensretter.«

Higgs zwinkerte mir zu und setzte sich wieder hinters Steuer, ohne sich von Rupert zu verabschieden, aber der nahm bereits das Haus in Augenschein und merkte es nicht einmal.

Einfach so hereinzuplatzen fühlte sich ein bisschen an, als würden wir in ein Ferienhaus einbrechen. An den

Wänden hingen Bilder von Familienmitgliedern, die ich nie gesehen hatte, an dem Haken neben der Eingangstür baumelte der Mantel eines Fremden. Alles war staubig, aber wenigstens sorgte der Schatten der Sojapflanzen dafür, dass es drinnen schön kühl war.

Obwohl offensichtlich seit Monaten niemand hier gewesen war, zögerte ich, meinen Koffer in die Stromversorgung des Hauses einzustöpseln. Bei all den privaten Besitztümern um mich herum drängte sich mir das Bild auf, wie der Hausbesitzer die Treppe heruntergestürmt kam und mich anblaffte, was ich in seinem Wohnzimmer zu suchen hatte.

Rupert schien das alles nicht zu kümmern. Er ging schnurstracks in die kleine Küche, öffnete sämtliche Schubladen und inspizierte den Inhalt der Gefriertruhe, als wäre er hier zu Hause.

Währenddessen zog ich meine Rüstung aus und verstaute sie zum Aufladen im Koffer. Meine Waffenkoffer hatte ich nicht mehr, deshalb musste ich Mia direkt an die Steckdose anschließen. Sascha legte ich gleich daneben ab, dann noch meine Pistolen, die Griffe so ausgerichtet, dass ich sie falls nötig sofort benutzen konnte. Damit war meine Ausrüstung versorgt, bei mir selbst würde das allerdings etwas länger dauern.

Ich trug immer noch die Militärunterwäsche, die man mir in der paradoxischen Botschaft gegeben hatte. Obwohl ich zutiefst dankbar war, dass Rupert statt meines Seesacks den Koffer für meine Lady mitgenommen hatte, war ich nun mit dem Problem konfrontiert, keine Ersatzkleidung zu haben. Außerdem brauchte ich dringend eine Dusche. Meine verschwitzte Unterwäsche konnte ich hier bestimmt irgendwo waschen, aber ich hatte keine Lust, in der Zwischenzeit nackt herumzusitzen. Ich versuchte immer noch, eine Lösung für das Dilemma zu finden, da kam Rupert aus der Küche zurück, legte seine Tasche auf den Tisch und holte seine Pistole heraus. Bei dieser Gelegenheit sah ich, dass er außer einem Ersatzanzug, den er bei seinem Kleiderverschleiß bestimmt gut gebrauchen konnte, auch noch mehrere Hemden eingepackt hatte.

»Hey, kann ich mir ein paar Klamotten von dir leihen?«, fragte ich.

Rupert setzte sich auf die Couch und warf mir einen leicht verletzten Blick zu. »Natürlich«, erwiderte er nach einer kurzen Pause. »Bedien dich.«

Ich bedankte mich mit einem Lächeln, schnappte mir eines der Hemden und machte mich auf die Suche nach dem Badezimmer. Es war genauso staubig wie der Rest des Hauses. Im Wandschrank fand ich Seife und Dusche, und auch wenn das Wasser so weich war, dass es sich beinahe schleimig anfühlte, war es ein herrliches Gefühl, zum ersten Mal seit der Nacht in Anthonys Apartment auf Paradox wieder unter einer richtigen Dusche zu stehen, nicht in der Nasszelle eines Schiffs oder Bunkers. Als ich das heiße Wasser vollkommen aufgebraucht hatte, war ich so entspannt, dass ich beinahe im Stehen eingeschlafen wäre. In Anbetracht der jüngsten Ereignisse beschlich mich zwar der Verdacht, dass meine Tiefenentspannung eher eine Art Schockreaktion war, aber das störte mich im Moment nicht, vor allem, da ich hier noch kein einziges Phantom gesehen hatte. Ich war nur so müde, als hätte ich ein ganzes Jahr lang nicht mehr geschlafen. Als ich zum Abtrocknen aus der Dusche stieg, konnte ich kaum noch die Augen offen halten.

Als ich einigermaßen trocken war, stopfte ich Handtuch und Unterwäsche in den Waschautomaten, der in der Ecke stand, und streifte mir Ruperts Hemd über. Es war so riesig, dass mir der Saum beinahe in den Kniekehlen hing, und die Ärmel reichten bis weit über meine Hände, aber nachdem ich sie aufgerollt hatte, kam ich gut zurecht.

Nur meine Frisur machte Probleme. Wegen des weichen Wassers und der scharfen Seife standen meine Haare vom Kopf ab wie Wurzelgestrüpp. Ich brauchte dringend eine Bürste und vernünftiges Shampoo, aber beides gab es hier nicht. Gleichzeitig war ich zu müde, mich deshalb zu grämen, also ließ ich meine Haare, wie sie waren, und schärfte mir zum tausendsten Mal ein, sie bei nächster Gelegenheit einfach abzuschneiden.

Das war natürlich eine leere Drohung. Sosehr sie mir manchmal auf die Nerven gingen, meine langen Haare waren das einzige Gegengewicht zu meinem Babygesicht. Selbst in voller Rüstung und mit beiden Waffen im Anschlag hätte mich mit dem Kurzhaarschnitt einer Sechzehnjährigen niemand ernst genommen. Der Gedanke tröstete mich ein wenig, und so ging ich barfuß zurück nach unten, um Rupert zu fragen, was als Nächstes auf dem Plan stand.

Offensichtlich war ich noch erschöpfter, als ich gedacht hatte, denn als ich das Wohnzimmer erreichte, konnte ich mich kaum noch auf den Beinen halten. Glücklicherweise musste ich Rupert nicht erst suchen. Er saß immer noch auf der Couch und hatte seine Ausrüstung ordentlich vor sich ausgebreitet. Nur das Tablet in seiner Hand war mir neu. »Wo hast du das her?«

»Aus dem Kontrollturm«, antwortete er mit einem wütenden Blick auf das Display. »Das Ding ist kompletter

Schrott, aber wenigstens kann ich damit die ankommenden Nachrichten verfolgen.«

Er drehte mir den Kopf zu und verstummte abrupt. Normalerweise war Rupert ziemlich gut darin, seine Gefühle zu verbergen, aber ich musste ihn kalt erwischt haben, denn er starrte mich eine Weile nur wortlos an.

»Du siehst sehr … hübsch aus«, sagte er schließlich.

Ich sah aus wie eine ertrunkene Wasserratte in einem gestohlenen Hemd, aber dass Ruperts Blick auf mich nicht viel mit der Realität zu tun hatte, war nichts Neues. Außerdem hatte ich im Moment nicht die Kraft, gegen das wohlige Gefühl anzukämpfen, das sein Lächeln mir bescherte. Ein unverbesserlicher Teil meiner Persönlichkeit wollte einfach nicht begreifen, dass ich besser die Finger von Rupert ließ, und die Erschöpfung, die ich unter der Dusche verspürt hatte, wurde sekündlich stärker. Inzwischen war es so schlimm, dass ich kaum noch stehen konnte. So gerne ich mit Rupert unsere Lage besprochen hätte, bevor mich der Schlaf übermannte, mein Körper hatte anderes vor, also murmelte ich nur etwas von »Bett«, drehte mich um und ging wieder die Stufen hinauf. Ich hatte etwa die Hälfte geschafft, da holte Rupert mich ein.

Ich muss gestehen, dass ich kaum protestierte, als er mich hochhob. Hätte ich mich besser gefühlt, hätte ich ihm gesagt, er solle die Finger von mir lassen. Aber ich fühlte mich nicht besser. Ich fühlte mich grässlich und war dankbar, mich nicht aus eigener Kraft weiterschleppen zu müssen. Ich beschwerte mich nicht einmal, als Rupert mich auf die verstaubte Couch unter dem Fenster legte.

Danach schien er das Bett zu machen, denn ich hörte das Rascheln von Stoff, und Sekunden später hob er mich auf eine glatte, weiche Unterlage, die nach Wandschrank roch. Das Letzte, was ich spürte, bevor ich das Bewusstsein verlor, war die sanfte Berührung seiner Lippen auf meiner Wange. Danach fiel ich binnen eines Wimpernschlags in einen tiefen und glücklicherweise traumlosen Schlaf.

Ich wachte langsam auf und blinzelte ins sanfte Licht. Das letzte Mal, dass ich von einer echten Sonne geweckt worden war, nicht von einer Alarmsirene oder der Tageszyklusbeleuchtung eines Raumschiffs, lag so lange zurück, dass ich sie im ersten Moment gar nicht erkannte. Was ich allerdings sofort erkannte, war die durchschimmernde Silhouette, die wie ein Staubflöckchen vor mir im Licht tanzte: Ein Phantom schwebte keine Armeslänge von meiner Bettkante entfernt. Es war ungefähr faustgroß und damit etwas größer als die, die ich normalerweise zu Gesicht bekam. An der Stelle, wo sich vermutlich der Kopf befand, ragten drei lange Fühler aus dem bauchigen Körper. Als ich die Augen öffnete, hingen sie schlaff herab, doch dann, als hätte das Phantom gemerkt, dass ich wach war, bewegten sie sich zögerlich.

Ich seufzte und wartete darauf, dass das kleine Leuchtvieh das Weite suchte, aber es blieb. Das Phantom rührte sich nicht von der Stelle und wedelte immer eifriger mit seinen Fühlern, als wollte es meine Aufmerksamkeit erregen. Sein Verhalten war so seltsam, dass ich ohne Nachdenken die Finger nach ihm streckte.

Ich hatte meinen Arm kaum gehoben, da ergriff das Phantom die Flucht durchs Fenster und verschwand draußen im gleißenden Licht. Einen Moment lang starrte ich ihm hinterher und überlegte gerade, noch eine Runde zu schlafen, da hörte ich eine warme Stimme direkt neben mir.

»Guten Nachmittag.«

Vor Schreck musste ich einen halben Meter hoch gesprungen sein, denn ich schlug hart auf die Matratze und landete auf der Seite, sodass ich Ruperts verschüchtertes Lächeln sah.

»Tut mir leid«, sagte er.

»Lass das gefälligst«, fluchte ich und ließ den Kopf sinken. Ich versuchte immer noch, meinen rasenden Puls wieder auf Normalniveau zu bringen, da fiel mir auf, dass die Möbel sich bewegt hatten.

Die Couch, die zuvor noch unter dem Fenster gestanden hatte, befand sich nun direkt neben meinem Bett. Die grünen Polster waren dick mit Staub und allerlei elektronischen Geräten bedeckt. Offensichtlich hatte Rupert seine neue Basis hier aufgeschlagen. Neben dem Com-Empfänger und dem Tablet, die er aus dem Kontrollturm mitgenommen hatte, lagen Ruperts Pistole sowie diverse Ausweise, alles penibel angeordnet und sofort griffbereit. Er hatte sogar eine Tasse mit diesem bitteren schwarzen Zeug, das die Terraner so gerne tranken. Kaffee nannten sie es, glaube ich.

»War unten der Empfang zu schlecht?«, fragte ich mit nach oben gezogenen Augenbrauen.

Rupert lehnte sich achselzuckend zurück. »Das Signal war in Ordnung«, erwiderte er und nippte an seiner Tasse. »Aber hier oben gefällt es mir besser.«

Normalerweise hätte ich ihm kein Wort geglaubt, aber Rupert sah tatsächlich zufrieden aus. Ohne Schuhe saß er mit aufgerollten Hemdsärmeln da, das lange schwarze Haar gekämmt. Außer in der Nacht, als ich in seine Kabine kam, hatte ich ihn noch nie so entspannt gesehen. Leider rief die Erinnerung in Kombination mit dem recht intimen Arrangement sofort alle möglichen Bilder in mir wach, die ich nicht gebrauchen konnte. Schließlich schaute ich weg und zwang mich, an etwas anderes zu denken. »Wie lange habe ich geschlafen?«

»Gut achtzehn Stunden.«

Mein Kiefer klappte nach unten. »*Achtzehn Stunden?*«

Rupert stellte seine Tasse ab. »Mehr oder weniger. Ich wollte dich schon wecken, aber du hast so friedlich ausgesehen.«

Ich schwang die Beine über die Bettkante und setzte mich fluchend auf.

»Wo willst du hin?«, fragte Rupert, nachdem ich mich schwankend erhoben hatte.

»Bad«, erwiderte ich und stolperte Richtung Flur.

Zum Glück verflog die Steifheit in meinen Gliedern schnell. Als ich das Badezimmer erreicht hatte, konnte ich beinahe wieder normal gehen. Ich fühlte mich wieder viel besser, was auch keine Überraschung war, wenn man bedachte, wie lange ich weg gewesen war. Nachdem ich mein Geschäft verrichtet hatte, spritzte ich mir kaltes Wasser ins Gesicht, bis ich mich wieder einigermaßen wie ich selbst fühlte, dann machte ich mich auf die Suche nach meinen Kleidern.

Ich fand sie ordentlich zusammengelegt in einem Stapel auf dem Waschautomaten. Ruperts Hemd und Hose, ebenfalls frisch gewaschen, hingen glatt gestrichen auf Bügeln an der Wand. Um ein Haar hätte ich gelacht. Ich fand Ruperts Ordnungsbedürfnis keinesfalls lächerlich, aber seit wann waren Supersoldaten gleichzeitig Super-Nerds?

Ich schnappte mir meine Klamotten und schlüpfte in die olivfarbene Militärunterwäsche aus der Botschaft. Für normale Menschen mochte das nichts Besonderes sein, aber in dem Kampfunteranzug fühlte ich mich wieder ein Stück mehr wie ich selbst. Um der Höflichkeit willen stopfte ich das Hemd, da ich mir von Rupert geliehen hatte, in den Automaten, auch wenn es eigentlich Verschwendung war, nur ein einziges Stück zu waschen, und machte mich auf den Rückweg. Jetzt, da wir allein waren und ich wieder bei vollem Bewusstsein, wurde es Zeit, das weitere Vorgehen zu besprechen.

Als ich das Schlafzimmer betrat, war Rupert nicht mehr da und seine Sachen auch nicht, also ging ich nach unten. Ich fand das Wohnzimmer ebenfalls leer vor und begann schon, mir Sorgen zu machen, da streckte er den Kopf aus der Küche.

»Du hast dich umgezogen«, kommentierte er ein wenig enttäuscht.

»Ja. Nichts gegen dein Hemd, aber ich bevorzuge Kleidung, die mir passt«, erwiderte ich lächelnd.

»Es stand dir sehr gut, fand ich«, entgegnete Rupert mit einer Stimme, die mir durch und durch ging. »Hast du Hunger?«

Er hatte es kaum gesagt, da knurrte mein Magen. Rupert hörte es und winkte mich zu sich.

Ich gehorchte und trat durch die schmale Tür in die Küche, wo er gerade in etwas rührte, das nach einer Mischung aus Hühnersuppe und Paradies roch.

»Was ist das?«, fragte ich und setzte mich an den kleinen Tisch unter dem Fenster, das auf den dichten Sojawald blickte.

»Etwas, das dir guttun wird«, antwortete Rupert, füllte eine schwere Schüssel und stellte sie mir hin. Die Suppe sah genauso köstlich aus, wie sie roch: goldig klar mit weißem Fleisch darin, grünem Gemüse und saftigen kleinen Knödeln.

Mit bereits wässrigem Mund nahm ich den Löffel und schaufelte sie in mich hinein. Wie nicht anders erwartet, schmeckte sie hervorragend, und das sagte ich auch, aber Rupert winkte ab.

»Plasmex-Manipulatorinnen brauchen Salz und Eiweiß«, erklärte er und setzte sich mir gegenüber. »So machen wir es bei den Töchtern, wenn sie sich überanstrengt haben. Du bist zwar keine Plasmex-Manipulatorin, aber nach allem, was vor deinem Zusammenbruch passiert ist, dachte ich, es könnte nicht schaden.«

Mit dem Löffel im Mund hielt ich inne. Auf den Gedanken, dass meine Erschöpfung mit dem Xith'cal-Virus zu tun haben könnte, war ich gar nicht gekommen. Und die Vorstellung, dass Rupert mir das Gleiche verabreichte wie den Mädchen, die er erschoss, entsetzte mich doch ein wenig. »Du machst diese Suppe für die Töchter?«

»Nein. Sie bekommen Brühe. Du bist der einzige Mensch, für den ich Knödel machen würde.«

Ich wusste nicht recht, ob ich das nett oder deprimierend finden sollte. »Was ist in der Zwischenzeit passiert?«, erkundigte ich mich und machte mich wieder ans Essen.

»Nicht viel«, erwiderte Rupert und lehnte sich zurück. »Das Schiff, das ich herbeordert habe, hat noch nicht geantwortet, und von Caldswell habe ich auch nichts gehört, aber das war zu erwarten.«

Das stimmte. Immerhin war er vermutlich auf alle Zeiten im Hyperraum verschollen. »Ich muss schon sagen, dass es hier noch nicht von Detektiven wimmelt, überrascht mich. Ich dachte, bei euch geht immer alles ganz schnell.«

»Tut es auch. Aber ich habe kein Schiff der Detektive herbeordert.«

Ich runzelte die Stirn. »Warum nicht?«

Rupert wurde plötzlich ernst. »Nicht alle Detektive sind so flexibel wie Caldswell«, antwortete er. »Wenn ich das Protokoll befolgt und das Oberkommando informiert hätte, ohne dass er dabei ist, um dafür zu sorgen, dass eure Abmachung eingehalten wird, wärst du morgen schon in einem Labor.«

Seine Worte verdarben mir beinahe den Appetit. Ich hatte mich so sehr daran gewöhnt, ständig wie ein Reagenzglas herumgereicht zu werden, dass ich ganz vergessen hatte, dass es bei den Detektiven auch Leute gab, die mir nicht so wohlgesinnt waren wie Caldswell. »Wenn wir uns nicht an die Detektive wenden können, wer bleibt dann noch? Was sollen wir tun?«

»Im Moment halten wir uns einfach bedeckt«, erklärte Rupert. »In Anbetracht der Ereignisse auf dem Stammesschiff hält das Hauptquartier uns wahrscheinlich für tot. Bis Caldswell wieder auftaucht, lassen wir sie besser in dem Glauben. Sobald er wieder da ist, kehren wir zu unserem ursprünglichen Plan zurück und finden einen Weg, wie wir dein Virus einsetzen können.«

Ich schaute weg und stocherte mit dem Löffel in den am Boden der Schüssel liegenden Knödeln herum. Rupert kannte erst einen Teil der Wahrheit, aber nicht die ganze. Er hatte gesehen, wie ich auf dem Stammesschiff die Lelgis rief, wusste aber nicht, dass sie mich unweigerlich fanden, sobald ich ein Phantom auch nur berührte – ob ich wollte oder nicht. Und das war beinahe ein Vertragsbruch, immerhin wollten die Lelgis mich tot sehen. Was Rupert außerdem nicht wusste, war, dass das Virus jedes

Mal sofort aktiv wurde, wenn ich die Fassung verlor. Da Selbstbeherrschung nicht gerade zu meinen Stärken gehörte, sollte ich ihm das wohl sagen, und zwar möglichst bald. Also öffnete ich den Mund – und nahm einen weiteren Löffel Suppe.

Feige Kuh, dachte ich und schluckte. Die emotionalen Spannungen zwischen uns hin oder her, Rupert hatte auf jeden Fall verdient zu erfahren, in welche Gefahr er sich begab, aber ich brachte die Worte einfach nicht über die Lippen. Nicht weil ich fürchtete, er könnte die Information gegen mich verwenden oder etwas dergleichen. Die Wahrheit war viel erbärmlicher: Ich wollte es ihm nicht verraten, weil er nicht wissen sollte, wie verkorkst ich in Wirklichkeit war.

»Devi?«

Ich hob den Kopf und sah Ruperts sanften Blick auf mir ruhen.

»Was ich zuvor gesagt habe, meine ich ernst«, sagte er leise und legte seine Hand auf die meine. »Ich stehe jetzt auf deiner Seite, ganz egal was du vorhast. Und ich werde nicht zulassen, dass die Detektive dir irgendetwas antun, das schwöre ich.«

Seine Sorge um mich machte alles nur noch schlimmer, und ich wechselte schnell das Thema. »Nun«, sagte ich nach dem nächsten Löffel Suppe, »wenn du nicht die Detektive gerufen hast, wer holt uns dann ab?«

Ich glaube nicht, dass Rupert tatsächlich auf mein Ablenkungsmanöver hereinfiel, dazu war er viel zu scharfsinnig. Trotzdem spielte er mit. »Mit meiner Generalkennung habe ich eine Evakuierung durch die terranische Sternenflotte beantragt.«

»Bekommt euer Hauptquartier das nicht mit?«

Rupert warf mir ein selbstgefälliges Lächeln zu. »Nein. Ich habe meine anonyme Agenten-Sonderkennung mit unbeschränkten Sicherheitsrechten verwendet.«

Ich schaute ihn verdutzt an. »Deine *was*?«

»Das terranische Äquivalent eines Königlichen Freibriefs«, erläuterte er. »Sie dient dazu, dass Agenten im terranischen Raum zu jeder Zeit an alle Ressourcen kommen, ohne ihre Tarnung zu riskieren. Selbst wenn jemand den Notruf genauer untersuchen sollte, sieht er als Absender nur einen von Hunderten anonymen Agenten, die in den Außensektoren operieren. Außerdem macht die Geheimniskrämerei zwischen den verschiedenen Behörden der Republik es so gut wie unmöglich festzustellen, wer gerade wo für wen arbeitet.«

»Soll das heißen, du nutzt die terranische Bürokratie als Deckung vor den Detektiven?«

Rupert nickte. »Mehr oder weniger.«

Dass er gerissen war, wusste ich, aber die verschlungenen Regierungsstrukturen der Terraner gegen die Detektive einzusetzen und gleichzeitig alle Vorteile eines Detektivs zu genießen war eine neue Stufe der Verschlagenheit. »Und wenn die Sternenflotte hier auftaucht, wo fliegen wir dann hin? Springen wir immer weiter, bis Caldswell zurück ist?«

»Je öfter wir den Ort wechseln, desto größer das Risiko, dass die Detektive merken, dass wir noch leben«, entgegnete Ruppert. »Außerdem würden wir nicht mitbekommen, wenn Caldswell wieder auftaucht, und niemals erfahren, wie lange dein Virus noch stabil bleibt. Also dachte ich, wir versuchen eine andere Option.«

Ich verschluckte mich beinahe. »Es *gibt* noch eine andere Option?«

Rupert nickte. »Ich kenne da einen Arzt. Er ist Plasmex-Spezialist und war Maats Betreuer, bevor er sich von den Detektiven lossagte.«

»Wie Brenton?«

»Nein«, widersprach Rupert. »Er hat nie zur Organisation gehört und versucht auch nicht, die Töchter zu entführen. Ganz im Gegenteil: Er hält sich so weit von uns fern, wie es irgend geht. Ich weiß nicht einmal, ob er dich überhaupt untersuchen wird, aber er ist vermutlich der Einzige im Universum, der nicht für die Detektive arbeitet und wissen könnte, was es mit deinem Virus auf sich hat.«

Ich war kein Fan von Ärzten, aber in diesem Stadium war ich gegenüber allem offen, das nicht dazu führte, dass ich mit einem Sack über dem Kopf in ein Labor gesteckt wurde. »Klingt, als wäre es einen Versuch wert. Dann warten wir also, bis wir evakuiert werden?«

»Entweder das, oder wir nehmen den Frachter«, antwortete Rupert seufzend. »Was anderes bleibt uns im Moment kaum übrig.«

Ich blickte mich in der kleinen, komfortabel ausgestatteten Küche um. »Man kann auch an unangenehmeren Orten festsitzen.«

»Ich könnte mir kaum einen besseren vorstellen«, erwiderte er grinsend, und ich schluckte.

Da war er schon wieder, dieser Blick, als wäre ich das Kostbarste im ganzen Universum. Bevor alles zwischen uns schiefgegangen war, hatte ich mich gar nicht daran sattsehen können, doch jetzt ertrug ich ihn kaum.

Glücklicherweise hatte ich ja noch die Suppe. Die Knödel darin schmeckten besonders gut, kleine, gefaltete Teigdinger, die wie durch ein Wunder weich und gleichzeitig bissfest waren. Nur etwas an dem Geschmack beunruhigte mich. Anfangs war ich zu abgelenkt und hungrig gewesen, um es in Worte zu fassen, doch als ich den zweiten verschlang, identifizierte ich das wehmütige Gefühl, das mich unversehens überkam, als Nostalgie. Der köstliche Geschmack und die Wärme in meinem Magen hatten eine komplexe Mischung aus Heimweh und Geborgenheit in mir heraufbeschworen, und das war seltsam, denn ich war sicher, noch nie etwas auch nur im Entferntesten Vergleichbares gegessen zu haben. Erst als ich den letzten Knödel in den Mund stopfte, dämmerte es mir: Das Nostalgiegefühl war nicht meines, es kam von Rupert. Aus seinen Erinnerungen.

Sie drängte sich nicht einfach nach vorn wie die anderen, sondern schwebte leicht wie eine Seifenblase in mein Bewusstsein. Eine groß gewachsene Frau mit eisengrauem Haar saß an einem Holztisch und bearbeitete mit ihren knorrigen Händen einen golden schimmernden Teig. Auf dem Herd köchelte ein Topf mit Suppe, die das ganze Haus mit dem köstlichen Geruch erfüllte, den ich nun ebenfalls kannte.

Wie alle von Ruperts Erinnerungen verschwand auch diese schnell wieder und hinterließ eine eigenartige Wärme, vermischt mit einem Gefühl von Verlust, das so stark war, dass mir Tränen in die blinzelnden Augen stiegen. Schweigend aß ich eine zweite Schüssel leer und ging dann zur Spüle.

»Danke für die Suppe«, sagte ich möglichst beiläufig, während ich abwusch. »Das Rezept ist von deiner Großmutter, oder?«

Ich stand mit dem Rücken zu Rupert, aber das machte nichts, denn ich *hörte* regelrecht, wie er erstarrte. Er machte keinen Mucks, aber sein Schweigen war so tief, als wäre ich plötzlich allein in der Küche. Das Gefühl war so beunruhigend, dass ich mich mit einem Blick über die Schulter versichern musste, ob Rupert sich nicht in ein Rauchwölkchen aufgelöst hatte.

Hatte er nicht. Dafür starrte er mich an wie ein Gespenst, und als er meinen Blick bemerkte, schaute er weg. »Wie viele von meinen Erinnerungen hast du abbekommen?«

Die Frage überraschte mich. Ich hatte mich an die Flashbacks gewöhnt. Dass wir noch nie darüber gesprochen hatten, hatte ich ganz vergessen.

»Weiß nicht genau«, antwortete ich achselzuckend. »Ich kann sie ja schlecht zählen, denn sie müssen erst durch einen Reiz ausgelöst werden. Den Geschmack der Suppe zum Beispiel.«

Ich sagte das möglichst unbefangen, um Rupert zu zeigen, dass es mir nichts ausmachte, aber er schwieg immer noch, also beschloss ich, das Gespräch in eine fröhlichere Richtung zu lenken.

»Erzähl mir mehr von deiner Großmutter«, sagte ich und stellte die Schüssel auf das Abtropfgestell. »Sie sah nett aus und konnte offensichtlich gut kochen. Hat sie dir noch andere Rezepte beigebracht?«

Als keine Antwort kam, drehte ich mich um und wäre vor Schreck beinahe aus der Haut gefahren – ich hatte nicht das Geringste gehört, doch Rupert stand plötzlich direkt neben mir. »Verflucht noch mal«, schimpfte ich und schlug ihm auf den Arm. »*Lass* das endlich!«

»Entschuldigung«, erwiderte er leise, bewegte sich aber nicht.

»Warne mich das nächste Mal wenigstens vor«, brummte ich. »Mach irgendein Geräusch oder so.«

Rupert schüttelte den Kopf. »Nein, ich möchte nur …« Er verstummte mit einem tiefen Seufzen. »Ich möchte mich für *alles* entschuldigen, aber hauptsächlich für die Erinnerungen. Ich hätte sie von dir ferngehalten, wenn ich gekonnt hätte, aber wenn man in das Bewusstsein eines Menschen eindringt, mit dem man eine gemeinsame Geschichte hat und der einem noch dazu am Herzen liegt, passiert es einfach.«

Ich seufzte ebenfalls. »Ist okay. Ich habe dir bereits verziehen, schon vergessen?«

»Es ist nicht okay«, widersprach er. »Es ist nicht richtig, dich mit meiner Vergangenheit zu belasten. Sie ist nicht schön. Du solltest diese Dinge nicht sehen müssen.«

Seine Stimme wurde immer dünner und leiser wie damals, als er mir erzählte, was er im Auftrag der Detektive alles getan hatte. Ich musste daran zurückdenken, wie er mich damals unter der Traumahülle hervorholte, mir seine Liebe gestand und gleichzeitig beteuerte, dass er meine Zuneigung nicht wert war. Damals wie heute machte mich allein der Gedanke so wütend, dass ich ein paarmal tief durchatmen musste, bevor mein Virus noch aktiv wurde. Ich mochte im Moment nicht genau sagen können, wie ich zu Rupert stand, aber es war *meine* Entscheidung. Niemand hatte darüber zu befinden, wer meine Zuneigung wert war, außer mir selbst.

Ich umklammerte Ruperts Hände und starrte ihn so lange an, bis er meinen Blick endlich erwiderte.

»Pass auf«, begann ich, als ich sicher war, dass er zuhörte. »Wenn ich sage, es ist okay, dann ist es auch okay. Du hast es getan, weil du *musstest*, um mein Leben zu retten, und deine Erinnerungen – selbst die schlechten – sind mir immer noch lieber als ein feuchtes Grab. Also hör auf, dich zu entschuldigen, denn es gibt nichts mehr, wofür du dich entschuldigen müsstest. Verstanden?«

»Nein«, widersprach Rupert scharf. »Du wirst diese Erinnerungen für den Rest deines Lebens mit dir herumschleppen. Die schlimmsten hast du vielleicht noch gar nicht gesehen, also kannst du mir auch nicht…«

»Du hast mir nicht zu erklären, was ich verzeihen kann und was nicht, denn das ist allein meine Entscheidung«, fuhr ich ihm über den Mund. »Außerdem hätte ich ohne dich gar kein Leben mehr, also wirst du noch eine Weile damit zurechtkommen müssen, dass ich dich nicht hasse.«

Rupert schaute mich lange an, schließlich lehnte er den Kopf an meine Stirn. »Wie kannst du nur so sein?«, flüsterte er. »Wie kannst du all das einfach loslassen?«

Mein Atem beschleunigte sich. Wir berührten uns nur an der Stirn und den Händen, aber das spielte keine Rolle. Ich spürte Ruperts Wärme, und mein ganzer Körper sehnte sich danach, ihn in die Arme zu schließen. So hatte er schon immer auf mich gewirkt. Seine Nähe war so überwältigend, dass ich die kalte Stahlkante der Spültheke, die mir schmerzhaft in den Rücken drückte, erst nach einer Weile bemerkte. Schlimmer noch, es war mir egal. Alle hehren Vorsätze, mich nicht noch einmal wider besseres Wissen auf ihn einzulassen, schienen mit einem Mal sinnlos. Und während ich seine Hände spürte und mich daran erinnerte, wie gut sich seine Finger auf meinem Körper angefühlt hatten, begann ich mich zu fragen, warum ich mich überhaupt noch zurückhielt.

Gerade als ich den Kopf in den Nacken legte, um ihn zu küssen, richtete Rupert sich ruckartig auf. Erschrocken machte ich einen Satz in die Luft und stieß mir dabei den Rücken an der verfluchten Spüle. »Was ist?«

Rupert presste sich einen Finger auf die Lippen und schaute demonstrativ Richtung Wohnzimmer.

Ich nickte und hielt den Atem an, hörte aber nur das Rascheln der Sojapflanzen vor dem Fenster. Ich wollte mich gerade von ihm losmachen und nachsehen, da hörte ich das leise Zischen einer Steuerdüse – einer Steuerdüse an einer schweren paradoxischen Rüstung.

Das war die einzige Vorwarnung, dann explodierte die Tür an der Rückseite des Hauses.

2

Ich duckte mich und bedeckte instinktiv das Gesicht mit den Händen, doch Rupert stand noch immer vor mir, weshalb er den Hagel aus Holzsplittern abbekam, nicht ich. Als er wieder auf die Beine kam, klemmte er mich zwischen sich und der Spüle ein. Ich versuchte freizukommen, aber er hielt mich einfach fest, und so musste ich tatenlos zusehen, wie ein Trupp Soldaten hereinstürmte.

Angesichts der langen Liste von Leuten, die hinter uns her waren, hatte ich eigentlich Symbionten erwartet, vielleicht auch Terraner. Aber ich hätte auf meine Ohren vertrauen sollen, denn die Rüstungen der Kerle stammten eindeutig von Paradox. Der an der Hintertür hatte den Fuß, mit dem er sie eingetreten hatte, noch nicht wieder auf den Boden gesetzt, da stürmten zwei weitere durch den Vordereingang und versperrten auch den Weg zum Wohnzimmer.

Fluchend stemmte ich mich gegen Rupert, aber er ließ mich einfach nicht durch, und selbst wenn, hätte es mir nichts genützt: Zwischen mir und meiner Lady, die immer noch an der Steckdose im Wohnzimmer hing, standen zwei Rüstungen der Königsklasse, und ich hatte weder Thermit noch eine Pistole; ich trug ja nicht mal Schuhe. Die einzige Waffe in meiner Reichweite war ein Küchenmesser, das paradoxischem Panzerstahl nicht den kleinsten Kratzer zufügen konnte.

Die Rüstungen waren im Rot und Silber der paradoxischen Heimwehr lackiert, und das bedeutete, dass der König höchstpersönlich sie geschickt hatte. Kein Wunder. Ich erinnerte mich noch gut daran, wie er mich den Detektiven wie ein Geschenk überreicht hatte, und konnte mir denken, weshalb die Kerle hier waren. Entsprechend überrascht war ich, als der Truppführer seine Waffe senkte.

»Devi?«

Ich erkannte die Stimme sofort, glaubte es aber erst, als der Offizier sein Visier hochklappte und dahinter ein vertrautes, äußerst finster dreinblickendes Gesicht zum Vorschein kam.

»Anthony?«, fragte ich und stellte mich auf die Zehenspitzen, um besser sehen zu können. »Was machst *du* denn hier?«

»Was ich hier …«, begann er und verstummte abrupt. »Was zum Teufel ist hier eigentlich los?«, bellte er und richtete seine Pistole auf Rupert. »Wer ist das?«

Rupert packte zu, aber es war zu spät. Ich entwand mich seinem Griff, machte einen Satz auf die Theke und sprang ein Stück neben ihm wieder herunter. Anthony kam mit schnellen Schritten auf mich zu, und Rupert stellte sich zwischen uns, versuchte aber nicht, mich noch einmal festzuhalten, und das war gut so, denn ich war gerade nicht in Stimmung für seine Ritterlichkeit. Vor allem nicht, da der Mann, vor dem er mich beschützen wollte, über sieben Jahre lang mein Liebhaber und bester Freund gewesen war.

»Er gehört zu mir«, antwortete ich. »Und jetzt sag mir, was du hier zu suchen hast, Anthony.«

Er warf Rupert einen finsteren Blick zu, dann erwiderte er: »Ich suche *dich*. Eine ehemalige Schwarzdrossel hat mir einen Notruf geschickt, du wärst hier in der Begleitung eines Terraners aufgetaucht. Ich kam, so schnell ich konnte.«

Ich blinzelte ihn an. »Und warum denkst du …«

»Ich dachte, du wärst *tot*!«, schnaubte Anthony. »Verflucht, Devi, du schreibst mir einen Abschiedsbrief, und kurz darauf dreht die ganze Galaxie durch, weil der Sensenmann Montblanc belagert, um dich in die Klauen zu bekommen. Dann tauchen wie aus dem Nichts die Lelgis auf und verjagen die Echsen, aber du bleibst für ein ganzes Jahr verschwunden! Was zum Teufel hätte ich denn denken sollen?«

Ich beschloss, den Mund zu halten. Die Ereignisse, die Anthony gerade geschildert hatte, waren für mich noch so frisch, dass ich keinen Gedanken daran verschwendet hatte, wie sie auf einen Außenstehenden wirken mussten. Jetzt, da er es mir erklärt hatte, klang es ziemlich schlimm.

»Hätte Higgs mich nicht benachrichtigt, wüsste ich nicht einmal, dass du überhaupt noch lebst«, sprach er weiter. »Ich wollte es eigentlich nicht glauben, aber ich war so verzweifelt, dass ich mich trotzdem auf den Weg gemacht habe. Wegen diesem dünnen Hoffnungsschimmer bin ich quer durch die Galaxie geflogen, nur um dich mit einem gottverdammten Terraner beim Kuscheln zu erwischen!«

»Rupert hat nichts damit zu tun«, entgegnete ich scharf. »Hör zu, es tut mir leid …«

»Ah, er hat also auch einen Namen?«, höhnte Anthony. »Du hast die Muße, Mutter-Vater-Kind zu spielen, kommst aber nicht auf die Idee, wenigstens eine Nachricht zu schicken und die Leute zu Hause, die vor Sorge um dich halb umkommen, wissen zu lassen, dass du noch am Leben bist?«

»So war es nicht!«, schrie ich.

»Es ist mir egal, wie es war«, erwiderte Anthony. »Du kommst jetzt mit. Sofort. Den Rest kannst du mir auf dem Flug nach Paradox erklären.«

Das war mein letzter Strohhalm. Anthony mochte Hauptmann sein, aber er war nicht *mein* Hauptmann und hatte mir gar nichts zu befehlen.

Genau das wollte ich ihm gerade sagen, als Rupert sich einmischte. »Genug«, sagte er in der Königlichen Sprache. »Miss Morris fliegt nirgendwohin.«

Er sprach die Worte in dem gleichen geschliffenen und gebieterischen Kingston-Akzent, den er auch in der Botschaft verwendet hatte. Leider hatte er diesmal nicht die gleiche Wirkung.

»Du hältst die Klappe«, bellte Anthony und baute sich direkt vor Rupert auf. Normalerweise wäre ihm das schwergefallen, denn Anthony war kaum größer als ich, aber seine Rüstung hob ihn genau auf Augenhöhe mit Rupert.

»Ich weiß nicht, für wen du dich hältst, Arschloch, aber du hast mir gar nichts zu sagen«, knurrte er. »Die Vorstellung ist vorbei. Sie kommt mit mir, und du bleibst mir vom Leib.«

Rupert stand mit dem Rücken zu mir, weshalb ich sein Gesicht nicht sehen konnte, aber das war egal. Ich sah sein kaltes Lächeln förmlich vor mir, als er das kleine Lederheftchen aus seiner Gesäßtasche zog.

»Nein«, sagte er und klappte den Königlichen Freibrief auf. »Sie bleibt.«

Anthonys Augen wurden tellergroß. »Was wird hier gespielt?«

»Danke, dass Sie gekommen sind, Hauptmann«, fuhr Rupert fort, ohne auf die Frage einzugehen. »Sie haben uns eine Menge Arbeit erspart. Im Namen des Geweihten Königs beschlagnahme ich Ihr Schiff. Sie dürfen mir jetzt die Zugangscodes aushändigen.«

Das Blut wich aus Anthonys Gesicht, bis er kreidebleich war. Die beiden Soldaten, die ihn eskortierten, schienen genauso erschrocken, und ich konnte es ihnen gut nachfühlen. Ruperts Freibrief wog genauso viel, als käme der Befehl vom König selbst. Ich erwartete nichts anderes, als dass Anthony klein beigeben würde, wie es sich für einen Hauptmann geziemte, aber er tat nichts dergleichen. Blass, wie er war, blieb er einfach stehen und funkelte Rupert mit so viel Hass an, wie ich ihm gar nicht zugetraut hätte. »Vergiss es, Kumpel.«

»Sir«, murmelte einer der Soldaten besorgt.

»Anthony!«, rief ich dazwischen.

Aber zu hören war nur Ruperts Befehl. »Verriegeln«, sagte er ruhig, dann hörte ich das charakteristische Klicken, mit dem die Rüstungen von Anthonys Begleitern einfroren. Ich wand mich innerlich vor Mitgefühl für die beiden, doch während seine Männer sich nicht mehr rühren konnten, blieb Anthonys Offiziersanzug voll funktionsfähig.

»Befehl aufheben«, sagte er mit verächtlichem Grinsen. »Stimmautorisation: Hauptmann Anthony Pierce, Heimatschutz, Einheit 9, Kingston-Division.«

Nachdem er die Worte gesprochen hatte, fuhren die Rüstungen seiner Begleiter sofort wieder hoch. Einen Wimpernschlag später hielten sie ihre Pistolen auf Rupert gerichtet, und Anthony grinste Rupert an wie ein Gladiator seinen am Boden liegenden Gegner.

»Netter Versuch«, kommentierte er und brachte die panzerbrechende Pistole in Anschlag, die ich ihm vor drei Jahren ausgesucht hatte. »Aber der Trick funktioniert bei der Königlichen Heimwehr nicht. Ganz abgesehen davon, dass du kein Recht auf diesen Freibrief hast, du terranisches Stück Scheiße.«

»Anthony!«, rief ich entsetzt. »Hast du den Verstand verloren? Du kannst einen Freibrief nicht einfach ignorieren, das ist Blasphemie! Dafür werden sie dich hängen!«

Ich verstummte, um meine Worte wirken zu lassen, doch Anthony schaute mich nicht einmal an. »Verflucht noch mal, verschwinde!«, schrie ich. »Der König steh mir bei, aber wenn du nicht gehorchst, zeige ich dich an!«

»Bei wem?«, fragte Anthony, ohne Rupert aus den Augen zu lassen. »Wir befinden uns hier nicht in paradoxischem Raum, Devi, sondern auf einer kleinen Wirtschaftskolonie mitten im Nirgendwo. Der Sicherheitschef ist ein loyaler Paradoxier, dem weit mehr am Wohlwollen eines Hauptmanns der Heimwehr gelegen ist als an dem Leben eines dahergelaufenen terranischen Agenten.« Er richtete seine Waffe aus und zielte auf Ruperts Kopf. »Ich kann ihn hier und jetzt erschießen, ohne dass irgendjemand es je erfährt.«

Selbst für jemanden, dem gewöhnliche Feuerwaffen nichts anhaben konnten, wirkte Rupert erstaunlich gelassen, während er in die Mündungen dreier panzerbrechender Pistolen schaute. Er steckte seinen Freibrief ganz ruhig wieder ein und lächelte Anthony nachsichtig an. »Das ist Ihre letzte Gelegenheit, keinen Fehler zu machen, Hauptmann.«

Sein Gesichtsausdruck blieb dabei vollkommen neutral, aber der stille Zorn in Ruperts Stimme jagte mir einen Schauer über den Rücken. Normalerweise war Rupert kalt wie Eis. Ihn wütend zu sehen war neu für mich. Ich öffnete den Mund, um Anthony zu warnen, dass er nicht wusste, worauf er sich da einließ, aber noch bevor ich ein Wort herausbekam, sagte er: »Tötet ihn.«

Dann passierte alles gleichzeitig.

Die beiden Soldaten feuerten als Erste, aber sie waren um Lichtjahre zu langsam. Rupert sprang zur Seite, noch während Anthony sprach. Selbst ich sah die Bewegung nur, weil ich wusste, wie schnell Symbionten waren. Die drei Kugeln gingen ins Leere, denn Rupert war schon bei dem Kerl, der links von Anthony stand, und packte ihn an der Schulter. Der Schuss war noch nicht verhallt, da sah ich Ruperts Klauen aufblitzen und durch die Rüstung des Soldaten fahren. Der fiel mit einem überraschten Aufschrei um und versuchte, Rupert mit sich zu reißen, aber der war längst wieder fort. Wie Wasser floss er um Anthony herum und nahm sich den Soldaten auf der anderen Seite vor, der verzweifelt versuchte, in allerletzter Sekunde noch einen Treffer zu landen.

Rupert grub die Klauen in die Lamellen am Hals der Rüstung und riss die Rückenplatte bis hinunter zum Motor heraus. Er schien nicht zum ersten Mal gegen Rüstungen zu kämpfen, denn das war eine echte Profitechnik. Sein Gegner hatte noch nicht einmal den Abzug gedrückt, da fielen sämtliche Systeme seines Kampfanzugs aus, doch Rupert war schon wieder dort, wo er wenige Sekunden zuvor gestanden hatte, nämlich direkt vor Anthony. Die schwarzen Klauen an seinen Händen waren verschwunden.

Entsetzt schaute Anthony die zerstörten Rüstungen seiner Begleiter an, gab aber keinen weiteren Schuss ab, und das überraschte mich. Der Anthony, den ich kannte, hätte Rupert sein gesamtes Magazin in die Brust gefeuert. Stattdessen schaute er Rupert an wie ein Gespenst und ließ seine Pistole fallen.

»Du bist es«, sagte er und streckte die Hand nach einem Griff, der über seine linke Schulter ragte. »Von *dir* hat sie also gesprochen!«

Dass der Brief, in dem ich Anthony von den Symbionten berichtete, mir eines Tages Ärger machen würde, hatte ich schon befürchtet, aber dass es *so* kommen würde, hatte ich nicht ahnen können. Rupert schaute mich fragend an, da zündete Anthony schon das Thermitschwert, das er soeben aus der Rückenscheide gezogen hatte. Geblendet von dem grellen Feuer, sprang ich zurück und sah Anthony mit der Klinge nach Ruperts Kopf schlagen.

Rupert wich mit Leichtigkeit aus, doch ich hatte endgültig genug von dem Theater. Ich brauchte eine Waffe, irgendeine, denn mit dem Schwert hatte Anthony eindeutig eine Grenze überschritten. Dass sie Rupert mit der Pistole nicht erwischen würden, war mir klar gewesen, aber das hier war etwas anderes. Rupert würde den Zweikampf gewinnen, Thermit hin oder her, aber die beiden waren jetzt so in Fahrt, dass es so oder so einen Toten geben würde, wenn ich nicht sofort etwas unternahm. Dieser Tote wäre mit ziemlicher Sicherheit Anthony, und das konnte ich nicht zulassen, denn auch wenn er sich aufführte wie ein Vollidiot, er war wegen mir hier. Ich durfte ihn nicht dafür sterben lassen.

Unglücklicherweise waren meine Optionen arg beschränkt. Zwar lagen die Pistolen der drei Heimwehrler aufreizend auf dem Boden, doch das waren schwere panzerbrechende Waffen, die einen noch stärkeren Rückstoß hatten als meine Sascha. Um überhaupt etwas damit zu treffen, brauchte ich eine gehörige Portion Glück, und daran, wie der Rückstoß meinen Arm zurichten würde, wollte ich gar nicht erst denken. Außerdem trieb mich der schnell eskalierende Kampf immer weiter weg von der Tür zum Wohnzimmer, wo meine Lady bereitlag, nur leider außer Reichweite. Ich überlegte gerade, aus dem Fenster zu springen und außen herum zu laufen, da sah ich Ruperts Disruptor auf der Küchentheke liegen.

Ich ließ meinen Arm vorschnellen und legte die Finger um den glatten Perlmuttgriff. Wie schon zuvor überraschte mich das enorme Gewicht des Dings. Es fühlte sich eher an wie eine aus Blei gegossene Attrappe als wie eine ernst zu nehmende Waffe, aber eine andere hatte ich nicht, also riss ich den Disruptor hoch und suchte nach einem Ziel.

Das Ganze hatte nur Sekundenbruchteile gedauert, aber der Kampf war inzwischen noch wilder geworden. Rupert mochte ein Symbiont sein, doch Anthony war Hauptmann der paradoxischen Heimwehr. Seine Rüstung hielt locker mit Ruperts blitzschnellen Bewegungen mit, und er selbst war alles andere als ein Schwächling. Trotz der vielen Jahre, die er mittlerweile hinter einem Schreibtisch verbracht hatte, war er ein erstklassiger Kämpfer – und außerdem wütend. Jedes Mal, wenn Rupert dem Schwert auswich, wurde es nur noch schlimmer. Gerade schlug er erfolglos nach Ruperts Beinen, aber er ließ nicht locker und rückte immer weiter vor.

Rupert schien es darauf abgesehen zu haben, Anthony in einen Haltegriff zu bekommen, was wahrscheinlich der einzige Grund war, warum er überhaupt noch lebte. Hätte Rupert Ernst gemacht, wäre Anthonys Kopf vom Rumpf getrennt gewesen, noch bevor er sein Schwert gezogen hatte. An den Falten auf seiner Stirn sah ich allerdings, dass der Versuch, seinen Gegner am Leben zu lassen, ihn allmählich mehr Energie kostete, als er zu investieren bereit war. Umso mehr, da er nun doch einmal zu langsam reagierte und die Thermitschneide im Vorbeisausen seine Kopfhaare versengte.

Ruperts Schnelligkeit und Anthonys Rüstung machten jede Hoffnung zunichte, ohne meinen Zielcomputer etwas zu treffen, und selbst der wäre wahrscheinlich zu langsam gewesen. Doch um geradeaus zu schießen, brauchte ich ihn nicht, also atmete ich einmal tief durch und verfolgte im Vertrauen auf meinen Instinkt den Kampf, bis sich eine Gelegenheit bot. Da war sie auch schon.

Ich drückte ab, bevor ich darüber nachdenken konnte, und bereitete mich auf den Rückstoß vor, doch der kam nicht. Der Disruptor wackelte nicht einmal, als er feuerte. Was er tat, war, unglaublich heiß zu werden, und das so schnell, dass ich ihn niemals rechtzeitig hätte fallen lassen können, selbst wenn ich gewollt hätte. Der Schmerz war heftig, aber ich war zu abgelenkt, um darauf zu achten, denn einen Wimpernschlag später explodierte Anthonys Thermitschwert.

Brennendes Thermit ist sehr empfindlich. Es durchschneidet zwar so gut wie alles, genau das liebe ich ja so daran, aber seine größte Stärke ist gleichzeitig seine größte Schwäche: Um diese sensationelle Schärfe aufrechtzuerhalten, muss die Temperatur genau stimmen. Ist die Klinge nur ein bisschen zu kalt, wird sie brüchig wie Glas, ist sie zu heiß, wird sie instabil. Von Rashid wusste ich, dass Disruptoren Hitzewaffen sind. Mit Hitze konnte ich zwar nichts gegen Anthonys Rüstung ausrichten, gegen sein Schwert allerdings schon, wie mein Treffer eindrucksvoll zeigte.

Als Anthony und Rupert sich mit einem Satz nach hinten vor der Explosion in Sicherheit brachten, nutzte ich die Gelegenheit und stellte mich zwischen sie, noch bevor der Rauch sich wieder gelegt hatte.

»Die Show ist vorbei«, knurrte ich und legte beiden eine Hand auf die Brust, um sie auf Abstand voneinander zu halten. »Anthony, du gibst jetzt endlich Ruhe. Und du, Rupert, auch.«

Rupert gehorchte sofort, doch Anthony schrie mir ins Gesicht: »Was zum Teufel machst du da? Verschwinde!«

»Nein. Du bist nicht mein Vorgesetzter, und wenn du unbedingt kämpfen willst, dann kämpf gegen mich. Schließlich bist du wegen mir hier.«

Anthony wurde feuerrot im Gesicht. Obwohl er mehrere Hundert Kilo paradoxischer Hightech am Körper trug und ich nicht einmal ein anständiges Hemd, wich ich keinen Schritt zurück. Im Gegenteil, ich funkelte ihn an, als wartete ich nur darauf, dass er mir einen Grund gab, ihm eine zu verpassen.

So unspektakulär es auch klingen mag: Dominanzgehabe stammt aus der Zeit, als wir alle noch auf vier Beinen liefen, und ich verstand mich hervorragend darauf. Es spielt keine Rolle, ob dein Gegner dich mit links verprügeln könnte, du musst ihn nur daran zweifeln lassen. Dass Anthony aus unserer gemeinsamen Zeit genau wusste, wozu ich fähig war, ob mit Rüstung oder ohne, spielte mir zusätzlich in die Hände.

Obwohl er in dieser Konfrontation in jeder erdenklichen Weise im Vorteil war, senkte er schließlich den Blick und trat mehrere Schritte zurück. Ich hätte ihn glatt bis zur Tür hinausgestarrt, aber Rupert suchte sich genau diesen Moment aus, um das Wort zu ergreifen.

»Ich denke, es ist vorbei, Hauptmann Pierce«, erklärte er gelassen auf Universal, als verschaffe ihm das wieder das alleinige Sagen. »Sie werden sich nun mit Ihren Männern zurückziehen, wir folgen Ihnen in fünfzehn Minuten. Wenn Ihr Schiff bis dahin startklar ist, werde ich über Ihre Befehlsverweigerung hinwegsehen.«

Anthony blinzelte ihn an, als wäre er gerade aus einer Trance erwacht, dann verzog er den Mund zu einem höhnischen Lächeln. Doch was auch immer er sagen wollte, er kam nicht dazu, denn Rupert schnitt ihm das Wort ab.

»Sie sind noch sehr jung für einen Hauptmann des Heimatschutzes«, erklärte er mit aalglatter, rasiermesserscharfer Stimme. »Ich würde Ihre vielversprechende Karriere nur ungern zerstören.«

Anthony war immer noch so rot im Gesicht, dass ich schon glaubte, er würde sich gleich wieder auf Rupert stürzen. Doch er war auch Soldat, und als solcher wusste er, wann er verloren hatte. Er ließ sein geborstenes Schwert fallen und hob fluchend die Hände.

»Danke, Hauptmann«, sagte Rupert und schlang von hinten die Arme um mich. »Wir sind Ihnen sehr verbunden.«

Seine Worte klangen höflich, ja sogar freundlich, aber die Botschaft war alles andere als das. Vor allem weil Rupert mir gleich darauf einen Kuss auf den Scheitel hauchte und Anthony dabei demonstrativ anschaute.

Am liebsten hätte ich ihm den Ellbogen in die Rippen gerammt, aber leider mussten wir nach außen den Anschein von Geschlossenheit aufrechterhalten. Außerdem hätte ich mir nur den Arm gebrochen.

Schließlich löste ich mich aus Ruperts Griff und stellte mich mit in die Hüften gestemmten Händen vor Anthony. »Wir müssen reden«, sagte ich und nickte mit dem Kinn in Ruperts Richtung. »Allein. Gib mir einen Moment, wir treffen uns draußen.«

Anthony schien nicht erfreut darüber und Rupert noch viel weniger, aber ich gehörte keinem der beiden, weshalb mich ihre Meinung dazu kein bisschen interessierte. Ich stieg über Anthonys immer noch am Boden liegende Untergebene hinweg, stampfte die Treppe hinauf zum Badezimmer und schlug die Tür hinter mir zu.

Als ich das Waschbecken erreichte, waren meine Hände pechschwarz.

Der Anblick des Virus, das ich mit meiner Wut geweckt hatte, machte mich nur noch wütender, denn ich *wollte* mich gar nicht beruhigen. Wenn irgendetwas es wert war, wütend zu werden, dann dieser Mist gerade eben. Anthony, der einfach hereingeplatzt kam und mich herumkommandierte wie einen Frischling bei der Heimwehr, war schlimm genug, aber Ruperts zur Schau gestellte Besitzansprüche waren das Letzte. Sein Rang mochte mich gerettet haben, und vielleicht stand er tatsächlich so bedingungslos auf meiner Seite, wie er behauptete, aber deshalb hatte er noch lange nicht das Recht, über mich zu bestimmen.

Doch sosehr ich wütend sein wollte, es sogar *verdient* hatte, ich konnte nicht, denn das schwarze Zeug breitete sich vor meinen Augen immer weiter aus. Es reichte schon bis über meine Ellbogen und arbeitete sich gerade die

Oberarme bis zu den Trägern meines Tanktops hinauf. Die Ausbreitung geschah zwar wesentlich langsamer als auf dem Xith'cal-Schiff, aber sie hörte auch nicht auf, und das bedeutete, dass ich sie verdammt noch mal unter Kontrolle bringen musste, wenn ich nicht *in einem Badezimmer* an meiner eigenen Wut sterben wollte.

Mit grimmiger Entschlossenheit setzte ich mich auf den Rand der Wanne und streckte die schwarzen Arme vor mir aus. Der Anblick versetzte mich angemessen in Furcht, und das wiederum half mir, mein Temperament zu zügeln. Trotzdem dauerte es beschämend lange, bis ich mich weit genug beruhigt hatte, um die Ausbreitung kurz vor meinen Schultern endlich zu stoppen.

Erschöpft blies ich den Atem aus. Mir wegen der Lelgis Sorgen zu machen konnte ich mir sparen – wenn mich etwas töten würde, dann *das* hier. Meine Mutter hatte mir schon immer prophezeit, dass mein Temperament mich eines Tages umbringen würde. Natürlich hatte sie gemeint, ich sollte endlich aufhören, mich mit Größeren zu schlagen, aber das Prinzip war das Gleiche, und das kotzte mich an. Seit meiner frühesten Kindheit war meine Wut immer mein Verbündeter gewesen, eine Kraft, auf die ich mich verlassen konnte, wenn alles andere fehlschlug. Aber jetzt arbeitete sie gegen mich. Und das fühlte sich an, als hätte mir mein ältester Freund einen Dolch zwischen die Schulterblätter gerammt.

Der Gedanke ließ meine Wut erneut aufflammen, und bevor ich michs versah, war ich bis zum Hals schwarz.

Mein Groll wurde so stark, dass ich am ganzen Körper zu zittern begann. Es war so himmelschreiend ungerecht: Ich durfte nicht einmal wütend darüber sein, dass ich nicht wütend werden durfte! Das verfluchte Virus hatte mich an der Kehle. Wenn ich es nicht loswurde oder lernte, es zu kontrollieren, würde ich auf ewig seine Sklavin bleiben.

So seltsam es klingen mag, aber dieser Gedanke gab mir Hoffnung, denn wenn irgendetwas noch tiefer in mir verwurzelt war als meine mangelnde Selbstbeherrschung, dann mein Freiheitsbedürfnis. Ich gehorchte zwei Autoritäten: meinen Vorgesetzten und meinem König. Ich war eine treue Untertanin und gute Soldatin, aber niemandes Sklavin. Nie und nimmer würde ich mich von dem Virus zu einer machen lassen. Es war genau, wie meine erste Ausbilderin auf Paradox gesagt hatte, als sie uns den Kampf in einer motorisierten Rüstung beibrachte: Wenn es einem nicht gelang, die Kraft des Motors zu kontrollieren, wurde man selbst von ihr kontrolliert. Noch im selben Jahr beherrschte ich alle Techniken, also würde ich auch dieses Virus beherrschen.

Mit diesem Vorsatz ging ich in mich und konzentrierte mich, so gut ich konnte – nicht auf meine Wut, sondern meine Reaktion darauf. Es war eine Schlacht, die ich gewinnen konnte und gewinnen *würde*, denn das Virus war mein Gefangener, nicht umgekehrt. Und während dieser Entschluss mir in Fleisch und Blut überging, ließ das Kribbeln in meinen Schultern allmählich nach.

Ich schaute an mir hinunter und sah, wie das Schwarz sich zurückzog wie ein Tintenklecks, der zurück ins Glas floss. Als meine Finger wieder ihre normale Farbe hatten, grinste ich wie eine Verrückte und stand auf, dann schüttelte ich meine Hände aus, bis auch das letzte Kribbeln verschwunden war.

Man könnte meinen, nur mit knapper Not dem Tod entronnen zu sein hätte mich deprimieren müssen, aber das Gegenteil war der Fall: Jetzt, da es vorbei war, hatte ich zum ersten Mal seit Maats Prophezeiung, meine mangelnde Selbstkontrolle würde mich eines Tages ins Grab bringen, ein gutes Gefühl. Damals hatte ich ihr schwerlich widersprechen können, schließlich hatte Maat mehr oder weniger recht gehabt. Nun lagen die Dinge anders. Es hatte zwar viel zu lange gedauert und zu viel Nachdenken erfordert, aber ich hatte das Virus zurückgedrängt, und das, ohne dass mich etwas abgelenkt oder ich mir ein anderes Ziel für meine Wut gesucht hätte. Ich hatte das Virus ganz allein besiegt, aus eigener Kraft. Und wenn ich es einmal konnte, dann konnte ich es auch wieder tun. Alles, was es dazu brauchte, waren Training und Hingabe. Mit beidem kannte ich mich – ganz im Gegensatz zu Plasmex – bestens aus.

In meinem Siegestaumel merkte ich gar nicht, dass mir die größte Herausforderung noch bevorstand: Nach unten gehen und mir Anthony vorknöpfen, ohne wieder schwarz zu werden. Ich überlegte tatsächlich zu kneifen. Ich hatte ihn nicht darum gebeten, aber er war nur aus Sorge um mich hergekommen. Damit schuldete ich ihm zwar keinen Gehorsam, aber eine Erklärung, und die würde ich ihm geben. Wäre ja noch schöner, wenn ich jetzt aus Angst vor meinem Virus einen Rückzieher machte.

Also verbrachte ich die zwei Minuten, die es dauerte, die Hand zu verbinden, die ich mir an Ruperts Disruptor verbrannt hatte, damit, mir Anthonys Perspektive auszumalen. Es war nicht einmal schwer. Trotz der momentanen Spannungen zwischen uns gehörte er zu meinen ältesten und besten Freunden. Immerhin waren wir seit meinem zweiten Jahr im Armeedienst mehr oder weniger zusammen gewesen. Wir hatten es nie so genannt und beide nebenher noch andere Liebschaften gehabt, aber Anthony war immer der Erste gewesen, den ich anrief, wenn ich nach Paradox kam. In Anbetracht all dessen konnte ich durchaus nachvollziehen, warum er – nachdem er mich fast ein ganzes Jahr für tot gehalten hatte und auf ein bloßes Gerücht hin den ganzen Weg hierhergeflogen war, um herauszufinden, ob ich vielleicht doch noch lebte – so ausgeflippt war, als er mich in den Armen eines anderen fand. Das rechtfertigte zwar weder seine Befehlsverweigerung noch den Angriff auf Rupert, aber es machte mir seine Motive ein wenig verständlicher. Genau dieses Verständnis half mir, meine innere Ruhe zu bewahren, während ich den Verband an meiner Hand festzog und zur Treppe ging, um mich dem Gespräch mit ihm zu stellen.

Als ich die unterste Stufe erreichte, war niemand mehr da, aber Rupert hatte inzwischen aufgeräumt: Das Bett war gemacht, die Küche war blitzblank und alles wieder an seinem Platz. Nach kurzem Suchen entdeckte ich Anthonys Begleiter an der Vordertür, den Blick auf ihr Schiff gerichtet, das zwischen den Sojapflanzen stand.

Jetzt, da ich es vor mir sah, konnte ich nicht glauben, dass ich es nicht gehört hatte. Anthony hatte es keine zweihundert Meter vom Haus entfernt mitten im Feld gelandet. Higgs war ebenfalls hier und starrte fassungslos auf die vom Rumpf zermalmten Pflanzen, wahrscheinlich weil er sie von seinem Gehalt abgezogen bekommen würde. Da er Anthony über meinen Aufenthaltsort informiert hatte, hielt sich mein Mitleid allerdings in Grenzen.

Nur Rupert und Anthony waren nirgendwo zu sehen. Einen Moment fürchtete ich schon, sie hätten sich irgendwohin verkrochen, wo ich nicht dazwischengehen konnte, um ihr Duell zu Ende zu bringen. Aber noch bevor ich mir allzu große Sorgen machen konnte, entdeckte ich Anthony an der Rückseite des Hauses, wo er ruhelos zwischen den riesigen Grünpflanzen auf und ab ging.

Er schien auf mich gewartet zu haben, denn ich war kaum durch die zerborstene Hintertür getreten, da drehte er sich schon zu mir um. Er hatte seinen Helm abgenommen. An seinem Gesicht war deutlich abzulesen, wie hinterhältig er sich von mir verraten fühlte. Ich weigerte mich, mir davon meine hart erarbeitete Ruhe kaputt machen zu lassen, und ging vollkommen entspannt mit vor der Brust verschränkten Armen auf ihn zu, den Blick fest auf ihn gerichtet.

Als klar war, dass ich nicht als Erste das Wort ergreifen würde, fuhr Anthony sich seufzend durch das dunkelbraune Haar. »Ich hätte nicht gedacht, dass du tatsächlich kommst.«

»Hab ich doch gesagt«, erwiderte ich und lehnte mich gegen einen Sojastamm.

»Hast du sonst noch was zu sagen?«, keifte er. »Irgendwas, nachdem ich den ganzen Weg hierhergekommen bin?«

»Ich habe dich nicht drum gebeten …«

»Hör auf mit dem Mist«, knurrte er. »Hast du überhaupt eine Ahnung, was ich die letzten Monate durchgemacht habe?«

Ich brachte ihn mit einer Geste zum Schweigen. »Stopp. Hör mir nur eine Sekunde lang zu.«

Anthony stieß ein verärgertes Schnauben aus, hielt aber den Mund, also fuhr ich fort. »Es tut mir leid, dass ich dir solche Sorgen bereitet habe«, begann ich gemessen. »Ich hatte nicht vor, so lange von der Bildfläche zu verschwinden. Als wir vom Schiff des Sensenmanns flohen, mussten wir einen unkontrollierten Sprung machen, dabei haben wir eine Menge Zeit im Hyperraum verloren. Wir kamen erst vor dreißig Stunden wieder raus, und seitdem habe ich die meiste Zeit geschlafen. Trotzdem bedaure ich, wenn ich dir Kummer bereitet habe. Ich hoffe, du weißt, dass ich so etwas niemals absichtlich tun würde.«

»Ja, weiß ich …«, erwiderte Anthony, dann verstummte er und musterte durch die Sojapflanzen hindurch sein Schiff. »Was ist in Wirklichkeit los, Devi? Warum bist du hier, so weit draußen, ausgerechnet mit einem Symbionten? Und was zum Teufel hast du getan, um den Sensenmann so in Rage zu bringen, dass er eine Kernwelt angegriffen hat, um dich zu bekommen?«

Ich grinste. »Die Nachrichten waren voll von mir, oder?«

Anthony schnaubte. »Es gab kein anderes Thema mehr. Dein Bild war überall. Der Sensenmann ist so kriegslüstern, wie man sich nur vorstellen kann, aber selbst er hatte sich bisher von den größeren Kolonien ferngehalten, und dann rückt er plötzlich mit einer ganzen Flotte an und verlangt deine Herausgabe. Als die Flotte zehn Minuten später wieder verschwand, glaubten alle, er hätte dich.«

Ich nickte. »Hatte er auch.«

»Du wolltest dich also wirklich für Montblanc opfern?«

Ich verzog das Gesicht, denn die Wahrheit war genau das Gegenteil: Auf Caldswells Befehl hin hatten wir einen verzweifelten – und fehlgeschlagenen – Fluchtversuch unternommen, aber das konnte ich Anthony schlecht verraten, also sagte ich nur: »Mehr oder weniger.«

»Wochenlang hat niemand über etwas anderes gesprochen«, fuhr er fort. »Die Republik erwog sogar, der Sensenmann-Flotte den Krieg zu erklären, aber bevor es zur Abstimmung darüber kam, entdeckte man die ausgebrannten Schiffe.«

»Ausgebrannte Schiffe?«, fragte ich, obwohl ich genau wusste, was er meinte.

Anthony nickte. »Die Terraner haben versucht, es geheim zu halten, aber wir wissen aus zuverlässiger Quelle, dass die Lelgis die gesamte Sensenmann-Flotte zu Asche verbrannt haben. Wir wissen außerdem, dass sie auch Steinklaues Stamm ausgelöscht haben. Damit sind zwei der drei bekannten Xith'cal-Stämme vernichtet.«

»Was ist mit den Blutzähnen?« Mit ihnen hatte ich bisher am wenigsten zu tun gehabt, da sie am anderen Ende der Galaxie lebten und hauptsächlich das Äon Sevalis überfielen, aber den Gerüchten nach waren sie die schlimmsten von allen.

»Sie ziehen sich zurück«, antwortete Anthony. »Als der Zwischenfall bekannt wurde, sind sie in den Staub-Gürtel geflohen, aber dort werden sie nicht lange bleiben. Nicht einmal die Lelgis werden die Blutzähne davon abhalten können, sich die herrenlos gewordenen Jagdgründe unter den Nagel zu reißen.«

Das konnte ein hässlicher Krieg werden, trotzdem war der Verlust von zwei Stämmen ein schwerer Schlag für die Xith'cal, und ich hatte meinen Teil dazu beigetragen. Mit dem Stamm des Sensenmanns hatte ich einen unserer ältesten Feinde ausgelöscht und damit, das wurde mir erst jetzt bewusst, wahrscheinlich mehr Xith'cal getötet als die gesamte terranische Sternenflotte. Leider konnte ich damit nicht vor Anthony angeben, ohne ihm von dem Virus zu erzählen, doch falls es je herauskommen sollte, wäre ich eine Heldin galaktischen Ausmaßes. Gut möglich, dass der König mich sogar zum Ritter schlagen würde; vorausgesetzt, ich überlebte lange genug.

»Devi, ich bin nicht hergekommen, um die letzten

Nachrichten zu besprechen«, sagte Anthony schließlich mit einem tiefen Seufzer. »Du hast meine Frage immer noch nicht beantwortet: Was ist hier in Wirklichkeit los?«

Jetzt war ich mit Seufzen an der Reihe. »Die Sache ist kompliziert. Ich kann sie dir im Moment nicht erklären.«

»Warum nicht?«, fuhr Anthony auf. »Hat es etwas mit dem Freibrief dieses Kerls zu tun?«

Ich warf ihm einen finsteren Blick zu. »Selbst wenn, glaubst du, ich würde es dir verraten?«

»Denk bloß nicht, dass du mir so leicht davonkommst«, erwiderte Anthony und machte einen Schritt auf mich zu. »Nicht, nachdem ich extra hergekommen bin. Kannst du dir auch nur ansatzweise vorstellen, wie die letzten Monate für mich waren? Ich war es, der dir überhaupt erst von Caldswell erzählt hat. Dass du auf dieser Todesfalle von einem Schiff angeheuert hast, ist allein meine Schuld. Du hattest den Sensenmann auf dem Hals, lässt dich mit einem Symbionten ein und der König weiß was noch alles.«

»Ich glaube, du übertreibst ein bisschen«, widersprach ich. »Der Tipp stammt von dir, das stimmt, aber anzuheuern war allein meine Entscheidung. Alles, was ich tue, ist meine Entscheidung. Nicht deine.«

»Ich war auf deiner *Beerdigung*, verdammt«, blaffte Anthony. »Es war eine Trauerfeier mit allen militärischen Ehren, dafür habe ich gesorgt. Und während deine Mutter sich vor deinem leeren Sarg die Augen aus dem Kopf geweint hat, konnte ich an nichts anderes denken, als dass ich es hätte verhindern müssen. Als ich deinen Brief bekam, habe ich sofort Leute auf Caldswells Schiff angesetzt. Ich habe mitbekommen, wie du auf Wuxia abgesetzt wurdest. Ich hätte dich rausholen können, aber ich wollte dich zu nichts drängen. Ich dachte, wenn die Dinge aus dem Ruder liefen, würdest du dich von selbst melden. Aber das hast du nicht.«

Anthony klang so verbittert, dass ich innerlich zusammenzuckte, doch er war noch nicht fertig. »Nach Montblanc bin ich mit allen Leuten in Kontakt getreten, bei denen du dich möglicherweise melden würdest«, erklärte er und kam noch näher. »Bei den Schwarzdrosseln, unseren Freunden aus der Armeezeit, bei *allen*. Ich habe eine Belohnung ausgesetzt für jedes noch so kleine bisschen Information. Dass du nicht mehr in der Botschaft warst, wussten wir, aber niemand hatte dich den Planeten verlassen sehen, also hoffte ich, du wärst vielleicht noch am Leben.«

Er stand jetzt direkt vor mir, so nahe, dass ich seinen Atem auf meiner Wange spürte. Diese Grenzüberschreitung war eine Frechheit, aber ich wagte nicht, ihn von mir wegzuschieben. Ich hatte Anthony noch nie so aufgewühlt gesehen.

»Ich *musste* einfach glauben, dass ich dich finden würde«, flüsterte er und beugte sich zu mir, bis wir Nasenspitze an Nasenspitze waren. »Zu akzeptieren, dass du tot bist, kam nicht infrage. Nicht, bevor ich es dir nicht gesagt hatte.«

»Was gesagt?«, flüsterte ich zurück.

Ich sah, wie seine Lippen leicht zitterten, dann presste er mir plötzlich einen Kuss auf den Mund. »Dass ich dich liebe.«

Ich machte einen Satz nach hinten und starrte Anthony an, als hätte er den Verstand verloren. »Machst du Witze?«

In Anbetracht seines Geständnisses mag meine Reaktion gefühllos erscheinen, aber ich war vollkommen überrumpelt.

»Ach, komm schon«, sagte er und richtete sich wieder

auf. »Das ist doch wohl keine Überraschung. Ich liebe dich seit Jahren. Du musst es einfach mitbekommen haben.«

»Nein, habe ich nicht!«, stotterte ich. »Was ist mit deinen ganzen Affären? Einmal hättest du beinahe ein Mädchen aus Sommerland geheiratet. Wie soll das gehen, wenn du in Wirklichkeit *mich* liebst?«

Anthony hatte wenigstens den Anstand, rot zu werden. »Ich wollte dich eifersüchtig machen«, gestand er. »All die anderen bedeuteten mir überhaupt nichts, genauso wenig wie dir deine One-Night-Stands. Ich war derjenige, zu dem du jedes Mal wieder zurückgekommen bist. Ich dachte, wenn ich immer für dich da bin, würdest du es schließlich einsehen.«

»Und du bist nie auf die Idee gekommen, mich vielleicht einzuweihen?«

Anthony strich mir mit dem Handschuh sanft übers Kinn. »Ich kenne dich«, erwiderte er. »Wenn ich dir die Wahrheit gesagt hätte, wärst du davongelaufen. Verdammt, als ich vorschlug, wir könnten ja zusammenziehen, bist du auf Caldswells Schiff geflohen und auf Nimmerwiedersehen verschwunden.«

Da hatte er wohl recht. Ich fluchte leise.

»Devi«, sagte er und beugte sich wieder heran. »Es ist noch nicht zu spät. Ich weiß nicht, in was dieser Symbiont dich mit hineingezogen hat, aber du musst nicht mit ihm gehen.«

»Wo sollte ich sonst hin?«

»Nach Hause«, erwiderte Anthony scharf. »Wo du hingehörst. Mit mir. Der Kerl ist schon auf dem Schiff, aber ich habe immer noch die Codes. Ich kann die Waffenkammer von hier aus fernzünden, falls …«

Ich stöhnte leise. »Anthony, ich bin nicht seine Gefangene, und ich werde nicht zulassen, dass du ihn tötest. Ich weiß, du willst mich nur beschützen, aber das brauchst du nicht.«

»Brauche ich nicht …« Anthony verstummte kurz. »Devi, du wurdest von einem Xith'cal-Stammesfürsten entführt, und danach warst du monatelang verschwunden …«

»Im Hyperraum!«, fiel ich ihm ins Wort.

»Um dann mit diesem Symbionten wieder aufzutauchen«, bellte Anthony. »Du *schläfst* mit ihm und behauptest, du bräuchtest mich nicht, um wieder zur Besinnung zu kommen?«

»Wir schlafen nicht miteinander!« Zumindest nicht in letzter Zeit. »Und selbst wenn, geht es dich nichts an.«

»Und ob es mich was angeht!«, brüllte Anthony. »Oder hast du den Teil meines Briefes übersprungen, in dem ich dir schrieb, dass Symbionten nichts anderes sind als genmanipulierte Tötungsmaschinen?«

»Rupert nicht!«, brüllte ich zurück. Meine Temperamentkontrolle begann zu bröckeln, aber ich hatte es gründlich satt, wenn Leute, die keine Ahnung hatten, Rupert beschimpften. »Er ist ein guter Mensch, der mir öfter das Leben gerettet hat, als ich zählen kann.«

»Weißt du, wie du dich anhörst?«, fuhr Anthony auf. »Du klingst, als wärst du verliebt in dieses Monster!«

»Auch das geht dich nichts an«, erwiderte ich kalt. Im Moment wusste ich ja selbst nicht einmal, was ich für Rupert fühlte, und würde es bestimmt nicht mit Anthony besprechen. »Außerdem ist er kein Monster.«

»Er hat mit bloßen Händen zwei Rüstungen der Königsklasse in Stücke gerissen!«, rief Anthony. »Wie viele Beweise brauchst du noch?«

»Was ist so schwer daran zu verstehen, wenn ich sage, das geht dich nichts an?«

»Weil es mich eben *schon* was angeht!«, polterte Anthony. »Ich liebe dich! Selbst wenn du meine Gefühle nicht erwiderst, möchte ich nicht, dass dir etwas zustößt. Aber genau das wird passieren, wenn du bei ihm bleibst!«

»Ich höre mir das nicht länger an«, knurrte ich und machte mich auf den Weg zurück zum Haus.

Ich war noch keinen Schritt weit gekommen, da packte Anthony mich am Arm. »Nachdem ich den Brief geschrieben hatte, habe ich noch weiter über Symbionten nachgeforscht«, raunte er und verstärkte seinen Griff. »Hast du eine Ahnung, warum sie in der Republik verboten wurden?«

»Mir ist vollauf bewusst, dass sie instabil werden können«, erwiderte ich und versuchte mich loszumachen.

»Instabil ist doch gar kein Ausdruck. Der Symbiont wird mithilfe von Xith'cal-Erbgut hergestellt, und das hat noch ganz andere Folgen als nur das schwarze Schuppenkleid und beschleunigte Zellregeneration: Es bringt auch ihre Mordlust mit sich. Es gibt Berichte von Symbionten-Soldaten, die komplett durchgedreht sind und ihre eigenen Kameraden *aufgefressen* haben. Sie sind im wahrsten Sinne des Wortes Ungeheuer, und du erwartest von mir, dass ich einfach zusehe, wie du mit einem davonfliegst, als wärt ihr auf dem Weg in die Flitterwochen?«

»Genau das!«, keifte ich und riss mich los. »Ob es dir gefällt oder nicht: Du bestimmst weder über mich noch über mein Leben! Es tut mir leid, dass du dir wegen mir Sorgen gemacht hast und ich dich mit reingezogen habe, aber es hat nun mal nichts mit dir zu tun.«

»Verflucht, Devi! Merkst du denn nicht, dass es Menschen gibt, denen etwas an dir liegt? Die sich schon einmal mit deinem Tod abfinden mussten und es nicht noch einmal tun wollen? Ich weiß nicht, wie dein selbst gewählter Auftrag lautet, aber er kann doch wohl nicht wichtiger sein als dein Leben.«

Wieder streckte er den Arm nach mir, doch diesmal berührte er nur sanft meine Hand. »Ganz gleich, in was für Problemen du steckst, wir können sie lösen«, sagte er leise. »Mir untersteht der gesamte neunte Distrikt von Kingston. Ich habe Kontakte bis hinauf in die Königliche Kanzlei und kann dir beschaffen, was immer du brauchst, aber verschwinde nicht noch einmal. Nicht mit ihm. Der Kerl ist Terraner und ein Symbiont. Er versteht dich nicht, ich schon. Ich kann dich beschützen, Devi, also komm nach Hause. Komm nach Paradox, denn dort gehörst du hin. Komm mit mir zurück.« Er hob meine Finger an die Lippen und hauchte mir einen Kuss auf den Handrücken. »Bitte.«

Ich hatte den stolzen Anthony Pierce noch nie im Flüsterton um etwas bitten gehört, jetzt schon. Überraschenderweise berührte mich das, denn ich mochte Anthony. Ich mochte ihn wirklich, das war auch der Grund, warum ich so lange bei ihm geblieben war. Trotzdem liebte ich ihn nicht, und nun wusste ich, dass ich es auch nie tun würde. Jeder Mann, der glaubte, ich wollte beschützt werden oder dass es nichts gäbe, das ich höher einschätzte als mein eigenes Leben, verstand überhaupt nichts.

»Es tut mir leid, Anthony«, erwiderte ich und zog meine Hand weg. »Ich kann nicht.«

Er schloss die Augen und ließ seine Hand, wo sie war. »Kannst du mir wenigstens sagen, warum?«

»Nein. Aber ich kann dir verraten, dass mich niemand

zu irgendetwas zwingt und ich das auch nicht für Rupert tue. Was auch immer du denken magst, wir sind nicht hergekommen, um gemeinsam unterzutauchen. Dass wir hier festsitzen, ist bloßer Zufall, und jetzt, da wir ein Schiff haben, machen wir uns wieder an die Arbeit. Ich kann dir nicht sagen, worum es dabei geht, aber du darfst mir glauben, wenn ich sage, dass es wichtig ist und außerdem meine freie Entscheidung.«

Anthony öffnete die Augen wieder und funkelte mich an. »Und *er* hat dir geholfen, zu dieser Entscheidung zu kommen, nicht wahr?«

»Ja, hat er. Aber wenn du glaubst, es gäbe auch nur einen einzigen Menschen im Universum, der mich zu irgendetwas zwingen könnte, das ich nicht will, dann hast du mir nicht zugehört.«

Anthony stand mit geballten Fäusten da und schwieg. Nachdem es nichts mehr zu besprechen gab, konnte ich endlich meinen Rückweg zum Haus fortsetzen.

»Du gehst«, sagte er leise. »Wenn du jetzt einfach abhaust, Deviana Morris, sind wir fertig miteinander. Ich habe mehr riskiert, als du dir vorstellen kannst, um dich zu retten. Wenn das dein Dank dafür ist, dann lasse ich dich eben ziehen mit deinem verfluchten Monster.«

»Du *lässt* mich gar nichts«, widersprach ich und drehte mich noch einmal um. »Ich bin ganz allein bis hierher gekommen und werde genauso weitermachen.« Auch wenn es gemein von mir war, ich konnte mir die kleine Retourkutsche einfach nicht verkneifen. »Außerdem – nachdem wir dein Schiff haben, würde ich sagen, *du* bist derjenige, den ich lasse, nämlich hier.« Ich drehte mich um und winkte ihm über die Schulter zu. »Genieße deinen Aufenthalt auf dem Sojamond, Hauptmann Pierce.«

»Devi!«, rief er mir hinterher, aber wenn ich stehen geblieben wäre, hätte ich ihm nur eine verpasst, also ging ich weiter. Ich marschierte ins Haus, schnappte meine Lady und die Waffen und ging schnurstracks an Anthonys Soldaten vorbei. Keiner der beiden versuchte, mich aufzuhalten, als ich die Veranda überquerte und zielstrebig Richtung Schiff lief.

Als Hauptmann des Heimatschutzes hatte Anthony Zugang zu einer ganzen Reihe erstklassiger Gerätschaften, der kleine Kreuzer, mit dem er hergeflogen war, bildete da keine Ausnahme. Das Fünf-Mann-Schiff war funkelnagelneu, aber aus einer paradoxischen Werft, und das bedeutete: dreimal so groß wie ein vergleichbares terranisches Modell, dafür nur halb so gut ausgestattet. Ich bin die treueste Anhängerin unseres Königs, die man sich nur vorstellen kann, aber selbst ich musste zugeben, dass die Terraner uns im Schiffsbau einiges voraushatten. Gleichzeitig hatten die vertrauten, absurd dicken Panzerplatten etwas Nostalgisches.

Leider wimmelte es an Bord außerdem nur so von Phantomen. Bisher hatte ich nur eines der kleinen Biester gesehen, als ich vor ein paar Stunden aufwachte, aber aus irgendeinem Grund war Anthonys Kreuzer bis oben hin voll mit ihnen. Ich konnte nur vermuten, dass sie wegen des grellen Lichts im Freien nicht zu sehen gewesen waren, im schattigen Innenraum des Schiffs allerdings schon. Ob meine Theorie stimmte, wusste ich nicht, aber sie war mir immer noch lieber als der ursprüngliche, paranoide Impuls, der mir zuflüsterte, die Dinger würden mir absichtlich folgen. Das war natürlich bescheuert, also ignorierte ich die Phantome demonstrativ, während ich meinen Rüstungskoffer durch den schmalen Gang zur Brücke schleppte.

So verwöhnt ich nach all den Dienstjahren in der Republik auch war, eines hatte ich immer vermisst: die standardmäßig installierten Wartungsstationen für Powerrüstungen. Wie erwartet, fand ich sie an der Rückseite der Brücke, komplett mit Energiesteckern, Ersatzteilen und Nachfülltanks. Hier gab es alles, was ich mir nur wünschen konnte. Meine Lady war dank der Überholung in der Botschaft auf Montblanc wieder in einwandfreiem Zustand, aber diese Gelegenheit konnte ich mir nicht entgehen lassen. Vor allem die Luftfilter, die ich auf dem Schiff des Sensenmanns fast vollkommen verbraucht hatte, mussten wieder gereinigt werden, und genau das tat ich, bevor ich mich auf die Suche nach Rupert machte.

Ich fand ihn im Pilotensitz, von wo aus er mit tief gefurchter Stirn die funkelnde Sternenkarte musterte, die das Nav-System um ihn herum projizierte. Ich ließ mich in den Geschützstand gleich daneben sinken und achtete darauf, bloß nichts zu berühren.

Als ich die Touchscreen-Armstützen nach einer geeigneten Stelle für meine Ellbogen absuchte, sagte Ruppert unvermittelt: »Ich soll dir von Higgs ausrichten, es tut ihm leid.«

»Wie bitte?«, fragte ich blinzelnd.

»Er bedauert, dass er Hauptmann Pierce über deinen Aufenthaltsort informiert hat«, erläuterte Rupert und schaltete die Sternenkarte ab. »Er hat die Ereignisse auf Montblanc nur am Rand mitbekommen und hatte keine Ahnung, dass du für tot erklärt worden warst. Als er mich sah, dachte er, du steckst in Schwierigkeiten. Dass das nicht der Fall war, hat er zu spät gemerkt, und jetzt möchte er sich für seine Einmischung entschuldigen.«

Zu wissen, dass Higgs mich nicht wegen Anthonys Belohnung verpfiffen hatte, war eine gewisse Erleichterung, aber …

»Und warum sagt er das *dir?*«

»Nachdem du gerade damit beschäftigt warst, einen Hauptmann der Heimwehr zusammenzustauchen, hielt er es wohl für sicherer so«, antwortete Rupert und trommelte mit den Fingern auf die Konsole. »Danach ist er gleich wieder verschwunden.«

Ich zog eine Augenbraue nach oben. Higgs hielt Rupert also für harmloser als mich. Wenn das mal keine Fehleinschätzung war. Der Blick, mit dem er im Moment die Konsole anstarrte, ließ ihn alles andere als harmlos aussehen – und ganz und gar nicht wie den Rupert, den ich kannte.

»Hey«, erwiderte ich, »ist auch alles okay bei …«

Der Rest des Satzes ging im Heulen der Triebwerke unter, die Rupert soeben gezündet hatte. »Anschnallen«, sagte er nur. »Start in dreißig Sekunden.«

Ich warf ihm einen fragenden Blick zu und schnallte mich an. Ich hatte keine Lust, gegen die Maschinen anzubrüllen, also lehnte ich mich zurück und wartete. Ich erhaschte einen letzten Blick auf Anthony, der gerade auf der Veranda zu seinen Soldaten stieß, dann hoben wir ab. Danach sah ich nur noch das Grün der Sojakulturen um uns herum und schließlich den sternengesprenkelten blauen Himmel mit dem schimmernden Gasgiganten und den beiden Sonnen. Sobald wir das Schwerefeld von Mond E verlassen hatten, richtete Rupert die Nase des kleinen Kreuzers auf den äußeren Rand des Atlas-Nebels aus und gab eine Zahlenkolonne in das Autonav-System ein.

»Wir brauchen zwei Stunden, um den Kontinentalfrachter zu erreichen«, erklärte er. »Dort benutzen wir das Tor und springen nach Kessel.«

»Kessel?!«, prustete ich. »Das ist ein Piratenhafen. Was zum Teufel sollen wir dort?«

»Wenn Hauptmann Pierce weiß, dass du noch am Leben bist, wissen alle anderen es auch«, antwortete Rupert. »Wenn wir den Detektiven aus dem Weg gehen wollen, sollten wir uns ein unauffälligeres Schiff suchen, und im Gegensatz zu den registrierten Werften stellen Piraten keine Fragen.«

Ich schürzte die Lippen. Unter diesem Blickwinkel hatte ich es noch gar nicht betrachtet, und Rupert hatte wie gewöhnlich recht. Selbst wenn Anthony die Sache bis zu seinem Aufbruch geheim gehalten hatte, würde er es spätestens jetzt hinausposaunen. »Glaubst du, die Detektive werden sich an unsere Fersen heften?«

»Absolut«, erwiderte er und schaltete auf Autopilot. »Kommandant Martin ist im Moment oberster Leiter der Organisation. Er war es, der Caldswell und mich nach Montblanc geschickt hat, nachdem unser Büro auf Paradox Baron Kells' Bericht weitergeleitet hatte. Sobald bekannt wird, dass du nicht tot bist, wird Martin Befehl geben, dich zu schnappen. Nachdem du ihm schon einmal durch die Lappen gegangen bist, dürfte er diesmal nichts anbrennen lassen.«

Das klang nicht gut. Andererseits waren Rupert und ich nicht gerade leichte Beute, außerdem hatten wir einen Vorsprung. Ich hoffte nur, dieser mysteriöse Plasmex-Arzt würde sich nicht genauso als Katastrophe herausstellen wie Brentons Xith'cal, denn einen weiteren Plan B hatte ich nicht. Ich wandte mich Rupert zu, um ihm genau das zu sagen, doch er schaute mich nicht einmal an. Er saß auf der Kante des Pilotensessels und funkelte die Navigationskonsole an, als würde er sie am liebsten zertrümmern.

Ich verdrehte die Augen. »Spuck's schon aus.«

Rupert schaute mich an, als wüsste er nicht, wovon ich rede.

Ich verschränkte die Arme vor der Brust. »Wenn du wütend auf mich bist, dann sag es einfach. Die Konsole niederzustarren bringt uns nicht weiter.«

Sein Blick sprang zurück zu den Anzeigen, als sehe er sie zum ersten Mal. »Entschuldige«, sagte er leise.

»Wofür entschuldigst du dich?«, fauchte ich. »Du sollst mir sagen, warum du wütend bist, nicht dich dafür entschuldigen.«

»Ich bin nicht wütend.«

Mein Blick schien ihm zu verraten, was ich von seiner Antwort hielt, denn Rupert begrub das Gesicht in den Händen und stieß einen niedergeschlagenen Seufzer aus. »Schön, ich bin wütend. Aus dem einfachen Grund, dass wir schon wieder auf der Flucht sind. Ich hatte gehofft, uns bleibt mehr Zeit, aber dann kam dieser Kerl und hat alles kaputt gemacht.«

Wenn ich daran dachte, was wir gerade taten – oder beinahe getan hätten –, als Anthony hereinplatzte, musste ich nicht erst fragen, was Rupert mit »alles« meinte. Ehrlich gesagt war ich froh, dass es nicht dazu gekommen war. Ich war kurz davor gewesen, mich noch in der Küche auf Rupert zu stürzen, aber das wäre ein kolossaler Fehler gewesen. Ein gelegentliches Stelldichein war das eine, aber das emotionale Minenfeld, auf dem ich mich im Moment mit Rupert bewegte, auch noch durch Sex zu verkomplizieren, hätte Ressourcen erfordert, über die ich im Moment nicht verfügte. Vor allem nicht in Anbetracht der überraschenden Befriedigung, die es mir bereitete, Mr. Eisberg wegen *mir* so aufgewühlt zu sehen.

Ich rief mir gerade all die Gründe ins Gedächtnis, warum es ganz und gar keine gute Idee war, mich so unbändig über Ruperts Aufmerksamkeit zu freuen, da ließ er die eigentliche Bombe platzen.

»Und ich bin wütend, weil du das Virus vor mir versteckst.«

Ich zuckte zusammen, und Rupert funkelte mich an. »Ich habe deine Hände gesehen, als du nach oben gegangen bist. Du hattest wieder einen Anfall. Nur deshalb bist du ins Badezimmer gegangen, oder etwa nicht?«

Einen Moment lang überlegte ich, ihn anzulügen, doch dafür war es wohl zu spät. »Ja«, antwortete ich. »Aber ich habe alles unter Kontrolle. Du musst dir keine Sorgen machen.«

Als Ruperts Kiefermuskeln zu zucken begannen, dämmerte mir, dass ich womöglich erst die Spitze des Eisbergs zu sehen bekommen hatte.

»Ach ja?«, knurrte er beinahe. »Und um was muss ich mir keine Sorgen machen? Um dein Virus, das unkontrolliert ausbrechen und alles Lebendige um dich herum auslöschen könnte, oder darüber, dass du es vor mir versteckst, was mir jede Möglichkeit raubt, dir zu helfen?«

»Du könntest sowieso nichts tun«, verteidigte ich mich. »Außerdem ist es *mein* Virus. Und ich habe es, wie gesagt, unter Kontrolle.«

»Genau das meine ich«, sagte Rupert und wurde lauter. »Ich glaube eben *nicht*, dass du es unter Kontrolle hast, weil sich etwas Derartiges nicht kontrollieren *lässt*. Nicht mit ausreichender Sicherheit.«

Er hielt inne und atmete einmal tief durch. »Ich weiß,

du vertraust mir nicht, Devi, und das kann ich dir kaum verübeln, aber du musst aufhören, alles mit dir selbst auszumachen.«

»Mir bleibt gar nichts anderes übrig«, widersprach ich. »Ich habe nicht um dieses Virus gebeten, aber jetzt gehört es mir. Ich bin die Einzige, die es einsetzen kann, und es ist meine Pflicht, damit so viel Gutes zu tun wie irgend möglich.«

»Trotzdem musst du es nicht allein tun«, entgegnete er. »Niemand bezweifelt deinen Mut, aber zwischen Mut und Leichtsinn besteht ein wichtiger Unterschied. Du preschst blind vor, als wäre dein Leben wertlos, aber das ist es nicht.«

»Ich tue bloß, was ich tun muss«, keifte ich. »Wenn ich mir in der Arena des Sensenmanns nur Sorgen um mein eigenes Wohlergehen gemacht hätte, wären wir jetzt alle tot. Aber wir leben noch, die Sensenmann-Flotte ist vernichtet, und wir haben die Chance, mein Virus zum Wohl aller einzusetzen.«

»Dass du nicht draufgegangen bist, war pures Glück …«

»Wenn ich Angst vor dem Tod hätte, wäre ich nicht halb so gut in dem, was ich tue«, erklärte ich entschieden. »Aber ich habe keine Angst. Wenn du glaubst, du könntest mir einreden, ich sollte welche haben, dann vergiss es.«

Vielleicht ging ich damit ein Stück zu weit, aber das war mir egal. Ich hatte die Schnauze voll von Männern, die glaubten, mich beschützen zu müssen. »Ich komme hervorragend allein zurecht«, sprach ich weiter. »Und das schon seit neun Jahren im aktiven Kampfeinsatz. Ich werde mich von dir nicht zurückhalten lassen.«

»Ich will dich gar nicht zurückhalten!«, bellte Rupert, dann überlegte er eine Weile. »Ich habe nicht vor, dich zu kontrollieren«, fügte er schließlich etwas leiser, doch kein bisschen weniger eindringlich hinzu. »Aber ich mache mir Sorgen um dich, Devi.«

»Darum habe ich dich nie gebeten.«

»Das macht keinen Unterschied. Ich mache mir Sorgen um dich, seit wir uns zum ersten Mal begegnet sind.« Er blickte mich finster an. »Du bist zweifellos der anstrengendste Mensch, den ich kenne.«

Ich schaute finster zurück. »Und warum bist du dann überhaupt noch hier?«

»Weil ich dich liebe«, schnaubte er. »Und obwohl ich halb umkomme vor Angst um dich, möchte ich dich nicht ändern. Ich kann es ohnehin nicht. Jeder, der glaubt, er könnte dich zu irgendetwas bringen, ist entweder dumm oder verrückt.«

Perverserweise nahm ich das als Kompliment, aber Rupert war noch nicht fertig. »Ich habe mich damit abgefunden, dass ich nichts daran ändern kann, wenn du dich Hals über Kopf in Gefahren stürzt oder dein Leben behandelst, als wäre es wertlos«, fuhr er fort und nahm meine verbundene Hand. »Aber ich sehe keinen Grund, dich alles allein schultern zu lassen.«

Er streichelte mit dem Daumen sanft über meine verbrannte Handfläche. »Lass mich dir helfen«, flüsterte er und küsste meine Finger. »Und wenn du es aus Mitleid mit einem überbesorgten Mann tust, der nicht ertragen kann, dich nicht an seiner Seite zu haben. Aber bitte, um meinetwillen, lass mich dir helfen.«

Seine Lippen auf meinen Fingern zu spüren jagte mir einen Schauder über den Rücken. Es war das zweite Mal an diesem Tag, dass jemand meine Hand küsste und mich um etwas bat. Im Gegensatz zu Anthony drang Ruperts

Bitte jedoch zu mir durch, weil er nichts Unmögliches von mir forderte. Anthony hatte gewollt, dass ich wieder zur Besinnung kam und ihn nach Paradox begleitete. Rupert hingegen wusste, dass er meine Handlungen nicht kontrollieren konnte, und wollte mir lediglich beistehen. Mit wenigen Worten hatte er bewiesen, dass er mich besser verstand als der Mann, der sieben Jahre lang mein Geliebter gewesen war. Da ich diese Schlacht auf unbekanntem Gebiet schon so lange ganz allein schlug, empfand ich die Vorstellung, dass jemand mir den Rücken freihielt und mich unterstützte, selbst wenn er oft nicht meiner Meinung war, als äußerst angenehm.

Der Gedanke hatte sich gerade erst gebildet, da begann ein anderer Teil meiner Persönlichkeit bereits zu bocken. War ich denn vollkommen bescheuert? Charkow hatte mich *verraten*. Erst vor zwei Tagen hatte ich mir geschworen, ihm nie wieder zu vertrauen, und jetzt dachte ich allen Ernstes darüber nach, mich mit ihm zusammenzutun? Doch die alten Argumente griffen bei Weitem nicht mehr so wie früher, denn seit unserem Kampf auf dem Minenplaneten im Sevalis hatte sich eine Menge verändert.

Normalerweise gab ich nicht viel auf Entschuldigungen, aber Rupert war vollkommen aufrichtig zu mir gewesen, und seither hatten wir gemeinsam einige sehr brenzlige Situationen durchgestanden. Das reichte zwar nicht, um wiedergutzumachen, was er mir angetan hatte. Aber je mehr ich begriff, was auf dem Spiel stand, und je wichtiger dank der schwarzen Pest in mir meine Rolle dabei wurde, desto klarer wurde mir, dass ich mir kategorische Entscheidungen schlichtweg nicht mehr leisten konnte. Dafür war meine Lage viel zu kompliziert. Und während ich Rupert betrachtete, der immer noch über meine Hand gebeugt dasaß, als wollte er sie nie wieder loslassen, beschloss ich, dass es an der Zeit war, etwas Neues zu probieren.

»Ich habe da so eine verrückte Idee«, begann ich leise. »Was hältst du davon, noch einmal ganz von vorne anzufangen?«

Rupert blickte auf, und ich spürte, wie er den Atem anhielt. »Von vorne anfangen?«

»Nach all den Lügen und der Lebensretterei ist die Bilanz zwischen uns recht kompliziert«, erklärte ich achselzuckend. »Offen gesagt habe ich keine Lust mehr, alles auseinanderzudividieren. Was hältst du davon, wenn wir einfach reinen Tisch machen und einen kompletten Neuanfang wagen?«

Rupert ließ meine Hand los. »Die Idee gefällt mir«, erwiderte er. »Besser als alles andere.«

»Gut, hier ist mein Angebot: Wenn du mir wirklich helfen willst, müssen wir ein Team werden. Keine Geheimnisse mehr und keine Lügen, kein Verheimlichen, weil es angeblich besser für mich ist. Von jetzt an gibt es nur noch reinen Tisch zwischen uns, und wenn du mich noch einmal verrätst, erschieße ich dich.«

Der letzte Halbsatz brachte Rupert zum Lächeln, was eindrucksvoll zeigte, wie verkorkst unsere gemeinsame Geschichte war. »Das klingt mehr als nur gerecht, aber gilt dieses Alles-Preisgeben für beide Seiten?«, fragte er.

Ich breitete die Arme aus. »Was möchtest du wissen?«

Rupert drehte seinen Stuhl herum und schaute mir direkt ins Gesicht. »Fangen wir mit dem Virus an.«

Das hatte ich befürchtet, aber das Ganze war mein Vorschlag gewesen, und wenn Rupert sich rückhaltlos auf mich einlassen sollte, musste er auch das Risiko kennen.

Also atmete ich einmal tief durch und erzählte es ihm. Alles. Ich erzählte ihm von Maat und den Phantomen, von der Tochter, die ich auf dem Stammesschiff getötet hatte, und verriet ihm, dass das Virus immer dann aktiv wurde, wenn ich wütend würde. Als ich Maat erwähnte, erschrak er sichtlich, unterbrach mich aber nicht. Wahrscheinlich hätte er es auch gar nicht gekonnt. Eigentlich hatte ich gar nicht so viel preisgeben wollen, aber nachdem ich einmal angefangen hatte, brach es aus mir heraus wie eine Flut. Ich schilderte ihm sogar die bizarre Episode mit den Lelgis, von der ich nie einer Menschenseele erzählen wollte, aber die Worte sprudelten immer weiter, bis ich vollkommen leer war.

Als ich fertig war, machte ich mich auf das Schlimmste gefasst, doch Rupert wirkte lediglich nachdenklich. »Dass Maat direkten Kontakt zu dir aufgenommen hat, erklärt immerhin, wieso du so viel über sie weißt«, sagte er schließlich. »Sie ist verrückt.«

»Oh, das weiß ich«, erwiderte ich traurig. »Warum, glaubst du, tut sie mir so leid?«

»Dass Wut das Virus aktiviert, hätte ich mir denken können«, fuhr Rupert fort. »Am Anfang ist das Plasmex immer mit den Gefühlen der Töchter verbunden. Erst durch das Training lernen sie, es zu kontrollieren. Dass das Virus sich genauso verhält, ist nur logisch.«

Er überlegte kurz und zuckte schließlich die Achseln. »Dann müssen wir eben aufpassen, dass du immer schön ruhig bleibst.«

»Moment«, sagte ich. »Wie kannst du das einfach so akzeptieren? Hast du gar keine Angst, dass ich mich einmal vergesse und dich umbringe?«

Rupert hatte tatsächlich die Nerven, laut zu lachen.

»Dieses Risiko besteht mit oder ohne Virus, aber du bist es mir wert.«

Ungläubig blinzelte ich ihn an, doch Rupert hatte sich schon wieder der Steuerkonsole zugewandt. Er schaute die Projektionen des Autonav-Systems eine Zeit lang an, dann ließ er stöhnend den Kopf hängen und rieb sich die Augen.

»Was ist?«, fragte ich erschrocken.

»Ich bin nur müde«, antwortete Rupert eigenartig verloren, doch bevor ich es verstand, war der Eindruck schon wieder verschwunden, verdrängt von seinem üblichen Geschäftston. »Da ist unser Sprungtor«, sagte er und deutete auf das Sichtfenster.

Ich spähte ins All, aber wir waren immer noch tief im Atlas-Nebel, weshalb ich außer den zahllosen Sternen, Gesteinsbrocken und all dem Weltraumschrott um uns herum nichts Besonderes erkennen konnte. Erst nach einer Weile merkte ich, dass es sich bei der riesigen kantigen Silhouette direkt vor uns nicht um einen weiteren Asteroiden handelte, wie ich zunächst gedacht hatte, sondern um ein Schiff.

»Verflucht groß, das Ding«, kommentierte ich. »Und hässlich.«

»Schiffe, die nie in eine Atmosphäre eintreten müssen, wirken oft ein wenig plump«, räumte Rupert ein.

Plump war gar kein Ausdruck. Der Kontinentalfrachter war bei Weitem nicht so groß wie ein Stammesschiff, aber immer noch das größte von Menschenhand gebaute Weltraumfahrzeug, das ich je gesehen hatte. Es sah aus wie ein gigantischer Klumpen Alufolie, an dem eine Art Schnur baumelte. Wahrscheinlich der Weltraumaufzug. Ich schüttelte den Kopf und wollte Rupert gerade fragen, was nun als Nächstes anstand, doch er rieb sich nur erneut die Augen, diesmal sogar mit den Handballen.

»Ist wirklich alles okay bei dir?«

»Mir geht's gut«, antwortete er. »Aber wenn wir im Hyperraum sind, werde ich schlafen müssen.«

Er sagte das mit einem Ernst, als hätte er mir gerade offenbart, dass er innerhalb der nächsten Stunde an einer Strahlenvergiftung sterben würde. Ich musterte ihn misstrauisch. »Ist schlafen ein Problem für Symbionten?«

»Kann es zumindest sein. Ich erklär's dir nach dem Sprung.«

Das klang nicht gerade beruhigend, und ich hätte lieber sofort Bescheid gewusst, aber Rupert funkte bereits den Frachter an, also blieb mir wohl oder übel nichts anderes übrig, als abzuwarten. Immerhin waren wir jetzt ein Team; als seine Partnerin sollte ich die paar Minuten Ungewissheit ertragen können. Es war eine kleine, ganz einfache Entscheidung. Ich brachte ihm nur ein kleines bisschen Vertrauen entgegen, doch dieses Vertrauen rastete ein wie ein Gelenk, das viel zu lange verstaucht gewesen war. Zum ersten Mal, seit Rupert mich vor so langer Zeit im Regen hatte stehen lassen, hielt ich es für möglich, dass die Dinge zwischen uns eines Tages tatsächlich wieder in Ordnung kommen könnten.

Das war eine gefährliche Hoffnung, also verdrängte ich sie schnell wieder, starrte die Sterne an und fragte mich, was wohl passierte, wenn ein Symbiont sich schlafen legte.

3

Obwohl wir weit und breit das einzige Schiff in diesem Sektor waren, dauerte es absurd lange, bis der Frachter auf unseren Ruf reagierte, und noch viel länger, bis wir endlich springen konnten. Der Arbeiter am Com wusste nicht einmal, wie er den Sprungcomputer hochfahren sollte. Rupert musste mit Engelszungen auf ihn einreden, bis er endlich seinen Vorgesetzten weckte. Dass wir ein paradoxisches Schiff flogen, machte es nicht einfacher, die terranische Frachterbesatzung zur Kooperation zu bewegen, doch Rupert hatte den Vorgesetzten noch nicht lange an der Strippe, da fraß er ihm beinahe aus der Hand.

Dem Gespräch zu lauschen war eine erstaunliche Erfahrung. Ich hatte nicht für möglich gehalten, wie schnell Rupert zwischen ruppig und charmant hin und her schalten konnte, bis ich selbst Zeugin wurde. Außerdem war sein üblicher Akzent vollkommen verschwunden. Er klang wie ein gebildeter paradoxischer Adliger, der versuchte, wie ein Terraner zu klingen, was ein Widerspruch in sich selbst war. Doch die Kombination wirkte wahre Wunder: Als das Sprungtor bereit war und der Computer nur noch auf Ruperts Koordinaten wartete, schnatterte die gesamte Besatzung mit ihm, als wären sie alte Freunde. Kein Einziger schien sich auch nur im Entferntesten zu fragen, warum ein paradoxisches Schiff das Sprungtor eines terranischen Kontinentalfrachters benutzte, um einen Piratenhafen anzufliegen.

Das war unprofessionell bis zum Anschlag. Wären es Paradoxier gewesen, ich hätte den ganzen Haufen angezeigt. Da wir aber die Nutznießer dieser unfassbaren Nachlässigkeit waren, versuchte ich den Mund zu halten. Als sie einander dann auch noch die Sicherheitscodes zuriefen, während die Gesprächsverbindung noch offen war, hatte ich endgültig genug.

»Das reicht«, knurrte ich in der Königlichen Sprache. »Ich werde eine offizielle Beschwerde bei der republikanischen Sternenflotte einlegen. Kein Wunder, dass es in der Republik so viele Piraten gibt. Es ist eine Schande! Auf paradoxischem Hoheitsgebiet würde so etwas niemals passieren.«

»Umso besser, dass wir nicht auf paradoxischem Hoheitsgebiet sind«, erwiderte Rupert zwinkernd und ließ die Hyperraumspule warmlaufen.

Ich verdrehte die Augen. Irgendetwas ärgerte mich maßlos, schließlich kam ich auch dahinter, was: Es war sein Akzent. Wenn Rupert so sprach, hatte ich das Gefühl, mit einem paradoxischen Adligen unterwegs zu sein, und solche Flüge waren immer unangenehm. Nicht dass ich viel Erfahrung damit gehabt hätte, dem König sei Dank, aber Rupert so sprechen zu hören erinnerte mich an eine Frage, die ich ihm schon lange hatte stellen wollen.

»Wenn du das Paradoxische so gut beherrschst, warum hast du es dann nie mit mir gesprochen?«, fragte ich mit gerümpfter Nase. »Es hätte unsere Unterhaltungen um einiges leichter gemacht.« Vor allem in betrunkenem Zustand; die Verben in Universal sind ein Albtraum, wenn ich einen zu viel habe.

»Ich hatte strikten Befehl, genau das nicht zu tun«, antwortete Rupert mit einem schelmischen Grinsen. »Außerdem hätte ich dann nie deinen reizenden Akzent gehört.«

Mein Akzent mag vieles sein, aber reizend ist er bestimmt nicht. Doch noch bevor ich mich beschweren konnte, rollte der Sprungblitz über uns hinweg, und unser kleiner Kreuzer machte einen Satz zur Seite. Laut schnappte ich nach Luft und klammerte mich an meinem Stuhl fest, da ließ das Rütteln schon wieder nach, und die ewige Stille des Hyperraums senkte sich über uns. Das Universum ringsum verschwand, ersetzt von einer glatten, lilafarbenen Leere.

»Sauberer Sprung«, kommentierte ich sarkastisch und richtete mich wieder auf.

»Tut mir leid. Ich wurde zum Detektiv ausgebildet, nicht zum Hyperraumpiloten.«

Rupert hatte es eindeutig als Witz gemeint, doch seine Stimme klang eigenartig angespannt. Als ich aufblickte, um den Grund dafür zu erfahren, lehnte er mit geschlossenen Augen in seinem Sitz, sein Atem ging flach und keuchend. Zuvor hatte er nur müde ausgesehen, jetzt wirkte er, als wäre er sprichwörtlich am Ende seiner Kräfte, und das gefiel mir gar nicht.

Ich ignorierte das Gefühl und stand auf. »Komm schon, schaffen wir dich ins Bett«, sagte ich ruhig und fasste ihn am Arm.

Ruperts Mundwinkel zuckten, doch er ließ sich ohne Protest auf die Beine ziehen. Als er stand, schwankte er kurz, dann schüttelte er den Kopf, als versuche er ihn wieder klar zu bekommen.

Mein Unbehagen wurde größer.

»Wann hast du das letzte Mal geschlafen?«, erkundigte

ich mich und legte verstohlen einen Arm um seine Hüfte, damit er mir nicht umfiel.

Rupert überlegte. »Sieben Tage.«

Ich erstarrte. »Vor *sieben* Tagen?«

»Symbionten brauchen weniger Schlaf als normale Menschen«, erläuterte er, während wir zum Heck des Schiffs gingen.

Das erklärte das ein oder andere darüber, warum die *Narr* mit so wenig Besatzung auskam. »Dann hast du nicht mehr geschlafen, seit du mich in der Botschaft abgeholt hast?«

»Ich habe nicht mehr geschlafen, seit ich dir deine Erinnerungen zurückgab«, korrigierte Rupert und machte sich von mir los. Inzwischen standen wir vor der Tür zu Anthonys Kabine. »Es gab zu viel zu tun.«

Er sagte das so beiläufig, dass ich ihn am liebsten erwürgt hätte. »Du hast einfach bis zum Zusammenbruch weitergemacht?!«, bellte ich. »Warum hast du nicht im Haus geschlafen?«

»Ich wollte dich nicht an einem unbekannten Ort allein lassen, wenn du nicht wach bist«, antwortete er. »Außerdem ist Schlaf… nichts Schönes für einen Symbionten.«

Das sagte er jetzt schon zum zweiten Mal, und das war oft genug, um mich aufhorchen zu lassen. »Okay«, erwiderte ich langsam. »Worauf muss ich mich einstellen?«

»Auf gar nichts, hoffe ich.« Rupert öffnete die Tür, dahinter kam eine kleine Offizierskabine mit einer schmalen Pritsche zum Vorschein. »Aber zur Sicherheit werde ich mich hier einsperren.«

Er trat vor das Bedienfeld und stellte die Tür auf höchste Sicherheitsstufe. »Der Sprung dauert sechs Stunden. Wenn ich nicht von allein aufwache, wird der Austrittsalarm mich wecken. Aber egal, was passiert, versuche nicht, diese Tür zu öffnen. Was auch immer du hörst, was auch immer ich tue, lass sie verriegelt.«

Ich runzelte die Stirn. »Was wirst du da drinnen tun? Mit deinen Klauen alles kurz und klein schlagen?«

»Schon möglich«, antwortete Rupert und lehnte sich gegen den Türrahmen. »Die Albträume können heftig sein, aber normalerweise bin ich ein ruhiger Schläfer. Ich glaube nicht, dass etwas passieren wird, aber ich möchte kein Risiko eingehen. Versprich mir einfach, dass du die Tür nicht aufmachst.«

Ich wies ihn darauf hin, dass das ohnehin nur von drinnen möglich war, doch Rupert schaute mich so eindringlich an, dass ich schließlich nickte. Als er die Tür schloss, hätte ich sie beinahe aufgehalten, bevor sie zufiel, konnte meine Hand aber gerade noch rechtzeitig wieder zurückziehen. »Süße Träume«, sagte ich nur.

Er lächelte. »Gute Nacht, Devi.«

Die Tür fiel ins Schloss, ich hörte die schweren Riegel einschnappen, dann war ich allein. Ich harrte noch eine Weile auf dem Korridor aus und spitzte die Ohren, hörte aber nichts als das tiefe Summen des Hyperraumantriebs. Rupert war wahrscheinlich sofort eingeschlafen, was ein seltsam zärtliches Gefühl in mir wachrief. Der arme Mann trieb sich zu hart an und hatte ein bisschen Ruhe verdient. Ich sollte mich wahrscheinlich ebenfalls ausruhen, aber nach meinem achtzehnstündigen Nickerchen war ich kein bisschen müde, also ging ich zurück zur Brücke.

Dort angekommen, ließ ich mich in den bequemen Pilotensitz fallen und rief in der vagen Absicht, mich nach all den Monaten, die ich im Hyperraum verpasst hatte, wieder auf den neuesten Stand zu bringen, den Informationsschirm auf. Leider befanden wir uns auf einem Militärschiff, der Zugang zu allen interessanten Informationen war verschlüsselt, und unterhaltungsmäßig gab der Speicher außer Schulungsvideos des Heimatschutzes nicht viel her. Im allgemein zugänglichen Speicher fand ich nur das Übliche – Bekanntmachungen von der Königlichen Kanzlei und dergleichen –, aber ich konnte einfach nicht die nötige Konzentration aufbringen, um sie zu lesen. Meine Gedanken wanderten immer wieder zurück zu Rupert.

Während ich von einer Seite zur nächsten sprang, musste ich ständig daran denken, wie besorgt er ausgesehen hatte. Besorgt und vollkommen erschöpft. Als ich noch fest entschlossen war, ihn bis ans Ende aller Zeiten zu hassen, hatte ich das locker ignorieren können. Doch jetzt, da zwischen uns reiner Tisch war, wusste ich, dass Rupert sich wegen mir zum Äußersten getrieben hatte. Ich hatte ihn nicht darum gebeten, trotzdem berührte es mich. Es gibt nicht viele Menschen, die das für mich tun würden, für die *wirkliche* Devi, nicht für Deviana Morris, den Virus-Container. Doch Rupert hatte es getan, und ich war verwirrter denn je.

Ich hatte mir geschworen, niemals zu den Frauen zu gehören, die behaupteten, fertig mit einem Typen zu sein, um nur wenige Tage später wieder zu ihm zurückgekrochen zu kommen. Aber anscheinend brauchte es nicht mehr als ein paar Entschuldigungen und eine Schüssel selbst gekochte Suppe, schon war alles vergeben und vergessen. Selbst jetzt gestand ich mir nur äußert ungern ein, wie enttäuscht ich gewesen war, als Anthony uns in der Küche überraschte. Am meisten ärgerte mich, dass ich Rupert keinen Gutenachtkuss gegeben hatte, bevor er sich einsperrte, und das war noch viel beschämender. Wir hatten noch einmal von vorne anfangen wollen, nicht die Zeit zurückdrehen. Was war nur los mit mir?

Ich lehnte mich zurück und massierte mir stöhnend die Schläfen. *Lust.* Es war nichts anderes als Lust, redete ich mir ein. Nur mit knapper Not dem Tod zu entrinnen machte einen verletzlich und bedürftig, und der Tod war in letzter Zeit mein treuer Begleiter gewesen. Hinzu kamen meine unleugbare Schwäche für Rupert sowie die physische Nähe zu ihm. Kein Wunder, wenn ich so idiotische Impulse verspürte.

Trotzdem reichte Lust nicht als Erklärung dafür, wie mein Magen jedes Mal Purzelbäume schlug, wenn er mich anlächelte. Wie mein ganzer Körper Feuer fing, wenn er sagte, er liebe mich, oder wie glücklich ich war, als ich merkte, dass er sich tatsächlich Sorgen um mich machte. Ganz zu schweigen davon, wie besorgt ich um ihn war, und …

Zur Hölle damit. Ich sprang auf, ging im Stechschritt zu der kleinen Schiffskombüse und durchwühlte die Schubladen mit den Trockenrationen, bis ich endlich etwas Schokolade gefunden hatte. Ich riss die Plastikhülle auf, stopfte mir den kompletten Riegel in den Mund und kaute wütend darauf herum, während ich ruhelos auf und ab ging und mich zwang, den Tatsachen ins Auge zu sehen.

Es mochte klug sein oder nicht, von mir aus sogar beschämend, aber die Wahrheit war, dass ich immer noch etwas für Rupert empfand. Zu meiner Verteidigung musste ich allerdings einräumen, dass es auch nicht besonders schwer war, etwas für ihn zu empfinden. Er sah gut aus, war intelligent, ein hervorragender Kämpfer, der meine Fähigkeiten respektierte, und ein exzellenter Koch. Und er konnte küssen. Außerdem behielt er während eines Einsatzes immer einen kühlen Kopf, was ich von mir selbst nicht gerade behaupten konnte. Und er war so unglaublich liebevoll. Liebe war überhaupt der Grund, warum mich sein Verrat so schwer getroffen hatte, aber seit er mir die Gründe dafür erklärt hatte, konnte ich sein Verhalten sogar verstehen. Nicht einmal seine tausendfachen Entschuldigungen waren wirklich schlimm. Ich meine, Rupert hatte sich gegen den Rest des Universums entschieden, und zwar für *mich*. Ob ich ihm nun vertraute oder nicht, wie sollte mich das kaltlassen?

Nun war es also heraus: Ich liebte ihn. Alles andere mochte noch nicht gesichert sein, aber zumindest das konnte ich nicht länger abstreiten. Ich liebte Rupert, hatte ihn immer geliebt. Und das spielte nicht die geringste Rolle, weil ich sowieso sterben würde.

Missmutig kaute ich weiter und schluckte. Der Riegel schmeckte mit einem Mal nicht mehr nach Schokolade, sondern nach Asche. Ich würde also sterben. Das war weder pessimistisch noch eine Übertreibung. Wie ich es auch drehte und wendete, mein Tod war beschlossene Sache. Wenn die Lelgis mich nicht bekamen, dann das Virus. Selbst wenn Ruperts geheimnisvoller Arzt wusste, was zu tun war, selbst wenn Caldswell je aus dem Hyperraum zurückkehren sollte und wir den Krieg gegen die Phantome gewannen, würden die Detektive mich nicht am Leben lassen, denn ich wusste einfach zu viel.

Ich sank zu Boden und vergrub das Gesicht in den Händen. Hätte ich es nicht getan, wäre ich in Tränen ausgebrochen, und das kam nicht infrage. Ich verstand einfach nicht, was mich plötzlich so traurig machte. In Erfüllung einer so wichtigen Aufgabe ruhmreich zu sterben war eine Ehre. Selbst wenn es mir nicht gelang, die Phantome zu vernichten und die Töchter aus ihrer Sklaverei zu befreien, ich hatte dem Sensenmann eine tödliche biologische Waffe entrissen und das Universum von seinem Stamm befreit. Das allein reichte fünfmal für einen Ehrenplatz im Kriegerhimmel. Eigentlich hätte ich platzen müssen vor Glück. Woher zum Teufel kam dann dieses bohrende Verlustgefühl?

Das ist genau der Grund, warum ich mich an meinen ursprünglichen Entschluss hätte halten sollen, dachte ich grollend. *Das* war der eigentliche Grund, warum ich auf meine Lust pfeifen und die Finger von Rupert lassen sollte. In einer Phase, in der ich all meine Kraft brauchte, machte er mich schwach. Rupert weckte in mir den Wunsch zu leben, von einer Zukunft zu träumen, die ich nicht hatte, die ich mir nicht wünschen durfte und die ich auch nicht bekommen würde. Je mehr ich darüber nachdachte, wie vertrackt und ungerecht meine Lage war, desto wütender wurde ich.

Das konnte ich nicht zulassen. Wir befanden uns erst seit zwanzig Minuten im Hyperraum. Wenn ich die nächsten Stunden so verbrachte, würde das Virus uns beide töten, noch bevor wir Kessel erreichten. Ich brauchte Zerstreuung, etwas, das mich so sehr ablenkte, dass ich gar nicht mehr dazu kam, die elende Tragödie zu verfluchen, in die mein Leben sich verwandelt hatte. Ein Piratenüberfall wäre ideal gewesen, aber im Hyperraum waren die Chancen darauf gleich null. Da nichts anderes zur Verfügung stand, beschloss ich, das zu tun, was ich immer tat, wenn ich mich in der Klemme fühlte, aufgewühlt war oder verängstigt: trinken.

Alkohol war auf Schiffen der Königlichen Flotte streng verboten, aber Anthony hatte sich noch nie um Vorschriften geschert, die ihm nicht passten, und nach kurzer Suche fand ich in der Gefriereinheit tatsächlich eine Flasche Whisky hinter den Kühlpackungen versteckt. Er stammte sogar von Paradox, schmeckte zwar nicht so seidig wie die terranischen Gebräue, dafür umso mehr nach Zuhause.

Nach vier kräftigen Schlucken dachte ich mir, dass das die beste Entscheidung gewesen war, die ich an diesem Tag getroffen hatte. Zugegeben, ich würde immer noch sterben und den einzigen Mann verlieren, den ich je geliebt hatte, noch bevor wir überhaupt richtig zusammen gewesen waren, aber wenigstens musste ich die Situation nun nicht mehr nüchtern ertragen. Das war natürlich Schwachsinn, aber ich war inzwischen so angeheitert, dass all meine unlösbaren Probleme mit meinen besten Wünschen zur Hölle fahren konnten.

Ich stellte den Whisky zurück in die Gefriereinheit und schlenderte zur Brücke, um mir die Schulungsvideos anzusehen. Beim Heimatschutz hatten sie immer nur das Neueste, und nach meiner Zeit auf der *Narr* sowie den acht Monaten im Hyperraum waren meine Kenntnisse über Waffentechnologie hoffnungslos veraltet, was wiederum bedeutete, dass ich tatsächlich etwas lernen konnte. Ich wollte es mir gerade im Pilotensitz bequem machen und die Videoliste nach etwas Interessantem durchforsten, da merkte ich, dass ich nicht allein war.

Die kleinen Phantome, die mir beim Betreten des Schiffs aufgefallen waren, schwebten aufgereiht wie Vögel auf einer Stromleitung über der Steuerkonsole. Nur dass Vögel weder halb durchsichtig sind noch aussehen wie kleine Spinnen mit zu vielen Beinen und gallertartigen

Körpern. Es waren sieben, sie blieben vollkommen reglos, und obwohl sie keine Augen hatten, schienen sie mich anzustarren. Nüchtern hätte mich der Anblick gegruselt, aber betrunken wie ich war, ging er mir lediglich auf die Nerven.

»Verzieht euch«, sagte ich und fuchtelte mit der Hand.

Ich hatte nicht damit gerechnet, dass es funktionierte. Die Phantome nahmen nur Notiz von mir, wenn ich nahe genug dran war, aber das war ich nicht. Wenn überhaupt, hatte ich erwartet, dass sie vielleicht ihre Formation auflösten und langsam davonschwebten. Stattdessen kamen sie näher und reckten ihre Fühlerchen in meine Richtung.

Ich zog eine Augenbraue hoch und stand mühsam auf, dann näherte ich mich bis auf Armeslänge der Konsole. Damit hatte ich den Sicherheitsabstand, den die kleinen Leuchtviecher stets zu mir einhielten, deutlich unterschritten, aber sie wichen immer noch nicht zurück und winkten nur noch eifriger.

Mit einem kurzen Blick über die Schulter versicherte ich mich, dass ich auch wirklich unbeobachtet war. Dann beugte ich mich mit einem Räuspern näher heran und sagte zu dem größten der Phantome, das aussah wie das Ergebnis einer Liebesnacht zwischen einem Hummer und einem Tausendfüßler: »Ich kann euch sehen.«

Ich kam mir vor wie ein Vollidiot und wartete mit angehaltenem Atem auf eine Antwort, aber die Phantome winkten einfach stumm weiter.

»Ich kann euch sehen«, wiederholte ich etwas lauter. »Was wollt ihr von mir?«

Nichts.

Ich verdrehte die Augen und trat einen Schritt zurück. Dabei ärgerte mich weniger das Ausbleiben einer Reaktion als die Tatsache, dass ich überhaupt mit einer gerechnet hatte. Schließlich zeigte ich ihnen den Mittelfinger und wischte mit der Hand über die Konsole, um sie zu verscheuchen.

Wie jedes Mal stoben die Phantome auseinander wie aufgescheuchte Hühner, aber sie verschwanden nicht von der Brücke, ganz im Gegenteil: Sie versammelten sich auf der Kopfstütze des Pilotensessels, dicht zusammengedrängt wie ein Haufen lästernder Omas, und winkten fröhlich weiter.

»Das vergesst mal schön«, brummte ich und kehrte zu meinem ursprünglichen Platz zurück. »Hier sitze ich. Geht woanders spielen, Glühwürmchen.«

Ich setzte mich, die Phantome flogen auf, blieben aber in Formation. Sie kehrten zur Konsole zurück und winkten heftiger denn je, als wollten sie mir unbedingt etwas mitteilen.

»Erzählt es Maat«, sagte ich gelangweilt und rief das Videomenü auf.

Zu meinem Bedauern fand ich nichts über Rüstungen, dafür eine ganze Serie über die neuen Maraday-Scharfschützengewehre. Aus dem Hinterhalt schießen hatte mich nie interessiert, aber Rashid in Aktion zu sehen hatte meine Einstellung verändert. Ich wählte das erste Trainingsvideo aus und legte meine Stiefel auf die Konsole, was nicht nur bequem war, sondern gleichzeitig meine Sicht auf die Phantome verdeckte. Aus den Augen, aus dem Sinn. Sobald das erste Bild aufflackerte, waren sie schon aus meinen Gedanken verschwunden.

Unglücklicherweise hielt dieser Zustand nicht lange vor. Während der nächsten vier Stunden schaute ich zehn Videos, und als ich wieder nüchtern war, hatte ich eine

Einkaufsliste so lang wie mein Arm – nur für den Fall, dass ich tatsächlich noch dazu kommen sollte, meine Ausrüstung aufzustocken. Eigentlich hätte das meine Stimmung gewaltig heben müssen, aber diese verfluchten Spaßbremsen von Phantomen waren immer noch da – und winkten unvermindert.

»Gott und König, könnt ihr nicht einfach abhauen?«, stöhnte ich, nahm die Füße von der Konsole und funkelte sie an. »Was *wollt* ihr von mir?«

Natürlich gaben sie keine Antwort, aber ich hatte genug. Ich schaltete den Bildschirm ab, stand auf und schüttelte mir die vergangenen Stunden aus den Gelenken. Ich wollte mich gerade selbst in die Küche evakuieren, um nachzusehen, ob ich dort nicht noch etwas Appetitlicheres als Trockenrationen auftreiben konnte, da hörte ich einen durchdringenden Schrei.

Noch bevor ich wusste, was ich tat, kauerte ich schon in Verteidigungsstellung auf dem Boden. Meine Hand schoss zu meinem Pistolengürtel, den ich leider nicht umgeschnallt hatte. Mein erster instinktiver Gedanke war, dass es sich um einen Phantom-Schrei gehandelt hatte. Ich schaute die kleinen Leuchtkäfer fragend an. Hatten sie mich etwa warnen wollen? Dann kam das nächste Brüllen, und da wusste ich, dass das Geräusch echt war. Es hämmerte sich nicht in meinen Schädel wie ein unsichtbarer Schrei, aber nach einem Menschen klang es auch nicht.

Rupert, dachte ich schließlich und stand wieder auf. Außer mir und den Phantomen war er das einzige andere Wesen an Bord. Jetzt, da ich wusste, was ich gehört hatte, erkannte ich sogar seine Stimme, wenn auch nur vage. Inzwischen schrie er praktisch ununterbrochen, so gequält von Wut und Schmerz, dass er kaum noch nach einem Menschen klang und ich am liebsten losgerannt wäre, um ihn zu wecken. Ich hätte alles getan, nur damit diese Schreie aufhörten.

Aber ich tat es nicht. Rupert hatte mir eingeschärft, mich von ihm fernzuhalten, und genau das würde ich tun. Ich war kein Idiot, der sich umbrachte, indem er die grundlegenden Sicherheitsvorschriften missachtete, nur weil er ein bisschen Lärm nicht ertragen konnte. Obwohl die Schreie von Sekunde zu Sekunde schlimmer zu werden schienen, setzte ich mich wieder in den Kapitänsstuhl und wartete mit auf die Ohren gepressten Händen, bis es vorbei war.

Drei Minuten später hatte das Gebrüll immer noch nicht aufgehört. Ich begann zu überlegen, ob Rupert auf der *Narr* überhaupt je geschlafen hatte. Selbst ein Deck über seiner Kabine hätte ich ein solches Lärminferno auf jeden Fall mitbekommen. Andererseits hatte er behauptet, er sei normalerweise ein ruhiger Schläfer, also war es vielleicht ein Ausreißer? Ich hoffte es. Was auch immer ihn dazu brachte, solche Geräusche von sich zu geben, das hätte ich meinem schlimmsten Feind nicht an den Hals gewünscht.

Nach beinahe zehn Minuten wurde Rupert endlich leiser und wimmerte nur noch. Ich ließ mich gegen die Lehne sinken und bewegte die verkrampften Schultern ein wenig. Mein ganzer Körper fühlte sich an, als hätte ich die letzte Nacht durchgesoffen und außerdem eine Schlägerei verloren, dabei hatte ich nur *zugehört.* Wie Rupert sich jetzt fühlen musste, konnte ich mir nicht einmal vorstellen. Glücklicherweise dauerte der Sprung nur noch vierzig Minuten.

Schließlich hörte auch das Wimmern auf, und das nahm ich als gutes Zeichen. Ich überlegte gerade, ob ich an seiner Tür klopfen sollte, da hörte ich das Schloss mit einem Klicken aufschnappen.

Ich sprang sofort auf. »Hey!«, rief ich ihm entgegen und rannte durch den Korridor. »Alles in Ordnung? Das hat sich ja schrecklich angehört ...«

Die Worte erstarben mir auf der Zunge, und ich blieb ruckartig stehen. Als ich Rupert in der Tür von Anthonys Kabine stehen sah, wusste ich sofort, dass etwas nicht stimmte. Er war nicht von schwarzen Schuppen bedeckt oder dergleichen. In normaler Kleidung stand er da und starrte mit leeren Augen auf den Boden wie ein Roboter, dem jemand den Stecker gezogen hatte.

Ich gab keinen Laut von mir, wagte nicht einmal zu atmen, und machte einen Schritt zurück. Meine Lady war immer noch in ihrem Koffer, ich hatte sie zum Aufladen im Regal am Ende der Brücke verstaut, aber wenigstens waren meine Pistolen auf dem Deckel festgeschnallt. Von meinem Standpunkt aus konnte ich sie beinahe sehen. Ich musste nur ein Stück den Korridor entlanglaufen und dann nach links springen. Einen Schritt, mehr brauchte es nicht, aber ich hatte kaum den Fuß gehoben, da riss Rupert den Kopf hoch. Das war die einzige Vorwarnung, da stürzte er sich auch schon auf mich.

Wenn ich meine Rüstung trug und entsprechend vorbereitet war, hatte ich Rupert zumindest etwas entgegenzusetzen, aber unbewaffnet hatte ich nicht den Hauch einer Chance. Ich konnte nicht einmal mehr nach Luft schnappen, da packte er mich schon an der Kehle und drückte zu wie ein Schraubstock. Aus dieser Nähe sah ich dann auch, dass seine Augen alles andere als leer waren:

Sie waren bösartig und irre, wie ich es manchmal bei Maat gesehen hatte. Der Blick hatte nichts mit dem Rupert zu tun, den ich kannte, und da wusste ich, dass ich mit allem kämpfen musste, was ich hatte, wenn ich die nächsten Sekunden überleben wollte.

Mit dieser Erkenntnis setzte mein Kampfinstinkt umso heftiger ein. Mein Kopf wurde wieder klar, und alle Panik verschwand. Mit einem Schlag gab es keine Angst mehr und auch keinen Rupert, sondern nur noch mich: mein eigenes Überleben und das Hindernis, das mir dabei im Weg stand.

Ich stützte mich an der Wand in meinem Rücken ab, hob das Bein und trat mit aller Kraft mit der Ferse gegen Ruperts Knie. Symbionten sind zäh, aber in ihnen steckt immer noch ein Mensch, und Gelenktritte tun verflucht weh. Ich hatte nicht genug Kraft, um das Knie zu brechen, aber der Tritt brachte ihn ins Taumeln, und der Griff um meinen Hals wurde für einen Moment so locker, dass ich mich losreißen konnte.

Ich hechtete sofort zur Seite. Ruperts ungestümer Angriff hatte uns beide auf die Brücke katapultiert, sodass das Regal mit meiner Lady jetzt gleich links von mir war. Direkt vor meinem Rüstungskoffer schlug ich hart auf den Bauch und streckte reflexartig den Arm, um mir Mia zu schnappen.

Meine Plasmaflinte wog knapp dreißig Kilo und war ohne Rüstung viel zu schwer für mich, aber im Eifer des Gefechts spürte ich ihr Gewicht nicht einmal. Ich presste sie gegen meine Schulter, rollte mich zur Seite und drückte noch in der Drehung den Ladeknopf. Zeit zum Zielen hatte ich nicht. Ich konnte gerade noch den Lauf in die richtige Richtung halten, da zeigte mir Mias

Pfeifton schon an, dass sie feuerbereit war. Ich drückte sofort ab.

Zu meinem Glück muss man mit Plasmaflinten auch nicht zielen. Den Lauf grob auszurichten genügte, um Rupert einen Klumpen brennenden Plasmas in die Brust zu feuern, und das keine Sekunde zu früh. Ich hatte Mia kaum in Anschlag gebracht, da stürzte er sich schon wieder auf mich, doch der Treffer riss ihn von den Beinen. Mit einem Schmerzensschrei flog er mehrere Meter durch die Luft und blieb dann mit rauchender Brust rücklings liegen.

Als er aufschlug, stand ich bereits wieder. Mia summte in gespannter Erwartung des nächsten Schusses, doch ich drückte nicht ab. Der letzte Schrei hatte wieder nach Rupert geklungen, also wartete ich mit meiner Plasmaflinte im Anschlag ab, um zu sehen, was er als Nächstes tun würde.

Es dauerte eine Weile. Der Einschlag musste ihm komplett den Atem geraubt haben, denn er lag mehrere Sekunden lang nur röchelnd da. Schließlich setzte er sich stöhnend auf und beäugte verdutzt das schwelende Loch in seinem Hemd. Die verbrannte Haut darunter heilte bereits wieder, was mein schlechtes Gewissen, auf ihn geschossen zu haben, etwas erträglicher machte. Als ich Mia sinken ließ und gerade fragen wollte, was zum Teufel passiert war, blickte Rupert auf. Der entsetzte Ausdruck auf seinem Gesicht brach mir beinahe das Herz.

»Devi«, stammelte er. »Was …« Er verstummte, und seine Augen wurden noch größer. »War ich das an deinem Hals?«

Ich war so im Kampfrausch gewesen, dass ich die Verletzung erst bemerkte, als Rupert mich darauf hinwies.

Doch nun setzte der Schmerz ein, als hätte er nur auf ein Zeichen gewartet. Ich spürte den mörderischen Druck von Ruperts Fingern an meinem Hals, als wären sie immer noch da, außerdem ein heftiges Pochen, das nur von einer schweren Quetschung kommen konnte. Schlimmer noch, der überraschende Schmerz bescherte mir einen so heftigen Hustenanfall, dass ich auf die Knie sank und mir in dem Versuch, irgendwie Luft zu bekommen, die Hände auf den Kehlkopf presste.

Rupert war sofort bei mir, sprang eine Sekunde später wieder auf und kam mit einem Erste-Hilfe-Koffer zurück. Dabei redete er die ganze Zeit auf mich ein. An seinem Tonfall hörte ich, dass er mich beruhigen wollte, aber aus irgendeinem Grund verstand ich kein Wort. Zuerst glaubte ich, der Schmerz in meinem Hals würde meine Sinne benebeln, aber nach einer Weile merkte ich, dass Rupert kein Universal sprach. Erst als er mich auf seinen Schoß zog und mich zitternd in eine schmerzhafte Umarmung schloss, wurde mir klar, dass er – der stets kühle Agent und eiskalte Killer – in heller Panik war.

»Es tut mir so leid«, stammelte er nun wieder auf Universal und legte mir hastig eine Kältekompresse um den Hals. »Es tut mir so unendlich leid, Devi. Halt durch, ich wollte nicht …«

»Rupert«, krächzte ich, fasste ihn am Kinn und drehte sein Gesicht in meine Richtung. »Halt den Mund.«

Das mochte nicht besonders eloquent sein, aber mit diesem höllischen Brennen in meinem Kehlkopf war nicht mehr drin. Selbst diese vier Worte trieben mir die Schmerztränen in die Augen, doch ich konnte es nicht ertragen, Rupert so aufgelöst zu sehen, vor allem, da mir eigentlich nichts fehlte. Nun, streng genommen fehlte mir durchaus etwas, aber ich stand nicht an der Schwelle des Todes oder dergleichen, wie man angesichts von Ruperts Reaktion meinen konnte.

Glücklicherweise funktionierte es. Er hörte auf zu plappern, als hätte ich einen Schalter umgelegt, und legte mir schweigend eine weitere wohltuende Kühlpackung auf. Danach spritzte er mir ein Schmerzmittel und dann noch etwas gegen die Schwellung. Das Schmerzmittel half natürlich überhaupt nichts, aber das gegen die Schwellung wirkte wahre Wunder. Das Druckgefühl an meinem Hals ließ sogleich nach, und nach wenigen Minuten konnte ich beinahe wieder normal atmen.

»Danke«, sagte ich und setzte mich in seinem Schoß auf. »Was zum Teufel war das eben?«

Rupert reagierte nicht. Stattdessen schaute er mich nicht an und vergrub das Gesicht in meinem zerzausten Haar. Sein ganzer Körper fühlte sich an, als wäre er aus Metall, und das ließ mich aufhorchen. Rupert hatte sich schon immer angefühlt wie ein Fels, aber etwas war anders. Seine Muskeln waren zum Zerreißen gespannt und gaben kein bisschen nach. Wie eine geballte Faust. Erst als er endlich den Kopf hob und Anstalten machte aufzustehen, begriff ich, was los war.

»Ganz bestimmt nicht«, sagte ich und beugte mich so nahe heran, dass ihm gar nichts anderes übrig blieb, als mich anzusehen. Sein Blick war ausdruckslos, doch davon ließ ich mich nicht täuschen.

»Wage bloß nicht, dich zurückzuziehen«, knurrte ich mit drohend erhobenem Zeigefinger. »Wir haben eine Abmachung: keine Geheimnisse mehr. Und jetzt erzähl mir, was passiert ist.«

Spätestens jetzt, als er mich mit einer Mischung aus

Entsetzen und Flehen anschaute, wusste ich, wie tief erschüttert er war. »Ich weiß nicht, ob ich das kann«, flüsterte er.

»Versuch's«, erwiderte ich mit einem aufmunternden Lächeln.

Rupert schloss die Augen. »Es liegt an dem Symbionten«, sagte er leise. »Er ist wie ein eigenständiges Wesen, das deinen Körper bewohnt. Und er bringt mehr als nur Albträume mit sich.«

»Spricht er etwa mit dir?«

Rupert schüttelte den Kopf. »Er ist nicht … intelligent. Die Xith'cal haben diese Symbionten entwickelt, um die Kampfkraft ihrer Krieger zu verstärken. Die Republik hat die Technik vor über hundert Jahren gestohlen und an die menschliche Physiologie angepasst, aber die Xith'cal-Instinkte blieben. Das bedeutet, dass der Empfänger mit dem Symbionten auch die Mordlust der Xith'cal implantiert bekommt.«

Anthony hatte etwas in der Richtung gesagt und einen Vorfall erwähnt, bei dem ein Symbiont angeblich einen Menschen gefressen hatte, doch Rupert war noch nicht fertig.

»Normalerweise hält der Stammesführer die Mordlust seiner Krieger im Zaum«, fuhr er fort. »Aber wir Menschen müssen sie selbst kontrollieren. Jeder, dem das nach der Einpflanzung nicht gelingt, wird aus dem Verkehr gezogen.«

»Aber du kannst ihn ja ganz offensichtlich kontrollieren«, warf ich ein. »Was ist diesmal schiefgegangen?«

Rupert kaute nachdenklich auf seiner Unterlippe herum. »Einen Symbionten zu kontrollieren ist etwas anderes, als seine Muskeln zu kontrollieren. Es ist eher, als versuche man, einen tollwütigen Hund an der Leine zu halten«, erklärte er schließlich. »Solange du fest genug zupackst, ist alles in Ordnung, aber wenn dir die Leine entwischt, ist das Tier frei.«

Seufzend fuhr er sich über die Stirn. »Ich habe meinen schon so lange, dass ich ihn fast nicht mehr bemerke. Ich habe noch kein einziges Mal die Kontrolle über ihn verloren, aber wenn ich schlafe, ist das etwas anderes.«

»Verstehe. Du hast dich eingeschlossen, damit dein Symbiont in der Zwischenzeit keinen Spaziergang mit dir macht.« Ich warf Rupert einen finsteren Blick zu. »Das hättest du mir auch früher sagen können. Hätte ich gewusst, dass das Alien in dir durchdrehen könnte, hätte ich dich festgebunden und danach sofort meine Lady angelegt.«

»Das war noch nicht alles«, unterbrach er mich leise.

Ich bedeutete ihm fortzufahren, aber Rupert schien die Luft ausgegangen zu sein. Er saß nur stumm da und wich meinem Blick aus; ich bekam ein zunehmend ungutes Gefühl.

»Wie ich dir bereits gesagt habe, ist der Symbiont nicht intelligent«, sprach er endlich weiter. »Aber er hat so etwas wie einen eigenen Willen: Er will töten. Wenn er es nicht kann, wird er wütend. Die Wut fällt auf den Wirt zurück, und wenn der weiterhin seine Kontrolle aufrechterhält, wird die Wut zu Hass.«

Ich verzog das Gesicht. »Dann muss deiner dich ja ziemlich hassen.«

Rupert schloss die Augen. »Ja«, antwortete er tonlos. »Er hasst mich, aber bis vor Kurzem war das kein Problem, weil ich ihm keine Angriffsfläche geboten habe. Jetzt schon.«

Mein ungutes Gefühl verschlimmerte sich. »Inwiefern?«

Rupert schaute mich endlich an. »«Der Symbiont ist ein Teil von mir. Er weiß, was ich weiß. Deshalb ist es auch so gefährlich, wenn der Wirt sich auf andere Menschen einlässt. Denn dadurch erhält der Symbiont die Möglichkeit, seinen Hass auf den Wirt auszuleben. Ich dachte, wenn ich die Tür verriegele, wärst du in Sicherheit. Normalerweise kann ein Symbiont etwas so Kompliziertes wie ein Magnetschloss nicht bedienen, aber ich habe die Gefahr unterschätzt, und du hast den Preis dafür bezahlt.«

Er senkte den Kopf. »Mein Symbiont hätte dich töten können. Er hätte dich in Stücke reißen können, und ich hätte es erst gemerkt, wenn ich aufwache und sehe, wie …«

»Stopp«, sagte ich so scharf, dass Rupert den Kopf hochriss. »Das reicht. Und jetzt hör mir gut zu: Was er hätte tun *können*, ist mir vollkommen egal. Er hat es nicht getan, und was passiert ist, ist nicht deine Schuld.«

»Doch.« Rupert musterte mich mit zusammengekniffenen Augen. »Oder von wem stammt das Würgemal an deinem Hals?«

Trotzig schob ich den Unterkiefer nach vorn. »Ich weigere mich, dich für Dinge verantwortlich zu machen, die dein Symbiont getan hat, während du geschlafen hast.«

»Das spielt keine Rolle. *Ich* trage die Verantwortung!« Rupert verstummte abrupt, als wäre er selbst über seinen Ausbruch erschrocken, dann atmete er einmal tief durch. »Caldswell hatte recht«, fuhr er etwas ruhiger fort. »Egal wie sehr du glaubst, die Situation unter Kontrolle zu haben, es endet immer gleich.«

»Lass Caldswell gefälligst aus dem Spiel«, knurrte ich. »Er hat nichts damit zu tun.«

»O doch.« Rupert schaute mich fragend an. »Hat Brenton dir erzählt, warum Caldswell seinen ursprünglichen Posten bei den Detektiven verloren hat?«

Ich schüttelte den Kopf.

»Wegen seines Symbionten. Er hat es so lange wie möglich hinausgezögert, aber schließlich musste er sich einen einsetzen lassen, wenn er Maats Anfälle überleben wollte. Trotz seiner Bedenken reagierte er hervorragend darauf und passte sich in Rekordzeit an, und mit diesem Argument erteilte er sich eine Sondergenehmigung, seine Familie auch weiterhin sehen zu dürfen.«

Ich blinzelte. »Moment, Caldswell hat eine Familie? Warum durfte er sie nicht mehr sehen?«

»Frau und Tochter. Er durfte sie nicht mehr sehen, weil Beziehungen zwischen Symbionten und Nichtsymbionten aus Gründen, die du nun verstehen dürftest, strikt untersagt sind. Aber Caldswell wollte sich nicht so einfach geschlagen geben. Er habe seinen unter Kontrolle wie niemand sonst, sagte er, und er war der Kommandant. Niemand wollte sich mit ihm anlegen, also flog er sofort nach Hause, nachdem er aus der Beobachtung entlassen war.«

Während Rupert sprach, stellten sich meine Nackenhaare auf. Ich konnte mir denken, was dann passierte, aber ich unterbrach ihn nicht.

»Caldswell liebte seine Frau und seine Tochter zutiefst. Er klärte sie über die Risiken auf und sperrte sich jedes Mal ein, wenn er schlafen musste. Ein Jahr lang ging alles gut. Dann gab es eines Nachts einen Stromausfall auf seiner Farm. Als die Magnetschlösser versagten, blieb nur noch der mechanische Schieberiegel. Sein Symbiont trat die Tür auf und tötete Caldswells Familie, noch bevor er wieder bei Bewusstsein war. Als er die Augen öffnete, fraß er gerade den Arm seiner Frau.«

Ich schlug mir eine Hand vor den Mund und würgte. Ich hatte geahnt, dass nur ein grässliches Ereignis Caldswell so verbittert gemacht haben konnte, aber die Wahrheit war noch viel schlimmer, als ich mir je hätte vorstellen können. »Was ist dann passiert?«, fragte ich, nachdem ich meine Stimme wiedergefunden hatte. »Wie ist er damit zurechtgekommen?«

»Nicht gut. Er entfernte sich unerlaubt von der Truppe und blieb zwei Jahre lang spurlos verschwunden. Das Flottenkommando setzte einen Nachfolger nach dem anderen ein, aber keiner von ihnen kam mit Brenton zurecht, der Caldswells Desertation nicht verkraftet hatte.«

Rupert schien mir meine Fassungslosigkeit anzusehen, denn er erklärte weiter: »Einst standen die beiden einander sehr nahe. Bevor es die Töchter gab, waren Caldswell und Brenton Maats Betreuer gewesen. Als Caldswell schließlich zurückkehrte, versuchte Brenton alles, um ihn als Kommandanten wiedereinsetzen zu lassen, aber das Flottenkommando ließ nicht mit sich reden. Sie wollten ihn vor ein Kriegsgericht stellen, doch Caldswells Erfahrung war zu wertvoll, also wurde er lediglich zum Kapitän degradiert. Das ist er bis heute. Er hält den Laden am Laufen, während das Oberkommando einen neuen Kommandanten nach dem anderen einsetzt. Martin ist schon der siebte.«

»Warum ist er überhaupt zurückgekommen?« Ich an seiner Stelle hätte es jedenfalls nicht getan.

Rupert seufzte. »Weil der Kampf gegen die Phantome von Anfang an sein einziger Lebenszweck war. Er sagte mir einmal, wenn er diesen Kampf aufgab, bliebe ihm nichts mehr. Außerdem wollte er nicht, dass ein anderer seinen Fehler wiederholte. Bevor ihm der Symbiont eingesetzt wird, erzählt Caldswell jedem Kandidaten genau, was mit seiner Familie passiert ist. Das Flottenkommando würde es am liebsten verhindern, weil er damit die Hälfte der Bewerber verjagt, doch Caldswell bleibt stur. Er mag nicht mehr der Chef der Detektive sein, aber selbst als einfacher Kapitän bekommt er selten ein Nein zu hören.«

»Dich hat seine Geschichte nicht verjagt.«

»Ich glaubte, ich würde nie jemanden haben, dem ich gefährlich werden könnte«, erwiderte Rupert niedergeschlagen. »Und jetzt habe ich den gleichen Fehler gemacht wie er.«

»Mit dem Unterschied, dass ich noch lebe«, warf ich ein. »Du hast mich nicht getötet.«

»Aber eines Tages werde ich es tun.« Seine Stimme klang so entsetzlich müde – wie endgültig geschlagen. »Solange ich dich liebe, bietest du meinem Symbionten ein Ziel, und er wird nicht aufhören, bist du tot bist.«

Er streckte die Hand aus und fuhr mir zärtlich durchs Haar. »Das wusste ich von Anfang an, aber aus Egoismus bin ich bei dir geblieben. Ich wollte dich so sehr, dass ich mir einredete, ich könnte es schaffen, und das hätte dich beinahe das Leben gekostet. Ich darf dich nicht noch einmal in eine solche Situation bringen.«

Meine Brust wurde mit jedem von Ruperts Worten enger. Ich wusste, was er vorhatte, und sah den Entschluss in seinen Augen, noch bevor er seine Hand zurückzog: Er wollte mich verlassen.

»Nein«, sagte ich.

Rupert seufzte. »Devi …«

»Nein«, wiederholte ich, lauter diesmal. Ich mochte mich gerade darüber beklagt haben, wie sehr er meine Willenskraft untergrub und mich schwächte, aber ich würde ihn jetzt bestimmt nicht einfach davonlaufen lassen. Vor allem nicht wegen eines Problems, das sich mit ein paar an einem Schott verankerten Metallfesseln aus der Welt schaffen ließ. »Du gehst *nicht.*«

Rupert erschrak über meine Vehemenz, und einen Moment lang schimmerte so etwas wie Hoffnung in seinen Augen, doch der Funke erstarb genauso schnell, wie er aufgeflammt war. »Ich muss.« Er hob mich sanft von seinem Schoß und stand auf. »Ich habe dich in Todesgefahr gebracht, nur weil ich …«

»Das Einzige, womit du mich in Gefahr gebracht hast, war, mir das alles nicht schon früher zu erzählen!«, schrie ich und ignorierte den Schmerz, der sofort in meinen Hals fuhr. »Wenn du dich für irgendetwas geißeln willst, dann geißle dich. Aber ich lasse nicht zu, dass du mich wegen eines bescheuerten, pseudoritterlichen Schuldgefühls verlässt.«

»Es ist nicht …« Rupert verstummte und biss die Zähne zusammen. »Ich versuche nur, dich zu beschützen.«

»Dann lass es«, bellte ich und deutete auf meinen Hals. »Du glaubst, das hier macht mir Angst? Das ist noch gar nichts. Wenn ich betrunken bin, ziehe ich mir weit schlimmere Verletzungen zu. Ich habe keine Angst vor dir und schon gleich gar nicht vor deinem Symbionten!«

Ruperts Augen blitzten. »Das solltest du aber.«

»Weil er mich umbringen will?«, rief ich und stellte mich auf die Zehenspitzen, damit ich ihm direkt ins Gesicht schreien konnte. »Dann sag ihm, er soll eine Nummer ziehen und sich hinten anstellen!«

»Meine Entscheidung steht nicht zur Debatte«, knurrte Rupert erbittert. »Ich muss es tun, Devi.«

»Warum?«

»Weil ich es nicht ertragen könnte, dich zu verlieren.«

Ruperts Stimme zitterte, und erst als er mich so fest in die Arme schloss, dass ich kaum noch Luft bekam, merkte ich, wie sehr er immer noch in Panik war.

»Ich darf dich nicht verlieren«, flüsterte er, die Lippen auf meine Schulter gepresst; sein Akzent war jetzt stärker denn je. »Wenn ich dich getötet hätte … Ich weiß nicht, was ich dann tun würde. Ich will dich nicht verlassen, aber ich darf das nicht noch einmal tun. Ich darf dein Leben nicht aufs Spiel setzen.«

Ich stieß einen tiefen Seufzer aus und kuschelte mich an seine Brust. Das war natürlich kontraproduktiv, denn eigentlich sollte ich meine Wut auf ihn dazu verwenden, die Distanz zwischen uns zu vergrößern – zu meinem eigenen Schutz. Aber ich konnte es nicht. Ich wurde nicht nur schwach, ich schmolz regelrecht, schlang die Arme um seinen Hals und ließ meine Finger durch sein langes, seidiges Haar gleiten.

Rupert erstarrte unter meiner Berührung und hielt so still, dass ich seinen trommelnden Herzschlag auf meiner Haut spürte. Er hatte so entsetzliche Angst, und zwar um mich. Und während ich seinem hektischen Puls lauschte, begriff ich, dass ich ihn noch viel schwächer machte als er mich.

Diese Erkenntnis ließ eine Welle der Zärtlichkeit in mir aufsteigen, und da wurde mir klar, dass ich soeben in meinem Kampf, mich nicht noch tiefer in diese verhängnisvolle Beziehung hineinziehen zu lassen, weiteren kostbaren Boden verloren hatte. Leider blieb keine Zeit, etwas dagegen zu unternehmen, denn ich musste Rupert dringend beruhigen, bevor er noch einen Herzinfarkt bekam.

»Du hast recht«, erklärte ich feierlich und verschränkte die Finger in seinem Nacken. »Aber es wird nicht wieder vorkommen, weil ich jetzt weiß, womit ich zu rechnen habe. Das nächste Mal, wenn du dich schlafen legst, ketten wir dich fest und lassen deinen Symbionten toben, so viel er will. Zur Sicherheit lege ich meine Rüstung an, und wenn er noch einmal versucht, mich zu töten, bringe ich ihm ein paar neue Instinkte bei, die ihn lehren werden, sich nicht mit einer Paradoxierin anzulegen. Aber ich lasse dich auf keinen Fall gehen.«

Rupert wollte protestieren, doch ich schnitt ihm das Wort ab. »Du möchtest mich beschützen?«, fragte ich scharf. »Dann bleib und hilf mir, diese Sache durchzustehen. *Das* ist es, was ich von dir will, nicht diesen selbstaufopfernden Quatsch, du müsstest mich zu meiner eigenen Sicherheit verlassen. *Du* warst es, der behauptet hat, ich müsste nicht alles allein machen. Dann beweis es und bleib bei mir.« Ich legte den Kopf in den Nacken und lächelte ihn an. »Bitte.«

Rupert nahm einen tiefen Atemzug. »Bist du sicher, dass du das willst?«

Ich warf ihm einen skeptischen Blick zu. »Was soll das denn für eine Frage sein? Du hast dir diese Suppe selbst eingebrockt, und jetzt lasse ich dich bestimmt nicht mehr vom Haken.«

Darauf schien ihm keine Antwort einzufallen. Er stand einfach da und musterte mich mit einem Blick, den ich nicht recht deuten konnte, dann schlang er die Arme um mich und drückte mich an sich. Dabei sagte er nicht ein Wort, er gab nicht einmal ein Geräusch von sich, aber er zitterte heftiger denn je und krallte seine Finger in meinen Rücken, bis es wehtat.

»Entschuldige«, flüsterte er unvermittelt und ließ wieder locker.

»Schon gut«, sagte ich leise und erwiderte seine Umarmung. Als er aufhörte, sich dagegen zu wehren, presste ich das Gesicht gegen sein zerfetztes Hemd, das immer noch nach brennendem Plasma roch. »Es ist alles gut, Rupert.«

Ich weiß nicht, wie lange wir so dastanden. Es fühlte sich an wie Stunden, aber es konnten nicht mehr als zehn Minuten gewesen sein, denn dann ertönte der Hyperraum-Austrittsalarm. Rupert trat zögernd einen Schritt zurück und ließ die Finger über meine Arme gleiten, als wollte er den Körperkontakt so lange wie möglich aufrechterhalten. Er sah immer noch furchtbar aus.

»Soll ich dir was zu trinken holen?«, fragte ich vorsichtig. »Anthony hat eine Flasche Whisky im Kühlschrank gebunkert.«

Rupert schüttelte den Kopf. »Alkohol wirkt bei Symbionten nicht. Unser Stoffwechsel verarbeitet das Zeug so schnell, dass es keinerlei Effekt hat.«

Ich runzelte die Stirn. »Wenn du dich nicht betrinken kannst, was hast du dann damals in der Mannschaftsmesse auf der *Narr* gemacht?«

»Es mit allen Mitteln versucht«, antwortete er und ging seufzend zum Pilotensessel.

So unpassend es auch war, ich musste lachen. Ich wollte gerade ebenfalls zu meinem Platz zurückkehren, da sagte Rupert plötzlich: »Danke.«

»Wofür? Dass ich nicht auf dein ritterliches Getue reinfalle? Gern geschehen.«

Rupert schien es wieder ein wenig besser zu gehen, denn er lachte ebenfalls. »Danke, dass du damals mit mir getrunken hast und mich jetzt nicht gehen lässt«, antwortete er und setzte sich. »Danke, dass du mich nicht hasst.«

Während unseres Kampfes musste ich mir heftig den Kopf angeschlagen haben, denn als ich spürte, wie meine Gefühle für ihn nur noch tiefer wurden, beunruhigte mich das überhaupt nicht.

»Ganz meinerseits«, sagte ich lächelnd.

Rupert erwiderte das Lächeln. Es war ein echtes, offenes und ehrliches Lächeln, das mir durch und durch ging. Heiliger König, dachte ich und gurtete mich mit zitternden Händen an. Ich hatte ganz vergessen, wie atemberaubend Rupert mit diesem Lächeln aussah. Er hörte gar nicht mehr auf damit und bediente grinsend die Steuerkonsole. Obwohl er mich dabei gar nicht anschaute, ließ der Anblick seiner Lippen meinen Magen alle möglichen Kunststücke vollführen.

Krieg dich wieder ein, schimpfte ich innerlich und schaffte es endlich, meine Augen von Rupert loszureißen. Was musste noch passieren, bis ich meinen eigenen Leitsatz »Wir haben keine gemeinsame Zukunft« endlich kapierte? Ich hatte eine Aufgabe zu erledigen, für die bereits eine Menge Menschen beträchtliche Opfer gebracht hatten. Das Schicksal des gesamten Universums hing an meinem Virus. Wenn ich das wegen eines bescheuerten Kerls und seines bescheuerten Lächelns vergaß, war ich die selbstsüchtigste, charakterloseste und dümmste Söldnerkuh, die je eine Rüstung getragen hatte.

Gehörig zurechtgestutzt, konzentrierte ich mich darauf, meine Mauern zu erneuern. Ich war so damit beschäftigt, mir vorzubeten, warum die Ereignisse der letzten halben Stunde sich *niemals* wiederholen durften, dass ich erst merkte, dass die Phantome, die mich stundenlang gepiesackt hatten, verschwunden waren, als draußen der Sprungblitz aufleuchtete.

Sie haben sich bestimmt nur ein Stück in eine andere Richtung bewegt, während ich abgelenkt war, sagte ich mir, doch wohin ich auch schaute, ich konnte nirgendwo auch nur ein fahles Schimmern entdecken. Ich suchte immer noch, da verlosch der Sprungblitz, und wir schwebten hoch über einem kleinen, kalten Planeten.

Der Anblick ließ mich die Phantome sofort vergessen. »Gott und König«, murmelte ich und presste die Nase an die Scheibe. Die von Eis überzogenen Gebirge auf Kessel sahen immer noch genauso bedrückend aus, wie ich sie in Erinnerung hatte. »Ich hätte nicht gedacht, dass ich je in diese Ödnis zurückkehre.«

»Du warst schon einmal hier?«, fragte Rupert überrascht.

»Selbstverständlich. Ich bin Söldnerin, und Kessel ist ein gesetzloser Piratenhafen. Wenn Piraten die falschen Leute beklauen, heuert man uns an, um alles zurückzustehlen.«

Und an den Dieben ein Exempel zu statuieren, was noch das Angenehmste an meinen Einsätzen auf Kessel gewesen war. »Kurz bevor ich die Schwarzdrosseln verließ, war ich hier, um eine gestohlene Schiffsladung wiederzubeschaffen. Das ist erst sechs Monate her. Nun ja, vierzehn, wenn ich die acht im Hyperraum mitzähle.«

»Gut«, erwiderte Ruppert. »Dann weißt du bestimmt auch, wie wir hier einen guten Arzt auftreiben.«

»Auf Kessel?«, prustete ich. »Hier gibt es so etwas nicht. Außerdem brauche ich keinen Arzt. Mir geht es gut.«

Rupert warf mir einen strengen Blick zu, und ich warf die Hände in die Luft. »Nein«, erklärte ich rigoros. »Hast du nicht zugehört? Dieser Planet ist eine Piratenhochburg. Wenn ich mich hier in eine Klinik begebe, habe ich danach nur noch halb so viele Organe wie jetzt.«

»Dein Hals braucht bessere medizinische Versorgung, als der Erste-Hilfe-Koffer hergibt«, widersprach er und verschränkte die Arme vor der Brust. »Du *musst* in eine Klinik.«

Ich verschränkte ebenfalls die Arme. »Auf keinen Fall.«

Rupert schaute mich finster an, und ich hob die Augenbrauen.

Wenn er wollte, konnte er genauso stur sein wie ich, und ich sah, wie er sich innerlich auf einen langen Grabenkrieg einstellte, während er auf Autopilot schaltete, um danach seinen Stuhl in meine Richtung zu drehen, aber das war mir egal. Eher würde ich nackt in einer Arena kämpfen, als auch nur einen Fuß in das Labor eines Quacksalbers auf Kessel zu setzen.

Da Rupert nicht gewillt schien, in absehbarer Zeit zur Vernunft zu kommen, machte ich es mir in meinem Sessel gemütlich. Mal sehen, wer länger durchhielt.

4

Nach zwanzig Minuten gab ich auf.

Es lag nicht an mangelnder Entschlossenheit meinerseits. Ich hätte durchgehalten, bis der König mich nach Hause holte, doch nach etwa zehn Minuten begann das Medikament nachzulassen, das Rupert mir gespritzt hatte. Die Schwellung an meinem Hals machte mir das Sprechen fast unmöglich, wodurch mein Standpunkt, ich bräuchte keinen Doktor, nicht länger zu vertreten war. Aber selbst ohne die Schwellung hätte ich mich höchstwahrscheinlich fügen müssen. Dass Rupert von Schuld zerfressen davonlief, hatte ich verhindern können, aber er fühlte sich immer noch verantwortlich für meinen Zustand und hätte mich notfalls zum Arzt *getragen*, und wenn ich dabei brüllend um mich schlug. Gekonnt hätte er es, das wussten wir beide, also war es das Beste für alle Beteiligten, wenn ich nachgab, solange ich noch Gelegenheit dazu hatte.

Um mir bis dahin über die Runden zu helfen, verabreichte er mir eine weitere Injektion. Dabei ging er so sanft und gekonnt vor, dass ich die Nadel erst bemerkte, als es schon vorbei war. Und so absurd es auch klingen mag, ich genoss es. Dass Rupert mich auf Kessel einem lizenzlosen Kurpfuscher ausliefern wollte, war schrecklich, gleichzeitig war es schön, jemanden zu haben, der sich um mich sorgte, obwohl wir uns gerade gestritten hatten. So schön sogar, dass es mir nicht einmal etwas ausmachte, den Kürzeren gezogen zu haben.

Bis Rupert sagte, ich dürfte meine Rüstung nicht tragen.

»Hast du den Verstand verloren?«, rief ich und deutete auf Kessel. Aus dem Orbit sah der Planet aus wie ein ölverschmierter Schneeball mit Metall- und Felssplittern darin, dabei waren die wirklich hässlichen Details von hier oben gar nicht zu erkennen. »Das ist ein *Piratennest*, das ich erst vor Kurzem *überfallen* habe. Wenn ich ohne meine Lady da runtergehe, bin ich *tot*.«

»Ohne Rüstung ist das Risiko, dass du erkannt und angegriffen wirst, weitaus geringer. Außer du hast bei dem Überfall deinen Helm nicht getragen«, entgegnete Rupert ruhig. »Ich verlange ja nicht, dass du unbewaffnet gehen sollst. Du wirst eine Pistole mitnehmen, und ich weiche dir die ganze Zeit nicht von der Seite. Dir wird kein Haar gekrümmt.«

»Genau, ich werde einfach erschossen«, fauchte ich.

Rupert runzelte die Stirn, und ich atmete einmal tief durch. »Hör zu«, begann ich und versuchte, genauso ruhig zu bleiben wie er. »Wir reden hier davon, mit einem paradoxischen Militarkreuzer in einem Piratenhafen zu landen und uns dann unters Volk zu mischen. Das ist ungefähr, als würde man ein blutendes Schwein in ein Haifischbecken werfen. Die Kerle werden uns schon aus Prinzip erschießen und sich dann das Schiff nehmen.«

»Devi, wenn du dich dort unten mit deiner Rüstung zeigst, könntest du genauso gut eine Pressekonferenz geben, um deine Anwesenheit zu verkünden. Ein paar Piraten kannst du dir locker vom Leib halten, ob mit oder ohne deine Lady, aber sobald die Detektive erfahren, dass du dich auf Kessel aufhältst, ist das etwas anderes, fürchte ich.«

»Ich bin offiziell tot«, rief ich ihm ins Gedächtnis. »Die Detektive werden kaum etwas auf Gerüchte geben, ich sei auf wundersame Weise in einer Piratenhochburg wieder aufgetaucht.«

»Sobald dein geschätzter Anthony beim Hauptquartier Bericht erstattet, was er vermutlich bereits getan hat, werden sie jeder noch so kleinen Spur nachgehen«, widersprach Rupert. »Vertrau mir, so ist es sicherer.«

Verdrossen drehte ich mich weg und starrte zum Sichtfenster hinaus. Ich war nicht einmal sicher, was mich wütender machte: dass ich auf Kessel zu einem Arzt musste, oder dass ich auch noch ohne Rüstung hingehen sollte. Meine Wut hin oder her, nicht einmal ich war verbohrt genug, um einen vernünftigen Vorschlag zu ignorieren, wenn ich einen hörte. Auch wenn er mir nicht gefiel.

»Schön«, brummte ich. »Aber den Koffer und meine Waffen nehme ich mit. Beim ersten Anzeichen von Ärger fahre ich alles auf, was ich habe.«

»Kompromiss akzeptiert«, erklärte Rupert und widmete sich wieder der Steuerkonsole. »War doch gar nicht so schwer, oder?«

Ich funkelte ihn an. »Als du mich noch um Verzeihung angefleht hast, mochte ich dich lieber.«

»Tatsächlich?«, hakte Rupert nach, während er den Sinkflug einleitete. »Und ich dachte, du magst Leute, die dir die Stirn bieten.«

Ich tat ihm nicht den Gefallen, etwas darauf zu erwidern. Stattdessen konzentrierte ich mich auf die Wolkendecke über Kessel, in die wir soeben eintraten.

Der Planet war kein schöner Anblick. Kessel war einst eine Minenkolonie gewesen und machte harte Zeiten durch, seit sämtliche Mineralien ausgebeutet waren. Die felsige Oberfläche war von schrottreifen Extraktoren und tiefen, mit giftigem gelbem Eis gefüllten Gruben übersät. Nicht zu vergessen die verlassenen unterirdischen Tunnel mit einer Gesamtlänge von mehreren Tausend Kilometern, die den Fels durchzogen wie die Gänge eines Termitenbaus. Die isolierte Lage weitab von den Kernwelten und das schäbige Sprungtor, das in neun von zehn Fällen eine »Fehlfunktion« hatte, wenn die Ordnungshüter der Republik es benutzen wollten, hatten den stillgelegten Minenplaneten im Handumdrehen zu einem Piratenparadies gemacht.

Auf Kessel gab es nur einen einzigen Raumhafen, er lag im Zentrum der einzigen größeren Stadt, die passenderweise »Hafen Eins« hieß. Das allein wäre noch kein Problem gewesen, aber die Gebirge ringsum waren so zerklüftet, dass es nur eine einzige Einflugschneise gab, in der sich die landenden und startenden Schiffe regelrecht stapelten. Da Piraten nicht viel von Dingen wie Flugkontrolle und Landevorschriften hielten, war Rupert während des gesamten Anflugs damit beschäftigt, anderen Schiffen auszuweichen.

Neben dem Raumhafen war das ehemalige zentrale Aufbereitungswerk für die abgebauten Mineralien zu sehen. Von hier oben waren die Silhouetten der Fabriken und Lagerhäuser unter der teerbraunen Eiskruste noch gut zu erkennen. Wegen der fürchterlichen Kälte kam der Großteil der Bevölkerung praktisch nie an die Oberfläche, aber der Raumhafen war restlos zugeparkt, was bedeutete, dass die Geschäfte nach wie vor gut liefen. Bestimmt hundert Schiffe parkten in dem Dock, in dem Rupert unseren Kreuzer landete, jedes einzelne davon alt, verbeult und bis an die Zähne bewaffnet, dafür ohne Seriennummer. Dass niemand »Piratenschiff« auf die Außenhülle gesprüht hatte, war auch schon alles.

Da ich meine Rüstung nun doch nicht tragen würde, wie ich ursprünglich vorgehabt hatte, wurden die fehlenden Schuhe zum Problem. Rupert erging es nicht viel besser. Anzug und Herrenslipper sahen an Bord eines Schiffes ja ganz schick aus, aber im Schnee waren sie nicht zu gebrauchen. Wenn wir auch nur zehn Schritte weit kommen wollten, ohne zu erfrieren, brauchten wir neue Klamotten.

Zu unserem Glück war die paradoxische Heimwehr stets für alle Eventualitäten gerüstet. Im Wandschrank am Heck des Schiffs fanden wir Kleidung für jegliches Wetter. Ich entdeckte ein Thermohemd und Cargohosen, die ich über meinem Tanktop und den Leggings aus der Botschaft tragen konnte, dazu ein paar Standard-Kampfstiefel, zwei Nummern zu groß zwar, aber besser als nichts. Doch während ich aussah wie eine verkleidete Halbwüchsige in einem zu großen Kostüm, war Ruperts Anblick einfach atemberaubend: Ihn nach Monaten in weißen Hemden oder schwarzen Alienschuppen einmal in Kampfausrüstung zu sehen war eine Offenbarung. Er hatte schon immer gut ausgesehen, aber wenn seine breiten Schultern und langen Gliedmaßen in diesem schwarzen, hautengen paradoxischen Unteranzug steckten, war der Effekt geradezu anstößig. Anzughose und Slipper hatte er gegen graue Tarnkleidung und hohe Kampfstiefel eingetauscht – das gleiche Modell wie meine, nur dass sie ihm viel besser standen.

Ihm stand alles besser, dachte ich seufzend. Schon vor meinem Eintritt in die Armee hatte ich eine Schwäche für Männer in Uniform gehabt. Zusammen mit meiner Schwäche für Rupert führte das dazu, dass ich schließlich den Blick von ihm abwenden musste, bevor ich noch auf dumme Gedanken kam. Stattdessen konzentrierte ich mich darauf, Schneejacken für uns aufzutreiben.

Während ich die verschiedenen Kisten durchwühlte, schnappte Rupert sich einen schwarzen Seesack und ging damit zur Mannschaftsmesse. Als ich endlich zwei passende Anoraks gefunden hatte, hatte er den Seesack mit Fertigrationen, dem Erste-Hilfe-Koffer und Ersatzmunition für die Waffe bestückt, die er nun am Gürtel trug. Ich griff mir ebenfalls eine der eleganten Maraday S-Klasse-Automatikpistolen, die kaum größer waren als meine Hand und trotzdem in der Lage, die meisten leichten Panzerstähle zu durchschlagen, solange man wusste, wo man hinschießen musste. Die Maraday war natürlich kein Vergleich zu meinen Mädels, aber für eine Standardwaffe gar nicht einmal schlecht. Der Heimatschutz hatte wirklich nur erstklassige Ausrüstung.

Anthonys Schiff auszuräumen machte mir fast ein schlechtes Gewissen, aber ich tröstete mich damit, dass es auf Kessel ohnehin nur gestohlen würde. Rupert hatte recht: Anthony würde seine Vorgesetzten auf jeden Fall informieren, dass ich noch am Leben war. Die paradoxische Armee würde bald die ganze Galaxie nach diesem Schiff durchkämmen, falls sie es nicht jetzt schon tat. Wenn wir unsere Flucht fortsetzen wollten, mussten wir den kleinen Kreuzer wohl oder übel aufgeben, trotzdem spürte ich einen Stich im Herzen, als Rupert die Rampe ausfuhr. Dieses Schiff war wie ein Stück Heimat für mich, es ungeschützt in einem Piratenhafen zurückzulassen – vor allem, solange wir keinen Ersatz hatten –, fühlte sich an wie eine grenzenlose Dummheit und obendrein wie Blasphemie.

»Blasphemie?«, fragte Rupert über das Tosen des Windes hinweg.

Ich nickte und versuchte, mit meinem schweren Koffer auf der schnell vereisenden Rampe nicht auszurutschen. »Die Schiffe der Heimwehr sind persönliches Eigentum des Geweihten Königs. Eines davon achtlos den Piraten zu überlassen ist nicht richtig.« Ich schaute hinauf zum Bug, an dem stolz die Seriennummer und das Wappen des Heimatschutzes prangten. »Bist du sicher, dass du uns ein neues organisieren kannst?«

»So sicher ich nur sein kann«, antwortete Rupert und schulterte seine beiden Seesäcke. »Komm, gehen wir.«

Ich nickte und wuchtete mir meinen Koffer auf den Rücken, dann rannten wir über die verdreckte Eiskruste auf dem Landefeld Richtung Ausgang.

Der Raumhafen wurde auf allen vier Seiten von turmhohen Windbrechern geschützt, damit die landenden Schiffe nicht gegen die umliegenden Felswände geschleudert wurden, doch sobald wir das Gelände verlassen hatten, erfasste der Wind uns wie ein Zug. Er drückte mich mit solcher Kraft gegen Rupert, dass er mich am Arm festhalten musste, während wir die breite Rampe zur Hauptstraße hinuntergingen. Früher waren hier Pendelzüge zur Raffinerie am anderen Ende des Tals gefahren, doch mittlerweile waren die Schienen asphaltiert. Die Fronten der Lagerhallen links und rechts der Straße waren durch zusammengeschweißte Bleche miteinander verbunden worden, die einen windgeschützten, überdachten

Korridor bildeten. Darin wimmelte es nur so von Menschen.

Dank der Leuchtreklamen über den Geschäften, Ständen und Kiosken, die sich auf jedem freien Fleckchen zusammendrängten, war es in dem Korridor sogar heller als draußen unter dem bewölkten Himmel. Die Lagerhäuser waren in Hunderte kleiner Einheiten unterteilt, in denen alles feilgeboten wurde, was mehr oder weniger legal war. Von meinem letzten Besuch wusste ich, dass die eigentliche Ware nur auf dem unterirdischen Schmugglermarkt zu bekommen war, aber hier oben erhielt Kessel zumindest den Anschein von Legalität aufrecht. Ein Drecksloch war die Straße trotzdem, wie die Tatsache bewies, dass wir zwei Blocks weit laufen mussten, bis wir einen Eingang entdeckten, der nicht zu einer Bar, einem Pfandleiher, einem Striplokal oder einem Bordell führte.

Ich hatte Rupert erklärt, dass wir, wenn überhaupt, nur hier oben einen halbwegs anständigen Arzt finden würden. In der Nähe des Raumhafens war das Gedränge so dicht gewesen, dass uns nichts anderes übrig geblieben war, als uns eilig hindurchzuquetschen. Doch jetzt, einige Häuserblocks weiter, zog Rupert sein Handset hervor und hielt mit der freien Hand meinen Oberarm umklammert, während er mit tief gefurchter Stirn das örtliche Handelsverzeichnis durchging.

Unter normalen Umständen hätte ich diese besitzergreifende Geste keinesfalls toleriert, aber im Moment war ich sogar froh darum. Ohne Rüstung und in zu weiten Klamotten sah ich aus wie ein von zu Hause ausgerissener Teenager. Nicht gerade furchterregend also, was auf einem Planeten, an dem jeder bis an die Zähne bewaffnet war und eine Entführung in aller Öffentlichkeit bei den Umstehenden höchstens verärgerte Blicke bewirkte, eine nicht zu unterschätzende Gefahr darstellte. Aber mit Rupert an meiner Seite brauchte ich mir keine Sorgen zu machen. Sein Kampfanzug und der finstere Blick steigerten seine sonst schon tödliche Ausstrahlung um den Faktor zehn. Hinzu kamen seine Körpergröße und die offensichtliche Vertrautheit mit der Waffe an seinem Gürtel – die Menge teilte sich vor uns wie Wasser an einem Felsen, ohne dass Rupert auch nur vom Display aufblicken musste. Hätten die Leute diesen Bogen um *mich* gemacht, wäre es natürlich noch schmeichelhafter gewesen, aber praktisch war es trotzdem.

Nach fünf Minuten Blättern teilte Rupert mir eine Adresse mit, dann gingen wir los. Zwei Blocks weiter bogen wir von der Hauptstraße in eine überdachte Gasse ab. Sie war kaum breit genug für uns beide, und der Wind, der uns in dem Tunnel entgegenpfiff, war so stark, dass ich mich nach vorne lehnen musste, um nicht weggeblasen zu werden. Glücklicherweise war es nicht weit. Als ich ein Stück voraus das Klinikschild entdeckte, leuchtend rot wie ein Warnhinweis, wurden meine Schritte sofort langsamer.

»Devi«, sagte Rupert mit warnendem Unterton.

»Ich bitte dich«, keuchte ich und schaute ihn mit geweiteten Augen an. »Gleich daneben ist ein Fleischer!«

Rupert ging nicht auf meine Bedenken ein, und keine Minute später traten wir durch die schwere Eingangstür.

Das Beste, was ich über das winzige Wartezimmer sagen kann, ist, dass es zumindest sauber war. Wie bei den anderen Etablissements, die sich in den ehemaligen Lagerhäusern ausgebreitet hatten, bestanden die Wände aus offensichtlich gestohlenen, zusammengeschweißten Blechen, die hier in einem angenehmen Beigeton gestrichen waren. Wir hatten die Tür kaum hinter uns geschlossen, da teilte sich der Vorhang, der den Eingangsbereich vom Rest der Klinik trennte. Eine Respekt einflößende Frau mittleren Alters mit einem zerschlissenen Tuch über dem ergrauenden Kraushaar trat hindurch und stellte sich mit säuerlicher Miene hinter die Empfangstheke, als wären Kunden für sie eine Art Ungeziefer.

»Willkommen«, sagte sie mit einer Stimme, die alles andere als einladend war. »Was wollen Sie?«

Ihr Universal war so schlecht, dass ich sie kaum verstand, doch Rupert schlug mit einem strahlenden Lächeln die Kapuze seines Anoraks zurück, um dann in einer vollkommen anderen Sprache zu antworten. Ich hatte keine Ahnung, um welche es sich handelte, aber es war auf jeden Fall nicht die, die er während seines Panikanfalls auf dem Schiff gesprochen hatte.

Das Gesicht der Frau hellte sich sogleich auf, als sehe sie seit Jahren zum ersten Mal wieder die Sonne. Von da an fraß sie Rupert regelrecht aus der Hand, nur mich würdigte sie keines Blickes mehr. Nach ein paar Minuten fröhlicher Unterhaltung schienen die beiden sich einig zu sein. Die Frau verschwand wieder durch den Vorhang, und Rupert wandte sich mir zu.

»Was war das denn eben?«, fragte ich mit einer nach oben gezogenen Augenbraue. »Verbale Bestechung?«

Rupert lächelte verschmitzt. »Sozusagen. Eigentlich wollte sie uns wegschicken, weil wir kein Bargeld haben, aber ich konnte es ihr ausreden.«

»Sie hat dir Kredit gegeben? Hier auf Kessel?«, fragte ich baff. »Was hast du gesagt? Hast du versprochen, ihre Tochter zu heiraten?«

»An einem fremden Ort die eigene Muttersprache zu hören kann eine sehr tröstende Erfahrung sein«, antwortete Rupert schulmeisterlich. »Trost fördert Vertrauen, und mit Vertrauen bekommen wir, was wir brauchen.«

Ich schnaubte. »Wie viele Sprachen beherrschst du eigentlich?«

»Zehn.« Auf meinen ungläubigen Blick hin fügte er hinzu: »Sprachen sind in meinem Beruf sehr hilfreich, und ich hatte viel Zeit zum Lernen. Außerdem wird es von Mal zu Mal einfacher.«

Die Frau kehrte zurück, warf Rupert einen bewundernden Blick zu und bedeutete mir dann, ihr zu folgen.

Das war's, dachte ich seufzend. Jetzt gab es kein Zurück mehr. »Kommst du nicht mit?«, fragte ich an Rupert gewandt.

Er schüttelte den Kopf. »Ich muss erst unser Liquiditätsproblem lösen. Sollte nicht lange dauern, aber wenn du fertig bist, bevor ich wieder da bin, dann warte hier auf mich.«

Ich wollte mich gerade erkundigen, was genau er vorhatte, aber ich konnte die Frau schlecht warten lassen, also erwiderte ich nur: »Sei vorsichtig.«

Rupert lächelte und hauchte mir, noch bevor ich reagieren konnte, einen Kuss auf die Stirn. »Mach's ihnen nicht zu schwer«, sagte er und ging.

Das Blut stieg mir in die Wangen, und ich schaute ihm missmutig hinterher, aber Rupert war bereits fort.

Die Frau in meinem Rücken räusperte sich unterdessen ungeduldig. Ich warf ihr über die Schulter einen finsteren Blick zu, nahm meinen Koffer und machte mich auf den Weg zum Galgen. Dabei fluchte ich bei jedem Schritt wie ein Rohrspatz – in *meiner* Muttersprache.

Ich würde gerne behaupten, es sei besser gelaufen als befürchtet, aber das wäre gelogen. Wie sich herausstellte, handelte es sich bei dem »Arzt« um die Schwester der Empfangsdame, und sie sah genauso aus, wie man sich einen Menschenmetzger in einem Piratennest vorstellte. Nicht einmal die getrockneten Blutspritzer auf dem seit Wochen nicht mehr gewaschenen Kittel fehlten. Mein einziger Trost war, dass die Frau mich nicht mit dämlichen Fragen löcherte, wie ich an das Würgemal auf meinem Hals gekommen war, während sie mich auf dem Operationstisch festschnallte.

Ich lasse mich grundsätzlich nicht gerne fesseln, aber festgebunden auf dem Rücken zu liegen, während eine Fremde meinen ungeschützten Hals mit einem Geweberegenerator bearbeitete, war die Hölle. Obwohl ich ihr zu erklären versucht hatte, dass das Zeug bei mir längst nicht mehr wirkte, hatte sie mir etwas gegen die Schmerzen gegeben. Sie schien allerdings einige heftige Schwarzmarktdrogen beigemischt zu haben, denn obwohl es über zwei Stunden dauerte, all die geplatzten Blutgefäße wieder zusammenzufügen, konnte ich mich nur an zehn Minuten der Prozedur erinnern. Bevor ich michs versah, halfen die beiden mir beim Aufsetzen und ermahnten mich, wegen des Schwindelgefühls lieber noch eine Weile stillzuhalten.

Schwindel war eine lächerliche Untertreibung – mir war, als müsste ich jeden Moment kotzen, doch die Übelkeit verging glücklicherweise schnell, und mein Hals fühlte sich einfach wunderbar an. In dem Spiegel, den die Frau mit dem Kraushaar mir reichte, sah ich, dass er wieder vollkommen heil war. Nicht einmal der Hauch eines Blutergusses war noch zu sehen. Ich war immer noch nicht sicher, ob es wirklich klug gewesen war, Wildfremden meine ungeschützte Kehle hinzuhalten, aber zumindest hatte ich nun Ruhe vor Ruperts Gejammer.

Nach seinen rätselhaften Andeutungen hatte ich fest damit gerechnet, eine ganze Weile warten zu müssen, doch als ich ins Wartezimmer zurückkehrte, hatte Rupert es sich bereits auf der durchgesessenen Couch bequem gemacht. Sein Blick sprang sofort zu meinem Hals. Seine Miene blieb zwar undurchdringlich wie immer, aber mir entging nicht, wie er erleichtert aufatmete.

Während ich neben dem Ausgang wartete, übernahm Rupert die Begleichung der Rechnung, was an sich schon ein denkwürdiger Vorgang war: Papiergeld war ein Relikt aus längst vergangenen Zeiten. Ich hatte gar nicht gewusst, dass das Zeug überhaupt noch gedruckt wurde. Noch mehr überraschte mich allerdings, wie *viel* Geld er der Schwester in die Hand drückte. Es war eine solche Menge, dass mir der Kiefer herunterklappte. Hier im Wartezimmer wagte ich nicht, danach zu fragen, aber als wir draußen waren, zerrte ich ihn in den nächstbesten unbeleuchteten Eingang und raunte: »Wie viel hast du ihr gegeben?«

»Den doppelten Gebührensatz plus Trinkgeld«, antwortete Rupert, ohne mit der Wimper zu zucken, dann öffnete er behutsam meinen Jackenkragen, um meinen Hals in Augenschein zu nehmen. »Ich habe den beiden etwas sehr Wertvolles anvertraut, und sie haben hervorragende Arbeit geleistet.« Seine Stimme wurde butterweich. »Dich in einem Stück wiederzubekommen wäre mir noch viel mehr wert gewesen.«

Ich schlug seine Hand weg. »Du kannst hier nicht mit so viel Geld um dich werfen! Damit betteln wir geradezu darum, überfallen zu werden.«

Rupert neigte den Kopf zur Seite. »Ich glaube, mit Straßenräubern kommen wir zurecht.«

Das mochte ja stimmen, trotzdem. »Wir haben nichts zu verschenken, Rupert. Es muss noch für ein neues Schiff reichen, schon vergessen?«

»Was das betrifft«, erwiderte er lächelnd und öffnete den Beutel über seiner Schulter, »brauchen wir uns keine Sorgen zu machen, denke ich.«

Meine Augen wurden tellergroß. Der Seesack, den er aus Anthonys Schiff mitgenommen hatte, war randvoll mit Scheinen. So viel Papiergeld hatte ich noch nie gesehen, alles republikanische Skript, keine Koloniescheine, und jeder davon vierstellig.

»Heilige Scheiße«, stammelte ich. »Hast du eine Bank überfallen?«

»Natürlich nicht.« Rupert reichte mir ein Bündel davon, dann zog er den Beutel wieder zu. »Ich habe meinen Königlichen Freibrief geopfert.«

Ich war zu sehr damit beschäftigt, das Geld in meinem Anorak verschwinden zu lassen, bevor jemand es sah, um die Bedeutung seiner Worte zu begreifen. Als es dann so weit war, rastete ich aus.

»Du hast *was*?!«

Einige Passanten blickten auf, also senkte ich meine Stimme zu einem Flüstern. »Du hast einen *Königlichen Freibrief* verkauft? Bist du jetzt völlig übergeschnappt?« Eine Bank auszurauben wäre die weniger gefährliche Alternative gewesen, denn dann bekämen wir es wenigstens nur mit den örtlichen Behörden zu tun. Aber wer Freibriefe missbrauchte, bekam Devastoren auf den Hals gehetzt.

»In Anbetracht der Umstände war es noch die beste Möglichkeit«, erwiderte Rupert geduldig. »Mit der

Unterstützung deines Königs können wir ohnehin nicht mehr rechnen, und die republikanische Kanzlei verfolgt Freibriefe sehr genau. Wenn wir ihn weiter verwendet hätten, könnten wir uns den Detektiven auch gleich ausliefern.«

»Hast du das auch dem Typen gesagt, dem du ihn verkauft hast?«

Rupert grinste. »Was glaubst du, warum ich ihn alles in bar bezahlen ließ?«

Ich stöhnte und vergrub das Gesicht in Ruperts Anorak. Er hatte nicht nur das Vertrauen des Königs aufs Schlimmste missbraucht. Der Kerl, dem er den Freibrief verkauft hatte, würde sofort auffliegen, sobald er ihn verwendete. Mein einziger Trost war, dass er wahrscheinlich nicht lange genug überlebte, um sich an uns zu rächen. Der Verkauf mochte unser momentanes Problem gelöst haben, aber ich wurde das Gefühl nicht los, dass ich mich der Beteiligung am Hochverrat schuldig machte, wenn ich das Geld annahm.

»Dafür komme ich in die Hölle«, murmelte ich.

»Devi«, sagte Rupert leise und nahm mein Gesicht zwischen die Hände. »Hör zu, ich bekam den Freibrief nur, weil König Stephen dich meinem Schutz anbefohlen hat, und genau das tue ich: dich beschützen. Wenn du die Töchter befreist und die Phantome aufhältst, haben alle etwas davon, Paradox mit eingeschlossen. Ich bin sicher, unter dem Blickwinkel des Allgemeinwohls wird Stephen über meinen kleinen Fehltritt hinwegsehen.«

So gesehen hatte er wahrscheinlich sogar recht, trotzdem. »Darauf steht die Todesstrafe.«

»Für mich«, erwiderte Rupert gelassen. »Ich habe den Freibrief verkauft, nicht du. Dergleichen habe ich schon oft im Dienst für die Detektive getan, und für dich würde ich noch weit Schlimmeres tun.«

»Das lässt du besser bleiben!«, bellte ich. Rupert war Terraner und hatte keine Ahnung. Selbst wenn es ein Dienst am Allgemeinwohl war, würde er trotzdem hängen. Der Geweihte König mochte von Zeit zu Zeit gnädig sein, aber was diese Dinge betraf, kannte er kein Erbarmen. »Ich weiß, du liebst mich, und was passiert ist, ist passiert, aber das geht zu weit. Du kannst nicht einfach ...«

Rupert legte mir eine Hand unters Kinn und hob meinen Kopf an, bis wir uns direkt in die Augen schauten. »Mit Liebe hat das nur teilweise etwas zu tun«, sagte er sanft.

Bevor ich ihn fragen konnte, was er damit meinte, beugte Rupert sich noch näher heran, sodass sein Mund direkt neben meinem Ohr war. Ich wurde am ganzen Körper stocksteif. Abgesehen davon, dass wir diesmal beide standen, war das genau die gleiche Position wie damals, als er mir auf der *Narr* seine Liebe gestand, um kurz danach mein Gedächtnis zu löschen. Damals hatten seine Worte verzweifelt geklungen, diesmal strotzten sie nur so vor Stolz und Entschlossenheit.

»Du tust Dinge, von denen ich nur träumen konnte«, sagte er leise. »Ich habe immer geglaubt, das einzig Wichtige wäre zu verhindern, dass andere das gleiche Schicksal ereilt wie mich. Aber selbst ganz am Anfang, als ich noch ein treu ergebener Detektiv war, wusste ich, dass wir zwar das Richtige taten, aber mit den falschen Mitteln. Ich wusste, was wir den Töchtern antun, ist unverzeihlich, aber ich hielt es für die einzige Möglichkeit. Ein notwendiges Opfer für das Allgemeinwohl. Erst als du aufgetaucht bist und verlangt hast, das Leiden *aller* zu beenden, kam ich überhaupt auf die Idee, dass es möglich sein könnte.«

Er kam noch näher, und ich spürte die Lippen an meinem Ohr. »Als du dir deine Pistole an den Kopf gehalten hast, hätte ich beinahe einen Herzinfarkt bekommen«, gestand er. »Gleichzeitig wuchs meine Liebe für dich ins Unermessliche. Seit du die Wahrheit herausgefunden hast, kämpfst du unermüdlich für all das, wofür ich selbst längst hätte kämpfen sollen, aber nie den Mut dazu hatte. Und seitdem weiß ich, dass du als Einzige dem Missbrauch ein Ende machen kannst, den wir seit über siebzig Jahren mit voller Absicht mit den Töchtern treiben. Nicht wegen deines Virus, sondern weil du zu stolz und stur bist, dich von deinem Ziel abbringen zu lassen.«

Ich machte Anstalten, etwas zu erwidern, doch Rupert hauchte mir einen Kuss auf die Haarsträhne hinter meinem Ohr, und mein Herz begann wie wild zu pochen.

»*Das* ist es, warum ich dich liebe, Devi. Weil ich mit hundertprozentiger Sicherheit weiß, dass dein Weg der richtige ist. Und jetzt, da du mir den Mut gegeben hast, ihn gemeinsam mit dir zu gehen, wird niemand – weder die Detektive noch Caldswell oder König Stephen – mich je wieder davon abbringen. Auch nicht Deviana Morris, die mir mein Leben zurückgegeben hat.«

Ich schloss die Augen und rang um Fassung. Musste er immer so verflucht *intensiv* sein? Wie sollte ich an seinen Worten zweifeln, wenn er so direkt aus seinem Herzen sprach? Wie sollte ich ihm da *nicht* vertrauen? Wie sollte ich daran denken, dass er mein Schwachpunkt war, wenn jedes seiner Worte klang, als stünde er bedingungslos auf meiner Seite und würde den Kampf bis zum Ende mit mir durchstehen, ob es mir gefiel oder nicht?

Als ich die Augen wieder öffnete, um ihm zu sagen, dass ich das verfluchte Geld nehmen würde, damit er endlich von mir abließ und ich nicht Gefahr lief, ihm hoffnungslos zu verfallen wie ein kleines Mädchen, bemerkte ich aus dem Augenwinkel ein Licht. Ich war so aufgeregt, dass ich hinschaute, obwohl ich bereits wusste, was es war: Das sanfte Schimmern konnte nur von einem Phantom stammen. Doch was ich sah, war kein Phantom. Es war eine junge Frau.

Maat stand keine zwei Meter von mir entfernt auf dem gefrorenen Asphalt. Sie sah aus wie immer, glattes, auf Schulterlänge waagrecht abgeschnittenes dunkles Haar, ihr zierlicher Körper von einem dünnen weißen Kittel umhüllt, der in dem eiskalten Wind nicht einmal flatterte, weil sie in Wirklichkeit gar nicht da war. Die Passanten liefen direkt durch Maat hindurch, als wäre sie Luft, aber die Furcht in ihren Augen war so kalt und greifbar wie die vereiste Wand in meinem Rücken.

Als sie die Lippen öffnete, zuckte ich unwillkürlich zusammen und machte mich bereit für diese grässliche Stimme in meinem Kopf, aber alles blieb still. Maats Gesicht war verzweifelt, ihr Mund bewegte sich, doch ich hörte nicht einen Laut. Ich konnte sie nur anstarren, während ihre Lippen immer wieder die gleiche Silbe formten. Als ich begriff, was sie mir mitteilen wollte, war es beinahe zu spät.

Lauf, sagte sie stumm und mit vor Entsetzen weit aufgerissenen Augen. *Lauf!*

»Devi?«, fragte Rupert und richtete sich auf. »Stimmt was nicht?«

Ich packte ihn so fest am Arm, dass meine eigenen Finger davon wehtaten. »Lauf.«

Meine Stimme war kaum mehr als ein Flüstern, aber Rupert fragte nicht nach und zögerte auch nicht. Er fasste mich an der Hand und rannte los, zurück Richtung Hauptstraße. Mit der Schulter voraus bahnte er uns einen Weg durch die Menge, während in dem Eingang direkt gegenüber der Stelle, wo wir eben noch gestanden hatten, ein Mann in schwarzem Anzug auftauchte. Sein Arm schoss nach vorn und verfehlte mich nur um wenige Zentimeter. Das alles war blitzschnell gegangen, doch Rupert und ich rannten bereits die Hauptstraße hinunter, direkt auf das hoffnungslos überfüllte Stadtzentrum zu. Hinter mir hörte ich lautes Fluchen, gefolgt von wütenden Aufschreien, als der Mann im Anzug aus der Gasse gespurtet kam. Ich wagte nicht, mich umzublicken, und ließ meine Augen fest auf Rupert gerichtet, der um die nächste Ecke bog und dann eine Rampe hinunterlief.

Die geschäftigen Straßen an der Oberfläche verliehen Hafen Eins beinahe den Anschein einer richtigen Stadt, aber das wirkliche Leben spielte sich im Untergrund ab. Hier unten, wo der Minenkonzern seinen Maschinenpark untergebracht hatte, damit er nicht einfror, hatte sich eine neue Industrie ausgebreitet. Die mehr oder weniger legalen Geschäfte befanden sich oben, der Handel mit Waffen, Schmuggel- und Hehlerware hingegen, der die eigentliche Wirtschaftskraft Kessels ausmachte, gedieh in den geschützten und vergleichsweise warmen unterirdischen Hallen der ehemaligen Erzraffinerien. Und das bedeutete, dass ich diesen Teil der Stadt oft genug besucht hatte, um mich dort – im Gegensatz zur Oberfläche – halbwegs auszukennen.

Als wir den Fuß der Rampe erreichten, ließ ich Ruperts Hand los und rannte nach links. Rupert reagierte sofort und folgte mir in eine stadiongroße Halle, die Kessels größten Untergrundmarkt beherbergte, einen labyrinthartigen Basar aus Zelten und Tischen, in dem es alles zu kaufen gab, was das Verbrecherherz begehrte. Von der Decke baumelten Werbebanner, auf denen Sex, gefälschte Rüstungen und Organe angepriesen wurden. Die Farben darauf waren von der Sonne, die durch die in die Decke eingelassenen Fenster hereinfiel, längst verblichen.

Hätten wir gewöhnliche Kopfgeldjäger am Hals gehabt, wäre ich mitten zwischen die Verkaufsstände gerannt, da kein Söldner so dumm war, hier eine Waffe zu ziehen. Doch Maats Anwesenheit und der schwarze Anzug sagten mir überdeutlich, dass es sich bei unseren Verfolgern um Detektive handelte, und die brauchten keine Waffen. Sie würden uns im Getümmel einfach überwältigen, und das bedeutete, dass wir sie abhängen mussten. Glücklicherweise gab es keinen besseren Ort dafür als die Katakomben von Hafen Eins.

Das Gewicht meines Koffers machte mich entsetzlich langsam, also gab ich ihn an Rupert weiter, während wir, immer am Rand des Basars entlang, auf das Heizsystem zuhielten, in dem Kessels Untergrundbewohner hausten. Das Heizsystem war genau das, wonach es sich anhörte: ein weitverzweigtes Netzwerk aus gigantischen Rohren, in dem der Dampf aus den tieferen Schichten der Planetenkruste aufstieg. Früher hatte der Konzern seine Generatoren damit angetrieben, mittlerweile versorgte der Dampf die gesamte Stadt mit Energie und machte das Heizsystem außerdem zum wärmsten Ort auf ganz Kessel. Die Hütten der Bewohner kuschelten sich an die meterdicken Rohre wie Katzen an einen Ofen.

Während wir mit hallenden Schritten den Zugangstunnel entlangrasten, legte die Hitze sich über mich wie eine Decke. Als wir die Rohre erreichten, schwitzte ich bereits aus allen Poren, wagte aber nicht, stehen zu bleiben, um meinen Anorak auszuziehen. Ich wich der Warteschlange vor einem der Aufzüge aus, die zu den unteren Ebenen führten, und rannte weiter zu einer verrosteten Metallleiter.

Früher hatten die unterirdischen Katakomben als Reservoir für das Wasser gedient, das der Konzern brauchte, um das Mineralerz aus dem Gestein zu waschen. Die Rohrleitungen führten mitten hindurch, um auf ihrem Weg zu den Generatoren das Wasser aufzuheizen. Inzwischen war der See längst abgelassen. An seiner Stelle breitete sich nun ein Gewirr aus baufälligen Hütten und umfunktionierten Containern aus, zusammengehalten von Spannketten, Metallrampen und allem möglichen anderen aus den Minen gestohlenen Zeugs, das zusammen eine zylinderförmige, einen halben Kilometer hohe und dreißig Meter breite, vielstöckige Barackensiedlung bildete.

Ohne meinen Bordcomputer hatte ich nicht die geringste Chance, mich in diesem Labyrinth zurechtzufinden, also beschloss ich, mich einfach so tief nach unten vorzuarbeiten wie möglich. Ich rutschte die Leiter hinunter und sprang mitten hinein in das Gewirr von aus Blechen zusammengeschweißten Gassen. Obwohl Rupert meinen Rüstungskoffer und zwei Seesäcke schleppen musste, war er direkt hinter mir. Sein Blick sprang ständig hin und her, während er sich die Umgebung einprägte und mir nach unten folgte, immer weiter und noch weiter hinunter, bis wir die allerletzte Ebene erreicht hatten.

Es war stockdunkel. Außer dem fahlen Leuchten der orangefarbenen Notbeleuchtung, die jemand freundlicherweise installiert hatte, und den wenigen verirrten Lichtstrahlen, die bis hier unten durchdrangen, sah ich absolut gar nichts. Wir befanden uns nun direkt an der Basis des Rohrsystems, entsprechend heiß und feucht war die Luft, so sehr, dass ich sie bei jedem Atemzug spürte, aber noch viel schlimmer war der Geruch: Müll und alles, was auf den oberen Stockwerken nicht mehr gebraucht wurde, landete hier unten. Es stank dermaßen, dass sich mir die Nackenhaare aufstellten.

»Wo sind wir hier?«, fragte Rupert, eine Hand über Mund und Nase gepresst.

»Mein ehemaliger Truppführer nannte es die Geldstadt. Neun von zehn Verbrechern, hinter denen wir her waren, fanden wir schließlich hier. Ein besseres Versteck gibt es auf dem ganzen Planeten nicht.« Ich deutete nach unten. Wegen der Dunkelheit war es kaum zu erkennen, aber bei dem hoffnungslos verdreckten, rechteckigen Rohr, auf dem wir nun standen, handelte es sich um die stillgelegte Zuleitung zu dem leer gepumpten Wasserreservoir. »Diese Leitung führt zu einer unterirdischen Thermalquelle, deshalb ist es hier so heiß.«

Ich konnte Ruperts Gesicht nicht sehen, aber ich hörte das Entsetzen in seiner Stimme. »Und du willst dich *hier* verstecken?«

»Nicht lange«, beruhigte ich ihn und griff mir meinen Koffer. »Eine Stunde vielleicht. In der Zwischenzeit höre ich die Funkkanäle ab. Vielleicht erfahren wir ja, was die Detektive vorhaben.«

»Bist du deshalb losgerannt?«, fragte Rupert seltsam angespannt. »Weil du einen Detektiv gesehen hast?«

»Du etwa nicht?«, fragte ich zurück und schleppte meinen Koffer zu einer Stelle, wo mehrere kleine Rohre senkrecht nach oben abzweigten und ein wenig Sichtschutz boten.

Rupert schüttelte den Kopf. »Du hast gesagt: Lauf, also bin ich gelaufen.«

Sein blindes Vertrauen zauberte mir ein Lächeln auf die Lippen. Rupert würde mir tatsächlich überallhin folgen. »Er hatte zwar kein Namensschild am Anzug, aber er bewegte sich verflucht schnell, und Maat war auch da. Es war nicht schwer, eins und eins zusammenzuzählen.«

Sein Blick verfinsterte sich. »Wenn Maat dabei war, ist auch eine Tochter hier.«

»Warum, glaubst du, habe ich es so eilig?« Ich riss mir Anorak und Stiefel herunter. Eigentlich hätte ich auch den Rest ausziehen sollen, aber mich zusätzlich aus Thermohemd und Hose zu schälen hätte zu lange gedauert. Ich hatte nicht vor, auch nur eine weitere Sekunde ohne meine Rüstung zu sein. »Mit wie vielen werden wir es zu tun bekommen?«

Rupert fing meinen Anorak auf, bevor er auf dem verdreckten Boden landete, und legte ihn über seinen Arm, während er mit tief gefurchter Stirn über meine Frage nachdachte.

»Mindestens vier«, antwortete er schließlich. »Es könnten noch mehr werden, aber wie lange es dauert, bis sie eintreffen, weiß ich nicht. Den Raumhafen dürften sie mittlerweile geschlossen haben, was bedeutet, dass wir einen anderen Weg finden müssen, um so schnell wie möglich von Kessel zu verschwinden.«

»Ich weiß, ich weiß«, murmelte ich und klappte meinen Koffer auf. »Aber im Moment dürften wir sicher sein. Diesen Ort kennen praktisch nur Einheimische, also bleiben wir hier, bis …«

Ich verstummte abrupt und spitzte die Ohren. Ich wusste selbst nicht, was ich gehört hatte, aber mein Gehirn hatte plötzlich auf höchste Alarmstufe geschaltet. Eine Sekunde später hörte ich das gleiche Geräusch, ein leises Vibrieren in den Rohrleitungen über mir, als kletterte jemand daran herunter.

Ich merkte zu spät, dass ich mit meiner Vermutung richtiglag. Als ich aufblickte, landete der Symbiont bereits mit den Füßen voraus auf meinen Schultern. Das Gewicht presste mir alle Luft aus den Lungen, ich wurde zu Boden geschleudert und prellte mir beim Aufprall die Rippen, aber ich spürte es nicht einmal. Ich rollte mich sofort zur Seite und versuchte strampelnd, den Kerl von meinem Rücken herunterzubekommen.

Ich hätte es auch bleiben lassen können. Der Bastard bewegte sich keinen Millimeter. Mit dem Gesicht nach unten lag ich da und konnte ihn nicht einmal sehen, weshalb ich erst merkte, dass es nicht der Detektiv aus der Gasse war, als ich die kalte, weibliche Stimme über mir hörte.

»Schön, Sie am Leben zu sehen, Charkow.«

Ich gab meinen Widerstand auf und biss die Zähne zusammen, um mich nicht von der in mir aufsteigenden Wut mitreißen zu lassen. Ich kannte diese Stimme. Sie gehörte dem drahtigen Miststück mit den dunklen Haaren, das Caldswell in dem Bunker auf Io 5 dabei geholfen hatte, Rupert davon zu überzeugen, er erschieße mich tatsächlich.

»Maria Natalia«, sagte Rupert ruhig. »Was tun Sie da?«

»Meine Befehle ausführen«, antwortete Natalia verächtlich. »Etwas, mit dem Sie Probleme zu haben scheinen.«

»Lass mich verdammt noch mal los!«, brüllte ich und

drehte in dem Versuch, sie mit meinen Blicken zu erdolchen, wild den Kopf hin und her. »Rupert! Tritt sie von mir runter!«

»Seien Sie still, Morris.«

Ich erstarrte. Ruperts Stimme war kalt und scharf wie ein Schlachtermesser. Er schaute mich nicht einmal an, sondern nur die Frau auf meinem Rücken. Sein Gesicht war wieder das des perfekten Soldaten, den ich von der *Narr* kannte. Der Anblick ließ mich mucksmäuschenstill werden, und damit war ich nicht die Einzige.

Die Frau auf meinem Rücken rührte sich ebenfalls nicht mehr und hielt den Atem an. In diesem Moment wusste ich, dass es mehr war als Ruperts plötzliche Kälte, die mich erschreckt hatte: Das Gesicht, das ich nun sah, gehörte Detektiv Charkow, dem rücksichtslosen Killer.

»Sie stören eine laufende Operation, Maria«, sagte Rupert kalt wie Eis. »Ich habe die Zielperson nicht so lange am Leben gehalten, nur damit Sie sie nun beschädigen können. Wenn Sie sie wollen, brauchen Sie nur zu fragen.«

Der winzige Teil von mir, der immer noch darauf wartete, dass Rupert mich verriet, regte sich nicht. Vor zwei Tagen hätte mich die Situation noch in die Luft gehen lassen, aber jetzt nicht mehr, und das überraschte niemanden so sehr wie mich selbst. Während ich hilflos dalag und Ruperts versteinertes Gesicht anstarrte, verstand ich auch den Grund dafür.

Die ewig nörgelnde Stimme, die mir zurief, Rupert hätte mich soeben den Wölfen zum Fraß vorgeworfen – ich glaubte ihr nicht mehr. Stattdessen hörte ich Rupert, wie er mir ins Ohr flüsterte, dass er dank mir endlich wieder ein Leben hatte. Ich erinnerte mich, wie er mir in die Arena des Sensenmanns gefolgt war. Wie er mir auf Montblanc seinen Disruptor in die Hand gedrückt hatte, damit ich ihn erschießen konnte, wenn ich wollte. Kurzum: wie er mir seither bei jeder sich bietenden Gelegenheit sein Vertrauen bewiesen hatte. All diese Erinnerungen schützten mich vor meinem Zweifel, und obwohl der Koffer mit meinen Pistolen nur eine Armeslänge weit weg war, verhielt ich mich ruhig. Ich vertraute Rupert, wie ich in meinem ganzen Leben noch niemandem vertraut hatte, und zwang mich abzuwarten.

Während meine eigene Vertrauenskrise gegenüber Rupert sich schnell in nichts aufgelöst hatte, schien Detektivin Natalia Probleme zu haben. Der Druck ihres Stiefels zwischen meinen Schulterblättern verstärkte sich, als beuge sie sich ungläubig nach vorn. Ich hörte, wie sie ihre Waffe aus dem Holster zog, dann spürte ich den charakteristischen Druck einer Pistolenmündung in meinem Rücken.

»Wenn Sie die Zielperson nur sichergestellt haben, warum haben Sie sich dann nicht gemeldet?«, fragte Natalia misstrauisch. »Wir erhielten Nachricht, dass Sie desertiert sind und ein paradoxisches Schiff gestohlen haben.«

»Es gab ein Problem mit Morris' ehemaligem Geliebten«, antwortete Rupert vollkommen emotionslos. »Sie darf sich unter keinen Umständen aufregen, also musste ich sie an einen anderen Ort verlegen. Ich dachte, Kommandant Martin wüsste es zu schätzen, wenn ich einen Hauptmann der Heimwehr verschone. Hätte ich geahnt, dass mein Handeln mich in Misskredit bringt, hätte ich ihn einfach getötet.«

Bei der Verachtung in seiner Stimme wurde mir selbst in der Hitze hier unten eiskalt. Auch Natalia begann zu zittern. »Nun, Sir«, begann sie leise. »Ihr Verhalten war höchst ungewöhnlich. Seit Io 5 …«

»Ich denke, auf Io 5 habe ich eindringlich bewiesen, wie weit ich zu gehen bereit bin«, sagte Rupert und hakte die Daumen unter seinen Gürtel, als langweile ihn das Thema. »Ich habe den Test bestanden. Und jetzt nehmen Sie Ihren Fuß von der Zielperson, bevor Sie noch all meine Überzeugungsarbeit zunichtemachen, dass wir keine Ungeheuer sind. Dann kehren wir gemeinsam zurück an die Oberfläche und lassen uns evakuieren. Ich weiß nicht, wie es Ihnen geht, aber ich würde gerne aus diesem Loch verschwinden.«

Für mich klang das äußerst überzeugend, aber Natalia glaubte ihm nicht. »Wenn Sie evakuiert werden wollten, warum sind Sie dann vor uns geflohen?«

»Weil die Zielperson geflohen ist«, antwortete Rupert gereizt. »Dass sie vor *Ihnen* auf der Flucht war, wusste ich nicht. Sie hat viele Feinde hier auf Kessel.«

»Und warum bringen Sie sie dann ausgerechnet hierher?«, bellte Natalia.

Ruperts Augen wurden schmal. Ich konnte förmlich sehen, wie seine Geduld zu Ende ging. »Das erkläre ich später. Würden Sie nun bitte von der Gefangenen ablassen, bevor sie noch den ganzen Planeten infiziert?«

Rupert hatte bitte gesagt, aber die darunterliegende Drohung war nicht zu überhören. Natalia nahm ihren Stiefel trotzdem nicht von mir, und sie steckte auch die Waffe nicht weg.

»Ich fürchte, das kann ich nicht«, erwiderte sie. »Ich habe Befehl, die Zielperson so lange festzuhalten, bis sie ruhiggestellt ist. Und bei allem gebührenden Respekt, Sir, die Wahrscheinlichkeit, dass Sie umgedreht wurden, ist mir einfach zu hoch.« Sie riss den Arm hoch und zielte mit ihrem Disruptor direkt auf Ruperts Stirn. »Bedaure.«

Der auf ihn gerichtete Lauf beunruhigte Rupert kein bisschen, er hob nicht einmal die Hände. Stattdessen schüttelte er nur seufzend den Kopf. Er war das Idealbild eines verärgerten Offiziers, dessen begriffsstutzige Untergebene ihm gerade den Einsatz versaute.

»Das geht auf Ihre Kappe«, erklärte er. »Rufen Sie jetzt die anderen.«

In diesem Moment begann mein unerschütterliches Vertrauen zu bröckeln. Natalia setzte sich auf mich und zog mit der freien Hand ihr Com aus der Brusttasche ihres schwarzen Kampfanzugs, doch Rupert unternahm immer noch nichts. Er sah nicht einmal besorgt aus, nur genervt.

Meine Hoffnung schmolz. O Gott, dachte ich, ich habe es schon wieder getan. Ich war schon wieder auf ihn hereingefallen. Verraten und verkauft, und niemand war daran schuld außer mir. Während ich alle Zuversicht verlor, warf Natalia einen kurzen Blick auf ihr Display, und da handelte Rupert.

Gerade noch hatte er verärgert in ein paar Metern Entfernung gestanden, doch jetzt war er direkt vor mir, Zeige- und Mittelfinger waren von schwarzen Schuppen bedeckt.

Natalia fuhr hoch, und ich bereitete mich darauf vor, dass sie ihren Disruptor abfeuerte, doch sie tat es nicht. Bevor sie den Abzug drücken konnte, schlug Rupert ihr mit den ersten beiden Fingern seiner Faust gegen die Mitte der Stirn, nur ein kleines Stückchen oberhalb der Augenbrauen. Genau die Stelle, auf die ich vor so langer Zeit auf der Brücke der *Narr* geschossen hatte. Der Hieb riss Natalia von mir herunter, Disruptor und Com flogen in hohem Bogen in die Dunkelheit.

Ich begriff gerade erst, was passiert war, da zog Rupert mich schon auf die Beine. »Alles in Ordnung?«, fragte er.

»Mir fehlt nichts«, antwortete ich keuchend.

In Anbetracht der Tatsache, wie ungern ich Verletzungen zugab, war es kein Wunder, dass Rupert trotzdem meinen Rücken und den Brustkorb abtastete. Aber bis auf ein paar blaue Flecken und den verletzten Stolz fehlte mir tatsächlich nichts. Als er zufrieden war, ließ er mich los, dann sahen wir gemeinsam nach der mehrere Meter weit weg bewusstlos daliegenden Natalia.

»Es tut mir leid, wie das eben gelaufen ist«, erklärte er und packte Natalia unter den Achseln. »Ich wollte warten, bis sie ihre Kanone weiter weg hält, aber mir lief die Zeit davon.«

»Kein Problem«, erwiderte ich. »Das war gute Arbeit. Du warst ganz schön furchterregend. Einen Moment dachte ich, du würdest mich tatsächlich ausliefern.«

Ruperts entsetztes Gesicht fegte meine letzten Zweifel hinweg. Die nörgelnde Stimme in meinem Innern verdampfte wie Schnee in der Sonne. Vertrauen setzte sich an ihre Stelle, und das so schnell und rückhaltlos, dass es beinahe wehtat.

»Ich hoffe, du weißt, dass ich das niemals tun würde«, sagte er und wandte sich wieder Natalia zu.

Ich fasste Rupert am Ärmel und zog ihn zu mir herunter. »Das weiß ich«, erwiderte ich ernst. »Ich glaube dir, Rupert.«

Es war ein so einfaches, kleines Geständnis, aber Ruperts unendlich erleichtertes Aufatmen sagte mir, dass es ihm genauso viel bedeutete wie mir. Ich wünschte, ich könnte ihm noch mehr sagen, hatte das tiefe Bedürfnis, das neu entstandene Band zwischen uns noch weiter zu festigen und so weit auszubauen, bis nichts es je wieder durchtrennen konnte. Aber wir befanden uns auf feindlichem Gebiet und hatten alle Hände voll zu tun.

Mein Thermohemd und die Hose waren hinüber, vollkommen verdreckt von dem Rohr, auf dem ich gelegen hatte, und von Natalias Stiefelabdrücken auf meinem Rücken. Ich zog beides aus und warf es zu dem anderen Müll, der überall herumlag. Wieder einmal stand ich nur in Tanktop und Leggings da. Die verschmierten Socken folgten, als ich meine Rüstung anlegte. Ich steckte meine Pistolen in die Holster, dann stopfte ich den vergleichsweise sauberen Anorak und die Stiefel in meinen Koffer. Ihn mitzuschleppen würde mich zwar behindern, falls wir noch einmal kämpfen mussten, aber ich wollte ihn auf keinen Fall zurücklassen. Außerdem konnte meine Lady bis zu dreihundert Kilo heben, sodass ich das zusätzliche Gewicht kaum spüren würde. Was ich umso deutlicher spürte, war der Wunsch nach Rache.

Ich schaute zu Natalia hinüber. Rupert hatte sie mit dem Rücken gegen die senkrechten Rohrleitungen gelehnt und durchwühlte den Müll auf dem Boden, bis er ein ausreichend langes Stück Armierstahl entdeckte. Noch bevor ich fragen konnte, was er vorhatte, fesselte er die bewusstlose Detektivin an die Rohrleitungen und verknotete die Enden, als handelte es sich bei dem Stahl lediglich um ein Stück Schnur.

»Wird das halten?«, fragte ich, während Rupert sein Werk begutachtete.

»Nur für eine Weile, aber es verschafft uns mehr Zeit. Detektive werden im Laufe der Jahre stärker, und sie ist viel jünger als ich. Wenn sie sich befreit hat, sind wir längst nicht mehr hier.«

Ich ging zu ihm und musterte die immer noch reglose Natalia. Ich konnte keine Hinweise auf schwere Verletzungen entdecken, sie sah ganz entspannt aus, beinahe, als schlafe sie. »Was hast du mit ihr gemacht? Man könnte meinen, du hättest einfach den Aus-Knopf gedrückt.«

»Das habe ich auch mehr oder weniger.« Auf meinen fragenden Blick hin tippte Rupert auf die Stelle zwischen ihren Augen. »Einer der Gründe, warum die Schädel der Xith'cal so stark gepanzert sind, ist, dass ihr Gehirn sehr leicht anschwillt. Der Stirnknochen des Menschen ist so dünn, dass ein ausreichend harter Treffer genau hier einen Symbionten, der kein Schuppenkleid trägt, für mehrere Stunden in einen komaähnlichen Zustand versetzt.«

»Ist das nicht gefährlich?«, fragte ich und musterte Natalias Gesicht. Ich war keine Ärztin, aber eine Hirnschwellung klang ungesund.

Rupert zuckte die Achseln. »Dank des Symbionten wird sie sich erholen, aber sie wird fürchterliche Kopfschmerzen haben, wenn sie aufwacht. Immer noch besser, als ihr die Pulsadern aufzuschlitzen, was die einzige andere Möglichkeit ist, einen Symbionten für längere Zeit auszuschalten.«

»Ich weiß nicht«, überlegte ich laut und griff nach meiner Waffe. »Klingt, als wäre es das Einfachste, wenn wir sie töten.«

»Wäre es«, stimmte Rupert zu und überprüfte noch einmal ihren Puls. »Aber ich tue es nicht. Maria hat nur ihre Befehle befolgt, und sie ist kein schlechter Mensch. Zumindest nicht schlechter, als ich es war.« Er lächelte. »Sie hat die Töchter immer so gut behandelt, wie es irgend ging, und das mag ich an ihr.«

Seine Worte riefen eine Emotion in mir wach, die mir gar nicht gefiel. Es war ein so eigenartiges und unangenehmes Gefühl, dass ich mehrere Momente brauchte, bis ich es als Eifersucht identifizierte. Die Erkenntnis machte meine Abscheu nur noch stärker. Widerwillig hatte ich gerade erst akzeptiert, dass ich verliebt war, aber Eifersucht lag nun wirklich weit außerhalb meiner Komfortzone. Als Rupert sich zum Gehen wandte, blieb ich kurz stehen und warf Natalia einen hochnäsigen Blick zu. In solche Niederungen menschlicher Eitelkeit hatte mich die Liebe also geführt.

»Uns bleibt nicht viel Zeit«, erklärte Rupert und lief los in die Richtung, aus der wir gekommen waren. »Sie hat die anderen bestimmt informiert, als sie sich uns an die Fersen heftete, und die werden bald nachsehen, warum sie sich nicht mehr meldet.«

»Wie haben sie uns überhaupt so schnell gefunden?«, fragte ich und rannte keuchend hinter Rupert her. »Drohnen sind schneller als bemannte Hyperraumschiffe, trotzdem brauchen sie bis nach Paradox mindestens fünf Stunden.«

Er verlangsamte sein Tempo, bis ich ihn eingeholt hatte. »Sobald sie Bescheid wussten, brauchten sie es nur einer Tochter zu erzählen. Was eine von ihnen weiß, wissen auch die anderen. Ein gestohlenes paradoxisches Militärschiff aufzuspüren ist nicht schwierig, danach mussten sie nur noch ein Team in der Nähe informieren.«

»Ihr habt so weit draußen Teams stationiert?«

»Sie sind in der ganzen Galaxie gleichmäßig über alle verfügbaren Sprungtore verteilt und treffen in siebenundneunzig Prozent aller Fälle innerhalb von zwei Stunden nach dem Alarm ein«, erklärte Rupert stolz. »Würden wir nicht so schnell reagieren, kämen wir bei den meisten Phantom-Angriffen zu spät.«

»Aber bei einem Piratennest wie diesem?«

Rupert warf mir einen strafenden Blick zu. »Jedes intelligente Lebewesen verdient, vor den Phantomen beschützt zu werden.«

Die Heftigkeit seiner Reaktion überraschte mich, auch wenn sie eigentlich nur logisch war. Wenn ich bedachte, was die Phantome ihm genommen hatten – seine Heimat, seine Familie und seine gesamte Kultur –, verstand ich vollkommen, warum Rupert nicht wollte, dass auch nur irgendjemanden das gleiche Schicksal ereilte, nicht einmal einen Piraten. Im Moment half uns das allerdings nicht weiter.

»Schön, dass sie am Ball bleiben«, murmelte ich nur. »Aber was machen wir jetzt?«

»Was wir ohnehin vorhatten – uns ein Schiff besorgen und diesen Planeten verlassen.« Rupert drehte den Kopf in meine Richtung. »Deine Rüstung könnte allerdings ein Problem werden.«

»Kein so großes, wie wir es bekommen würden, wenn du versuchst, mich dazu zu bringen, sie auszuziehen«, erwiderte ich knapp.

Rupert seufzte frustriert, aber das war mir egal. Ich war auf Kampfmodus und würde meine Lady auf keinen Fall ablegen. Zum Glück beharrte er nicht weiter auf dem Thema.

»Der Raumhafen wird mittlerweile geschlossen sein«, sagte er und zog sein Handset hervor.

»Bist du sicher?«

Rupert nickte. »Auf Kessel mögen Piraten das Sagen haben, aber die Detektive können eine Menge Druck ausüben, wenn sie wollen. Nicht einmal der Anführer einer planetenumspannenden Verbrecherorganisation widersetzt sich ihnen, außer er möchte es mit republikanischen Schlachtschiffen zu tun bekommen. Der Gouverneur wird alles in seiner Macht Stehende tun, damit das Team keine Verstärkung herruft.«

»Dann müssen wir uns wohl etwas anderes überlegen«, erwiderte ich und spähte hinauf zu den Baracken. »Das ist das Praktische an Schmugglerparadiesen, es gibt überall Schlupflöcher.«

Ich hatte auch schon eine recht klare Vorstellung davon, was zu tun war. Mittlerweile hatten wir die Leiter erreicht, und Rupert nutzte die Gelegenheit, um auf seinem Handset zu überprüfen, welche Einrichtungen die Detektive bereits geschlossen hatten. Während er damit beschäftigt war, durchforstete ich meinen Bordcomputer nach allen Aufzeichnungen über Kessel und meine Einsätze dort.

Im Handumdrehen fand ich ein illegales Flugfeld, von dem aus eine unserer damaligen Zielpersonen fliehen wollte. Wir erwischten den Kerl allerdings lange bevor er überhaupt nur in die Nähe kam, aber die Koordinaten waren immer noch in meiner Lady gespeichert. Als ich Rupert von meinem Vorhaben berichtete, schien er jedoch alles andere als begeistert.

»Ich weiß nicht«, murmelte er. »Deine Wiederbeschaffung hat oberste Priorität, und die Detektive haben ihre Späher überall. Selbst wenn es uns gelingt, einem Schmuggler ein hyperraumfähiges Schiff abzukaufen, wird er uns ohne Zögern an sie verraten, solange nur das Kopfgeld stimmt.«

»Lieber verraten werden, als hier unten tatenlos rumsitzen«, entgegnete ich. »Es wird alles gut gehen. Wir müssen uns nur bedeckt halten.«

»Mit deiner Rüstung, die funkelt wie ein Leuchtfeuer?«, hielt Rupert dagegen. »Schwierig.«

Ich stieß ein wütendes Schnauben aus. Rupert mochte recht haben, aber ohne meine Lady da raufzugehen war ausgeschlossen. Ich suchte gerade nach einem Kompromiss, da fiel mein Blick auf meine selbst von dem kurzen Lauf hierher fürchterlich verdreckten Stiefel. Ich beugte mich fluchend hinunter und versuchte vergeblich, die schmierige Ölschicht abzubekommen, da hatte ich eine Idee.

»Rupert«, rief ich und richtete mich wieder auf. »Ich glaube, ich weiß, wie wir hier rauskommen. Aber dazu brauche ich deine Hilfe.« Denn ich selbst hätte das niemals fertiggebracht.

»Klar«, sagte er. »Was soll ich tun?«

Nachdem ich es ihm erklärt hatte, breitete sich ein Grinsen über Ruperts Gesicht aus. »Das könnte tatsächlich funktionieren, versuchen wir's«, meinte er und deutete auf den Boden. »Runter mit dir.«

Ich schluckte. Obwohl die Idee von mir stammte, fühlte ich mich plötzlich wie das Opfer meiner eigenen Intrige. Doch Rupert duldete kein Zögern und starrte mich so lange an, bis ich endlich auf die Knie sank. Trotzdem begriff ich erst, wie schlimm es werden würde, als er mit beiden Händen herzhaft in den Dreck griff.

»Musstest du so verflucht gründlich sein?«, stöhnte ich.

»Entspann dich, Devi«, erwiderte er geduldig, während er sich die Hände mit einer Verbandrolle aus unserem Erste-Hilfe-Koffer abwischte. »Es wird schon wieder abgehen.«

Ich hörte ihn kaum. Alles, woran ich denken konnte, war meine Rüstung: Rupert hatte jeden Quadratzentimeter der silbern schimmernden Panzerplatten mit Dreck beschmiert. Schon jetzt merkte ich, wie er sich bis in die Gelenke vorarbeitete, selbst mein Helm war damit bedeckt. Mit seinen Klauen hatte Rupert auch noch den Lack bearbeitet, sodass meine sündhaft teure Maßanfertigung nun aussah wie ein verbeulter, alter Raumanzug. Das war zugegebenermaßen der Sinn der Übung, trotzdem war es schlimm.

»Mein Baby«, wimmerte ich und betastete den ehemals unvergleichlich schönen Silbernebellack. »Mein armes, hübsches Mädchen.«

»Es ist ja nur vorübergehend«, beschwichtigte Rupert. »Drei Stunden in der Nanoreparatur, dann sieht sie wieder aus wie neu. Alles wird gut.«

»Erzähl mir nichts von wegen alles wird gut«, keifte ich und zog Sascha aus dem Holster, um zu überprüfen, dass der Dreck ihren Abzug nicht verklemmt hatte. »Oder hast du vor, dich ebenfalls im Dreck zu wälzen?«

Mein Kommentar mochte überzogen sein, schließlich war das Ganze meine Idee gewesen, doch Rupert lachte nur. »Muss ich auch nicht, weil es höchstens fünf Menschen auf diesem Planeten gibt, die mich erkennen würden, und einer davon liegt im Moment bewusstlos an ein Dampfrohr gefesselt.« Er grinste und warf sich die Seesäcke über die Schulter. »Stell es dir einfach als den Preis vor, den du für deinen künftigen Ruhm bezahlst.«

Ich verdrehte die Augen und steckte Sascha wieder ein. »Machen wir, dass wir zum Flugfeld kommen. Je eher wir hier weg sind, desto eher kann ich diese Schmiere abwaschen.«

Rupert trat zur Seite und bedeutete mir vorauszuklettern.

Da ich meine Lady wiederhatte, brauchten wir nach

oben bei Weitem nicht so lange wie hinunter. Dank der Karten von meinen früheren Einsätzen und meiner Dichtesensoren fand ich problemlos den sichersten und schnellsten Weg. Leider machte das den Zustand der Lady in meiner Wahrnehmung nur noch schlimmer: Ein so anbetungswürdiges Wunderwerk der Technik hatte eine bessere Behandlung verdient.

Doch die Verkleidung schien zu funktionieren. Bei früheren Aufenthalten auf Kessel hatten die Leute mich mit einer Mischung aus Angst und Ehrfurcht angestarrt. Diesmal war ich so gut wie unsichtbar. Ich hatte befürchtet, allein die Silhouette würde mich verraten, doch ich vergaß immer, wie schlecht sich Nicht-Paradoxier mit Rüstungen auskannten. Abgesehen von ein paar neugierigen Blicken auf meine Plasmaflinte erreichten wir den unterirdischen Basar vollkommen unbemerkt.

»Den Trick sollten wir öfter anwenden«, flüsterte Rupert, während wir uns einen Weg zwischen den Verkaufsständen hindurchbahnten. »Es ist beinahe, als wäre ich wieder undercover unterwegs. Gefällt mir.«

»Was nützt mir meine Top-Ausrüstung, wenn niemand Notiz davon nimmt?«, schnaubte ich und warf einen Blick auf die Karte. »Hier entlang. Wenn er während der letzten drei Jahre nicht geschlossen wurde, ist der richtige Ausgang gleich hier.« Ich nickte in Richtung einer Tür auf der gegenüberliegenden Seite des Basars. »Gehen wir.«

Wir marschierten los, kamen an Ständen mit Waffen, scansicheren Frachtcontainern, gestohlenen KI-Einheiten und Karten vorbei, auf denen die Patrouillenrouten der republikanischen Sternenflotte verzeichnet waren. Und während wir uns durch das ganze Ausrüstungsspektrum arbeiteten, das professionelle Piraten sich nur wünschen konnten, verstand ich endlich, wie Rupert es geschafft hatte, seinen Freibrief zu Bargeld zu machen.

Als Mitglied eines Sturmkommandos verbringt man nicht viel Zeit damit, sich die örtlichen Attraktionen anzusehen, deshalb war es mir noch nie aufgefallen, doch nun sah ich, dass so gut wie alle Transaktionen auf dem Basar mit Bargeld abgewickelt wurden. Ich fühlte mich beinahe wie in einem der historischen Dörfer, die wir auf Schulausflügen immer besucht hatten, nur dass es hier statt billiger Souvenirs Schmuggelware zu kaufen gab. Jetzt, da ich sozusagen privat hier war, hätte ich mich gerne ein bisschen umgesehen, doch die Zeit drängte, weshalb wir uns auf kürzestem Weg durch die Menge Richtung Tür drängten, so schnell, wie wir nur irgend wagten.

Die ganze Zeit über hielt ich nach Symbionten Ausschau, auch wenn ich mir bald eingestehen musste, dass nicht einmal *ich* sie in dem Gedränge erkennen würde. Glücklicherweise galt das umgekehrt genauso. Mein Plan funktionierte sogar noch besser, als ich gedacht hatte. Da sich so viel Bargeld im Umlauf befand, wurden die meisten Stände von Bewaffneten geschützt, und die Anzüge einiger Wachen waren sogar noch dreckiger als meine Lady. Viele Käufer waren in Begleitung von Leibwächtern, sie gingen in Zweierpaaren genau wie Rupert und ich. Wir verschmolzen perfekt mit der Menge, vor allem jetzt, da die Sonne unterging und die heraufziehende Kälte noch mehr Menschen in den Untergrund trieb, sodass der Basar gerammelt voll war.

Durch die Tür gelangten wir zu einer Entladezone voller kleiner Atmosphärengleiter, die zweifellos Waren aus den Schmugglerverstecken in den Bergen zum Basar brachten. Das Flugfeld musste gleich hinter der nächsten

Tür liegen, die ins Freie führte. Als wir hindurchtraten, wusste ich sofort, dass es noch existierte. Es gab natürlich keine Hinweisschilder, aber die hohen, schneefreien Containerstapel waren ein unmissverständlicher Hinweis. Außerdem war die Zufahrtsrampe dafür, dass sie angeblich seit Jahrzehnten nicht mehr benutzt wurde, in bemerkenswert gutem Zustand. Ich grinste Rupert durch mein verschmiertes Visier triumphierend an und beschleunigte das Tempo, bis wir eine Hügelkuppe erreichten.

Als wir oben waren, traf der Wind mich wie eine Faust. Meine Lady stellte sich sofort darauf ein und schützte mich weit besser, als der Anorak es getan hatte, trotzdem zitterte ich, während der Schnee mich verschlang. Laut meiner Karte standen wir direkt vor dem Flugfeld, aber von hier oben sah ich nur Müll.

Die Rampe hatte uns direkt zur Abfalldeponie von Kessel geführt. Der kleine Taleinschnitt vor uns war randvoll mit Altmetall in Form von ausgeweideten Raumschiffhüllen, denen alle brauchbaren Teile längst entrissen worden waren. Flugtauglich war keines dieser Schiffe mehr, nicht einmal für einen Schmuggler. Ich wollte Rupert gerade erklären, dass wir hier falsch waren, doch er lief bereits weiter.

»Das ist es nicht«, sagte ich, als ich ihn eingeholt hatte. »Gehen wir wieder nach drinnen, bevor das Wetter noch meine Tarnung zunichtemacht.«

Jetzt, da es dunkel wurde, wurde das Schneetreiben immer stärker. Ohne Schutz vor Wind und Wetter bombardierten die dicken nassen Flocken meine Rüstung derart heftig, dass die klebrige dunkle Schmiere an manchen Stellen schon wieder abging.

»Ich glaube, wir sind hier goldrichtig«, widersprach

Rupert und deutete nach vorn. »Oder hast du schon einmal eine Müllhalde mit einem Sprung-Kontrollturm gesehen?«

Ich folgte seiner Blickrichtung, und mein Kiefer klappte nach unten. Jetzt, da er mich darauf aufmerksam gemacht hatte, kam mir der besonders hohe Haufen in der Mitte der Müllhalde erstaunlich ebenmäßig vor. Er sah aus wie ein Turm, den jemand mit verrosteten Blechen getarnt hatte. Die Höhe stimmte ebenfalls, und meine Hoffnung flammte von Neuem auf. Nach wenigen Schritten war ich doppelt froh, dass Rupert mich nicht hatte umkehren lassen, denn nachdem wir den ersten Haufen Schrott überquert hatten, kam das Flugfeld in Sicht.

Ich hätte es wissen müssen. Wie alles andere auf Kessel war auch das Flugfeld zum Schutz gegen den Wind abgesenkt, doch im Gegensatz zu dem Müllwall, der es vor neugierigen Blicken verbarg, war es blitzsauber. Überall standen Schiffe, die meisten davon Atmosphärengleiter, aber daneben entdeckte ich eine ganze Reihe kleinerer Raumschiffe mit Hyperraumantrieb.

»Da ist unser Taxi«, kommentierte ich grinsend und stellte mich auf einen Abfallhaufen. »Komm. Verschwinden …«

Ein Knall schnitt mir das Wort ab. Der Wind verwehte den Schall so stark, dass ich nicht sagen konnte, woher das Geräusch gekommen war, und es erst als Disruptorentladung erkannte, als Rupert vornüber in den blutbespritzten Schnee sank.

5

Ich fing ihn auf, bevor er zu Boden schlug.

Schneller, als ich mich je im Leben bewegt hatte, packte ich Rupert und schleppte ihn unter die verrostete Außenhülle eines Frachters. Sie war die nächstgelegene Deckung und verschaffte uns eine höchst willkommene Feuerpause. Das Wrack war ungefähr so groß wie die *Narr* und restlos ausgeweidet, nur der Rahmen und die Beplankungsbleche waren noch übrig. Besser noch: Es lag zur Hälfte unter anderem Schrott vergraben, nur die Nase ragte in einem flachen Winkel heraus und bildete eine Art windschiefen Unterstand, dessen einziger Zugang das eingeschlagene Sichtfenster der ehemaligen Brücke war.

Unter den gegebenen Umständen hätte ich mir keine bessere Deckung wünschen können. Ich sandte ein Dankgebet an den König und rannte mit Rupert zum Heck des Wracks. Dort lehnte ich ihn mit dem Rücken gegen einen leeren Kasten, der einmal die Navigationsinstrumente beherbergt hatte und gleichzeitig der einzige schneefreie Flecken hier drinnen war. »Wo hat's dich erwischt?«

»Am Rücken«, keuchte Rupert durch zusammengebissene Zähne.

Ich beugte ihn ein Stück nach vorn, aber ich wusste auch schon vorher, welcher Anblick mich erwartete: Der Rücken unter dem immer noch rauchenden Anorak war verbrannt und blutete stark. Er sah noch schlimmer aus als damals im Wald, nachdem Rashid ihn angeschossen hatte, denn diesmal hatte Rupert sein schützendes Schuppenkleid nicht getragen. Leise fluchend, stellte ich meinen Koffer ab, den ich wundersamerweise nicht verloren hatte, und wollte gerade meinen Anorak herausholen, um die Wunde damit zu verbinden, da hielt Rupert mich am Handgelenk fest.

»Es wird von selbst heilen«, sagte er mit gepresster Stimme. »Sie haben es auf dich abgesehen. Flieh, ich hole dich später ein.«

»Auf keinen Fall«, widersprach ich und machte mich los. »Ich lasse dich nicht zurück.«

Einen Moment lang sah Rupert geradezu gerührt aus, dann verzog er das Gesicht zu einer schmerzerfüllten Grimasse. »Du musst hier weg. Ich …«

Ein lautes Krachen schnitt ihm das Wort ab. Etwas Schweres war direkt über uns auf der Außenhülle gelandet. Zu schwer für einen Menschen. Das Geräusch wiederholte sich noch zweimal, bis die rostige Beplankung des Frachterwracks unter dem Gewicht zu stöhnen begann.

»Wir bekommen Gesellschaft«, flüsterte ich und wühlte in Ruperts Sack nach dem Disruptor. Er beobachtete mich und versuchte sich aufzusetzen. Ich erwiderte seinen Blick und bedeutete ihm unmissverständlich, sich nicht von der Stelle zu rühren. Rupert musste wirklich höllische Schmerzen haben, denn er gehorchte sofort. Ich nahm es lächelnd zur Kenntnis, hob den Disruptor und schlich über den vereisten Boden auf das Loch im Sichtfenster zu.

Es war gerade groß genug für einen Menschen, aber auch der Rest der rostigen Hülle war von kleineren Rissen und Löchern übersät, durch die der Wind pfiff. Ich kauerte mich neben eines davon, zog den Kopf ein und lauschte. Das Heulen des Windes draußen war so laut, dass ich die Symbionten nicht hören konnte, aber ich spürte, wie der Rumpf unter ihren Schritten erzitterte. Ich folgte den Erschütterungen, bis ich direkt unter ihnen war, dann streckte ich durch eines der Löcher meinen Fuß nach draußen.

Die Lady Gray hatte insgesamt sechs Kameras: vier am Helm für die 360-Grad-Rundumsicht, eine nach unten gerichtete, und schließlich eine an meinem rechten Stiefel, die senkrecht nach oben zeigte. Sie diente dazu, die Dinge über mir im Blick zu behalten und außerdem meine Rüstung von außen auf Schäden zu überprüfen. Allerdings hatte ich schnell eine weitere Verwendungsmöglichkeit gefunden – um Ecken und Kanten herumspähen, und genau das tat ich jetzt.

Mucksmäuschenstill schob ich meinen Zeh durch das Loch und sah zunächst nur die verrostete Außenhülle. Noch ein Stückchen weiter, da entdeckte ich die Kerle direkt über mir. Zu dritt standen sie eng beisammen auf dem ehemaligen vorderen Geschützturm des Frachters. Alle trugen schwarze Anzüge unter ihren dicken Wintermänteln.

Innerlich schüttelte ich den Kopf. Man hätte meinen können, sie würden sich angesichts ihrer nicht ganz einfachen Aufgabe etwas zweckmäßiger kleiden. Doch auch wenn es auf den ersten Blick wirkte, als würde ich von drei spießigen Vertretern gejagt, waren sie eindeutig Symbionten. Wie Wölfe vor einem Kaninchenbau starrten sie auf das Loch, durch das ich Rupert in das Wrack geschleppt hatte. Meiner jetzigen Position drehten sie den Rücken zu, und das brachte mich auf eine Idee.

Ich versah jeden von ihnen mit einer Zielmarkierung, zog den Fuß wieder ein und stand auf. Mit der einen Hand nahm ich Mia vom Rücken, während ich in der anderen immer noch Ruperts Disruptor hielt. Ich nahm mir einen Moment Zeit, mich an die ungewöhnliche Bewaffnung zu gewöhnen, dann fuhr ich Mia hoch. Ihr charakteristisches Summen ertönte, und das bedeutete, dass ich schnell handeln musste. Wenn man es mit einem derart hochkarätigen Gegner zu tun hatte, konnte Hektik tödlich sein, aber ich war zuversichtlich, denn selbst wenn sie mich hörten – mit dem, was sie gleich erwartete, rechneten sie bestimmt nicht.

Als Mias Gesang die höchste Oktave erreichte, zielte ich auf die Decke, drückte den Abzug und sprang. Das weiß glühende Plasma schlug kurz vor mir ein und schmolz sich immer noch durch das Metall, als ich dagegenkrachte, doch auf meine Mia war Verlass. Ich durchschlug die Außenhülle, als wäre sie aus Papier. Noch bevor ich im Freien war, ließ ich meine Plasmaflinte fallen und konzentrierte mich voll und ganz auf den Disruptor, während ich darauf wartete, dass meine Möchtegernhäscher in meinem Blickfeld auftauchten. Normalerweise hätte ich nicht so lange gezögert, aber Ruperts Disruptor war so alt, dass mein Zielcomputer nichts mit den gelieferten Daten anfangen konnte und erfolglos versuchte, die zuvor von mir gesetzten Markierungen wiederzufinden. Mir blieb keine andere Wahl.

Der Knall von Mias Plasmasalve war noch nicht verhallt, da wirbelten die drei schon herum. Ich riss meinen Arm hoch und zielte nur mithilfe meiner Kameras, drückte aber noch nicht ab. Das hier durfte ich auf keinen Fall vermasseln, nicht mit lediglich zwei Schuss im Magazin und ohne Zielcomputer, also wartete ich mit angehaltenem Atem, bis meine Gegner sich vollständig herumgedreht hatten. Als mir ihre überraschten Gesichter entgegenschauten, feuerte ich.

Bei meinem ersten Schuss mit einem Disruptor hatte ich mir gehörig die Finger verbrannt. Diesmal schützten mich die Handschuhe der Lady, und ich spürte nur eine angenehme Wärme, als die Waffe sich ohne auch nur den Hauch eines Rückschlags entlud. Da die Energie sich mit Lichtgeschwindigkeit bewegte, sah ich sie nicht einmal. Im einen Moment drückte ich den Abzug, im nächsten fiel der Symbiont in der Mitte des Trios rückwärts um – gefällt von einem Treffer mitten auf der Stirn.

Innerhalb von Sekundenbruchteilen nach einem mehrere Meter hohen Sprung ohne Computerunterstützung auf ein so kleines Ziel zu schießen und dann auch noch zu treffen war nichts weniger als meine persönliche Bestleistung. Leider blieb mir keine Zeit, mich in dem Erfolg zu sonnen, denn seine beiden Kameraden stürzten sich bereits auf mich.

Hätte ich noch den geringsten Zweifel gehabt, dass es sich um Symbionten handelte, wären sie spätestens jetzt ausgeräumt gewesen. Ohne Zögern sprangen sie die knapp fünf Meter von dem Geschützturm herunter und genau auf mich zu. Doch all die Zeit mit Rupert schien meine Erwartungen zu hoch geschraubt zu haben, denn auch wenn die Kerle sich weit schneller bewegten, als es eigentlich möglich war, waren sie immer noch langsamer, als ich erwartet hatte. Ich rollte mich zur Seite und kam mit dem Disruptor bereits im Anschlag wieder hoch, den Lauf genau auf die Stirn des größeren der beiden gerichtet.

Ich wollte gerade abdrücken, da riss der Kerl die Hände hoch, und ich hielt erstaunt inne.

Sein Partner blinzelte ihn erschrocken an, als warte er auf ein Zeichen, aber es kam keines. Der Detektiv nahm lediglich die Arme ein Stück herunter, damit er Schneebrille und Mütze abnehmen konnte. Darunter kam ein hübsches, geradezu jungenhaftes Lockengesicht zum Vorschein.

»Bitte nicht schießen«, sagte er mit einem besänftigenden Lächeln. »Sie sind Devi Morris, nicht?«

Er benutzte die Königliche Sprache und klang wie ein freundlicher junger Bursche aus dem Sommerland. Noch vor ein paar Monaten hätte ich sein Lächeln spontan erwidert, aber ich kannte die Detektive mittlerweile viel zu gut, um auch nur einen Sekundenbruchteil lang auf den Trick hereinzufallen.

»Kommt drauf an, wer fragt«, erwiderte ich auf Universal, um ihm zu zeigen, dass er mich nicht hinters Licht führen konnte. »Sag deinem Kumpel, er soll die Hände hochnehmen.«

Obwohl beide wussten, dass ich sie mit meinem verbliebenen Schuss nie und nimmer gleichzeitig erledigen konnte, gehorchte sein Kollege sofort, während der Größere mich unschuldig anschaute und mit harmlosem Farmjungenakzent beteuerte: »Ich bedaure dieses Missverständnis zutiefst, Ma'am. Wir wollen Ihnen nichts Böses.«

»Ach nein?« Ich fragte mich, wie lange er wohl für diesen Auftritt geübt hatte, und krümmte den Finger am Abzug noch ein Stück weiter. »Warum lasst ihr uns dann nicht einfach in Ruhe?«

»Ich fürchte, das geht nicht«, erwiderte der Detektiv.

»Der Mann, in dessen Begleitung Sie sich befinden, ist sehr gefährlich. Rupert Charkow wurde als höchst instabil eingestuft und darf unter keinen Umständen Umgang mit Zivilpersonen haben. Bitte, wir möchten Sie lediglich in Sicherheit bringen.«

Ich wollte ihm gerade erklären, er solle diesen Mist jemand anderem erzählen, da hörte ich einen Schrei zu meiner Linken. Weder ich noch die Detektive waren so dumm, sich in Richtung des Geräuschs zu drehen, aber ich richtete meine Seitenkamera auf das Loch aus, das Mia hinterlassen hatte, um zu sehen, ob der Laut vielleicht von Rupert kam.

Im Inneren des Wracks war es so dunkel, dass ich nichts erkennen konnte, aber das brauchte ich gar nicht, denn schon einen Wimpernschlag später kam ein Schatten aus dem Loch gesprungen und stürzte sich auf den kleineren der beiden Detektive.

Der Schatten musste eine Tonne wiegen, denn der Detektiv wurde von den Beinen gerissen, als wäre er von einer Abrissbirne getroffen worden. Ich wagte nicht, den Blick von seinem Kollegen zu nehmen, weshalb ich die beiden nicht aufschlagen sah, doch laut meinem Bordcomputer waren sie in einen zehn Meter entfernten Müllhaufen gestürzt.

Der angebliche Sommerländer hatte mich inzwischen nicht aus den Augen gelassen, was gleichzeitig gut und schlecht für ihn war: gut, weil er mir keine Gelegenheit gab, mich unbemerkt davonzumachen, und schlecht, weil er die drohende Gefahr von hinten erst bemerkte, als Ruperts Arm sich bereits um seinen Hals schloss.

Rupert hatte ihn kaum zu Boden gerissen, da brüllte er: »Devi, hinter dir!«

Ein kurzer Blick in meine Rückkamera zeigte mir, dass der Kerl, den ich als Ersten umgenietet hatte, bereits wieder auf den Beinen war. In diesem Moment übernahmen meine Instinkte. Ich traf nicht einmal eine bewusste Entscheidung, sofort zum Gegenangriff überzugehen, sondern wirbelte einfach herum und feuerte.

Auch der zweite Schuss erwischte ihn mitten zwischen den Augen. Mein Angreifer war mausetot, noch bevor er mich überhaupt erreichte, aber das machte keinen Unterschied, denn der leblose Körper flog einfach weiter und krachte mit voller Wucht gegen mich. Nicht einmal meine Stabilisatoren konnten verhindern, dass mir von dem Aufprall schwarz vor Augen wurde, aber auf meine geliebte Lady Gray war Verlass wie immer: Noch im Fallen rollte sie sich automatisch ab, trat den toten Symbionten von mir herunter und katapultierte mich wieder auf die Beine. Ich landete direkt vor Rupert und war sofort wieder kampfbereit. Leider nutzte das nicht viel, denn mein Disruptor war nun leer geschossen, und der falsche Farmjunge wusste es.

Ich hörte noch Ruperts hilflosen Schrei, da hatte der Kerl sich schon aus seinem Würgegriff befreit und packte mich mit solcher Kraft am Arm, dass er ihn beinahe aus dem Gelenk riss. Gleichzeitig zog er seinen eigenen Disruptor und richtete ihn auf Ruperts Stirn.

Mit angehaltenem Atem wartete ich auf ein Ultimatum oder dergleichen, aber es kam keines. Er drückte einfach ab.

Ich brüllte entsetzt auf, aber nach den vielen Malen, die ich Rupert schon mit einem scheinbar todsicheren Schuss verfehlt hatte, hätte ich mehr Vertrauen haben sollen. Als der Abzug ganz durchgedrückt war, war Rupert längst verschwunden. Die Hitzeentladung schlug in den Rumpf und verwandelte eine der rostigen Planken in einen Klumpen geschmolzenen Metalls.

Den Detektiv beunruhigte der Fehlschuss nicht sonderlich, er folgte lediglich Ruperts Bewegung und zielte erneut. Diesmal hätte er ihn vermutlich sogar getroffen, denn Ruperts Blick war auf mich gerichtet, nicht auf ihn.

Zum Glück war ich in der Zwischenzeit nicht untätig gewesen. Die Lady Gray mochte nicht stark genug sein, um sich dem Schraubstockgriff des Symbionten zu entwinden, aber ich hatte ja noch Elsie. Ich ließ sie aus der Scheide schnellen und rammte sie dem Detektiv in die ungeschützte Seite.

Der Kerl schrie vor Schmerz, während auch sein zweiter Schuss fehlging und harmlos über Ruperts Kopf hinwegsauste. Doch obwohl er nun eine brennende Thermitklinge zwischen den Rippen hatte, ließ er mich nicht los.

Wie er meint, dachte ich. Ich presste mich an ihn, als wäre ich seine Geliebte, und stieß die Klinge noch tiefer in seinen Körper. Dank des Kampfes, den ich mir damals im Wald mit Rupert geliefert hatte, wusste ich, was zu tun war: Symbiontenkörper waren fest und zäh wie Zement, weshalb man allzu leicht abrutschte und nicht tief genug schnitt, wenn man zu hastig vorging, also ließ ich mir Zeit und konzentrierte mich auf jeden einzelnen Zentimeter, während ich die Klinge immer weiter Richtung Herz trieb.

Ich hatte es beinahe geschafft, da schleuderte er mich mit einem Tritt von sich. Rücklings flog ich durch die Luft, doch Rupert fing mich sofort auf und stellte mich wieder auf die Füße. Dann wandten wir uns gemeinsam unseren Gegnern zu.

Zwei waren noch übrig, eigentlich sogar nur einer, denn der mit dem charmanten Bauernjungenakzent kniete stöhnend auf dem Boden und hielt sich den blutenden Brustkorb. Alle gespielte Freundlichkeit war verschwunden, er fixierte mich nur mit einem mörderischen Blick, während die Symbiontenschuppen sich über seinen Körper ausbreiteten, um die Blutung zu stoppen.

Das kam nicht infrage. Der Kerl machte Jagd auf uns, er hatte mich belogen und versucht, Rupert zu töten. Er musste sterben. Doch als ich ausholte, um ihm mit einem Sensenschlag den Kopf vom Rumpf zu trennen, hielt Rupert meinen Arm fest.

Die weiß brennende Klinge kam nur Zentimeter von der Kehle des Kerls entfernt zum Stehen. Ich wollte Rupert gerade anschreien, was ihm einfiel, da riss er Sascha aus meinem Holster, presste sie dem Detektiv gegen die Stirn und drückte ab.

Ich sah den Schuppenpanzer auf seinem Schädel unter dem Einschlag der panzerbrechenden Munition erzittern, dann flog der Symbiont in hohem Bogen durch die Luft, krachte gute fünf Meter entfernt auf den Rücken und wurde wieder hochgeschleudert wie ein flach geworfener Stein auf einem Teich. Als er endlich zum Stillstand kam, blieb er mit rauchender Stirn reglos im Schneetreiben liegen. Ich schaute noch eine Weile hin, um mich zu versichern, dass er nicht wieder aufstand, dann knöpfte ich mir Rupert vor.

»Was zum Teufel sollte das?«, schrie ich und riss ihm Sascha aus der Hand. »Der Typ wollte dich umbringen!«

»Er hat wie Natalia nur seine Befehle befolgt«, erwiderte Rupert seufzend und massierte mit der freien Hand die von Saschas Rückstoß schmerzende Schulter. Erst jetzt sah ich die Klauen daran. »Ich habe schon genug Leben auf dem Gewissen.«

Zu gerne hätte ich ihn darauf hingewiesen, dass *ich* den Kerl auf dem Gewissen gehabt hätte, nicht er, und ein ausgelöschtes Leben mehr oder weniger locker verkraften konnte, doch im Moment gab es Wichtigeres: Elsies Thermit brannte zusehends herunter, und der andere Detektiv, den Rupert mit seinem beherzten Sprung mit sich gerissen hatte, war noch nicht ausgeschaltet.

Mittlerweile hatte er sich wieder aus dem Müllhaufen freigekämpft, in dem er gelandet war, trotzdem hatte er sich während des gesamten Kampfes nicht eingemischt. Er war weder seinen Kameraden zur Seite gesprungen, noch hatte er die Lücken, die ich ihm zweifellos geboten hatte, für einen Angriff genutzt. Selbst jetzt war nicht damit zu rechnen, denn obwohl er ein Symbiont war, zitterte er am ganzen Körper und starrte Rupert an, als wäre er der Tod persönlich, was ich wiederum als unverschämte Beleidigung empfand – seinen toten Kollegen hatte ich erledigt, nicht Rupert.

»Ich übernehme die linke Seite«, flüsterte ich Rupert zu und bedeutete ihm, den Detektiv von rechts in die Zange zu nehmen, dann rannte ich los. Das zitternde Bündel von einem Mann wirkte nicht sonderlich bedrohlich, aber Elsie – meine einzige verbliebene Anti-Symbionten-Waffe – würde in dreißig Sekunden verlöschen, also musste ich schnell handeln. Ich glaubte, Rupert hätte das verstanden, aber im krassen Gegensatz zu mir ging er in aller Seelenruhe auf den Kerl zu, als wollte er ihm lediglich die Hand schütteln.

Ich konnte ihn nicht einmal zusammenstauchen dafür, denn was immer er im Schilde führte, es schien zu funktionieren. Der Detektiv schaute mich und die brennende Elsie nicht einmal mehr an. Er hatte nur noch Augen für Rupert und presste sich mit dem Rücken flach gegen einen ausgebrannten Hochspannungswandler, während Rupert die letzten Meter zurücklegte.

Ich verlangsamte das Tempo und ließ verwirrt mein Schwert sinken. Der Kerl war ein Symbiont, und Rupert war schwer verletzt. Jetzt, da ich Zeit hatte, Rupert genauer anzusehen, wunderte ich mich, dass er überhaupt noch stehen konnte. Mittlerweile hatte er seinen ganzen Oberkörper verwandelt, Arme und Hände mit eingeschlossen, aber nicht einmal das genügte, um die Wunde zu schließen. Sein Hals war blutverschmiert, und auch wenn er sich die entsetzlichen Schmerzen nicht anmerken ließ, verriet der steife Gang, wie sehr er litt.

Wäre Rupert *mein* Gegner gewesen, ich hätte seinen Zustand gnadenlos ausgenutzt und ihm ein schnelles Ende bereitet. Er sah aus, als hätte ich ihn in diesem Moment selbst ohne meine Rüstung besiegen können, aber der verbliebene Detektiv wurde nur immer noch blasser und begann inmitten des Schneesturms aus allen Poren zu schwitzen.

»Mr. Kendris?«, fragte Rupert mit schneidender Stimme. »Oder täusche ich mich?«

Sein Gegenüber nickte, und Rupert setzte ein Killerlächeln auf, das selbst mir eiskalt werden ließ. »Wie viele sind noch übrig?«

»Nur ich, Natalia und Ross. Er beaufsichtigt die Tochter«, krächzte Mr. Kendris und zog den Kopf noch tiefer ein. »Bitte, Detektiv Charkow, tun Sie ihnen nichts. Die Tochter ist auch so schon in äußerst bedenklicher Verfassung. Wenn …«

Auf Ruperts finsteren Blick hin verstummte er abrupt und begann zu hyperventilieren, da begriff ich endlich, was los war: Der Mann sah nicht den schwer angeschossenen Rupert vor sich, der sich kaum noch auf den Beinen halten konnte, er sah den kaltblütigen, desertierten Schlächter Charkow. So betrachtet war seine Reaktion zu einhundert Prozent nachvollziehbar: Rupert stand vor ihm, Blut tropfte ihm von den Klauen, während das offene schwarze Haar im Wind um sein blasses Killergesicht peitschte. Rupert sah tatsächlich aus wie ein Monster.

»Die Tochter interessiert mich nicht«, bellte er und drehte den Kopf in meine Richtung. »Ich beschütze lediglich Deviana Morris. Sie ist eure Zielperson, nicht wahr?«

Der Mann nickte. »Es heißt, die Paradoxierin kann die Phantome aufhalten. Bitte, ich weiß nicht, warum Sie sie entführt haben, aber Sie müssen sie uns zurückgeben. Wenn Sie das tun, wird Kommandant Martin bestimmt ...«

»Hey, ich stehe direkt vor dir, Arschloch«, mischte ich mich ein und hielt ihm die rapide herunterbrennende Thermitschneide so nahe vors Gesicht, dass seine Haut Blasen warf. »Sprich gefälligst nicht von mir wie von einem Ding«, knurrte ich mit einem vernichtenden Blick und wandte mich an Rupert. »Dann bringen wir den hier also auch nicht um?«

Der Symbiont stieß ein leises Stöhnen aus, und Rupert seufzte. »Ich wäre dir sehr verbunden, wenn du es nicht tust.«

»Schön«, sagte ich und ließ die inzwischen verloschene Elsie zurück in die Scheide gleiten. »Hör mir jetzt gut zu, Detektiv Soundso, du wirst Folgendes tun: Du rennst zurück zu deinem Vorgesetzten und sagst ihm, dass Charkow niemanden entführt hat. Die Paradoxierin tut, was *sie* will, und wenn die Detektive an ihren Entscheidungen beteiligt werden möchten, müssen sie ein paar Bedingungen erfüllen. Ich bin sicher, ihr könnt uns überall aufspüren, wenn ihr also das nächste Mal auftaucht, dann kommt in Frieden und sagt, was ihr wollt, wie sich das unter zivilisierten Menschen gehört. Wenn ihr allerdings noch einmal versucht, mich zu entführen, werdet ihr es bitter bereuen, denn ich bin nicht so zartbesaitet wie Detektiv Charkow. Ich hätte nicht das geringste Problem damit, euch allen den Kopf abzuschlagen und mir aus euren Zähnen eine Halskette zu machen, verstanden?«

Der Mann wurde so weiß wie der Schnee ringsum. Ich konnte nicht einmal sagen, was ihm mehr Angst machte: die Nachricht so zu übermitteln, wie ich sie ihm aufgetragen hatte, oder der Gedanke, dass ich möglicherweise sogar noch grausamer war als Rupert. Welche der beiden Möglichkeiten auch zutraf, er nickte eifrig.

Ich bedankte mich mit einem mordlüsternen Lächeln, riss Sascha hoch und presste ihm die Mündung auf die Stirn. »Süße Träume noch.«

Der Kerl blinzelte noch verständnislos, da drückte ich ab. Er krachte rücklings gegen den Geschützturm und blieb liegen, dann steckte ich Sascha weg.

»Gott und König, was hat ein Milchbubi wie der bei den Detektiven zu suchen?«, fragte ich an Rupert gewandt.

»Kendris ist kein Detektiv«, widersprach er und verlagerte stöhnend sein Gewicht auf das andere Bein. »Er gehört zu Maats Betreuern auf dem Dunkelstern. Eigentlich ist er Techniker und hat den Symbionten lediglich eingesetzt bekommen, damit er Maats Anfälle unbeschadet übersteht. Martin hat ihn nur mitgeschickt, weil es ihm anscheinend an Einsatzkräften mangelt.«

»Sieht aus wie die letzte Notreserve, würde ich sagen«, erwiderte ich und drehte den bewusstlos im Schnee liegenden Kerl mit der Stiefelspitze herum. »Andererseits, um das Charkow-Monster zu fangen, braucht es wahrscheinlich jeden verfügbaren Mann.«

Rupert fand meine Bemerkung gar nicht lustig. »Auf ihn zu schießen war unnötig. Er hätte nicht versucht, uns aufzuhalten.«

»Lieber einmal zu viel als zu wenig«, sagte ich achselzuckend. »Nichts für ungut, aber ich musste auf die harte Tour lernen, den Detektiven nicht zu vertrauen.«

»Wenn du meinst«, erwiderte Rupert und ließ den Blick über die am Boden liegenden Detektive schweifen. »Wir sollten ein bisschen aufräumen.«

Wir brauchten etwas über fünf Minuten, um sie in dem ausgeweideten Schiffswrack zu verstecken. Da die Arbeit von einem Symbionten und einer Power-Rüstung-Nutzerin verrichtet wurde, war es eigentlich kein großes Ding, aber als wir alle außer Sichtweite geschafft hatten, wirkte Rupert selbst für seine Verhältnisse entsetzlich blass.

»Alles in Ordnung?«, fragte ich und hob Mia auf, die immer noch an der Stelle lag, wo ich sie hatte fallen lassen.

»Bald«, antwortete Rupert und schlang mir die Arme um die Hüfte. Er hatte sich meinen Anorak angezogen, der ihm etwas zu klein war, dafür aber keine Löcher hatte. Obwohl er den Reißverschluss bis oben zugezogen hatte, trug er immer noch seinen Schuppenpanzer, und die Hände, die er nun in die Taschen steckte, hatten immer noch Klauen statt Fingern. »Ich brauche nur etwas Zeit. Ein Disruptortreffer ist kein Spaß.«

Er sagte das, als handelte es sich lediglich um eine kleine Unannehmlichkeit, aber ich kannte ihn mittlerweile gut genug, um mich nicht täuschen zu lassen. Ich ließ Mia auf meinem Rücken einrasten, zog meine Handschuhe aus und legte ihm eine Hand auf die Wange. Was ich spürte, fühlte sich nicht gut an.

»Dir ist eiskalt.« Die Worte kamen schärfer aus mir heraus, als ich beabsichtigt hatte, aber ich konnte nichts dagegen tun. Ich war so sehr an Ruperts Glutofenhitze gewöhnt, dass mich die Kälte traf wie eine Ohrfeige. »Wie schlimm ist es wirklich?«

»Nicht lebensbedrohlich, aber ich habe eine Menge Blut verloren«, gestand er.

Erst jetzt merkte ich, dass er sich gegen die Wand in seinem Rücken gelehnt hatte, um nicht umzufallen.

»Dir ist schwindlig, oder?«, fragte ich mit einem strengen Blick. »Verflucht, Rupert, warum hast du mir das nicht gleich gesagt? Wie schlimm ist es?«

Er seufzte. »Sagt die Frau, die es nicht einmal zugeben würde, wenn sie einen Arm verloren hat.«

Genervt schaute ich an die Decke. »Schon gut, mag ja sein, trotzdem sinkst du nicht in meiner Achtung, wenn du ein bisschen Erholung brauchst, nachdem jemand dir in den Rücken geschossen hat, verstanden?« Ich schüttelte den Kopf, dann holte ich unsere Sachen. »Wenn du verletzt bist, dann sag's mir einfach, und wir unternehmen etwas dagegen. Aber versuch nicht einfach, es herunterzuspielen.«

»Darf ich dich bei Gelegenheit damit zitieren?«, fragte Rupert.

»Du kannst es ja versuchen«, erwiderte ich und legte ihm einen Arm um die Hüfte.

Rupert lachte, trotzdem stützte er sich erst auf mich, als wir durch das Loch nach draußen kletterten. Danach humpelten wir gemeinsam zum Rand des angrenzenden Flugfelds, wo er wiederum darauf bestand, den Sprung von dem Müllwall herunter allein zu machen. Nach der Landung nahm er meine Hilfe allerdings ohne Murren an. Mittlerweile war er beängstigend blass und beschwerte sich nicht einmal, als ich ihn auf eine Stufe setzte und meinen Koffer neben ihm abstellte, damit er etwas zum Anlehnen hatte.

»Du bleibst und hältst dich warm und die Augen offen«, sagte ich und schnappte mir den schwarzen Beutel mit dem Geld. »Ich organisiere uns inzwischen einen Flug.«

Einen Moment lang glaubte ich, Rupert würde protestieren, aber er nickte nur. »Sei vorsichtig.«

»Immer«, erwiderte ich fröhlich.

Wir wussten beide, dass das eine dreiste Lüge war, aber ich wartete nicht, bis er mich darauf hinwies, sondern verschwand sogleich im Schneetreiben und schritt über das mittlerweile stockfinstere Flugfeld auf das winzige, aber hell beleuchtete Büro auf der gegenüberliegenden Seite zu.

Ich war in meinem Leben schon in vielen zweifelhaften Etablissements, aber so etwas hatte ich noch nie gesehen. Das »Büro« stellte sich als halb in dem Müllwall verborgener, umfunktionierter Frachtcontainer heraus.

In die Vorderseite war ein Loch geschnitten, allerdings mit so dickem Panzerglas davor, dass ich die Person dahinter erst sah, als ich direkt davor stand. Die Frau wirkte wie Mitte fünfzig, vielleicht war sie aber auch erst dreißig, und es war ihr Lebenswandel, der sie so alt aussehen ließ. Mit enormem Übergewicht und hellblond gefärbtem Haar lümmelte sie in ihrem Lehnsessel, als wäre sie dort festgewachsen, während sie an ihrem roten Speeder lutschte, einem jener mit Nikotin und Amphetaminen versetzten Zuckerlollis, mit dem Raumfahrer sich mehrere Tage am Stück wachhielten, wenn sie mussten. Allerdings blickte sie nicht einmal auf, so fasziniert war sie von der schrecklichen terranischen Schnulze, die über den Schirm in der Ecke flimmerte – eine von der Kategorie, bei der man von vornherein wusste, dass alle sterben würden, aber fünf Jahre lang zusehen musste, um zu erfahren, wie.

Ich hämmerte gegen die Scheibe, um sie darauf aufmerksam zu machen, dass sie eine Kundin hatte, aber das brachte mir nur eine obszöne Geste ein. Schäumend vor Wut, stellte ich meine Außenlautsprecher auf maximale Lautstärke und brüllte in das vereiste Mikrofon am Fenster. »Ich möchte ein Schiff kaufen!«

Jetzt horchte sie doch auf. Die viel zu stark betonten Augenbrauen schossen nach oben, dann wanderte der Blick ihrer dick geschminkten Augen zu mir hinüber, während sie den Speeder aus dem Mund nahm und mit ihren tätowierten Fingern auf den Sprechknopf drückte. »Was willst du?«

»Ich. Möchte. Ein. Schiff. Kaufen«, wiederholte ich und zog jedes Wort in die Länge, als würde ich für die Konsonanten bezahlt. »Sofort.«

»Ach so. Ja, haben wir«, erwiderte die Frau und schob den Lolli zurück in den Mund. »Wenn ich dich verstehen soll, solltest du etwas deutlicher sprechen, Doxie.«

Beinahe hätte ich eine Kugel in das Panzerglas gefeuert. Man bezeichnete eine Paradoxierin *niemals* als Doxie, zumindest nicht, wenn man weiterleben wollte. Außerdem war mein Akzent gar nicht so schlimm, aber leider durfte ich nicht wütend werden. Zum einen musste ich an mein Virus denken, zum anderen brauchte ich das verfluchte Schiff. Also ließ ich in einem Musterbeispiel von Selbstbeherrschung, das meiner Mutter Freudentränen in die Augen getrieben hätte, die Finger von meiner Kanone und klappte stattdessen das Visier hoch, damit die Frau meine Lippenbewegungen sehen konnte.

»Hören Sie zu, Gnädigste«, sagte ich ganz langsam und deutlich, »ich will ein Schiff kaufen, jetzt. Was haben Sie?«

Die Frau drehte gemächlich ihren Sessel herum und tippte wie in Zeitlupe auf den Touchscreen an der Theke hinter dem Fenster. »Mit Hyperraumantrieb oder ohne?«

»Hyperraum«, sagte ich und entspannte mich ein wenig, jetzt, da wir endlich Fortschritte machten.

Die Frau tippte. »Wie groß ist die Besatzung?«

»Zwei.«

Sie warf mir einen verärgerten Blick zu. »Wir sind kein Taxiunternehmen.«

»Das weiß ich«, keifte ich. »Hören Sie, ich bin in Eile, ich habe Geld und werde bezahlen. Ich brauche nur ein Schiff.«

Ich hatte die Worte kaum ausgesprochen, da wusste ich, dass ich einen schrecklichen Fehler begangen hatte. Der Mund der Frau verzog sich zu einem wölfischen Grinsen. »Nun, Schätzchen, dann wollen wir mal sehen, was ich für dich tun kann.«

Sie bearbeitete wieder ihren Schirm, kurz darauf erschienen die 3-D-Projektionen von drei Schiffen auf dem Panzerglas zwischen uns.

»Das sind die einzigen mit Hyperraumantrieb, die von

zwei Leuten geflogen werden können«, erklärte sie mit einem Nicken in Richtung der sich langsam drehenden Projektionen. »Such dir eins aus.«

Das war schon eher nach meinem Geschmack. Bei allen drei Schiffen handelte es sich um Planetenspringer mit nur einer Kabine, den kleinen Tarnkappenschiffen, die Brenton und Rupert verwendet hatten, nicht unähnlich, nur älter, viel schlechter ausgestattet und weit weniger schwer bewaffnet. Dennoch war das Angebot besser, als ich auf einem illegalen Flugfeld inmitten eines Schrottplatzes erwartet hätte. Nach einer Minute Überlegen deutete ich auf das, das die wenigsten Flecken auf der Außenhülle hatte. »Wie viel?«

»Zehn Millionen.«

»Haben Sie den Verstand verloren?«, rief ich. »Dafür bekomme ich eine voll ausgestattete Luxusjacht!«

»So was haben wir hier nicht«, erwiderte die Frau und drehte den roten Speeder in ihrem Mund herum. »Du wolltest wissen, wie viel. Jetzt weißt du es. Wenn dir das Angebot nicht passt, geh woanders hin.« Sie lehnte sich wieder in ihren Sessel zurück. »Alle anderen haben um diese Zeit allerdings zu, und der Raumhafen wurde geschlossen. Angeblich hält sich eine flüchtige Person auf dem Planeten versteckt.« Ihre trüben Augen blitzten. »Das wird doch nichts mit den Schüssen zu tun haben, die ich vor ein paar Minuten gehört habe? Es heißt, es wäre eine Belohnung ausgesetzt. Wenn du nicht kaufen willst, könnte ich mir das Geld auch auf andere Weise holen …«

Ich biss die Zähne zusammen und wünschte, ich hätte Rupert dabei. Er war der charmante Überredungskünstler, nicht ich. Wahrscheinlich hätte er das Weibsstück innerhalb einer Minute genauso um den Finger gewickelt wie die Krankenschwester. Normalerweise ließ ich in solchen Situationen Dampf ab, indem ich etwas zerschoss, aber mit diesem dicken Panzerglas hätte vermutlich sogar meine Sascha Probleme gehabt. Und selbst wenn, ich wollte mich nicht dazu herablassen, einen Raub zu verüben.

Schießen kam somit nicht infrage, aber die unverhohlene Drohung konnte ich nicht einfach ignorieren. Meine hochtrabende Nachricht an Kommandant Martin war hinfällig, wenn wir nicht sofort von hier verschwanden.

»Gut, hören Sie zu«, begann ich, öffnete den Beutel und zählte kurz durch. »Ich habe drei Millionen in bar dabei. Was bekomme ich dafür?«

Die Frau schaute mich an, als hätte ich sie persönlich beleidigt, was eine absolute Frechheit war. Drei Millionen republikanische Skript waren eine Menge Geld. Auf Paradox hätte ich mir für weniger einen schicken Rennschlitten mit brandneuer Hyperraumspule kaufen können. Selbst wenn man den Mitten-in-der-Nacht-auf-einem Schmugglerplaneten-festsitzenden-Flüchtigen-Zuschlag einrechnete, musste für diesen Betrag etwas zu haben sein.

Die Frau verdrehte die Augen und tippte ein weiteres Mal mit ihren langen Fingernägeln auf den Schirm. Diesmal erschien ein klobiger Kasten auf der Scheibe, der kaum größer war als der Bürocontainer. Ohne die Hyperraumspule am Heck hätte ich das Ding nicht einmal als Raumschiff erkannt.

»Was zum Teufel ist das?«, fragte ich und drehte die Projektion mit einer Geste um 360 Grad, aber das Ding sah von jeder Seite gleich hässlich aus.

»Ein Camper. Ein Klassiker aus terranischer Produktion.

Für Familienbetriebe, die zwischen den Kolonien Handel treiben. Der hier gehörte einer alten Dame, die exklusive Seifen verkaufte.«

Ich musterte die zahlreichen ausgebesserten Einschusslöcher in der Außenhülle. »Für eine Seifenverkäuferin war sie in viele Feuergefechte verwickelt.«

»Das All steckt voller Gefahren«, erwiderte die Frau achselzuckend. »Hör zu, Doxie, du wolltest wissen, was du für drei Millionen bekommst, und jetzt weißt du es. Ist nicht gerade Stand der Technik, aber der Antrieb funktioniert, und ich glaube nicht, dass du in der Position bist abzulehnen.«

Meine Hand bewegte sich unwillkürlich zum Griff meiner Waffe. Ich hatte die Nase gründlich voll von dieser alten Hexe, aber sie saß am längeren Hebel. »Kann ich es sehen?«

»Steht gleich um die Ecke«, antwortete sie mit einem Nicken nach links.

Ich trat von der Scheibe zurück und ging durch das Schneetreiben, das mittlerweile so stark war, dass ich meine Dichtesensoren benutzen musste, um nicht gegen die überall herumstehenden Schiffe zu prallen, in die angezeigte Richtung. Es dauert eine Weile, bis ich den Camper gefunden hatte, was hauptsächlich daran lag, dass er noch kleiner war, als ich gedacht hatte. Da das Ding nicht für Rüstungen gebaut war, konnte ich es nicht einmal betreten, aber ich schaffte es, den Kopf weit genug hineinzustrecken, um mir ein Bild vom Inneren zu machen. Es war sauberer, als ich erwartet hatte. Und möbliert.

Ich hatte von terranischen Händlern gehört, die jahrelang in ihren Schiffen wohnten, aber dieses hier sah aus wie ein fliegendes Wohnzimmer. Die Innenwände waren mit einem Holzimitat verkleidet, vor den Bullaugen hingen Spitzengardinen. Auf dem Boden lag ein dicker, lachsfarbener Teppich. Die winzige Sanitärkabine mit chemischer Dusche und Toilette schien in einem besonders ekligen Orangeton gestrichen zu sein. Die Kabine war kaum groß genug für den ausklappbaren Tisch und die Sitzbank an der Wand. Bett konnte ich keines entdecken. Ich prägte mir ein, die Frau danach zu fragen, dann hob ich den Kopf und sah, dass es an einer Seilkonstruktion gleich unter der Decke hing.

Die Seifenlady scheint ihr Geschäft nicht allein betrieben zu haben, dachte ich grinsend, denn das Bett musste in heruntergelassenem Zustand die gesamte Kabine ausfüllen. Abgesehen von diesem einen Detail kam ich mir vor wie in der Wohnstube einer gesetzten älteren Dame. Das Einzige, was tatsächlich nach Schiff aussah, waren die Steuerkonsole an der Vorderseite und eine Luke, die zum winzigen Frachtraum führte.

»Welch gemütliches Zuhause«, murmelte ich und richtete mich wieder auf, um einen Blick auf den Hyperraumantrieb zu werfen. Zumindest der sah anständig aus. Ich bin keine Expertin, aber die Spule war sauber, und ich konnte keine ausgebesserten Stellen entdecken, was ich als gutes Zeichen wertete. Der Rest machte keinen ganz so guten Eindruck, aber das Ding sah aus, als würde es fliegen, und wir hatten ohnehin keine Wahl.

»Hübsch, nicht?«, sagte die Frau, als ich zurück war. »Als ich das Schiff bekam, ließ ich es komplett desinfizieren. Sämtliche Tanks sind aufgefüllt, ihr könnt also sofort starten.« Sie seufzte wehmütig. »Klassische Camper sind heutzutage schwer zu finden. Sie werden seit zwanzig Jahren nicht mehr gebaut. Warum, verstehe ich nicht.«

Ich schon. »Und Sie wollen wirklich drei Millionen dafür?«

Die Frau deutete auf den Beutel über meiner Schulter. »Gib mir, was du hast, und er gehört dir. Ich gebe dir sogar noch eine im Voraus bezahlte Sprungerlaubnis obendrauf. Nichts für ungut, aber die Flugkontrolle akzeptiert kein Bargeld, und du siehst nicht aus, als hättest du im Moment ein anderes Zahlungsmittel zur Verfügung.«

Daran, wie wir die Gebühr bezahlen sollten, hatte ich noch gar nicht gedacht. Hätte ich nicht gewusst, dass der alte Drachen mich nach Strich und Faden übers Ohr haute, wäre ich sogar dankbar für ihre Umsicht gewesen. Während ich meinen Beutel in den Trichter unter dem Panzerglas leerte, übermittelte sie die Sprungerlaubnis an meine Lady. Als auch der letzte Schein hineingefallen war, bekam ich die Zugangscodes für den Schiffscomputer.

»Sie gehört dir«, sagte die Frau und legte einen Hebel um, woraufhin mein Geld auf Nimmerwiedersehen verschwand. »Und falls jemand fragt, die Standardantwort auf Kessel lautet: Du hast hier nichts gekauft, und ich habe dich nie gesehen.«

Ich schüttelte den Kopf und staunte stumm darüber, dass das strikte Schweigegebot der Piraten mir tatsächlich einmal zugutekam. Gott und König, wie die Dinge sich verändert hatten. Ich hängte mir den nun um einiges leichteren Beutel wieder um und machte mich auf den Rückweg, um Rupert darüber in Kenntnis zu setzen, dass ich gerade unser gesamtes Geld für ein fliegendes Wohnzimmer ausgegeben hatte.

Ich fand ihn genauso vor, wie ich ihn zurückgelassen hatte: auf der Stufe sitzend und gegen meinen Koffer gelehnt. Zu meiner Erleichterung hatte er seine Schuppen wieder eingezogen, aber seine Augen waren geschlossen und die Beine schützend an den Brustkorb gezogen. Schnee türmte sich auf seinem Anorak und dem langen schwarzen Haar. In Kombination mit seiner Gesichtsblässe sah er wie tot aus.

Mein Herz krampfte sich zusammen. Dem König sei Dank, schlug er sofort die Augen auf, als ich mich über ihn beugte. »Und?«, fragte er.

»Voller Erfolg«, antwortete ich mit möglichst ruhiger Stimme und half ihm auf. »Sehen wir zu, dass du ins Warme kommst.«

»Klingt gut«, erwiderte Rupert und stützte sich auf mich, während ich meinen Koffer wieder an mich nahm. Ich klemmte ihn mir unter den Arm und schlang den anderen um Ruperts Hüfte, sorgsam darauf bedacht, die Wunde auf seinem Rücken nicht zu berühren. Als alles in der gewünschten Position war, drehte ich uns herum, dann gingen wir hinaus in den Schnee.

Wir waren kaum drei Schritte weit gekommen, da fragte Rupert: »Stimmt was nicht?«

Überrascht schaute ich ihn an.

»Ich will mich ja nicht beschweren, aber dein Griff um meine Hüfte ist ein bisschen fest«, erklärte er mit einem matten Lächeln.

»Alles in Ordnung«, erwiderte ich und ließ etwas lockerer. »Ich will nur schnell weg hier.«

Ich glaube nicht, dass Rupert mir das abkaufte, aber ich beschleunigte meinen Schritt so sehr, dass er nicht mehr dazu kam, noch einmal nachzufragen. Das war natürlich feige, aber ihm im Dunkeln über ein tief verschneites, nicht asphaltiertes Flugfeld zu helfen fühlte sich weit besser an, als zuzugeben, wie sehr mich sein Anblick erschreckt hatte. Meine Ablenkungstaktik funktionierte allerdings nur, bis er den Schrotthaufen sah, für den ich soeben drei Millionen ausgegeben hatte.

»Ich weiß, ich weiß«, murrte ich und öffnete die Zugangsluke. »Mein Verhandlungsspielraum war begrenzt. In Anbetracht der Umstände habe ich mein Bestes getan, okay?«

»Ich weiß, das tust du immer«, erwiderte Rupert und erklomm die kurze Rampe. »Eigentlich sieht es ja ganz kuschelig aus.«

Auf das Wort *kuschelig* wäre ich zwar nicht gekommen, aber ich beließ es dabei. Da ich in meiner Lady nicht durch die Tür passte, musste ich mich zunächst einmal ausziehen. Ich tat es in Rekordzeit und verstaute die verdreckte Rüstung hektisch in meinem Koffer, um dem eisigen Wind zu entfliehen. Leider war ich von oben bis unten mit Schnee bedeckt, als ich mich endlich in die Kabine rettete und die Luke hinter mir zuschlug.

Rupert war vor mir hineingegangen, aber noch nicht weit gekommen. Gleich hinter der Tür lehnte er an der Holzimitatverkleidung und schaute mich mit fahlem Gesicht an. »Du hast Schnee in den Haaren«, sagte er leise.

»Und überall sonst auch«, erwiderte ich mit klappernden Zähnen. In meiner Rüstung hatte ich gar nicht mitbekommen, wie kalt es nach dem Sonnenuntergang geworden war. Jetzt stand ich barfuß und in Unterwäsche zitternd da und fragte mich, wie Rupert es geschafft hatte, sich mit einer so schweren Wunde und nur mit einem Anorak bekleidet keine Lungenentzündung zu holen. Als ich seine glasigen Augen sah, war ich mir allerdings nicht mehr so sicher, ob er sich nicht doch eine eingefangen hatte.

Ich legte den Hebel um, um das Bett von der Decke

herunterzulassen, und Rupert machte erschrocken einen Satz zur Seite. Erst als das Ding sich zu seiner vollen Größe auseinandergefaltet hatte, lächelte er.

»Setz dich«, befahl ich und durchwühlte die Wandschränke in der Kabine. Ich wusste selbst nicht genau, wonach ich suchte, aber da das Schiffsinnere aussah wie das Apartment einer älteren Dame, war ich sicher, irgendetwas Nützliches zu finden, und tatsächlich: Schon der zweite Schrank war randvoll mit Decken und Handtüchern. Ziemlich dünn und muffig zwar, aber ich war meilenweit über den Punkt hinaus, mich zu beschweren, und zog freudig einen ganzen Stapel heraus.

»Hier«, sagte ich und warf sie Rupert zu, während ich einen zweiten Stapel für mich selbst herauszog und mich nicht einmal damit aufhielt, die Decke ganz auseinanderzufalten, bevor ich sie mir über die Schultern warf. Während des sonnigen Tages hatte sich der Camper ein wenig aufgeheizt, sodass es zumindest wärmer war als draußen, und der Schnee auf meiner Unterwäsche begann sofort zu schmelzen. Leider wurde mir davon nur noch kälter, denn die Heizung lief noch nicht. Ich begann wie eine Verrückte zu zittern.

Da Rupert mich schon einmal nackt gesehen hatte, zögerte ich nicht, riss mir die nassen Sachen vom Leib, hängte sie zum Trocknen an einen Haken und zog die Decke noch ein bisschen fester um mich. Das besserte mein Wohlbefinden enorm, da merkte ich, dass Rupert mich mit offen stehendem Mund anstarrte.

»Gott und König«, fluchte ich und warf ihm eins der Handtücher ins Gesicht. »Stülp dir das über den Kopf, ich lasse inzwischen die Triebwerke anlaufen.«

Ich wartete nicht erst ab, ob er gehorchte, sondern krabbelte sofort über das Bett zur Steuerkonsole und sprang in den Pilotensitz. Die Systeme waren automatisch hochgefahren, als ich die Luke mit den Zugangscodes öffnete, aber die Anordnung der Instrumente war mir so fremd, dass ich mehrere Minuten brauchte, um das Bedienfeld für die Triebwerke zu finden und die Heizung einzuschalten. Ich hatte gerade das Temperaturmenü entdeckt, da ließ Rupert sich neben mir in den Navigatorensitz plumpsen.

»Was tust du da?«

»Dir helfen«, antwortete Rupert keuchend und drückte einen Knopf auf meiner Seite der Konsole. »Wir müssen so schnell wie möglich starten.«

»Auch der schnellste Start nützt nichts, wenn man tot ist«, entgegnete ich. »Du hast selbst gesagt, die Symbionten würden frühestens in einer Stunde wieder aufwachen. Also können wir uns wohl fünf Minuten Zeit nehmen, um nicht zu erfrieren und deinen Rücken zu versorgen.«

»Normalerweise wäre ich ja deiner Meinung, aber du hast einen Detektiv getötet.«

Ich zuckte die Achseln. »Und?«

»Tja«, meinte Rupert und drückte einen weiteren Knopf, woraufhin das ganze Schiff zu zittern begann. »Eine Tochter spürt, wenn ein Detektiv in ihrer Nähe stirbt, und wie ich dir bereits sagte, was eine Tochter weiß, wissen alle.« Er drückte den nächsten Knopf, das Zittern wurde heftiger. »Die Verstärkung ist zweifellos bereits unterwegs, und ich wäre gerne weg, bevor sie eintrifft.«

Ich schnappte nach Luft. »Und das hast du mir nicht schon früher gesagt, weil …?«

»Ich dich nicht zusätzlich unter Druck setzen wollte. Du hast schon so schnell gemacht, wie du konntest. Jetzt müssen wir eben ein bisschen Gas geben.«

Während er sprach, bewegten sich seine Hände ohne Unterlass über die Konsole, als hätte er sein Leben lang nichts anderes getan, als solche Kisten zu fliegen. Wenige Sekunden später ertönte ein Piepton. Rupert griff hinüber auf meine Seite und drückte den roten Knopf ganz oben auf meinem Steuerknüppel.

Unser Wohnzimmer erhob sich mit einem Ruck in die Luft, dann musste ich mich mit aller Kraft festhalten, um nicht aus dem Sitz zu rutschen, während wir auf die Wolken zurasten.

Glücklicherweise war fliegen immer noch fliegen, ungewohnte Instrumente hin oder her. Als wir in der Luft waren, bekam ich den Bogen schnell raus, korrigierte unsere Flugbahn und brachte uns knapp außerhalb der Atmosphäre in den Orbit.

»Woher weißt du, wie man solche Antiquitäten steuert?«, fragte ich, während Rupert die Triebwerke abschaltete.

»Weil ich sie geflogen habe, als sie noch keine Antiquitäten waren«, antwortete er. »Bis vor zwanzig Jahren sahen die Konsolen aller kleinen terranischen Schiffe aus wie diese hier. Eines davon habe ich fünfzehn Jahre lang geflogen.« Er schenkte mir ein freudloses Lächeln. »Du vergisst, wie alt ich schon bin.«

Hatte ich tatsächlich, aber mir gefiel der verbitterte, selbstbezichtigende Unterton in seiner Stimme nicht.

»Umso besser«, erwiderte ich und verschränkte die Arme vor der Brust. »Deine Erfahrung hat uns schon oft den Arsch gerettet, und wie ein alter Mann benimmst du dich nur, wenn du mich darauf hinweist, dass du einer bist. Hör einfach auf damit, dann wird alles gut.«

Rupert seufzte schwer. »Ich kann das nicht so einfach vergessen«, entgegnete er und richtete die Nase des Campers auf das hässliche Sprungtor von Kessel aus. »Du bist siebenundzwanzig, ich bin fast dreimal …«

Ich wollte ihm gerade sagen, er solle aufhören, solchen Schwachsinn zu reden, doch ich hielt abrupt inne, denn genau in diesem Moment materialisierten sich direkt über uns vier republikanische Schlachtschiffe aus dem Hyperraum.

6

Mehrere Sekunden lang klappte ich nur stumm den Mund auf und zu. Noch nie hatte ich einen republikanischen Schlachtkreuzer aus der Nähe gesehen, und je länger ich schaute, desto mehr wünschte ich, das wäre auch so geblieben. Denn was ich sah, machte mir wenig Hoffnung.

Sie waren bei Weitem nicht so groß und bedrohlich wie Xith'cal-Schiffe, auch nicht so schön und tödlich wie die Lelgis, aber was den Kreuzern an Pracht und Größe fehlte, machten sie mit eleganter und zerstörerischer Effizienz wieder wett. Alle Details an dem lang gestreckten, spitz zulaufenden silbrigen Rumpf – von den perfekt platzierten Geschützbatterien über die runde Kommandobrücke bis hin zu den übergangslosen Startluken für die Jäger – fügten sich zu einem Meisterwerk der Ingenieurskunst zusammen, das nur einem einzigen Zweck diente: alles in kürzester Zeit zu vernichten, das sich ihm in den Weg stellte. Andererseits führten die Terraner praktisch andauernd Krieg, seit sie vor fast eintausend Jahren von der Alten Erde aus ins All aufgebrochen waren. Somit war es kein Wunder, wenn sie ihr Handwerkszeug mittlerweile perfektioniert hatten.

»Rupert?«, fragte ich leise, als der größte der vier Kreuzer sich vor die Sonne schob und unser kleiner Camper von seinem schwarzen Schatten verschlungen wurde. »Glaubst du, die sind wegen uns hier?«

»Falls die Republik nicht spontan beschlossen hat, Kessel zu zivilisieren, würde ich sagen: Ja.«

Ich zog die Decke noch enger um mich. Mit einem Mal kamen mir die großspurigen Worte, die ich Kendris auf dem Schrottplatz aufgetragen hatte, unglaublich naiv vor. »Was tun wir jetzt? Ich meine, wir werden sie kaum abhängen können.«

Rupert atmete einmal tief durch. »Vielleicht müssen wir das ja gar nicht. Du hast gesagt, wir hätten bereits eine Sprungerlaubnis?«

Ich nickte, dann stand ich ruckartig auf und kletterte zurück aufs Bett, um meinen Koffer zu holen. Die Lady befand sich gerade mitten im Reinigungszyklus, trotzdem klappte ich den Deckel hoch und fischte meinen Helm aus dem rosafarbenen Nanoschaum. Ich wischte ihn hastig trocken, setzte ihn auf und übermittelte die Erlaubnis auf den Schiffscomputer, was ich längst getan hätte, wenn ich nur ein bisschen nachgedacht hätte. Sobald die Übertragung beendet war, legte ich den Helm zurück und startete den Reinigungszyklus noch mal von vorn.

»Glaubst du, sie lassen uns durch?«, fragte ich und rieb mit dem Handtuch an meinen Haaren herum, um die letzten Reste Nanoschaum zu entfernen.

»Die Terraner? Bestimmt nicht«, antwortete Rupert und hackte wie wild auf die Konsole ein. »Sie haben bereits eine vollständige Blockade verhängt, aber die Sprungerlaubnis wurde schon vorher ausgestellt, weshalb ich hoffe, dass die Angestellten des Sprungtors ein Auge zudrücken.«

Ich kletterte zurück in meinen Sitz. »Warum sollten sie?

Wir haben kein Geld mehr, um sie zu bestechen, außerdem werden sie mit vier Schlachtkreuzern im Genick bestimmt keine krummen Touren versuchen.«

Rupert lächelte zwinkernd und übermittelte seine Anfrage. »Richtig, aber wir sind schließlich keine Verbrecher, sondern ein frisch verheiratetes Paar, dem eine grundlose Blockade der Terranischen Republik einen Strich durch die lang ersehnten Flitterwochen macht. Außer natürlich, einer der Operatoren gibt seinem Herzen einen Ruck und lässt uns durch.«

Ich blinzelte ihn an. »Bitte was? Das klappt nie und nimmer.«

»Unterschätze nie die Macht des Mitgefühls«, entgegnete Rupert gelassen. »Oder die schelmische Freude, mit der Kolonien, die sich selbst als unabhängig betrachten, die Macht der Republik unterlaufen.«

Ich glaubte immer noch nicht daran. Ich meine, den Reiz, den Terranern eins auszuwischen, konnte ich ja nachvollziehen, aber so einfach war es bestimmt nicht.

Trotz meiner Bedenken ertönte keine Minute später ein Piepen aus dem Com. »Camper, Sprungerlaubnis erteilt«, verkündete eine männliche Stimme. »Beginne Übertragung der Koordinaten. Und Glückwunsch zur Hochzeit.«

»Danke, Sir«, erwiderte Rupert untertänig und fuhr den Hyperantrieb hoch. »Wir stehen zutiefst in Ihrer Schuld.«

»Lasst euch nicht von den Hunden erwischen«, funkte die andere Seite zurück, dann wurde die Verbindung unterbrochen.

Erstaunt strahlte ich Rupert an, dann begann das Schiff zu zittern. Er erwiderte mein Lächeln und schloss die

Gurte über der Decke, die er sich über die Schultern geworfen hatte, während die Hyperraumspule immer mehr Fahrt aufnahm. Als ich mich von meinem Schock erholt hatte, tat ich das Gleiche, da tönte ein Alarm aus dem Com.

»Unidentifiziertes Schiff«, sagte eine strenge Frauenstimme. »Hyperraumsprünge sind im Moment strikt untersagt. Deaktivieren Sie Ihre …«

Der Sprungblitz rollte über uns hinweg, noch bevor sie zu Ende gesprochen hatte, und der Camper machte einen heftigen Ruck zur Seite. Die kleine Schrottmühle absolvierte den Übergang in die andere Dimension wie ein leeres Fass, das einen Berg hinunterrollt, aber wie jedes Mal war das Geruckel binnen weniger Sekunden vorbei. Die bedrohlich lauernden Schlachtkreuzer verschwanden, dann waren wir nur noch von tiefer Stille und dem Grauviolett des Hyperraums umgeben.

Mit einem tiefen Seufzer ließ ich mich in den Pilotensitz sinken und lachte erleichtert. »Ich kann nicht glauben, dass du es tatsächlich geschafft hast, du Schlitzohr.«

»Lange Lebenserfahrung ist manchmal von Vorteil«, bestätigte Rupert und lehnte sich ebenfalls zurück.

Ich grinste ihn glücklich an, doch Rupert sah es nicht einmal. Er hatte die Augen geschlossen und die Lippen fest aufeinandergepresst, sein Atem ging flach und röchelnd.

»Das reicht«, sagte ich und gurtete mich los. »Wie lange sind wir im Hyperraum?«

»Neun Stunden«, antwortete Rupert.

»Genug Zeit also.« Ich sprang aus meinem Sitz. »Schluss mit dem Versteckspiel. Lass mich endlich deinen Rücken sehen.«

»Da gibt es nicht mehr viel zu sehen«, entgegnete er, während ich ihn in Richtung Bett scheuchte. »Die Wunde ist verheilt.«

»Warum siehst du dann aus, als würdest du bald sterben?«, hakte ich nach und setzte ihn auf den Rand der Matratze.

»Der Blutverlust«, sagte Rupert leise. »Ich war nicht schnell genug mit meinen Schuppen, und ohne Essen dauert es eine Weile, bis mein Körper das verlorene Blut nachgebildet hat.«

Ich durchwühlte unterdessen seinen Seesack. »Wenn das alles ist«, sagte ich und warf ihm eine Handvoll Trockenrationen zu, die er aus Anthonys Schiff mitgenommen hatte. »Iss.«

Rupert schaute die eingeschweißten Riegel an, als handelte es sich um tote Käfer. »Das ist kein Essen.«

»Du bist derjenige, der sie eingepackt hat«, rief ich ihm ins Gedächtnis, schnappte mir den Erste-Hilfe-Koffer und kniete mich hinter Rupert.

»Ja, aber nur für Notfälle«, protestierte er. »Ich habe kochen gelernt, damit ich Zeug wie dieses hier nicht fressen muss.«

»Ich dachte, es wäre gewesen, um Frauen zu beeindrucken«, frotzelte ich und nahm eine Dose Wunddesinfektionsspray aus dem Koffer.

»Das hat nur ein einziges Mal funktioniert.«

»Soll das heißen, du hast deinen Liebschaften nicht ein einziges Mal selbst gemachtes Frühstück ans Bett gebracht?«, fragte ich unschuldig und zog die Decke von seinen Schultern.

Als ich die Decke bewegte, zuckte er zusammen und saugte scharf die Luft ein. »Es gab keine«, antwortete er schließlich. »Du warst die erste, seit ich den Symbionten eingesetzt bekam.«

Ich hielt mitten in der Bewegung inne. »Du willst behaupten, die Nacht in meiner Kabine wäre dein erster Sex nach vierzig Jahren gewesen?«

Trotz seines immensen Blutverlustes wurden Ruperts Ohren rot. »Es gab nicht viele Gelegenheiten«, antwortete er offensichtlich darum bemüht, nicht zu verteidigend zu klingen. »Und selbst wenn, war ich zu sehr auf meine Arbeit konzentriert, um mich um Frauen zu kümmern. Zumindest bis ich dir begegnet bin.«

Auf dieses Bekenntnis hin musste ich ihm einfach einen Kuss auf das immer noch vom Schnee feuchte Haar hauchen. »Und, hat sich das Warten gelohnt?«

Der fassungslose Blick, den er mir daraufhin zuwarf, war Antwort genug. Ehrlich gesagt hätte ich gar nicht erst fragen müssen. Ich hatte Ruperts Erinnerungen an jene Nacht, und das bedeutete, dass ich genau wusste, wie sehr ich seine Welt auf den Kopf gestellt hatte. Dennoch war bloßes Wissen nichts im Vergleich dazu, es aus seinem eigenen Mund zu hören. Ich sonnte mich immer noch in dem Kompliment, als ich ihm den Anorak auszog – der Anblick, der sich mir bot, holte mich sofort zurück auf den Boden der Tatsachen.

»Gott und König«, stammelte ich und starrte entsetzt auf die verbrannten Fetzen, die einmal sein Hemd gewesen waren. »Hast du überhaupt noch einen Tropfen Blut im Körper?«

Die Wunde war zwar verheilt, wie er gesagt hatte, aber der Rest sah so schlimm aus, dass sich mir der Magen umdrehte: Ruperts gesamter Rücken war von dunklem, halb geronnenem Blut überzogen. Der Anorak hatte sich so vollgesogen, dass selbst das Innenfutter der Ärmel noch feucht war. Das allein war schon schlimm genug, aber wenn ich dann noch das Blut dazuzählte, das er während des Kampfes vergossen hatte, konnte ich nicht fassen, wie Rupert sich überhaupt noch bewegen konnte.

»Du hättest mir viel früher sagen sollen, wie schlimm es ist«, brummte ich wütend, ließ das Desinfektionsspray fallen und nahm stattdessen die Schere, um die Hemdreste von ihm herunterzuschneiden.

»Wir waren in einer gefährlichen Lage, da wollte ich dich nicht ablenken«, entgegnete Rupert, während ich Schicht um Schicht des blutdurchtränkten Stoffs von seinem Rücken zog. »Außerdem ist es meine Schuld, dass ich so lange mit den Schuppen gebraucht habe.«

»Was hat dich aufgehalten?«, fragte ich und schnitt den Stoff über der Schulter auf.

»Der Disruptortreffer. Er verbrennt dich von innen, was es um ein Vielfaches schmerzhafter macht, die Schuppen durch die Haut zu drücken. Deshalb ging es so langsam.«

Ich hielt inne und betrachtete die glatte, blutverschmierte Haut auf seinem Rücken. »Es tut weh, wenn sie rauskommen?«

»Ja, aber man gewöhnt sich dran. Verbrennungen sind viel schlimmer.«

»Danke, ich bleibe lieber bei meiner Rüstung«, erwiderte ich und entfernte auch die letzten Stoffreste. Die blutverschmierten Fetzen wickelte ich in ein Handtuch und warf sie in eine Ecke, damit ich sie nicht mehr sehen musste. Dann machte ich mich auf die Suche nach etwas, um Ruperts Rücken zu säubern. Weil das Blut bereits trocken war, brauchte ich etwas Feuchtes, aber es gab kein

Wasser auf diesem Schiff, und ich wollte Rupert auf keinen Fall unter die chemische Dusche stellen. Diese Dinger waren auf modernen Schiffen schon schlimm genug, auf einem alten Kahn wie diesem waren sie wahrscheinlich sogar giftig.

Schließlich entschied ich mich für mein durchnässtes Tanktop. Es war nicht gerade steril, aber da die Wunde sich bereits geschlossen hatte, dachte ich mir, es müsste schon gehen. Das Tanktop war eiskalt, also wärmte ich es eine Weile an meinem Bauch, faltete es in der Mitte und wischte dann mit langsamen, vorsichtigen Bewegungen das Blut von Ruperts Rücken.

Streng genommen war Rupert nicht mehr verletzt und hätte es selbst tun können, aber ich wusste aus eigener Erfahrung, wie schwer es ist, sich ohne Dusche getrocknetes Blut vom Rücken zu waschen. Außerdem war es schön, ihn zu berühren, vor allem da ich spürte, wie sein Körper immer wärmer wurde, während er aß. Obwohl Rupert die Riegel, die ich ihm gegeben hatte, kein bisschen schmeckten, verschlang er einen nach dem anderen. Nachdem ich alles Blut abgewischt und seinen Rücken mit einem Handtuch abgetrocknet hatte, strahlte sein Körper wieder die gewohnte, fieberähnliche Hitze ab. Blass war Rupert immer noch, doch das war normal, und wenigstens sah er jetzt nicht mehr aus wie eine Leiche. Eigentlich war meine Aufgabe damit erledigt, aber ich ließ trotzdem nicht von ihm ab.

Ich konnte es nicht, denn ich hatte mich zu sehr an Rupert als unerschütterlichen Übermenschen gewöhnt. Ihn so schwer verwundet zu sehen war wie ein Schlag in die Magengrube. Mir war jetzt noch schwindelig davon, dabei hatte ich die Schwere seiner Verletzung nicht einmal bemerkt. Erst als ich ihm den Anorak auszog, fiel es mir auf, und jetzt war ich entsprechend wütend auf mich, weil ich nicht gleich genauer hingeschaut hatte. Rupert hätte in dem verrosteten Wrack sterben können, und ich hätte es erst gemerkt, wenn es zu spät gewesen wäre. Ein bisschen mehr Blutverlust, dann hätte ich ihn für immer verloren.

»Devi?« Ich hob den Kopf und sah, wie Rupert mich über seine Schulter hinweg musterte. »Was ist los? Du zitterst.«

Das tat ich, ganz erbärmlich sogar, aber ich konnte nicht damit aufhören, und es war mir auch egal. Mit einem Mal fühlte sich das Leben so kurz an. Ich war so entsetzlich müde und hatte es satt, mich ständig zu wehren. Und während ich im Licht der schummrigen Kabinenbeleuchtung Ruperts auf wundersame Weise verheilte Schusswunde betrachtete, konnte ich nur eines denken: wozu das alles? Rupert machte mich schwach, er untergrub meinen Willen und meine Vernunft, na und? Was auch immer er in mir bewirkte, es war unendlich viel besser, als ihn zu verlieren.

Dieser Gedanke allein hätte sämtliche Alarmsirenen in mir aufheulen lassen müssen, denn trotz aller gewichtigen Gegenargumente war ich drauf und dran, Rupert hoffnungslos zu verfallen. Wenn ich auch nur den Hauch einer Chance haben wollte, mich nicht zu verlieren, musste ich den Rückzug antreten. Sofort.

Aber ich rührte mich nicht. Ich wollte mich nicht mehr gegen Rupert wehren, wollte mich nicht länger zurückhalten. Es war von Anfang an ein aussichtsloser Kampf gewesen, reine Kraftverschwendung, und wenn ich stur damit weitermachte, würde ich auch diesen Moment verlieren, da Rupert gesund und am Leben und direkt unter meinen Fingern war.

Rupert schaute mich immer noch an, seine blauen Augen plötzlich wachsam. Er schien zu merken, dass ich gerade eine Entscheidung traf, denn er hielt den Atem an, als warte er gespannt, was ich als Nächstes tun würde. Und während ich beobachtete, wie er mich beobachtete, als hinge sein Leben von dieser Entscheidung ab, verflogen meine letzten Zweifel.

Ganz langsam, geradezu ehrfürchtig, legte ich den Kopf auf Ruperts Rücken. Ich spürte sein langes, schwarzes Haar an den Lippen. Es war immer noch kühl und feucht vom Schnee, aber die Haut darunter glühte geradezu, während er scharf die Luft einsaugte.

Zu hören, wie sehr ihn meine Berührung aufwühlte, zementierte meine Entscheidung nur, aber das tat alles an ihm: Seine Wärme, der Geruch seines Haares, wie sich seine Muskeln unter meinen Fingern anfühlten, das Geräusch seines Atems, jede noch so kleine Empfindung vergrößerte meine Sicherheit, dass es die richtige Entscheidung war.

Ich war ihm hoffnungslos verfallen, war es schon lange, und das Leben war zu kurz, um meine Sturheit aufrechtzuerhalten. Die Schwäche, die er in mir freigelegt hatte, würde nicht mehr verschwinden, was auch immer geschah. Warum sollte ich sie nicht genießen? Ich bewegte meine Hände weiter zu seiner Brust und konnte mir keine schönere Niederlage vorstellen.

Ich wollte mich gerade mit Küssen seine Wirbelsäule entlangarbeiten, da bewegte Rupert sich plötzlich weg, und ich blickte verwirrt auf. Er hatte sich umgedreht und schaute mich an, die Vorsicht in seinen Augen verdrängt von der gleichen hungrigen Sehnsucht wie damals im Regen auf Seni Major.

»Devi«, sagte er heiser. »Ich …«

Ich schnitt ihm mit einem Kuss das Wort ab, erhob mich auf die Knie und presste meine Lippen auf die seinen, als wäre es das Normalste auf der Welt. War es auch, denn im Gegensatz zu allen anderen Gelegenheiten, bei denen wir uns bisher geküsst hatten, war es diesmal keine Niederlage oder falsche Entscheidung im Eifer des Gefechts. Es standen keine Lügen zwischen uns, kein Zorn und keine Verzweiflung. Es war nur ein Kuss, das unvermeidbare Ergebnis, wenn zwei Menschen, die sich so sehr zueinander hingezogen fühlten, wie es bei Rupert und mir schon immer der Fall gewesen war, endlich eine gemeinsame Basis gefunden hatten.

Rupert erstarrte, als unsere Lippen sich berührten, dann lehnte er sich ganz langsam an mich. Seine Hände senkten sich auf meine Hüften, sanft wie Schnee und so vorsichtig, als hätte er Angst, er könnte mich verscheuchen, wenn er sich zu schnell bewegte. In Anbetracht meines ausgeprägten Fluchtreflexes konnte ich ihm das nicht verübeln, aber die Dinge zwischen uns hatten sich verändert. *Ich* hatte mich verändert. Ich hatte ihn eigentlich schon immer geliebt, ihm aber nicht vertraut. Jetzt schon, und das fühlte sich an wie nach Hause kommen.

Der Kuss war lang und keusch, doch als wir schließlich voneinander abließen, keuchten wir. Rupert bekam seinen Atem als Erster wieder unter Kontrolle und legte seine Stirn gegen meine. »Heißt das, wir küssen uns jetzt wieder?«, flüsterte er mit starkem Akzent.

Normalerweise mag ich es nicht, wenn jemand mir mit meinen eigenen Formulierungen kommt, aber dieses eine

Mal machte es mir nichts aus. »Ja«, sagte ich lachend. »Ich glaube, genau das heißt …«

Rupert packte mich, drückte mich an seine Brust und küsste mich erneut.

Es war genau wie beim ersten Mal auf der *Narr.* Wie damals küsste er mich, als wollte er mich nie wieder loslassen, nur dass er es dieses Mal tatsächlich nicht tat. Ganz im Gegenteil: Mit der einen Hand umfasste er meinen Kopf, die andere schlang er um meine Hüfte und zog mich so eng an sich, dass kein Stück Papier mehr dazwischenpasste.

Ich war genauso gierig und grub meine Finger in seine Schultern, als wollte ich an ihm hinaufklettern, um ihm so nahe wie irgend möglich zu sein. Als Rupert schließlich die Hand von meiner Hüfte nahm, um mir die Decke von den Schultern zu reißen, beugte ich mich so ruckartig nach vorn, dass wir auf die Matratze direkt hinter uns purzelten.

Wir landeten federnd auf einem Stapel aus Handtüchern und Decken, ich ganz oben. Meine Position nutzte ich sofort aus und ließ meine Hände über Ruperts harte Brust nach unten gleiten. Als ich den Knopf seiner Hose zwischen den Fingern hatte, hielt Rupert meine Hand fest.

»Stopp«, keuchte er und löste sich von meinen Lippen. »Es geht nicht.«

Es dauerte fast fünf Sekunden, bis mein von Lust benebeltes Gehirn die Worte verarbeitet hatte. »Was?!«, rief ich und setzte mich auf. »Warum nicht?«

Rupert ließ die Arme sinken und ballte die Hände zu Fäusten, als versuche er verzweifelt, sie von mir fernzuhalten. »Es tut mir leid. Ich habe nicht damit gerechnet …« Er verstummte mit einem frustrierten Stöhnen. »Ich habe mir geschworen, nie wieder ungeschützten Sex mit dir zu haben.«

Ich runzelte verständnislos die Stirn. Ich meine, dass Rupert altmodisch war und meine illustre Vergangenheit kannte, wusste ich ja, aber dank der adaptiven Impfungen, denen sich jeder unterziehen musste, bevor er terranischen Raum betrat, hatte es seit fünfzig Jahren keinerlei Probleme mehr mit Geschlechtskrankheiten gegeben. Ob er sich Sorgen wegen meines Plasmex-Virus machte? Ich war doch schon bei unserem ersten Mal infiziert gewesen, und da hatte er sich auch nicht angesteckt. Außerdem war ich ziemlich sicher, dass ich nur dann ansteckend war, wenn sich das schwarze Zeug auf mir ausbreitete, und das war im Moment definitiv nicht der Fall. Ich wollte ihn gerade fragen, wo das Problem lag, doch Rupert sah mittlerweile so durcheinander aus – ein wirklich liebenswerter Anblick bei jemandem, der sonst nie die Kontrolle verlor –, dass ich beschloss, noch ein bisschen abzuwarten.

»Der Symbiont hat meinen Körper grundlegend verändert«, begann er schließlich mit fester Stimme, auch wenn seine Wangen knallrot waren. »Trotzdem kannst du immer noch schwanger von mir werden.«

Damit hatte ich nun wirklich nicht gerechnet. »Das ist doch wohl nicht dein Ernst«, erwiderte ich beinahe lachend, doch sein Blick bewies das Gegenteil.

Ich richtete mich auf und schaute ihn ungläubig an. Dass er mich mit jeder Faser seines Körpers wollte, stand außer Zweifel, und trotzdem rührte er sich nicht und würde es auch nicht tun, solange es seiner Meinung nach nicht richtig war. Diese Tatsache erfüllte mich mit so überwältigender Zärtlichkeit, dass ich mich zu ihm hinunterbeugte und ihm einen Kuss auf die Nasenspitze hauchte. »Dein Verantwortungsbewusstsein ist größer, als es gut für dich ist.«

Rupert fasste mich an den Schultern und drückte mich wieder hoch. »Ich meine es ernst, Devi. Beim letzten Mal war ich unverzeihlich verantwortungslos, aber dieses Risiko dürfen wir nie wieder eingehen. Also lass mich los und …«

Ich konnte nicht anders: Ich brach in schallendes Gelächter aus. Das war denkbar unangemessen, aber er sah so unglaublich ernst aus, dass ich nichts dagegen tun konnte. »Du kannst mich nicht schwängern«, erklärte ich, nachdem ich mich wieder eingekriegt hatte. »Ich bin Paradoxierin, schon vergessen?«

Der Ausdruck, mit dem er mich jetzt anschaute, war unbezahlbar. »Was hat *das* denn damit zu tun?«

»Ich unterliege immer noch dem Bann«, antwortete ich und rieb mir die Augen trocken. »Ehrlich, Rupert, was denkst du eigentlich von mir?«

Gerade eben hatte Rupert lediglich überrascht ausgesehen, jetzt war er vollkommen ratlos. »Welcher Bann?«

Mein Lächeln verblasste. »Der vom König verhängte Fruchtbarkeitsbann«, antwortete ich, aber da immer noch keine Reaktion kam, musste ich es ihm wohl in aller Ausführlichkeit erklären. »Alle Paradoxier werden mit zwölf sterilisiert. Das Recht zur Vermehrung bekommen wir erst zurück, wenn wir unseren Militärdienst abgeleistet haben.«

Ruperts Verwirrung schlug in blankes Entsetzen um, und ich stemmte die Hände in die Hüften. »Wie ist es möglich, dass du das nicht weißt? Der Bann ist seit über einem Jahrhundert in Kraft. Während der Grenzkriege war die terranische Propaganda voll davon.«

»Eben«, erwiderte er. »Ich hielt es immer für Propaganda.« Er stützte sich auf die Ellbogen und blickte mir fest in die Augen. »Ihr werdet also allen Ernstes per Regierungsdekret gewaltsam sterilisiert?«

»Nicht *gewaltsam*«, widersprach ich. »Meine Mom ging an meinem zwölften Geburtstag mit mir zum Arzt, der Eingriff dauerte nur zehn Minuten, und es ist ja nicht für immer. Ich hätte es schon vor Jahren rückgängig machen lassen können, aber ich wusste nicht, wozu. Ich meine, sehe ich aus wie jemand, der lieber Babys großziehen würde?«

Allein die Vorstellung brachte mich zum Grinsen, doch Rupert schaute mich immer noch an, als wären mir Hörner aus der Stirn gewachsen. »Tut mir leid«, sagte er schließlich, ließ sich zurück ins Bett sinken und rieb sich die Schläfen. »Es klingt nur … so barbarisch.«

Ich reckte das Kinn vor. »Und weshalb? Alle Kinder auf Paradox sind Mündel des Königs. Man kann sie nicht einfach mir nichts, dir nichts in die Welt setzen. Wir sind schließlich keine Tiere, die nach jeder Paarungszeit werfen. Du nennst es barbarisch, aber ich glaube, unsere ist die weit zivilisiertere Methode. Bei euch Terranern darf jeder Kinder bekommen, ganz egal wie jung, unvorbereitet oder unwürdig er ist.«

Wieder einmal wurde mir bewusst, welches Glück ich hatte, unter der Herrschaft unseres klugen Königs geboren zu sein. In der Republik aufzuwachsen, ohne einen lebenden Heiligen, der über mich wachte, konnte ich mir nicht vorstellen. Und noch während ich mich zu Recht begünstigt fühlte, begann Rupert zu kichern.

»Was?«, fauchte ich mit funkelndem Blick.

»Nichts, gar nichts«, sagte er grinsend. »Du bist nur … *sehr* paradoxisch.«

»Du sagst das, als wäre das etwas Schlechtes«, entrüstete ich mich. »Wenn du ein Problem damit hast…«

Rupert setzte sich ruckartig auf, sodass ich nun direkt auf seinem Schoß saß. »Habe ich nicht«, erklärte er und schlang die Arme um meine Hüfte. »Ich liebe dich genauso, wie du bist. Ich war nur einen Moment lang überrascht, das ist alles.«

Die tiefe Aufrichtigkeit in seiner Stimme erstickte meinen Zorn, doch so leicht wollte ich ihn nicht davonkommen lassen. »Aber weitermachen willst du trotzdem nicht«, begann ich und streckte ihm die geöffneten Lippen entgegen. »Denn wenn du dich weiter aufführst wie ein terranischer Prüderich…«

Statt etwas zu sagen, zog Rupert mich mit sich nach unten.

Danach verschwendeten wir keine Zeit mehr mit Worten. Ich saß auf ihm und nutzte meine Position, ihn splitternackt auszuziehen, bevor ich mir selbst den Rest meiner Kleider vom Leib riss. Obwohl wir beide wussten, dass Rupert viel stärker war als ich, überließ er mir die absolute Kontrolle, und ich nutzte sie schamlos aus, küsste und heizte ihn an, bis er in meinen Armen nur so zitterte.

Brenton hatte Rupert als Eisklotz diffamiert, als kalten und berechnenden Schuft, der kein Herz hatte und keine Gefühle. Ich wünschte mir beinahe, der alte Schwätzer könnte Rupert jetzt sehen, denn er war alles andere als kalt. Er stand unter Strom wie eine Hochspannungsleitung, die glasigen, blauen Augen weit aufgerissen und tief wie der Ozean, als ich ihn zu reiten begann. In vollkommener Hingabe legte er den Kopf in den Nacken und packte meine Hüften, wenn auch bei Weitem nicht so fest, wie er es gekonnt hätte, da beugte ich mich hinunter und küsste ihn, als würde ich nie wieder damit aufhören.

Seine Intensität war unwiderstehlich. Der Mann unter mir machte keine halben Sachen, jeder Kuss war so innig, als wäre es sein letzter, dabei hielt er mich fest, als wäre ich sein einziger Halt im Universum. Aber das Beste war seine Stimme: Wenn er mich nicht gerade küsste, flüsterte er mit den Lippen in meinem Haar oder an meinem Hals. Normalerweise sagte Rupert nie etwas, das er nicht bis ins Letzte durchdacht hatte. Jetzt murmelte er durch zusammengebissene Zähne vor sich hin, wie sehr er mich liebte, wie schön ich war, dass er geglaubt hatte, mich für immer verloren zu haben, und mich nie wieder fortlassen würde.

Zumindest glaubte ich, dass er das sagte, denn irgendwann wechselte er von Universal zu einer wunderschönen Sprache, von der ich kein Wort verstand. Eine unbeschreibliche Selbstbestätigung für mich: Einen Mann so um den Verstand zu vögeln, dass er in seine Muttersprache zurückverfiel, war mir noch nie gelungen.

Und während ich seine Ekstase genoss, drehte Rupert den Spieß plötzlich um und rollte sich auf mich. Wir waren inzwischen so ineinander verknotet, dass ich nicht mehr wusste, wo mein Körper aufhörte und seiner anfing, aber das spielte keine Rolle. Als Rupert sich zu bewegen begann, löste sich jede Illusion von Kontrolle restlos auf. Schon nach wenigen Sekunden war ich genauso selbstvergessen wie er. Ich wand mich in seinem Griff und hielt mich stöhnend an ihm fest, während alles aus mir herausbrach, was ich so lange zurückgehalten hatte, und uns mit sich riss wie eine Flut.

Als wir fertig waren, lagen wir in einem Knäuel keuchend und erschöpft in dem zerwühlten Bett. Die Stille des Hyperraums legte sich über uns wie ein Nebel, und diese grenzenlose Einsamkeit war auf eine Weise beruhigend, die ich mit Worten nicht beschreiben kann. Mit dem nackten Rupert an mich gepresst in der kleinen, warmen Kabine unseres Campers zu liegen ließ das Universum mit all seinen Gefahren in weite Ferne rücken. All meine Angst, Anspannung und innerer Aufruhr lösten sich in Rauch auf, zurück blieb nur ein Gefühl tiefster Zufriedenheit. Ich schwelgte immer noch darin, da sah ich aus dem Augenwinkel eine Bewegung.

Ich zuckte zusammen, entspannte mich aber sogleich wieder. Es waren nur die Phantome. Zu viert schwebten sie über der schmalen Tür zur Sanitärkabine wie leuchtende Kugelpilze. Genau wie die auf Anthonys Schiff hatten sie sich fein säuberlich aufgereiht und winkten mit ihren hauchzarten Fühlerchen, als wollten sie mich unbedingt auf sich aufmerksam machen.

Falls das ihre Absicht war, hatten sie tatsächlich Erfolg. Das eine Mal was seltsam genug gewesen, aber jetzt war es schon das zweite, und allmählich wurde mir die Sache unheimlich. Ich zermarterte mir das Gehirn, was das zu bedeuten haben mochte, da brach Rupert die Stille.

»Du siehst gerade ein Phantom, oder?«

Ich drehte den Kopf und sah, wie er mich anstarrte. Einem anderen Menschen von etwas zu erzählen, das ich lange Zeit für eine Halluzination gehalten hatte, war ein komisches Gefühl, aber Rupert hatte mich schon in meinen schlimmsten Zuständen erlebt, ohne die Flucht zu ergreifen. Also zuckte ich innerlich die Achseln und sagte ihm die Wahrheit. »Es sind vier.«

»Wo?«

Ich deutete auf die Phantome, und Rupert peilte an meinem Arm entlang, als schaue er durch ein Zielfernrohr, dann streckte er die Hand in die entsprechende Richtung und fuchtelte mit den Fingern. »Verschwindet«, sagte er streng. »Sie gehört mir.«

Das bewirkte natürlich gar nichts. Die Phantome winkten einfach weiter, als wäre nichts passiert, aber allein der Versuch zauberte mir ein Lächeln aufs Gesicht. »Mein Held«, sagte ich und küsste ihn auf die Wange.

Rupert schlang grinsend die Arme um mich und lehnte sich mit einem befriedigten Grunzen zurück.

Ich schloss die Augen und genoss die Geborgenheit in seinen Armen, die Stille in unserem kleinen Schiff und den Luxus, mich für weitere acht Stunden nicht mit den Problemen des Universums herumschlagen zu müssen. Ich überlegte gerade, ob ich einschlafen sollte oder nicht, da drehte Rupert sich herum und küsste meinen Hals, meine Brust, meinen Bauch …

Seine Zuneigungsbekundungen brachten mich zum Lachen, aber nicht lange, denn dann legte er sich plötzlich auf mich. »Wie bitte?«, fragte ich etwas erschrocken. »Schon wieder?«

Er küsste mich aufs Ohr und flüsterte: »Der Symbiont bringt noch ein paar andere Vorteile mit sich, und ich will dich schon so lange.«

Ab dann verschwendete ich keine Zeit mehr auf dumme Fragen.

Die nächsten paar Stunden gehörten zu den schönsten meines Lebens. Falls die Verletzung Rupert behinderte, merkte ich nichts davon. Am Ende war – sehr zu meinem

Verdruss – ich diejenige, die nicht mehr konnte. Im Gegensatz zu Rupert war ich allerdings nur ein Mensch, also war es nicht meine Schuld.

Als er von mir abließ, sank ich wund und erschöpft und rundum glücklich in die Matratze. Rupert streckte sich neben mir aus und strahlte übers ganze Gesicht.

»Zufrieden mit dir?«, fragte ich.

Er küsste mich so sanft und langsam und herzerweichend, dass ich einen Moment lang nicht einmal mehr denken konnte. »Glücklich mit *dir*«, sagte er schließlich.

Als ich meine Gedanken wieder einigermaßen beisammenhatte, beunruhigte mich die Antwort. »Bist du sicher? Die Detektive wollten dich umbringen. Macht es dich wirklich glücklich, mit mir auf der Flucht zu sein?«

»Voll und ganz«, antwortete er ohne Zögern, stützte sich auf einen Ellenbogen und schaute mich an, als wäre es das Wichtigste, was er jemals gesagt hatte. »Ich liebe dich und glaube an das, was du tust. Du hast mir während der letzten Monate mehr Erfüllung geschenkt, als ich in all den sechzig Jahren davor erfahren habe. Als ich glaubte, dich verloren zu haben, war es, als hätte ich alles verloren. Ich bereitete mich darauf vor, den Rest meines Lebens mit Buße zu verbringen, aber dann hast du mir vergeben.« Er sagte das, als könnte er es immer noch nicht glauben. »Du hast mir etwas Unverzeihliches verziehen und mich wieder in dein Herz gelassen, und jetzt fragst du, ob ich glücklich bin?«

Er strahlte wie ein kleiner Junge. »Darauf braucht es wohl keine Antwort, oder?«

Ich erwiderte das Strahlen und merkte beschämt, wie ich rot wurde. »Ich wollte nur sichergehen.«

»Du kannst *ganz* sicher sein«, sagte er und küsste mich

noch einmal. »Lieber auf der Flucht mit dir als immer noch bei den Detektiven und ohne dich.«

»Sogar wenn sie auf dich schießen?«

Sein Grinsen bekam einen teuflischen Zug. »Wenn es zum gleichen Ergebnis führt wie beim letzten Mal, sollen sie so oft wie möglich auf mich schießen.«

»Darüber macht man keine Witze«, brummte ich und schlug ihm auf die Brust. »Das meine ich ernst, Rupert.«

»Ich auch«, sagte er und strich mir eine Haarsträhne aus dem Gesicht. »Ich stehe das hier bis zum Ende mit dir durch, Devi. Ganz egal was passiert, ganz egal wer dich jagt, solange du mich an deiner Seite haben willst, bleibe ich auch dort.« Er beugte sich über mich und presste die Lippen auf meine Stirn. »Ich möchte ein Leben mit dir und gebe dich nicht mehr her, an niemanden.«

Während er sprach, schloss ich die Augen, aber nicht, um seine Beteuerungen zu genießen, sondern aus Scham. Ihn all das versprechen zu lassen war nicht richtig. Ich hatte meinen Gefühlen endlich nachgegeben, aber alles andere blieb unverändert: Ich würde immer noch sterben, und da ich wusste, dass Rupert seine Versprechen hielt, war ich sicher, dass er dabei sein würde, wenn es passierte. Das brachte mich mehr aus der Fassung als der Gedanke an meinen eigenen Tod, denn höchstwahrscheinlich würde es ihn genauso erwischen wie mich.

Ich wollte es ihm erklären, ihn warnen, aber ich wusste, es war zwecklos. Rupert war kein Trottel. Er wusste, dass dieses Abenteuer kein gutes Ende nehmen konnte. Er hatte den Preis für den Platz an meiner Seite ja schon bezahlt, und zwar mit seinem eigenen Blut, und trotzdem war er wild entschlossen zu bleiben. Selbst wenn ich ihn überzeugen könnte zu gehen – ich wollte ja gar nicht, dass er ging, und das beschämte mich mehr als alles andere. Schwach zu sein und sich seiner Liebe hinzugeben war das eine. Aber seinen Geliebten wie eine selbstsüchtige Zicke in Gefahr zu bringen, statt ihr allein gegenüberzutreten, war schlichtweg inakzeptabel.

Gerade als meine Bestürzung über mich selbst den Höhepunkt erreichte, streckte Rupert sich wieder aus und zog mich an sich. Trotz der vergangenen Stunden war die Intimität zwischen uns immer noch neu und aufregend, und ich beschloss, mein schlechtes Gewissen noch etwas warten zu lassen. Wir würden schon bald aus dem Hyperraum in die Realität zurückkehren, und ich war fest entschlossen, jede Sekunde zu genießen, die uns bis dahin blieb.

Ich streckte die Arme aus und kuschelte mich an ihn. Rupert hob fragend den Kopf, aber ich ging nicht darauf ein. Stattdessen hielt ich mich hartnäckig an ihm fest, presste das Gesicht gegen seine Brust und verbannte alle Gedanken aus meinem Kopf, bis ich nur noch die tiefe Erfüllung spürte, die es bedeutete, mit dem Menschen, den ich liebte, im Dunkeln zu liegen. In dieser glücklichen Stille gab ich mich endlich meiner Erschöpfung hin und schlief mit meinen Lippen über Ruperts Herz ein.

Der Hyperraum-Austrittsalarm weckte mich. Das allein war noch nichts Ungewöhnliches. Dass Rupert immer noch bei mir war, allerdings schon.

»Guten Morgen«, sagte er sanft und gab mir einen Kuss.

Ich erwiderte den Kuss erstaunt. Ohne jede Zurückhaltung Zärtlichkeiten auszutauschen fühlte sich eigenartig an. Wunderschön zwar, aber dennoch eigenartig und auch ein bisschen leichtsinnig, als würden wir das Schicksal herausfordern. Was vermutlich auch der Fall war.

»Wie lange noch?«, fragte ich.

»Zehn Minuten«, antwortete er, schlüpfte aus dem Bett und schlurfte zur Steuerkonsole, um den Alarm abzuschalten. Ich nahm mir ausgiebig Zeit, um seinen nackten Rücken zu bewundern, dann stand ich ebenfalls auf und zuckte zusammen, weil meine müden Muskeln sofort protestierten.

Die Phantome schwebten immer noch an der gleichen Stelle, nur mit dem Gewinke hatten sie aufgehört. Ich rollte mit den Augen, dann drehte ich ihnen den Rücken zu und machte mich auf die Suche nach frischer Kleidung.

Es wurde eine kurze Suche. Der Kampf, Ruperts Blut und der dreckige Schnee hatten allem, was ich am gestrigen Tag getragen hatte, den Rest gegeben. Ich seufzte und überlegte, ob ich dem mysteriösen Doktor in Unterwäsche gegenübertreten musste, da fiel mein Blick auf den Spiegel in der offen stehenden Sanitärkabine.

Ich sah blass und erschöpft aus, was keine Überraschung war. Womit ich nicht gerechnet hatte, war der Zustand meiner Frisur. Als ich einschlief, waren meine Haare so nass und zerzaust gewesen, dass ich nicht einmal einen Pferdeschwanz damit hätte binden können. Jetzt zierten zwei makellose Zöpfe meinen Kopf.

»Du hast mir die Haare geflochten«, rief ich über die Schulter. »Warum?«

»Weil sie sich so schön weich anfühlen«, antwortete Rupert, als wäre das die dümmste Frage, die er je gehört hatte.

Ich schaute noch einmal in den Spiegel und drehte den Kopf hin und her. Mein Leben lang hatte ich mit diesem flauschigen Haarschopf gekämpft und wusste genau, welche Mühe es ihn gekostet haben musste, ihn in eine solche

Form zu bringen – oder eben nicht, denn Ruperts Leistung übertraf alles, was ich bisher geschafft hatte, bei Weitem. Er hatte mein Haar genau in der Mitte geteilt und die Zöpfe so locker geflochten, dass sie sich nicht in den Neuronetzkontakten meines Helms verfangen würden, trotzdem fest genug, dass mir keine Strähnen in die Augen hingen. Wie er das geschafft hatte, ohne mich zu wecken, war mir ein Rätsel, andererseits hatte er reichlich Zeit gehabt, da er nicht einschlafen durfte.

»Dir muss todlangweilig gewesen sein«, sagte ich und fuhr mit der Hand über meine neue Frisur.

»Ganz im Gegenteil«, widersprach Rupert und kam zum Bett zurück. »Es war sehr unterhaltsam. Wusstest du, dass du im Schlaf redest?«

»Wirklich?« Ich runzelte die Stirn. »Das hat noch nie jemand zu mir gesagt.«

Rupert beugte sich lächelnd über das Bett und hob seinen Seesack auf. »Vielleicht fühlst du dich bei mir einfach wohler als bei den anderen.«

Bei jedem anderen hätte ich das als Spitze interpretiert, aber wenn Rupert so etwas sagte, dann meinte er es auch. »Möglich«, räumte ich ein. »Ich habe doch nichts Peinliches verraten, oder?«

»Nein. Du warst nur putzig.«

Nicht viele Männer bezeichneten die Dinge, die ich tat, als putzig, aber was mich betraf, war Ruperts Urteilsvermögen aufgrund unserer gemeinsamen Geschichte etwas getrübt, also beschloss ich, es einfach als Kompliment zu nehmen. Ich wollte ihn gerade fragen, ob noch etwas von dem Trockenfutter übrig war, da warf er mir ein gefaltetes Stück Stoff zu. »Hier.«

Ich fing es im Reflex auf und war umso überraschter,

als ich merkte, dass es sich um ein kurzärmeliges Oberteil handelte. Eine Tarnhose folgte, die gleiche Größe wie die, die ich von Anthonys leichtem Kreuzer mitgenommen hatte. Rupert streifte sich unterdessen ebenfalls eine neue Hose über, und ich schüttelte verwundert den Kopf. »Ich kann nicht fassen, dass du daran gedacht hast, all dieses Zeug mitzunehmen.«

»Symbionten haben einen hohen Kleiderverschleiß«, erwiderte er, während er sein langes Haar zu einem Pferdeschwanz band. »Mit der Zeit lernt man, genügend einzupacken.«

Der saubere Stoff auf meiner Haut fühlte sich wunderbar an. Ich hätte alles gegeben für eine Dusche, aber der Chemiespritze in der Kabine traute ich nicht über den Weg. Außerdem hätte ich dann die Zöpfe wieder aufmachen müssen, und ich merkte, dass es mir überraschend schwerfiel, Ruperts mit viel Mühe geschaffenes Kunstwerk zu zerstören.

Während ich meine Stiefel anzog, machte Rupert das Bett. Wie zu erwarten, faltete er sämtliche Decken und Handtücher, die ich aus den Schränken gerissen hatte, ordentlich zusammen und legte sie wieder zurück. Auch zwischen uns sorgte er für Ordnung, indem er mir den letzten Trockenriegel gab – ein Opfer, das mich weit mehr beeindruckt hätte, wenn ich nicht genau gewusst hätte, wie sehr er die Dinger hasste. Schließlich machte er sogar den winzigen Trinkwassertank des Schiffs ausfindig, von dessen Existenz ich noch gar nichts wusste. Vor zehn Stunden hätte ich das Wasser weit besser gebrauchen können, trotzdem war ich froh, etwas zu trinken zu haben.

Ich knabberte an meinem Riegel und trank das Wasser, das schmeckte, als befände es sich schon mindestens zehn

Jahre in dem Kunststofftank. Rupert bediente unterdessen die Flugkonsole, und ich konnte nicht fassen, wie schnell ich mich an die Paarroutine gewöhnt hatte. Ich hatte einen Anfall tief empfundener Reue erwartet, aber ich bereute nicht das Geringste. Ich hatte nicht mal Schuldgefühle, ganz im Gegenteil: Ich war stolz, neben Rupert zu sitzen, und bereit, es mit dem Universum aufzunehmen. Von mir aus hätte eine ganze Armee auf uns warten können. Ich wünschte es mir sogar beinahe, so begierig war ich, jeden in die Schranken zu verweisen, der glaubte, er könnte mir mein wunderbares neues Leben wegnehmen. Rupert schwächte mich? Scheiß drauf. Jeder, der versuchte, ihn als Faustpfand gegen mich einzusetzen, konnte sein blaues Wunder erleben. Ich wusste natürlich, dass die Realität etwas komplizierter war, aber das kümmerte mich nicht. Im Moment hatte ich das Gefühl, als könnte ich einen ganzen Trupp Devastoren nur mit meinen Zähnen zerreißen.

Rupert drehte den Kopf in meine Richtung und hob die dunklen Augenbrauen. »Du siehst glücklich aus.«

»Ich ordne nur meine Prioritäten neu«, erwiderte ich und ließ die Fingerknöchel knacken. »Wo sind wir überhaupt?«

»Ich weiß nicht, ob dieser Sektor einen Namen hat. Wir befinden uns nicht mehr auf dem Gebiet der Republik.«

Ich warf ihm einen skeptischen Blick zu. »Was ist das für ein Arzt, der so weit draußen lebt?«

»Du wirst es gleich sehen«, antwortete er, da erschallte der letzte Alarm.

Ich krallte mich an meinem Sitz fest und sah den Sprungblitz, begleitet von dem genauso typischen wie unangenehmen Gefühl, zurück in die Realität gespuckt zu werden. Nachdem der Sprungblitz verloschen war, sah ich mich neugierig um, konnte aber nichts erkennen, das mir irgendeinen Hinweis gegeben hätte, wo wir uns befanden. Eigentlich sah ich so gut wie gar nichts. Um uns herum war nur das leere All, keine Planeten oder Monde, ja nicht einmal eine Sonne. Nur unbekannte Sterne, die wie Sandkörnchen in der unendlichen Schwärze funkelten. Ich wollte Rupert gerade fragen, ob die Sprungtorbesatzung auf Kessel die Koordinaten verbockt hatte, da deutete er nach unten.

Ich gebe unumwunden zu, dass ich keine gute Pilotin bin. All die Dienstjahre auf Planeten oder in Schiffen hatten mich gelehrt, den Blick stets geradeaus zu halten. Wenn ich nach etwas suchte, schaute ich nur nach unten, wenn der Computer der Lady es ausdrücklich verlangte. Schließlich wühlten sich Xith'cal normalerweise nicht unter mir aus der Erde. Im Weltraum aber galten andere Regeln. Hier draußen war »unten« genauso wichtig wie jede andere Richtung, und was ich dort sah, ließ mich laut nach Luft schnappen.

Direkt unter uns befand sich eine riesige Raumstation. Ich glaubte zumindest, dass es eine war, denn etwas wie dieses Glitzerding, das wie ein Kunstwerk im Nichts schwebte, hatte ich noch nie gesehen. Von hier oben ähnelte sie einer Spiralgalaxie mit langen Armen um das vergleichsweise kleine Zentrum. Erst als Rupert näher heranflog, sah ich, dass die Arme nicht in der gleichen Ebene lagen, sondern sich in alle Richtungen von der Mitte weg erstreckten und eine Art Kugel bildeten. Es war die außergewöhnlichste und schönste Raumstation, die ich je gesehen hatte, doch das Seltsamste war, dass die röhrenförmigen Arme aus Glas bestanden.

Jenseits des Glases liefen jede Menge Menschen herum, manche mit den Füßen auf dem Boden, andere schienen auf dem Kopf zu stehen, wieder andere schwebten schwerelos dahin. Ich fragte mich gerade, ob es ein Problem mit der künstlichen Schwerkraft auf der Station gab, da fielen mir die lächerlich bunten, wallenden Gewänder auf.

»Beim König«, murmelte ich und beugte mich näher an die Scheibe. »Das ist diese Sektenstation, Novas Zuhause, oder?«

Rupert nickte. »Die Kirche des Kosmos. Sie haben mehrere Raumstationen, aber das ist ihr Hauptquartier.«

»Und dort hält sich dein Arzt versteckt?« Meine Stimme klang skeptischer, als ich beabsichtigt hatte, aber ich konnte mir einfach nicht vorstellen, wie jemand, der einmal Maats Betreuer gewesen war, sich an einen Ort zurückgezogen haben konnte, der Menschen wie Nova hervorbrachte. Andererseits war Nic ebenfalls in der Kirche des Kosmos geboren, und der hatte immerhin den Mumm gehabt, sich Brenton anzuschließen. Außerdem: Hatte der Vater der beiden nicht irgendeine Sekte gegründet und sowohl Caldswell als auch Brenton persönlich gekannt? Wenn das stimmte, war es gar nicht so abwegig, wenn …

»O nein«, stöhnte ich. »Du bringst mich zu Novas Vater, oder?«

Rupert nickte.

»Warum hast du mir das nicht gleich gesagt?«, rief ich. »Warum musstest du ständig von einem mysteriösen Arzt sprechen, wenn wir die ganze Zeit zu Dr. Starchild unterwegs waren? Ich wäre nicht weggelaufen. Ich mag Nova, wie du weißt.«

»Die Macht der Gewohnheit«, gestand Rupert. »Wir sprechen nie über ihn. Dass er früher einmal mit den

Detektiven zu tun hatte, ist ein streng gehütetes Geheimnis. Selbst ich weiß nur davon, weil ich schon so lange dabei bin. Die jüngeren Detektive haben keine Ahnung, dass das Oberhaupt der Kirche des Kosmos jemals zu unserer Organisation gehörte.«

Ich musterte die glitzernde Raumstation. »Was ist denn dabei? Dass die Detektive es nicht gern sehen, wenn Starchild über sie spricht, ist mir klar, aber warum sollten sie nicht über *ihn* reden?«

»Wegen dem, was er getan hat«, antwortete Rupert. »Dr. Starchild war von Anfang an dabei und weiß genug, um alles hochgehen zu lassen. Als er die Detektive dann verlassen wollte, weigerten sie sich, ihn gehen zu lassen. Da hat er alles, was er wusste, auf Satelliten hochgeladen, die im gesamten Universum versteckt sind, und gedroht, den Nachrichtennetzwerken die Geschichte von Maat, ihren Töchtern und den Phantomen zukommen zu lassen. Den Detektiven blieb nichts anderes übrig, als nachzugeben.«

Ich stieß einen anerkennenden Pfiff aus. Um eine Organisation wie diese zu erpressen, musste man schon verdammt mutig sein. Und skrupellos. Nachdem Starchild sie so abgezogen hatte, war sein Name bei den Detektiven also tabu, aber etwas anderes verstand ich dennoch nicht.

»Warum ist er überhaupt noch am Leben?«, fragte ich ungläubig. »Wir sind hier mitten im Nirgendwo, niemand würde etwas mitbekommen, wenn die Detektive ihn einfach umbringen.«

Rupert schmunzelte amüsiert. »Glaub mir, es gibt genügend Leute, die diese Station am liebsten in die Luft jagen würden, unser momentaner Kommandant mit eingeschlossen. Zu Starchilds Glück können sie es nicht, denn er ist der Einzige, der weiß, wie der Plasmex-Anteil von Maats Gefängnis funktioniert.«

Ein eisiger Schauder lief mir über den Rücken. »Wie das?«

»Er hat es gebaut.«

Entsetzt riss ich die Augen auf, doch bevor ich weiterfragen konnte, tönte ein geradezu himmlischer Glockenton aus den Schiffslautsprechern.

7

Bei den meisten Alarmen, die ich kannte, handelte es sich um Pieptöne, die Aufmerksamkeit erregen sollten; dieser hier klang wie ein Windspiel. Es war eine entspannte kleine Abfolge von Tönen, auf die eine verträumte Frauenstimme folgte.

»Willkommen, Reisender. Mit Freuden teilen wir das All in Harmonie mit dir. Wie lautet dein Name, und was ist deine Absicht?«

Die Stimme klang so sehr nach Nova, dass mir ganz warm ums Herz wurde, doch Rupert zerstörte das Gefühl sogleich wieder. »Mein Name ist Rupert Charkow. Ich bin mit Deviana Morris hier und möchte Dr. Starchild sprechen.«

»Das Wintergarten-Dock ist momentan frei«, erwiderte die Frau. »Abt Starchilds Abgesandte wird dort bald zu euch stoßen. Möget ihr eins mit dem Kosmos sein.«

»Danke«, erwiderte Rupert und unterbrach die Verbindung.

»Warum hast du ihr unsere echten Namen genannt?«, fuhr ich ihn an, sobald er das Com abgeschaltet hatte. »Wir sind auf der Flucht, schon vergessen?«

»Es ist besser so, glaub mir«, beschwichtigte Rupert und musterte die Karte, die soeben auf der Navigationskonsole erschienen war. Am Ende eines besonders langen Spiralarms blinkte ein kleiner Punkt, bei dem es sich wohl um das Wintergarten-Dock handelte. »Wir haben nicht viel Zeit, und Dr. Starchild ist ein erleuchteter Heiliger mit Abertausenden von Anhängern, die um seine Aufmerksamkeit buhlen. Es war die einzige Möglichkeit, in absehbarer Zeit einen Termin bei ihm zu bekommen.«

»Ich dachte, er möchte nichts mehr mit den Detektiven zu tun haben?«, fragte ich verwirrt. »Warum sollte er ausgerechnet für dich eine Ausnahme machen?«

»Nicht für mich«, widersprach Rupert mit einem vielsagenden Blick.

»Du meinst, für mich? Warum? Wegen meines Virus?«

»Nein. Wenn Dr. Starchild etwas von deinem Virus wüsste, hätte er tatsächlich übersinnliche Fähigkeiten«, entgegnete Rupert lächelnd. »Aber Nova betet dich an, und wenn Starchild eine Schwäche hat, dann sind es seine Kinder. Darauf baue ich.«

Die Möglichkeit, dass Nova jemandem von mir erzählt haben könnte, hatte ich gar nicht in Betracht gezogen. Jetzt, da ich darüber nachdachte, erinnerte ich mich allerdings, dass sie ihrem Bruder Nic von mir geschrieben hatte, warum dann nicht auch ihrem Vater? Doch selbst wenn dem so sein sollte, hatte ich Zweifel, dass der Abt der Kirche des Kosmos sich Zeit für jemanden nehmen würde, den seine Tochter in einem Brief erwähnt hatte. Mein Virus schien mir eher geeignet, seine Aufmerksamkeit zu erregen. Allerdings war ich nicht sicher, wie er auf mein Gesuch reagieren würde, wenn er wüsste, dass ich eine Plasmex-Krankheit in mir trug, die seine gesamte Raumstation entvölkern könnte.

Wenigstens musste ich mir hier keine Sorgen machen, versehentlich jemanden damit zu infizieren. Nach all den

Wochen hatte ich ausreichend Beweise dafür, dass mein Virus nur infektiös war, wenn meine Haut schwarz wurde. Solange ich nicht die Beherrschung verlor, was an diesem Ort kein Problem sein sollte, müsste eigentlich alles gut gehen. In einer Raumstation voller Menschen, die genauso sprachen wie Nova, schien es mir sogar vollkommen unmöglich, wütend zu werden.

Das Dock am Ende des langen Spiralarms sah genauso eigenartig aus wie der Rest der Station. Ich konnte weder eine Luke noch eine Schleuse erkennen. Es handelte sich um ein simples Loch in der Außenhülle, das mit einem Energieschild versehen war, der die Atmosphäre drinnen und die Strahlung draußen hielt. Nicht einmal einen Geschützturm schien es zu geben, was einfach lächerlich war. Wie diese Leute hier draußen ohne Verteidigungsvorrichtungen überlebten, war mir ein Rätsel, andererseits waren auch keine Einschusslöcher oder Brandspuren auf dem Glas zu sehen, also schien die Kirche des Kosmos keine Probleme mit Piratenüberfällen zu haben. Ob die Sekte so arm war, dass ein Überfall schlichtweg nicht lohnte?

Nachdem Rupert unseren Camper gelandet hatte, setzte die künstliche Gravitation der Station ein, und ich fühlte mich, als hätte ich mit einem Schlag fünfundzwanzig Kilo verloren. Das war keine allzu große Überraschung, denn Nova hatte mir bereits davon erzählt, trotzdem wusste ich nicht recht, was mich erwartete, als wir mit unserem Gepäck von Bord gingen. Bestimmt war hier alles furchtbar kitschig, doch nachdem wir das durchsichtige Landedock durch die gläserne Schiebetür verlassen hatten, sah ich um mich herum nur Schönheit.

Wir betraten eine Röhre mit etwa sechs Metern Durchmesser, zu beiden Seiten von blühenden Bäumen gesäumt.

Die Spezies hatte ich noch nie zuvor gesehen. Die Bäume waren ein bisschen dürr, hatten dunkle Rinde und blaugrüne Blätter, und die Kübel, in denen sie wuchsen, waren nicht mit Erde gefüllt, sondern mit durchschimmernden Hydrokultur-Kügelchen. Die Kübel wiederum waren gyroskopisch gelagert, was mir nur logisch erschien, wenn sie hier tatsächlich ständig mit der Schwerkraft spielten, wie Nova berichtet hatte.

Und sie dufteten. Die meisten Raumstationen rochen nach Desinfektionsmittel, was nur halb so schlimm war, wenn man sich vorstellte, wie ein Ort, an dem so viele Menschen auf so engem Raum lebten, sonst riechen würde. Die Kirche des Kosmos aber duftete nach Laub und Blumen. Sie *leuchtete* sogar. Im ersten Moment glaubte ich, es wäre eine Biolumineszenz der Bäume, doch dann sah ich die winzigen Lämpchen in der Rinde, die, anscheinend von den Bäumen selbst mit Energie gespeist, ein sanftes, bläuliches Licht abgaben. Dieses Licht, der süßliche Blumenduft und die majestätischen Sterne ringsum vermittelten mir ein Gefühl, als betrete ich ein Paradies. Ich war so abgelenkt von der betörenden Schönheit, dass ich die Frau erst bemerkte, als sie uns ansprach.

»Seid gegrüßt, Besucher.«

Ich riss meinen Blick von den Leuchtbäumen los und sah eine Frau in einem unfassbar strahlend gelben Kleid in unsere Richtung schreiten. Im krassen Gegensatz zur blassen Nova hatte sie dunkle Haut und dickes, schwarzes Kraushaar, dafür genau den gleichen heiter-gelassenen Gesichtsausdruck.

»Ich bin Solara«, sagte sie mit einer Stimme, so sanft wie das Leuchten der Bäume ringsum. »Spirituelle Führerin und Priesterin des Eins. Es ist mir eine große Freude,

Freunde von Novascape willkommen zu heißen. Ihr wünscht die Gesellschaft von Abt Nebulon Starchild?«

Ich musste mir auf die Zunge beißen, um nicht laut loszuprusten. Novas Vater hieß tatsächlich Nebulon? Das war wahrscheinlich immer noch besser als Galaxior, trotzdem. *Nebulon* Starchild …

Ich kicherte in mich hinein wie eine Verrückte, doch glücklicherweise rettete Rupert die Situation und übernahm das Gespräch, bevor ich noch gänzlich die Fassung verlor.

»Ja, Priesterin«, warf er mit seidiger Stimme ein. »Wir würden ihn gerne sehen, wenn möglich. Wissen Sie, ob er heute irgendwann Zeit hat?«

»Wir geben uns hier nicht der Illusion hin, der unendliche Zeitstrom ließe sich unterteilen«, antwortete Solara. »Doch ich begleite euch gerne zu seinem Refugium. Sollten die Ereignisse sich so aneinanderfügen, dass er nicht anderweitig beschäftigt ist, wird er bestimmt gerne das Eins mit euch teilen.«

Mit einem Mal war ich nicht mehr so sicher, ob meine Selbstbeherrschung an diesem Ort nicht doch gefährdet war.

»Lassen Sie mich noch einmal zusammenfassen«, begann ich. »Sie haben keine Uhren, weshalb Sie uns keinen Termin geben können, trotzdem bringen Sie uns zu Ihrem Abt, der dann mit uns sprechen wird, falls er gerade nichts anderes zu tun hat?«

»Das trifft es in etwa«, erwiderte Solara vollkommen unberührt von der Schärfe in meiner Stimme.

Ich schaute sie mit offen stehendem Mund an. »Wie in aller Welt halten Sie eine Raumstation ohne Uhren am Laufen?«

Rupert stieß mir den Ellbogen in die Rippen, aber die Frau lächelte nur noch breiter. »Dies ist ein Ort der Heilung und der Freiheit, Deviana.«

Verzückt blickte sie zu den Sternen hinauf. »Hier lernen wir, uns der Unendlichkeit hinzugeben. Nur Hingabe kann uns von der Illusion befreien, wir hätten die Dinge unter Kontrolle, und nur so finden wir wahren Frieden.«

Als sie den Kopf wieder senkte, schaute ich sie blinzelnd an, aber anstatt mir zu erklären, was zum Teufel das nun wieder bedeuten sollte, zwinkerte sie nur. »Letztendlich klappt es immer. Wir sind immer genau dort, wo wir sein müssen. Wenn ihr nun die Freundlichkeit hättet, mir zu folgen, bringe ich euch zum Abt. Normalerweise überlassen wir es den Pilgern, ihren Weg selbst zu finden, aber für Fremde kann die Station ein wenig unübersichtlich sein.«

»Außerdem sind wir keine Pilger«, murrte ich.

»Wir alle sind Pilger auf dem Pfad des Lebens«, erwiderte Solara verträumt und ging los. »Hier entlang.«

Ich warf Rupert einen gequälten Blick zu und hob meinen Koffer auf die Schulter. Da die Schwerkraft hier so niedrig war, konnte ich ihn mit Leichtigkeit tragen, und das war gut so, denn die Röhre, in der wir uns befanden, schien mehrere Kilometer lang zu sein. Wir kamen noch an weiteren Gärten mit Leuchtbäumen vorbei und an Räumen, die aussahen wie Klassenzimmer. Die Leute darin trugen einfarbige, gerade geschnittene Kittel und hörten Männern oder Frauen zu, die genauso gekleidet waren wie unsere Führerin, oder sie saßen einfach da und starrten hinaus ins All.

Doch ich sah auch Plasmex-Manipulatoren. Bis zu dem Tag, als Nova vor meinen Augen ihre Karten durch die

Luft tanzen ließ, hatte ich dergleichen für Humbug gehalten, aber hier waren erstaunlich viele zu solchen Tricks in der Lage. In einem der Klassenzimmer waren Kinder gerade mit einem Spiel beschäftigt, bei dem es offensichtlich darum ging, die Gedanken ihres Gegenübers zu lesen!

In dieser Umgebung kam es mir gar nicht mehr so ungewöhnlich vor, dass ich Phantome sehen konnte. Sobald ich mich an das bläuliche Licht der Bäume gewöhnt hatte, entdeckte ich sie überall. Die meisten waren sehr klein, aber es waren auch etwa handtellergroße dabei, wie Fische in einem Riff schwebten sie durch die gesamte Station. Sie schienen mich ebenfalls zu bemerken, aber glücklicherweise verkniffen sie sich ihre albernen Formationen. Manche versuchten zwar, mir zu folgen, doch ich ignorierte sie einfach und beschleunigte meinen Schritt, während wir uns immer mehr dem Zentrum der Station näherten.

Je länger wir unterwegs waren, desto besser verstand ich die eigenartige Konstruktion: Die langen Spiralarme ermöglichten von jedem Punkt der Station aus einen freien Blick auf die Sterne, den man bei der sonst gebräuchlichen Kugel-, Ring- oder Kreuzform nicht hatte. Die gläsernen Außenwände vermittelten außerdem den Eindruck, man befände sich nicht auf einer Raumstation, sondern mitten im All, was dem Leitbild der Kirche des Kosmos wahrscheinlich bestens entsprach. Außerdem herrschte in jeder der Röhren eine unterschiedlich starke Gravitation, wie sich sogleich herausstellte, als wir den riesigen Zentralknoten erreichten.

Kaum war ich über die Schwelle getreten, da verlor ich den Bodenkontakt, als hätte jemand mir den Teppich unter den Füßen weggezogen. Hätte Rupert mich nicht am Arm festgehalten, ich wäre davongeschwebt wie eine

Seifenblase. Hier herrschte also Schwerelosigkeit. Sämtliche Spiralarme zweigten von dem Knoten ab, zusätzlich schien die große Glaskugel mit dem schwebenden Podium in der Mitte als eine Art Amphitheater zu dienen. Der perfekte Ort für einen Sektenführer, um seinen Anhängern zu predigen. Offensichtlich waren wir im Allerheiligsten der Kirche des Kosmos angelangt.

Leider habe ich nicht viel Erfahrung damit, mich ohne meine Rüstung in Schwerelosigkeit zu bewegen. Während ich noch damit beschäftigt war, wenigstens ein Bein wieder auf den Boden zu bekommen, stieß unsere Führerin sich einfach ab und schwebte elegant wie eine Meerjungfrau auf eine unscheinbare, in die gewölbte Decke eingelassene Luke zu.

»Wehre dich nicht gegen die Luft«, rief sie zu mir herunter, als sie meine verzweifelten Bemühungen sah. »Nutze einfach deine Umgebung.«

Das konnte dem Miststück so passen, mir auch noch Flugstunden zu erteilen. Mit zusammengebissenen Zähnen wartete ich, bis ich den richtigen Winkel für meine Beine gefunden hatte, dann stieß ich mich ebenfalls ab und flog mehr oder weniger in Richtung der Luke los.

Rupert folgte mir mit seiner üblichen, mühelosen Eleganz. Normalerweise bewunderte ich ihn ja für seine Körperbeherrschung, aber unter den gegebenen Umständen ging sie mir lediglich auf die Nerven.

Solara warf ihm einen anerkennenden Blick zu, dann öffnete sie die Luke und fiel – nach *oben* – in die dahinterliegende Röhre, wo sie sanft auf der mit einem Teppich ausgelegten Decke landete.

Bei dem Anblick wich mein Frust über meine beschämend schlechten Flugkünste einem entsetzlichen Schwindelgefühl. »Ich glaube, mir wird schlecht«, flüsterte ich und hielt mich an Ruperts Hand fest.

»Mach einfach die Augen zu«, sagte er, hauchte mir einen Kuss auf den Scheitel und half mir durch die Luke.

Ich gehorchte und presste die Lider zusammen, so fest ich konnte. Erst nachdem wir die Decke erreicht hatten, machte ich sie wieder auf und beschloss, dass diese Richtung für mich von nun an unten war und es auch bleiben würde, egal was. Als ich mich daraufhin umblickte, war das Erste, das mir auffiel, der sanfte Ausdruck auf dem Gesicht unserer Führerin.

»Keine Sorge«, sagte sie mitfühlend, »wir alle müssen erst lernen, unsere Erwartungen loszulassen.«

Ich warf ihr einen mordlüsternen Blick zu. Ich *wollte* gar nicht loslassen. Dinge wie Uhren, oben und unten, die sie als Einschränkung empfand, empfand ich als *nützlich*. Außerdem hatte ich dieses Harmoniegetue mittlerweile gründlich satt. Aber bevor ich mich zu sehr aufregen konnte, erinnerte mich Rupert mit einem festen Druck seiner Hand daran, einen kühlen Kopf zu bewahren, also atmete ich einmal tief durch, denn von meinem Virus einmal abgesehen: Was hatte ich schon davon, jemanden anzubrüllen, der sich ohnehin nicht mit mir streiten würde?

»Dies ist der Eingangsbereich zum privaten Refugium des Abts«, erklärte die Frau mit ausgebreiteten Armen. »Falls ihr einen Austausch mit ihm wünscht, dürft ihr hier warten.«

Der Raum sah anders aus als der Rest der Station. Er war keine Röhre, sondern eher ein Knubbel, der von einer ganz entschieden undurchsichtigen Trennwand in zwei unterschiedlich große Bereiche unterteilt wurde. Wir befanden uns in dem kleineren, der voller leuchtender

Bäume und Sitzkissen war. Jenseits des Kuppeldachs wölbte sich der übliche Sternenhimmel, was die dunkle Trennwand zu Starchilds Refugium nur noch geheimnisvoller aussehen ließ, beinahe wie ein Schwarzes Loch. Die Schwerkraft hier war noch schwächer als in der Röhre, durch die wir die Station betreten hatten, weshalb ich meinen Koffer beinahe in hohem Bogen von mir geschleudert hätte, als ich ihn von der Schulter nahm.

»Wann können wir ihn sehen?«, fragte ich knapp.

Die Frau runzelte die Stirn. »Wie ich bereits sagte, wir lassen den Fluss der Dinge hier nicht durch …«

»Wir warten einfach«, unterbrach ich, bevor ich mir die ganze Litanei noch einmal von vorne anhören musste.

Unsere Führerin warf mir einen Blick zu, der in der Kirche des Kosmos wahrscheinlich als aggressiv galt, doch bevor sie etwas erwidern konnte, ergriff Rupert ihre Hand. »Vielen, vielen Dank, Solara«, sagte er mit einem warmen Lächeln. »Wir wissen Ihren Rat zu schätzen.«

Von einem Moment auf den anderen vergaß Solara, dass ich überhaupt existierte. »Sie müssen sich nicht bedanken«, säuselte sie und umklammerte Ruperts Finger mit beiden Händen. »Es ist mir eine Ehre, neue Seelen in die Harmonie einzuführen. Falls unsere Pfade sich noch einmal kreuzen, bist du herzlich eingeladen, einen meiner Kurse über das Einswerden zu besuchen. Du scheinst über einen sehr spielerischen Geist zu verfügen, und ich glaube, du würdest dich dort sehr wohlfühlen.«

»Danke für das Angebot«, erwiderte Rupert mit verheißungsvoller Stimme, während ich mich beherrschen musste, nicht laut aufzustöhnen. »Ich hoffe, wir sehen uns bald wieder.«

Solara bedachte ihn mit einem strahlenden Lächeln,

dann sprang sie hinauf zu der Luke, durch die wir gekommen waren, hielt sich kurz am Rahmen fest und schwang sich dann mit so angeberischer Eleganz zurück in die Röhre, dass ich mir einen bissigen Kommentar verkneifen musste.

»Spielerischer Geist«, schnaubte ich, als sie fort war. »Ich glaube, in Wahrheit will sie mit was ganz anderem spielen.«

»Mit Zuckerbrot erreicht man mehr als mit der Peitsche«, erklärte Rupert und legte mir einen Arm um die Schulter. »Solltest du bei Gelegenheit auch mal versuchen.«

»Nein, danke«, knurrte ich. »Die Zuckerbrot-Methode liegt mir nicht, außerdem habe ich Besseres zu tun, als einen Kurs bei dieser durchgeknallten Tante zu besuchen.« Ich hob den Kopf und bewunderte die riesige Raumstation jenseits der Kuppeldecke. »Auch wenn ich zugeben muss, dass ich überrascht bin. Wo hat ein Haufen, der sich nicht um Termine schert, das Geld her, so etwas zu bauen?«

Rupert zuckte die Achseln. »Dr. Starchild hält viele Patente.«

Das klang logisch. Patente bedeuteten Geld von den Konzernen, und zwar eine ganze Menge davon. Ich wollte gerade fragen, was für Patente das waren, da hörten wir, wie eine Tür aufging.

Was dann passierte, war mir äußerst unangenehm. Ich hatte einen weiteren Gesandten erwartet oder den Abt persönlich, stattdessen trat Copernicus Starchild herein. Sein blasses Gesicht hellte sich sofort auf, als er mich sah.

»Deviana!«, rief er und stürzte auf mich zu. »Welche Freude, Sie unversehrt zu sehen!«

Ich ließ ihn stumm meine Hand schütteln und wusste nicht, was ich sagen sollte. Was war die angemessene

Reaktion, wenn man jemanden traf, den man bei der letzten Begegnung übers Ohr gehauen und betäubt in einem Raumgleiter zurückgelassen hatte? Falls Nic deshalb irgendeinen Groll hegte, ließ er sich jedenfalls nichts anmerken. Er sah genauso erfreut aus, wie er zu sein behauptete. Sein Lächeln war offen und ehrlich; nur Rupert ignorierte er geflissentlich.

»Freut mich ebenfalls, Sie zu sehen«, erwiderte ich. Irgendwie stimmte das ja auch. »Ich bin froh, dass Sie es wohlbehalten zurück nach Hause geschafft haben.«

»In Anbetracht der Umstände schien es mir das Beste«, erwiderte Nic und führte mich zum Eingang von Starchilds Refugium. »Montblanc wurde abgeriegelt, und als wir hörten, Sie seien auf dem Schiff des Sensenmanns umgekommen, nun …« Er verstummte kurz. »Der Tod ist zwar nur eine Illusion, aber ich persönlich bin sehr froh, Sie noch unter uns zu sehen.«

»Ich auch.« Ich musterte die Trennwand. »Weiß Ihr Vater Bescheid über …?«

»Ähm, ja«, antwortete Nic kleinlaut. »Ich habe ihm alles erzählt. Sie müssen verstehen, wir dachten, Sie wären tot.«

»Kein Problem. Das macht die Dinge sogar einfacher. Können wir mit ihm sprechen?«

Eigentlich hatte ich Nic mit meiner Erwiderung beruhigen wollen, doch wenn sie überhaupt etwas bewirkte, dann, dass ihm nur noch unbehaglicher zumute wurde.

»Er wird Sie empfangen«, erklärte er mit einem kurzen Blick in Ruperts Richtung. »Aber nicht den Detektiv.«

Ein kurzes Zucken ging durch Ruperts Körper, aber seine Miene blieb gelassen. »Geh nur«, sagte er. »Das ist dein Termin, nicht meiner. Ich warte so lange.«

Der Gedanke, ihn hier zurückzulassen, gefiel mir nicht,

und noch viel weniger die Vorstellung, dem Plasmex-Arzt, der Maats Gefängnis gebaut hatte, allein gegenüberzutreten, aber es half nichts. »Ich komme so bald wie möglich wieder«, sagte ich leise, dann stellte ich mich nach kurzem Zögern auf die Zehenspitzen und gab ihm einen Kuss.

Rupert hielt mich fest und erwiderte den Kuss so heftig, dass ich beinahe meinen Koffer fallen gelassen hätte. Als er wieder von mir abließ, schaute Nic überall hin, nur nicht in unsere Richtung. »Äh, hier entlang«, murmelte er.

Ich schenkte Rupert ein letztes Lächeln, dann ging ich auf die glänzend schwarze Schiebetür zu. Ruperts Augen folgten mir, bis die Tür den Blickkontakt unterbrach und mich in den bizarrsten Raum sperrte, den ich je betreten hatte.

Außer der Wand in meinem Rücken und dem Boden unter mir bestand das Zimmer nur aus Glas. Es gab keine Beleuchtung, keine Möbel, nur leeren Raum. Die Röhre, die wir hinaufgefallen waren, musste weit länger sein, als ich geglaubt hatte, denn wir befanden uns so hoch über dem Rest der Station, dass ich in allen Richtungen nur Sterne sah. Obwohl ich natürlich wusste, dass ich mich unter einer Glaskuppel befand, konnte ich den Anblick der schwarzen Unendlichkeit ringsum kaum ertragen. Ohne meine schützende Rüstung kam ich mir vor wie ein winziges, unbedeutendes Staubkörnchen. Der einzige Grund, warum ich mich nicht mit dem Rücken flach gegen die schwarze Trennwand presste, war, dass ich Gesellschaft hatte.

In der Mitte des Raums saß ein Mann auf einem Kissen. Obwohl es keine Beleuchtung gab, schimmerte seine Silhouette, denn es krabbelten unzählige Phantome auf ihm herum. Ich versuchte gerade, sein Gesicht zu erkennen, da betätigte der Mann einen Schalter. Das blaue Leuchten der Phantome verschwand, ersetzt von einem sanften, gelben Licht. Vor dem Mann entdeckte ich ein niedriges Tischchen mit einer Lampe und einem Schachbrett darauf, das Kissen, auf dem er saß, war das gleiche wie die, die Nova zur Meditation benutzte. All das registrierte ich allerdings nur am Rande, denn der Kerl selbst beanspruchte meine volle Aufmerksamkeit.

Mein erster Gedanke war, dass dies unmöglich Dr. Starchild sein konnte. Maat darbte nun schon fast sechzig Jahre in ihrem Gefängnis, was bedeutete, dass dessen Erbauer mindestens achtzig sein musste, doch der Mann vor mir wirkte nicht älter als Rupert ... Da dämmerte es mir: Natürlich sah er jung aus, denn wenn er direkten Kontakt mit Maat gehabt hatte, musste er ein Symbiont sein. Selbst wenn er hundert oder sogar noch älter war, würde man es ihm nicht anmerken.

Und er sah Nova erstaunlich ähnlich. Das gleiche helle Haar und bleiche Gesicht, als wäre er noch nie an der Sonne gewesen, was durchaus möglich war, wenn man bedachte, wo er lebte. Er hatte sogar ihr warmes, freundliches Lächeln. Ich erwiderte es aus reiner Gewohnheit, da bedeutete er mir, auf dem Kissen ihm gegenüber Platz zu nehmen.

»Guten Tag, Deviana«, begrüßte er mich mit ruhiger, verträumter Stimme. »Es ist mir jedes Mal ein Vergnügen, Raum mit den Weggefährten meiner Lieblinge Novascape und Copernicus zu teilen. Ich wollte gerade eine Partie beginnen. Spielen Sie Schach?«

Mein Lächeln verschwand. Warum stellten mir alle Exdetektive die gleiche Frage? »Nein«, antwortete ich. »Ich kenne nicht mal die Regeln.«

»Möchten Sie es vielleicht lernen? Es ist eine sehr unterhaltsame Geistesübung. Viele Züge führen zum Sieg, aber den besten zu finden ist immer wieder aufs Neue ein faszinierendes Rätsel.«

»Ich mag keine Rätsel. Mir geht …«

»Nein?«, unterbrach mich Starchild ein wenig enttäuscht. »Wie schade, denn wie mir scheint, sind Sie selbst im Moment Teil eines sehr komplexen Rätsels.«

Ich holte tief Luft. »Bei allem gebührenden Respekt, Dr. Starchild, ich bin nicht hier, um Spielchen zu spielen. Nic hat Ihnen ja bereits erzählt, dass ich ein Plasmex-Virus habe, das mich und jedes andere Lebewesen töten wird, wenn ich es nicht unter Kontrolle bekomme. Rupert sagte, Sie könnten mir vielleicht helfen, aber die Detektive machen Jagd auf uns, und wir haben nur sehr wenig Zeit. Wenn wir also gleich zum Punkt kommen könnten, wäre ich Ihnen sehr verbunden.«

Starchild hob die hauchfeinen Augenbrauen, dann stellte er – sehr zu meiner Überraschung – das Brett beiseite, faltete die Hände auf dem nun leeren Tisch und betrachtete mich. »Nun gut, Deviana. Nichts liegt mir ferner, als Ihre Harmonie zu stören. Sagen Sie mir, was Sie von mir wollen.«

Ich wusste selbst nicht genau, was ich darauf erwidern sollte. Um Zeit zu gewinnen, stellte ich erst mal meinen Koffer ab und kniete mich auf das Kissen, das Starchild mir anbot.

Im Gegensatz zu denen in unserem Camper huschten die Phantome auf Dr. Starchild sofort davon, als ich mich näherte. Im ersten Moment war ich erleichtert, dass sie sich endlich wieder normal verhielten, doch dann erschrak ich zutiefst: War ich mittlerweile so verrückt, dass ich unsichtbaren Alien-Leuchtkäfern schon Kategorien wie normales und abnormales Verhalten zuwies?

Ich räusperte mich kopfschüttelnd und kam direkt zur Sache. »Was ich von Ihnen will, hängt davon ab, was Sie für mich tun können. Vielleicht fangen wir einfach mit meinem tödlichen Virus an.«

Er nickte. »Sie möchten also, dass ich Ihr Leben rette.«

»Ja«, antwortete ich und fügte dann seufzend hinzu: »Nein, ich meine, ganz so einfach ist es leider nicht. Hat Nic Ihnen erklärt, was das Virus bewirkt?«

Starchilds Blick ging in die Ferne. »So gut er es vermochte, doch sollte ich Sie darauf hinweisen, dass es sich nicht um ein Virus im eigentlichen Sinn handelt. Das, was die Xith'cal erschaffen haben, infiziert nicht, es zersetzt. Es breitet sich wie eine Kettenreaktion im Plasmex aus und wird im Zuge seiner Ausbreitung immer stärker. Je größer der Plasmex-Anteil des befallenen Geschöpfs ist, desto besser kann sich die Zersetzung ausbreiten. Ihr Körper hat nur sehr wenig Plasmex, weshalb die Ausbreitung bisher nicht die kritische Masse erreicht hat, was gleichzeitig der einzige Grund sein dürfte, warum Sie überhaupt noch leben.«

Ich nickte eifrig. Seine Worte klangen logisch, außerdem war ich zutiefst erleichtert, ihn wie einen normalen Menschen reden zu hören. »Das Virus hat mich noch nicht umgebracht, aber ich kann es einsetzen, um Phantome zu töten. Im Grunde genommen möchte ich, dass Sie mich von dem Virus befreien, es aber nicht zerstören, damit die Detektive es als Waffe verwenden und die Töchter freilassen können.«

Starchilds Blick wurde abweisend. »Sie wollen, dass ich aus Ihrem Virus eine Waffe herstelle, die das momentane

Töchtersystem überflüssig macht und außerdem die Phantome auslöscht?«

»Nicht auslöschen«, widersprach ich. »Sie sind keine bösartigen Ungeheuer, sondern eher wie Tiere.« Ich hielt kurz inne und überlegte, wie ich es am besten erklären sollte. »Ich möchte nicht die Wölfe ausrotten, sondern den Hirten eine Möglichkeit geben, ihre Schafe zu beschützen.«

Noch während ich sprach, kehrte das Lächeln auf Starchilds Gesicht zurück. »Sie das sagen zu hören festigt meine innere Ruhe«, erklärte er. »Als Sie mit Charkow hier ankamen, fürchtete ich, er hätte Sie falsch informiert. Die Detektive wissen durchaus, dass die Phantome nicht bösartig sind.« Sein Lächeln wurde verbittert. »Sie zu Dämonen zu erklären macht ihnen das Leben einfacher, denn Ungeheuer geben bessere Schurken ab als verirrte und verängstigte Tiere.«

»Rupert ist nicht so«, widersprach ich. »Zumindest nicht mehr. Er begleitet mich, weil er mir helfen möchte, eine andere Lösung zu finden. Deshalb hat er mich hergebracht.« Ich breitete die Hände aus. »Ich unterziehe mich freiwillig allen Tests, die Sie an mir durchführen wollen. Ich möchte nur, dass das Virus nicht auf die falsche Art eingesetzt wird.«

»Doch Sie fürchten, die Detektive würden genau das tun?«, hakte Starchild nach. Seine Stimme klang kein bisschen verträumt mehr, sondern scharf, als stelle er mich auf die Probe. »Die Detektive sind für diese Aufgabe weit besser ausgestattet als ich, vor allem was die Entwicklung von Waffen angeht. Ich bin nur ein bescheidener Einsiedler.«

Bei der letzten Bemerkung hätte ich um ein Haar die Augen verdreht. »Ich traue den Detektiven nicht. Sie unterziehen unschuldige Mädchen einer Gehirnwäsche und machen sie zu Kindersoldaten. Sie entführen sie und benutzen sie ohne Rücksicht auf Verluste, denn, hey, welches Mittel wäre nicht gerechtfertigt, um das Universum zu retten?«

Starchild kicherte. »Und Sie sind anderer Meinung?«

»Absolut«, sagte ich mit fester Stimme. »Offen gestanden weiß ich nicht, ob ich *Ihnen* vertrauen kann, aber es ist nicht so, als ob ich eine Wahl hätte. Ich muss etwas unternehmen. Ich trage die Möglichkeit in mir, eine Ära unsäglichen Leides zu beenden. Was wäre ich für ein Mensch, wenn ich nicht alles tun würde, um sie zu nutzen? Wenn Sie mir also helfen können, und sei die Wahrscheinlichkeit auch noch so klein, wäre ich Ihnen sehr dankbar.«

Dr. Starchild seufzte lange und tief, dann betrachtete er seine gefalteten Hände. »Ihr Vertrauen in meine Fähigkeiten ehrt mich, Deviana«, sagte er nach einer Weile, »doch leider kann ich nicht tun, worum Sie mich bitten.«

Er hob den Kopf und bedachte mich mit einem zutiefst mitfühlenden Blick. »Sie sterben. Ich sehe es in Ihrer Aura. Es gibt keinen Zweifel. Der Befall hat Ihr Plasmex irreversibel verändert, ich kann es nicht wieder rückgängig machen.«

Starchild sprach sehr sanft, doch jedes Wort traf mich wie ein Schlag in die Magengrube. Ich hatte geglaubt, ich wäre darauf vorbereitet, hätte meinen Tod längst akzeptiert, aber die Worte aus dem Mund eines anderen zu hören weckte nicht nur meinen Überlebensinstinkt, sondern auch meinen Zorn.

»In meiner Aura?«, bellte ich. »Ich kann Phantome sehen, aber keine Aura. Woher wollen Sie wissen, dass ich sterbe? Vielleicht sehen Sie nur, was Sie sehen wollen.«

Die letzten Worte schrie ich beinahe, doch Dr. Starchild blieb ganz ruhig. »Auralesen ist eine schwierige Kunst, die jahrelange Übung erfordert«, erläuterte er. »Man braucht sehr viel Plasmex, um es überhaupt nur zu versuchen. Dass Sie keine Auren sehen, ist nur logisch, denn sie sind unsichtbar. Auren sind der metaphysische Widerschein von Plasmex, und der ist unseren Sinnen nicht zugänglich. Dass Sie Phantome sehen können, Deviana, liegt daran, dass Ihr Plasmex nicht mehr das eines Menschen ist.«

Die Kälte, die bei seinen Worten in mich fuhr, löschte meinen Zorn wie ein Eimer Wasser. »Was soll das bedeuten?«

»Es bedeutet, dass ich nicht weiß, was Sie sind«, antwortete Starchild. »Sie sind eine Singularität, eine einzigartige Anomalie, die in Anbetracht der Unendlichkeit des Kosmos und seiner unbegrenzten Möglichkeiten vielleicht gar nicht mal so einzigartig ist. Maat beispielsweise ist wie Sie, ihr Plasmex wurde von den Xith'cal verändert. Im Gegensatz zu Ihnen geschah es in Maats Fall allerdings mit voller Absicht. Der Sensenmann wollte eine Art menschlicher Plasmex-Fabriken züchten, Maat war die einzige Überlebende seiner Experimente, und Caldswell konnte sie schließlich befreien.«

Caldswell selbst hatte etwas Ähnliches erwähnt, aber Starchild war noch nicht fertig. »Das geschah vor langer Zeit, als Brian lediglich einer von vielen Kapitänen der Sternenflotte war. Damals wurde ich ihm vom Wissenschaftsrat als Plasmex-Spezialist zugewiesen, ich sollte die Experimente der Xith'cal analysieren. Wären die Dinge anders verlaufen, hätten wir Maats geistige Gesundheit vielleicht wiederherstellen können, doch nun konnte sie die Phänomene, die uns solche Probleme machten, plötzlich sehen – jene unsichtbare Kraft, die alle Elektronik außer Funktion setzte und ganze Planeten zerstörte. Die Bezeichnung ›Phantome‹ geht sogar auf Maat selbst zurück. Sie verwendete das Wort, um uns zu schildern, was sie sah.«

Er starrte hinauf in die Sterne, verloren in seinen Erinnerungen. »Ich fand die Phantome faszinierend, Brian hielt sie für gefährlich, doch Maat sagte immer, sie wären wunderschön. Sie weinte jedes Mal, wenn wir sie dazu brachten, eines zu töten.«

Starchild runzelte die Stirn, dann schüttelte er sich, als versuche er, aus einer Trance zu erwachen. »Wie dem auch sei, was ich Ihnen zu vermitteln versuche, ist, dass Sie ein Phänomen sind, Deviana. Eigentlich müssten Sie längst tot sein, und doch leben Sie.« Er zuckte die Achseln. »Das Universum ist unendlich und eigenartig. Wir können keine Vorhersagen treffen, nur bestaunen, was der Kosmos erschafft.«

Ich fluchte und schloss die Augen. Erst jetzt, da sie zerstört war, merkte ich, wie viel Hoffnung ich noch gehabt hatte. »Dann gibt es keine Möglichkeit, aus diesem Ding eine Waffe zu machen?«, fragte ich und kämpfte mit aller Macht gegen das Zittern in meiner Stimme an. »Keine einzige?«

»Schwer zu sagen«, antwortete Starchild. »Ich kann es nicht, aber das bedeutet nicht, dass die Detektive nicht einen Weg finden. Da die Lelgis die Entwicklung einer solchen Waffe niemals tolerieren würden, ist die Wahrscheinlichkeit, dass ein selbst mit größtem Ehrgeiz betriebenes Forschungsprogramm am Ende von Erfolg gekrönt ist, allerdings äußerst gering.«

»Aber die Möglichkeit besteht?«, fragte ich verzweifelt.

»Oh, es besteht immer eine Möglichkeit«, räumte Starchild ein. »Wird sie nicht innerhalb des nächsten Monats gefunden, ist das jedoch hinfällig.«

»Innerhalb des nächsten Monats?«, wiederholte ich wie ein Papagei. »Heißt das, in einem Monat bin ich tot?«

Er schaute mich traurig an und sprach mit sanfter Stimme weiter. »Es tut mir leid, Deviana. Ich wünschte, ich hätte bessere Neuigkeiten, aber der Befall ist zu weit fortgeschritten. Die einzigen Wesen, die Ihr Plasmex möglicherweise davon heilen könnten, sind Maat und die Lelgis-Königinnen. Dazu müssten sie sich allerdings selbst infizieren, und das bedeutet, ihr Leben für Sie geben, Deviana.« Er schüttelte den Kopf. »Alles ist möglich, und sei es noch so unwahrscheinlich, doch ich glaube nicht, dass eine der Genannten bereit ist, ein solches Opfer zu bringen.«

Ich war anderer Meinung. »Aber Maat *will* sterben. Nur aus diesem Grund ist sie überhaupt zu mir gekommen.«

Starchild runzelte die Stirn. »Maat hat mit Ihnen gesprochen?«

»Sie wollte, dass ich sie töte. Mit dem Virus«, keuchte ich. »Es ist *perfekt*: Sie kann das Virus auf sich übertragen und sterben, aber ich lebe weiter. Dann haben wir beide, was wir wollen!«

»Die Töchter würden ebenfalls sterben, und die Möglichkeit, neue zu machen, wäre für immer dahin«, wandte Starchild ein.

Ich ließ die Schultern hängen. Stimmt, dachte ich. Das hatte ich in meiner Verzweiflung ganz vergessen. Trotzdem. »Gibt es keine Möglichkeit, das zu umgehen? Wenn ich Maat infiziere und die Detektive sie sofort untersuchen. Würde das gehen? Maat anstecken und die Töchter verschonen?«

Der Doktor überlegte eine Weile. »Vielleicht, aber das macht keinen Unterschied. Selbst wenn Sie mit einem Fingerschnippen alle Phantome verschwinden lassen könnten, würden die Detektive nicht zulassen, dass Sie Maat töten. Sie werden Maat nicht sterben lassen, niemals.«

Ich musterte ihn finster. Caldswell hatte etwas Ähnliches behauptet, als ich ihn dazu bewegen wollte, Maat gehen zu lassen, mir aber keine Gründe genannt. Damals hatte ich es ihm durchgehen lassen, doch jetzt hatte ich keine Zeit mehr zu verlieren. Starchild kannte alle Geheimnisse der Detektive, und wenn ich schon sterben musste, dann wollte ich wenigstens wissen, warum.

»Wieso darf Maat nicht sterben?«, fuhr ich auf. »Dass nur sie die Töchter machen kann, ist nicht der einzige Grund, nicht wahr? Die Lelgis haben ebenfalls die Finger im Spiel, richtig? Was ist so verdammt wichtig an ihr?«

Starchild lehnte sich zurück und schaute in die Unendlichkeit, als versuche er, zu einer Entscheidung zu gelangen. Wie auch immer sie aussah, sie schien auch zu meinen Gunsten auszufallen, denn als sein Blick zu mir zurückkehrte, kam er direkt zur Sache.

»Maat darf nicht sterben, weil sie die Tür verschlossen hält«, erklärte er.

»Welche Tür?«

»Die Phantome stammen nicht aus diesem Universum«, antwortete Starchild. »Sie kamen aus einem anderen hierher, und zwar durch etwas, für das ich kein besseres Wort habe als Loch.«

»Ein Loch?«, wiederholte ich. »Sie meinen wie ein Mäuseloch?«

Er verzog das Gesicht. »Das ist eine stark vereinfachte Umschreibung, aber grundsätzlich korrekt. Die Lelgis entdeckten es und sahen die Phantome als gefährliche Eindringlinge. Die Lelgis bestehen beinahe vollständig aus Plasmex, daher gibt es nur wenig, das sie fürchten. Die Phantome aber bestehen zu *einhundert Prozent* aus Plasmex. Bis sie eine gewisse Größe erreichen und einen bewussten Versuch unternehmen, sich zu manifestieren, haben sie nicht einmal eine physische Existenz.« Starchild überlegte kurz. »Wie viel wissen Sie über das Eins?«

»Ich war dort«, antwortete ich, was mir einen anerkennenden Blick einbrachte.

»Außerordentlich«, kommentierte Starchild. »Geradezu einzigartig. In tiefer Meditation streife ich es manchmal, aber es ist mir noch nie gelungen, mich vollständig zu transzendieren.«

Ich lächelte. Der Doktor klang fast schon eifersüchtig. »Es ist nicht ganz so toll dort, wie immer behauptet wird«, wandte ich ein.

Starchild hob die Hand. »Bitte verderben Sie mir die Erfahrung nicht. Aber wie ich bereits sagte, Phantome sind Plasmex-Geschöpfe, mehr noch als selbst die Lelgis. Sie *leben* in dem unendlichen Strom, der alles Lebendige verbindet und den wir Eins nennen. Plasmex ist für sie Nahrung und Atemluft zugleich, es ermöglicht ihnen, untereinander zu kommunizieren und, wie ich glaube, in der physischen Welt spontan von einem Ort an den anderen zu springen.« An dieser Stelle hielt er verlegen inne. »Das ist natürlich alles reine Spekulation. Da sich das Phänomen jeglicher Erforschung entzieht, habe ich keinerlei Beweise für meine Behauptungen.«

»Für mich klingt Ihre Theorie vernünftig«, erwiderte ich. Wenn die Phantome sich von Plasmex ernährten, war es nur logisch, dass sie sich von Plasmex-Manipulatoren wie Dr. Starchild angezogen fühlten. Selbst jetzt, da ich in unmittelbarer Nähe war, versuchten sie, sich zu ihm zurückzuschleichen. »Aber wo kommt Maat ins Spiel?«

»Maat ist der Schlüssel zu allem«, antwortete Starchild aufgeregt. »Es gibt ein Loch im Universum, durch das die Phantome ungehindert ein und aus gehen. Da sie ausschließlich aus Plasmex bestehen, haben sie auch Zugang zum Eins, und das brachte die Lelgis vollkommen aus der Fassung.«

»Warum? Sie sagten, jedes Lebewesen steht im Kontakt mit dem Eins. Was für einen Unterschied machen da ein paar Phantome?«

»Exakt, aber im Gegensatz zu uns, die das Eins lediglich streifen, bewegen die Phantome sich frei darin wie Fische im Wasser«, führte Starchild begeistert aus, dann verfinsterte sich seine Miene plötzlich. »Die Lelgis halten sich für die Königinnen des Himmels, für die Hüter des Universums, und erachten das Eins als ihren Privatbereich. Die Phantome sind für sie illegale Einwanderer.«

Während er sprach, wanderten meine Gedanken zurück zu dem Zustand, den ich erlebte, nachdem ich den Sensenmann getötet hatte. Ich erinnerte mich an die Stimmen, die ich in der Dunkelheit gehört hatte, die Stimmen der Lelgis. Schon damals beschrieben sie sich selbst als Königinnen und Beschützerinnen von allem. Offensichtlich hielten sie sich für Götter.

»Als die Invasion begann und die Phantome ihr eigenes Plasmex mitbrachten, sahen die Lelgis ihre Reinheit bedroht«, fuhr Starchild fort. »Für sie war das fremde Plasmex eine Verunreinigung, also wollten sie den Zustrom unterbinden. Da nicht einmal sie das Raumgefüge manipulieren können, mussten sie versuchen, wenigstens das Loch zu verstopfen, doch das war ihnen zu gefährlich. Jede ihrer Königinnen hätte eine Plasmex-Mauer errichten können, dabei wäre sie allerdings für eine gewisse Zeit dem Heimatuniversum der Phantome ausgesetzt gewesen. Das Risiko, selbst befallen zu werden, um die anderen zu retten, war ihnen zu groß. Da sie ein gemeinsames Bewusstsein haben, wussten sie alle um die Gefahr und beschlossen, die Aufgabe von jemand anderem erledigen zu lassen. Von einem Außenstehenden.«

»Von Maat«, warf ich ein.

Starchild nickte finster. »Dabei hat sie noch versucht, uns zu warnen. Maat erzählte mir von den Stimmen, die sie in der Dunkelheit hörte, aber ich hatte keine Ahnung, was sie damit meinte. Erst jetzt weiß ich, dass sie damals das Eins berührte, den unendlichen Plasmex-Strom. Als die Lelgis dann nach einem Bauern suchten, den sie opfern konnten, fiel ihre Wahl sofort auf sie.«

»Aber Sie mussten Maat doch gar nicht ausliefern!«, warf ich ein. »Es war doch ihr Problem. Warum haben Sie den Lelgis nicht einfach gesagt, sie sollen sich gefälligst selbst was einfallen lassen?«

»Weil wir keine andere Wahl hatten«, erklärte Starchild niedergeschlagen. »Es sah ganz so aus, als stünden die Phantome kurz davor, die Menschheit auszulöschen. Maat war unsere einzige Waffe, um uns zu verteidigen, aber sie wurde immer unstabiler, und dann ereignete sich die Tragödie von Svenya.« Er seufzte. »Sie müssen verstehen, wie verzweifelt wir waren. Die Lelgis brauchten lediglich anzudeuten, sie hätten eine Lösung, damit wir sofort alles taten, was sie verlangten. Caldswell persönlich hat ihnen Maat übergeben, und als wir sie zurückbekamen, war sie nicht mehr die gleiche.«

Die Art, wie er das sagte, ließ mich erschauern. »Inwiefern?«

»Ich weiß es selbst nicht genau«, gestand er. »Maat war schon immer labil gewesen, aber bei jemandem, der als Sklavin der Xith'cal aufgewachsen war und ständig Umgang mit Plasmex hatte, überraschte mich das nicht. In Anbetracht der Umstände hielt sie sich sogar erstaunlich gut, wie ich fand. Manchmal war sie vollkommen klar und gelassen, sogar freundlich. Doch als sie von den Lelgis zurückkehrte, war sie im wahrsten Sinne des Wortes verrückt, und danach wurde es nur noch schlimmer.«

Das wusste ich auch schon vorher, schließlich kannte ich Maat. »Und nun darf sie nicht sterben, weil sie der Stöpsel in unserem Universum ist.«

Starchild nickte. »Sie ist unser Schutzwall gegen die Phantome, der Damm, der die Flut zurückhält. Die Phantome, die sich in unserem Universum aufhalten, kamen alle innerhalb der wenigen Jahre, als das Loch noch offen war. Dann hat Maat die Tür geschlossen und den Zustrom unterbrochen. Die Aufgabe der Detektive und Töchter war, alle verbliebenen Phantome zu vernichten, danach sollte das Programm beendet werden.«

Er fuhr sich mit seinen feingliedrigen Fingern durchs Haar. »Ich habe nun seit dreißig Jahren nichts mehr mit den Detektiven zu tun und weiß nicht, was sie vorhaben, aber wir dachten immer, was wir tun, wäre zeitlich begrenzt. Wenn wir die Phantome eines nach dem anderen töteten, wären sie eines Tages ausgerottet, so unsere Logik. Dann könnten Detektive und Töchter sich zur Ruhe setzen, dachten wir, aber Maats Opfer änderte alles. Der Dunkelstern befindet sich genau an der Bruchstelle in unserem Universum, wo alles begann, und sie darf ihr

Gefängnis nie wieder verlassen. Sie ist wie die Königin, die die Phantome in Schach hält, und sie wird dort bleiben, bis das Spiel zu Ende ist.«

Ich atmete einmal tief durch. Starchilds Stimme war mit jedem Wort verbitterter geworden. »Dann sind Sie der gleichen Meinung wie Brenton«, erwiderte ich schließlich. »Sie finden es falsch, dass Maat für alle anderen leiden muss.«

Starchild runzelte die Stirn. »John Brentons Einwände waren rein persönlicher Natur. Ihn störte nicht das Opfer an sich, sondern dass *Maat* geopfert wurde. Es ging ihm nur um sie. Brenton ist ein vereinsamter und zu Gewalt neigender Mann, der sich in einen psychisch labilen Teenager verliebt hat. Hätte er eine andere an ihre Stelle setzen können, hätte er es sofort getan. Ich hingegen war gegen das System an sich.«

»Aber mitgemacht haben Sie trotzdem.«

»Ja«, gestand er. »Und ich bereue es. Wie alle anderen handelte ich aus Furcht. Ein unsichtbares Ungeheuer hatte gerade erst einen Planeten mit einer Bevölkerung von mehreren Milliarden zerstört, und wir konnten es nicht aufspüren, geschweige denn töten. Wir wussten ja nicht einmal, wo es als Nächstes zuschlagen würde, oder ob es noch mehr davon gab. Für uns fühlte es sich an wie das Ende der Welt. Als dann die Lelgis auftauchten und versprachen, der Gefahr Einhalt zu gebieten, hätten wir alles getan, um in den Genuss ihres Schutzes zu kommen.«

Er schnaubte. »Ich habe mich oft gefragt, ob die Lelgis alles genau so geplant und einfach abgewartet haben, bis wir die Zerstörungskraft der Phantome am eigenen Leib erleben, damit wir ohne Widerspruch mitmachen. Heute unterliege ich nicht mehr der Illusion, wir könnten das Universum kontrollieren, und würde mich vollkommen anders verhalten, wenn ich noch einmal die Gelegenheit hätte.«

Auch ich fand grundlegend falsch, was Maat angetan worden war, aber etwas an Starchilds letzten Worten störte mich. »Was genau würden Sie heute anders machen?«, hakte ich nach. »Die Phantome strömten doch unvermindert durch das Loch, oder etwa nicht?«

»Ja. Zum Schluss stieg ihre Zahl exponentiell an.«

»Und jetzt würden Sie einfach tatenlos zusehen? Ich will damit nicht sagen, dass Maat bis ans Ende ihrer Tage in ihrem Gefängnis ausharren und ihre Aufgabe allein schultern sollte, aber damals war es vielleicht die einzige Möglichkeit. Wären die Phantome nicht aufgehalten worden, hätten sie unser gesamtes Universum überflutet.«

Hätte ich damals etwas zu sagen gehabt, ich hätte jeden Experten in der bekannten Galaxie darauf angesetzt, eine Plasmex-Mauer zu bauen, die nicht rund um die Uhr von einem Menschen aufrechterhalten werden musste. Der erste Ansturm hatte unter allen Umständen aufgehalten werden müssen, aber als das erreicht war, gab es keinen Grund mehr, Maat allein weiterkämpfen zu lassen, außer Faulheit und Egoismus. So sah ich es zumindest, doch Starchilds Miene nach zu urteilen lag das Problem seiner Meinung nach woanders.

»Die größte Illusion ist die Illusion von Kontrolle«, erklärte er leise. »Wir Menschen sind nur Staubkörnchen in der Unendlichkeit des Kosmos. Um die schreckliche Wahrheit nicht ertragen zu müssen, haben wir die Fiktion entwickelt, wir hätten die Dinge im Griff, und damit ist unsere Spezies nicht allein. Die Lelgis sind sogar noch schlimmer als wir und versuchen etwas zu bewahren, das weit größer ist als sie selbst. Der Versuch, das Eins zu konservieren, ist, als versuche man, die Zeit aufzuhalten oder die Schwerkraft.«

Er hob den Blick zu den Sternen. »Deshalb haben die Lelgis *uns* als ihre Bauern ausgesucht. Wie sie unterliegen wir der Täuschung, wir könnten das Universum kontrollieren, aber das können wir nicht. Mit jedem Versuch, es zu tun, schaden wir nur uns selbst. Am Ende bleibt uns nichts anderes, als unsere Machtlosigkeit zu akzeptieren und Frieden zu finden.«

Ungläubig blinzelte ich ihn an. »Wovon reden Sie? Natürlich haben wir nicht alles in der Hand, aber es gibt eine Menge Dinge, über die wir jede Menge Kontrolle haben. Ich sage nicht, dass Caldswell richtig gehandelt hat, aber hätte er Maat nicht an die Lelgis übergeben, wäre die Lage vielleicht eskaliert. Unsere gesamte Rasse hätte ausgelöscht werden können.«

»Womit wir ebenfalls nicht die Ersten gewesen wären«, warf Starchild achselzuckend ein. »Zeit und Vergänglichkeit sind die Werkzeuge der Evolution. Unsere zweite große Selbsttäuschung ist die, wie wichtig wir uns nehmen. Das menschliche Leben ist nicht heilig, Deviana, denn das Universum schert sich nicht um Staubkörner. Aber wir in unserer Überheblichkeit führen einen hoffnungslosen Kampf gegen das Universum, den wir nur verlieren können, weil wir endlich sind, und das Endliche kann die Unendlichkeit niemals besiegen. Maat mag ihr Leid noch weitere hundert Jahre ertragen, doch irgendwann wird sie zusammenbrechen, und dann lassen sich die Phantome nicht mehr aufhalten. Das wissen wir. Trotzdem leiden wir und tun einander großes Unrecht an, um Leben zu retten, das kaum mehr ist als ein Augenblick im Strom der Zeit. Das gilt auch für Sie, Deviana.«

Auf meinen fragenden Blick hin erklärte er seine Worte genauer. »Ich kann das Eins nicht betreten, aber selbst ich spüre, wenn ein ganzer Xith'cal-Stamm binnen eines Wimpernschlags ausgelöscht wird. Nur Ihr Virus bringt so etwas fertig. Haben Sie es getan, um Ihr eigenes Leben zu retten? Dreißig Millionen denkende und fühlende Wesen getötet, damit Sie lebendig davonkommen?«

»Es waren Xith'cal«, knurrte ich.

»Auch die Xith'cal haben ein Recht auf Leben«, entgegnete Starchild.

»Sie wissen überhaupt nichts über mich, alter Mann!«, rief ich. »Ich tat, was ich in dem Moment tun musste, und brauche mich nicht vor Ihnen zu rechtfertigen.«

»Ganz recht, das brauchen Sie nicht«, bestätigte er. »Es steht mir nicht zu, über Sie zu richten, Deviana, auch nicht über Caldswell oder irgendjemand sonst.«

»Aber über Brenton richten Sie.«

»Ich habe lediglich die Tatsachen wiedergegeben«, korrigierte er.

Ich warf die Hände in die Luft. »Dann wollen Sie also sagen, wir sollen gar nichts tun? Hätte ich einfach aufgeben und mich vom Sensenmann als Waffe missbrauchen lassen sollen, weil, hey, ich bin ja nur ein Mensch und muss sowieso irgendwann sterben? Bockmist! Wer so denkt, erreicht nie etwas. Würden Sie sich einfach zurücklehnen und zusehen, wie die Phantome einen Planeten zerstören, auf dem Nova sich gerade aufhält?«

»Man kann einen Menschen lieben, ohne ihn festhalten zu wollen«, entgegnete Starchild. »Ich liebe meine Kinder über alles, trotzdem akzeptiere ich, dass ich ihr Schicksal nicht in der Hand habe. Warum sonst, glauben Sie, habe ich Nova gestattet, sich Caldswell anzuschließen?«

Ich warf ihm einen verächtlichen Blick zu, und Starchild seufzte. »Ich bedaure, wenn ich Sie verletzt haben sollte, Deviana. Ich wollte Sie nicht aus der Fassung bringen, aber Sie haben mich um Hilfe gebeten, und ich tue mein Bestes, sie Ihnen zu geben. Alles ist einem ständigen Wandel unterworfen, auch die Phantome sind nur ein Teil davon. Solange wir uns dagegen wehren, fügen wir uns selbst nur immer noch mehr Leid zu.«

Ich bleckte die Zähne. »So einfach gebe ich nicht auf.«

»Akzeptieren ist nicht das Gleiche wie Aufgeben.«

Ein tiefes Knurren drang aus meiner Kehle. Ich hatte Starchilds Guru-Gewäsch endgültig satt, doch anstatt sich in Sicherheit zu bringen, wie jeder Mensch mit einem gesunden Selbsterhaltungstrieb es getan hätte, beugte Dr. Starchild sich nur noch näher heran, nahm eine der Königinnen vom Schachbrett und hielt sie mir vor die Nase.

»Die Königin ist die stärkste Figur im Schach«, erläuterte er. »Doch selbst sie ist nur eine Figur in einem Spiel. Trotz all ihrer Macht ist sie in ihrer Rolle gefangen, solange das Spiel andauert. Möchte sie wirklich frei sein, muss sie die Spielregeln ändern.«

Ich rollte mit den Augen. »Was soll das nun wieder heißen?«

»Sie haben selbst gesagt, dass die Phantome keine Ungeheuer sind«, erwiderte Starchild und stellte die Königin zurück aufs Brett. »Vor diesem Hintergrund könnte es angeraten sein, sie nicht wie welche zu behandeln. Wenn wir uns fügen und anpassen, mit dem Strom arbeiten statt gegen ihn, stellen wir vielleicht fest, dass wir nicht mit dem Rücken zur Wand stehen, wie wir glauben, sondern lediglich vor dem Beginn von etwas Neuem.«

Ich schüttelte den Kopf. »Wenn Sie damit meinen, ich

sollte mit den Phantomen reden: Das habe ich schon versucht, es funktioniert nicht.«

»Vielleicht *noch* nicht«, entgegnete Starchild lächelnd. »Es ist an der Zeit, einen anderen Ansatz zu probieren. Schon viel zu lange opfern wir unsere Figuren in dem Versuch, einen Sieg zu erringen, den wir nie erreichen werden und den es womöglich gar nicht gibt. Wenn wir so weitermachen und uns weiterhin an die Illusion von Kontrolle klammern, erwartet uns keine Zukunft, sondern nur der Untergang.«

Damit lehnte er sich zurück und schaute mich an, als erwarte er, für seine unendliche Weisheit gepriesen zu werden. Aber ich hatte bereits mehr gehört, als ich an einem Tag ertragen konnte.

»Danke für Ihre Predigt, Doc«, sagte ich und stand auf. »Sie vergessen, dass das Spiel für mich so oder so bald vorbei ist. Vielleicht bin ich nur ein Staubkorn im Kosmos, aber dieses Staubkorn beabsichtigt, mit einer Supernova abzutreten. Wenn Sie mich also entschuldigen würden. Ich muss herausfinden, ob die Detektive nicht vielleicht doch etwas mit meinem Virus anfangen können. Mag sein, dass die Detektive es sich ein bisschen zu leicht machen, aber wenigstens unternehmen sie etwas, statt in einer schicken Raumstation mitten im Nirgendwo herumzusitzen, während die Leute zu Milliarden verrecken, und Gardinenpredigten zu halten, dass wir am Ende so oder so alle sterben müssen.«

Ich wartete auf seine Erwiderung und schob trotzig das Kinn vor, doch Starchild lächelte nur freundlich. »Dann bleibt mir nichts, als Ihnen Harmonie und Erfüllung in all Ihren Unternehmungen zu wünschen.«

Ich musterte ihn misstrauisch, doch sein Lächeln wurde

nur noch breiter. »Wir mögen nicht in allen Dingen übereinstimmen, Deviana Morris, dennoch sind Sie eindeutig eine mutige Frau, die nach bestem Wissen und Gewissen versucht, das Richtige zu tun. Dass wir auf unterschiedlichen Pfaden wandeln, bedeutet nicht, dass ich Sie nicht respektieren und Ihnen alles Gute wünschen würde. Allerdings wäre ich Ihnen sehr dankbar, wenn sie Detektiv Charkow bitten könnten, mit dem Getrommel an meiner Tür aufzuhören. Es stört Copernicus' Harmonie.«

Verdutzt drehte ich mich um. Ich hatte nicht das Geringste gehört, geschweige denn gesehen, doch als ich zur Tür ging und sie öffnete, wäre mir Rupert beinahe entgegengefallen.

Er fing sich sofort wieder und ließ die Faust sinken, mit der er anscheinend schon eine ganze Weile auf das erstaunlich schalldichte schwarze Glas eingeschlagen hatte. Sein Blick sprang neugierig zwischen Dr. Starchild und meiner finsteren Miene hin und her, aber es schien etwas zu geben, das noch wichtiger war als seine Neugier.

»Wir müssen weg«, sagte er und packte meinen Koffer. »Jetzt.«

»Warum, bekommen wir Gesellschaft?«

Statt zu antworten, trat er einfach zur Seite und gab den Blick auf das terranische Schlachtschiff in seinem Rücken frei.

»Ich dachte, sie würden erst den gesamten Planeten absuchen, bevor sie Jagd auf die Schiffe machen, die im letzten Moment noch gesprungen sind«, erklärte er hastig. »Es tut mir leid. Ich hätte nicht geglaubt, dass wir sie so schnell wieder am Hals haben.«

»Muss es nicht«, erwiderte ich, nahm Rupert meinen

Koffer aus der Hand und ging mit ihm gemeinsam zu Copernicus, der sich immer noch im Warteraum aufhielt. »Es spart uns sogar Zeit.«

Rupert schaute mich verwirrt an, aber ich reagierte nicht und bedeutete Nic mit einem unmissverständlichen Blick, so schnell wie möglich zu verschwinden.

Er gehorchte sofort. Ohne ein Widerwort eilte er zu seinem Vater und schloss die Tür hinter sich. Als wir allein waren, sagte ich Rupert schließlich die Wahrheit.

»Ich laufe nicht mehr davon«, erklärte ich erstaunlich ruhig und stellte den Koffer zu meinen Füßen ab. »Starchild kann mir nicht helfen. Ich kann nur abwarten, bis das Virus mich umbringt, mich von den Lelgis töten lassen oder aber den Detektiven eine Chance geben. Also werde ich mit ihnen verhandeln und dafür sorgen, dass der ganze Ärger, den das hier drinnen gemacht hat« – an dieser Stelle schlug ich mir auf die Brust – »nicht umsonst war. Allerdings ohne dich.«

Rupert zuckte zusammen, als hätte ich ihn geohrfeigt. »Was?«

»Ich möchte, dass du dich in Sicherheit bringst«, sagte ich ernst. »Ich bin so oder so bald tot, aber es gibt keinen Grund, dass du mit mir leiden musst. Ich bin ihre Zielperson, und ich werde sie ablenken. Du nimmst den Camper und verschwindest.«

Rupert rührte sich nicht von der Stelle, er kniff lediglich die Augen zusammen. »Und wo soll ich hin? Mein Herz ist hier«, erklärte er und legte seine Hand auf mein Brustbein.

»Rupert …«

»Ich bin desertiert«, sprach er weiter. »Ich nehme keine Befehle mehr entgegen.« Ein Lächeln trat auf sein Gesicht.

»Und jetzt kann ich endlich meiner Liebe folgen, egal wohin sie geht.«

»Das wird eine kurze Reise«, murmelte ich und musterte den riesigen Schlachtkreuzer jenseits des Glases. Schon jetzt schnürte sich mir die Kehle zu vor Angst. Meinem eigenen Tod konnte ich furchtlos ins Auge sehen, aber wenn es um Rupert ging, mutierte ich zum Feigling. So sehr, dass ich folgenden billigen Trick versuchte:

Ich griff blitzschnell nach Sascha, die immer noch auf meinem Koffer festgeschnallt war. Wegen der geringen Schwerkraft auf der Station war sie so leicht, dass ich sie Rupert im Handumdrehen an die Stirn gepresst hatte. Der Schuss würde ihn bewusstlos machen, danach sollten die Starchilds ihn bei sich verstecken – als letzten Gefallen für meine Freundschaft mit Nova sozusagen. Ich würde mich inzwischen den Detektiven ausliefern und behaupten, ich hätte mir den Arm während des Kampfes auf Kessel gebrochen, nicht wegen Saschas Rückstoß.

Es war ein guter Plan, einfach und sauber, aber ich hatte mich verschätzt. Ich hatte gedacht, das Überraschungsmoment und die niedrige Schwerkraft würden mir den entscheidenden Vorteil verschaffen, aber Rupert war trotzdem schneller. Viel schneller. Saschas Mündung berührte noch nicht einmal seine Stirn, da packte er mein Handgelenk und drückte zu, bis meine Finger sich ganz von allein öffneten.

Der Knall, mit dem Sascha zu Boden fiel, hallte entsetzlich laut durch die Stille, aber ich konnte meinen Blick einfach nicht von Rupert losreißen. Ich spürte nicht einmal den Schmerz in meinem Handgelenk, sondern nur eine Mischung aus Furcht und Liebe, die so stark war, dass ich nicht wusste, was ich damit anfangen sollte. Schließlich küsste ich Rupert einfach und presste ihn so fest an mich, wie ich irgend konnte.

»Du bist so ein Idiot«, stammelte ich, als ich wieder von ihm abließ. »Warum lässt du mich dich nicht retten?«

»Weil es für mich keine Rettung *gibt*«, antwortete er, ließ meinen Arm los und nahm mein Gesicht zwischen die Hände. »Dich zu verlassen wäre genau das Gegenteil«, sagte er leise. »Hast du schon wieder vergessen, was ich dir gesagt habe?«

Ich schaute ihn lange an, schließlich presste ich mein Gesicht an seine Brust und schlang die Arme so fest um ihn, dass ich jedem normalen Menschen die Rippen gebrochen hätte. Rupert erwiderte den Druck etwas sanfter, aber nicht viel. Dann vergrub er das Gesicht in meiner Zopffrisur und flüsterte mir zu, wie sehr er mich liebte, wie mutig ich war und ob ich nicht wüsste, dass er mich niemals verlassen würde?

Eigentlich wollte ich erwidern, dass ich das durchaus wusste und ihm Sascha nur aus diesem Grund an die Stirn gehalten hatte, aber ich brachte kein Wort heraus. Ich stand einfach nur da und hielt mich an ihm fest, als könnte ich all die vergeudete Zeit wiedergutmachen, da hörte ich, wie sich schwere Schritte näherten. Erst als jemand sich direkt hinter mir räusperte, fand ich den Mut, Rupert loszulassen und meinem Schicksal gegenüberzutreten.

8

Nach dem Überfall auf Kessel hatte ich mit mindestens zehn Symbionten gerechnet, aber die Detektive schienen wirklich Personalmangel zu haben, denn in dem Trupp, der uns umstellte, erkannte ich nur vier, die möglicherweise Symbionten waren. Bei den restlichen zehn handelte es sich um gewöhnliche Soldaten, Terraner in leicht gepanzerten Kampfanzügen von der Sorte, aus der paradoxische Rüstungen im Handumdrehen Kleinholz machten. Einen Moment lang bereute ich meinen Entschluss, mich kampflos zu ergeben, denn Rupert und ich hätten diese Trottel mit links fertiggemacht.

Erst dann fiel mir der Rest ihrer Ausrüstung auf: Alle vier Symbionten waren mit Disruptoren bewaffnet, die Soldaten mit schweren panzerbrechenden Sturmgewehren, große und teure Dinger, deren Splittermunition meine Lady mit wenigen Treffern in Stücke gerissen hätte. Die Entscheidung, mich nicht zu wehren, war vielleicht doch nicht verkehrt gewesen.

Aus dem Augenwinkel schaute ich zu Rupert hinüber, doch der war voll und ganz auf den Mann konzentriert, der den Trupp anführte. Die aufrechte Haltung und die kraftvollen Bewegungen wiesen ihn eindeutig als Symbionten aus, dennoch wirkte er eher wie ein sanftmütiger Großvater denn wie ein Killer. Wie Rupert trug er einen schwarzen Anzug, der an ihm allerdings kein bisschen elegant aussah, sondern nur altmodisch. Wie der Kerl das schaffte, war mir ein Rätsel. Das schneeweiße Kopfhaar und der Vollbart waren akkurat gekämmt, das Lächeln auf seinen Lippen sah aus wie festgeschraubt. Auf mich wirkte er wie der wohlgesinnte, betagte Mentor aus einem Theaterstück, der dem Helden kurz vor seinem Tod noch einen letzten weisen Rat erteilte. Entsprechend schockiert war ich, als Rupert ihn mit einem Nicken begrüßte.

»Kommandant Martin.«

Der Opa erwiderte das Nicken. »Charkow.«

Mir rutschte das Herz in die Hose. Der alte Herr mochte freundlich aussehen, aber seine Stimme war vollkommen tonlos, ohne jeden Anflug von Triumph darin, und das, obwohl er uns nun endlich gestellt hatte. Ich kannte diese Sorte Offiziere. Sie sahen in ihrem Gegenüber keinen Menschen, sondern ein Werkzeug, eine Spielfigur, die nur dazu diente, den eigenen Vorteil zu sichern. Man konnte noch so viele Heldentaten vollbringen, nichts änderte etwas daran. Ich hatte selbst ein paar Vorgesetzte von diesem Schlag gehabt, deshalb war ich auch nicht überrascht, als Martin hinzufügte: »Legt ihnen Handschellen an.«

Die Detektive kamen auf uns zu, während die Soldaten ihnen Feuerschutz gaben. Ich nutzte die verbleibende Zeit, um das Fingerabdruckschloss meines Koffers mit einem leichten Druck am Griff auf höchste Stufe zu stellen. Dass mir die Lady Gray weggenommen wurde, konnte ich nicht verhindern, aber nun würde jeder, der versuchte, an sie heranzukommen, unweigerlich gegrillt. Das war zwar nur ein schwacher Trost, vor allem weil der heftige Stromstoß auch die Elektronik meiner Rüstung kurzschließen würde, aber ich wollte meine Lady lieber schrotten, als sie diesen Schweinen zu überlassen.

Der Symbiont, der auf mich zutrat, war ein unscheinbares Bürschlein und bei Weitem keine so beeindruckende Erscheinung wie der falsche Farmjunge auf Kessel. Und er schien eine Heidenangst zu haben, mich zu berühren. Als er hinter mich trat, um mir die Handschellen anzulegen, merkte ich, wie sehr er zitterte. Also lehnte ich mich ein ganzes Stück zurück, um die Kontaktfläche zwischen uns zu vergrößern. Wenn er schon solche Angst vor meinem Virus hatte, sollte er sie auch in vollen Zügen auskosten dürfen.

Die Handschellen waren eine Standardausführung, ein Band aus halb flüssigem Kunststoff, der immer fester wurde, je mehr man daran zog. Die extrem klebrige Innenseite verband sich so gut mit der Haut, dass sie einem das Fleisch von den Knochen riss, wenn man versuchte, die Fesseln ohne das entsprechende chemische Lösungsmittel abzustreifen. Fiese kleine Dinger, aber nichts, das ich nicht schon gekannt und auch selbst benutzt hätte. Das Gestell aber, das sie für Rupert mitgebracht hatten, war ein anderes Kaliber.

Die beiden Detektive, die ihn fesseln sollten, waren sogar noch nervöser als der Typ hinter mir. Sie bebten am ganzen Körper, während sie Rupert die Arme auf den Rücken bogen und ihm ein paar riesige Handschellen anlegten, die von den Fingern bis hinauf zu den Ellbogen reichten. Dann fesselten sie ihn an den Knöcheln mit einem Spezialdraht, der nur ganz kurze Schritte zuließ und ihm sofort den Unterschenkel durchtrennen würde, sobald er einen Tritt versuchte. Zu guter Letzt bekam er eine Elektroschock-Halskrause verpasst, die in der Terranischen Republik mit ziemlicher Sicherheit verboten war, aber die Detektive hatten sich noch nie um das Gesetz geschert. Das einzig Wichtige war, dass Rupert ohne ihre Erlaubnis nicht einmal einen Finger rühren konnte. Ich konnte es ihnen nicht verdenken. Wäre Rupert *mein* Gefangener, hätte ich es wahrscheinlich genauso gemacht.

Dr. Starchild war inzwischen aus seinem Refugium gekommen, wahrscheinlich um sicherzustellen, dass wir uns brav ergaben und seine hübsche Station nicht in Mitleidenschaft gezogen wurde. Nic stand gleich neben ihm. Er sah aus, als wollte er uns helfen, versuchte aber nichts, und das war gut so, denn Martin schien mir nicht zu der Sorte Männer zu gehören, die Einmischung tolerierten.

Mit kühler Distanz beobachtete der Kommandant, wie die beiden Detektive Rupert durch eine Seitentür, die mir noch gar nicht aufgefallen war, zu einem kleinen Dock brachten. Als sie es erreichten, warf Rupert mir einen letzten Blick zu, dann stülpten sie ihm einen schwarzen Sack über den Kopf und schoben ihn in das wartende Shuttle, das ihn zu dem Schlachtkreuzer bringen würde.

Ich schaute dem Shuttle hinterher, bis es außer Sicht verschwand, dann warf ich Martin einen funkelnden Blick zu. »War das wirklich nötig? Er hätte sich so oder so nicht gewehrt.«

»Es war absolut notwendig«, erwiderte Martin trocken. »Rupert Charkow hat eindrucksvoll gezeigt, wie gewalttätig und unberechenbar er ist. Ich treffe lediglich die nötigen Vorkehrungen, um die Sicherheit der mir unterstellten Leute zu gewährleisten.«

»Wenn Sie glauben, Rupert wäre der Gewalttätige und Unberechenbare von uns beiden, täuschen Sie sich gründlich«, knurrte ich und warf mich stolz in Pose, als hätte ich die Hände aus reiner Bequemlichkeit auf dem Rücken verschränkt, nicht weil sie gefesselt waren. »Sie sind also Kommandant Martin. Können wir uns jetzt vernünftig unterhalten?«

»Ich glaube nicht, dass Sie zu so etwas in der Lage sind, Miss Morris«, sagte er und streckte die Hand aus. Als einziger Symbiont in dem Trupp hatte er keinen Disruptor.

Einer der Soldaten trat vor und reichte ihm eine Pistole, die ich noch nie zuvor gesehen hatte. Sie war klein und leicht wie eine Waffe für Zivilisten, die sich gut verstecken ließ. Ich wollte Martin gerade fragen, ob er mich mit diesem Spielzeug zu Tode kitzeln wollte, da hob er die Hand und feuerte.

Ein stechender Schmerz fuhr in meinen linken Arm. Ich schaute nach unten und sah einen Pfeil, so groß wie mein kleiner Finger, aus meinem Bizeps ragen, dann verschwamm meine Sicht.

»Wie bitte?«, nuschelte ich und richtete den Blick noch einmal auf Martin. »Keine Vorrede, Sie gehen gleich aufs Ganze?«

»Sie waren es, die mich gezwungen hat, mich dieser Sache persönlich anzunehmen, Miss Morris«, antwortete der Kommandant. Seine Stimme klang, als käme sie von weit weg. »Wenn ich mich einer Sache persönlich annehme, gibt es nur eine Vorgehensweise, nämlich meine, und das bedeutet: keine Risiken.«

Ich schloss die Augen und beugte mich röchelnd vornüber, aber das war nur Theater. Meine Wut loderte wie brennender Phosphor und überstrahlte den Schleier, den der Betäubungspfeil über mein Bewusstsein zu breiten versuchte. Es war die ohnmächtige Wut eines gefangenen Tieres, aber sterben würde ich sowieso, und jetzt, da ich auch noch Rupert verloren hatte, konnte mich nichts mehr zurückhalten.

»Wenn Sie damit alle Risikofaktoren ausschalten wollten, haben Sie Ihre Hausaufgaben nicht gemacht«, flüsterte ich und richtete mich mit gespielter Mühe wieder auf. »Sonst wüssten Sie, wie wütend ich werde, wenn man einfach auf mich schießt.«

Ein Anflug von Unsicherheit huschte über Martins Gesicht. Ich schenkte ihm mein freundlichstes Krokodillächeln, dann ging ich blitzschnell in die Hocke und riss gleichzeitig die gefesselten Hände nach oben, um sie dem Detektiv hinter mir in den Schritt zu rammen.

Rupert oder Caldswell hätte mein lausiger Trick höchstens ein müdes Lächeln entlockt, doch der Kerl in meinem Rücken sank prompt wimmernd in sich zusammen. Sein Gewinsel war Musik in meinen Ohren. Ich wollte mich gerade auf Martin stürzen, da spürte ich drei weitere Stiche in meinem Rücken.

Diesmal rollte das Schwindelgefühl über mich hinweg wie eine Dampfwalze. Ich stolperte über meine eigenen Beine und schlug der Länge nach hin. Dort lag ich, starrte die Sterne jenseits des durchsichtigen Bodens an und versuchte, mit letzter Kraft wenigstens den Mittelfinger zu strecken, bevor ich das Bewusstsein verlor, da hörte ich eine barsche Stimme, mit der ich gar nicht mehr gerechnet hatte.

»Sie werden wohl nie begreifen, wann es an der Zeit ist aufzugeben.«

Mein Atem setzte einen Moment lang aus. Ich blickte auf, und der Schock bewirkte, was meine schwindenden Kräfte nicht mehr vermochten: Ich hob den Kopf und sah Brian Caldswell mit einer Betäubungspistole in der Hand dastehen. Seine lederne Raumfahrerweste und die abgewetzte Kleidung hatte er gegen einen terranischen Standard-Tarnanzug eingetauscht. Davon abgesehen sah er noch genauso aus wie an dem Tag, als er mich anheuerte.

»Ich bedaure diese Behandlung, Morris«, erklärte er ohne das geringste Bedauern in der Stimme. »Aber es ist jetzt an der Zeit, das Bocken bleiben zu lassen und sich eine Weile schlafen zu legen.«

Ich wollte ihm gerade erklären, dass ich noch nicht einmal angefangen hatte zu bocken, aber meine Zunge gehorchte mir nicht. Auch die Pfeile spürte ich nicht mehr, genauso wenig wie Caldswells Hände, die mir unter die Achseln griffen und mich auf die Beine zogen. Das Letzte, was ich mit schwindendem Bewusstsein wahrnahm, als er mich Richtung Notausgang schleifte, waren die Phantome. Zu Dutzenden schwebten sie hinter mir her wie leuchtende Entlein, die ihrer Mutter folgten. Mein Geist war inzwischen so benebelt, dass ich mich sogar bei ihnen entschuldigen wollte, weil ich mich in ein Labor verschleppen und zum Werkzeug ihrer Vernichtung machen ließ. Allerdings verlor ich das Bewusstsein, bevor ich den Gedanken zu Ende führen konnte. Ich merkte nur noch, wie Caldswell mich auf die Schulter hob und in das Shuttle trug.

Ich erwachte an ein OP-Bett gefesselt. Als ich versuchte, mich aufzurichten, sprang die Frau, die gerade meine Kleidung aufschnitt, mit einem lauten Kreischen einen Meter zurück, als fürchte sie, ich könnte sie beißen. Der Gerechtigkeit halber muss ich allerdings hinzufügen, dass ich genau das getan hätte, wenn meine Fesseln es nicht verhindert hätten.

»Wo bin ich?«, fuhr ich sie an und erschrak sogleich über mein eigenes Nuscheln. Meine Muskeln fühlten sich an wie Matsch, mein Kopf schmerzte höllisch, also legte ich mich fluchend wieder hin. Unsere nächste Begegnung würde Caldswell nicht überleben, so viel war sicher.

Die verschreckte Frau warf einen Hilfe suchenden Blick auf etwas hinter mir. Es folgte ein Klacken wie von den Krallen eines Hundes, der über einen Fliesenboden läuft, dann sah ich ein Display am Rand meines Gesichtsfelds.

Kein Grund zur Sorge, stand darauf. *Nach zehn Jahren schweren Medikamentenmissbrauchs reagiert Morris' Organismus kaum noch auf Betäubungsmittel, deshalb haben wir sie ja auch gefesselt.*

Ich drehte den Kopf, so weit es ging, und entdeckte einen Xith'cal direkt neben meinem Bett. Da Caldswell mich hergebracht hatte, war es keine Überraschung, Hyrek zu sehen. Glücklich war ich trotzdem nicht.

»Hey«, sagte ich an die Krankenschwester gewandt, »in dem Zimmer ist eine Echse. Schneiden Sie mich los, dann erledige ich das Vieh, bevor es Sie fressen kann.«

Stets zu Scherzen aufgelegt wie immer, schrieb Hyrek und ließ seine Reißzähne aufblitzen. *Bitte fahren Sie fort*, tippte er als Nächstes und hielt sein Handset wieder der Krankenschwester hin.

Die Frau schien weit mehr Angst vor mir zu haben als vor dem Xith'cal, aber sie gehorchte und widmete sich wieder meinem Hemd.

Gefesselt, wie ich war, musste ich sie gewähren lassen, also wandte ich mich an Hyrek und fragte, so klar ich irgend konnte: »Was soll das? Wo ist Caldswell?«

Sie werden für eine Operation vorbereitet. Der Kapitän ist bei Charkow, tippte Hyrek, dann legte er das Handset weg und leuchtete mir mit einer Taschenlampe in die Augen.

Das Wort »Operation« fuhr in mich wie eine Eisnadel, aber noch viel schlimmer erschien mir die Nachricht, dass Caldswell bei Rupert war. Die beiden feierten bestimmt kein fröhliches Wiedersehen. »Was für eine Operation?«, fragte ich weiter und versuchte, mir meine Sorge nicht anmerken zu lassen.

Wir wissen es noch nicht, schrieb Hyrek, nachdem er mein ganzes Gesicht abgeleuchtet hatte. *Kommandant Martins Befehl lautet, dass alles bereit sein soll, wenn wir den Hyperraum verlassen. Ich wollte es hinter mich bringen, solange Sie noch eine brave Patientin sind, und das bedeutet: bewusstlos. Leider sind selbst vier Pfeile mit Elefanten-Betäubungsmittel zu wenig, um Sie länger als zwei Stunden außer Gefecht zu setzen, und nun haben wir den Salat.*

Ich runzelte die Stirn und versuchte, das Gehörte zu verarbeiten. Die Kabine, in der ich mich befand, war gerade groß genug für Hyrek, die Krankenschwester und mein Bett. Alle ebenen Flächen außer der Tür waren von medizinischen Instrumenten bedeckt, sorgsam und platzsparend angeordnet, wie man es auf einem terranischen Schlachtschiff erwarten konnte. Da es keine Sichtfenster gab, wusste ich nicht, ob wir uns noch im Hyperraum befanden, aber ich sah keinen Grund, warum Hyrek mich belügen sollte. Ich an Martins Stelle hätte den Sprung auch so schnell wie möglich gemacht.

Die Krankenschwester war inzwischen fertig mit meinem Hemd, nun machte sie sich an meinem BH zu schaffen, und ich ließ seufzend den Kopf sinken. Normalerweise wäre es mir unangenehm, mich einfach ausziehen zu lassen, aber Hyrek war ein geschlechtsloses Alien, und die

Krankenschwester war, nun ja, eine Krankenschwester. Ich fühlte mich eher verwundbar als peinlich berührt. Trotzdem ließ ich mich nicht gerne fesseln, und gefesselt und nackt ausgestreckt vor zwei Fremden zu liegen – selbst wenn es sich bei dem einen um ein Alien handelte, dessen Namen ich zumindest kannte – war entschieden zu viel.

Ich rief mir ins Gedächtnis, dass ich freiwillig hier war und die letzte Chance ergreifen wollte, meinem unausweichlichen Tod irgendeinen Sinn zu verleihen, aber das in die Ecke getriebene Tier in mir kümmerte das herzlich wenig. Mein ganzer Körper krampfte, umso mehr, als Hyrek seine Spritzen herausholte, um mir Blut abzunehmen.

»Nun«, begann ich in dem Versuch, mich von der Nadel abzulenken, die der Xith'cal mir gerade in den Unterarm rammte. »Da Sie hier sind, wissen Sie ja vermutlich bereits über alles Bescheid.«

Hyrek füllte drei Fläschchen mit meinem Blut, bevor er die Nadel wieder herauszog und sich zu einer Antwort herabließ. *Ich arbeite seit mehr als dreißig Jahren für Brian Caldswell und wusste schon über alles Bescheid, als Sie noch nicht einmal geboren waren*, stand auf dem Display. *Wäre das anders, müsste ich entweder an gemeingefährlicher Realitätsverweigerung leiden oder an gemeingefährlicher Dummheit.*

Er beschriftete die Fläschchen und bereitete eine Infusion vor, dann nahm er wieder sein Handset zwischen die Klauen. *Außerdem bin ich der führende Experte für Symbionten in dieser Organisation und begleite Caldswell Jahr für Jahr zum Dunkelstern, um die Implantationen zu überwachen.*

Das leuchtete mir sofort ein. Wer sollte sich besser mit den Auswirkungen von Xith'cal-Erbgut auf einen menschlichen Organismus auskennen als ein auf Menschen spezialisierter Xith'cal-Arzt? Auch dass er schon lange mit Caldswell unter einer Decke gesteckt hatte, bevor ich überhaupt ins Spiel kam, überraschte mich nicht. Hyrek und Basil waren mir schon während meiner Dienstzeit auf der *Narr* als Caldswells treueste Besatzungsmitglieder aufgefallen.

»Was ist mit dem Rest der Crew?«, bohrte ich weiter. »Wo stecken Nova und Basil?« Ich hatte erwartet, Nova und ihren Vater ebenfalls hier zu sehen. Dass sie nicht da waren, erschien mir seltsam, und dieses Gefühl wurde immer stärker, je länger Hyrek für seine Antwort brauchte.

Wir haben den Dunkelstern vor sieben Stunden verlassen, stand auf seinem Handset, als er es mir endlich zeigte. *Die anderen sind noch dort. In Anbetracht der Umstände hielt der Kapitän es für sicherer, sie unter Beobachtung zu stellen.*

»Unter Beobachtung?«, schnaubte ich. »Sie meinen einsperren.«

Hyrek zuckte die Achseln, und ich stöhnte. Die arme Nova. Andererseits, wenn ich bedachte, wie die Detektive normalerweise mit Leuten umsprangen, die zu viel wussten, war eine Gefängniszelle gar nicht mal so schlecht. »Geht es ihnen gut?«

Die Besatzung der Narr *ist daran gewöhnt, mit schwierigen Umständen zurechtzukommen*, antwortete Hyrek, was meine Stimmung tatsächlich ein wenig hob. »Im Gefängnis« war zwar nicht gleichbedeutend mit »in Sicherheit«, aber wenigstens lebten sie noch. Im Moment war für mich so gut wie jede Nachricht eine gute Nachricht, solange ich nur eine Antwort bekam.

»Hyrek«, flüsterte ich, als er die Infusionsnadel legte. Ich war jetzt nur noch mit meiner Unterhose bekleidet und zitterte vor Kälte. »Kann ich noch einmal mit Caldswell sprechen, bevor ich … operiert werde?«

Hyrek schnaubte leise und fixierte die Nadel mit Klebeband. *Ich weiß es nicht*, tippte er schließlich. *Wenn Sie die Abmachung meinen, die Sie mit dem Kapitän getroffen haben, kann ich Ihnen nicht weiterhelfen, denn ich weiß nichts. Die Dinge haben sich sehr verändert, während wir im Hyperraum verschollen waren, aber ich werde Caldswell informieren, dass Sie ihn sprechen möchten.*

»Danke«, erwiderte ich. Jetzt, da die Infusion gelegt war, spürte ich die Wirkung des starken Betäubungsmittels sofort. Mein Körper hatte die letzte Dosis noch nicht ganz verarbeitet, weshalb die neue umso schneller wirkte. Der Raum um mich herum begann sich so schnell zu drehen, dass ich mich fragte, ob mein Kopf je wieder klar werden würde. In Anbetracht der Zukunft, die mich erwartete, mochte dieser Dämmerzustand als Gnade erscheinen, aber ich gehöre zu der Sorte Menschen, die ihrem Tod lieber ins Auge sieht. Also kämpfte ich gegen die Bewusstlosigkeit an, so gut ich konnte, den glasigen Blick auf die Phantome gerichtet, die unter der Zimmerdecke schwebten.

Es waren ganz schön viele. Die grelle Beleuchtung überstrahlte sie beinahe, aber ich sah, wie sie mir zu Dutzenden mit ihren Fühlerchen zuwinkten. Ich schaute noch einen Moment lang zu, dann schloss ich die Augen und drehte den Kopf weg, während das Sedativum sich über mich senkte wie eine Bleiglocke.

Mein zweites Erwachen war um einiges härter.

Ich öffnete die Augen und schnappte laut nach Luft. Meine Lunge hörte sich an wie eine alte Dampfmaschine, und mein Kopf drehte sich von dem stechenden Schmerz, der urplötzlich in meine Schläfen fuhr. Leider war das noch das Beste, denn der Rest meines Körpers fühlte sich weit schlimmer an. *Alles* tat weh. Es war, als hätte ich einen Kampf in der Gladiatorenliga hinter mir, allerdings ohne Rüstung. Meine Haut brannte, meine Zunge war geschwollen, die Gelenke steif. Ich konnte weder Arme noch Beine bewegen, noch mich auf die Seite drehen, um meinen schmerzenden Rücken zu entlasten. Ich konnte nur daliegen und versuchen, gegen den Schmerz anzuatmen, während ich die wunderschönen Lichter an der Decke anstarrte.

Es waren so viele, dass ich eine halbe Minute brauchte, um zu merken, dass es sich um Phantome handelte. Ich erinnerte mich dunkel, welche gesehen zu haben, kurz bevor ich das Bewusstsein verlor, aber nicht in dieser Zahl. Der Raum platzte beinahe vor Leuchtkäfern. Sie krabbelten über die Wände, den Boden und sämtliche Apparaturen, die meisten jedoch schwebten in der Luft und winkten mir aus dem üblichen Sicherheitsabstand zu. Ich hatte das dringende Gefühl, dass mich das beunruhigen sollte, aber meine Schmerzen waren zu stark, um länger darüber nachzudenken, außerdem war der Anblick wunderschön: Wie der Mond in einer warmen Sommernacht schienen die Phantome auf mich herab.

Wenigstens war ich nicht mehr nackt, sagte ich mir. Während meiner Bewusstlosigkeit hatte mich jemand in einen beigefarbenen Krankenhausanzug gesteckt, darunter spürte ich unzählige Pflaster auf der Haut. Wahrscheinlich für Sensoren oder weitere Infusionsnadeln – es führten so viele Kabel und Schläuche von meinem Körper weg, dass ich unmöglich sicher sein konnte. So wie ich mich fühlte, befand sich kein einziger Tropfen Blut mehr in meinen Adern. Da ich Ärzte und Medizin generell hasse, hätte mich das eigentlich aus der Haut fahren lassen müssen, aber die Haare, die mir ständig ins Gesicht fielen, ließen mir keine Ruhe. Obwohl ich wie in einem Schmerzstrudel gefangen war, wusste ich, dass das eigentlich nicht sein konnte. Rupert hatte mir perfekte Zöpfe geflochten, wie konnten meine Haare da …

Die Erkenntnis kam wie ein Paukenschlag. Ich wollte mich ruckartig aufsetzen, doch die Fesseln hielten mich zurück, also versuchte ich, den Kopf zu heben, aber der wurde von Drähten festgehalten. Jemand hatte ein ganzes Netz aus Elektroden über meinen Schädel verteilt, und dazu hatte er *meine Zöpfe aufgemacht.*

Die Wut packte mich wie ein Feuersturm. Die Vorstellung, dass ein dahergelaufener Terraner an mir herumgefingert hatte, während ich ohnmächtig und hilflos dalag, um mir das Letzte zu nehmen, was mir noch von Rupert geblieben war, ließ mich explodieren. Ich war so in Rage, dass es mir egal war, wenn ich dadurch mein Virus wachrief. Sie wollten ihn haben? Dann sollten sie ihn bekommen. Ich würde die gesamte Besatzung dieses verfluchten Schiffs infizieren, und wenn die Lelgis kamen, würde sie das gleiche Schicksal ereilen. Ich …

Eine Welle aus Schmerz drückte mich zurück ins Bett und prügelte alle Rachepläne aus meinem Bewusstsein. Es war, als hätte jemand einen Schalter umgelegt, um mir eine auf einen Sekundenbruchteil konzentrierte Vierundzwanzig-Stunden-Migräne zu verpassen. Ich konnte nicht einmal mehr atmen, geschweige denn denken. Nur warten und hoffen, dass noch etwas von mir übrig war, wenn es wieder aufhörte.

Und dann, noch während der Schock durch mein Bewusstsein jagte, verschwand der Schmerz genauso plötzlich, wie er gekommen war. Mit zuckenden Lippen sank ich in die Matratze. Eine kurze Überprüfung zeigte, dass alle anderen Schmerzen noch da waren, aber im Vergleich zu dem, was ich soeben erlebt hatte, war das gar nichts. Nur die Turbomigräne war weg. Ratlos schaute ich zu den unter der Decke schwebenden Phantomen hinauf. Was zum Teufel war das gerade?

»Na schön«, sagte eine raue Stimme und brachte mich sofort wieder auf hundertachtzig. »Zwanzig Minuten früher wach als geplant, aber irgendwie überrascht mich das nicht.«

Der Zorn, den Caldswells Stimme in mir weckte, bescherte mir eine neuerliche Schmerzattacke, die so stark war, dass meine Augen tränten. Jetzt, da ich das Gefühl schon kannte, spürte ich, wie es meine Nervenbahnen zu überrollen drohte wie ein Lastwagen, also zwang ich mich aus reinem Selbstschutz, mich wieder zu beruhigen. Normalerweise dauerte das eine Weile, aber eine künstliche Migräne ist ein guter Lehrer, sodass ich meinen Puls in Rekordzeit wieder beinahe auf Normalniveau hatte. Wie zur Belohnung legte der Lastwagen den Rückwärtsgang ein, und ich atmete erleichtert auf. Dann hob ich den Kopf und musterte meinen Besucher.

Kapitän Caldswell saß in einem schmalen Plastikstuhl am Ende meines Bettes, die Füße auf den Koffer mit meiner Lady gelegt. Der Anblick hätte mich um ein Haar wieder aus der Fassung gebracht, aber ich konnte den Wutanfall gerade noch abbiegen, indem ich mir sagte, dass es immer noch besser war, die Lady Gray hier in meinem

Zimmer zu haben als weggesperrt in einer terranischen Waffenkammer. Die Erleichterung darüber war so groß, dass ich Caldswell den groben Affront beinahe verzieh. Beinahe.

»Würden Sie Ihre verfluchten Füße von meinem Baby nehmen?«, fragte ich weit höflicher, als ich es ohne Fesseln und den drohenden Migräneanfall getan hätte. Trotz meiner Freundlichkeit ließ Caldswell seine Stiefel, wo sie waren. Als ich genauer hinschaute, um zu sehen, warum, wünschte ich, ich hätte es bleiben lassen. Im Gegensatz zu Rupert war Caldswell nie sonderlich gut darin gewesen, seine Gefühle zu verbergen, und im Moment verschossen seine Augen tödliche Blitze. Auf dem Rücken liegend und gefesselt so grenzenloser Wut ausgesetzt zu sein trieb mir den Schweiß auf die Stirn, aber ich ließ mich nicht beirren. »Wo ist Rupert?«, fragte ich barsch.

Caldswell legte den Kopf in den Nacken und stützte ihn an der Zimmerwand ab. »Das wollen Sie nicht wissen.«

Und ob ich wollte. »Was haben Sie mit ihm vor?«, bohrte ich weiter und richtete mich so weit auf, wie Drähte und Fesseln es zuließen. Das Sprechen schien mir gutzutun, oder es lag an der Migräne, die alle anderen Beschwerden verblassen ließ, denn das Steifigkeitsgefühl in meinen Gelenken verschwand augenblicklich. Schmerzen hatte ich trotzdem noch genug, aber die konnte ich ertragen, und ich würde erst nachgeben, wenn ich ein paar Antworten hatte. »Wo ist er?«

»Er wurde bereits auf den Dunkelstern verlegt«, antwortete Caldswell, nahm endlich die Stiefel von meinem Koffer und setzte sich auf. »Glauben Sie mir, das ist eine Gnade. Martin wollte ihn standrechtlich erschießen lassen. So etwas kommt nicht oft vor, aber nachdem er Ihnen bei der Tötung eines Detektivs geholfen und Ihnen mehrmals die Flucht ermöglicht hat, hatte unsere Führungsriege das Gefühl, ein Exempel statuieren zu müssen. Hätte ich nicht interveniert, wäre Charkow bereits tot. Aber ich habe ein paar Strippen gezogen und den Wissenschaftsrat überzeugt, dass es eine unverzeihliche Verschwendung wäre, einen so erfahrenen und hervorragend angepassten Symbionten einfach zu töten. Stattdessen dient er ihnen nun als Versuchsobjekt, als Symbionten-Laborratte sozusagen. In zehn Jahren wird er vielleicht wieder aus der Einzelhaft entlassen, aber er wird nie wieder zu den Detektiven gehören.«

Ich atmete einmal tief durch. Versuchsobjekt? Der Tod wäre wahrscheinlich das gnädigere Ende gewesen. Ich schloss die Augen und versuchte, nicht an das Leid zu denken, das Rupert wegen mir erwartete. Versuchte, nicht zu weinen. Zum Glück hatte die Liebe mich nicht so schwach gemacht, dass ich vor Caldswell losheulte, aber ich war nahe dran. Die Erinnerung an den verzweifelten Blick, mit dem Rupert mir gesagt hatte, wie sehr er es hasste, ein Detektiv zu sein, tröstete mich ein wenig. Er mochte ein Versuchskaninchen in einem terranischen Labor sein, aber wenigstens musste er nie wieder eine Tochter erschießen. Besser als nichts.

»Freut mich«, sagte ich schließlich. »Er hat seine Arbeit gehasst.«

»Sie verstehen wirklich überhaupt nichts, wie?«, bellte Caldswell, sein Blick noch hasserfüllter als zuvor. »Nicht einmal, welchen Schaden Sie angerichtet haben!«

Ich öffnete den Mund zu einer Schimpftirade, aber Caldswell schnitt mir das Wort ab. »Lassen Sie mich Ihnen eine kleine Geschichte über Rupert Charkow erzählen. Wissen Sie, woher sein Akzent kommt?«

»Von Svenya«, antwortete ich betont langsam, um mir mehr Zeit zu verschaffen, die Falle zu entdecken, in die Caldswell mich zweifellos locken wollte.

»Ganz recht«, erwiderte er. »Unter den Überlebenden von Svenya haben wir mehrere Agenten rekrutiert, und alle haben spätestens nach zehn Dienstjahren ihren Akzent verloren. Alle außer Rupert. Egal wie viel Zeit verging und wie viele Sprachen wir ihm beibrachten, sein Akzent blieb. Nicht weil er es nicht geschafft hätte, ihn abzulegen. Wenn es ihm in den Kram passte, sprach er makelloses Universal, aber er *wollte* einfach nicht. Das ist Charkow: Er hält sich krampfhaft an Dingen fest, die ihm wichtig sind. Jeden Auftrag, den wir ihm erteilten, erfüllte er perfekt. Er hat sich nie beschwert und nie seine Macht missbraucht, denn das einzig Wichtige in seinem Leben war, dafür zu sorgen, dass niemand eines Tages das Gleiche würde durchmachen müssen wie er. Das war sein Lebenszweck, der Antrieb hinter allem, was er tat, und das ermöglichte es ihm, *alles* zu tun. Er war mit Abstand der Beste in unserer Organisation, und dann kamen Sie.«

Caldswell stand auf und beugte sich über mich, während ich mich in die Matratze drückte, so gut ich konnte, um bloß von ihm wegzukommen.

»*Sie* haben ihn zerstört«, knurrte er mit bebender Stimme. »Sie haben ihm in drei Monaten mehr Schaden zugefügt, als er in den sechzig Dienstjahren zuvor erlitten hat. Ich weiß es, denn ich kenne ihn, seit er ein elfjähriger Junge war. Ich war es, der ihn damals aus dem Flüchtlingslager holte, der ihm seine Ausbildung ermöglichte. Jedes Mal, wenn ich die Schnauze voll hatte von diesem

Zirkus und die Bürokraten mir einen weiteren Trottel wie Martin vor die Nase setzten, der noch nie im Leben gegen ein Phantom gekämpft hatte, dachte ich an Rupert und wusste sofort wieder, wofür ich diesen ganzen Mist ertrug. Rupert hatte als kleiner Junge alles verloren, aber er kämpfte immer noch. Dreiundvierzig Jahre hat er an unserer Seite gekämpft, und dann kamen Sie und haben ihn zerstört.« Caldswell fletschte die Zähne. »Sie haben ihn geschnappt und nicht mehr aus den Fängen gelassen, egal was, selbst dann nicht, als er Sie beinahe erwürgt hätte.«

Ich musste schlucken, und Caldswell sah es, aber wenn überhaupt, wurde sein Blick nur noch angewiderter.

»Keine Sorge, Charkow hat mir nichts erzählt. Ich habe es mir selbst zusammengereimt, als Hyrek mir von Ihrer Halsoperation auf dem Schwarzmarkt von Kessel erzählte.« Er schnaubte verbittert. »Sie haben Charkow so perfekt dressiert, dass er mir nicht eine Silbe über Sie verrät, obwohl ich ihm das Leben gerettet habe, verflucht noch mal.«

Ich hatte genug gehört. »Was haben Sie denn erwartet?«, schrie ich und ignorierte meine Kopfschmerzen. »Dass er mich sitzen lässt und Sie um Vergebung anfleht?«

Caldswell warf mir einen warnenden Blick zu, aber das kümmerte mich nicht. »Sie sind nicht sein Vater! Und selbst wenn, Rupert ist ein erwachsener Mann. Sie können schimpfen, solange Sie wollen, aber es ist nicht meine Schuld, und das wissen Sie. Es war Ruperts Entscheidung!«

»Trotzdem sind Sie beide erbärmliche Idioten!«, schrie Caldswell zurück. »Wir hatten eine *Abmachung*, Morris. *Ihre* Abmachung. Nachdem Sie sich eine Kanone an den Kopf gehalten hatten, glaubte ich, Sie würden sich daran halten. Aber kaum lasse ich Sie vier Tage allein, bringen

Sie den paradoxischen Heimatschutz gegen sich auf, vermöbeln das Evakuierungsteam und töten zwei Detektive, und dann laufen Sie auch noch zu *Ben*, von dessen Verbindung zu uns niemand wissen darf, und …«

Ich horchte auf. »Ben?«

Caldswell verdrehte die Augen. »Sie haben doch wohl nicht allen Ernstes geglaubt, Nebulon Starchild wäre sein richtiger Name? Als er für mich arbeitete, hieß er noch Dr. Ben Strauss, und wenn Sie auf mich gewartet hätten, hätte ich Ihnen sagen können, dass er viel zu sehr mit Nabelschau beschäftigt ist, um irgendjemandem zu helfen. Dann hätten Sie sich Ihren Ausflug sparen können!«

»Wir wussten nicht, ob Sie überhaupt zurückkommen würden!«, rief ich und schlug mit den Fäusten aufs Bett. Jetzt war ich beinahe so wütend wie Caldswell. Wegen dieser Migräne konnte ich zwar nicht so wütend werden, wie ich wollte, aber ich war fest entschlossen, so weit zu gehen wie irgend möglich. »Sie waren auf unbestimmte Zeit im Hyperraum verschollen, und meine Zeit ist äußerst knapp! Niemand hat je daran gedacht, Dr. Starchild mir gegenüber auch nur zu erwähnen, außer Rupert. Ich hatte nicht vor, unsere Abmachung zu brechen, ich wollte nur eine zweite Meinung einholen.«

Mit dem, was Starchild am Schluss unseres Gespräches sagte, war ich zwar kein bisschen einverstanden, aber er hatte mir einige sehr nützliche Informationen gegeben. »Wie dem auch sei, ich werde mich nicht entschuldigen, nur weil ich meine Optionen auslote. Immerhin sprechen wir hier über *meinen* kurz bevorstehenden Tod.«

»Wann geht es endlich in Ihren paradoxischen Dickschädel, dass es hier *nicht um Sie geht*?«, polterte Caldswell so laut, dass ich zusammenzuckte. »Ihr Virus könnte Billionen Leben retten. *Billionen.* Und Sie haben es um ein Haar vernichtet. Ein betrunkener Pirat hätte Sie auf Kessel erschießen können, und dann wäre alles verloren gewesen.«

»Ich wurde aber nicht erschossen«, entgegnete ich und merkte selbst, wie kindisch meine Erwiderung war. »Sehen Sie, ich behaupte ja nicht, ich hätte mich auf Kessel lehrbuchmäßig verhalten, aber Ihr Team hat sich auf mich gestürzt wie ein Haufen Kopfgeldjäger.«

Ich mochte es einfach nicht, wenn jemand mir ins Kreuz sprang und mich mit einer Waffe bedrohte. »Ich wusste nicht, wann Sie zurückkehren würden, und ohne Sie hatte ich kein Vertrauen zu dem Team. Was hätte ich denn tun sollen? Mich demütig ergeben und in ein Labor sperren lassen?«

»Exakt!«, brüllte Caldswell mir ins Gesicht. »Es geht hier nicht um *Ihren* Tod, um *Ihre* Bedürfnisse und wie *Sie* behandelt werden, sondern um *alle.* Und das bedeutet, dass Sie so schnell wie möglich in ein Labor gehören, bevor Sie noch eine Katastrophe auslösen.«

Angewidert schaute ich weg, aber Caldswell war noch nicht fertig.

»Das war noch nicht mal das Schlimmste«, fuhr er bebend fort. »Das Schlimmste und Egoistischste, was Sie getan haben, war, Rupert mit in den Untergang zu reißen. Dass Sie wieder abgehauen sind, überrascht mich nicht – Sie drehen immer durch, sobald ich Ihnen den Rücken zudrehe –, aber Charkow war einer von uns. Als er Natalia außer Gefecht setzte, hat er seine Laufbahn ruiniert. Sie haben ihn zu einem Verräter gemacht, weil Sie zu stolz und stur sind, sich in eine Situation zu begeben, die Sie nicht unter Kontrolle haben und in der Sie nicht alles bekommen, was Sie wollen. Alles Leid, das ab jetzt geschieht, ist allein *Ihre Schuld.*«

Das brauchte er mir nicht erst zu sagen. Ich wünschte nur, ich hätte Sascha schneller gezogen. Rupert wäre zwar außer sich vor Wut auf mich gewesen, wenn er wieder zu Bewusstsein kam, aber wenigstens frei. Mein Gewissen plagte mich auch so schon genug, und dass Caldswell nun alles mir in die Schuhe schob, kam nicht infrage.

»Sie haben auf ihn geschossen«, erwiderte ich. »Seine eigenen Leute. Sie gaben ihm nicht mal eine Chance …«

»Die Detektive gehen keine Risiken ein!«, bellte Caldswell. »Denn im Gegensatz zu Ihnen setzen wir nicht aufs Spiel, was wir nicht verlieren dürfen!«

»Da redet der Richtige!«, bellte ich zurück. »Sie haben ja nichts zu verlieren!«

Die Migräne kehrte mit aller Macht zurück, aber ich ignorierte sie. Meine Wut hatte mich bei der Kehle, und es war mir egal, wenn ich daran erstickte. Aber zuvor würde ich sagen, was ich zu sagen hatte.

»Wenn Ihnen Rupert wirklich so wichtig wäre, wären Sie froh, dass er seine Vergangenheit endlich losgelassen hat und wieder nach vorn schaut«, knurrte ich. »Aber er ist Ihnen egal. Sie sind nur angepisst, weil Sie Ihr gefühlloses Werkzeug verloren haben, Ihren eiskalten, perfekten Killerdetektiv.«

Ich richtete mich auf, so weit es irgend ging, Speichelfäden flogen aus meinem Mund. »Ich habe Rupert nicht gebrochen, *Sie* waren das! Sie wussten, unter welchem Druck er sein ganzes Leben lang stand. Überrascht es Sie wirklich so sehr, dass er die Gelegenheit ergriffen hat, als er endlich etwas fand, für das er nicht töten musste? Dass er versucht hat, es zu beschützen und zu behalten? Verdammt, Caldswell, Sie hatten einmal eine Familie. Sie wissen, was Liebe ist, und jetzt haben Sie gefälligst etwas Mitgefühl!«

Kaum hatte ich es ausgesprochen, da wusste ich, dass ich zu weit gegangen war. Caldswells Zorn hatte geglüht wie ein Ofen, jetzt wurde er zum Vulkan. Ich spürte beinahe, wie seine Hitze meine Haut versengte, und machte mich auf die nächste Tirade gefasst. Doch als er wieder etwas sagte, schrie er nicht, ganz im Gegenteil. Seine Worte waren ruhig, klar und tödlich, und das war viel, viel schlimmer.

»Mitgefühl«, wiederholte er und schaute mich mit so viel Verbitterung in den Augen an, dass ich den Kopf wegdrehte. »Was ich getan habe …«

Er verstummte röchelnd und nahm einen zweiten Anlauf. »Was ich getan habe, ist genau der Grund, warum ich kein Mitgefühl haben kann. Sie glauben, ich weiß nicht, was jetzt in Rupert vorgeht? Glauben Sie mir, ich weiß es, denn ich habe das Gleiche gefühlt und noch weit mehr als das. Das lüsterne Geplänkel zwischen Ihnen und Rupert ist nichts im Vergleich zu der Liebe, die ich siebzehn Jahre lang für meine Frau empfunden habe und für meine Tochter.« Dann fügte er mit zitternder Stimme hinzu: »Rupert hat Ihnen erzählt, welches Schicksal ihnen widerfahren ist.«

Es war keine Frage, aber ich nickte trotzdem, und Caldswell schloss die Augen. »Ich kannte all die Warnungen«, sagte er leise. »Damals waren sie lediglich militärinterne Empfehlungen ohne große Bedeutung. Es war leicht, sie zu ignorieren. Ich war Kommandant und glaubte, ich wäre etwas Besseres als die gewöhnlichen Soldaten, die mit ihren Symbionten nicht zurechtkamen. Ich dachte, meine Liebe wäre so groß, dass ich niemals tun würde, was in den Berichten stand, aber ich lag falsch. Furchtbar und unverzeihlich falsch, und sie haben den Preis dafür bezahlt.«

Caldswell setzte sich wieder, er brach regelrecht zusammen über seinem Plastikstuhl, als verweigerten die Beine ihm den Dienst, dann vergrub er das Gesicht in den Händen. »Nichts kann mir die beiden zurückbringen, Morris«, flüsterte er. »Sie sind fort, für immer, durch meine eigene Hand, und Sie verlangen Mitgefühl? Für Rupert, der nun den gleichen Fehler macht wie ich?«

Er riss den Kopf hoch und funkelte mich an. »Warum, zum Teufel, glauben Sie, habe ich ihm die Geschichte erzählt?«

Ich schluckte. »Aber …«

»Kein Aber«, fauchte Caldswell. »Bei dem, was wir tun, gibt es keinen Platz für Fehler, kein Erbarmen, und Rupert weiß das. Ich habe es ihm gesagt, ihn immer wieder gewarnt, und trotzdem ist er Ihnen hinterhergelaufen wie ein Lamm zum Schlächter, und jetzt, da es zu spät ist, haben Sie die Stirn, Mitgefühl von mir zu verlangen.«

Caldswell seufzte schwer, seine Wut schien zu verdampfen wie Nebel, und die plötzliche Veränderung ließ auch meinen Zorn schwinden. Ich wand mich unbehaglich. Allmählich dämmerte mir, dass ich nicht die Einzige war, die Rupert verloren hatte; zu meiner Überraschung war *ich* es, die nun Mitgefühl mit Caldswell verspürte. Ich wollte etwas sagen, ihn irgendwie trösten, aber ich wusste nicht, wie. Dabei war ich mir nicht einmal sicher, ob es für Leute wie uns überhaupt noch Trost gab.

Ich überlegte immer noch, da atmete Caldswell tief ein. Er saugte die Luft in sich hinein, als müsse er all seine

Kraft sammeln, um wieder aufstehen zu können. Als er es endlich geschafft hatte, sah er nicht mehr wütend aus, sondern unendlich müde. Er schaute mich an, als wäre ich sein Tod, nun schien er zu überlegen, ob er mich erschießen sollte oder mich mit offenen Armen empfangen.

»Verdammt, Morris«, flüsterte er und vergrub die Hände in seinem Haar, das schon länger ergraute, als ich überhaupt am Leben war. »Sie können es einem nicht leicht machen, oder? Alles wäre so viel einfacher, wenn ich Sie hassen könnte, aber das bringe ich anscheinend nicht fertig. Ich weiß, Sie meinen es gut, und obwohl ich Ihr Verhalten nach wie vor für eine grenzenlose Dummheit halte, verstehe ich Sie. Sie vertrauen den Detektiven nicht, und das kann ich Ihnen, offen gestanden, kaum verübeln. Wir haben alles getan, um Ihr Vertrauen zu verspielen, aber Sie dürfen nicht vergessen, dass wir in dieser Sache auf der gleichen Seite stehen. Wir wollen alle dasselbe.«

»Ist das so?« Caldswell schaute mich verdutzt an, aber ich ließ mich nicht beirren, denn wenn wir schon reinen Tisch machten, dann restlos. »Dr. Starchild hat mir gesagt, Sie hätten Maat an die Lelgis übergeben, damit sie das Loch schließt und keine weiteren Phantome mehr in unser Universum gelangen. Ist das wahr?«

Caldswell seufzte. »Ben hat also aus dem Nähkästchen geplaudert.«

Meine Miene verfinsterte sich. Das war keine Antwort. »Ist das wahr?«, wiederholte ich.

Caldswells Blick wurde ebenso finster. »Ja. Und bevor Sie fragen: Nein, ich bin nicht stolz darauf, und ja, ich würde es wieder tun. Ich habe getan, was getan werden musste, um uns alle zu retten.«

»Ich glaube Ihnen«, sagte ich, und Caldswell blinzelte

überrascht. Damit hatte er offensichtlich nicht gerechnet, aber ich hatte noch mehr zu sagen. »Ich glaube Ihnen, dass es damals notwendig war, aber das ist Jahrzehnte her. Seitdem leiden Maat und ihre Töchter für uns, und das ist nicht gerecht.«

»Sie hören sich an wie Brenton«, murmelte Caldswell.

»Möglich, aber vielleicht hatte er in diesem Punkt recht«, erwiderte ich hitzig. »Wissen Sie, was ich denke? Sie haben Angst. Angst davor, das Richtige zu tun, weil das bestehende System funktioniert und Sie nicht daran herumdoktern wollen. Sie überlassen Maat lieber ihrem entsetzlichen Schicksal, als eine andere Lösung auch nur in Betracht zu ziehen.«

»Angst?«, wiederholte Caldswell und schaute mich an, als hätte ich den Verstand verloren. »Selbstverständlich habe ich Angst. Haben Sie mir nicht zugehört? Wir reden hier vom Ende der Menschheit. Maat ist nur eine von vielen, und Sie werden doch wohl nicht behaupten, ein verrücktes Mädchen wäre mehr wert als das Überleben unserer Spezies.«

»Nur weil sie verrückt ist, dürfen Sie ihr das noch lange nicht antun«, widersprach ich. »Ich weiß nicht, wie das bei Ihnen ist, aber ich wurde dazu erzogen, meine Schlachten selber zu schlagen. Ihr Argument, das Wohl aller würde jegliches Übel rechtfertigen, ist genau der Grund, warum ich mit allen Mitteln nach einer anderen Lösung suche, bei der ich nicht mit den Detektiven zusammenarbeiten muss. Denn ich halte nichts von Ihrem Leitspruch. Ich halte nichts davon, die Rettung von Billionen Menschen als Ausrede für andere Verbrechen zu benutzen.«

Ich mochte gefesselt und wehrlos auf dem Rücken liegen, aber dieses eine Mal kümmerte mich das nicht –

ich hob dennoch trotzig das Kinn. »Ich mag stolz sein und stur«, fuhr ich fort, »aber darum geht es hier nicht. Es geht nicht einmal um das, was *ich* will, sondern um Moral.«

Nicht oft hatte ich Gelegenheit, anderen Moralpredigten zu halten. Ich bin Söldnerin, eine Auftragskillerin, und ich stehe dazu. Meine Hände mochten schmutzig sein, aber ich weiß, wo die Grenze ist, die ich nie überschreiten würde, und die Detektive hatten diese Grenze weit überschritten. Unter Drogen gesetzt und an ein Bett gefesselt, hatte ich zwar kein Mitspracherecht mehr, aber ich wusste, was richtig war und was falsch.

Caldswell musterte mich lange, dann breitete er wie in Zeitlupe die Hände aus. »Ich kann Ihnen nicht widersprechen, Morris, aber ich gebe Ihnen auch nicht recht. Moral ist etwas für Leute, die es sich leisten können, und zu denen gehören wir nicht. Es steht zu viel auf dem Spiel, und ich dachte, das hätte ich Ihnen verständlich gemacht, aber jetzt sehe ich, dass wir uns niemals einig werden. Es tut mir leid, ich wünschte, die Dinge hätten sich anders entwickelt, aber das hier ist das Ende.«

Ich hatte geglaubt, das Ende wäre gewesen, als er mich auf Starchilds Raumstation betäubte, aber anscheinend würde es noch schlimmer kommen, denn Caldswell sprach munter weiter. »Dank Ihrer Nummer auf Kessel und der Schau, die Sie auf der Raumstation abgezogen haben, hält Martin Sie für zu wankelmütig, um Ihnen auch nur einen Millimeter weit zu vertrauen. Der einzige Grund, warum Sie im Moment überhaupt bei Bewusstsein sind, ist, dass die Infusion, an der Sie hängen, genug Anti-Plasmex-Medikamente enthält, um selbst Maat ruhigzustellen.«

Mein Blick sprang zu der Nadel in meiner Armbeuge.

Anti-Plasmex-Medikamente? Ich hatte nicht mal gewusst, dass es so etwas überhaupt gab, allerdings erklärte es meine zorninduzierte Migräne, da ich anscheinend jedes Mal Plasmex manipulierte, wenn ich wütend wurde. »Das bedeutet wohl, dass unsere Abmachung hiermit hinfällig ist, oder?«

»Ganz und gar nicht«, widersprach Caldswell. »Ich stehe zu meinem Wort. Wenn sich aus Ihrem Virus eine Waffe machen lässt und die Lelgis uns nicht alle umbringen, sobald wir versuchen, sie einzusetzen, werde ich alles tun, um die Töchter zu befreien, wie ich es versprochen habe.« Er lächelte sarkastisch. »Das war schon immer mein Plan gewesen. Ich werde versuchen, auch die Detektive davon zu überzeugen, aber gezielte Phantom-Tötungen sind so gut wie ausgeschlossen. Kommandant Martin hängte sein Fähnchen schon immer gerne nach dem Wind, aber seit Einheit zerstört wurde, ist der Druck auf ihn um ein Vielfaches größer geworden.«

Es dauerte beschämend lange, bis mir wieder einfiel, dass Einheit der Name eines Planeten im Äon Sevalis war, den ein Kaiserphantom zerstört hatte. Jenes Phantom, bei dessen Anblick ich derart ausgerastet war, dass Rupert allmählich die Möglichkeit in Betracht zog, ich litte vielleicht doch nicht an Halluzinationen.

Auf diese Erkenntnis folgte ein überwältigendes Schuldgefühl. Wie hatte ich den Tod von Milliarden Äons einfach vergessen können? Zu meiner Verteidigung muss ich allerdings sagen, dass seitdem eine Menge passiert war. Außerdem hatte ich den Planeten selbst nie zu Gesicht bekommen, nur die Trümmer und das riesige Weltraumungeheuer, dessen Anblick mich so aus der Fassung brachte. Trotzdem schämte ich mich zutiefst für diese Gedächtnislücke und musste mich mit aller Macht konzentrieren, um wieder zurück in das Gespräch mit Caldswell zu finden.

»... Paradox, sogar die freien Kolonien liegen ihm in den Ohren damit und verlangen Ergebnisse«, sagte er gerade. »Martin brauchte dringend ein Wunder, und dann kehrten Sie von den Toten zurück. Sobald offiziell bestätigt war, dass Sie noch lebten, verkaufte er seinen Vorgesetzten Ihr Virus als Wunderwaffe, und sie haben's geschluckt. Der Wissenschaftsrat rüstet im Moment ein Schiff aus, das auf unbestimmte Zeit im Hyperraum bleiben kann, damit wir Sie – oder Ihre sterblichen Überreste – dort ungestört untersuchen können, bis wir etwas Brauchbares finden.«

Kluger Plan, dachte ich düster. Die Lelgis konnten mir im Hyperraum nichts anhaben, und wenn mein Virus unkontrolliert ausbrach, würde es nicht das gesamte Universum infizieren. Da fiel mir eine Frage wieder ein, die ich schon die ganze Zeit über hatte stellen wollen. »Wo sind wir jetzt?«

»In der Nähe des Dunkelsterns, aber keine Sorge, weit genug weg von Maat und trotzdem nahe genug, dass die Lelgis sich nicht heranwagen.«

Aus Furcht, von Maat angesteckt zu werden, wie mir jetzt klar wurde, doch das war es gar nicht, was mich so beunruhigte. Je länger unser Streitgespräch dauerte, desto mehr sah ich ein, dass Caldswell recht hatte: Das war das Ende.

Ich biss mir auf die Lippe. Nachdem ich dem Tod schon so oft ins Auge gesehen hatte, hätte ich nicht geglaubt, dass er so unspektakulär ausfallen würde. So still und doch so entsetzlich. Konnten die Todesengel des Königs mich im Hyperraum überhaupt finden? Ich wollte Caldswell gerade bitten, dafür zu sorgen, dass ich nicht im Hyperraum starb, nur so zur Sicherheit, aber eine so feige Bitte war mir dann doch zu peinlich. Ich starrte eine Weile an die Decke und nahm mir vor, ihn erst zu fragen, wenn ich auf das Hyperraumschiff gebracht wurde. Hauptsache, ich gab mir vor Caldswell keine weitere Blöße.

Mir war sowieso ein Rätsel, warum er überhaupt noch hier war. Er sollte endlich verschwinden, damit ich in Ruhe zusammenbrechen konnte. Und während ich die Phantome unter der Decke beobachtete, um Caldswell nicht ansehen zu müssen, fiel mir auf, dass sie sich veränderten. Als ich aus der Narkose erwachte, waren sie über mir geschwebt wie ein Heuschreckenschwarm, doch jetzt flossen die kleinen Phantome ineinander wie Wassertropfen und verschmolzen zu einem einzigen großen Klumpen. Im ersten Moment glaubte ich, es läge am Licht, oder ich hätte zur Abwechslung einmal eine *echte* Halluzination, aber je länger ich hinschaute, desto sicherer war ich, dass es tatsächlich genau so passierte: Die Phantömchen verschmolzen vor meinen Augen zu einem neuen Wesen, das sich über die gesamte Decke ausbreitete und mir unverändert mit seinen Fühlern zuwinkte.

Das war endgültig zu viel – dachte ich, doch das Wesen wuchs immer weiter, wurde größer und dicker, bis es nicht mehr ins Zimmer passte. Als Nächstes sah ich einen weiteren, zu einem großen Glibber verschmolzenen Phantomhaufen durch die Wand in mein Zimmer schweben und sich mit dem anderen verbinden. Zusammen bildeten sie die Spitze eines Fangarms, wie nur die großen Phantome sie hatten. Der Fangarm rührte sich zwar nicht, aber allein der Anblick ließ mir das Blut in den Adern gefrieren. Wie viele von den Viechern waren denn *noch* auf diesem Schiff?

Da spürte ich eine Hand auf meiner Schulter und zuckte zusammen. Ich riss meinen Blick von den Phantomen los und sah Caldswell über mich gebeugt dastehen.

»Was ist los?«, fragte er scharf.

Ich wusste nicht, wie ich es ihm erklären sollte. Der Fangarm unter der Decke konnte nur zu einem Phantom gehören, das weit größer war als das, das ich auf dem Xith'cal-Asteroiden getötet hatte. Wie groß genau, konnte ich wegen der Wände nicht erkennen, aber als sich der Fangarm bewegte, bekam ich den Eindruck, dass das Biest riesig sein musste. Ich fragte mich gerade, wie riesig, da fiel der Strom aus. Nur das Leuchten des Phantoms erhellte den Raum, dann bohrte sich ein Schrei in meinen Schädel.

9

Der Schrei war wie eine Sirene, scharf und spitz fuhr er mir mitten ins Gehirn. Wäre ich nicht gefesselt gewesen, ich hätte mich zu einer Kugel zusammengerollt und die Hände auf die Ohren gepresst, aber selbst das hätte nichts genützt. Wie bei dem Kaiserphantom, das Einheit vernichtet hatte, und dem armen Geschöpf, das ich auf dem Xith'cal-Asteroiden getötet hatte, und jedem anderen von den verfluchten Biestern, dem ich je begegnet war, war der Schrei kein Geräusch, sondern eine alles durchdringende Kraft. Mir blieb nichts anderes übrig, als die Zähne zusammenzubeißen und zu warten, bis er vorbei war.

Während ich mit geschlossenen Augen dalag und versuchte, bei Verstand zu bleiben, registrierte ich am Rand meines Bewusstseins, dass diesmal etwas anders war. Vielleicht klammerte ich mich an eine falsche Hoffnung, vielleicht drehte ich auch endgültig durch, aber während die anderen sich entweder wie Wut- oder Schmerzensschreie angehört hatten, klang dieser eher erfreut. Wie jemand, der endlich etwas findet, wonach er schon lange gesucht hat. Er tat natürlich trotzdem höllisch weh, aber kein Körper verharrt ewig in Schockstarre, und nach ein paar Sekunden hatte ich mich weit genug erholt, um die Augen zu öffnen …

Ich sah gerade noch, wie der leuchtende Tentakel direkt

neben meinem Kopf einschlug, und rollte mich instinktiv zur Seite, so weit es meine Fesseln zuließen. Die neben meinem Bett aufgetürmten medizinischen Geräte explodierten in einem Schauer aus Splittern. Da die Aura des Phantoms die gesamte Elektrik des Schiffs lahmgelegt hatte, regneten zwar keine Funken auf mich herab, aber die Splitter schlitzten die Haut an meinem rechten Arm auf, und es roch nach giftigem Plastikstaub.

Ich hustete immer noch, da sah ich den Fangarm zum nächsten Schlag ausholen. Meine Fesseln hielten mich nach wie vor an Ort und Stelle, aber zum Glück arbeitete Caldswell bereits an dem Problem. Wir mochten viele Differenzen haben, aber in solchen Situationen war mein ehemaliger Kapitän auf der gleichen Wellenlänge. Für ihn war das Phantom zwar unsichtbar, aber er hatte gesehen, was es angerichtet hatte. Als der Fangarm sich erneut hob, schnitten Caldswells Symbiontenklauen bereits durch meine Fesseln, dann hob er mich vom Bett – nur einen Sekundenbruchteil bevor das Phantom es zermalmte.

Das Krachen des berstenden Metallgestells war ohrenbetäubend laut, doch statt ein drittes Mal auszuholen, hielt der Fangarm, der noch vor weniger als einer Minute aus Hunderten kleiner Phantome bestanden hatte, einfach inne, als mache er eine Bestandsaufnahme. Ich hob den Kopf über Caldswells Schulter, um besser sehen zu können, da verschwand der gespenstisch leuchtende Glibber einfach durch den Boden und ließ uns in vollkommener Dunkelheit zurück. Blinzelnd wartete ich darauf, dass meine Augen sich daran gewöhnten, da hörte ich Caldswells Stimme.

»Morris!«

»Was?«, fragte ich und blickte auf.

»Erklären *Sie's* mir«, erwiderte er und zog knurrend die nutzlos gewordene Infusionsnadel aus meinem Arm. »Was zum Teufel war das?«

»Ein Phantom«, antwortete ich und zupfte mir die Elektroden aus der Frisur.

»Was Sie nicht sagen«, blaffte er. »Wie groß? Wie viele?«

Eine knifflige Frage. »Eins«, antwortete ich schließlich. »Und ziemlich groß.«

In der Dunkelheit konnte ich Caldswell nicht sehen, aber ich spürte seinen bohrenden Blick. »Definieren Sie ›ziemlich‹.«

Der Raum war knapp drei Meter lang, aber der Fangarm, den die Phantome gebildet hatten, musste um einiges größer gewesen sein. Und Fangarme hatten ohnehin nur die wirklich großen. Allein das Ende hatte den gesamten Raum ausgefüllt, was bedeutete, dass das Vieh mindestens so groß wie unser Schiff war, wenn nicht größer.

»Ich glaube, es ist ein Kaiserphantom«, flüsterte ich. »Oder eine Stufe kleiner vielleicht, aber auf jeden Fall groß genug, um das Schiff zu zerstören.«

Caldswell verlagerte mich mit einem lauten Fluch auf den linken Arm und zog mit dem anderen sein Com heraus, aber das Ding war tot wie alle anderen Geräte an Bord. Mit einem weiteren Fluch steckte er es wieder ein. »Kommen Sie.«

Bevor ich fragen konnte, wohin, hatte er mich schon über die Schulter geworfen und sich Richtung Tür gewandt, die dank des Stromausfalls fest verriegelt war. Nicht dass jemanden wie Caldswell das gestört hätte. Ich war immer noch damit beschäftigt, meine Balance zu finden, da hob er ein Bein und trat die Tür ein, als wäre sie aus Papier.

Der Flur dahinter war stockfinster. Was immer das Phantom angestellt hatte, es wirkte sich auch auf die Notbeleuchtung aus und auf alle anderen Systeme. Wie durch ein Wunder funktionierte die künstliche Schwerkraft noch, und ich sah zwar überhaupt nichts, dafür hörte ich das Gebrüll der Soldaten. Caldswell ließ sich von dem Chaos um uns herum nicht aus der Ruhe bringen, stieg durch die geborstene Tür und rannte einfach los.

»Wo wollen Sie hin?«, fragte ich und hielt mich aus Leibeskräften an ihm fest. Es war so finster, dass ich nicht einmal die Tür erkennen konnte, durch die er mich gerade getragen hatte. »Kehren Sie um, meine Rüstung ist immer noch im Zimmer!«

»Auf keinen Fall. Sie würde sowieso nicht funktionieren«, widersprach Caldswell und sprang über irgendein Hindernis. »Unsere einzige Hoffnung ist, es bis zur Brücke zu schaffen.« Ich spürte, wie sich sein Brustkorb blähte, dann brüllte er: »Aus dem Weg!«

Ich sah die Soldaten nicht, hörte aber, wie sie sich eilig an die Wände drückten, um uns durchzulassen.

»Mabel hat eine Tochter mit an Bord genommen«, sprach Caldswell weiter, als wäre nichts passiert. »Mit ihrer Aura kann sie die Systeme so weit wiederherstellen, dass wir mit einem der Jäger fliehen können. Die Medikamente müssten Ihr Virus noch lange genug im Zaum halten, damit …«

Der Rumpf erzitterte mit einem lauten Scheppern. Caldswell verstummte keuchend, und das Schiff kippte zur Seite. Einen schrecklichen Moment lang schlingerte es wie eine Nussschale in stürmischer See, dann setzte die Schwerkraft aus, und wir knallten gegen die Decke.

Im Moment des Aufpralls ließ er mich los, und dank

der ausgefallenen Schwerkraft gelang es mir selbst mit meinen tauben Gliedern, den Stoß ausreichend abzufedern. Nach ein paar Sekunden hörte das Schlingern auf, und ich glaubte schon, die Stabilisierungsdüsen würden wieder funktionieren, dann hörte ich es: Es war das gleiche entsetzliche Knarren wie auf der *Narr*. Hätte die künstliche Gravitation noch funktioniert, ich wäre vor Verzweiflung zu Boden gesunken.

»Es wickelt sich um das Schiff«, sagte ich in die Dunkelheit.

»Ich weiß«, erwiderte Caldswell direkt neben mir. Ich spürte seine Hand auf meinem Arm, dann zog er mich vorwärts. »Halten Sie sich an den Plan«, schärfte er mir ein und schleifte mich hinter sich her. »Wir gehen diesen Korridor entlang bis zum Schacht des Hauptaufzugs. Von dort …«

Er redete immer noch und gab mir in seiner knappen Kapitänsart genaue Anweisungen, aber ich hörte nicht mehr zu, denn ich merkte, dass ich wieder etwas sehen konnte. Irgendwo schien es noch Strom zu geben, denn über mir schimmerte ein Licht und wurde beständig heller. Ich wandte mich Caldswell grinsend zu, aber der schaute stur geradeaus. In diesem Moment wurde mir klar, dass er das Licht nicht sehen konnte. Genauso wenig wie die Soldaten, die sich verzweifelt an den Wänden ringsum festhielten. Niemand sah es außer mir, weil es gar kein Licht war, sondern das Phantom.

Ich werde den Anblick des bläulichen Fangarms, der wie ein Gespenst aus dem Aufzugschacht wenige Meter vor uns glitt, nie vergessen. Ob es derselbe war wie der, der mich vorhin um ein Haar zerquetscht hätte, konnte ich nicht mit Sicherheit sagen, aber ich glaubte es nicht.

Erstens kam er aus der entgegengesetzten Richtung, zweitens sah er noch um einiges größer aus. Der im Krankenzimmer war so breit gewesen wie mein Bett, dieser hier füllte den über zwei Meter breiten Aufzugschacht beinahe vollständig aus. Außerdem war er durchsichtig.

Als er die erste der an den Korridor grenzenden Türen erreichte, erstrahlte er plötzlich in grellweißem Licht, dann explodierte die Tür wie von einem Rammbock getroffen nach innen. Da Phantome sich durch Wände bewegen konnten, als wären sie gar nicht da, schien mir dieses Türeintreten einigermaßen sinnlos. Erst als der Tentakel das dahinterliegende Zimmer durchwühlte, während die Soldaten hilflos schreiend auf den Korridor schwebten, kapierte ich es: Das Phantom suchte nach etwas, das nicht einfach durch Wände gehen konnte, und ich war ziemlich sicher, wonach.

»Caldswell!«, unterbrach ich ihn mitten während seiner Anweisungen. »Das Phantom ist hier drinnen. Wir müssen in die andere Richtung.«

Er verstummte abrupt. »Wo?«

Ich deutete in die entsprechende Richtung, da fiel mir wieder ein, dass er nichts sehen konnte. »Haben Sie den Knall gehört?«, fragte ich. »Es hat eine Tür eingeschlagen und wird es gleich noch einmal tun.«

Wie auf ein Signal hin erstrahlte der Fangarm erneut, die zweite Tür flog aus dem Rahmen und krachte gegen die dahinterliegende Wand. Der Knall hallte durch den Flur, und Caldswell schnaubte. »Was zum Teufel tut es da?«

»Es sucht nach etwas«, antwortete ich. *Nach mir*, fügte ich stumm hinzu und zog Caldswell am Arm. »Wir müssen hier weg.«

»Genau das hatte ich vor«, erwiderte er.

»Nein, ich meine, raus aus diesem Korridor!« Ich ließ seinen Arm los und stieß mich mit den Füßen von der Decke ab. »Jetzt.«

Caldswells Hand schnellte vor, durch pures Glück erwischte er meinen Fuß. »Sie gehen nirgendwohin.«

Ärger flammte in mir auf, gefolgt von einem stechenden Schmerz, ausgelöst von den Resten der Anti-Plasmex-Medikamente in meinem Blut. Jetzt, da ich nicht mehr an der Infusion hing, schwemmte mein Körper das Zeug zusehends aus, weshalb der Schmerz weit schwächer war als zuvor, aber immer noch schlimm genug, um mich laut nach Luft schnappen zu lassen.

Der Fangarm am Ende des Flures hielt mitten in der Bewegung inne und zog sich schnell wie eine Schlange aus dem Raum zurück, den er eben noch durchwühlt hatte. Dann drehte er sich in meine Richtung.

Meine Augen wurden tellergroß. »Ich muss weg hier, sofort«, keuchte ich und versuchte, mich aus Caldswells Griff zu befreien, doch seine Finger drückten nur noch fester zu.

»Sie bleiben …«

Ich trat mit aller Kraft aus und knallte seine Hand gegen die Decke. Wäre er ein Mensch gewesen, hätte ich ihm sämtliche Finger gebrochen, aber Caldswell war ein Symbiont und hartgesottener Kämpfer. Sein Griff lockerte sich gerade weit genug, dass ich meinen Fuß zurückziehen konnte, doch Caldswell fing mich sofort wieder ein, und diesmal packte er zu wie ein Schraubstock.

»Morris!«, knurrte er, aber ich hörte ihn kaum, denn der Tentakel jagte nun genau auf mich zu.

»Nein!«, brüllte ich und wand mich nach Kräften. »Lassen Sie mich los!«

Der Fangarm bewegte sich schnell, aber nicht besonders geschickt. Einer so riesigen Kreatur musste es sehr schwerfallen, einen so kleinen Körperteil so genau zu manövrieren, denn obwohl Caldswells Griff mich behinderte, verfehlte der Fangarm mich locker um einen Meter und prallte mit einem dumpfen Knall gegen die Decke. Die Spitze durchschlug das Metall, riss ein Stück der Tragekonstruktion heraus und setzte sogleich zum nächsten Versuch an.

Einen Moment lang hielt ich inne. Ein Phantom musste sich aufs Äußerste konzentrieren, wenn es mit der physischen Welt interagieren wollte, daher kam auch dieses helle Leuchten. An einer dunkleren Stelle seines Körpers konnte ich vielleicht durchbrechen. Es war ein verzweifelter Plan, aber einen anderen hatte ich nicht, also versuchte ich es.

Die Ausholbewegung des Fangarms schleuderte schwebende Trümmer in alle Richtungen, dann jagte die Spitze wie ein Speer auf mich zu.

Ausgerechnet die Schwerelosigkeit rettete mich. Mit einer Bewegung, die ich unter Normalbedingungen niemals zustande gebracht hätte, benutzte ich Caldswells Schraubstockhand als Hebel und ließ meinen Körper wie ein Schnappmesser nach hinten klappen. Der Fangarm schoss an mir vorbei, traf diesmal aber nicht die Decke, sondern eine Soldatin, die unbemerkt von hinten herangekommen war. Die arme Frau flog mehrere Meter rückwärts durch die Luft und schlug mit dem Rücken gegen die Wand, so hart, dass ich ihre Rippen beim Aufprall knacken hörte.

»Was zum Teufel ist hier los?«, bellte Caldswell.

»Das Phantom!«, bellte ich zurück. »Es ist hinter mir her, Sie *müssen* mich jetzt loslassen!«

Caldswells Griff wurde nur noch fester, aber ich verkniff mir die Tirade, die ich schon auf ihn loslassen wollte. So schön es auch gewesen wäre, ihn gehörig zusammenzustauchen, mir fehlte die Zeit dazu. Caldswell hatte allen Grund zu glauben, ich wollte fliehen. All die anderen Male hatte ich genau das getan. Ich musste ihm irgendwie begreiflich machen, dass ich diesmal etwas anderes im Sinn hatte, also beruhigte ich mich mit einer Willensanstrengung, die ich mir niemals zugetraut hätte, und krallte ihm die Finger in die Schulter.

»Hören Sie zu«, begann ich mit möglichst ruhiger Stimme, »ich schwöre beim König, dass ich nicht abhauen werde, aber hier drinnen ist ein Fangarm, der mich schon zweimal nur knapp verfehlt hat. Ein drittes Mal werde ich nicht so viel Glück haben, wenn Sie also *bitte* so nett wären, meinen Fuß loszulassen und mir zu helfen?«

Caldswell drehte blind das Gesicht in die Richtung, aus der meine Stimme kam. Seine Stirn lag in tiefen Falten, als glaubte er mir kein Wort, doch er nickte und ließ tatsächlich von mir ab. »Wo lang?«

Ich grinste triumphierend. »Zurück«, antwortete ich und kletterte über ihn hinweg.

Zu diesem Zeitpunkt plädierte mein Kampf-oder-Flucht-Instinkt eindeutig für Flucht, und der damit einhergehende Adrenalinschub machte die schmerzauslösende Wirkung der Medikamente restlos zunichte. Jede Faser meines Körpers stand unter Hochspannung, als ich mich abstieß und wie ein Pfeil den Korridor entlangflog, nur weg von dem Phantom.

Abgesehen von dem kurzen Flug in der Kirche des Kosmos hatte ich mich schon seit Jahren nicht mehr ohne meine Rüstung in Schwerelosigkeit bewegt, aber mein

Überlebensdrang machte die fehlende Erfahrung wett. Caldswell folgte direkt hinter mir mit geübter Leichtigkeit.

Wir hatten es beinahe zurück zu meinem Krankenzimmer geschafft, da schnellte der Tentakel erneut vor, aber diesmal war ich bereit. Ich presste mich flach gegen die Wand, ließ den Fangarm an mir vorbeisausen und überlegte, wie ich am besten in den abzweigenden Korridor gelangte. Ich wusste nicht einmal, wohin er führte, aber das war egal – Hauptsache weg von hier. Dann, als der Fangarm sich wieder zurückzog, streifte er zufällig mein Bein.

Das Erste, was ich spürte, war eine Kälte, als saugte die Berührung meine Körperwärme durch all die Pflasterschichten auf meiner Haut restlos ab. Das Phantom schien genauso überrascht von seinem Zufallstreffer wie ich und erstarrte mitten in der Bewegung.

Das wäre meine Chance gewesen. Ich hätte mich wegkatapultieren sollen, fallen lassen, irgendwas, aber die Eiseskälte brachte mich so sehr aus der Fassung, dass ich keinen Finger rührte, und das war ein fataler Fehler. Wieselflink wickelte sich der Tentakel um mein Bein und pflückte mich von der Wand.

Ich stieß einen gellenden Schrei aus und sah noch, wie Caldswell mich zu erwischen versuchte, aber es war zu spät. Der Fangarm zog mich über den Flur Richtung Aufzugschacht, während die glitschige Spitze sich an meinem Körper entlang bis zu meinem Hals hocharbeitete.

Ich wehrte mich nach Leibeskräften, aber es war, als versuchte ich einer Eislawine zu entkommen. Der Fangarm war glatt wie Gelatine und so kalt, dass mein gesamter Körper binnen Sekunden taub war. Das Einzige, was ich tun konnte, war, mit meinen gefühllosen Händen auf das Glibberding einzuschlagen.

»Lass mich los, du dämliches Vieh!«, schrie ich mit vor Angst und Hilflosigkeit schriller Stimme. »Wenn du es nicht tust, stirbst du!«

Das war nicht gelogen, denn die Anti-Plasmex-Medikamente wirkten nicht mehr. Wegen der Eiseskälte, die von dem Phantom ausging, spürte ich das Prickeln zwar nicht, aber das musste ich auch gar nicht, denn ich sah, wie meine Arme bereits schwarz wurden. Mein Herz begann so heftig zu pochen, dass ich glaubte, jeden Moment das Bewusstsein zu verlieren.

»Nein!«, kreischte ich und wand mich heftiger denn je. So wollte ich auf keinen Fall sterben, doch genau danach sah es aus. Das Phantom hatte mich bereits um eine Ecke und durch eine eingeschlagene Doppeltür in eine große Halle gezerrt, die ich, als ich die ordentlich aufgereihten Einsitzer sah, als den Hangar für die Jäger erkannte. Mein Puls beschleunigte noch weiter. Auch hier war die Beleuchtung ausgefallen, aber im Schimmer des Phantoms erkannte ich die Startluken mit den riesigen Sichtfenstern darüber, hinter denen unzählige Sterne schimmerten. Und da begriff ich, was das Monster vorhatte: Es wollte mich nach draußen zerren, wo Vakuum und Kälte mich töten würden, bevor das Virus sein Werk verrichten konnte.

Bei der Vorstellung drehte ich endgültig durch. Ich hatte all diesen Mist nicht ertragen, auf meinen Stolz gepfiffen, mich den Detektiven ausgeliefert und Rupert verloren, um dann *so* zu sterben. Es war eine Beleidigung auf jeder Persönlichkeitsebene, und ich kämpfte knurrend wie ein wildes Tier. Wenn nötig, hätte ich das Vieh sogar gebissen, da hielt der Fangarm plötzlich inne.

Ich tat das Gleiche und sah mich blinzelnd um. Mittlerweile befand ich mich direkt vor den Startluken, von denen ich geglaubt hatte, das Phantom würde sie einschlagen. Der Fangarm ging mitten durch das Metall, blieb aber durchsichtig wie eine körperlose Projektion. Der einzige Teil, der sich mit einem unverändert hellen Leuchten manifestierte, war das um mich geschlungene Ende. Dann geht es wohl doch nicht nach draußen, sagte ich mir. Zumindest noch nicht. Ich überlegte gerade, warum ich dann überhaupt hier war, da hob das Phantom mich hoch.

Die Bewegung kam ohne jede Vorwarnung und war so heftig, dass mir der Kopf in den Nacken schlug. Als ich mich von dem Ruck erholt hatte, schwebte ich sechs Meter hoch in der Luft genau vor dem Sichtfenster. Grellweißes Licht strahlte mir entgegen wie eine Sonne, und keuchend hielt ich den Atem an.

Ich konnte die gesamte Backbordseite unseres Schiffs sehen, außerdem einen zweiten Schlachtkreuzer direkt neben dem unseren. Das war zwar eine Überraschung, aber selbst wenn dort draußen die gesamte republikanische Sternenflotte versammelt gewesen wäre, hätte ich nur flüchtig hingeschaut, denn meine Aufmerksamkeit wurde voll und ganz von dem Phantom in Bann geschlagen.

Das Kaiserphantom hatte sich tatsächlich um unser Schiff gewickelt, allerdings nicht so, wie ich erwartet hatte: Ich hatte gedacht, es wollte den Rumpf mit seinen Tentakeln zermalmen, stattdessen kuschelte es sich eher an die Außenhülle. Sein Körper sah aus wie eine Ansammlung verschlungener, leuchtender Schlangen, die derart ineinander verknotet waren, dass ich keinerlei feste Formen erkennen konnte, bis sich direkt vor dem Sichtfenster etwas erhob, das aussah wie ein Kopf.

Normalerweise fiel es mir verflucht schwer, an einem Phantom so etwas wie Körperteile zu identifizieren. Sie schienen keine feste Gestalt zu haben, manche hatten winzige Fühler, andere kilometerlange Fangarme, wieder andere waren kaum mehr als glibberige Kleckse ohne erkennbare Gliedmaßen. Aber eines mit Augen hatte ich bisher bestimmt noch nicht gesehen.

Der Kopf war klar umrissen, majestätisch erhob er sich jenseits des Sichtfensters, und in der Mitte schimmerten vier Augen. Sie waren kugelrund wie die einer Garnele und leuchteten in dem schönsten Dunkelblau, das ich je gesehen hatte. Da sie keine Pupillen hatten, konnte ich unmöglich wissen, in welche Richtung sie schauten, trotzdem spürte ich ihren unergründlichen Blick eindeutig auf mich gerichtet, während alle vier Augen mich musterten.

Und während wir einander anstarrten, spürte ich eine Kälte in meine Brust dringen, die mein Herz einen Schlag lang aussetzen ließ. Mehrere Sekunden lang war ich zu gebannt von dem Anblick des Phantoms, um zu überprüfen, woher dieses eigenartige Gefühl kam, und als ich es schließlich tat, sah ich, dass meine Brust unverletzt war: Die Spitze des Fangarms war jetzt durchsichtig und tastete in meinem Brustkorb herum. Sie war unfassbar kalt, aber die Kälte tat nicht weh. Zumindest mir nicht.

Das Phantom hingegen stieß einen durchdringenden Klagelaut aus, der meine Schädeldecke zum Vibrieren brachte, trotzdem ließ es nicht los und drang immer weiter vor, bis ich die Eiseskälte selbst in meiner Lunge spürte. Und dann begann der Fangarm sich direkt vor meinen Augen zu verfärben.

Einen Moment lang sah ich blinzelnd zu, wie die ölige

Schwärze den leuchtenden Fangarm hinauf in den Körper des Phantoms strömte. Ich starrte immer noch, da verschwand die Welt um mich herum, und ich versank in Dunkelheit.

Wie bei all den Gelegenheiten zuvor dauerte meine Reise ins Eins nur einen Wimpernschlag, nur dass ich diesmal wusste, was mich erwartete: Sobald das Universum um mich herum verschwand, machte ich mich bereit, den Lelgis gegenüberzutreten, die mit Sicherheit in der Dunkelheit auf mich lauerten.

Doch ab da wurde es ungewöhnlich, denn als ich die Augen öffnete – ich hatte nicht mal gewusst, dass das hier überhaupt möglich war –, verschwand die Dunkelheit. Ich schwebte schwerelos im Nichts, vor mir wie ein Silbermond das Kaiserphantom. Es sah genauso aus wie zuvor, die Augen von einem wunderschönen Blau, der leuchtende, schlangenartige Körper in sich selbst verschlungen, nur das Sichtfenster zwischen uns war verschwunden. Genauso wie die beiden Kreuzer und die Sterne. Ich schwebte ganz allein mit dem Phantom in der dunklen Unendlichkeit.

Nun, das stimmt nicht ganz. Nachdem ich mich an den Anblick des Phantoms gewöhnt hatte, bemerkte ich die unsichtbaren Beobachter in der Ferne. Ich reckte den Hals, aber das Schimmern des Phantoms überstrahlte alles, was es in der Finsternis eventuell zu sehen gegeben hätte. Ich sah nur Schwärze, undurchdringlich wie Teer. Schließlich gab ich es auf und wandte mich wieder dem Ungeheuer zu.

»Okay«, sagte ich und verschränkte die Arme vor der Brust, die immer noch von dem gleichen Krankenhausoberteil bedeckt war, das ich auch in der Realität getragen hatte. »Du hast mich hergebracht. Was willst du von mir?«

Ich kann kaum in Worte fassen, wie bescheuert ich mir dabei vorkam, so in die Unendlichkeit zu brüllen. Da es keine Bezugspunkte gab, konnte ich nicht sagen, wie groß und wie weit weg das Phantom war; das einzige Wort, das mir dazu einfiel, war: *sehr.* Da ich mich mit den Lelgis problemlos unterhalten konnte, erwartete ich, dass auf das Phantom, das ja ebenfalls aus Plasmex bestand, das Gleiche zutraf. Während ich also auf eine Reaktion wartete, bereitete ich mich auf einen ähnlichen Ansturm aus Worten und Bildern vor, wie ich ihn nach dem Tod des Sensenmanns von den Lelgis-Königinnen erlebt hatte.

Stattdessen hörte ich ein Brüllen.

Das Phantom hob die schlangenähnlichen Tentakel und stieß ein tiefes, beinahe musikalisches Brummen aus. »Harrrrrrrrrrrm.«

Es war so laut, dass ich es bis in die Eingeweide spürte und schon glaubte, mich übergeben zu müssen, aber was mich noch viel mehr überraschte, war die Tatsache, dass es sich um ein *Geräusch* handelte. Keine geistige Botschaft, auch kein körperloser Schrei, sondern echter, ohrenbetäubender Lärm, der fast eine ganze Minute lang anhielt. Nachdem ein paar Sekunden lang wieder wohltuende Stille eingekehrt war, brüllte das Phantom schon wieder, diesmal allerdings noch lauter.

»HARRRRRRRRRRRM. *HARRRRRRRRRRRM!*«

Ich presste mir die Hände auf die Ohren, was gegen dieses Erdbeben von einem Schrei herzlich wenig nutzte. Wozu das Gebrüll gut sein sollte, wusste ich nicht. Hatte das Phantom mich nur hergebracht, um mich anzuschreien? Alles, was es damit bei mir bewirkte, waren stechende Kopfschmerzen, aber was noch schlimmer war: Das Phantom wirkte zusehends verärgert. Es *harrm*te, was das Zeug hielt, starrte mich mit seinen riesigen Augen an und fuchtelte immer aufgeregter mit seinen Tentakeln, als wollte es mir etwas sagen.

»Was?!«, schrie ich, als das nächste Mal Stille einkehrte. »Was willst du mir sagen? Was erwartest du von mir?«

Die Zuckungen wurden noch wilder, dann hörten sie abrupt auf, und das Phantom legte die Spitzen seiner Fangarme aneinander, als denke es angestrengt nach. Beinahe eine ganze Minute ging das so, dann streckte es die beiden längsten in meine Richtung. Ich fürchtete schon, dass es mich gleich wieder packen würde, doch wenige Meter vor mir blieben die Fangarme stehen. Ein weiteres Mal war ich wie hypnotisiert von der schieren Größe und Schönheit des Wesens. Sein Körper funkelte in der Dunkelheit wie von unten beleuchtetes Wasser, während der eine Fangarm sich direkt vor mir zu einem Rechteck verbog. Das Rechteck war vollkommen ebenmäßig, mit schönen geraden Seiten und exakten Winkeln. Ich wusste zwar nicht, was ich damit anfangen sollte, trotzdem war es nett, dass ich es zumindest erkennen konnte. Ich glaubte schon, die Botschaft lautete »Rechteck«, da schob das Phantom den zweiten Fangarm vor das Rechteck, sodass ich es nicht mehr sehen konnte, und zog ihn dann betont langsam wieder weg.

»Harrrrrrrrrrrm«, machte es, als das Rechteck wieder da war. »Harrrrrm.«

Ich kratzte mich am Kopf und überlegte fieberhaft, was das zu bedeuten haben mochte. Was Rätsellösen anging, war ich generell keine Leuchte, und das hier überstieg meine Fähigkeiten bei Weitem. Während ich ratlos auf meiner Unterlippe herumkaute, wünschte ich, Rupert wäre hier. Er war gut in solchen Dingen und außerdem ein Sprachgenie. Wahrscheinlich könnte er etwas damit anfangen, aber er war nicht hier, und ich hatte weder eine Ahnung, was das Phantom wollte, noch, wie ich ihm das erklären sollte.

»Harrrrrrrrrrrm«, machte es wieder und bewegte den Fangarm vor dem Rechteck vor und zurück wie bei einem Kuckuckspiel. »HARRRRRRRRRRRM!«

»Ich hab's gehört!«, schnaubte ich. »Gib mir ein bisschen Zeit, okay?«

»Haaarrrim«, machte das Vieh unbeirrt und variierte die Intonation so lange, bis es klang wie der Gesang eines gigantisch großen und gigantisch wütenden Wals. »Haaaaarim. Haaaaaaaaaaarim.«

Es war zum Haareraufen. Gott und König, warum musste das Alien diese alberne Scharade ausgerechnet mit mir spielen? Und was zum Teufel bedeutete Harim? Bei dem Lärm konnte ich ja nicht mal denken, also blendete ich das Geschrei aus, so gut es ging, und versuchte mich zu erinnern, ob ich etwas Ähnliches irgendwo schon einmal gehört hatte. Ich durchforstete sogar Ruperts Erinnerungen, was ohne entsprechenden Auslöser verdammt schwer war, aber auch er hatte, soweit ich es beurteilen konnte, noch nie etwas Vergleichbares erlebt. Ich war ziemlich sicher, dass es sich bei Harim nicht einmal um ein Wort handelte, und beschloss, dem Phantom irgendwie mitzuteilen, dass wir so nicht weiterkamen, da merkte ich, wie der Gesang sich erneut veränderte.

»Haaaaaaim«, sang das Phantom und schaute mich an. Dabei bewegte es den Fangarm nicht mehr vor und zurück wie zuvor, sondern drehte ihn wie eine sich öffnende Tür, die dann wieder ins Schloss fiel. »Haaaaaaim.«

Das war des Rätsels Lösung! Ein Lächeln breitete sich über mein Gesicht aus. »Heim?«, wiederholte ich. »Ihr wollt nach Hause?«

Das Phantom hörte mit dem Gefuchtel auf, und auch wenn es vielleicht nur Einbildung war, sah es so aus, als erstrahlten seine Augen vor Glück. »Haaaaaaim«, donnerte es, dass mir die Ohren klingelten. »Haaaaaaim!«

»Ihr wollt in euer Universum zurück«, sagte ich, nun plötzlich auch ganz aufgeregt. In Gedanken war ich wieder in Starchilds Refugium, wo er mir erklärt hatte, Maat sei der Damm, der die Phantom-Flut zurückhielt. Doch Dämme wirkten in beide Richtungen. Maat sorgte nicht nur dafür, dass keine Phantome mehr in unser Universum kamen, sie hinderte auch jene, die bereits hier waren, an der *Rückkehr.* Wir hatten ihnen den Heimweg versperrt. Doch noch während ich mich freute, das Rätsel endlich gelöst zu haben, tauchte eine neue Frage auf.

»Moment«, sagte ich. »Warum erzählst du mir das?«

Das Phantom streckte einen Tentakel nach mir aus, bis er mich beinahe berührte. Ich wartete eine Weile, aber die Kreatur rührte sich nicht mehr. Die Spitze des Fangarms schwebte bewegungslos vor mir und schien lediglich ein wenig zu schrumpfen, da merkte ich, dass sie nicht nur schrumpfte, sondern außerdem dunkler wurde: zerfressen von einem sich langsam ausbreitenden Schwarz.

Laut schnappte ich nach Luft. Mein Virus breitete sich über den Tentakel aus wie Tinte in Löschpapier, während die Spitze genau auf mich zeigte, als wollte das Phantom sagen: Siehst du, was du angerichtet hast?

Ich sah es, aber ich wusste nicht …

Verschwinde.

Das Wort explodierte so unvermittelt in meinem Kopf, dass ich einen Satz in die Luft gemacht hätte, wenn ich mich von irgendetwas hätte abstoßen können. Konnte ich aber nicht, also strampelte ich lediglich hilflos und drehte auf der Suche nach der Bedrohung hektisch den Kopf in alle Richtungen. Hektisch und vergeblich, denn ich sah nur das Phantom, aber das spielte keine Rolle, denn ich kannte diese Stimme, oder besser gesagt: diese Stimmen.

Gerade als ich die Suche schon aufgeben wollte, sah ich aus dem Augenwinkel eine Bewegung in der Ferne. Bei meiner Ankunft hatte ich die Lelgis noch gespürt, aber dann hatte das Phantom mich abgelenkt. Ich hatte gewusst, dass sie da waren und lauerten, und jetzt fühlte ich ihren Hass wie Ameisen, die über meine Haut krabbelten.

Wir haben dich gewarnt, Todbringer, flüsterten sie. *Wir haben dir gesagt, du darfst niemals zurückkehren.*

Die Worte trafen mich wie Ohrfeigen, doch ich registrierte den Schmerz kaum, denn meine Aufmerksamkeit wurde voll und ganz von der Silhouette in Bann geschlagen, die nun hinter dem Phantom auftauchte. In der Vision, in der sie mir gezeigt hatten, wie Caldswell ihnen Maat übergab, hatte ich die Lelgis-Königinnen schon einmal gesehen. Aber das war nur ein kurzer Eindruck gewesen, ein flüchtiges Abbild von etwas Gigantischem und Fremdartigem. Ich konnte sie immer noch nicht genau erkennen, weil sie auf Abstand zu dem Phantom blieben, sah nur Millionen von Augen im Schein des Phantoms aufblitzen und Körper, die noch größer waren als das Monster direkt vor mir, bewaffnet mit Dornen, lang wie terranische Schlachtkreuzer, die nur auf eine Gelegenheit zum Zuschlagen warteten.

Wir lassen unser Werk nicht von dir zerstören, zischten sie mit Stimmen, die wie Klauen in meinen Geist schnitten. *Verschwinde.*

Wie beim letzten Mal verspürte ich einen Schlag, der mich aus dem Eins katapultieren sollte, doch nichts passierte, denn das Phantom wickelte den sterbenden Fangarm um meine Hüfte und hielt mich einfach fest. Dann wandte es sich den lauernden Königinnen zu und brüllte. Der Laut hatte nichts mit dem klagenden Walgesang zu tun, den ich zuvor gehört hatte, es war ein markerschütternder Wutschrei, der sich wie Donner durch die Leere ausbreitete. Die Lelgis schrien zurück, schrill und voller Angst, und verkrochen sich wieder in die Dunkelheit.

Als sie weg waren, ließ das Phantom den Fangarm sinken, der nun vollkommen schwarz war. Ohne ein Anzeichen von Trauer oder Schmerz formte es mit dem zweiten wieder ein Rechteck und hielt den infizierten Tentakel davor.

»Haim«, sang es voller Sehnsucht. »Haim.«

Noch während mein Körper unter dem Klagelaut erzitterte, dachte ich mir, dass ich längst selbst darauf hätte kommen sollen. Maat hatte die Phantome einmal als ihre Gefangenen bezeichnet und sich selbst als die Wärterin. Sie hatte mir sogar verraten, dass es die Phantome gewesen waren, die sie auf die Suche nach mir geschickt hatten. Kleine Stimmen, hatte sie gesagt. Dank der etwas größeren Stimme des Kaiserphantoms vor mir hatte es nun endlich geklappt, dachte ich beklommen. Seit meiner Flucht vom Schiff des Sensenmanns versuchten sie schon, meine Aufmerksamkeit zu erregen, doch ich hatte jedes Mal lediglich verärgert reagiert, aber jetzt verstand ich: Maat war die Tür, die sie gefangen hielt, und mein Virus war das Einzige, das Maat töten konnte; die einzige Möglichkeit, die Phantome zu befreien.

Aber bevor ich das tat, musste ich noch ein paar Dinge klarstellen.

»Werdet ihr *alle* nach Hause zurückkehren?«, fragte ich und fixierte die Stelle, an der das Blau der gigantischen Augen des Phantoms am tiefsten war, als könnte ich ihm die Bedeutung meiner Frage durch schiere Willenskraft verständlich machen. »Wenn ich euch die Tür öffne, lasst ihr uns dann in Ruhe?«

Das Phantom stieß einen tiefen Klagelaut aus, dann berührte es mit dem gesunden Fangarm sanft meine Brust. Die vorigen Berührungen hatte ich kaum gespürt, nicht als das Phantom mein Virus in sich aufnahm, und auch nicht als es mich vor den Lelgis beschützte, aber diese hier spürte ich klar und deutlich. Wie der Tentakel, der auf dem Kreuzer in meinen Brustkorb gedrungen war, fühlte sich auch dieser unfassbar kalt an. So kalt, dass mir die Luft wegblieb, als wäre ich nackt in einen eisigen See gesprungen, und im gleichen Moment, als mein Körper stocksteif wurde, kam die Vision.

Sie war ganz anders als die vielschichtigen Bilder der Lelgis oder Ruperts gefühlsgeladene Erinnerungen. Es fühlte sich auch nicht an wie die Töchter, wenn sie meinen Geist durchwühlten. Ich war an Bord eines Alienschiffs gewesen und hatte die entlegensten Winkel des Weltraums besucht. Ich hatte gegen Lelgis gekämpft und gespürt, wie ein ganzer Xith'cal-Stamm ausgelöscht wurde, aber etwas so Fremdartiges wie die Präsenz des Phantoms in meinem Geist hatte ich noch nie erlebt. Wahrscheinlich reichten meine Sinne gar nicht, um den Strom aus komplexen Empfindungen zu verarbeiten, der mich nun durchflutete, aber abgesehen von allem anderen, das ich mit Sicherheit niemals begreifen würde, spürte ich ein unmissverständliches, grundlegendes Verlangen: Hunger. Bohrenden, alles verzehrenden Hunger.

Einen entsetzlichen Moment lang sah ich unser Universum durch die Augen des Phantoms als endlose Ödnis ohne Nahrung und Zuflucht. Sie waren als Forscher gekommen, doch dann verschloss Maat die Tür hinter ihnen, und nun saßen sie in dieser tödlichen, leblosen Wüste fest und konnten nicht mehr zurück.

Dann verlosch die Vision urplötzlich, und ich bekam wieder Luft. Keuchend versuchte ich, mich zu erholen, war aber nicht sicher, ob man sich von so etwas überhaupt erholen konnte. Selbst jetzt, da das Phantom meinen Geist verlassen hatte, spürte ich noch den Nachhall seines Schmerzes. Als ich an mir hinabblickte und unter dem öligen Schwarz des Virus das blasse Schimmern des Plasmex in meinem Körper sah, sah ich auch mein Plasmex mit den Augen des Phantoms: viel zu dünn, viel zu wenig.

»Ihr ernährt euch von Plasmex«, murmelte ich. Dr. Starchild hatte mir genau das erklärt, aber ich hatte nichts damit anfangen können, es schlichtweg nicht verstanden. »Ihr hungert«, sagte ich schließlich und blickte auf. »Deshalb wollt ihr …«

Mitten im Satz verstummte ich. Als die Kälte des Phantoms verschwand, glaubte ich, es läge daran, dass es seinen Tentakel zurückgezogen hatte. Aber ich hatte mich getäuscht: Es berührte mich immer noch, doch sein gesamter Körper war jetzt beinahe so schwarz wie die Leere um mich herum.

Anfangs hatte sich das Virus nur ganz langsam ausgebreitet wie ein Tropfen im Ozean, doch jetzt, nachdem das Phantom in direkten Kontakt mit meinem Bewusstsein getreten war, strömte die schwarze Pest aus mir heraus wie aus einer leckgeschlagenen Pipeline. Der wunderschöne Schlangenkörper war nur noch ein toter, schwarzer Knoten, und was noch nicht tot war, lag im Sterben. Ich sah das Licht des Kaiserphantoms direkt vor meinen Augen verlöschen, aber ich verstand nicht, weshalb. Es hatte sich doch aus vielen kleinen gebildet. Warum teilte es sich nicht einfach wieder auf und rettete damit die noch nicht infizierten Teile?

Was auch immer der Grund sein mochte, das Phantom tat nichts dergleichen. Es schwebte einfach vor mir und fixierte mich mit seinen blauen Augen, noch während das Virus es verschlang, und ich konnte nur hilflos zusehen.

»Haim.« Die eben noch durchdringende Stimme klang jetzt dünn und brüchig, aber die Botschaft war eindringlicher denn je, während das Phantom mit dem letzten noch leuchtenden Fangarm auf mich deutete.

Ohne nachzudenken, hob ich die Hände und umfasste die Spitze. Ich hatte nicht einmal einen Namen für die Empfindung, die mich nun durchflutete. Kein Wort schien groß genug dafür: Das Phantom hatte sein Leben gegeben, damit ich ihm glaubte. Im vollen Wissen, dass ich sein Untergang war, hatte es mich hergebracht, um mir die Wahrheit zu zeigen. Selbst jetzt spürte ich seine Sehnsucht, vielleicht die Sehnsucht *aller* Phantome: ein verzweifeltes Verlangen, nach Hause zurückzukehren. Und während sein letztes Licht verlosch, leistete ich einen Schwur.

»Ich bringe euch nach Hause«, flüsterte ich. »Bei meiner Ehre, bei meinem König, ich schwöre es. Ich öffne euch die Tür und bringe es zu Ende. Für immer.«

Ich weiß nicht, ob das Phantom mich noch hörte. Auch nicht, ob es meine Worte verstand, aber als sein Leuchten endgültig erstarb, berührte das Phantom noch einmal ganz sanft meine Hand, als wollte es sein Versprechen bekräftigen, und das genügte mir.

Ich war nun wieder von vollkommener Dunkelheit umgeben und spürte, wie die Lelgis zurückkehrten, aber ich hatte keine Angst. Ich reagierte nicht auf ihr wütendes Anbranden und ihre wortlosen Drohungen, mich zu vernichten. Ich schloss einfach die Augen und ließ los. Dann stürzte ich zurück in die Realität und in meinen zitternden Körper.

Ich öffnete die Augen einen Spaltbreit. Die Schiffsbeleuchtung funktionierte wieder, und Caldswell war direkt über mir.

»Morris!«, schrie er mir ins Gesicht. Seine Stimme klang heiser, als schreie er schon eine ganze Weile. Ich glaubte außerdem, einen Anflug von Panik herauszuhören, aber vielleicht bildete ich mir das auch nur ein. *»Morris!«*

Stöhnend drehte ich mich auf die Seite und rollte mich zusammen. Gott und König, war mir kalt. Alles tat weh. Als ich mir die Augen rieb, fiel mir auf, dass meine Hände sich komisch anfühlten, als wären sie eingeschlafen.

Mit einem Keuchen schnellte ich hoch und starrte meine Hände an. Sie waren so schwarz wie das All draußen, aber das Virus zog sich bereits wieder zurück. Es reichte nicht einmal mehr bis zu meinen Ellbogen. Eigentlich hätte das meine Stimmung sofort bessern müssen, aber ich war so unendlich müde. Müde, leer und geplättet, als sollte ich mich sofort schlafen legen und nie wieder aufstehen. Aber das konnte ich nicht, denn das Kribbeln ließ zwar nach, aber an meinen Fingern spürte ich immer noch die schleimigen Überreste des toten Phantoms, und das erinnerte mich an meine Aufgabe.

Ich nahm einen tiefen Atemzug und überprüfte, wo ich war. Immer noch im Hangar, lautete die Antwort, auch wenn ich einen Moment brauchte, ihn in voller Beleuchtung zu erkennen. Ich lag genau an der Stelle, wo das Phantom mich hochgehoben hatte. Von den anderen Schiffsdecks tönten Alarmsirenen, aber außer mir und Caldswell schien niemand hier zu sein. Im ersten Moment kam mir das eigenartig vor, da fiel mir auf, dass die Sprengschutztüren heruntergelassen waren. Natürlich. Caldswell hatte den Hangar vom Rest des Schiffs abgeriegelt.

»Morris«, wiederholte er und beugte sich näher heran. »Alles in Ordnung?«

»Ja«, antwortete ich stöhnend und wischte mir die nun wieder hellen Hände an den Oberschenkeln ab, nur um festzustellen, dass meine Hose genauso mit Schleim überzogen war. »Ich glaube schon.«

»Gut«, sagte er knapp und zog mich auf die Beine. »Sie werden mir jetzt sofort sagen, was passiert ist. Die Aura des Phantoms beeinträchtigt die Systeme nicht mehr, und es hat von Ihnen abgelassen. Warum? Ist es zurück in den Hyperraum?«

Ich öffnete blinzelnd den Mund, um ihm zu erklären, dass das Phantom gar nicht aus dem Hyperraum gekommen war, sondern sich aus Millionen kleiner gebildet hatte. Aber ein kurzer Blick in Caldswells Gesicht sagte mir, dass ich mir die Einzelheiten lieber sparen und direkt zum Punkt kommen sollte. »Es ist fort«, bestätigte ich mit einiger Mühe. »Tot. Ich habe es umgebracht.«

Caldswell riss erstaunt die Augen auf, dann breitete sich

ein erleichtertes Lächeln über sein Gesicht aus. Er wollte mir gerade gratulieren, doch ich hob die Hand.

»Das hört sich an wie eine gute Nachricht, ist es aber nicht«, fuhr ich fort. »Ich weiß nicht, wie ich es erklären soll, also sage ich nur das Wichtigste: Das Phantom war nicht zufällig hier. Es kam, um mit mir zu reden.«

Caldswell zog die Augenbrauen nach oben und nahm einen weiteren tiefen Atemzug. Beim König, wo sollte ich nur anfangen?

»Sie wollen, dass ich sie befreie«, sagte ich schließlich. »Maat verhindert nicht nur, dass weitere Phantome zu uns kommen, sie hält die, die bereits hier sind, in unserem Universum gefangen. Aber sie wollen gar nicht hier sein. Sie wollen nach Hause, und Maat steht ihnen im Weg. Das Phantom kam her, um mir das zu erklären.«

Caldswells Blick war mit jedem meiner Worte skeptischer geworden, und als ich fertig war, wirkte er entschieden misstrauisch. »Das hat es Ihnen gesagt?«, fragte er. »Das Phantom hat einfach so vorbeigeschaut, um mit Ihnen zu plaudern?«

»Ja«, keifte ich. »Mehr oder weniger, aber das ist nicht der Punkt.« Obwohl niemand außer uns hier war, senkte ich die Stimme und beugte mich an sein Ohr. »Ich glaube, das ist die Lösung, nach der wir schon die ganze Zeit suchen. Die Phantome wollen keinen Krieg, wollten sie nie. Sie ernähren sich von Plasmex, das ist der Grund, warum es sie immer wieder zu bewohnten Planeten zieht. Dass sie dabei alles zerstören, ist keine Absicht. Sie sind nicht unsere Feinde, sie wollen uns weder töten noch auslöschen. Sie wollen nur nach Hause, wo es ausreichend Nahrung gibt, aber Maat verhindert es. Wir müssen nur die Schranke öffnen, und schon ist das Phantom-Problem gelöst.«

Ich begann am ganzen Körper zu beben vor Aufregung, als wären die Worte wahr geworden, nur indem ich sie laut aussprach. »Verstehen Sie?«, fragte ich grinsend. »Wir brauchen weder die Töchter noch das Virus, denn wir müssen sie gar nicht töten. Wir müssen ihnen nur den Rückweg frei machen, dann verschwinden die Phantome von ganz allein!«

Inzwischen platzte ich fast vor Hoffnung. Nachdem ich so lange gekämpft und mich in der Hoffnung auf einen halbwegs akzeptablen Kompromiss sogar mit meinem eigenen Tod abgefunden hatte, hatte ich nun das Gefühl, noch einmal eine Chance zu bekommen. Dank des Phantoms war das unlösbare Problem gelöst, alle würden weiterleben, vielleicht sogar *ich*. Allein die Möglichkeit ließ mich innerlich singen und tanzen vor Freude. In diesem Glücksrausch bemerkte ich den tödlich finsteren Blick auf Caldswells Gesicht erst, als es zu spät war.

»Das alles hat Ihnen das Phantom erklärt?«

»Mhm«, machte ich schon etwas weniger überschwänglich. »Aber …«

»Und Sie glauben ihm?«

»Ja«, bestätigte ich mit festem Blick. »Es hat sein *Leben* geopfert, um mir das zu sagen. Natürlich glaube ich ihm.«

»In dieser Angelegenheit gibt es kein *natürlich*«, widersprach er laut. »Ich hätte Sie für schlauer gehalten, Morris. Wenn es Ihnen gelungen ist, einer Invasionsmacht das Einfallstor zu versperren, öffnen Sie es dann wieder, nur weil die abgeschnittenen und umzingelten Soldaten Sie darum bitten?«

»Das hier ist etwas anderes!«, rief ich. »Die Phantome sind keine Soldaten und erst recht keine Invasionsmacht. Sie wollen nur …«

Caldswell verschränkte die Arme. »Das wissen wir nicht. Das Fehlen einer Absicht ändert nichts an dem Verbrechen. Selbst wenn die Phantome uns nichts Böses wollen, vernichten sie Planeten. Allein durch ihre Anwesenheit bringen sie das Raum-Zeit-Gefüge aus dem Gleichgewicht. Wer garantiert, dass für die alten Phantome keine neuen kommen, sobald wir die Tür öffnen?«

»Das wird nicht passieren«, beteuerte ich. »Mittlerweile wissen sie, dass es hier keine Nahrung für sie gibt. Verglichen mit ihrem Heimatuniversum ist unseres für sie eine Wüste. Sie bräuchten die Tür nur einen Moment lang öffnen, dann wüssten Sie es.«

Caldswells Blick veränderte sich von zornig zu ungläubig. »Sie erwarten allen Ernstes, dass ich alle Schleusen öffne und damit wegen einer Unterhaltung, die Sie in einem Traum geführt haben, möglicherweise die Früchte von siebzig Jahren harter Arbeit zunichtemache? Haben Sie vollends den Verstand verloren?«

Frustriert biss ich die Zähne zusammen und schaute ihn finster an, auch wenn ich ihm seine Haltung nicht verübeln konnte. Ich an seiner Stelle wäre weit weniger freundlich, trotzdem wusste ich, dass ich recht hatte. Ich wusste nur nicht, wie ich Caldswell davon überzeugen sollte.

Noch immer suchte ich nach einer Möglichkeit, da sprach Caldswell weiter. »Sparen Sie sich das Kopfzerbrechen. Selbst wenn ich Ihre Geschichte glauben würde, könnte ich die Schleuse nicht öffnen. Die Barriere, die die Lelgis erschaffen haben, ist eine komplexe Kombination aus technischen Vorrichtungen und Plasmex-Hokuspokus, den nicht einmal ich verstehe. Ich weiß nur, dass man sie nicht einfach aufheben kann. Was auch immer die Lelgis mit Maat gemacht haben, es ist für immer und ewig, das Loch in unserem Universum bleibt verschlossen. Egal, ob sie komplett durchdreht oder wir sie mit Medikamenten ins Koma versetzen, die Barriere bleibt bestehen. Die einzige Möglichkeit, die Tür zu öffnen, ist Maats Tod, und das kommt nicht infrage.«

»Aber Maat *will* sterben«, beschwor ich ihn. »Sie *wissen*, wie sehr sie sich nach dem Tod sehnt. Das hier ist die Chance, endlich aus diesem Teufelskreislauf auszubrechen, für alle. Dr. Starchild sagte, Maat könnte mich möglicherweise von meinem Virus befreien. Dabei würde sie zwar sterben, aber das Virus vielleicht *mit* ihr. Maat würde endlich Ruhe finden, und wenn das Virus nicht mehr existiert, lassen auch die Lelgis uns in Ruhe. Sehen Sie nicht, dass wir nur gewinnen können? Maat, die Phantome, die Töchter, die Detektive, sogar ich, *alle* wären frei.«

Ich legte all meine Zuversicht in meine Worte, um Caldswell zu überzeugen, auch wenn er gar nicht richtig zuhörte. Noch nie im Leben war mir etwas so wichtig gewesen, und ich würde nur diese eine Chance bekommen. Ich *musste* ihn dazu bringen, mir zu glauben, und einen Moment lang sah es tatsächlich danach aus. Als ich fertig war, glaubte ich, meine Hoffnung in Caldswells Augen widergespiegelt zu sehen, doch dann ließ er den Kopf hängen und rieb sich seufzend die Schläfen. Zum ersten Mal überhaupt sah ich ihm sein Alter und die Erschöpfung deutlich an.

»Ich möchte Ihnen ja glauben, Devi«, erwiderte er leise. »Wie ich bereits sagte, Sie tragen das Herz am rechten Fleck, aber was Sie verlangen, ist unmöglich. Nur Narren setzen aufs Spiel, was sie nicht verlieren dürfen, und diese Phase habe ich längst hinter mir.«

Als er mich wieder anschaute, war alle Schwäche aus seinem Blick gewichen, er war wieder ganz der Kapitän, den ich mittlerweile nur zu gut kannte. »Ihre Bitte ist abgelehnt. Der Plan bleibt unverändert. Hyrek bereitet gerade einen neuen Quarantäneraum für Sie vor. Sobald er fertig ist, werden Sie wieder sediert, bis das Schiff für die Untersuchungen im Hyperraum eintrifft. Es tut mir aufrichtig leid, aber es ist besser so. Für alle.«

Ich ballte die Fäuste so fest, dass sich mir die Fingernägel in die Handflächen gruben. »Tun Sie das nicht, Caldswell …«

Ein schriller Alarmton ließ mich zusammenzucken. Caldswell sprang auf, rannte zu einem Sichtfenster und riss sein Com heraus. Das Com hätte er sich sparen können, denn was der Grund für den Alarm war, konnte ich selbst von hier aus erkennen: Hyperraum-Austrittsblitze. Dutzende. Hunderte.

Fluchend humpelte ich zu dem Fenster, vor dem Caldswell stand. Etwas stimmte hier nicht. Es konnten unmöglich so viele Schiffe da draußen sein, wie die Austrittsblitze mich glauben ließen. Doch ich täuschte mich: Es waren noch mehr.

»Der König steh uns bei«, stammelte ich mit weit aufgerissenen Augen.

Hinter dem in Formation mit uns fliegenden Schiff, dort, wo gerade noch das Phantom gewesen war, materialisierte sich ein Lelgis-Kreuzer nach dem anderen. Schon jetzt füllten sie das gesamte Sichtfenster aus. Es waren mehr Schiffe, als ich zählen konnte, und es kamen immer noch weitere. Eine Mauer von tödlicher Schönheit baute sich vor uns auf.

Heftig schluckend, wandte ich mich an Caldswell, denn

dieses eine Mal war er der weniger beängstigende Anblick. »Wie lange war ich weg?«

»Keine fünf Minuten.«

»Wie konnten die Lelgis so schnell herkommen?«

»Sobald sie wissen, wohin sie wollen, bewegen sie sich ohne Zeitverlust durch den Hyperraum«, erläuterte er mit an der Scheibe plattgedrückter Nase. »Ihre Königinnen sind unendlich viel besser im Navigieren als unsere Sprungtore.«

»Haben Sie nicht gesagt, die Lelgis würden sich niemals so nahe an Maat heranwagen?«

»Anscheinend sind Sie ihnen das Risiko wert, Morris«, erwiderte er und kniff die Augen zusammen. »Was zum Teufel …«

Caldswell wurde blass. Jetzt presste auch ich die Nase an die Scheibe und suchte hektisch nach dem, was Caldswell die Sprache verschlagen hatte. In der Rückschau hätte mir sein Verstummen als Warnung genügen sollen, denn was ich sah, machte alles nur noch schlimmer.

Hinter der Mauer aus Lelgis-Kreuzern ragte etwas gigantisch Großes auf. Ich meine, nicht groß wie ein Schlachtschiff – selbst unseres war kleiner als die der Lelgis –, nein, ich spreche von groß, wie das Kaiserphantom es gewesen war. Ein drohender Schatten, so riesig, dass er selbst die Sterne verdunkelte. Im Gegensatz zu den anderen feindlichen Schiffen schimmerte er nicht von innen heraus, sondern war nur als schwarzer Umriss zu erkennen, der sich über die Sterne legte. Der Schatten mochte kleiner sein als ein Xith'cal-Stammesschiff, trotzdem machte er mir mehr Angst, denn der Schatten war kein Schiff. Er *lebte.*

Caldswell stieß sich mit einem Schwall von Flüchen,

der selbst mich rot werden ließ, von der Scheibe ab. »Eine verdammte Königin«, bellte er zum Abschluss. »Sie haben eine verdammte *Königin* hergeholt.« Er rannte zur Sprengschutztür und hämmerte auf sein Com ein. »Brücke, hier spricht Kommandant Caldswell! Alle Waffen sofort verriegeln! Greifen Sie die Lelgis keinesfalls an. Ich wiederhole, greifen Sie …«

Ein Lichtblitz draußen ließ Caldswell mitten im Satz abbrechen.

»Wer zum Teufel hat da geschossen?«, brüllte er und wirbelte zum Sichtfenster herum.

»Ich glaube, das waren nicht wir«, stammelte ich mit zitternder Stimme.

Unser Begleitkreuzer hatte unversehens starke Schlagseite; aus einem Loch im Rumpf wurden Trümmer ins Vakuum des Weltraums gesaugt. Ich war so auf Caldswell konzentriert gewesen, dass ich den ersten Angriff nicht gesehen hatte, aber ich sah den zweiten: Das Lelgis-Schiff, das unserem Verband am nächsten war, übergoss den Begleitkreuzer mit bläulich-weißem Feuer, dem gleichen Feuer, das Steinklaues Geisterschiff vernichtet hatte. In dem grellen Schein sah ich winzige Pünktchen hinaus ins All taumeln – brennende Soldaten. Galle stieg mir in die Kehle, und ich schluckte.

»Sie werden uns alle vernichten«, flüsterte ich. »Genau wie die Xith'cal.«

»Werden sie nicht«, knurrte Caldswell und stampfte auf eine der verriegelten Sprengschutztüren zu. »Sie *brauchen* uns und wollen uns nur einschüchtern, damit wir Sie ausliefern, Morris. Aber was die können, kann ich auch. Ich muss nur ein Wörtchen mit ihrer Königin reden, bevor sie meine halbe Flotte vernichtet hat. Mabel!«

Um ein Haar hätte ich laut aufgeschrien, als Mabel plötzlich zwischen den Jägern hervorkam. Ich hätte schwören können, dass Caldswell und ich allein im Hangar waren, aber eigentlich hätte ich es besser wissen sollen. Selbst als sie noch die Bordingenieurin der *Narr* gemimt hatte, war Mabel Cobb wie Caldswells Schatten gewesen. Dass ich sie nicht gesehen hatte, ärgerte mich maßlos, vor allem da sie sich nicht einmal versteckt hatte. Sie war deutlich sichtbar zwischen den Jägern gestanden und hatte sich lediglich nicht gerührt, und das machte mich wütend. Ich hasste es, mir vorzukommen wie ein blinder Trottel.

Doch dafür war jetzt keine Zeit. Mabel kam bereits auf mich zu, ein verschlagenes Grinsen auf dem Gesicht, als warte sie schon lange darauf, mich zwischen die Finger zu bekommen. Caldswell hatte mittlerweile die Tür erreicht und bellte Befehle in sein Com, während er den Entriegelungscode eingab. Ich drückte mich flach mit dem Rücken gegen die Wand und suchte fieberhaft nach einem Ausweg, auch wenn ich tief in meinem Inneren wusste, dass es hoffnungslos war. Ich konnte Mabel nicht entkommen, nicht ohne meine Lady, die sich nach wie vor in meinem Quarantäneraum befand. Und selbst wenn, ich hätte nirgendwohin fliehen können.

Trotzdem brachte ich es nicht fertig, einfach so aufzugeben, also wich ich immer weiter zurück, bis Mabel mich in eine Ecke gedrängt hatte. Ich hatte keinen Plan und handelte aus reiner Sturheit. Mabel so zu reizen machte alles nur noch schlimmer, dennoch würde ich erst klein beigeben, wenn ich unbedingt musste. Hätte ich nicht plötzlich eine Hand auf der Schulter gespürt, ich wäre im Rückwärtsgang den gesamten Hangar abgelaufen.

Mit einem lauten Schrei sprang ich fast einen halben

Meter in die Luft und wirbelte mit erhobenen Fäusten herum, um den Schuft niederzustrecken, der es gewagt hatte, sich von hinten an mich heranzupirschen.

Es war Maat. Ganz egal, wie oft sie das machte, ich würde mich nie daran gewöhnen, wie sie einfach aus dem Nichts auftauchte.

Du musst hier weg.

»Was du nicht sagst!«, fauchte ich sie an.

Wir werden nicht zulassen, dass sie dich bekommen, erwiderte Maat in meinem Kopf. Um sie herum wimmelte es nur so von Phantomen, sie schimmerten so hell, dass sie selbst die Hangarbeleuchtung überstrahlten.

Sie werden dich ***niemals*** *bekommen. Du gehörst uns.* Maat streckte mir ihre Hand entgegen. *Komm. Hilfe ist unterwegs. Maat wird dich führen.*

»Mit wem reden Sie da, Morris?«, rief Mabel. »Dass Sie verrückt sind, wissen wir bereits. Es zu beweisen macht Ihre Lage nicht besser.«

Ich beschloss, nicht darauf einzugehen. »Führen, wohin?«, fragte ich an Maat gewandt und versuchte, die Phantome zu verscheuchen, die um ihren Kopf herumschwirrten. »Könntest du dich bitte nur für zwei Minuten benehmen wie ein ganz normaler Mensch und mir sagen …«

Weiter kam ich nicht. Ich wusste nicht einmal mehr, was ich hatte sagen wollen, denn in diesem Moment explodierte ein Schrei in meinem Kopf wie eine Granate. Entsetzt schnappte ich nach Luft und schaute Richtung Fenster. Dort sah ich ein Kaiserphantom über den Lelgis-Schiffen auftauchen. Einen wunderbaren Moment lang glaubte ich, ich hätte das Phantom vielleicht doch nicht getötet, doch dann fiel mir auf, dass dieses hier viel kleiner war. Es bildete sich gerade erst aus Abermillionen einzelnen Phantomen, die sich mit einem für normale Ohren unhörbaren Wutschrei zu einem riesigen Maul formierten.

Ich glaubte, blitzende Zähne und eine hervorschnellende Zunge zu sehen, dann schnappte das Maul zu und verschlang mit einem einzigen Biss den Lelgis-Kreuzer, der unser Begleitschiff unter Feuer genommen hatte.

Der Phantomverband hatte seinen Angriff kaum zu Ende gebracht, da bildete sich schon der nächste aus dem immer größer werdenden Lichtermeer, das die Lelgis nun umgab. Das Schimmern der unzähligen kleinen Wesen zeigte mir die Lelgis-Königin in all ihrer schrecklichen Pracht. Gerade als ich schon glaubte, den Anblick nicht länger ertragen zu können, zog die Königin sich zurück, und die verbliebene Lelgis-Flotte eröffnete das Feuer.

Die weißen Flammen ließen die Phantome erstrahlen wie eine Supernova. Das Gleißen brannte in meinen Augen, aber ich konnte einfach nicht wegsehen. Wahrscheinlich hätte ich bis ans Ende aller Zeiten so verharrt, oder zumindest bis Mabel mich erwischte, da packte Maat mich mit beiden Händen am Kinn und bellte mir einen Befehl zu.

Lauf.

Ich blinzelte benommen. »Wohin?«

Maat lächelte ihr wunderschönes, verrücktes Lächeln. *Folge mir.*

Während sie sprach, stieß eines der Kaiserphantome einen weiteren Schrei aus. Die Schiffsbeleuchtung flackerte und verlosch schließlich ganz. Ich hörte, wie Mabel fluchend stolperte, doch mich selbst störte die Dunkelheit kein bisschen: Jetzt, da sie nicht mehr vom Schein der Hangarlampen überdeckt wurden, sah ich all die winzigen

Phantome um uns herum. Maats Silhouette erstrahlte in ihrem Licht wie ein Signalfeuer.

Es ist an der Zeit, dein Versprechen einzulösen, flüsterte sie und deutete auf die Kaiserphantome. *Sie sagen zu mir: »Wir retten sie, damit sie uns rettet.« Sie erfüllen ihren Teil, jetzt bist du dran.*

Maat streckte mir die Hand entgegen, während all die kleinen Phantome um sie herum mir mit ihren Fühlerchen bettelnd zuwinkten. *Komm mit und bringe es zu Ende.*

Ich atmete einmal tief durch, dann schlug ich ein. Ich hatte nicht damit gerechnet, irgendetwas zu spüren, aber Maats durchsichtige Hand fühlte sich erstaunlich warm an, und ihr Druck war fest wie der einer Schraubzwinge.

Hier entlang, sagte sie und zog mich Richtung Tür.

Maats eiserner Griff ließ mir keine andere Wahl, also rannte ich mit ihr auf die Tür zu, durch die das Kaiserphantom mich hereingeschleift hatte, während Mabel hinter uns blind in der Dunkelheit herumtastete. Die kleinen Phantome schlossen sich uns an und beleuchteten den Weg mit ihrem sanften Geisterschimmern.

10

Dass der neuerliche Stromausfall ein Problem darstellen könnte, kam mir erst in den Sinn, als wir die Sprengschutztür erreichten. Die künstliche Gravitation funktionierte noch, also waren nicht alle Systeme des Schiffs betroffen. Die im Hangar allerdings schon, und das war ein Jammer, wenn man vor einer automatischen Tür aus massivem Panzerstahl stand und weder Strom hatte, um sie zu öffnen, noch eine Rüstung, um sie einzutreten. Um ganz sicherzugehen, schlug ich trotzdem auf das Bedienfeld.

Nichts passierte. »Und jetzt?«, fragte ich Maat.

Ich hatte gehofft, sie könnte die Tür aus dem Rahmen sprengen, wie sie es mit dem Fenster auf der *Narr* getan hatte, als sie mich das erste Mal befreite. Was auch immer sie vorhatte, es musste nur schnell gehen, denn Mabel hatte inzwischen die Orientierung wiedergefunden. Sie mochte uns nicht sehen können, aber sie kam schnell näher. Während ich noch überlegte, ob ich kämpfen oder fliehen sollte, beäugte Maat die verriegelte Tür wie ein Kindergenie, dem jemand gerade ein besonders interessantes Rätsel aufgegeben hatte. Als Mabel auf zehn Schritte heran war, griff Maat einfach in das Bedienfeld.

Für einen Außenstehenden musste es aussehen, als hätte sie sich sämtliche Finger gebrochen, doch so real Maats Gegenwart sich für mich auch anfühlte, ihr Körper war weit weg. Ihre Finger griffen einfach durch das Glas, und überall, wo sie es berührte, gingen die kleinen Lichter wieder an. Einen Moment lang glaubte ich an Zauberei, dann erinnerte ich mich, warum die Töchter so nützlich waren: Sie neutralisierten das von den Phantomen ausgehende Störfeld, und was ihre Töchter konnten, konnte Maat erst recht.

Ein Lächeln trat auf mein Gesicht. Wenn Maats Gegenwart genügte, um eine Sprengschutztür wieder funktionsfähig zu machen, klappte das vielleicht auch mit meiner Rüstung, und wenn dieser Fall eintrat, würden die Karten in diesem Spiel neu gemischt.

Leider blieb mir kaum Zeit, in dem Gedanken zu schwelgen, denn das Aufleuchten der Konsole hatte Mabel unsere Position verraten. Als die Tür sich zu heben begann, rannte sie schon, beide Hände nach mir ausgestreckt, auf uns zu.

Ich ließ ihr keine Chance. Sobald die Tür sich bewegte, warf ich mich auf den Boden und quetschte mich durch den Spalt wie ein Fuchs durch die Lücken in einem Hühnerstall. Ich war kaum durch, da zog Maat ihre Hand zurück, die Tür fiel herab wie ein Stein, und Mabel knallte auf der anderen Seite mit voller Wucht dagegen.

»Nicht wegrennen, Morris!«, schrie sie und schlug so heftig mit der Faust gegen das Metall, dass der Panzerstahl sich verzog. »Sie machen alles nur noch schlimmer für sich!«

Ich konnte mir nicht vorstellen, wie irgendetwas noch schlimmer werden sollte, und wollte es auch nicht herausfinden. Als Mabel zum zweiten Schlag ausholte, rannte ich schon durch das Chaos, das das Kaiserphantom auf seiner Suche nach mir angerichtet hatte, Hals über Kopf den Flur entlang. Außer mir waren noch mehrere Trupps Soldaten hier, aber die waren viel zu sehr damit beschäftigt, die Trümmer wegzuräumen und sich um die Verletzten zu kümmern, um auch nur aufzublicken. Ich wollte gerade auf den Flur abbiegen, auf dem mein Quarantänezimmer lag, da packte Maat mich an der Schulter.

Nicht hier entlang.

»O doch«, bellte ich und machte mich los. »Ohne meine Lady gehe ich nirgendwohin.«

Die Krankenstation sah schlimm aus. Das Phantom war nicht gerade behutsam vorgegangen, als es nach mir suchte. Ich kam mir vor wie in einem Kriegsgebiet. Auf dem Boden lagen zerschmetterte Möbel, Glassplitter, Blut und andere Dinge, die ich nicht identifizieren konnte. Nur die Notbeleuchtung funktionierte noch, und die Soldaten waren vollauf damit beschäftigt, den Weg für die Verletzten frei zu machen, die aus allen Teilen des Schiffes hereingebracht wurden.

Niemand würdigte mich auch nur eines Blickes, also beschleunigte ich meinen Schritt, sprang über einen umgestürzten Tisch und rannte weiter zum Eingang meines Zimmers, den ich am Ende des Flures bereits erkennen konnte. Leider hatte mein Körper in letzter Zeit einiges durchgemacht, weshalb der Sprung weit weniger elegant ausfiel als geplant und eher zu einem Stolpern mit anschließendem Purzelbaum wurde. Die Landung missglückte ebenfalls. Ich wollte gerade ächzend wieder aufstehen, da fragte jemand:

»Hey, ist Ihnen was passiert?«

Ich kannte die Stimme nicht. Als ich aufblickte, sah ich einen terranischen Soldaten vor mir aufragen. Er konnte nicht älter als zwanzig sein und sah aus wie ein Kind. Die schmucklose Uniform und der Kurzhaarschnitt ließen mich auf einen Fähnrich tippen, der offensichtlich keine Ahnung hatte, mit wem er da sprach.

»Danke«, erwiderte ich und versuchte mit aller Macht, mir meinen Akzent nicht anmerken zu lassen, während ich mir von ihm auf die Beine helfen ließ. »Und Verzeihung.«

Der Fähnrich hatte gerade noch Zeit für einen überraschten Blick, da landete meine Faust schon in seinem Bauch. Während er stöhnend zusammenklappte, riss ich seine Pistole aus dem Holster an seinem Oberschenkel.

Ein paar andere Soldaten blickten kurz auf, konnten in dem trüben Licht aber nichts erkennen und widmeten sich wieder ihren Aufgaben.

»Tut mir leid, Kleiner«, bekräftigte ich noch einmal und ließ meine Handkante auf seinen Nacken herabsausen.

Diesmal gab er keinen Laut von sich und sank stumm zu Boden. Ich lehnte ihn mit dem Rücken gegen die Wand, damit niemand auf ihn drauftrampelte, dann lief ich mit der Pistole in der Hand weiter.

Als das Phantom mich über den Gang schleifte, war mir gar nicht aufgefallen, dass mein Zimmer auf dem Hauptflur der Krankenstation lag. Nach Notfällen wie diesem wimmelte es dort immer nur so von Menschen, und meine Lady war mittendrin. Schlimmer noch: Die Schlacht draußen musste sich weiter weg verlagert haben, denn die Beleuchtung ging flackernd wieder an, und ich verlor meine Deckung. Es war nur noch eine Frage der Zeit, bis Caldswell eine Fahndung nach mir herausgab, und das bedeutete, dass ich mich beeilen musste.

Ich setzte meinen grimmigsten Blick auf, steckte die Pistole unter meinen Gürtel und marschierte mitten hinein in das Chaos. Jeden Sanitäter, der es wagte, mir im Weg zu stehen, starrte ich in die Flucht und ging schnurstracks auf den Quarantäneraum zu. Eine gut gemachte Fassade macht sich doch immer wieder bezahlt, sagte ich mir. Obwohl ich offensichtlich nicht hierher gehörte, versuchte niemand mich aufzuhalten. Alle waren mit ihren eigenen Aufgaben beschäftigt, und die, die kurz aufblickten, schauten genauso schnell erschrocken wieder weg.

Ich grinste. Ein bisschen steinzeitliches Imponiergehabe, mehr brauchte es nicht, damit die Terraner den Schwanz einzogen.

Als wir den Quarantäneraum erreichten, glaubte ich tatsächlich, ich würde es schaffen. Maat blickte immer wieder über die Schulter, als könnte Caldswell jeden Moment auftauchen und uns beide erschießen, doch ich ließ mich nicht beirren und zog sie einfach hinter mir her. Ich war fest entschlossen, meine Lady wiederzubeschaffen, und quetschte mich frischen Mutes durch die Tür, die Caldswell eingetreten hatte – um dann Nase an Schnauze Hyrek gegenüberzustehen.

Er kauerte bestürzt über den zerstörten Gerätschaften und suchte nach heil gebliebenen Einzelteilen, weshalb wir genau auf Augenhöhe waren, als ich eintrat. Mehrere Sekunden verharrten wir reglos und starrten einander stumm an, dann wirbelte Hyrek herum und griff nach seinem Handset.

Er mochte ein Xith'cal sein, aber er war Mediziner, kein Kämpfer. Ich kam ihm locker zuvor, packte das Handset mit meiner freien Hand und rammte ihm mit der anderen den Lauf der Pistole zwischen die Schuppen.

Hyrek hielt augenblicklich still, nur sein Blick sprang zwischen der Waffe und den Soldaten hin und her, die auf dem Gang vorbeiliefen. Ich stand mit dem Rücken zum Flur, sodass die Pistole von draußen nicht zu sehen war, aber wegen der eingeschlagenen Tür war der Blick ins Zimmer frei. Wenn es nicht neuerliches Blutvergießen geben sollte, musste jetzt alles möglichst schnell gehen.

»Hyrek«, sagte ich leise. »Ich mag Sie und werde Sie nur erschießen, wenn Sie mich dazu zwingen.«

Hyrek rollte nur mit den Augen. Ich konnte förmlich sehen, wie er in Gedanken eine medizinische Abhandlung über Xith'cal-Anatomie abfasste, die besagte, dass ein Schuss aus einer Handfeuerwaffe seinen Schuppenpanzer unmöglich durchdringen konnte.

»Ich weiß, die Kugel wird Sie nicht töten«, sprach ich lächelnd weiter. »Aber Maat ist hier, und sie *wird* es tun. Wenn Sie das hochentwickelte Gehirn, auf das Sie so stolz sind, noch länger benutzen wollen, rate ich Ihnen also, den Mund zu halten.«

Diese Drohung verstand er sofort. Er ließ das Augenrollen sein und blickte mich lediglich giftig an.

Ich starrte unbeirrt und voller Zuversicht zurück, während Hyrek endlich die Hände hob. »Gut gemacht«, flüsterte ich und griff mir meinen Koffer. »Rühren Sie sich nicht von der Stelle und erregen Sie keine Aufmerksamkeit, sonst schließt Maat Ihnen die Synapsen kurz.«

Auf diese Entfernung kann ich das nicht.

Hyrek stand direkt neben mir, also konnte ich Maat schlecht sagen, dass der Xith'cal das nicht wusste. Ich warf ihr nur einen unmissverständlichen Halt-den-Mund-Blick zu und verzog mich in eine Ecke. Zwischen Hyrek, den zerstörten Geräten und den Überresten der eingeschlagenen Tür war nicht viel Platz, um die Lady anzuziehen. Mein weitgeschnittener Krankenhausanzug stellte ein zusätzliches Problem dar. Er hing viel zu lose an mir herunter, um unter meine Rüstung zu passen. Außerdem kam für mich nicht infrage, meine sündhaft teure Sonderanfertigung mit dem Schleim auf meiner Hose zu besudeln. Aber ich sehnte mich so sehr nach meiner Lady, dass es mir trotz aller Widrigkeiten gelang, sie in knapp unter zwanzig Sekunden anzulegen.

Ich ließ Mia gerade auf meinem Rücken einrasten, da kam eine Frau in Sanitäteruniform hereingerannt und krachte gegen mich. In meiner Rüstung spürte ich den Aufprall kaum, aber die Frau schlug der Länge nach hin, und in dem kurzen Moment, den ich abgelenkt war, drückte Hyrek den Alarmknopf.

Direkt neben mir heulte eine Sirene los, so laut, dass meine Trommelfelle um ein Haar geplatzt wären, bevor mein Bordcomputer das Geräusch herunterregelte. Als ich wieder klar denken konnte, war die Sanitäterin wieder auf den Beinen. Sie rannte zurück nach draußen und rief nach einem Sicherheitsteam. Ich warf ihr einen funkelnden Blick hinterher, dann fuhr ich herum und richtete Saschas Mündung auf Hyreks Stirn. »Verfluchte Echse«, knurrte ich.

Der Xith'cal blinzelte nicht einmal, während ich mit meiner panzerbrechenden Pistole genau zwischen seine Augen zielte; stattdessen legte er sich triumphierend eine Hand auf die Brust.

Ich kannte die Geste aus den Tagen, in denen Echsen töten noch mein Beruf gewesen war: Die Xith'cal beteuerten damit ihre bedingungslose Ergebenheit gegenüber ihrem Stamm, und auch wenn Hyrek gar keinen Stamm hatte, wusste ich genau, an wen er gerade dachte.

»Morris!«

Ich zuckte zusammen. Das war Caldswells Stimme gewesen. Er war jetzt ganz nahe, viel näher, als mir lieb sein konnte.

Deviana, meldete sich nun auch Maat zu Wort. Durch meine Kameras konnte ich sie nicht sehen, aber ich spürte, wie sie durch meine Rüstung griff und mich am Arm zog. *Deviana, wir müssen* ***gehen***.

Ich warf Hyrek einen letzten wütenden Blick zu und steckte Sascha weg. Ihn zu bedrohen hatte keinen Sinn mehr. Selbst wenn ich den Alarm damit zum Verstummen bringen könnte, hätte ich es niemals fertiggebracht, Hyrek zu erschießen, und das wussten wir beide.

»Das werden Sie noch bereuen«, fauchte ich und rannte auf den Flur, während Hyrek mir etwas hinterherrief, das wie Blechdosen in einem Fleischwolf klang. Ich beherrsche zwar kein Echsensprech, sagte mir aber, dass es bestimmt so etwas wie »viel Glück« bedeutete.

Die gesamte Krankenstation befand sich in hellem Aufruhr. Das medizinische Personal war zwar schlau genug, einer Paradoxierin in Powerrüstung aus dem Weg zu gehen, aber das änderte nichts daran, dass ich keine Ahnung hatte, wo ich nun hinsollte.

Schneller, drängte Maat. *Beeil dich!*

Das musste sie mir nicht erst sagen. Ich drehte den Kopf und sah Caldswell schnell näher kommen, nur Mabel konnte ich nirgendwo entdecken, und das bereitete mir Sorgen, weil sie eigentlich noch *vor* Caldswell sein musste. Um ganz sicherzugehen, machte ich auf dem Absatz kehrt, rannte in die entgegengesetzte Richtung los und schaltete die Lady auf Kampfmodus, sodass der Bordcomputer mich springend, duckend oder rutschend vollautomatisch um alle Hindernisse herummanövrierte. Ich brauchte nur die Richtung festzulegen, in die es gehen sollte.

Auf offenem Gelände hätten die Symbionten mich in null Komma nichts eingeholt, aber hier in der Enge des Schiffs war ich im Vorteil. Während Mabel und Caldswell sich ausschließlich auf ihre Augen verlassen mussten, hatte ich Dreihundertsechzig-Grad-Rundumsicht und Dichtescanner, um mich in dem Chaos zurechtzufinden. Dank Maat brachte das Störfeld der Phantome nicht einmal meine Schirme zum Flackern, und die Lady raste nur so dahin. Ich bog um die nächste Ecke, so schnell und elegant, dass ich glaubte zu fliegen, und fand mich auf einer Art Kreuzung wieder.

Hier entlang.

Noch bevor ich Maat darauf hinweisen konnte, dass sie für meine Kameras unsichtbar war, ließ sie einen Schiffsplan vor meinem inneren Auge erscheinen, auf dem der Weg zu einer Andockröhre an der Steuerbordseite des Kreuzers eingezeichnet war. Wohin die Röhre führte, wusste ich nicht, Hauptsache runter von diesem Schiff.

Ich speiste den Plan, den Maat mir gegeben hatte, über meine Gedanken in den Bordcomputer der Lady, sodass ich nur noch den auf dem Visier eingeblendeten Richtungspfeilen zu folgen brauchte. So raste ich an verdutzt dreinblickenden Soldaten und Technikern vorbei, bis wir einen großen Appellplatz mit nicht zu übersehenden Markierungen auf dem Boden erreichten, die auf einen breiten, durchsichtigen Tunnel am gegenüberliegenden Ende deuteten.

An den meisten Raumstationen konnten große Schlachtschiffe wie dieses nicht andocken, weshalb sie mit selbstformenden Röhren aus durchsichtigem Kunststoff ausgestattet waren, die als Verbindungstunnel zu den Stationen dienten. Der Tunnel unseres Schiffes war so groß, dass ein

Panzer hindurchfahren konnte. Es standen sogar mehrere davon direkt neben dem Eingang bereit, aber die Zeit reichte gerade einmal für einen flüchtigen Blick, während ich auf den rettenden Ausgang zurannte.

Die Schleuse wurde von einem schweren Rolltor gesichert, aber das stand glücklicherweise offen. Wegen der Phantome funktionierte auch der zusätzliche Energieschild nicht, sodass ich den Tunnel problemlos betreten konnte. Ich war kaum drinnen, da leuchtete ein Bedienfeld zu meiner Rechten auf. Ich klappte das Visier hoch und sah gerade noch, wie Maat ihre Hand daraus zurückzog. Das Rolltor hinter uns schloss sich mit einem Krachen, dann holte Maat aus und zerschmetterte das Bedienfeld.

Da habt ihr es, knurrte sie, während Funken und Rauch aus der Elektronik aufstiegen. *Verrottet in eurem Gefängnis.*

Der kalte Hass in ihrer Stimme ließ mich erzittern, aber für Zimperlichkeiten war jetzt keine Zeit. Obwohl wir vom Schiff geflohen und den Zugang hinter uns versperrt hatten, glaubte ich nicht eine Sekunde, wir wären sicher vor Caldswell. Es war nur eine Frage der Zeit, bis er sich einen Weg freikämpfte, also mussten wir schleunigst weiter. Zuerst musste ich allerdings herausfinden, *wohin*.

Zwar befanden wir uns nun auf der anderen Seite des Schiffes, aber durch den durchsichtigen Tunnel konnte ich die Raumschlacht immer noch sehen. Mit dem brennenden Kreuzer und dem, den wir soeben verlassen hatten, zählte ich insgesamt vier republikanische Schlachtschiffe. Ihre geballte Schlagkraft hätte genügt, um eine aufständische Kolonie im Handumdrehen zur Räson zu bringen, doch gegen die Lelgis hatten sie nicht den Hauch einer Chance.

Der Tunnel wurde von Batterielampen beleuchtet, weshalb nicht einmal Kabel meinen Blick auf die Lelgis-Flotte behinderten, die sich nun wie eine Faust um uns schloss. Ich konnte auch die Kaiserphantome sehen, mittlerweile waren es drei, aber selbst sie wirkten angesichts dieser Übermacht an Feinden klein und hilflos. Es waren Tausende, und dahinter lauerte immer noch die Königin, die sich im Widerschein des bläulich weißen Feuers als drohender Schatten vor dem Hintergrund der Sterne abhob.

Deviana?

Ich atmete einmal tief durch und drehte mich zu Maat um, die mit ihren Geisterfüßen bereits lautlos den Tunnel entlanglief. Der Schwarm aus kleinen Phantomen um sie herum war noch größer geworden, und sie alle winkten mir zu. Einen Moment lang glaubte ich sogar, ihre kleinen Stimmchen in meinem Kopf zu hören, wie sie mich anflehten, mich zu beeilen.

»Wohin laufen wir?«, fragte ich.

Maat hob die dunklen Augenbrauen und deutete den Tunnel entlang.

Da draußen gerade der Weltuntergang tobte, mag man mir verzeihen, dass ich die Raumstation am Ende des Tunnels noch gar nicht bemerkt hatte. Sogar ohne eine Lelgis-Flotte auf den Fersen hätte ich sie wahrscheinlich übersehen, denn sie war rundum mattschwarz. Keine Kennung, keine Beschriftung, nicht einmal Positionslichter – was aber auch eine Folge des Stromausfalls sein konnte. Trotzdem hätte ich meine Lady darauf verwettet, dass die Station nie beleuchtet war, ob sich nun Phantome in der Nähe aufhielten oder nicht. Alles an ihr schrie nur so nach Täuschung und Geheimniskrämerei, selbst die altmodische Form mit ihren vier von dem Generatorkern in der Mitte ausstrahlenden Armen. Sie sah genauso aus wie die Basen der terranischen Bösewichte in einem paradoxischen Kriegsfilmklassiker. Wie passend, dachte ich mir, als ich endlich begriff, um was es sich bei dem Ding am Ende des Tunnels handelte.

»Der Dunkelstern ...«, stammelte ich.

Maats Gefängnis und das Epizentrum allen Übels der letzten siebzig Jahre. Er war kleiner, als ich ihn mir vorgestellt hatte, außerdem vollkommen unscheinbar, und das war eine Schande, wenn ich bedachte, dass er mit großer Wahrscheinlichkeit auch mein Grab werden würde. Ich hatte gehofft, in ein strahlendes Wunderwerk modernster Technik einzubrechen, aber das war natürlich Unsinn. Geheime Weltraumbasen waren nun mal nicht dazu da, Designpreise zu gewinnen.

»Komm«, sagte ich und ging los. »Bringen wir es hinter uns.«

Warum?

Maats Frage ließ mich beinahe stolpern. Nur die Lady verhinderte, dass ich der Länge nach hinschlug. »Wie bitte?«

Maat verschränkte die Arme über ihrem Kittel. *Ich habe dich von dem Schiff geholt und vor Brian gerettet. Jetzt sind wir sicher, worauf also noch warten? Ich bin hier, du bist hier.* Sie streckte mir die Hand entgegen, und die Phantome, die darauf saßen, krabbelten sofort auf Sicherheitsabstand zu mir. *Gib mir, was du mir versprochen hast. Gib mir meinen Tod.*

»Noch nicht«, widersprach ich grimmig. »Wenn ich dich jetzt töte, sterben die Töchter mit dir.«

Das ist Maat egal, sagte sie mit einem gefährlichen Blitzen in den Augen. *Maat hat nie um Töchter gebeten.*

»Und sie nicht um dich!«, bellte ich. »Trotzdem gibt es sie, und ich töte sie nur, wenn ich unbedingt muss.«

Dieses Problem ging mir schon seit meinem Gespräch mit Dr. Starchild nicht mehr aus dem Kopf. Als Caldswell mir erzählte, dass die Tests an mir im Hyperraum durchgeführt werden sollten, hatte mich das auf eine Idee gebracht, und jetzt, Auge in Auge mit Maat, war es so weit. Ich betete nur, dass Maat noch genug bei Verstand war, meine Worte zu begreifen.

»Ich habe einen Plan«, begann ich möglichst ruhig. »Damit die Phantome in ihre Heimat zurückkehren können und du deinen Frieden findest, muss ich dich töten. Aber wenn ich dich jetzt mit dem Virus infiziere, infiziere ich auch deine Töchter.«

Maat zuckte die Achseln. *Na und? Sie sind ein Teil von mir. Wenn ich sterben will, wollen sie es auch.* Ihr Blick wurde hart. *Tu es.*

»Nein«, widersprach ich unbeirrt. Dieser Entschluss reifte schon in mir, seit ich hatte mit ansehen müssen, wie Ren erschossen wurde, während sie ihren toten Vater beweinte. So grausam das Unrecht an Maat auch war, ich wollte eher verdammt sein, als all die unschuldigen Mädchen umzubringen, die genauso missbraucht wurden wie sie, nur weil Maat es nicht erwarten konnte. Sie selbst sah das allerdings anders.

Nein, donnerte ihre Stimme in meinem Schädel. Sie begann am ganzen Körper zu zittern vor Wut, und die Phantome flogen verschreckt auf. *Das kannst du mir nicht antun. Nicht jetzt. Nicht, wo ich so nahe dran bin.* Sie machte einen Schritt auf mich zu. *Wenn du mich verrätst, töte ich dich!*

Noch während sie sprach, drang Maat in meinen Geist und griff nach dem Virus. Sie hatte selbst gesagt, ich hätte so wenig Plasmex, dass es kaum zu finden war, und das stimmte, denn sonst hätte sie sich das Virus längst genommen. Sosehr mich Maats krasse Grenzüberschreitung auch ärgerte, ich weigerte mich, ihr auch nur einen Vorgeschmack auf das zu geben, was sie suchte, und blieb ganz ruhig.

»Ich werde dich nicht verraten«, erwiderte ich gefasst. »Ich schwöre beim Geweihten König, dass ich dich befreien werde, dich und die Phantome, nur nicht hier.«

Wo dann? Mit einem irren Blitzen in den Augen deutete sie auf die Kaiserphantome, die sich den angreifenden Lelgis entgegenstellten. *Sie kämpfen und sterben für dich, und du willst sie noch länger warten lassen? Sie können die Lelgis nicht ewig aufhalten. Wenn sie sterben, ist es vorbei. Die Königin wird dich in Stücke reißen, und alles ist verloren!*

Ich blies die Luft aus. Da hatte sie nicht ganz unrecht, aber ich hatte meine Entscheidung bereits getroffen und würde jetzt keinen Rückzieher machen. Wenn ich eines war, dann ehrgeizig. Ich würde nur diese eine Gelegenheit bekommen und beabsichtigte, so viel damit zu erreichen wie möglich, oder bei dem Versuch sterben.

»Wenn das so ist, beruhigst du dich besser und hörst mir zu«, sagte ich schließlich mit in die Hüften gestemmten Händen. »Es ist mein Virus, also spielen wir nach meinen Regeln. Ich werde dir geben, was du verlangst, also hältst du jetzt die Klappe, oder willst du weiter mit mir streiten?«

Vielleicht spielt es auch gar keine Rolle, fauchte Maat. *Du behauptest, du wärst der Boss, aber Deviana ist sogar noch unbeherrschter als Brian. Es ist nur eine Frage der Zeit, bis dir das Virus entgleitet.*

»Verlass dich lieber nicht drauf«, entgegnete ich. »Ich bin nicht mehr die, die ich einmal war. Ich habe dazugelernt, und ich will weiterleben. Wenn du glaubst, ich vergesse mich und überlasse dir das Virus, wirst du eine unangenehme Überraschung erleben. Bist du jetzt bereit, dir meinen Plan anzuhören oder nicht?«

Maats Augen verengten sich zu Schlitzen, die Anspannung zwischen uns wuchs ins Unendliche. Ich sah, wie ihre Lippen sich in einem stummen inneren Widerstreit bewegten, doch meine Seite schien schließlich den Sieg davonzutragen, denn kurz darauf bedeutete sie mir weiterzusprechen.

»Gut«, sagte ich. »Aber zuerst muss ich eines wissen: Stimmt es, dass du im Hyperraum vollständig von deinen Töchtern abgeschnitten bist?«

Maat nickte. *Nicht einmal Maat kann das Gefüge des Universums durchbrechen.*

Ich grinste. Wunderbar. »Also, hier ist der Plan: Ich befreie dich aus dem Dunkelstern, stehle ein Schiff und bringe dich in den Hyperraum. Sobald wir dort sind, bekommst du mein Virus. Ich überlebe, und du kannst endlich sterben, wie du es dir schon so lange wünschst, *ohne* die Töchter mit in den Tod zu reißen. Sobald du nicht mehr bist, steht die Tür offen, und die Phantome können in ihre Heimat zurückkehren. Jeder bekommt, was er will.«

Mein Puls ging immer schneller, die Worte sprudelten nur so aus mir heraus. Jetzt, da ich ihn aussprach, klang mein Plan besser denn je. Mein Geniestreich stand kurz vor der Vollendung, und ich würde sogar überleben, um damit anzugeben.

Maat schien weit weniger überzeugt. *Nein*, sagte sie tonlos. *Es wird nicht funktionieren.*

Ich stutzte. »Warum nicht?«

Du kannst Maat nicht befreien, antwortete sie mit einem hilflosen Achselzucken. *Der Dunkelstern ist alt, aber er wurde über Jahrzehnte hinweg immer weiter verbessert, um einen einzigen Zweck zu erfüllen: Maat nie wieder herauszulassen. Die Station ist wie ein Labyrinth, eine Todesfalle, die jeden Fremden unweigerlich in die Irre führt. Selbst Brenton war nicht lebensmüde genug, es zu versuchen, und er ist unendlich viel stärker als du. Du wirst Maat niemals finden. Du wirst sterben und alles zerstören.*

»Was meinst du mit ›alles zerstören‹?«, hakte ich nach. »Du hast gesagt, wenn ich sterbe, setzt das das Virus frei.«

Das war auf dem Schiff des Sensenmanns, erwiderte sie zornig. *Dort hätte Maat es fangen können, aber nicht hier. Außerdem wird das Virus nur frei, wenn es dich tötet. Stirbst du an einer Kugel, solange es noch inaktiv ist, bist du einfach nur tot.*

»Dann sorge ich eben dafür, dass ich wütend werde, bevor ich abtrete«, erwiderte ich. Das sollte nicht allzu schwer sein. Wenn auf der Zielgeraden noch etwas dazwischenkam, würde ich komplett durchdrehen. »Selbst wenn mein Plan fehlschlägt, musst du dich nur bereithalten und dich infizieren lassen.«

Maat weigert sich, tönte ihre Stimme wie Nadelstiche in meinem Gehirn. *Du wirst meine Freiheit und ihre* – sie deutete mit dem Kinn auf die Phantome, die auf ihrer Schulter saßen – *nicht für ein dummes Spiel riskieren.*

Ich seufzte. Zum Teil gab ich ihr ja recht. Es wäre in der Tat weit weniger riskant, hier und jetzt Schluss zu machen und ihr das Virus zu geben. Eine schlaue Söldnerin würde genau das tun, sich für die sichere Alternative entscheiden, keinen Fehlschlag riskieren und die Aufgabe erledigen. Das Problem war nur, dass ich irgendwann während der letzten Woche aufgehört hatte, eine Söldnerin zu sein. Ich wusste selbst nicht genau, was ich jetzt war, aber eines stand zweifelsfrei fest: Ich würde niemanden im Stich lassen, Maat nicht, die Phantome nicht und ganz bestimmt nicht die Töchter, deren entsetzliche Lage mich überhaupt erst auf dieses Himmelfahrtskommando gebracht hatte. Es war mir egal, wie schlecht meine Chancen standen. Je größer das Risiko, desto größer die Belohnung. Außerdem war ich viel zu nahe dran und hatte viel zu hart gekämpft, um jetzt aufzugeben.

»Meine Entscheidung ist unumstößlich«, sagte ich und verschränkte die Arme vor der Brust. »Ich weiß, dass die Detektive auf dem Dunkelstern hyperraumfähige Schiffe haben.« Jetzt, da ich genauer hinschaute, zählte ich vier Docks. In einem davon würde sich schon etwas Brauchbares finden. »Und selbst wenn nicht, habe ich immer noch dich. Wenn es sein muss, würde Caldswell sogar die Seiten wechseln, nur um dich am Leben zu erhalten. Dann nimmst du dir einfach das Virus und machst es vor allen zum Trottel.«

Ich hatte gedacht, diese Aussicht würde Maat ein wenig aufheitern, stattdessen vergrub sie das Gesicht in den Händen. *Du wirst sterben*, wimmerte sie. *Es ist so ungerecht. Du darfst sterben und Maat nicht. Maat möchte …*

»Du hoffst besser, dass ich sterbe«, keifte ich. »Sollte ich innerhalb der nächsten Stunden den Löffel abgeben, setze ich das Virus frei, das schwöre ich beim König. Ich werde von Kopf bis Fuß so schwarz sein, wie du es dir nur wünschst, dann kannst du dich einfach bedienen. Aber bis es so weit ist, schöpfe ich jede Möglichkeit aus. Wenn dir also noch irgendetwas anderes am Herzen liegt außer deinem eigenen Leid, hilfst du mir.«

Maat ließ die Hände sinken, ihr gepeinigter Blick wurde immer aufmerksamer. Als ich zu Ende gesprochen hatte, kaute sie nachdenklich auf ihrer Unterlippe herum und musterte mich durchdringend. Einen Moment lang sah ich das kluge, bedachte Mädchen in ihr aufblitzen, das sie einmal gewesen sein musste, bevor ihr Leben diese entsetzliche Wende nahm.

In Ordnung, sagte sie schließlich. *Maat wird helfen. Maat glaubt zwar, dass du verrückt bist, aber sie wird helfen.*

Innerlich rollte ich mit den Augen. Die durchgeknallteste Frau im gesamten Universum hielt mich also für verrückt. Sollte sie nur. Solange sie mir half, störte mich das nicht. Außerdem hatten wir schon genug Zeit verloren.

Ich lief tiefer hinein in den Verbindungstunnel und versuchte, mich durch die draußen tobende Schlacht nicht von meiner Aufgabe ablenken zu lassen. »Kannst du mir etwas darüber sagen, wie es im Moment auf dem Dunkelstern aussieht?«

Ein wenig, antwortete sie mit gerunzelter Stirn. *Maat war oft wütend in letzter Zeit, deshalb bekam ich viele Medikamente. Als das erste Kaiserphantom auftauchte, weckten sie mich, aber ich hielt meine Aura zurück und ließ die Station von dem Phantom lahmlegen.* Die Selbstgefälligkeit in ihrer Stimme sagte mir, dass Maat die Angst der Detektive in vollen Zügen genoss. *Sie ist immer noch lahmgelegt, aber Maat hört, wie sie im Nebenraum darüber beraten, mich wieder zu betäuben. Wenn sie das tun, wird Maat einschlafen. Dann funktionieren die Energiesysteme wieder und mit ihnen auch die Sicherheitsvorkehrungen.*

Ich schnitt eine Grimasse. Das klang nicht gut. »Wie viel Zeit haben wir noch?«

Nicht viel. Mittlerweile zitterte sie am ganzen Körper, ich konnte sogar ihre Gedanken spüren. Sie hasste die

Medikamente aus tiefstem Herzen, und jetzt, da auch ich in den Genuss des Anti-Plasmex-Cocktails gekommen war, konnte ich das nur zu gut nachvollziehen.

»Du musst dich wehren und die Energiezufuhr noch so lange unterbrechen wie möglich«, erwiderte ich. »Du musst außerdem in meiner Nähe bleiben, damit meine Rüstung weiter funktioniert.« In einer lahmgelegten Raumstation als Einzige über ein einsatzbereites elektronisches Waffensystem zu verfügen war ein unschätzbarer Vorteil.

Dafür brauchst du Maat nicht, entgegnete sie verwirrt.

»Wovon redest du? Nur wegen dir ist meine Lady noch online.«

Sie schüttelte so heftig den Kopf, dass ihre Haare in alle Richtungen flogen. *Maat hat deinen Anzug nicht angerührt.*

Ich schaute sie an, dann das dunkle Schiff hinter uns und schließlich meine prächtig funktionierende Rüstung. »Wie ist das möglich?«

Weil du bist wie ich, flüsterte sie, begleitet von einem Gefühl der Verbundenheit, wie ich es auch verspürt hatte, als die Lelgis mir einen Eindruck vom Eins vermittelten. *Weil dein Plasmex nicht mehr ist als ein Sandkorn in der Wüste, ist deine Reichweite nur sehr klein, aber für deine Rüstung reicht es.*

Sie sagte das, als wäre es eine üble Beleidigung, doch ich hörte nur halb hin. Ich war viel zu sehr damit beschäftigt, meine Lady durchzuchecken. Sämtliche Systeme funktionierten normal, ohne auch nur ein Stottern, selbst wenn ich die Hände so weit wegstreckte, wie ich nur konnte. Als ich allerdings Mia vom Rücken nahm und sie auf den Boden legte, begann ihr Ladelicht sofort zu flackern und war erloschen, noch bevor ich mich zwei Schritte entfernt hatte.

»Das gibt's doch …«, stammelte ich und hob meine Plasmaflinte wieder auf. »Was ist mit mir los? Bin ich jetzt auch wie deine Töchter?«

Maat zuckte die Achseln. *Wer kann das schon sagen? So etwas wie dich hat Maat noch nie gesehen. Aber so etwas wie Maat hat auch noch nie jemand gesehen.*

Ich stöhnte innerlich. Na toll, nun waren wir auch noch Schwestern im Geiste. Doch im Gegensatz zu allen anderen Veränderungen, die das Virus in mir bewirkt hatte, war diese höchst willkommen. Ich konnte also die Aura der Phantome unterdrücken, und das würde ich rücksichtslos ausnutzen.

Mittlerweile hatten wir das Ende des Verbindungstunnels beinahe erreicht. Ich sah einen von einem Plasmaschild geschützten Durchgang, doch ohne Strom kein Plasmaschild; auch die mindestens vier Kameras, die den Bereich überwachten, waren tot. Der Eingang musste einmal genauso breit gewesen sein wie unser Tunnel, schien aber im Lauf der Zeit immer weiter verkleinert worden zu sein, damit er leichter zu verteidigen war: Gleich im Anschluss verjüngte er sich zu einem schmalen Korridor mit unauffällig in den Wänden versteckten Selbstschussanlagen. Als ich sie sah, fiel mir Maats Warnung wieder ein, und ich blieb wie angewurzelt stehen. Doch auch diese Todesfallen würden ohne Strom nicht einen einzigen Schuss abgeben, also entspannte ich mich ein wenig und fuhr meine Dichtescanner hoch, um nachzusehen, was mich hier erwartete.

Eine Menge Metall, war die Antwort. Ich wollte Maat gerade fragen, ob sie nicht noch eine von diesen praktischen Karten für mich hatte, da merkte ich, dass ich keine brauchte – der Korridor kam mir mit einem Mal sehr bekannt vor, genauso wie die ganze Station, als wäre ich schon hundertmal hier gewesen. Einen Moment lang fürchtete ich, es wären lediglich Maats Gedanken, die ich gerade spürte, aber die Wahrheit war viel einfacher: Ich kannte diese Station, weil Rupert sie kannte. Der Anblick löste seine Erinnerungen in mir aus, und mit ihnen kam Ruperts unaufgeregte Übersicht über die gesamte Station, die vierzig Jahre lang sein Hauptquartier gewesen war. Sein Hass auf diesen Ort fühlte sich dunkel und kalt an, aber Rupert kannte ihn wie seine Westentasche, und das brachte mich auf eine Idee.

Als ich das Ende des engen Durchgangsbereichs erreichte, blieb ich stehen und suchte in Ruperts wohlgeordneten Erinnerungen nach der einen, die ich brauchte. Nachdem ich sie gefunden hatte, nahm ich eine Abzweigung, die um den Zentralknoten herum zu dem Arm der Station führte, der dem »Sicherheitscontainer«, wie Maats Zelle in Ruperts Erinnerungen so schön hieß, genau gegenüberlag.

Maat merkte es sofort und baute sich drohend vor mir auf. *Wo willst du hin?*

»Du erwartest doch wohl nicht, dass ich eine Aufgabe wie diese ganz ohne fremde Hilfe erledige?«, gab ich zurück und beschleunigte mein Tempo, während meine Dichtescanner die Lücken in Ruperts Erinnerungen füllten und einen detaillierten Plan des gesamten Dunkelsterns anfertigten.

Wer soll dir hier helfen?, fauchte Maat. *Die Detektive helfen nie.*

»Er gehört nicht mehr zu ihnen«, erwiderte ich knapp. »Sondern zu mir.«

Maats Verblüffung fühlte sich an wie Nebel in meinem

Kopf, aber ich lief unbeirrt weiter und trat die Tür vor dem Aufzugschacht ein, den ich gleich darauf hinunterzuspringen gedachte.

Dass der Dunkelstern einen kreuzförmigen Grundriss hatte, war mir bereits aufgefallen. Vom Verbindungstunnel aus hatte diese Anordnung denkbar einfach ausgesehen, aber jetzt, da ich drinnen war, dankte ich dem König für jede einzelne Erinnerung, die Rupert in mir hinterlassen hatte. Jedes Mal, wenn ich etwas sah, das mir auch nur entfernt bekannt vorkam, stieg eine davon wie eine Luftblase in mein Bewusstsein; ohne sie hätte ich mich hoffnungslos verirrt.

Der gesamte Dunkelstern war ein einziger Irrgarten, genau wie Maat gesagt hatte, ein endloses Gewirr aus identisch aussehenden Korridoren, die es irgendwie schafften, stets in einer Sackgasse zu enden. Das einzig Gute an der verfluchten Station war, dass sie dank ihrer Größe über Permanent-Gravitation verfügte. Ich mochte umherirren wie ein Versuchskaninchen in einem Labyrinth, aber wenigstens konnte ich es zu Fuß tun, nicht schwebend, denn ich hatte trotz Ruperts Erinnerungen auch so schon mehr als genug zu tun. Mich an einem Ort zurechtzufinden, an dem alles exakt gleich aussah, war nicht einfach. Es gab weder Hinweisschilder noch Notausgänge, nicht einmal die Türen waren nummeriert, ich hatte nichts, woran ich mich orientieren konnte.

Dafür gab es umso mehr Fallen. Ich konnte schon gar nicht mehr zählen, an wie vielen Selbstschussanlagen ich vorbeigekommen war. Selbst im Aufzugschacht waren welche gewesen, außerdem Gasventile, elektrische Feldgeneratoren und andere Gemeinheiten, die ich nicht einmal identifizieren konnte. Ich war aufrichtig beeindruckt. Wer auch immer sich das ausgedacht hatte, war ein Meister der Doppelt- und Dreifachsicherung. Die Schussfelder der automatischen Miniaturgeschütze überlappten einander mehrfach, außerdem wurden sie von mehreren Energiekreisen versorgt, damit sie auch dann weiterfeuerten, wenn eine der Zuleitungen gekappt wurde. Zu schade nur, dass all diese Maßnahmen nicht das Geringste gegen das Störfeld eines Phantoms halfen. Andererseits war das hier *Maats* Gefängnis. Die Konstrukteure hatten bestimmt nicht damit gerechnet, dass die Phantome der Station je so nahe kommen würden.

»Weiter so, Maat«, sagte ich und musterte eine Verfärbung an den Wänden, die nur von dem Plasmaschild rühren konnte, der diesen Durchgang normalerweise versperrte. »Bleib schön wach.«

Maat reagierte nicht. Während der letzten Minuten war sie immer stiller geworden und mit weit aufgerissenen, aber dennoch leeren Augen lautlos hinter mir hergeschwebt, wie es sich für ein Gespenst gehörte. Wahrscheinlich wurde sie gerade wieder betäubt, wie sie es angekündigt hatte. Die Beleuchtung flackerte zwar ab und zu kurz auf, verweigerte aber nach wie vor den Dienst. Also gelang es Maat trotz der Medikamente, ihre Aura zurückzuhalten und ihren Teil der Abmachung zu erfüllen. Zumindest bis jetzt.

Mein Ziel war die Tür ganz am Ende des Gefängniskorridors, der genauso gut mit im Moment nicht funktionsfähigen Selbstschussanlagen und Plasmaschild-Generatoren geschützt war wie der Rest der Station, allerdings kam hier noch das Gefängnistor selbst hinzu.

Es war so dick, dass meine Dichtescanner es nicht

durchdrangen, was gleichzeitig bedeutete, dass ich es weder zerschießen noch zerschneiden konnte. Ich überlegte kurz, Maat zu bitten, den Trick mit der Sprengschutztür auf dem Schlachtkreuzer noch einmal zu wiederholen, doch ihr Kopf baumelte mittlerweile schlaff herab, als wäre sie kurz vor dem Koma.

Also beschloss ich, etwas anderes zu versuchen. Ich klappte mein Visier herunter und suchte die Wand nach möglichen Schwachstellen ab – und ich hatte Glück. Das Tor bestand aus zwei ineinander verzahnten Schiebetüren, doch der Mechanismus, der die Verzahnung einrasten ließ, wurde von einer in die Wand eingelassenen Hydraulikpumpe betätigt. Selbstverständlich hatte die Pumpe auf Verriegelung geschaltet, als der Strom ausfiel, was bedeutete, dass auf der Hydraulikflüssigkeit immer noch Druck war. Genau das war meine Chance.

Ich ließ Elsie aus der Scheide schnellen und zündete mit einem weiteren Gedankenbefehl das Thermit. Der ganze Vorraum flackerte im gleißenden Licht der brennenden Schneide, aber zum Glück brauchte ich Elsie nur kurz. Mein Zielcomputer berechnete den optimalen Stoßwinkel, dann holte ich aus und bohrte die Klinge in die in der Wand versenkte Pumpe. Den Schiebetüren hätte Elsie nicht einmal einen Kratzer zufügen können, aber die Wandverschalung und die darunterliegende Pumpe waren kein Problem. Nachdem die Klinge eingedrungen war, schob ich sie nach oben und schlitzte Pumpe, Hydrauliktank und Zuleitungen auf. Sofort begann es aus der Wand zu tropfen, und als der Druck, der sie verriegelt gehalten hatte, verschwunden war, hörte ich das Klacken, mit dem die Verzahnung aufschnappte.

Ich löschte die Klinge, um das kostbare Thermit zu sparen, zog sie wieder heraus und griff in den Spalt zwischen den Türen. Unter normalen Umständen hätte mein auf Geschwindigkeit ausgelegter Kampfanzug die Tür niemals aufstemmen können, aber ohne den Druck der Hydraulikpumpe musste ich lediglich die beiden auf Schienen gelagerten Flügel in Bewegung versetzen. Trotzdem brannte der Motor der Lady beinahe durch, bevor der Spalt breit genug für meine Rüstung war und ich hindurchschlüpfen konnte.

Wegen des geschlossenen Visiers konnte ich die Phantome nicht mehr sehen, und der Korridor hinter der Tür war überraschend dunkel. Noch dunkler sogar als der Rest der Station, wo zumindest ein paar batteriebetriebene Notlämpchen genug Licht für mein Nachtsichtgerät gespendet hatten. Hier drinnen sah ich überhaupt nichts mehr. Da ich mein Visier aber nur öffnen wollte, wenn es unbedingt nötig wurde, und ich während der Schneideaktion ohnehin genug Lärm veranstaltet hatte, um Tote zu wecken, entschloss ich mich für die einfachste Lösung und schaltete meine Flutlichtscheinwerfer ein.

Der Korridor füllte sich sogleich mit Licht, allerdings gab es auch nicht viel zu füllen. Rupert schien noch nie hier gewesen zu sein, weshalb ich erst jetzt sah, was mich erwartete: ein schmaler Gang mit Glastüren zu beiden Seiten, die zu den dahinterliegenden Zellen führten, von denen im Moment aber nur zwei belegt waren.

Als ich sah, von wem, hätte ich beinahe laut losgepustet.

»Na so was«, sagte ich mit in die Hüfte gestemmten Händen. »Wen man hier nicht so alles trifft.«

In der Zelle gleich neben mir nahm eine Frau ruckartig den Arm herunter, den sie sich wegen des blendenden Lichts vors Gesicht gehalten hatte. Dahinter kam Novas blasses Gesicht zum Vorschein. »Deviana?«, stammelte sie.

Die Verwirrung in Novas Stimme weckte die Neugier ihres Zellennachbarn, der sogleich den Kopf aus dem Federbausch streckte, zu dem er sich zusammengerollt hatte. »Das muss ein Witz sein«, kommentierte er.

»Hallo, Basil«, sagte ich grinsend.

»Was tust du hier?«, fragte Nova mit weit aufgerissenen Augen. »Ist der Kapitän ebenfalls hier?«

»Was geht da draußen vor?«, fiepte Basil dazwischen und klopfte mit dem Schnabel gegen das dicke Glas. »Was waren das für Explosionen? Werden wir angegriffen?«

Wurden wir, aber es schien mir nicht ratsam, das den beiden ausgerechnet jetzt mitzuteilen.

»Der Kapitän ist nicht bei mir«, erwiderte ich nur und trat vor Novas Zelle. Das Glas war kugelsicher und unzerbrechlich, sah aber im Vergleich zu der Kiste, in die die Xith'cal mich gesteckt hatten, immer noch harmlos aus. Elsie würde bestimmt durchkommen. »Ist eine lange Geschichte, und ich habe wenig Zeit. Tretet zurück, dann hole ich euch raus.«

Nova und Basil tauschten einen Blick aus. »Ich möchte nicht undankbar erscheinen, weil ich dein großzügiges Angebot ablehne, Deviana«, begann Nova, »aber ich glaube, ein Ausbruchsversuch ist im Moment nicht ratsam.«

Verwirrt schaute ich sie an. Meiner Meinung nach war ein Ausbruch immer etwas Gutes, aber auch Basil nickte eifrig. »Sie haben sich ganz schönen Ärger eingehandelt, Affe«, sagte er mit einem abschätzigen Blick. »Ich weiß zwar nicht, was hier läuft, aber Ihre Anwesenheit kann nichts Gutes bedeuten.«

»Schlimmer als eingesperrt in einer Zelle zu sitzen kann es wohl kaum sein, oder?«

Zu sehen, wie Basil erbost das Gefieder aufplusterte, war genauso erheiternd wie ärgerlich.

»Der Kapitän sagte, wir wären zu unserem eigenen Schutz hier, und ich glaube ihm«, erwiderte er schnippisch. »Wenn wir mit Ihnen kommen, machen wir uns nur mitschuldig an Ihren Missetaten.«

Ich verdrehte die Augen und wandte mich wieder Nova zu, die mich nur traurig anschaute.

»Wir wissen dein Angebot zu schätzen, Deviana«, sagte sie mit fester Stimme. »Doch solange es nicht um Navigation oder leichte Plasmex-Manipulation geht, wären Basil und ich dir nur ein Klotz am Bein, fürchte ich. Trotzdem danke nochmals, aber in der momentanen Gegenwart würden wir lieber hierbleiben, wenn es dir nichts ausmacht.«

Ich persönlich hätte mich sofort für die Freiheit entschieden, aber ich war nicht Nova. Sie war Zivilistin und hatte weder Kampferfahrung noch eine Rüstung. Für sie fühlten sich diese Gefängniswände wahrscheinlich sogar wie ein Schutzschild an.

»Wie ihr meint«, erwiderte ich mit einem Schulterzucken. »Vielleicht könnt ihr mir ja trotzdem helfen. Habt ihr Rupert hier durchkommen sehen?«

Nova nickte hektisch. »Aber ja, er wurde schon vor einer ganzen Weile hergebracht. Seine Zelle liegt ganz hinten.« Sie deutete auf das dunkle Ende des Korridors, das ich noch gar nicht mit meinen Scheinwerfern ausgeleuchtet hatte.

Mein Puls schnellte derart in die Höhe, dass ich mir sogleich einschärfte, mir bloß keine allzu großen Hoffnungen zu machen. »Wie sah er aus? Konntest du erkennen, womit er gefesselt war?«

Auch wenn es unmöglich klingt, aber Novas papierweißes Gesicht wurde noch blasser. »Ich kann es nicht mit Sicherheit sagen«, flüsterte sie so leise, dass ich sie durch das dicke Glas kaum hörte. »Etwas Derartiges habe ich noch nie gesehen. Es sah schrecklich aus.« Sie biss sich auf die Lippe. »Was hat er verbrochen?«

Meine Seite ergriffen, dachte ich düster.

»Nichts«, antwortete ich. »Eine letzte Frage noch: Weißt du, in welchem Dock sich die hyperraumfähigen Schiffe befinden?« Vom Verbindungstunnel aus hatte ich vier Docks gesehen, aber dank Ruperts Erinnerungen wusste ich, dass aus Sicherheitsgründen immer nur eines in Betrieb war. Ich wollte keine kostbare Zeit damit verlieren, indem ich sie alle einzeln überprüfte.

»In dem Dock, in dem wir gelandet sind, befanden sich mehrere«, fiepte Basil mit giftig gelben Augen. »Aber sie waren alle verriegelt und deaktiviert. Da kommen Sie niemals rein.«

»Danke für Ihr Vertrauen«, erwiderte ich knapp. »Welches Dock war es, rechts, links, oben oder unten?«

»Im All gibt es kein oben und unten«, belehrte mich Nova. »Aber es war das Dock gleich unter dem Beobachtungsdeck.«

Also oben. »Danke«, sagte ich und klappte mein Visier hoch, damit sie mein Lächeln sehen konnte. »Du bist die Beste, Nova.«

Sie lief feuerrot an, dann wandte ich mich dem Ende des Korridors zu.

»Deviana!«

Ich drehte mich noch einmal um. Nova stand jetzt

direkt an ihrer Zellentür, beide Hände auf das Glas gelegt. »Sei vorsichtig«, sagte sie sanft.

Ich grinste breit. »Genauso vorsichtig wie immer.«

Basil quittierte das mit einer Mischung aus einem Krächzen und einem Schnauben, die nach tiefer Skepsis klang. Ich hatte nicht das Gefühl, etwas darauf erwidern zu müssen, und machte mich entschlossen auf den Weg zum Ende des Trakts.

Der Dunkelstern-Knast war wirklich winzig. Die Zellen waren klein und der Gang so eng, dass ich mit meiner Rüstung gerade so hindurchpasste, dafür war er erstaunlich lang. Als ich den Hochsicherheitsbereich ganz am Ende erreichte, konnte ich die Zellen meiner ehemaligen Mannschaftsgenossen nicht einmal mehr sehen.

Die Zellen hier waren noch kleiner und hatten keine Glastüren, die Entlüftungsöffnungen oben an den Wänden sagten mir allerdings, dass sie normalerweise von Plasmaschilden geschützt wurden, die nach wie vor außer Betrieb waren. Außerdem wimmelte es hier nur so von Phantomen, nur Maat war nirgendwo mehr zu sehen. Höchstwahrscheinlich hatten sie sie endgültig ins Koma gespritzt, und das bedeutete, dass die Energiegeneratoren bald wieder anspringen würden. Wenn ich mich nicht beeilte, endete ich noch als erste Insassin des Dunkelsterns, die in ihr Gefängnis *ein*gebrochen war.

Leider waren die ersten Zellen alle leer, und bei der zehnten begann ich unruhig zu werden. Was, wenn Caldswell sich getäuscht hatte? Was, wenn Rupert gleich nach seiner Ankunft hingerichtet worden war? Was, wenn ich zu spät kam?

Als ich drauf und dran war, mir echte Sorgen zu machen, endete der Gang abrupt. Ich stand direkt vor den letzten beiden Zellen. Sie waren nebeneinander in die Rückwand eingelassen, was in dieser Enge bedeutete, dass sie nicht größer sein konnten als ein Spind. Vor beiden Türrahmen sah ich die üblichen, von Energieschilden verursachten Verfärbungen, außerdem ein Drahtgitter, fein wie ein Insektennetz. Eine rundum laufende schwarz-gelbe Markierung warnte den Betrachter, bloß nicht zu nahe heranzutreten.

Ich hob die Augenbrauen. Offensichtlich standen die Drähte normalerweise unter Strom. Den dicken Kabeln auf dem Boden nach zu urteilen, unter einer *Menge* Strom. Im Moment waren die Drähte allerdings nicht mehr als ein sehr teuer aussehender Metallvorhang, also zerriss ich das Netz, um nachzusehen, ob ich Rupert endlich gefunden hatte.

Als das Licht meiner Scheinwerfer in den dahinterliegenden Alkoven fiel, war ich immer noch nicht sicher, und das vor allem, weil ich nicht begriff, was ich da überhaupt vor mir sah. Die Zelle war tatsächlich kaum größer als ein Spind, gerade breit genug für meine Schultern und nicht einmal einen Meter tief. Darin stand ein Mann, allerdings so gut verschnürt, dass er kaum als Mensch zu erkennen war. Sein ganzer Körper war mit einem Kunststoffband umwickelt, mit dem normalerweise Außenlasten an Raumfrachtern befestigt wurden. Die Füße standen in einem Klotz aus geronnenem Plasma, der so groß war, dass meine Lady ihn wahrscheinlich nicht einmal heben konnte.

Der Anblick hatte etwas von einer Mumie, aber noch weitaus schlimmer war die Maske, die den Kopf des armen Kerls umhüllte. Platzangst war nie mein Problem gewesen, aber der Anblick der grässlichen, gesichtslosen Metallglocke über dem Kopf des Gefangenen ließ mir den Schweiß auf die Stirn treten, als wäre ich es, die daruntersteckte, nicht er. Außerdem kam mir die Maske unangenehm bekannt vor, als hätte ich sie schon einmal gesehen und wollte mich nur nicht daran erinnern. Oder war es Rupert, der sich nicht daran erinnern wollte? Die Unterscheidung fiel mir zusehends schwerer. Wo auch immer ich sie schon einmal gesehen hatte, ich hatte die Maske schon damals nicht gemocht, und ich tat es auch jetzt nicht. Sie sah unsäglich grausam aus. Ich konnte nicht eine einzige Öffnung entdecken, nicht einmal Atemschlitze gab es, nur glattes, glänzendes Metall, das so eng anlag, dass es am Hals in die Haut des Gefangenen schnitt.

Das war der entscheidende Hinweis. Der Körper mochte von Plastikbändern umhüllt sein, aber am Halsansatz blieb ein schmaler Streifen der hellen Haut frei, die ich so gut kannte: Es war Rupert, ich hatte ihn gefunden, und ich musste ihn sofort da rausholen.

»Rupert«, rief ich und trat in die Zelle, so weit ich hineinpasste. »Rupert!«

Er rührte sich nicht. Weder sein Name noch der Lärm, den ich beim Eintreten machte, drang zu ihm durch.

Ich fluchte. Anscheinend hatten sie ihn ebenfalls betäubt. Damit hatte ich nicht gerechnet. Andererseits erholten Symbionten sich unfassbar schnell. Vielleicht genügte es, wenn ich ihn da rausholte.

Ich streckte die Arme, um genau das zu tun, doch in dem Moment, als ich Rupert berührte, sprang er vor, so weit es seine Fesseln zuließen, und schleuderte mich mit der Wucht seines Körpers gegen die Wand.

»Uff.« Der Stoß war so hart, dass es mir selbst in meiner Lady alle Luft aus den Lungen presste.

Keine schlechte Leistung bei der wenigen Bewegungsfreiheit, die Rupert im Moment hatte. Statt Verärgerung über den sinnlosen Angriff verspürte ich glühenden Stolz. Privat mochte Rupert eher ein Mann der leisen Töne sein, aber er war auch ein Kämpfer und offensichtlich doch nicht betäubt. Schnell wie ein Schnappmesser zog er sich wieder an die Wand zurück und wartete ab, was ich als Nächstes tun würde.

»Ich bin's!«, rief ich. Meine Stimme hallte ohrenbetäubend laut von den Wänden zurück, doch Rupert reagierte nicht. Da begriff ich, dass er mich nicht hören konnte. Die Maske schien dazu da, ihn von allen Sinneswahrnehmungen abzuschneiden. Er bekam nicht das Geringste von seiner Außenwelt mit. Das war Isolationshaft in Perfektion, und ich war entschlossener denn je, ihn zu befreien. Ich konnte ja schon den bloßen Anblick der Maske nicht ertragen, wie musste es sich erst anfühlen, sie über dem Kopf zu haben?

Ich streckte erneut die Hand aus, vorsichtiger diesmal, und legte sie auf seine Brust, um ihm zu zeigen, dass ich es war. Ruperts Muskeln krampften, aber er versuchte nicht noch einmal, mich von sich zu schleudern. Mit einem kurzen Blick über die Schulter versicherte ich mich, dass ich keine entsetzliche Dummheit beging, und nahm meinen Helm ab. Dann küsste ich das freie Fleckchen Haut an seinem Hals und drückte sanft seine Brust.

Rupert ließ sich gegen mich sinken, die Spannung wich endlich aus seinem Körper.

»Ich bin's«, flüsterte ich. »Und jetzt befreie ich dich von dieser Maske.«

Ich glaube nicht, dass er mich hörte, aber als ich mich aufrichtete, beugte Rupert den Kopf nach vorn und drehte ihn zur Seite, als wollte er mir etwas zeigen. Als er ihn auf die andere Seite legte, sah ich es: Direkt oberhalb des Nackens befand sich ein Riegel, der die Maske zusammenhielt. Ich setzte meinen Helm wieder auf, schob mich zwischen Rupert und die Rückwand und drückte seinen Kopf nach vorne, so weit es ging. Als Nächstes legte ich ihm kurz die Hände auf die Schultern, was er hoffentlich als Zeichen verstand, sich nicht mehr zu bewegen.

Er verstand, denn als ich ihn losließ, hielt er still wie eine Statue. Ich ließ Elsie aus der Scheide schnellen und zündete das Thermit. Als die Schneide gleichmäßig brannte, führte ich sie vorsichtig an den Riegel und begann zu schneiden.

Ich schnitt, so schnell es ging, aber die Stelle lag verflucht nahe an Ruperts ungeschützter Haut. Die Prozedur dauerte unangenehm lange, trotzdem verharrte er reglos wie ein Felsen, selbst dann noch, als ich die Klinge wieder einzog und den Rest mit bloßen Händen erledigte.

Trotz der Vorarbeit mit dem Thermit brauchte ich all meine Kraft. Das Material war unfassbar widerstandsfähig, und ich wollte Rupert nicht versehentlich verletzen, weshalb ich fast eine ganze Minute an dem Metall herumbiegen musste, bis es endlich barst. In zwei saubere Hälften zerbrochen, fiel es klappernd zu Boden, und Rupert schnappte laut nach Luft.

Ich schnappte ebenfalls nach Luft, als ich sein Gesicht sah. »Sie haben dir die Haare abgeschnitten!«, keuchte ich.

Okay, das war vielleicht keine besonders freundliche Begrüßung, aber ich war schlichtweg schockiert. Ruperts wunderschönes langes Haar war zu einer Igelfrisur gestutzt, damit die verfluchte Maske darüberpasste. Die kurzen schwarzen Stoppeln ließen ihn jünger und schmaler erscheinen, irgendwie verletzlich. Ich wusste zwar, wie schnell Rupert sich von Verletzungen erholte, trotzdem schlang ich die Arme um ihn und drückte ihn, so fest ich konnte.

Er stöhnte, wehrte sich aber nicht. Konnte er auch gar nicht, gefesselt, wie er war, und das brachte mich direkt zum nächsten Schritt.

»Jetzt hole ich dich da raus«, sagte ich und packte das nächstbeste Plastikband.

Rupert schaute mich im grellen Licht der Scheinwerfer mit blitzenden Augen an. »Du hättest nicht kommen sollen. Flieh, solange du noch kannst.«

»Nein«, widersprach ich entschlossen. »Ich lasse dich nicht zurück.«

»Sie werden dich erwischen«, sagte er beschwörend.

Ich ignorierte ihn und holte Elsie wieder hervor, um seine Fesseln durchzuschneiden. Das Thermit brauchte ich diesmal nicht. Der Kunststoff war zäh, aber die Schärfe der Schneide genügte vollkommen.

Als ich nicht reagierte, wurde Ruperts Gesichtsausdruck immer verzweifelter. »Devi, *bitte.* Geh, ich möchte nicht …«

»Du hast doch gesagt, du wolltest mir helfen.«

Rupert hielt wie vom Donner gerührt inne, und ich schnitt grinsend weiter. »Du hast gesagt, wir wären jetzt ein Team, oder etwa nicht? Tja, ich lasse mein Team nie im Stich. Und wenn du glaubst, ich habe mich bis hierher durchgeschlagen, um dann unverrichteter Dinge wieder abzuziehen, kennst du mich schlecht. Also« – ich zertrennte das letzte Band, sodass er wieder frei war – »willst du mir jetzt helfen oder nicht?«

Ich hatte ihn kaum losgeschnitten, da schloss er mich

in eine Umarmung, die ich selbst durch meine Rüstung spürte. Es war nicht das erste Mal, und diesmal ließ ich ihn nicht lange betteln. Ich riss mir den Helm vom Kopf und kam seinen Lippen auf halbem Weg entgegen.

Rupert küsste mich genauso wild und rückhaltlos wie auf dem Stammesschiff, sein ganzer Körper war angespannt, als versuche er, alle Angst, allen Schmerz und alle Sorgen aus sich herauszuwringen. Ich erwiderte den Kuss mit der gleichen Heftigkeit und packte mit der freien Hand seinen geschorenen Kopf. Dass ich durch die berührungsempfindlichen Handschuhe seine Stoppeln spüren konnte, machte mein Verlangen nur noch größer.

Rupert lächelte verhalten, als er meine tastenden Finger bemerkte. »Das wächst wieder«, flüsterte er mit seinen Lippen auf den meinen.

»Ist mir egal«, flüsterte ich zurück. »Was sie dir angetan haben, ist unverzeihlich. Ich werde dafür sorgen, dass dir buchstäblich nie wieder jemand auch nur ein Haar krümmt. Und jetzt lass mich los, damit wir hier wegkommen.«

Nachdem Rupert zögernd von mir abgelassen hatte, setzte ich meinen Helm wieder auf und inspizierte das letzte Hindernis auf unserem Weg in die Freiheit: das Plasmagewicht an seinen Füßen. Es war schwer, aber glücklicherweise nicht besonders hart. Ich hatte die gelartige Substanz in kurzer Zeit so weit aufgeschnitten, dass Rupert seine Füße problemlos herausziehen konnte.

Die Detektive hatten wirklich nichts ausgelassen: Zu dem unfreiwilligen Stoppelhaarschnitt trug Rupert einen neongelben Gefängnisanzug und elektronische Fesseln an Fuß- und Handgelenken, die dank der Phantome im Moment noch außer Betrieb waren. Vorsichtig schob ich Elsie zwischen die Fesseln und Ruperts Haut, dann schnitt ich sie ebenfalls durch. Für den Anzug brauchte Rupert meine Hilfe nicht, er zerfetzte ihn einfach, indem er sich von Kopf bis Fuß mit schwarzen Symbiontenschuppen überzog.

»Bist du sicher, dass das klug ist?«, fragte ich, während ich die Reste des gelben Stoffs von ihm zupfte. »Dein Schuppenpanzer ist auch nicht unauffälliger als der neongelbe Anzug.«

»Ich fürchte, mit Verstecken kommen wir so oder so nicht weit«, erwiderte er und trat aus dem Alkoven. »Wie lautet dein Plan?«

»Maat entführen und sie auf ein hyperraumfähiges Schiff bringen.«

Ich war froh, dass Rupert das lediglich mit einem kurzen Zucken seiner Kiefermuskeln kommentierte. »Sonst noch was?«

»Reicht das nicht?«, fragte ich und öffnete mein Visier. Es befanden sich noch genauso viele Phantome im Gefängnistrakt wie zuvor, wie ich sah, aber Maat war nicht wieder aufgetaucht.

Das konnte nichts Gutes bedeuten. Ich wusste nicht, wie lange sie ihre Aura noch zurückhalten konnte, aber wahrscheinlich nicht lange genug, also beeilten wir uns besser. Ich wollte gerade mein Visier wieder herunterklappen und losrennen, da fiel mir etwas auf: Die Phantome benahmen sich eigenartig.

In Anbetracht der Ereignisse der letzten Stunden reichte das, um mich ruckartig meine Pistole hochreißen zu lassen. Rupert warf mir einen fragenden Blick zu, aber ich hob die Hand und beobachtete stumm, wie die Phantome vor und zurück durch das stromlose Drahtgitter der Nachbarzelle schwebten. Jedes Mal, wenn sie wieder auftauchten, bewegten sie die Fühler, als wollten sie mich zu ihnen winken.

»Was ist?«, fragte Rupert, als ich die Pistole wieder wegsteckte.

»Die Phantome benehmen sich, als sollte ich mir das mal ansehen«, antwortete ich verlegen und deutete auf die Nachbarzelle. »Ich habe mir angewöhnt, ihren Hinweisen nachzugehen.«

Rupert schaute mich an, als hielte er das für genauso verrückt, wie es sich anhörte, aber besser konnte ich es ihm im Moment nicht erklären. Stattdessen trat ich vor die Zelle und schob das Drahtgitter beiseite. Ich weiß selbst nicht genau, was ich erwartet hatte, ein gefangenes Phantom vielleicht oder etwas, das mir dabei helfen würde, Maat zu befreien. Was ich jedoch sah, war ein weiterer Insasse – immerhin befanden wir uns hier in einem Knast –, genauso gefesselt wie Rupert, nur dass sie ihm keine grässliche Maske übergestülpt hatten. Das wäre mir in diesem Fall allerdings fast lieber gewesen, denn selbst das gesichtslose Metall hätte mich kaum mehr erschrecken können als die von ausgebleichten, spröden Alienschuppen überzogene Fratze, die ich nun vor mir sah.

Wer auch immer dieser Symbiont war, er hatte seine besten Tage längst hinter sich. Seine Schuppen waren viel zu lang, wie ungeschnittene Fingernägel, und die Farbe stimmte nicht. Das normalerweise glänzende Schwarz wirkte im Licht meiner Scheinwerfer stumpf und braun. Ich wollte gerade fragen, ob das ein weiteres Versuchskaninchen war, wie sie auch aus Rupert eines hatten machen wollen, da sah ich ein Stück Plastikschlauch aus dem Hals des Symbionten ragen. Das Ende war ausgefranst, als wäre der Schlauch von einer Kugel zerfetzt worden.

»Heilige Scheiße«, stammelte ich und taumelte einen Schritt zurück. »Hallo, Brenton.«

Der Symbiont hob den Kopf; seine Schuppen raschelten wie Altpapier, das der Wind durch die Straßen blies.

11

Rupert legte mir eine Klaue auf die Schulter. »Devi«, sagte er sanft, »bleib weg. Sein Symbiont ist immer noch in Rage.«

Ich runzelte die Stirn und musterte Brentons Insektenaugen. Sie wirkten trüb, aber ich glaubte, den Menschen dahinter zu erkennen. Fragend schaute ich hinüber zu den Phantomen, aber die hatten sich verzogen, als hätten sie mir nichts mehr zu sagen. Die Entscheidung blieb mir allein überlassen.

»Holen wir ihn raus«, schnaubte ich.

Rupert hielt meine Schulter fest. »Ich halte das für keine gute Idee.«

Um ein Haar hätte ich laut gelacht. »Die guten sind mir schon vor langer Zeit ausgegangen«, gab ich zurück.

Rupert ließ mich nicht gerne los, aber er tat es, und ich machte mich daran, Brenton von seinen Fesseln zu befreien. Sie hatten ihn mit weit mehr Plastikbändern eingewickelt als Rupert, was ich auch als Warnung hätte verstehen können, aber je mehr davon ich durchtrennte, desto sicherer war ich, dass ich das Richtige tat. Wenn es irgendjemanden gab, der mir helfen würde, Maat zu befreien, dann Brenton.

Trotz Ruperts Bedenken verhielt sich Brenton während der gesamten Prozedur still. Vielleicht verstand er ja, was ich tat, überlegte ich gerade, da entdeckte ich ein kleines Gerät auf dem Boden. Es war eindeutig kein Plasmagewicht, sondern eine Infusionsmaschine mit einem Schlauch, der zu Brentons Knöchel führte. Als ich ihn herauszog, stieg mir der gleiche stechende Geruch in die Nase, den ich gerochen hatte, als Caldswell mich von meiner Infusionsnadel befreite, und das ließ mich stutzen. Warum zum Teufel pumpten sie Brenton mit Anti-Plasmex-Medikamenten voll?

Nachdem ich auch die Nadel herausgezogen hatte, war Brenton eigentlich frei, aber er rührte sich immer noch nicht. Erst als ich aus seiner Zelle trat, machte er vorsichtig wie ein Greis einen kleinen Schritt von der Wand in seinem Rücken weg.

»Brenton«, sagte ich leise. »Verstehen Sie mich? Wissen Sie, wo Sie sind?«

Einen Moment lang schaute er mich nur mit leeren Augen an, dann nickte er wie ein Betrunkener.

»Gut. Wir werden jetzt …«

Ruperts Hand, die immer noch auf meiner Schulter lag, riss mich brutal nach hinten. Einen Sekundenbruchteil später wurde ich von gleißendem Licht geblendet – die Generatoren des Dunkelsterns waren wieder angelaufen, und das Drahtnetz vor der Zelle lud sich mit einem lauten Knistern auf.

Fluchend taumelte ich zurück. Das Netz summte grimmig, doch Brenton stand nach wie vor auf der anderen Seite. Nach kurzem Überlegen zog ich meine Pistole und klappte mein Visier herunter.

»Du solltest besser auch deinen Kopf schützen«, warnte ich Rupert und zielte auf die Stromkabel am Boden.

Rupert gehorchte. Als sein Gesicht restlos von Schuppen bedeckt war, feuerte ich eine Dreifachsalve ab, für jedes der drei Kabel einen Schuss. Beim Einschlag der ersten Kugel sprühten Funken auf wie von einem Feuerwerk, die zweite löste einen kleinen Brand aus, und als auch das dritte Kabel zerfetzt war, verstummte das Summen. Der kurzzeitige Spannungsüberschuss ließ die Deckenlampen aufleuchten wie kleine Sonnen, aber Brenton war frei. Das durchgeschmorte Drahtnetz fiel harmlos herab, und ich streckte Brenton die Hand entgegen.

»Kommen Sie, alter Mann«, sagte ich und zuckte innerlich zusammen, als ich seine spröden Schuppen unter meinem Handschuh knacken hörte. »Zeit, zu verschwinden.«

Zu dritt eilten wir Richtung Ausgang. Brenton ließ sich von mir am Arm führen, und obwohl die Beleuchtung wieder funktionierte, waren die Schilde nach wie vor inaktiv, was wohl daran lag, dass Energieschirme eine Menge Strom brauchten und der Generator gerade erst warmlief. Für die Hydraulikpumpe, die die Zugangstür verriegelt gehalten hatte, sollte der Saft zwar reichen, aber ohne Druck gab es keine Verriegelung.

Zum Glück, dachte ich gerade, da heulte der Alarm los. Ich beschleunigte meinen Schritt, sah, wie Nova mir ihren hochgehaltenen Daumen entgegenstreckte, als wir an ihrer Zelle vorbeistürmten, dann waren wir raus aus dem Gefängnistrakt.

Wir hatten den kleinen Vorraum gerade erreicht, da überholte mich Rupert. »Da lang!«, rief er und bog wie selbstverständlich um eine Ecke.

Erleichtert folgte ich ihm. Nicht mehr in meinen Erinnerungen kramen zu müssen, um mich zurechtzufinden, war eine enorme Hilfe. Vor allem jetzt, da die Sicherheitssysteme eines nach dem anderen wieder hochfuhren.

»Wie lange noch, bis die Selbstschussanlagen wieder funktionieren?«, rief ich Rupert hinterher, der gerade hinter einer weiteren Ecke verschwunden war und, den Geräuschen nach zu urteilen, dort eine Leiter hinaufkletterte.

»Zehn Minuten«, antwortete er und hämmerte mit der Faust gegen die Luke am oberen Ende der Leiter. Die Luke brach klappernd aus dem Rahmen, Rupert kletterte hindurch, und ich folgte mit Brenton. »Die Kameras allerdings schon in fünf. Bis dahin müssen wir aus ihrem Blickfeld verschwunden sein.«

Ich nickte und zog Brenton vorwärts. Es war kaum zu glauben, dass es sich bei dem armseligen Geschöpf hinter mir um den gleichen Symbionten handelte, der Rupert auf Falke 34 mehrere Meter weit durch die Luft geschleudert hatte; um das gleiche von Drogen in einen Blutrausch versetzte Monster, gegen das ich in der Arena des Sensenmanns gekämpft hatte. Ich hatte Brenton nur mit Müh und Not die Leiter hinaufbekommen, seine Bewegungen waren abgehackt, und seine Schuppen klapperten bei jedem Schritt wie leer geschossene Patronenhülsen. Im Schein der Deckenlampen sahen sie sogar noch blasser aus, krank und gebrechlich, sein Atem ging röchelnd Mehrere Male musste ich stehen bleiben und ihn weiterziehen, bis Rupert endlich die Tür gefunden hatte, nach der er suchte.

»Was ist das?«, fragte ich, als ich davor stand. Das Ding sah aus wie ein Banktresor.

Statt etwas zu antworten, öffnete Rupert eine Klappe neben der Tür und legte einen roten Hebel um. Sofort plärrte ein weiterer Alarm los, aber es heulten schon so viele, dass ich nicht einmal erschrak, vor allem nicht, da die Tür bereits aufsprang und dahinter ein Lagerraum zum Vorschein kam, der bis oben hin voll mit Munition war.

Auf Ruperts Winken hin sprang ich sofort hinein. Brenton folgte mir zögernd und machte dabei einen weiten Bogen um Rupert. Als alle drinnen waren, verschloss Rupert die Tür und drückte einen Knopf, woraufhin der Alarm verstummte. »Das verschafft uns ein bisschen Zeit«, sagte er und schob den schweren Riegel vor die Tür.

»Wie viel?«, hakte ich nach.

»Lange genug, damit du mir erklären kannst, was wir jetzt tun sollen.«

Ich schaute hinüber zu Brenton, der sich mit hängendem Kopf an einem Munitionsregal abstützte und nicht das Geringste mitzubekommen schien. Warum die Phantome gewollt hatten, dass ich ihn mitnahm, konnte ich nur raten, denn fragen konnte ich sie schlecht, und Maat auch nicht. Wenigstens waren wir hier für den Moment in Sicherheit. Schließlich winkte ich Rupert zu mir und klärte ihn im Flüsterton über alles auf.

Eigentlich hatte ich ihm nur das Wichtigste berichten wollen, aber schließlich erzählte ich ihm alles, einschließlich meines Erlebnisses mit dem Kaiserphantom. Rupert war viel zu taktvoll, um sich seine Skepsis anmerken zu lassen, aber ich spürte sie auch so. Natürlich war er misstrauisch, wie konnte er auch anders? Ich meine, die Geschichte hörte sich selbst für mich verrückt an: Weil ein Weltraumungeheuer mich in einer Vision darum gebeten hatte, riskierten wir unser Leben, um die wichtigste – und außerdem unersetzliche – Plasmex-Manipulatorin im gesamten Universum zu entführen und zu töten. Ich an seiner Stelle hätte mich schlichtweg für geisteskrank erklärt, doch Rupert musterte mich nur nachdenklich.

»Und du bist ganz sicher, dass die Phantome freikommen, wenn wir Maat im Hyperraum töten, die Töchter aber verschont bleiben?«, fragte er schließlich.

»Das hoffe ich zumindest«, antwortete ich mit einem Achselzucken. »Ich weiß, die Beweislage ist ein wenig dünn, aber …«

Rupert presste mir eine Klaue auf die Lippen. »Du musst dich nicht rechtfertigen. Ich glaube dir.«

»Wirklich?«

Meine Erwiderung klang weit misstrauischer, als ich beabsichtigt hatte, aber Rupert lächelte nur. »Natürlich«, sagte er und strich mir mit der Kralle eine Haarsträhne aus dem Gesicht. »Du riskierst entsetzlich viel, aber du hattest immer einen guten Grund für alles, was du tust. Wenn du überzeugt bist, dass das der richtige Weg ist, genügt mir das.«

»Und es ist immer noch besser, als im Gefängnis zu sitzen.«

»Wohl wahr«, bestätigte Rupert lachend, dann wurde er wieder ernst. »Danke, übrigens.«

»Spar dir deinen Dank auf, bis wir in Sicherheit sind«, gab ich zurück. »Das hier könnte immer noch ein Selbstmordkommando werden.«

Er schüttelte den Kopf. »Das ändert nichts.«

Ich warf ihm einen finsteren Blick zu. »Rede nicht, als ob …«

»Das ist kein Gerede«, schnitt Rupert mir das Wort ab. »Wenn ich dir helfe und dafür mit meinem Leben bezahle, ist es mir das wert.« Er umfasste meine Hände und schaute mich mit diesem durchdringenden, liebenden Blick an, der mich jedes Mal zum Schmelzen brachte. »Nur wegen dir habe ich überhaupt wieder ein Leben zu verlieren.«

Ich wusste nicht, was ich darauf sagen sollte, und senkte den Blick. Vielleicht gab es auf so etwas auch gar keine Erwiderung. Wie sollte ich damit umgehen, dass ich ihm so unendlich wichtig war? Oder damit, dass ich für ihn das Gleiche empfand, wie mir nun bewusst wurde?

Dieser Gedanke hörte sich ganz und gar nicht nach Deviana Morris an, immerhin hatte ich mein Leben bisher ausschließlich für vollkommen andere Dinge aufs Spiel gesetzt: den König, Ruhm, Stolz und Ehrgeiz. Mein Leben lang waren mir diese Dinge als guter Grund zum Sterben eingetrichtert worden, als Ehre, die mein Opfer wert war. Doch wenn ich unsere Hände anschaute, die silbrig glänzenden Finger meiner Lady in Ruperts schwarzen Klauen, wusste ich, dass Liebe nun ebenfalls zu der Liste gehörte.

Diese Erkenntnis erschütterte mich zutiefst. Seit wann hatte Rupert so viel Macht über mich und mein Leben? Und wann hatte ich aufgehört, mich dagegen zu wehren? Ich erwiderte den Druck seiner Krallen und suchte immer noch nach einer Antwort, da ließ ein grässliches Geräusch uns beide einen Satz nach hinten machen.

Es klang wie ein Knirschen und Zischen und so unmenschlich, dass ich gar nicht auf die Idee kam, das Geräusch könnte von Brenton stammen. Er stand immer noch an das Regal gelehnt da, aber er hatte den Kopf erhoben und schaute mit trüben Augen in unsere Richtung, während er diesen entsetzlichen Lärm machte. Erst als ich seinen Brustkorb beben sah, begriff ich, dass er *lachte*.

»Sie haben also nicht gelogen damals«, krächzte Brenton. Die Worte waren zwar nur schwer, aber am Ende leider doch zu verstehen. »Sie haben den Eisberg tatsächlich geschmolzen. Seht, wie tief der Held gefallen ist!«

Ich fletschte die Zähne und wollte ihm gerade sagen, er solle gefälligst das Maul halten, bevor ich es ihm stopfte, doch Rupert kam mir zuvor.

»Genug«, sagte er, und die Kälte in seiner Stimme ließ mich zusammenzucken. Ich hatte ihn nun schon so lange so anders erlebt, dass ich beinahe vergessen hatte, wie er sein konnte. »Wie lange sind Sie schon wieder wach?«

»Seit Caldswell mich herbrachte«, antwortete Brenton.

»Warum haben Sie uns das nicht früher gesagt?«, bellte Rupert.

Brenton neigte den Kopf. »Ganz ruhig, Killer. Wir sind jetzt beide Verräter, du und ich, also komm runter von deinem hohen Ross.«

Mein Blick sprang zwischen den beiden hin und her. Etwas ging hier vor, das ich nicht ganz verstand. Dass sie sich nicht mochten, wusste ich, aber ich hatte gedacht, die Abneigung wäre rein beruflicher Natur. Anscheinend lag ich falsch, denn der vernichtende Blick, den Rupert Brenton nun zuwarf, war zutiefst persönlich. Er sah aus, als überlege er gerade, wie er den alten Mann am besten zerstückeln sollte, und ich begann zu überlegen, ob ich vielleicht besser doch nicht auf die Phantome gehört hätte.

»Was wollen Sie?«, fragte Rupert. »Und machen Sie schnell. Wir haben keine Zeit für Ihre Spielchen.«

»Ich spiele nie«, entgegnete Brenton. »Und was ich will, hängt ganz von Morris ab. Sie war es, die mich befreit hat.«

Er wandte sich mir zu, und ich musste aufpassen, beim Anblick seines bejammernswerten Symbiontengesichts nicht zusammenzuzucken.

»Danke übrigens«, sagte er. »Und um das klarzustellen: Egal was Charkow gerade andeuten wollte, ich hatte nicht vor, Sie mit meinem Schweigen zu täuschen. Ich kann erst seit ein paar Minuten wieder sprechen. Die Medikamente machen es unglaublich schwer, auch nur einen klaren Gedanken zu fassen.«

»Warum wurden Ihnen überhaupt welche verabreicht?«, hakte ich nach. »Sind Sie …«

»Plasmexempfänglich?« Brenton schüttelte den Kopf. »Nicht mehr als ein durchschnittlicher Detektiv.« Auf mein Stirnrunzeln hin erklärte er das genauer. »Damit der Symbiont funktioniert, braucht der Empfänger eine gewisse Menge Plasmex, aber nicht besonders viel, und schon gleich gar nicht so viel, dass die Detektive mich unter Drogen setzen müssten. Sie haben mich nur betäubt, damit Maat mich nicht erreichen kann.«

»Warum sollte Maat mit Ihnen sprechen wollen?«

Die Schuppen machten es schwer, seinen Gesichtsausdruck zu erkennen, aber das spielte keine Rolle, denn ich hörte an seiner Stimme, wie er lächelte. »Weil sie mich liebt.«

»Tut sie nicht«, knurrte Rupert verächtlich. »Sie benutzt Sie, damit sie endlich sterben kann. Maat ist verrückt und zu Liebe gar nicht fähig.«

»Nur weil sie euch alle hasst, bedeutet das noch lange nicht, dass Hass alles ist, was sie kennt«, entgegnete Brenton.

Rupert öffnete den Mund, aber ich war schneller. »Ich glaube, Brenton hat recht«, erklärte ich.

»Er fantasiert«, widersprach Rupert leise. »Du weißt nicht, was er getan hat, Devi. Als er Maats Einflüsterungen erlag, war er jahrelang Caldswells Partner gewesen. Kommandant Martin war gerade erst ernannt worden und wollte Brenton in Sicherungsverwahrung nehmen lassen, aber Caldswell konnte ihn überreden, Brenton eine letzte Chance zu geben. Weißt du, was er daraufhin getan hat?«

Ich konnte es mir denken, aber Rupert wollte es offensichtlich loswerden, also ließ ich ihn.

»Er tötete seinen neuen Partner und außerdem noch fünf weitere Detektive«, fuhr Rupert mit hasserfülltem Blick fort. »Er hat sein gesamtes Team kaltblütig ermordet und drei Töchter entführt, um mit ihnen abzuhauen.«

»So kann man es auch darstellen«, warf Brenton achselzuckend ein. »Aber wenn wir schon von der Vergangenheit reden, warum erzählen Sie ihr dann nicht auch, dass Caldswell Sie auf mich angesetzt hat wie einen Bluthund und Sie, nachdem Sie mich nicht fassen konnten, stattdessen die drei Töchter töteten, die wir befreit hatten?«

Brenton schaute mich mit seinen Alienaugen an. »Drei junge Mädchen, Devi, können Sie sich das vorstellen? Charkow brach ihnen das Genick wie ein Farmer, der seine Hühner schlachtet.« Er legte die Fäuste übereinander und verdrehte sie in entgegengesetzte Richtungen. »Knack, knack, knack.«

»Ich musste sie töten, weil die Mädchen nach ihrer sogenannten Befreiung immer instabiler wurden«, sagte Rupert mit so eisiger Stimme, dass die Temperatur im Raum um mehrere Grad sank. »Sie haben diese Mädchen schutzlos Maats Wahnsinn ausgeliefert.«

»Ich habe sie *befreit*«, beharrte Brenton bebend. »Lieber frei und verrückt als ein willenloses Werkzeug. Ich habe sie wenigstens als Menschen behandelt!«

Ruperts Augen verengten sich zu Schlitzen. »Sie haben sie genauso benutzt wie wir.«

»Nur gibt es jetzt kein *wir* mehr, oder, Charkow?« Brenton lachte brutal. »Du bist ein Abtrünniger wie ich, und das aus weit niedereren Gründen. Ich habe mich von den Detektiven losgesagt, um als Ritter in schillernder Rüstung ein hilfloses Mädchen zu beschützen und für Gerechtigkeit zu sorgen. Du hingegen wurdest zum Verräter, weil eine paradoxische Zuckerschnecke dir den Kopf verdreht …«

Brenton schaute in Saschas Mündung, noch bevor er zu Ende gesprochen hatte. »Das reicht«, sagte ich mit genauso kalter Stimme wie Rupert. »Falls Sie es vergessen haben sollten, wir befinden uns auf feindlichem Gebiet, und uns läuft die Zeit davon, also: Wie kommen wir an Maat heran?«

»Das hätte ich dir auch sagen können«, murmelte Rupert, aber ich bedeutete ihm, die Klappe zu halten. Die Phantome hatten gewollt, dass ich Brenton mitnahm, und das höchstwahrscheinlich auf Maats Geheiß. Jetzt wollte ich endlich den Grund dafür erfahren.

Brenton setzte sich seufzend auf eine Munitionskiste. »Maat zu finden ist nicht das Problem. Sondern den Weg dorthin zu überleben.«

Er beugte sich vornüber und zeichnete mit der Klaue einen groben Übersichtsplan in den Staub auf dem Deckel der Kiste. »Wir sind hier«, begann er und klopfte auf eine Stelle, etwa auf halber Höhe des untersten Stationsarms. »Maat befindet sich hier.« Er deutete auf das obere Ende des gegenüberliegenden Arms. »Um dorthin zu kommen, müssen wir unter dem Kommandodeck durch und um den Hauptgenerator herum die gesamte Station durchqueren.«

Ich stieß einen leisen Pfiff aus. »Klingt nach einer Menge Fallen.«

»Der Anfang ist noch gar nicht mal so schlimm. Die eigentliche Herausforderung ist der Abschnitt direkt vor Maats Gefängnis. Er wird nicht umsonst der Todestrakt genannt.«

»Ich dachte, die ganze Station sei eine einzige Todesfalle.«

»Nicht so tödlich wie das hier. Maats Zelle und das Labor machen nur einen kleinen Teil der Sektion aus. Der Rest besteht aus einem verschlungenen Korridor, der von Sprengschutztüren in fünfzehn Abschnitte unterteilt wird. Jeder einzelne davon ist ein Kontrollpunkt. Wer dort hineingerät und nicht über die entsprechenden Kennungen verfügt, stirbt. Wenn er Glück hat, an Gas, wenn nicht, dann an Kugeln. Außerdem gibt es drei Sollbruchstellen.«

Ich hob die Augenbrauen. »Sollbruchstellen?«

»Mit Sprengsätzen versehene, luftdichte Schleusen«, erläuterte Rupert und zeichnete drei dünne Linien in den Plan ein. »Die Kontrollpunkte sollen Eindringlinge abhalten, die bereits in der Station sind. Sollte der Dunkelstern von außen angegriffen werden, kann Maats Gefängnis an diesen drei Stellen abgesprengt und von einem patrouillierenden Schlachtschiff geborgen werden.«

»Wie eine Eidechse, die ihren Schwanz abwirft«, murmelte ich. Nur dass in diesem Fall der Schwanz der wichtige Teil war. »Was sonst noch?«

»Na ja, ich würde sagen, das reicht«, sagte Rupert ernst. »Nicht ohne Grund hat es noch nie jemand geschafft, bis zu Maat vorzudringen. Wir sind nur dank des Stromausfalls bis hierher gekommen, aber jetzt, da der Generator wieder läuft, bin ich nicht einmal sicher, ob wir es überhaupt bis zum Todestrakt schaffen, geschweige denn hindurch. Sobald die Selbstschussanlagen wieder funktionieren, haben wie nicht den Hauch einer Chance.«

Ich schluckte frustriert. Unsere Lage sah nicht gut aus, aber ich konnte mich einfach nicht damit abfinden, es so weit geschafft zu haben, um dann an einem automatischen Sicherheitssystem zu scheitern. Ich wollte Rupert gerade fragen, ob es eine Möglichkeit gab, die Stromzufuhr ein weiteres Mal zu unterbrechen, da meldete Brenton sich unvermittelt wieder zu Wort.

»Wir haben durchaus eine Chance«, sagte er und lehnte sich mit stolz erhobenem Kinn gegen das Regal in seinem Rücken. »Im Gegensatz zu Ihrem Untergangspropheten bin ich älter als diese ganze Station, alt genug, um mich noch an die Tage zu erinnern, als der Dunkelstern noch kein Todeslabyrinth war, sondern eine gewöhnliche Raumstation mit kreuzförmigem Grundriss. Als Maat im Lauf der Jahre immer gefährlicher wurde, haben Caldswell und ich sie immer weiter an die neuen Anforderungen angepasst. Das Problem war nur, dass ein paar grundlegende Dinge selbst mit den unbegrenzten Geldmitteln, die uns damals zur Verfügung standen, nicht mehr verändert werden konnten.« An dieser Stelle legte er eine dramatische Pause ein.

»Und was soll uns das bringen?«, fragte ich mit einem finsteren Blick.

»Es bringt uns genau dorthin, wo Sie hinwollen«, antwortete Brenton selbstgefällig. »Manchmal kennen die alten Füchse die besten Tricks, und ich kenne einen, der uns sicher durch den Todestrakt führen wird, wenn wir uns beeilen. Aber wenn wir es schaffen wollen, müssen wir sofort los.«

Brentons pupillenlose Augen ließen keine Blickrichtung erkennen, aber daran, wie er den Kopf hielt, konnte ich ablesen, dass er Rupert unverwandt anstarrte. Rupert tat das Gleiche, und zwar mit einem Blitzen in den Augen, als würde er ihn am liebsten in Stücke reißen. Als Frau, die sich in ihrer Laufbahn schon viel zu oft mit solchem Machogehabe herumschlagen musste, konnte ich ihm das nicht verübeln, aber wir hatten anderes zu tun.

»Dann also los«, sagte ich.

»*Devi!*«, fauchte Rupert.

Ich zuckte nur die Achseln. »Wenn sein Plan nicht funktioniert, sind wir auch nicht toter als tot. Lieber eine kleine Chance als überhaupt keine.« Dann wandte ich mich an Brenton. »Bereit?«

»Sobald Sie es sind«, erwiderte er und erhob sich.

Ich entriegelte die Tür, warf einen kurzen Blick nach links und rechts, dann rannte ich los. Rupert überholte mich nach wenigen Schritten. Er sagte zwar nichts, aber ich wusste auch so, dass ihm die Sache ganz und gar nicht gefiel, also legte ich seufzend ein stummes Gelübde ab, es später wiedergutzumachen – falls es ein Später gab. Bis dahin schien es mir das Beste zu rennen, als ginge es um mein Leben. Irgendwie tat es das ja auch.

Laut meiner Stoppuhr blieben uns noch zwei Minuten und achtundfünfzig Sekunden, bis alle Sicherheitssysteme wieder hochgefahren waren. Das war nicht viel Zeit, vor allem nicht angesichts Brentons schlechtem Zustand, aber wir hatten zwei Symbionten und eine verflixt gute Powerrüstung in unserem Team. Wenn *wir* es nicht schafften, dann niemand.

Wir gaben das Versteckspiel auf und rannten, was wir konnten. Schnelligkeit war alles, was jetzt noch zählte. Ich war sicher, dass die Detektive sich jeden Moment auf uns stürzen würden, aber niemand kreuzte auch nur unseren Weg. Anscheinend wartete der Stationskommandant darauf, dass die Sicherheitssysteme wieder funktionierten, um uns bequem per Knopfdruck zu erledigen. Angesichts meiner bisherigen Bilanz in Auseinandersetzungen mit Symbionten und der Tatsache, dass die engen Flure ihre zahlenmäßige Überlegenheit zunichtemachten, war das bestimmt keine schlechte Entscheidung. Eigentlich hätte ich enttäuscht sein müssen, dass ich keine Gelegenheit bekam, ihre Reihen mit ein paar leicht gewonnenen Zweikämpfen noch weiter zu lichten, aber das war ich nicht, im Gegenteil: Endlich zollte mir der Gegner den Respekt, den ich verdiente.

Achtundfünfzig Sekunden vor Ablauf meiner Stoppuhr kam Brenton mitten auf einem unscheinbar wirkenden Korridor schlitternd zum Stehen. »Wir sind da.«

Rupert und ich hielten ebenfalls an und blickten uns fragend um. »Wo, da?«

In der Eile hatte ich Ruperts Erinnerungen kein einziges Mal mehr angezapft, was bedeutete, dass ich keine Ahnung hatte, wo wir uns befanden. Der Flur sah eher funktionell als gefährlich aus, weshalb ich annahm, dass wir uns in der Nähe des Hauptgenerators befanden, der die Schilde und andere wichtige Systeme mit Energie versorgte.

Statt auf meine Frage zu antworten, riss Brenton ein massives Verkleidungsblech mit zahlreichen Warnaufschriften darauf aus der Deckenverkleidung. Dahinter lag ein Rohr, gerade dick genug, um hindurchzukrabbeln.

»Was ist das?«, fragte ich und reckte den Hals. »Ein Belüftungsschacht?«

»Ich bitte Sie«, murrte Brenton. »Das hier ist kein Amateurladen. Kein einziger Belüftungsschacht in dieser Station ist groß genug, dass ein Mensch hindurchpassen würde.« Er deutete mit dem Kinn auf die Öffnung in der Decke. »Das hier ist die Zuleitung für den Schild.«

Laut schnappte ich nach Luft. Mit Raumstationen kannte ich mich nicht besonders gut aus, aber ich wusste, was eine Schildzuleitung war. Um etwas so Großes wie eine Raumstation wirkungsvoll zu schützen, waren gigantische Energiemengen nötig. Die Generatoren dafür befanden sich stets tief im Inneren der Station, wo sie sicher vor Geschütztreffern von außen waren. Das dort erzeugte Plasma war unfassbar heiß und wurde über lange Kanäle zu den Schildprojektoren geleitet. Normalerweise waren die Kanäle durch Dutzende Sicherheitsmaßnahmen vor unbefugtem Zutritt geschützt, und Brenton wollte, dass wir eine davon als Kriechtunnel benutzten?

»Brenton«, sagte ich mit für meine Verhältnisse beeindruckender Geduld, wie ich finde, »Sie müssen uns *lebendig* zu Maat bringen.«

»Und deshalb machen wir besser schnell«, erwiderte er. »Wir haben hier eine Möglichkeit, die es noch nie gab. Dieses Rohr führt direkt zu dem Schildprojektor in Maats Flügel, und das bedeutet: über den Todestrakt, alle Checkpunkte und sonstigen Fallen hinweg. Die beste Abkürzung also, die wir uns nur wünschen können.«

»Eine Abkürzung in den sicheren Tod«, keifte ich, den Blick auf das dunkle Loch über uns gerichtet. Im Moment war das Rohr passierbar, aber … »Wenn wir immer noch da drin sind, wenn die Schilde wieder hochfahren, werden wir von glühendem Plasma überflutet und verdampfen, bevor wir es überhaupt merken.«

»Brenton hat nicht ganz unrecht«, warf Rupert ein. Seine Stimme klang, als hasste er es, es zugeben zu müssen, aber er war Profi genug, um es mir trotz seines

Widerwillens in aller gebotenen Kürze zu erklären: »Bei der Konstruktion des Dunkelsterns hat niemand damit gerechnet, dass die Systeme je vollständig abgeschaltet würden, deshalb laufen sie sehr langsam wieder an. Die Schilde brauchen die meiste Energie und fahren als Letzte hoch. Das dauert zwanzig Minuten, vorausgesetzt, der Generator wurde nicht beschädigt.«

Zehn davon waren bereits vergangen, was bedeutete, dass uns knapp weitere zehn zum Krabbeln blieben, ohne in dem Rohr gegrillt zu werden. Ich hätte mir mehr gewünscht, aber wir redeten hier von einer Abkürzung, die mir in jedem Fall lieber war als der Todestrakt.

»Ich weiß nicht«, sagte ich schließlich. »Ist es auch wirklich sicher, dass die Leitung bis zu Maat führt? Ich meine, kann eine so krasse Schwachstelle so lange unentdeckt bleiben?«

Brenton zuckte die Achseln. »Wenn die Detektive Schilde um Maats Sektion haben wollen, geht es nicht ohne die Zuleitung. Normalerweise ist sie mit glühendem Plasma gefüllt und kommt als Fluchttunnel wohl kaum infrage.«

Das klang logisch, außerdem lief uns die Zeit davon, also sprang ich nach einem langen Seufzer und einem Stoßgebet zum König in die Luft und hielt mich am Rahmen der Abdeckung fest, die Brenton herausgerissen hatte.

Der Strom war erst vor etwa einer halben Stunde ausgefallen, weshalb das Rohr immer noch verflucht heiß war. So heiß, dass ich es selbst durch meine Handschuhe hindurch spürte. Ich wartete kurz ab, um mich zu versichern, dass ich da drinnen auch überleben konnte, dann schwang ich mich in das Rohr, das plötzlich viel enger wirkte, als es von unten ausgesehen hatte. Ich passte gerade so flach auf dem Bauch liegend hinein und konnte mich mit den Händen vorwärtsziehen, aber an Umkehr war nicht zu denken. Alles zusammengenommen erinnerte mich die Situation derart an die Minenstollen, dass mein Puls sich sogleich beschleunigte. Glücklicherweise war ich hier wenigstens nicht unter Wasser und konnte vor allem etwas *sehen*. Das mag sich nach nichts Besonderem anhören, denn außer einem kahlen Rohr, das in die Ferne führte, gab die Aussicht nicht viel her. Aber der freie Blick ließ mich die Hitze und die Enge besser ertragen, sodass ich mich nach nur kurzem Zögern auf den Weg machte.

Rupert folgte mir, dann Brenton, der das Rohr hinter sich wieder verschloss und damit hoffentlich jede Verfolgung verhinderte. Leider war es nun wieder stockdunkel. Ich stellte meine Stoppuhr neu ein und konzentrierte mich darauf, mich so schnell und lautlos wie möglich zu bewegen. Obwohl das Kühlsystem meiner Lady auf Hochtouren lief, wurde die von dem Metall abgestrahlte Hitze schnell unerträglich. Wir waren gerade einmal dreißig Meter weit gekommen, da hatte ich schon mindestens einen Liter Schweiß verloren. Ich hatte keine Ahnung, wie Rupert und Brenton das aushielten, aber ich schätze, die Aussicht, in ein paar Minuten von Plasma verdampft zu werden, war ein gewisser Motivationsfaktor.

Alles in allem kamen wir sensationell schnell durch. Acht Minuten und siebenundfünfzig Sekunden später fiel das Licht meiner Scheinwerfer auf die Spule des Schildprojektors. Wir waren am Ziel, jetzt mussten wir nur noch wieder aus diesem Rohr heraus.

Unterwegs hatte ich in regelmäßigen Abständen weitere Wartungsluken von der Art gesehen, durch die wir hereingekommen waren, und auch hier befand sich eine.

Ich brach die Verriegelung so leise wie möglich auf, öffnete die Luke und blies erleichtert den Atem aus, als ich feststellte, dass darunter eine Zwischendecke lag, nicht etwa eine Todeskammer. Durch die Lüftungsschlitze in der Decke konnte ich allerdings die Detektive sehen, die sich in dem Labor darunter versammelt hatten.

Ich bedeutete Rupert und Brenton, still zu sein, dann kroch ich aus dem Rohr. Mithilfe meiner Stabilisatoren ließ ich mich vollkommen lautlos auf den Gitterrost unter mir hinab. Rupert kam als Nächster, gefolgt von Brenton, der eilig das Verkleidungsblech wieder einsetzte, und das keine Sekunde zu früh. Sogleich spürte ich die Vibrationen, mit denen die Spule des Schildprojektors anlief. Ohne das Verkleidungsblech wären wir in geschmolzenem Plasma ertrunken, doch so waren wir für den Moment sicher, also nutzte ich die Zeit, um die Stärke unseres Feindes abzuschätzen.

Symbionten sind auf Dichtesensoren nicht zu erkennen, und das heiße Rohr über uns machte auch das Bild meiner Wärmekameras zunichte, weshalb ich nicht zählen konnte, wie viele dort unten auf uns warteten. Den Stimmen nach zu urteilen, die durch den Gitterrost nach oben drangen, waren es ziemlich viele. Wenigstens malten meine Dichtesensoren mir einen Plan des Raums, in dem sie sich befanden. Er war doppelt so lang wie breit, hatte eine Sprengschutztüre an jedem Ende und mächtig dicke Wände. Eine gut zu verteidigende Stellung – außer der Angriff kam von oben.

Mit einem Grinsen auf den Lippen machte ich meine Granaten scharf und stellte die Zünder ein. Als alles bereit war, drehte ich mich zu meinen beiden Begleitern um und hielt drei Finger hoch. Zwei Finger. Einen.

Als nur noch meine Faust zu sehen war, durchschlug ich damit den Gitterrost und klinkte die Granaten aus. Das Kling, Kling, Kling, mit dem sie auf den Boden des Labors fielen, war Musik in meinen Ohren, das erschrockene Aufkeuchen der Detektive, als sie begriffen, was dieses Klimpern bedeutete, eine willkommene Zugabe. Und dann, noch bevor einer von ihnen fliehen oder ich auch nur meine Hand zurückziehen konnte, zuckte ein Blitz auf, so grell, dass meine Kameras nur Weiß zeigten. Einen Wimpernschlag später sprang ich Kopf voraus durch das Loch, das ich in die Zwischendecke geschlagen hatte.

Ich arbeitete oft auf Schiffen und in Gebäudekomplexen, weshalb meine Granaten so ausgelegt waren, dass sie weder Rümpfe noch Mauern in Stücke rissen. Selbst dann nicht, wenn ich sie alle gleichzeitig zündete wie jetzt, aber sie machten verflucht viel Rauch, und genau das hatte ich beabsichtigt.

Ich fiel von der Decke, die Lady drehte mich noch in der Luft automatisch herum, sodass ich, mit Sascha bereits im Anschlag, weich auf beiden Beinen landete. Rupert kam so dicht hinter mir, dass er beinahe auf mich drauf gefallen wäre. Er landete in der Hocke, blinzelte blind in den Rauch und fuhr die Schuppen auf seinem Gesicht aus.

Ich blinzelte nicht, denn *ich* hatte Wärmebildkameras. Jetzt, da wir nicht mehr in dem verflixt heißen Rohr waren, zeigten sie mir ein kristallklares Bild der kalten Wände und Einrichtungsgegenstände, vor denen sich die roten Silhouetten der Symbionten abzeichneten. Mein Bordcomputer versah jeden davon mit einer praktischen Zielmarkierung zwischen den Augen.

»Jetzt hättest du bestimmt auch gern eine Powerrüstung«, sagte ich grinsend zu Rupert.

»Was?«, fragte er direkt neben mir.

Als Antwort schleuderte ich den ersten Symbionten mit einem sauberen Kopfschuss gegen die Wand, wo er mit einem lauten Krachen aufschlug. Ich wartete nicht erst ab, ob er wieder aufstand, sondern widmete mich sofort dem nächsten Ziel. Rupert und Brenton hatte ich als Verbündete markiert, damit ich sie nicht versehentlich ins Visier nahm, aber jeder andere der leuchtenden Umrisse auf meinem Visier war zum Abschuss freigegeben. Also sprang ich auf einen metallenen Labortisch und machte mich an die Arbeit.

Der dichte Rauch, das Überraschungsmoment und meine Wärmebildkameras sorgten für einen Kampf, der den Namen kaum verdiente. Es war ein Schlachten. Normalerweise erledige ich das Schießen lieber selbst, aber meine Lady war wie geschaffen für diese Situation, und ich wagte nicht, mich ihr in den Weg zu stellen. Der Bordcomputer führte meine Hand millimetergenau, ich drehte mich wie ein Geschützturm und feuerte Schuss um Schuss auf die empfindliche Stelle zwischen den Augen der Symbionten ab. Saschas Kugeln konnten ihre Schuppen zwar nicht durchschlagen, aber jedes Mal, wenn ich den Abzug betätigte, flog einer von ihnen in hohem Bogen gegen die Wand und blieb dort bewusstlos liegen, genau wie auf Kessel. Ich kannte keine Gnade. Es war brutal, unfair und zutiefst befriedigend.

Trotzdem reichte es nicht. Mit wie vielen wir es zu tun hatten, merkte ich erst, als die Lady mit ihrer Zählung fertig war, und da wusste ich auch, warum wir auf den Fluren niemandem begegnet waren: Es mussten mindestens dreißig Symbionten hier auf uns gewartet haben. Bis einer von ihnen auf die Idee kam, das Lüftungssystem auf

Maximalleistung zu schalten, um den Rauch abzusaugen, hatte ich schon fünfzehn erledigt, doch jetzt, da die Luft wieder klar wurde, begann sich das Blatt zu wenden.

Ich nietete gerade Nummer sechzehn um, da zeigte mir das Wärmebild meiner Rückkamera eine schnelle Bewegung direkt hinter mir. Mehr Vorwarnzeit bekam ich nicht, da packte mich eine Klauenhand am Arm und riss mich mit solcher Kraft nach hinten, dass nicht einmal meine Stabilisatoren es verhindern konnten. Da ich ohnehin schon im Fallen war, stieß ich mich von dem Tisch ab und warf mich meinem Angreifer mit voller Wucht entgegen. Leider sind Symbionten hart im Nehmen, und so schwer ich mit meiner Lady auch war, ich schaffte es nicht, ihn von den Beinen zu holen. Wenigstens taumelte er, und das nutzte ich, um ihm Sascha unter den Arm zu schieben, mit dem er mich gepackt hielt, und ihm einen Schuss in die Rippen zu verpassen. Das genügte zwar nicht, um ihn kampfunfähig zu machen, aber er ließ mich instinktiv los. Ich machte einen Satz nach hinten und katapultierte mich weg von meinem Gegner.

Die Landung misslang gründlich, ich knallte mit dem Rücken gegen den Labortisch, aber die Lady richtete mich sofort wieder auf. Der Rauch war nun beinahe vollständig abgesaugt, und auch wenn ich die Hälfte der Detektive bereits außer Gefecht gesetzt hatte, waren es immer noch zu viele. Schlimmer noch, in der kurzen Zeit, in der der Sichtkontakt zu Rupert und Brenton unterbrochen gewesen war, hatte mein Zielcomputer die Markierungen verloren, und das bedeutete, dass ich nun nicht mehr wusste, welche der schwarz geschuppten Gestalten ich bedenkenlos abknallen konnte.

Im Moment befanden sich vier davon direkt vor mir,

und sie kamen schnell näher. Sie waren deutlich kleiner als Rupert, also entsicherte ich Sascha wieder und verpasste dem ersten einen Kopfschuss, bevor er auch nur blinzeln konnte. Zwei der verbliebenen drei sprangen entsetzt zur Seite, aber der vierte zuckte nicht einmal, und da wusste ich, dass ich es endlich mit einem ernst zu nehmenden Gegner zu tun hatte. Die anderen beiden waren Zivilisten – wahrscheinlich Wissenschaftler, die den Symbionten nur eingepflanzt bekommen hatten, damit sie Maats Anfälle überlebten –, aber der hier war ein ausgebildeter Kämpfer wie ich. Mein letzter Schuss war noch nicht einmal verhallt, da sprang er mir schon an die Kehle.

Ich riss den anderen Arm hoch und ließ Elsie aus der Scheide fahren, doch der Kerl war so schnell, wie man es von einem ordentlichen Detektiv erwartete – und ich zu langsam. Der Schlag seiner Klauenhand ging durch meine Deckung und hinterließ tiefe Furchen in dem Nebelsilberlack auf dem Harnisch meiner Lady, bevor ich mich mit einer Seitwärtsrolle wegducken konnte.

Schäumend kam ich wieder hoch und zog dem Detektiv meine brennende Thermitklinge über die Unterschenkel. Mit einem Aufschrei brach er zusammen, und selbst wenn er es nicht getan hätte, hätte spätestens der darauffolgende Faustschlag zum Kinn ihn gefällt. Ich war so außer mir wegen der tiefen Kratzer im Lack der Lady, dass ich das Virus in meinen Fingerspitzen kribbeln spürte.

Das Kribbeln ließ meinen Zorn verlöschen wie eine Kerze im Vakuum, aber erst nachdem ich dem Symbionten die Kehle durchtrennt hatte. Als kostenlose Zugabe versetzte ich ihm noch einen Tritt, dann wirbelte ich mit erhobenem Schwert herum, nur um festzustellen, dass dieser erste echte auch mein letzter Gegner gewesen war.

Die wutentbrannte Hinrichtung musste schlimmer ausgesehen haben, als ich gedacht hatte, denn die anderen beiden Symbionten taumelten mit hoch erhobenen Händen rückwärts von mir weg. Zur Sicherheit ließ ich Sascha auf sie gerichtet und hielt mit meinen Kameras nach der nächsten Bedrohung Ausschau.

Ich musste nicht lange suchen. Während ich an die Feiglinge geraten war, hatte Rupert es gleich mit vier Gegnern zu tun, die genau zu wissen schienen, was sie taten. Brenton war ganz in seiner Nähe. Er stand mit dem Rücken zur Wand in einer Ecke und hielt zwei Angreifer in Schach, wenn auch bei Weitem nicht so mühelos, wie man erwarten würde, wenn man ihn schon einmal kämpfen gesehen hatte. Ich sprang gerade zurück auf den Labortisch, um ihm von dort Feuerschutz zu geben, da packte mich die Hand des Symbionten, dem ich den Hals durchgeschnitten hatte, am Knöchel und zog.

Ich knallte mit einem Keuchen bäuchlings auf den Tisch und stemmte mich sofort wieder hoch, konnte mich dem eisernen Griff meines Gegners aber nicht entwinden, der mich erbarmungslos zu sich hinunter auf den Boden zog. Ich hatte keine Ahnung, woher er die Kraft dazu nahm. Eigentlich musste er halb verblutet und vor allem längst erstickt sein, da ich ihm die Luftröhre durchgeschnitten hatte. Anscheinend hatte ich ihn nicht so gut erwischt, wie ich glaubte, denn ich hörte seinen rasselnden Atem, während er mit der freien Hand etwas auffing, das einer seiner Kollegen ihm zuwarf. Ich versuchte immer noch, ihn abzuschütteln, weshalb ich den Gegenstand erst sah, als es zu spät war.

Der Lichtbogen fuhr in meine Rüstung wie ein Gewitter. Alle meine Schirme wurden schwarz, dann wurde ich vom Tisch gerissen. Ich versuchte nicht einmal, den Sturz abzufangen, denn erstens hätte ich mir ohne die Unterstützung des kurzgeschlossenen Motors dabei nur die Arme gebrochen, und zweitens war ich zu sehr damit beschäftigt, die Systeme der Lady wieder hochzufahren.

Nach einer gefühlten Ewigkeit in vollkommener Dunkelheit flackerten meine Kameras wieder auf und zeigten mir eine Nahaufnahme meines zähen Widersachers. Er hatte sich auf mich gelegt, denn stehen konnte er mit seinen verletzten Unterschenkeln nicht mehr. Die Brust war von dem Blut aus seiner Halswunde durchtränkt, und er schien kaum noch bei Bewusstsein, trotzdem kämpfte er weiter und presste mir seinen Ladungswerfer ins Genick. Es war das gleiche Modell, das Brentons Team schon auf Üppig erfolgreich gegen meine Lady eingesetzt hatte.

»Zielperson gesichert«, keuchte er. »Ruft den Kommandanten, sagt ihm, wir …«

Ich richtete Sascha auf sein Knie aus und feuerte direkt hintereinander drei Schüsse ab. Die Wucht der ersten beiden Treffer schleuderte ihn lediglich von mir herunter, aber beim dritten hörte ich das Gelenk splittern. Als ich von dem tonnenschweren Gewicht befreit war, richtete ich den Oberkörper auf und beförderte ihn mit einem Kopfschuss gegen die Tür, die zum Todestrakt führte.

Er krachte dagegen wie eine Kanonenkugel, riss die Tür beinahe aus den Führungsschienen und blieb dann liegen. Diesmal würde er nicht mehr aufstehen.

Den Ladungswerfer hatte er fallen gelassen. Ich trat mit meinem ganzen Gewicht darauf und zermalmte das Kunststoffgehäuse zu Staub, dann wandte ich mich den verbliebenen Feinden zu. Elsie gleißte in meiner rechten Hand wie ein Stern, in der linken hielt ich Sascha. Mein

Zielcomputer berechnete bereits die nächsten Schüsse auf die elenden Symbionten-Visagen, da hörte ich hinter mir das charakteristische Geräusch einer Disruptorentladung.

Reflexartig warf ich einen Blick in meine Rückkamera. Wer geschossen hatte, war nicht mehr zu erkennen, aber es konnte kein Treffer gewesen sein, denn im nächsten Moment stob die Symbionten-Traube um Rupert auseinander, als er einen seiner Angreifer am Hals packte und ihn mit aller Kraft von sich schleuderte. Der Symbiont segelte direkt auf mich zu, ich zog den Kopf ein, und er knallte gegen die Tür, die schon von seinem Kollegen lädiert war und nun vollständig aus den Schienen brach.

Der Kerl war noch nicht einmal gelandet, da beförderte Rupert schon den nächsten mit einem so harten Tritt gegen eine Gefriereinheit, dass die Wand dahinter verbeulte. Den dritten stampfte er mit der Ferse nieder.

Ich hörte die Rippen des armen Tropfs bis hierher krachen und jubelte innerlich. Bisher hatte Rupert sich außer während Brentons Überfall auf die *Narr* jedes Mal zurückgehalten, wenn wir es mit Symbionten zu tun hatten; immerhin waren sie seine ehemaligen Kollegen. Gegen sie zu kämpfen war in etwa so, als würde ich mich an einem Trupp Schwarzdrosseln vergreifen. Warum ihm diesmal die Sicherungen durchbrannten, wusste ich nicht. Vielleicht wegen der Isolationshaft oder des Disruptors, denn jetzt, da der Blick wieder frei war, sah ich, dass ein Teil von Ruperts Schuppen verbrannt war. Die Wunde sah extrem schmerzhaft aus, doch Rupert schien sie nicht einmal zu spüren, als er den Disruptor in der Hand seines letzten Gegners zerquetschte.

Ich war nicht die Einzige, die es sah. Die Detektive auf meiner Seite des Raums ergriffen entsetzt die Flucht. Sie ließen ihre toten oder bewusstlosen Kameraden einfach liegen und rannten durch den Todestrakt zurück zum Zentralknoten der Station. Das eben noch bis zum Bersten gefüllte Labor war nun beinahe leer, alle flohen, und ich versuchte nicht, sie aufzuhalten. Ich wollte Maat finden, nicht die gesamte Station entvölkern, so verlockend die Aussicht in meinem Kampfrausch auch war. Ich hatte eine Aufgabe zu erledigen, und die Panik, die unter den Symbionten ausgebrochen war, bestätigte meinen Verdacht, dass die meisten von ihnen nicht einmal richtige Detektive waren, sondern Wissenschaftler und Techniker.

So blutrünstig ich auch sein konnte, Zivilisten abschlachten war nicht mein Ding. Elsie war ohnehin ausgebrannt. Ich brach die schwarze Kruste von der Klinge und fuhr sie wieder ein, während ich zu Rupert hinüberging. Er hatte den Fuß immer noch auf dem gefällten Symbionten, das Blut auf seinem Oberkörper und den Klauen und das geschuppte Aliengesicht ließen ihn im grellen Licht der Deckenlampen wie ein wahres Monster aussehen. Eigentlich hätte der Anblick mir ins Gedächtnis rufen müssen, was Rupert in Wirklichkeit war, doch alles, was ich spürte, als ich ihn so betrachtete, war urzeitlicher Besitzerstolz. Das hier war *mein* Mann, der siegreich über seinen gefallenen Feinden thronte. Ich war so glücklich, als hätte ich sie selbst niedergestreckt.

Rupert schien meinen Gesichtsausdruck hinter dem Visier nicht erkennen zu können, denn als er meinen Blick bemerkte, zog er reumütig den Kopf ein. »Tut mir leid«, sagte er und wischte sich mit der Kralle einen Blutspritzer von der Wange. »Ich wollte nicht, dass du das siehst … Ich war …«

Ich sprang mit einem einzigen Satz über den Labortisch, landete direkt vor ihm und drückte ihn an mich. Als ich wieder zurücktrat, schaute er mich nur verdutzt an.

»Sehr paradoxisch«, beendete ich grinsend den Satz für ihn und fuhr ihm mit der Hand über den geschuppten Rücken. »Du warst fantastisch«, fügte ich hinzu und stieß einen der am Boden liegenden Detektive mit dem Stiefel an. »Das nächste Mal werden sie es sich zweimal überlegen, sich mit uns anzulegen.«

Rupert reagierte nicht, er schaute nur verwirrt. Ich liebte es, wenn es mir einmal gelang, ihn so komplett aus der Fassung zu bringen, aber die Zeit war zu knapp, um meinen Triumph in vollen Zügen zu genießen. Stattdessen ging ich weiter, um nach Brenton zu sehen.

Trotz seiner schlechten körperlichen Verfassung hatte er die beiden Angreifer besiegt, die ihn in die Ecke gedrängt hatten, aber der Kampf hatte seinen Tribut gefordert. Brenton kauerte mit dem Rücken an die Wand gelehnt auf dem Boden, seine spröden Schuppen raschelten bei jedem röchelnden Atemzug, und er ließ sich ohne Widerrede von mir aufhelfen.

»Wohin jetzt, Mr. Ortskundiger?«, fragte ich, als er wieder auf den Beinen war.

»Hier entlang«, flüsterte er und deutete mit dem Kinn auf die schwer gepanzerte Tür am anderen Ende des Labors.

Ich runzelte die Stirn. Die Tür würde ein Problem werden, vor allem wenn auf der anderen Seite weitere Symbionten lauerten, wovon ich mit Sicherheit ausging. Martin würde Maat niemals ohne Bewacher zurücklassen.

»Das hier ist der Zugang zu Maats Gefängnis«, sagte Rupert ernst. »Wenn du stirbst, Devi, war alles umsonst. Deshalb werden Brenton und ich die Tür …«

Ich warf ihm einen finsteren Blick zu. »Auf keinen Fall. Sie haben mit einem Disruptor auf dich geschossen, auf mich nur mit einem Ladungswerfer. Also wollen sie mich immer noch lebend, sonst hätte der Symbiont mir den Kopf abgerissen, statt mir einen Elektroschock zu verpassen. Das sollten wir ausnutzen. Wenn jemand etwas tut, dann ich.«

Rupert wollte gerade widersprechen, da ertönte ein lautes, mechanisches Rasseln. Ich blickte mich reflexhaft um und suchte nach dem Ursprung des Geräuschs, da blendeten mich zwei grelle Suchscheinwerfer. Mein Visier verdunkelte sich automatisch, aber nicht schnell genug. Ich blinzelte immer noch gegen die schwarzen Flecken an, die vor meinen Augen tanzten, da wurde das Rasseln noch lauter. Es klang wie eine Metalltrommel, die sich immer schneller drehte. Ich kannte das Geräusch, doch auf einer Raumstation war es derart fehl am Platz, dass ich es erst benennen konnte, als Rupert mich am Arm packte.

Im nächsten Moment lag ich unter ihm eingeklemmt flach auf dem Boden, die Tür, durch die wir hatten gehen wollen, glitt zur Seite, und dahinter kamen zwei riesige automatische Maschinenkanonen zum Vorschein. Das Geräusch, das ich gehört hatte, kam von den Ketten, die die Trommeln antrieben. Rupert hatte mich kaum zu Boden gerissen, da eröffneten sie das Feuer.

Schützend presste ich mir die Hände über den Kopf, was natürlich lächerlich war. Die Kugeln, die diese Dinger verschossen, waren so groß wie meine Faust und würden meine Rüstung locker durchschlagen. Ich zermarterte mir gerade das Hirn, wie wir dieser Feuerkraft standhalten sollten, da zog Rupert mich wieder hoch.

»Wir müssen auf die andere Seite!«, brüllte er.

Ich sprang auf, rannte zu der Tür, die während des Kampfes aus den Schienen gerissen worden war, und ging hinter der Trennwand in Deckung. Wir befanden uns nun in der letzten Kammer des Todestrakts, den wir mit dem Umweg über die Plasmex-Zuleitung umgangen hatten. Brenton war bereits dort und lehnte keuchend an der Wand. Zu unserem Glück hatten die Detektive die hier lauernden Maschinenkanonen bei ihrer Flucht über den Haufen gerannt, sodass wir fürs Erste in Sicherheit waren. Kopfschüttelnd beobachtete ich, wie der Kugelhagel Delle um Delle in die Wand gegenüber der aus den Angeln gerissenen Tür schlug. Ausgerechnet im Todestrakt in Deckung zu gehen war wirklich eine interessante Wendung.

»Wer zum Teufel setzt solche Kanonen im *Inneren* einer Raumstation ein? Will Martin sie absichtlich schrottreif schießen?«

»Das dürfte ihm mittlerweile egal sein«, antwortete Brenton hustend. »Diese Kanonen wurden als letzte Verteidigungslinie installiert.«

»Eher als Selbstzerstörungsmechanismus«, knurrte ich und deutete auf die von Sekunde zu Sekunde immer übler zugerichteten Wände. »Bald durchschlagen die Kugeln die Außenhülle, dann sind wir alle tot.«

»Ich denke, das nimmt er in Kauf«, sagte Rupert leise. »Anscheinend will er dich doch nicht mehr lebend.«

Damit hatte er wohl leider recht. Die beiden Höllenmaschinen rissen alles in Stücke, auch die Symbionten, die von uns nur vorübergehend außer Gefecht gesetzt noch in dem anderen Raum lagen. Von den beiden, mit denen wir die Tür aus den Schienen geschlagen hatten, war nur noch ein Haufen blutigen Fleisches übrig. Der Anblick war so entsetzlich, dass selbst ich wegschauen musste, und ich habe in meinem Leben wirklich einiges Blut gesehen. »Er bringt sie alle um«, stammelte ich. »Seine eigenen Leute.«

»Natürlich«, kommentierte Brenton trocken. »Er ist Detektiv.«

Ich schnaubte verächtlich. Brenton hatte seine Leute genauso bereitwillig geopfert, aber das war eine alte Geschichte, die ich jetzt nicht wieder aufwärmen würde. Unser Versteck hatte weder Lüftungsschlitze noch andere Öffnungen, der einzige Ausgang waren die beiden Türen, die als Fluchtweg nicht infrage kamen. Hinter der noch intakten lag eine weitere Todeskammer, die möglicherweise noch funktionierte, hinter der anderen feuerten die Kanonen. In beiden Richtungen erwartete uns nichts als der Tod.

»Allzu lange kann es nicht mehr so weitergehen«, sagte ich schließlich und lud Sascha nach. »Irgendwann geht ihnen die Munition …«

Da hörte der Kugelhagel urplötzlich auf, und eine ohrenbetäubende Stille legte sich über den Raum. Ich hielt den Atem an und lauschte, hörte aber nichts, auch kein Nachladen. Trotzdem feuerten die Kanonen nicht mehr, was nur bedeuten konnte, dass jemand sie abgeschaltet hatte. Ich wollte gerade nachsehen, wer, da ertönte das typische Knirschen von Symbiontenklauen auf leer geschossenen Patronenhülsen.

»Sie können jetzt aufhören, das Unvermeidliche hinauszuzögern, Miss Morris.«

Mit einem stummen Fluch zog ich den Kopf wieder ein. Ich hatte diese Stimme nur ein einziges Mal gehört, aber dieses kurze Gespräch hatte genügt, um Kommandant Martins trockenen Offizierston auf ewig in mein Gedächtnis zu brennen. Offensichtlich hatte der alte Scheißkerl beschlossen, die Sache selbst in die Hand zu nehmen.

»Es hat keinen Sinn, weiter auf stur zu schalten!«, rief er. »Sie sind so oder so tot. Wenn Sie allerdings ohne weiteres Getue Ihre Rüstung und Waffen ablegen und sich ergeben, verschone ich Charkow.«

Rupert stieß ein wütendes Knurren aus, und ich hob die Hand. »Sollten Sie nicht besser versuchen, mich ebenfalls mit einem möglichen Überleben zu locken?«, rief ich zurück.

»Ihr Tod ist leider bereits beschlossene Sache«, entgegnete Martin. »Nach Ihrem heutigen Verhalten ist mir das Kosten-Nutzen-Verhältnis einfach zu schlecht. Aber ich bin ein gerechter Mann, Miss Morris, deshalb lasse ich Ihnen die Wahl: Ergeben Sie sich, retten Sie Ihren Geliebten und sterben Sie als Heldin, oder ich töte Sie alle. Sie haben dreißig Sekunden für Ihre Entscheidung.«

Ich taumelte einen Schritt zurück und stieß gegen die sprengstoffsichere Wand in meinem Rücken. Das Gefühl, ein für alle Mal in der Falle zu sitzen, machte sich in mir breit. Gleich darauf kam die Angst, aber nicht vor dem Tod, denn daran hatte ich mich längst gewöhnt. Nein, ich hatte Angst zu sterben, während Maat noch bewusstlos war. Ich war nicht sicher, ob ich sie dann infizieren konnte, wie ich es versprochen hatte. Selbst wenn ich meiner Wut auf Martin freien Lauf ließ und von Kopf bis Fuß schwarz wurde, würde Maat es womöglich gar nicht mitbekommen, was bedeutete, dass mein Tod umsonst wäre. Ich hätte versagt. Ich hatte Rupert in Gefahr gebracht, hatte *alle* in Gefahr gebracht, und wofür? Für nichts.

Während ich voll und ganz mit diesen grässlichen Gedanken beschäftigt war, handelten Brenton und Rupert. Sie kauerten neben der herausgerissenen Tür und flüsterten eifrig miteinander, als kümmerten Martins Maschinenkanonen sie nicht. Das war eigenartig, denn noch vor wenigen Minuten hatten die beiden sich abgrundtief gehasst. Anscheinend hatten sie ihre Differenzen inzwischen beigelegt, denn als Brenton einen barschen Laut ausstieß, der sich ganz wie ein Befehl anhörte, nickte Rupert nur und schlich zu mir.

»Bleib dicht bei uns«, flüsterte er. »Du nimmst die Kanone auf der linken Seite, ich die rechte. Brenton kümmert sich um Martin.«

Ich blinzelte. Das konnte er nicht ernst meinen. Selbst wenn ein Wunder geschah und wir das Sperrfeuer überlebten, war Martin ein Symbiont, und er hatte noch nicht einmal eine Klaue gerührt. Brenton mochte ein harter Bursche sein, doch er hatte seine besten Zeiten längst hinter sich. In einem Kampf eins gegen eins hätte er nicht den Hauch einer Chance.

»Noch zehn Sekunden, Miss Morris!«, rief Martin.

Ich schaute Rupert mit zusammengebissenen Zähnen an und traf meine Entscheidung. Auf mein Nicken hin hob er die herausgerissene Tür vom Boden, und noch bevor ich ihn fragen konnte, was er damit vorhatte, stürmte er in den anderen Raum und hielt sie vor sich wie einen Schild. Ich folgte wenige Schritte hinter ihm. Mit Brenton im Schlepptau stürzte ich mich Hals über Kopf in das Vorhaben, das die beiden gerade ausgeheckt hatten – was auch immer es sein mochte.

Erst als wir durch die Tür waren, verstand ich den Plan. Am anderen Ende des vollkommen zerschossenen Labors stand ein komplett verwandelter Symbiont zwischen den Maschinenkanonen. Hätte ich zuvor nicht seine Stimme gehört, wäre ich nie darauf gekommen, dass es sich bei dem muskulösen Kerl um Martin handelte. Obwohl der ergrauende Bart und das vermeintlich großväterliche Gesicht unter seinen Schuppen verborgen waren, sah ich deutlich die Überraschung an seiner Körperhaltung, als er erschrocken zurücktaumelte und einen Knopf betätigte.

Die riesigen Trommeln der Höllenmaschinen liefen wieder an, aber mit der Geschwindigkeit angreifender Symbionten konnten sie nicht mithalten. Die erste Kugel blieb in Ruperts Schild stecken. Die zweite wäre mit Sicherheit durchgegangen, aber dazu kam es nicht, denn er hatte die Kanone bereits erreicht und ließ die schwere Tür wie einen Hammer auf sie niederfahren.

Ich hörte das Kreischen, mit dem der Kettenantrieb in seine Einzelteile explodierte, sah es aber nicht, da ich voll und ganz auf meine eigene Aufgabe konzentriert war. Wie vereinbart sprang ich auf die linke der beiden Kanonen, noch bevor das Zielsystem mich erfassten konnte. Im Sprung fuhr ich Elsie aus, deren Thermit zwar ausgebrannt war, aber für die Steuereinheit reichte es auch so. Die Klinge fuhr durch Drähte, Platinen und den Kettenantrieb, der rasselnd zu Boden fiel.

Grinsend zog ich meine Klinge wieder heraus und schaute hinüber zu Rupert, ob er vielleicht Hilfe brauchte, doch ich hätte es besser wissen sollen. Während ich mich auf die Schwachstellen der Kanone konzentriert hatte, riss er das komplette Geschütz aus der Verankerung und schleuderte es gegen die Wand. Die Erschütterung war so stark, dass ich sie trotz meiner Stabilisatoren spürte. Erleichtert atmete ich auf. Dieses ständige Hin und Her zwischen Hoffnung und Verzweiflung machte mir allmählich zu schaffen.

Die Maschinenkanonen waren ausgeschaltet, aber die Schlacht war noch nicht gewonnen. Brenton und Martin wälzten sich vor der Tür zu Maats Gefängnis auf dem Boden wie prügelnde Schuljungen. Wie ich befürchtet hatte, war Martin dem schwer angeschlagenen Brenton körperlich haushoch überlegen, allerdings hatte ich vergessen, in meiner Prognose auch Geschick und Erfahrung zu berücksichtigen. Bei dem Kampf zwischen Rupert und Brenton vor so langer Zeit war der Unterschied nur hauchdünn gewesen. Hier waren es Meilen.

Trotz überlegener Körperkraft und vollkommen intaktem Schuppenkleid lag Martin auf dem Rücken und schien sich nicht aus dieser Lage befreien zu können. Jedes Mal, wenn sich ihm eine Gelegenheit bot, einen Treffer zu landen, duckte Brenton sich weg und griff aus einer anderen Richtung wieder an, um seinen Gegner Schlag für Schlag in den Boden zu hämmern. Den ein oder anderen Erfolg konnte Martin dennoch verbuchen, denn Brentons Bauch blutete stark, und seine brüchigen Schuppen waren an mehreren Stellen abgeplatzt, aber das schien ihn nicht zu kümmern. Wenn überhaupt, verliehen ihm die Verletzungen nur zusätzliche Kraft, denn er drosch immer weiter auf den Kommandanten ein, bis der Boden unter ihm sich zu verbiegen begann.

Der Brenton, den ich kannte, war ein ruhiger, besonnener Kämpfer, doch im Moment war er wie ein Tier, das an seinem eigenen Blutrausch zu ersticken drohte, während die Beute längst erledigt war. So verstörend der Anblick auch war, ich wagte nicht, mich einzumischen. Ich hatte erst seit ein paar Monaten mit den Detektiven zu tun, Brenton hingegen führte seit Jahren einen persönlichen Feldzug gegen sie, um Maat zu befreien, und all diesen angestauten Hass bekam Martin nun zu spüren. Ich wäre nicht einmal dazwischengegangen, um jemanden zu retten, den ich mochte. Für Martin ganz bestimmt nicht.

Nach einer schieren Ewigkeit hörte Brenton schließlich auf, auf ihn einzudreschen. Martin bewegte sich schon eine ganze Zeit lang nicht mehr, trotzdem brauchte Brenton mehrere Versuche, um endlich von ihm abzulassen. Eine ganze Weile lang war Brentons keuchender Atem das einzige Geräusch im Raum. Die Anspannung ließ erst nach, als er unvermittelt zu kichern begann.

»Martin war schon immer ein lahmer Bürohengst«, höhnte er und schüttelte sich das Blut von den Klauen. »Ein Schreibtischtäter, der sich den Symbionten nur einsetzen ließ, weil er eben dazugehört. Er hat sich nie die Mühe gemacht, ihn benutzen zu lernen. Was es wirklich bedeutet, ein Detektiv zu sein, hat ihn nicht interessiert. Ich werde Caldswell bis an mein Lebensende hassen, aber im Gegensatz zu diesem Martin war er wenigstens ein echter Kommandant.«

Ich überlegte kurz, ob Caldswell das wirklich als Kompliment aufgefasst hätte, und streckte Brenton die Hand hin. »Kommen Sie«, sagte ich leise. »Wir müssen eine Prinzessin retten.«

»Maat war nie eine Prinzessin«, schnaubte er und kugelte mir beinahe den Arm aus, als er sich an meiner Hand hochzog. »Sondern nur ein kleines Mädchen.«

»Wie sie alle«, sagte Rupert verbittert und tippte auf ein Bedienfeld in der Wand. Das Kontrolllämpchen schaltete auf Grün, dann glitt die letzte Tür zischend zur Seite. Dahinter lag ein kahler weißer Raum.

Ich atmete einmal tief durch und trat ein. »Bringen wir es zu Ende.«

Brenton und Rupert folgten stumm. Ihre Klauen und meine Stiefel hinterließen blutige Abdrücke auf dem blütenreinen Kunststoffboden von Maats Gefängnis.

12

Der lang gestreckte Raum war vollkommen leer, eine kahle weiße Plastikschachtel. Die einzige Abwechslung von der erbarmungslosen Leere war eine von der Wand heruntergeklappte Bedienkonsole, etwa doppelt so groß wie mein Koffer. Sie sah geradezu putzig altmodisch aus, die Tastatur war verstaubt, die steinzeitlichen Monitore hatten sogar noch Einschaltknöpfe. Davon abgesehen gab es nichts, nicht einmal eine weitere Tür.

Ich ließ meine Kameras herumschwenken. »Sind wir hier richtig?«, fragte ich.

»Sind wir.« Brenton stand mit einer Schulter an die Wand gelehnt. Als er sich keuchend aufrichtete, hinterließ er einen Blutfleck. »Maat ist da hinten.«

Er deutete auf die Rückwand, aber ich konnte nichts Besonderes daran erkennen. Noch eigenartiger war, dass der Raum keine von Ruperts Erinnerungen auslöste. Meine Suche förderte lediglich ein unfassbar bedrückendes Gefühl zutage – eines, das Rupert anscheinend immer noch verspürte, falls ich die Haltung seiner Schultern richtig interpretierte.

»Das ist der Vorraum zu Maats Quarantänekammer«, sagte er leise. »Früher war hier ein Labor, aber jetzt läuft alles vollautomatisch ab. Die Detektive setzen nicht einmal einen Fuß hier hinein, wenn Maat nicht betäubt ist.«

»Warum nicht?«

»Weil auf diese Distanz nicht einmal ein Symbiont Maats Anfälle überlebt«, erläuterte Brenton mit bitterer Stimme. »Hier sperren sie die Töchter ein, um sie verwandeln zu lassen. Niemand sonst traut sich herein. Wenn Maat wollte, könnte sie unsere Köpfe zerplatzen lassen wie Kürbisse.« Sein Blick sprang zu der Blutlache, die er und Martin im anderen Zimmer hinterlassen hatten. »Es überrascht mich, dass Martin den Mut hatte, sich hier drinnen zu verstecken.«

»Ihm blieb keine andere Wahl«, sagte Rupert und ging zu der Konsole. »Das Kontrollpult wurde vor zwei Jahren hier rein verlegt. Dieser Raum ist die allerletzte Verteidigungslinie, Martin hat nur das Protokoll befolgt. Wenn alles schiefgeht, lassen sich von hier aus die Sprengsätze an den Sollbruchstellen zünden.« Er deutete auf einen handtellergroßen roten Knopf in der Mitte der Konsole. »Hätte er diesen Arm vom Rest der Station abgesprengt, wären wir ins All gesaugt worden, während er mit Maat auf ein Schiff wartet, das sie aufnimmt.«

»Und warum hat er es nicht getan?«, fragte ich.

»Vielleicht hatte er dich doch noch nicht aufgegeben«, antwortete Rupert achselzuckend. »Oder er dachte, die Maschinenkanonen würden uns schon aufhalten.«

»Oder er war zu feige, allein mit Maat durchs Weltall zu treiben«, warf Brenton ein, der sich gerade mit den Händen an der Wand entlang zum gegenüberliegenden Ende des Raums hangelte. Bei jeder Berührung hinterließ er einen Blutfleck auf dem weißen Kunststoff. »Wie kommen wir da rein?«

Entgeistert schaute ich ihn an. »Sie wissen es nicht?!«

Er schüttelte den Kopf. »Die Detektive haben alles hier

drinnen verändert. Ich bin zwar erst vor fünf Jahren desertiert, aber Caldswell vertraute mir schon lange davor nicht mehr. Seit zwanzig Jahren war ich nicht mehr in diesem Raum. Damals war das hier der Eingangsbereich zu Maats Zimmer. Sie hatte ein Bett, sogar ein Fenster, auch wenn die Hunde sie nie lange genug von ihren Fesseln losgemacht haben, dass sie einmal hätte hinausschauen können.« Er deutete auf die Rückwand. »Öffnen Sie das, Charkow.«

Ruperts Augen verengten sich kurz wegen Brentons Befehlston, doch er stellte sich ohne Widerworte vor das Bedienfeld. Als mehrere Sekunden lang nichts passierte, ging ich zu ihm, um nachzusehen, wo das Problem lag.

»Verriegelt«, sagte er, noch bevor ich den Mund öffnen konnte. »Außerdem habe ich die Tür immer vom Nebenraum aus geöffnet. Diese Konsole hier ist anders.«

»Das sollte keine Kritik sein«, beschwichtigte ich und musterte durch meine Rückkamera die schnell größer werdende rote Pfütze zu Brentons Füßen. »Glaubst du, er kommt durch?«, fragte ich leise.

»Wenn sein Symbiont die Blutung bis jetzt nicht gestillt hat, wird er es auch nicht mehr tun«, flüsterte er.

Das hatte ich mir gedacht, doch meine Befürchtung aus Ruperts Mund bestätigt zu hören traf mich härter, als ich geglaubt hätte. Ich mochte Brenton nicht, aber ich respektierte ihn. Bei dem Einsatz, den er für das zeigte, woran er glaubte, konnte ich gar nicht anders.

Rupert versuchte die nächste Kombination, prompt ertönte das Mahlen eines verborgenen Getriebes. Die Wand vor uns hob sich, und gleich darunter fuhr eine zweite hoch. In einem spinnennetzartigen Gewirr aus weißen Kunststoffbändern hing eine Gestalt darin gefesselt, die ich schon einmal gesehen hatte, aber nicht in Ruperts

Erinnerungen. So, wie er die Gefangene anstarrte, war ich nicht einmal sicher, ob er Maat überhaupt je begegnet war.

Ich allerdings schon. Die Gestalt mit der schrecklichen, konturlosen Maske über dem Gesicht war die gleiche wie jene, die die Lelgis mir in der Vision gezeigt hatten. Bei ihrem Anblick stieg eine so eindringliche Flut aus Bildern und Gefühlen in mir auf, dass ich beinahe glaubte, auch ihre Stimme wieder zu hören. *Die verrückte Königin.*

Während ich noch mit der Angst und Verwirrung kämpfte, die die Lelgis in meinem Geist hinterlassen hatten, schlurfte Brenton zu Maat und sank auf die Knie. Mehrere Sekunden lang kauerte er vor ihr wie ein Pilger vor dem Geweihten König, dann sprang er plötzlich auf und zerfetzte die weißen Bänder, mit denen sie an die Wand gefesselt war.

Ich wollte ihm schon helfen, besann mich aber eines Besseren. Brentons Klauen mochten spröde sein, aber für Maats Fesseln waren sie immer noch scharf genug. Selbst wenn nicht, hätte er es geschafft, denn er schnitt wie ein Verrückter und zerfetzte alles in seiner Reichweite: Infusionsschläuche, Gurte und Pflaster. Selbst die Ketten an Maats Hand- und Fußgelenken sprengte er, indem er seine Krallen zwischen die Glieder schob und sie aufhebelte. Dabei brachen zwei seiner Klauen ab, aber Brenton schien keinen Schmerz mehr zu spüren. Als er sie endlich befreit hatte, barg er Maats spindeldürren Körper in seinen Armen.

»Ich habe dich«, flüsterte er und legte schluchzend das geschuppte Gesicht auf ihre schmale Schulter. »Ich habe dir gesagt, dass ich komme, Enna, und ich habe mein Versprechen gehalten. Ich habe dich.« Dann wandte er uns ruckartig den Kopf zu. »Helfen Sie mir, ihr die Maske abzunehmen.«

Diesmal meinte er mich, und auch wenn ich kurz davor war, ihm zu sagen, dass er mir gar nichts zu befehlen hatte, gehorchte ich. Jetzt war nicht die Zeit für Pingeligkeiten.

»Ich muss nur meine Klinge vorbereiten«, murmelte ich und fischte eine Packung Thermitgel aus dem Fach, in dem früher einmal Phoebe verstaut gewesen war. Das Thermit nachzufüllen dauerte nicht einmal dreißig Sekunden, trotzdem schnippte Brenton schon ungeduldig mit den Fingern, aber ich ignorierte ihn und konzentrierte mich auf meine Aufgabe.

Maats Helm sah genauso aus wie der, den Rupert getragen hatte, eine Metallglocke, die den gesamten Schädel umfasste und an der Rückseite direkt über dem Genick verriegelt war. Schließlich bedeutete ich Brenton, Maats Kopf ein Stück nach vorn zu beugen, und zündete das Thermit. Mit der Erfahrung, die ich bei Ruperts Befreiung gesammelt hatte, brauchte ich nur einen einzigen, sauberen Schnitt. Die Klinge war kaum durch, da griff Brenton in den noch rauchenden Spalt und brach das Ding in zwei Hälften.

Ich hatte Maats Gesicht schon so oft gesehen, dass ich zu wissen glaubte, was mich erwartete, aber als der Helm zu Boden fiel, wurde mir klar, dass ich mich getäuscht hatte. Und wie. Das Mädchen, das ich kannte, hatte olivfarbene Haut, mandelförmige Augen und über der Schulter waagrecht abgeschnittenes, dunkles Haar. Dieses Bild musste eine Projektion aus Maats Erinnerungen gewesen sein, wie sie einmal ausgesehen hatte, bevor all das begann, denn das Wesen, das unter der Maske zum Vorschein kam, sah nicht mehr aus wie ein Mensch.

Maat hatte eine Glatze, die papierdünnen Lider waren geschlossen und zuckten unruhig. Ihre Haut war so grau wie meine Rüstung und von blauen Flecken übersät. Schuppen ihres Symbionten, wie mir schließlich klar wurde, aber sie hatten die falsche Farbe. Selbst Brentons kränkliches Braun erinnerte zumindest an einen Xith'cal, aber diese bläulich weißen Dinger, die in einem unregelmäßigen Muster aus ihrer Haut ragten, hatte ich noch nie an einer Echse gesehen. Aus ihrem hageren Gesicht wuchsen nur wenige, aber unterhalb der Schultern war der Körper vollständig bedeckt. Wie zerknitterte, rasiermesserscharfe Federn lugten sie überall aus Maats weißem Kittel.

»Ein unbewusster Verteidigungsmechanismus«, erklärte Brenton mit brüchiger Stimme. »Sie kann es nicht kontrollieren. Die Schuppen sind nur da, weil ihr Körper versucht hat, sich gegen die Betäubung zu wehren. Hier« – er deutete auf eine Stelle an ihrem Kopf – »helfen Sie mir.«

Ich wusste nicht, wovon er redete, bis ich es mit eigenen Augen sah und mich um ein Haar übergeben hätte: Die Detektive hatten Maat ein *Loch* in den Schädel geschnitten. Ein Bündel Drähte ragte daraus hervor, jeder in einer anderen Farbe. Sie waren direkt mit dem Gehirn verbunden. Brenton hob den entsetzlichen Kabelbaum mit einer abgebrochenen Klaue an.

»Hiermit kontrollieren die Detektive sie, zwingen sie, die Töchter zu erschaffen«, schnaubte er mit vor Wut bebender Stimme. »Sie hat immer gesagt, sie fühlen sich an wie Würmer in ihrem Hirn, die sie Dinge tun lassen, die sie nicht will.« Er hielt mir die Drähte direkt vors Gesicht. »Schneiden Sie sie durch.«

Ich schluckte. »Sicher? Sieht aus, als könnte sie das umbringen.«

»Wenn Maat so leicht zu töten wäre, bräuchte sie unsere Hilfe nicht«, widersprach Brenton verbittert. »Schneiden Sie sie los. Jetzt.«

Das Thermit brannte noch, also tat ich, worum er mich gebeten hatte, und durchtrennte den dicken Kabelstrang.

Maat zuckte, als hätte sie einen Anfall. Ihre dünnen Fingerchen gruben sich so fest in Brentons Arm, dass ich die Schuppen splittern hörte. Das musste einfach wehgetan haben, aber er stieß lediglich ein erleichtertes Seufzen aus; das Zupacken war das erste Lebenszeichen von Maat gewesen.

»Kommen Sie«, sagte ich sanft und legte Brenton eine Hand auf die Schulter. »Wir müssen los.«

Er nickte und hielt mir Maat hin.

Ich brauchte eine Sekunde, bis ich verstand, dass ich sie ihm abnehmen sollte, und noch eine, um zu begreifen, dass er selbst nicht mehr die Kraft dazu hatte. Das Stück Boden, auf dem er gekniet hatte, war tiefrot.

»Gott und König, Brenton«, stammelte ich und nahm Maat auf die Arme. »Sie bluten überall. Wir müssen …«

Ein dumpfes Krachen hallte durch die Wände und schnitt mir das Wort ab. Ich verstummte und reckte den Hals, entdeckte aber nichts Ungewöhnliches in dem nach wie vor vollkommen kahlen Raum. Aber hören konnte ich etwas. Ein leises Stöhnen ging durch den Rumpf, der Boden unter meinen Füßen vibrierte wie ein Seil kurz vorm Zerreißen. Die Vibrationen wurden immer stärker und hörten dann mit einem lauten Knacken, als wäre etwas zerbrochen, schlagartig auf.

»Rupert«, flüsterte ich in die plötzliche Stille und presste Maat an mich. »Was war das?«

Ich hatte gedacht, er wäre immer noch bei der Konsole,

doch als ich aufblickte, sah ich ihn direkt neben mir stehen und zuckte beinahe zusammen vor Schreck.

»Etwas hat die Außenhülle getroffen«, antwortete er, den Blick auf die Decke gerichtet. »Vielleicht haben Caldswells Schlachtkreuzer das Feuer eröffnet, als der Alarm von Maats Zelle losging.«

Ich war oft auf Schiffen gewesen, die beschossen wurden, doch das hier hatte sich nicht nach einem Raketeneinschlag angehört, und Rupert klang, als glaubte er ebenfalls nicht daran. Trotzdem: Was auch immer das gewesen war, wir mussten hier weg. Jetzt.

»Du nimmst Maat«, sagte ich und hielt ihm das dürre Mädchen hin. »Ich suche nach irgendetwas, mit dem wir Brenton zusammenflicken können und …«

Ich verstummte mitten im Satz und riss die Augen auf. Hinter Rupert bewegte sich ein zuckender Schatten über den Boden. Er zog eine Blutspur hinter sich her. Erst als das Wesen sich mit den Armen an der Konsole hochzog, begriff ich, was – oder besser gesagt: *wer* – es war.

»Nein!«, brüllte ich. *»Martin!«*

Rupert wirbelte herum, noch bevor mein Schrei verhallt war, doch es war zu spät. Martin stand wankend wie ein Betrunkener vor der Konsole, dann holte er aus und schlug mit der Faust auf den Auslöseknopf für die Sprengladungen, die Maats Sektion vom Rest des Dunkelsterns abtrennen würden. Einen Wimpernschlag später schleuderte Rupert ihn weg, aber der Schaden war bereits angerichtet, und ich bereitete mich auf die Erschütterung der Detonation vor …

Die nicht kam.

»Was ist?«, fragte ich verwirrt. »Eine Fehlfunktion?«

»Nein«, keuchte Rupert und trat von der Konsole zurück, damit ich seine Hand sehen konnte, mit der er den Knopf weiterhin gedrückt hielt. »Die Ladungen werden erst gezündet, wenn man den Knopf loslässt«, sagte er und nickte in Martins Richtung. »Würdest du dich bitte um ihn kümmern?«

Das *Bitte* hätte er sich sparen können. Ich legte nicht einmal Maat ab, sondern verlagerte sie lediglich auf meinen linken Arm und zog Sascha aus dem Holster, während ich auf Martin zuging, der immer noch am Boden lag und verzweifelt versuchte, wieder zu Atem zu kommen.

»Das dürfen Sie nicht«, lächelte er, als ich über ihm aufragte. »Sie stürzen uns alle ins Verderben. Ich werde nicht zulassen ...«

Ich verpasste ihm eine Kugel genau zwischen die Augen. Als ich sicher war, dass er diesmal nicht wieder aufstehen würde, steckte ich Sascha weg und wandte mich an Rupert. »Der Knopf muss also nur weiter gedrückt bleiben, und dann passiert nichts?«

Er nickte, dann riss er plötzlich den Kopf hoch. Ich hatte es auch gehört, es war das gleiche Geräusch wie vorhin, nur lauter und näher, als krabbelte etwas an der Außenhülle entlang. Einen Moment lang dachte ich, es wären die Phantome, aber Phantome machten keine Geräusche.

»Wir sollten los«, flüsterte Rupert.

Das klang nach einem guten Plan. Ich machte mich sofort auf die Suche nach einem Gegenstand, um ihn auf den Knopf zu legen, damit wir den Plan auch in die Tat umsetzen konnten. Leider war die Konsole stark geneigt, und der Knopf musste ziemlich tief gedrückt werden. Um ihn in dieser Position zu halten, brauchten wir etwas Schweres, außerdem Seile zum Befestigen, damit es nicht abrutschte. Alles, was eventuell dafür infrage gekommen wäre, hatte Brenton kurz und klein geschlagen. Ich wollte gerade das angrenzende Labor durchsuchen, da sah ich, wie Brenton sich hochstemmte.

»Bleiben Sie sitzen«, bellte ich. »Oder *wollen* Sie unbedingt verbluten?«

»Ich glaube, das wird sich nicht vermeiden lassen.«

Ich hielt wie erstarrt inne. Brentons Stimme war dünn und gepresst, trotzdem klang sie fest entschlossen. Diesen Tonfall hatte ich schon oft gehört, und zwar von Soldaten, die sich mit ihrem bevorstehenden Tod abgefunden hatten. Auch ich selbst war schon das ein oder andere Mal an diesem Punkt gewesen.

Brenton schlug seine Klauen in die Konsole und zog sich daran hoch. Als er wieder aufrecht stand, presste er eine davon neben Ruperts Hand auf dem Knopf. »Mein Symbiont stirbt«, flüsterte er. »Die Echsen haben ihn vergiftet, als sie ihn auf dem Schiff des Sensenmanns in Raserei versetzten. Ich werde mich nicht mehr erholen, aber das hält mich nicht davon ab, meine Pflicht gegenüber Maat zu erfüllen.«

»Nein«, widersprach ich entschieden. »Ich lasse nicht zu, dass Sie Ihr Leben einfach wegwerfen, indem Sie die Aufgabe eines Briefbeschwerers übernehmen. Geben Sie mir fünf Minuten, um etwas zu improvisieren, dann …«

»Wir haben keine fünf Minuten«, entgegnete Brenton ruhig. »Hören Sie das nicht?«

Als hätten die Eindringlinge nur auf ihr Stichwort gewartet, wurde der Lärm sprunghaft lauter. Die Außenhülle ächzte, als würde jemand große Stücke herausreißen.

»Ich habe viele schlimme Dinge in meinem Leben getan«, fuhr er fort. »Sünden, die ich nie wiedergutmachen kann, aber diese eine Aufgabe werde ich ehrenvoll zu Ende bringen.«

Rupert schaute ihn überrascht an, und Brenton nutzte die Gelegenheit, um ihn von der Konsole zu schubsen. Trotz seiner schweren Verletzungen war der Stoß so hart, dass er Rupert von den Beinen holte. Brenton baute sich wie ein Fels vor der Konsole auf und drehte uns das gezeichnete Symbiontengesicht zu.

»Ich bin tot«, verkündete er. »Ihr nicht. Das macht das weitere Vorgehen denkbar einfach: Ich halte diesen Knopf gedrückt, solange ich kann, ihr verschwindet und tut, was ich schon vor siebzig Jahren hätte tun sollen.« Er deutete auf Maat. »Erlösen Sie sie, damit wir beide endlich in Frieden ruhen können.«

Ich warf Rupert einen fragenden Blick zu, doch der starrte wortlos Brenton an. Dann nickte er. »Gehen wir.«

Ich erwiderte das Nicken und hielt Maat enger an meine Brust, dann wandte ich mich noch einmal an Brenton. »Was auch geschieht, lassen Sie nicht los«, sagte ich auf Universal und wechselte dann in die Königliche Sprache. »Der Friede des Königs sei mit dir, John Brenton.«

»Ist er«, erwiderte Brenton, und ich hörte das Lächeln in seiner Stimme. »Ich habe Ihnen ja gesagt, ich bin einer von den Guten.«

Normalerweise hätte ich entschieden widersprochen. Brentons Absichten mochten ehrenhaft gewesen sein, aber niemand, der auch nur über den Hauch eines Gewissens verfügte, konnte seine Methoden als gut bezeichnen. Unter weniger brenzligen Umständen hätte ich ihm genau das erklärt, aber so, wie die Dinge standen, blieb mir nichts anderes übrig, als mit Rupert auf den Fersen Richtung Ausgang zu stürmen.

Das Letzte, was ich von John Brenton sah, war ein brauner Schatten vor dem blutverschmierten Kunststoffweiß, der sich mit seinem ganzen Gewicht auf den Knopf legte, als könnte er uns damit mehr Zeit verschaffen. Der rote Fleck zu seinen Füßen wurde immer größer, doch Brenton wankte nicht, nicht einmal als die ganze Station zu zittern begann.

Obwohl niemand mehr da war, um die Apparaturen zu bedienen, war der Todestrakt immer noch ein ärgerliches und vor allem gefährliches Hindernis. Die Türen sollten selbst Symbionten widerstehen, was bedeutete, dass sie entsprechend schwer und widerstandsfähig waren, außerdem funktionierten einige der Geschütze vollautomatisch, darunter auch eine besonders heimtückische Disruptor-Kanone. Hätten wir diesen Weg zu Maats Gefängnis versucht, wären wir schon in der ersten Kammer zu Krümeln zersiebt worden. Auf dem Rückweg allerdings spielten uns mehrere Dinge in die Hände: Erstens schienen alle auf der Station ihre Posten verlassen zu haben, weshalb nur noch die vollautomatischen Sicherheitssysteme eine Bedrohung darstellten. Zweitens waren wir in der umgekehrten Richtung unterwegs, sodass die Geschütze alle in die falsche Richtung zeigten.

Rupert übernahm die Vorhut. Er öffnete die Türen und sabotierte die Geschütze, bevor sie herumfahren und uns unter Feuer nehmen konnten, was selbst mit seiner unfassbaren Schnelligkeit eine haarige Aufgabe war. Ohne einen Menschen, der sie bediente, waren ihre Bewegungen berechenbar, trotzdem blieb Rupert jedes Mal nur verflucht wenig Zeit. Hätten sie nicht um hundertachtzig Grad herumschwenken müssen, hätten wir keine Chance gehabt, doch Rupert schaffte es jedes Mal ganz allein, und das war gut so, denn ich war zu abgelenkt, um ihm zu helfen.

Je näher wir der Mitte des Dunkelsterns kamen, desto lauter wurde das Hämmern von draußen. Ich spürte die Erschütterungen bis in meine Stiefel, was nicht gerade beruhigend war, doch der Grund für das ungute Gefühl in meinem Bauch war ein anderer. Ich wusste nicht, woher es kam, aber jedes Mal, wenn Maat in meinen Armen zuckte, wurde es stärker. Beim dritten Mal hatte ich die Nase voll und klappte mein Visier hoch.

Sobald ich wieder mit meinen eigenen Augen sah, füllte sich der dunkle Todeskorridor vor mir mit Licht. Die vielen Phantome waren ein überraschend willkommener Anblick, doch obwohl das Schimmern der kleinen Aliens, die ich mittlerweile als eine Art Freunde betrachtete, etwas Tröstendes hatte, verschwand meine finstere Vorahnung nicht. Außerdem kamen die Phantome uns entgegen. Wie ein Sturzbach strömten sie Richtung Maats Kammer.

Das war an sich noch nichts Ungewöhnliches, allerdings waren sie bisher immer, wenn sie sich schneller als im Kriechgang bewegten, auf der Flucht vor mir gewesen. Ich überlegte, weshalb sie mir nun entgegenkamen, da fiel es mir wie Schuppen von den Augen: Sie waren zwar auf der Flucht, aber nicht vor *mir*.

»Rupert.«

Er riss gerade ein Drehgeschütz aus der Decke und warf mir einen Blick über die Schulter zu.

»Wir müssen umkehren.«

»Warum?«, fragte er, während er die Läufe zerfetzte. »Was ist los?«

Ich betrachtete den Massenexodus um uns herum. »Die

Phantome fliegen in die andere Richtung«, sagte ich in vollem Bewusstsein, wie albern meine Worte klangen. »Ich glaube, etwas stimmt nicht.«

»Es gibt keinen anderen Ausgang«, entgegnete Rupert angespannt. »Wir *müssen* in diese Richtung.«

Während er sprach, ertönte der bisher lauteste Knall, und zwar direkt über uns. Es hörte sich an, als hätte etwas direkt über unseren Köpfen die Außenhülle durchschlagen. Selbst Maat schreckte hoch und öffnete den Mund zu einem stummen Schrei.

Ich stieß einen leisen Fluch aus und legte sie auf meine Schulter, damit ich eine Hand für meine Pistole frei hatte. Ich sah zwar noch nichts, auf das ich hätte schießen können, aber mit Sascha fühlte ich mich einfach sicherer. Und sosehr mein Bauchgefühl mich auch warnte, Rupert hatte recht: Alles, was wir taten, diente dem einen Ziel, Maat mit einem Schiff in den Hyperraum zu schaffen. Die Schiffe befanden sich in den Docks, und die Docks lagen nun mal in der Richtung, in der wir unterwegs waren. Wir hatten keine andere Wahl.

»Dann sollten wir möglichst schnell weiter«, flüsterte ich und lief los. »Wie weit ist es noch?«

»Wir sind fast da, nur noch ein paar …«

Ein ohrenbetäubender Knall verschlang seine Worte. Etwas hatte mit solcher Wucht gegen die Tür vor uns geschlagen, dass sie sich in unsere Richtung ausbeulte. Der zweite Schlag folgte sogleich und riss die Tür aus den Angeln, dahinter kam ein schwarzer, mit langen Dornen bewehrter Fangarm zum Vorschein.

Im ersten Moment dachte ich, es wäre ein weiteres Kaiserphantom, das es auf mich abgesehen hatte. Als Rupert mit einem lauten Aufschrei zurücksprang, wusste ich, dass das nicht sein konnte, denn offensichtlich sah er das Ding auch. Dennoch wurde ich erst schlau aus dem Anblick, als sich der Fangarm wieder zurückzog und sich ein riesiger, rundlicher Kopf durch den Türrahmen quetschte.

»Lelgis!«

Ich hätte es mir gleich denken sollen, hätte es wissen müssen, denn jetzt verstand ich, woher der Lärm gekommen war: von den Lelgis, die den Dunkelstern auseinandernahmen, um an mich heranzukommen. Und wenn die Lelgis hier waren, bedeutete das, dass die Kaiserphantome die Schlacht verloren hatten, was auch erklärte, warum die Station immer noch Strom hatte, obwohl Maat längst nicht mehr an den Infusionen hing. Von anderer Seite hatten wir auch keine Hilfe zu erwarten, denn die Phantome um uns herum waren mittlerweile alle geflohen. Nur Rupert, ich und der Lelgis waren noch hier.

Soll mir recht sein, dachte ich und klappte knurrend mein Visier herunter. Ich hatte ohnehin noch eine Rechnung wegen meines zerschossenen Beines zu begleichen. Soweit ich es erkennen konnte, handelte es sich bei dem stacheligen Vieh um dasselbe, gegen das Brenton und ich auf dem Xith'cal-Asteroiden gekämpft hatten: um das Biest, das Saschas Kugel umgedreht und mir in den eigenen Unterschenkel gejagt hatte. Das würde mir nicht noch einmal passieren, also steckte ich Sascha weg und holte Mia von meinem Rücken.

»Los!«, rief ich Rupert zu und drückte den Ladeknopf.

Während er den Fangarm mit mächtigen Klauenhieben zum Rückzug zwang, feuerte ich eine Ladung weiß glühenden Plasmas auf den Ansatz des Tentakels. Gravitation mochte ihm nichts anhaben können, aber in der Enge der Kammer und von Ruperts Angriffen abgelenkt, schaffte der Lelgis es nicht rechtzeitig, sich mit einem Schild zu schützen, und bekam die volle Salve ab.

Der brennende Klumpen schlug ein wie ein Lavabrocken in einem See. Einen Moment lang konnte ich sogar sehen, wie das Feuer sich in Wellen durch den gallertartigen Körper ausbreitete, doch wie alle seine Artgenossen schien auch dieser Lelgis keinen Schmerz zu spüren. Noch während er von innen heraus brannte, stürzte er wieder vor und schlang einen Fangarm um Ruperts Brust.

Rupert schlug seine Krallen in den Tentakel und zog. Der Lelgis wehrte sich nach Leibeskräften und versuchte freizukommen, doch Rupert war zu stark. Er zog das Ungeheuer noch näher an sich heran und grub die andere Hand in das Loch, das ich mit Mia geschossen hatte.

»Lauf!«, schrie er und riss den Tentakel vom Körper ab. »Lauf zum Dock!«

Das ließ ich mir nicht zweimal sagen. Ich rannte los und sprang mit Maat über der Schulter und der feuerbereiten Mia in der Hand über das verwundete Vieh hinweg. Rupert folgte dicht hinter mir. Der nächste Raum war weit größer, also hatten wir den Todestrakt endlich passiert und befanden uns wieder in der eigentlichen Station. Hoffnung flammte in mir auf. Ich hätte jubeln können vor Freude, hatte aber keine Ahnung, wo wir nun hinmussten.

Zum Glück wusste Rupert es. »Da lang«, sagte er und sprintete an mir vorbei. »Bis ganz zum Ende, die Treppe hinunter und dann …«

Er krachte gegen irgendetwas und verstummte mit einem unterdrückten Schrei, einen Sekundenbruchteil später knallte auch ich gegen das unsichtbare Hindernis, so hart, dass es mir alle Luft aus den Lungen presste. Während ich versuchte, wieder zu Atem zu kommen, teilte die Lady mir mit, dass ich gegen einen Tentakel geprallt war, einen großen. Er war aus einem der angrenzenden Korridore gekommen und versperrte uns den Weg. Das war eine interessante Information, denn so, wie sich mein Bauch anfühlte, hatte ich geglaubt, mit einem Stahlträger kollidiert zu sein. Der Aufprall war so heftig und unerwartet gewesen, dass selbst meine Stabilisatoren nichts nutzten. Ich konnte mich gerade noch zusammenrollen, während ich nach hinten geschleudert wurde, damit ich Maat bei der Landung nicht unter mir zerquetschte.

Wie immer erholte Rupert sich weit schneller als ich. Noch bevor ich aufschlug, war er bei mir und zerrte mich auf die Beine. Nun standen wir zwar wieder, bewegten uns aber nicht. Wir konnten nicht, denn alle Fluchtwege waren blockiert.

Der Flur vor uns war so hoch und breit, dass ein Gabelstapler bequem darin herumfahren konnte, doch jeder Quadratzentimeter, von den matten Leuchtstoffröhren an der Decke bis zu den geriffelten Bodenblechen, war vollgepackt mit Lelgis.

Ich sah schlanke, hochaufgeschossene mit dürren Beinchen und dicke Brummer mit stacheligen Fangarmen wie das Biest, das immer noch zuckend hinter uns lag. Ich sah gedrungene Lelgis mit einer Art Panzerung auf dem Kopf und längliche, die Schlangen ähnelten, wieder andere waren so bizarr, dass ich den Anblick kaum beschreiben konnte. Manche waren kaum größer als ein Hund, andere so riesig, dass sie den Kopf unter der dreieinhalb Meter hohen Decke einziehen mussten. Hinter der ersten Reihe drängten sich weitere zusammen, insgesamt waren es so viele, dass sie gemeinsam einen wabernden, in allen möglichen Blau-, Violett- und Schwarztönen schimmernden Wall bildeten. Wir waren vollständig umzingelt, trotzdem blieben die Aliens auf Abstand.

»Warum greifen sie uns nicht an?«, flüsterte ich.

»Ich glaube, sie haben Angst vor dir«, antwortete Rupert leise.

Das ergab keinen Sinn. Gerade hatte einer uns mit seinem Tentakel aufgehalten, und der Lelgis in der Todeskammer hatte ebenfalls kein Problem damit gehabt, sich auf uns zu stürzen. Doch während ich darüber nachdachte, wurde mir klar, dass der Lelgis nicht *uns* angegriffen hatte, sondern Rupert. Bis auf den Zusammenstoß mit dem Tentakel gerade eben hatte keines der Wesen mich oder Maat auch nur berührt, obwohl sie ausreichend Gelegenheit dazu gehabt hätten, und das machte mir Mut.

Mit drohend gebleckten Zähnen machte ich einen Schritt vorwärts und beobachtete zufrieden, wie die Lelgis tatsächlich zurückwichen. Ich wollte Rupert gerade sagen, er solle mir einfach folgen, ich würde uns hier schon rausbringen, da setzte mein Herz einen Schlag lang aus.

Ein einzelner Lelgis schwebte auf die freie Fläche zwischen uns und den Aliens. Die unzähligen Tentakel unter seinem Körper wogten wie Getreideähren im Wind, und er war so groß, dass er mit dem Kopf an die Decke stieß, doch es war nicht seine Größe, die mich verblüffte. Im Vergleich zu anderen Vertretern seiner Art war er sogar geradezu winzig. Was mich so entsetzte, war die Tatsache, dass ich diese Art schon einmal gesehen hatte: Er war schwarz wie die Nacht und hatte die gleiche Silhouette wie die dunklen Schatten, die ich im Schein der Kaiserphantome draußen im All gesehen hatte. Eine Königin, dachte ich schluckend. Sie war hier, um mich zu holen.

Friede, Todbringer.

Die Worte wehten in meinen Geist wie eine warme Sommerbrise, begleitet von einem Gefühl der Ruhe und Zuversicht, eines endlich gelösten Konflikts. Die anderen Lelgis bewegten sich plötzlich nicht mehr, und mich beschlich das beklemmende Gefühl, dass sie gar keine eigenständigen Wesen waren, sondern alle von diesem einen kontrolliert wurden. Fürwahr eine Königin.

»Verzieh dich«, sagte ich mit nach vorne geschobenem Unterkiefer. »Du hast mir gar nichts zu befehlen.«

Aus dem Augenwinkel beobachtete ich, wie Rupert sich verdutzt umschaute. Im ersten Moment glaubte ich, er wäre verwirrt, weil er die Stimme der Königin nicht hörte, doch seine Kopfbewegungen wirkten, als könnte er das schwarze Riesending direkt vor uns nicht einmal sehen.

Er kann es nicht.

Das Mitleid in der Stimme meines Gegenübers ließ mich zusammenzucken, da schlug die Königin ohne jede Vorwarnung mit einem Fangarm nach Ruperts Brust.

Der unsichtbare Treffer schleuderte ihn gegen die Wand aus Lelgis in seinem Rücken. Noch während ich die Belustigung der Königin spürte, eilte ich Rupert zu Hilfe. Ich war kaum zwei Schritte weit gekommen, da versperrten schwarze Fangarme mir den Weg und umfingen mich. Alles Licht verschwand, die plötzliche Dunkelheit ließ mich straucheln, da schnappte die vertraute Schwerelosigkeit des Eins über mir zu wie eine Falle.

»Nein!«, brüllte ich und schlug wild um mich, als könnte ich ein Loch in die mich umgebende Schwärze reißen und mich zu Rupert durchkämpfen. Rupert war kein leichter Gegner, aber nicht einmal er hatte eine Chance

gegen eine solche Übermacht. Ich *musste* zu ihm, musste ihn retten.

Das kannst du nicht.

»Halt den Mund!«, bellte ich und wehrte mich noch heftiger. Das alles passierte nur in meinem Kopf, ich musste lediglich dagegen ankämpfen und …

Die Königin landete auf mir wie ein Hammer. Die schwarzen Tentakel umfingen mich und pressten mir die Luft aus der Lunge.

Es ist getan, sagte sie und unterlegte ihre Worte mit einer alles durchdringenden Unausweichlichkeit, während die gefiederten Fangarme sich um meine Kehle legten. *Ich bin dein Tod, Todbringer.*

»Vergiss es«, krächzte ich und umklammerte meinen Hals. Ich hatte es nicht so weit geschafft, um hier zu sterben. Kam überhaupt nicht infrage. Also kämpfte ich und wand mich wie ein Fisch im Netz, während ich mein Virus beschwor, um diesen zu groß geratenen Oktopus zu Staub zerbröseln zu lassen. Doch obwohl mein Hass sofort aufflammte wie ein Leuchtfeuer und ich spürte, wie das Prickeln sich über meinen ganzen Körper ausbreitete, ließ die Königin mich nicht los.

Ich fürchte dich nicht, höhnte sie. *Ich bin die Jüngste von uns, die Letzte, die das Eins betrat, und die Erste, die es wieder verlassen wird. Ich wurde für diese Aufgabe erwählt und geopfert, damit dein Gift sich nicht ausbreiten kann. Deine Vernichtung ist mein einziges Ziel.* Die Augen der Königin blitzten vor der endlosen Dunkelheit, der Druck um meinen Hals wurde stärker. *Ich fürchte dich nicht, Tod.*

Die Panik, weil ich keine Luft mehr bekam, erschwerte mir das Denken erheblich, dennoch wunderte ich mich über die seltsame Aussage der Königin, und diese Frage warf weitere auf: Beispielsweise war Mangel an Atemluft im Eins bisher nie ein Problem gewesen, da ich dort keinen Körper hatte. Dennoch spürte ich den Sauerstoffmangel in meinen Muskeln deutlich. Außerdem trug ich immer noch meine Rüstung, was sonst auch nie der Fall gewesen war. Am eigenartigsten jedoch war, dass ich die Königin *sehen* konnte.

Außer während der Begegnung mit dem Kaiserphantom hatte ich im Eins noch nie etwas gesehen. Dort gab es kein Licht, nur ein endloses Nichts und das Gefühl, beobachtet zu werden. Diesmal gab es nur mich und die Königin und das Licht, das sich in ihren schwarzen, feindseligen Augen spiegelte.

Dieses Licht kam von irgendwo unter mir, wie mir plötzlich klar wurde. Ich sah die reale Welt um mich herum, flackernd wie eine Fata Morgana. Ich sah die Mauer aus Lelgis, und von weit, weit weg hörte ich den Widerhall von Mias Plasmasalven. Da merkte ich mit einem Donnerschlag, dass ich gar nicht im Eins war. Die Dunkelheit um mich herum fühlte sich zu eng an, zu dünn, zu endlich. Und dann war da noch dieses Licht unter mir, es ging von dem Mädchen aus, das ich immer noch auf den Armen hielt, obwohl ich doch eigentlich mit beiden Händen versucht hatte, die Fangarme der Lelgis-Königin von meinem Hals zu bekommen. Offensichtlich hatte ich meine Hände nicht einmal bewegt. Maat lag immer noch an meine Brust gepresst, nur dass sie jetzt leuchtete. Wie der Mond schien sie in der falschen Dunkelheit, in die die Königin mich gezogen hatte. Maats Licht war von dem gleichen sanften Blau wie das der Phantome, und es wurde immer heller.

Nein!

So schnell, wie sie mich gepackt hatten, zogen die Tentakel sich zurück, und ich schlug röchelnd zu Boden. Die Schwärze um mich herum verschwand, einen Moment lang sah ich Rupert über mich gebeugt stehen, während er mit Mia auf die Lelgis feuerte, dann wurde ich wieder zurückgesaugt.

Maat stand neben mir, das heißt, ihr Körper lag nach wie vor auf meinen Armen, leblos und zerbrechlich wie immer, aber das war nur ihre Hülle, ihr sterblicher Schatten. Das Mädchen neben mir sah aus wie die Maat, die ich kannte. Die gleichen dunklen Haare und mandelförmigen Augen, sie trug auch wieder ihren Krankenhauskittel. Ihre Haut strahlte hell wie brennender Phosphor, als sie mir die Hand entgegenstreckte.

»Du bist gekommen«, sagte sie staunend.

»Natürlich«, erwiderte ich und ließ mir von ihr aufhelfen. »Ich habe es doch versprochen.«

Der Griff, mit dem Maat mich auf die Füße zog, war genauso fest wie damals auf Io 5, und das gab mir neues Selbstvertrauen, als wir uns gemeinsam der Königin zuwandten, die sich bis an den äußersten Rand von Maats Leuchten zurückgezogen hatte.

Verrückte Pest, flüsterte sie mit so glühendem Hass, dass mir schwindlig wurde. *Du wirst nicht sterben, Verrückte. Du hast einen Zweck zum Wohle aller zu erfüllen. Kehre zurück zu deinen Pflichten, bevor deine Fäulnis sich noch weiter …*

»Ich gehe nicht zurück«, knurrte Maat und drückte meine Finger so fest, dass ich fürchtete, sie würde sie zerquetschen. »Ich werde nie wieder eure Sklavin sein! Maat wird frei sein!«

Du hast gar keine Wahl, zischte die Königin. *Du bist der Damm, der nicht brechen darf, der Damm gegen die Flut.*

»Niemals«, fauchte Maat. »Nie, nie, nie, nie.«

Sie wiederholte das eine Wort immer wieder, und jetzt, da die Königin mich nicht mehr würgte, merkte ich, dass etwas an der Sache faul war.

»Moment«, sagte ich laut. »Warum muss Maat als Damm herhalten? Ihr habt sie benutzt, um das Loch zu stopfen, durch das die Phantome gekommen sind, richtig? Aber die Phantome wollen nur nach Hause. Ich verstehe ja, wenn ihr *mich* umbringen wollt, aber wozu braucht ihr Maat noch? Sobald sie die Tür öffnet, kehren die Phantome in ihr Heimatuniversum zurück, und dieses ganze elende Problem ist aus der Welt.«

Ich kann nicht mit Worten beschreiben, wie eigenartig es sich anfühlte, mit einem schwarzen Weltraumungeheuer zu diskutieren, das ich nicht einmal richtig sehen konnte. Allerdings hatte sich meine Schmerzgrenze, was bizarre Situationen anging, in letzter Zeit beträchtlich verschoben, und ich wollte verdammt sein, wenn ich in einer Auseinandersetzung, in der es auch um *mein* Überleben ging, den Mund hielt. Außerdem war ich zutiefst verwirrt. Soweit ich wusste, hielten die Lelgis sich für die unsterblichen Hüter des Eins. Für die Königinnen des Himmels, wie Dr. Starchild es ausgedrückt hatte. Somit ergab es nicht den geringsten Sinn, wenn sie die Phantome noch länger zurückhielten, die nichts anderes wollten, als so schnell wie möglich aus dem Eins zu verschwinden.

Nachdem ich all das erklärt hatte, schwappte eine Welle der mitleidigen Verachtung über mich hinweg. *Armer sterblicher Geist*, flüsterte die Königin. *Du begreifst so wenig. Glaubst du, wir hören ihre Schreie nicht? Wie sie betteln, zurückkehren zu dürfen? Seit wir die Tür schlossen, belästigen sie uns damit, aber was kümmert es uns?*

Eine Menge, wie es schien, doch die Königin war noch nicht fertig.

Unsere Sorge gilt diesem Universum, fuhr sie fort und überflutete meinen Geist mit einem Gefühl der Unendlichkeit. *Wir sind …*

Was ich nun spürte, lässt sich nicht in Worte übertragen, wahrscheinlich deshalb, weil es schlichtweg in keiner Sprache einen Ausdruck für die Mischung aus Mutterschaft und allumfassendem Verantwortungsbewusstsein gibt, die über mich hinwegrollte.

Wir waren die Ersten, die die Unendlichkeit berührten, deshalb fällt uns die Rolle zu, sie zu beschützen und die Reinheit zu erhalten, die uns geschenkt wurde. Diese Kreaturen – das Bild eines Kaiserphantoms tauchte vor mir auf und verschwand wieder – *sind lediglich eine Belästigung, ein Ärgernis, das wir den niederen Rassen überlassen. Es kümmert uns nicht, ob sie gehen, leben oder sterben. Unser Ziel ist und wird für immer sein, dem Verderben Einhalt zu gebieten, das sie mitbrachten.*

Nachdem die Königin ihre Rede beendet hatte, spielte sich eine Aneinanderreihung von Bildern in meinem Kopf ab, als schaute ich mir einen Stummfilm an. In dem Film sah ich das Eins, wie die Lelgis es mir gezeigt hatten: eine endlose Weite in absoluter Dunkelheit. Dann brach ohne jede Vorwarnung ein Licht in diese Vollkommenheit und verunreinigte, was rein gewesen war. Alles, was das Licht berührte, wurde befleckt, manchmal auch zerstört – es musste unter allen Umständen aufgehalten werden. Die Königinnen waren als einzige Wesen in der Lage, dies zu vollbringen, doch sie waren wenige und unersetzlich. Eine von ihnen zu opfern hätte bedeutet, alle zu schwächen. Wer also sollte die Aufgabe erfüllen?

Die Antwort, die unvermittelt auftauchte, war wie ein

Geschenk: ein dummes, kleines Insekt, eine Vertreterin der niederen Rassen, die das Eins berühren konnte. Sie würde genügen. Wenn sie das Licht aufhielt, war die perfekte Dunkelheit gerettet, ohne dass eine der großartigen, mächtigen und unersetzlichen Königinnen des Himmels dafür sterben musste. Es war die perfekte Lösung.

Schließlich wechselte die Königin wieder zu Worten. *Siehst du es nun ein, Tod?*, fragte sie. *Die Phantome haben keine Bedeutung, genauso wenig wie eure zerstörten Planeten, die vernichteten Leben oder euer todgeweihter König. Ihr seid sterblich, euer Tod ist unausweichlich, doch wir sind besser. Selbst dein beschränkter Geist begreift, was ein Opfer ist, und deshalb frage ich dich: Was zählt das Leben eines einzelnen todgeweihten Geschöpfs im Vergleich zu dem einer ewigen Königin? Was ist euer Leid im Vergleich zur Rettung des vollkommenen Eins? Euer Geschrei von Sklaverei ist lediglich Ausdruck eures selbstsüchtigen Wahns, doch du bist anders.*

Die Präsenz der Lelgis-Königin dehnte sich bis in den letzten Winkel meines Bewusstseins aus, nichts blieb ihr mehr verborgen.

Bist du nicht die eine, die stets tut, was getan werden muss?

Mein Mund wurde staubtrocken. Ich schluckte und betrachtete Maats schimmernde Hand. Die überwältigende Präsenz der Königin in meinem Geist ließ sie mich aus einer anderen Perspektive sehen, nämlich aus ihrer. Unter diesem Einfluss war Maats Licht nicht mehr schön, sondern ein Makel, eine Verunreinigung aus einer anderen Dimension; sie zerstörte die Reinheit, die die Lelgis seit Anbeginn der Zeiten zu schützen versuchten. Unter diesem Blickwinkel war Maats Opfer edel und gerecht. Die Königinnen waren unsterblich und uns Menschen in jeder Hinsicht überlegen. Dass wir für sie litten und starben, war nur recht und billig. Maats Schmerz verblasste im Vergleich zu ihrer Aufgabe zur Bedeutungslosigkeit, außerdem würde er mich ohnehin nicht mehr lange bedrücken, da ich bald tot war. Am besten brachte ich mich sofort um, damit diese wunderschöne, edle Königin, die so viel besser war als ich, sich nicht länger mit etwas so Lästigem wie dem Tod auseinandersetzen musste.

Ganz recht, flüsterte sie. *Hör auf die Stimme der Vernunft, kleiner Todbringer, und lasse die Hand der Verrückten los. Du bist eine Heldin und hast tapfer gekämpft, doch jetzt ist das Ende nah. Lass mich dein Leid beenden und das Universum retten. Wenn die Menschheit längst ausgestorben ist, werden wir uns an dich erinnern. Ist das nicht Ruhm genug?*

Die Worte ließen mich erzittern. Ich musste nur gehorchen, dann würde ich alles bekommen, was ich mir immer gewünscht hatte: Ruhm, Ehre und einen edlen Tod, von dem alle erfuhren. Mein Name würde auf ewig in Erinnerung bleiben. Aber warum war ich dann immer noch so wütend?

Während ich darüber nachgrübelte, spürte ich, wie Maat an meinem Arm zog. Nicht nur an meinem Arm, überall riss sie die schwarzen Tentakel von meinem Körper, während ihr Mund sich bewegte, als würde sie mich anschreien. Ihr Gesicht war nass von Tränen, doch ich hörte nicht einen Laut.

Da stimmte etwas nicht. Warum konnte ich Maat nicht hören? Ich versuchte, meine Hand aus Maats Griff zu entwinden, aber sie ließ einfach nicht los. Hatte ich ihr nicht etwas versprochen? Inzwischen spürte ich auch noch eine andere Hand, sie fühlte sich rau an und rüttelte an meiner Schulter, als wollte sie mich aufwecken. Das Gefühl war so weit weg, als käme es aus einer anderen Welt, gleichzeitig war es mir lieb und teuer. *Er* war mir lieb und teuer. Wenn ich jetzt starb, würde ich ihm furchtbar wehtun.

Vergiss ihn, wisperte die Königin.

Ein Ruck ging durch meinen Körper. »Nein«, knurrte ich. Dass ich Rupert schon einmal vergessen hatte, war schlimm genug. Ich würde es bestimmt nicht noch einmal tun. Wie kam ich überhaupt auf die Idee, mein Leben für diese Königin zu geben? Warum hörte ich mir diesen ganzen Mist überhaupt an?

Die Illusion, die die Königin um mich gesponnen hatte, zerbarst wie ein eingeschlagenes Fenster. Mein Gehör kehrte zurück, und mit ihm meine Wut. Die Tentakel auf meiner Haut fühlten sich an wie klebriger Schleim, und das Gefühl machte mich rasend. Dann spürte ich das Virus, das sich wie ein Höllenhund auf den Eindringling stürzte, um ihn zu verschlingen. Die Königin merkte es ebenfalls, denn das Letzte, was ich fühlte, war grenzenlose Angst, dann verschwand der schwarze Nebel um mich herum, und ich stürzte zurück in die Realität.

Ich kniete mit Maat auf den Armen auf dem Boden. Rupert stand über mich gebeugt, eine Hand hatte er auf meine Schulter gelegt, mit der anderen presste er meinen Kopf gegen seine Stirn. Mia lag neben ihm, das Ladelämpchen verloschen, gleich daneben Sascha, ihr Munitionszähler zeigte eine blinkende Null. Die Dunkelheit war verschwunden, aber die Lelgis-Königin schwebte immer noch vor mir. Ich ballte meine kribbelnden Finger zu Fäusten, bereit, das Virus auf sie loszulassen, sobald sich einer ihrer Fangarme auch nur in meine Richtung bewegte. Ihre Abscheu hallte durch meinen Schädel wie eine Druckwelle, aber sie rührte sich nicht.

»Sie haben Angst vor dir.«

Ich blickte auf und sah Maat neben mir stehen. Ihr Körper war durchsichtig und schimmerte wie der eines Phantoms. Ihre Augen waren von einem so kalten Hass erfüllt, dass mir das Blut in den Adern gefror, aber das schien mir nur angemessen. Wenn irgendjemand Maats Hass verdiente, dann die Lelgis.

»Du kannst sie töten«, sagte Maat laut anstatt in meinem Geist, und sie hatte recht. Ich spürte die Präsenz der Königin immer noch in mir, und das Kribbeln auf meiner Haut sagte mir, dass das Virus beinahe meinen Hals erreicht hatte.

Das musste aufhören. Ich durfte jetzt nicht die Kontrolle verlieren. Ich schloss die Augen, fokussierte meine Wut und konzentrierte mich auf meine Aufgabe, meine *eigentliche* Aufgabe, denn zum ersten Mal hatte ich das Gefühl, die Situation in all ihren Facetten erfasst zu haben. Bisher hatte ich Maat immer für das Opfer gehalten, jetzt wusste ich dank der Lelgis-Königin, dass Maat nur das Zentrum war, der Fokus all des Leides. In Wahrheit waren wir alle Opfer der Lelgis. Sie hätten die Phantome töten können, jeden einzelnen Leuchtkäfer zertreten, bis nicht einer mehr übrig war, aber sie taten es nicht. Stattdessen benutzten sie uns, eine verzichtbare, mindere Spezies, um zu tun, was sie selbst nicht wagten. Der einzige Grund, aus dem sie die heutige Konfrontation mit den Phantomen riskiert hatten, war ich. Denn ich hatte die Macht, die Lelgis zu töten, und das machte mich noch gefährlicher als die Phantome.

Meine Kiefermuskeln zuckten. Caldswell hatte ihnen Maat ausgeliefert, aber erst, nachdem die Lelgis ihn dazu aufgefordert hatten, damit sie unbeschadet davonkamen, während wir litten. Sie ließen sich nur dazu herab, uns zu helfen, wenn ein Phantom so groß wurde, dass wir nicht mehr damit zurechtkamen, und selbst das nur, wenn es ihnen passte. Elende Feiglinge. Ihre Unsterblichkeit machte sie zaghaft und ängstlich. Sie klammerten sich an ihre angebliche Vollkommenheit und ließen andere für sie sterben, während sie sich verkrochen, ohne auch nur zuzusehen.

Damit waren sie sogar noch schlimmer als die Detektive. Selbst Caldswell kämpfte an der Seite der Töchter, während die Lelgis uns einfach unserem Schicksal überließen. Bei der Vernichtung der Äon-Kolonie Einheit hatten sie tatenlos zugesehen, weil sie zu sehr damit beschäftigt gewesen waren, Steinklaues Stamm und das Virus zu vernichten. Milliarden Tote, weil die Lelgis ihre eigenen Geschicke über alles andere stellten.

Sogar die Phantome waren ihre Opfer. Die Lelgis hörten ihre Hilferufe und wussten Bescheid, trotzdem ließen sie die armen Geschöpfe eingesperrt hungern, weil sie zu viel Angst davor hatten, den Phantomen die Tür zu ihrer Heimat zu öffnen. Das alles waren nur Facetten des gleichen Unsinns, gegen den ich schon ankämpfte, seit ich begonnen hatte, die Wahrheit zu erkennen: dass in diesem Spiel jeder jeden opferte, und das angeblich zum Wohl aller. Doch es gab eine Grenze. Ich hielt die Lösung in meinen Händen, und solange ich noch konnte, würde ich die Dinge ein für alle Mal ändern. Mein Blick sprang zu Maat. Ich würde dem Spiel ein Ende machen. Jetzt.

Dieser Entschluss fokussierte meine Wut auf die, die sie verdient hatten, und ich spürte, wie das Virus sich sofort zurückzog. Ich hatte es unter Kontrolle gebracht, genau wie in meiner Zelle auf dem Stammesschiff, nur dass ich diesmal genau wusste, wie ich es gemacht hatte, wusste, wie ich es wiederholen konnte. Das Virus gehörte jetzt mir und mir ganz allein.

Ich stand so schnell auf, dass Rupert erschrocken zurückzuckte, und hielt Maat meine Hand hin. Meine saubere, nicht infizierte Hand. Maat nahm sie, ich spürte die Wärme ihrer körperlosen Berührung und lächelte. Dann wandten wir uns gemeinsam der Lelgis-Königin zu, die sich sogleich mehrere Meter zurückzog.

Du weißt nicht, was du tust!, kreischte sie. *Wir sind die Mütter! Die Hüter von dem, das alles durchdringt! Wenn du an deinem Vorhaben festhältst und den Damm einreißt, befleckst du uns, und alle werden darunter leiden.*

»Das sagst du«, erwiderte ich mit erhobenem Kinn. »Nun werde ich dir sagen, wie *ich* die Sache sehe: Ich sehe einen Haufen Feiglinge, die sich hinter uns verstecken und behaupten, ihr eigenes Schicksal wäre wichtiger als unseres, weil sie länger leben und deshalb mehr wert sind. Doch das seid ihr nicht. Ihr lebt im Eins, aber es gehört euch nicht.«

Närrisches Kind, fauchte die Königin. *Du willst die Unendlichkeit zerstören, um die zu retten, die ohnehin dem Tod geweiht sind?*

»Das Problem mit der Unendlichkeit ist, dass sie sich weder zerstören noch kontrollieren lässt«, widersprach ich. Ich konnte nicht fassen, dass ich ausgerechnet Dr. Starchild zitierte, aber Wahrheit blieb Wahrheit, egal wer sie entdeckt hatte.

»Tod und Veränderung gehören nun mal zum Leben«, fuhr ich fort. »Ihr könnt das Loch verstopfen, solange ihr wollt, irgendwann wären die Phantome so oder so durchgekommen, denn die Unendlichkeit ist weder rein noch statisch. Ob es euch gefällt oder nicht, das Universum dreht sich weiter, ob mit oder ohne euch, und wir sind es satt zu sterben, damit ihr weiterhin die Chefs spielen könnt.«

Du möchtest also, dass wir tatenlos zusehen, wie das Eins verpestet wird?, polterte die Königin mit einer Grabesstimme, die mir die Kehle zuschnürte.

Ich bekam trotzdem weiterhin Luft. Noch vor vierundzwanzig Stunden hatte ich mir genau die gleiche Frage gestellt, und jetzt kannte ich die Antwort. »Was ihr tut, ist eure Sache. Nur weil ihr zu feige seid, eure Schlachten selbst zu schlagen, habt ihr noch lange nicht das Recht, uns oder die Phantome oder sonst irgendjemanden zu opfern.«

Ich hielt Maats Hand hoch. »Wir sind es satt, für euch zu leiden. Damit ist jetzt ein für alle Mal Schluss. Ich befreie Maat, und ich befreie die Phantome. Ich befreie die Töchter und die Detektive und alle anderen von dem sinnlosen Kampf, euren Teich sauber zu halten. Ich werde die Tür sperrangelweit aufreißen und allen die Freiheit geben. Wenn euch das nicht gefällt, könnt ihr euch am anderen Ende des Universums verkriechen, aber mit dem endlosen Kreislauf aus Leid und Tod, damit ihr euren Status quo aufrechterhalten könnt, ist es endgültig vorbei. Und mit dir auch, wenn du nicht verschwindest.«

Ich trat einen Schritt von Maat weg, zog meinen Handschuh aus und konzentrierte mich. Meine Fingerkuppen wurden schwarz, dann streckte ich sie nach dem dunklen Fleisch der Lelgis-Königin.

Das Alien fuhr herum und floh, mit ihm alle anderen. Der ganze Haufen ergriff kampflos die Flucht und verschwand genauso schnell, wie er aufgetaucht war.

Als Maat, Rupert und ich allein waren, ließ ich den

Arm sinken und dämpfte meine Wut, bis meine Finger wieder sauber waren. Ich platzte beinahe vor Stolz und hob meinen Handschuh vom Boden auf.

Nachdem ich mich wieder aufgerichtet hatte, schaute Maat mich ungläubig an.

»Die Königin ist geflohen«, flüsterte sie.

»Das tun Feiglinge immer«, erwiderte ich grinsend und zog den Handschuh wieder an. »Aber deine Selbstbeherrschung überrascht mich, wie ich zugeben muss. Ich war eine ganze Zeit außer Gefecht, doch du hast nicht einmal versucht, an mein Virus zu kommen.«

Maat schaute mich mit festem Blick an. »Du hast dein Versprechen gehalten. Du bist die Einzige, die das je getan hat, also werde ich es auch tun. Maat wird dich nicht anrühren, bis wir im Hyperraum sind, damit die Töchter nicht sterben müssen.«

»Brenton hat sein Versprechen ebenfalls gehalten«, fügte ich leise hinzu. »Ohne ihn hätten wir dich niemals befreien können.«

Maat wurde sehr still, eine Träne rollte ihr übers Gesicht. »Ich kann mich nicht erinnern«, flüsterte sie schließlich und befühlte ihre Wangen. »John war immer wichtig, aber es sind so viele Erinnerungen in mir, dass Maat nicht mehr weiß, welches ihre sind.« Dann begann sie zu weinen.

Ich legte ihr eine Hand auf die Schulter. »Komm«, sagte ich sanft. »Bringen wir es zu Ende.«

Maat nickte. Ihr schimmerndes Abbild verschwand, und ich starrte noch eine ganze Weile die Stelle an, wo sie eben noch gestanden hatte, dann drehte ich mich zu Rupert um. Er stand immer noch hinter mir. Jetzt, da die Lelgis fort waren, hatte er die Schuppen auf seinem Gesicht eingezogen und blickte mich mit grenzenlosem Erstaunen an.

»Will ich wissen, was da eben passiert ist?«, fragte er.

»Unbedingt«, antwortete ich und barg den Kopf von Maats bewusstlosem Körper an meiner Brust. »Die Lelgis sind Feiglinge und haben versucht, mich zum Selbstmord zu bewegen, aber mit Maats Hilfe konnte ich mich ihrem Einfluss entziehen. Dann habe ich ihnen klargemacht, dass wir die Schnauze voll haben von ihren Spielchen, und sie nach Hause geschickt. Das wäre also erledigt. Nun können wir uns endlich darum kümmern, Maat in den Hyperraum zu schaffen. In welcher Richtung liegt noch mal das Dock?«

Rupert schaute mich beinahe eine halbe Minute lang an und klappte immer wieder den Mund auf und zu, als wollte er etwas sagen, blieb aber stumm. Schließlich schüttelte er nur den Kopf und hob meine Waffen auf.

»Danke, dass du mir den Rücken freigehalten hast«, sagte ich, als er Mia in ihrer Halterung einrasten ließ.

»Immer«, erwiderte er und steckte Sascha zurück ins Holster. »Ich fürchte nur, ich habe deine gesamte Munition verschossen.«

»Ich habe noch ein Ersatzmagazin.«

»Nicht mehr«, berichtigte er. »Es waren eine Menge Lelgis.«

Das war die Untertreibung des Jahrhunderts. Jeder Kubikzentimeter im Raum war voll mit ihnen gewesen, aber Rupert hatte sie mir vom Leib gehalten. Wenn das nicht jeden Schuss in meinen sämtlichen Ersatzmagazinen wert war, was dann?

»Danke«, wiederholte ich und kuschelte mich an ihn.

Er erstarrte kurz, dann legte er mir einen Arm um die

Hüfte. »Ich werde immer für dich kämpfen«, flüsterte er. »Immer, bis zu meinem Tod.«

Ich glaubte ihm jedes Wort. Eine andere Möglichkeit existierte nicht einmal mehr. Einen Moment lang verharrten wir so, dann hob ich den Kopf. »Gehen wir.«

Rupert nickte, dann liefen wir zu der Leiter, die er mir zuvor gezeigt hatte. Obwohl wir noch längst nicht in Sicherheit waren, nahm er seinen Arm nicht von meiner Hüfte, und obwohl ich wusste, dass es denkbar dumm und gefährlich war, ließ ich ihn.

13

Die gesamte Besatzung musste die Station verlassen haben, als die Lelgis eindrangen, denn wir begegneten unterwegs nicht einer Menschenseele. Die Fallen waren zwar immer noch da, aber das automatische Leckalarmprotokoll schien mittlerweile auch die Sicherheitssysteme abgeschaltet zu haben. Dieses Problem war also gelöst, nur das mit dem Dock nicht.

Alle leckgeschlagenen Sektionen waren vom Rest der Station hermetisch abgeriegelt worden, wie eine Computerstimme über Lautsprecher erklärte und dann die Zahlencodes der betroffenen Abschnitte aufzählte. Die Codes sagten mir rein gar nichts, Rupert jedoch schon. Einer davon gehörte zu dem Dock, zu dem wir unterwegs waren. Wir saßen in der Falle.

»Bitte sag mir, dass es noch ein anderes Dock gibt«, stöhnte ich. Wie viel schlimmer sollte es denn noch kommen? Die einzige gute Nachricht lautete, dass Maats Gefängnis immer noch nicht abgesprengt war, was bedeutete, dass Brenton entweder noch lebte oder die Zünder versagt hatten. Ich hoffte auf die erste Möglichkeit, denn sowenig ich den Mann mochte, ich wollte zumindest, dass er lange genug lebte, um zu erfahren, dass sein Opfer nicht umsonst gewesen war. Vorausgesetzt natürlich, wir schafften es lebend aus diesem Wrack.

»Der zweite Arm wurde nicht aufgelistet«, antwortete Rupert. »Der alte Jägerhangar dort könnte noch intakt sein. Versuchen wir's.«

Dass er auf diesem vorsintflutlichen Schrotthaufen einen Hangar eigens als alt bezeichnete, gefiel mir gar nicht. Trotzdem blieb mir nichts anderes übrig, als Rupert zu folgen, während er zur Mitte der Station rannte und von dort in eine Sektion abbog, die offensichtlich kaum noch benutzt wurde. Die Deckenlampen waren verloschen. Wahrscheinlich wurde die Energie zu den wichtigeren Sektionen umgeleitet, aber die orangefarbene Notbeleuchtung spendete genug Licht. Als die Zugangsschleuse des Docks mit den fröhlich leuchtenden Kontrolllämpchen auf dem zugehörigen Bedienfeld in Sicht kam, keimte neue Hoffnung in mir auf, wir könnten es tatsächlich schaffen.

Rupert bedeutete mir zurückzubleiben, dann öffnete er die Schleuse und trat hindurch. Wenige Momente später kam er wieder zurück.

»Sieht gut aus«, sagte er aufgeregt. »Ganz am Ende des Hangars steht ein flugbereiter alter Bomber. Wir müssen nur ins Cockpit kommen, und weg sind wir.«

Das klang zu schön, um wahr zu sein. Ich duckte mich unter der Schleuse durch und sah, dass der Hangar schon lange nicht mehr benutzt wurde, genau wie Rupert gesagt hatte. Die mit Greifern an der hohen Decke befestigten Schiffe waren seit mindestens einem Jahrzehnt veraltet, und der Boden war in krasser Missachtung der strikten Sicherheitsvorschriften in der Republik mit verstaubten Kisten und Containern zugemüllt. Am Ende des Hangars sah ich eine Reihe Schiffe, alle startbereit als letzte Notreserve, darunter auch der Bomber, den Rupert erwähnt hatte. Mit der dicken Staubschicht auf dem Rumpf wirkte er wie eine vergessene Trophäe, nur die Bereitschaftsanzeige leuchtete in einem freundlichen Grün.

»Ich hoffe nur, die Kiste fliegt«, sagte ich, während wir uns durch den Hindernisparcours aus Kistenstapeln arbeiteten.

»Müsste sie eigentlich«, erwiderte Rupert. »Die Systeme der hier bereitgehaltenen Schiffe bleiben mindestens fünfzig Jahre funktionsfähig. Wir müssen nur noch die Startluke aufbekommen, dann kann uns nichts …«

Den Rest hörte ich nicht mehr, denn in diesem Moment tönte ein Alarm in meinem Helmlautsprecher, begleitet von einer Warnmeldung, die mein gesamtes Visier ausfüllte.

Zielerfassung durch Angreifer.

Das Herz pochte mir bis zum Hals, einen Moment lang war ich wie erstarrt vor Schreck. Dann übernahmen mit einem Paukenschlag meine neun Jahre Kampferfahrung, und ich fuhr meine Sensoren hoch.

Die Lady brauchte zwar nur Sekundenbruchteile, um den Ursprung der Zielerfassung ausfindig zu machen, doch zum Ausweichen war es bereits zu spät. Ich sah gerade noch, wie Mabel hinter einem der Kistenstapel auftauchte, an denen wir eben vorbeigekommen waren. Sie hatte eine terranische Panzerflinte im Anschlag und drückte sofort ab.

Panzerflinten waren Nahkampfwaffen, gedacht, um einen gepanzerten Gegner auf kurze Distanz unschädlich zu machen, aber das hier war einfach lächerlich. Mabel hatte den großkalibrigen Doppellauf aus weniger als zwei Metern Entfernung abgefeuert. Auf die Distanz hätte sie die bescheuerte Zielerfassung gar nicht gebraucht, aber sie wollte wohl kein Risiko eingehen.

Der Schuss wurde ein Volltreffer, jeder Alarm meines Kampfanzugs heulte auf, als die Splittermunition meine Rüstung zerfetzte wie Papier. Hätte ich ein billigeres Modell getragen, wäre das mein Ende gewesen. Zum Glück war die Lady Gray Topqualität, doch selbst eine Verdemont-Sonderanfertigung stieß irgendwann an ihre Grenzen. Ein entsetzlicher Schmerz fuhr in meinen linken Oberschenkel, ich spürte sogar, wie einer der verdammten Metallsplitter bis auf den Knochen drang. Der Dichtschaum stoppte die Blutung zwar sofort, aber nichts konnte mich vor dem nun folgenden Sturz bewahren.

»Devi!«

Ruperts Verzweiflungsschrei hörte sich an, als käme er von weit weg. Ich schlug zu Boden und konnte mich gerade noch auf die Seite drehen, um Maat nicht mit dem Gewicht meiner Lady zu erdrücken. Einen Moment lang fasste ich nicht, dass Mabel tatsächlich auf mich geschossen hatte, obwohl ich Maat auf den Armen trug, dann wurden meine Gedanken wieder klar: So zerbrechlich sie auch aussah, Maat war immer noch eine Symbiontin. Wenn sie so einfach zu töten wäre, hätten wir uns diesen ganzen Mist von vornherein sparen können.

Aber *ich* war so leicht zu töten. Wegen des Dichtschaums konnte ich nur schwer einschätzen, wo ich sonst noch verletzt war. Meine Anzeigen zeigten nur eine Beinwunde, die zwar entsetzlich wehtat, doch der Knochen war nicht gebrochen, weshalb die automatische Schockinjektion noch nicht erfolgt war. Die Option blinkte auf meinem Schirm, aber ich konnte es mir nicht leisten, mich jetzt betäuben zu lassen. Nicht bei der Verfassung, in der meine Lady war, nämlich in weit schlimmerer als ich selbst. Beinahe jede Anzeige leuchtete rot oder überhaupt nicht mehr. Ich war nicht einmal sicher, ob ich mich aufsetzen konnte. Ich wollte es gerade versuchen, da spürte ich, wie Rupert mich unter den Achseln fasste, aber noch bevor er mich auf die Beine ziehen konnte, hörte ich einen weiteren Schuss. Es war eine Disruptorentladung.

Nun geriet ich endgültig in Panik. Rupert ließ mich los und brach neben mir zusammen, beide Hände auf die blutende Brust gepresst. Reflexartig wollte ich ihm zu Hilfe eilen, doch mein Arm bewegte sich nicht. Ich konnte nichts anderes tun, als tatenlos zuzusehen, wie Rupert verblutete, während sich von hinten Schritte näherten.

Ein breiter, schwarzer Schatten zeichnete sich über mir ab. Der Disruptor mit Perlmuttgriff sah genauso aus wie die anderen, die die Detektive benutzten, aber ich wusste trotzdem, wem dieser hier gehörte.

»Schluss jetzt, Morris.«

Brian Caldswell beugte sich über mich und hob Maat vorsichtig wie ein frischgebackener Vater auf seine Arme, dann sagte er: »Schäl sie raus.«

Ich hatte keine Ahnung, was er damit meinte, da tauchte Mabel neben mir auf, die verfluchte Panzerflinte immer noch in den Händen. Nachdem sie die Waffe abgelegt hatte, grub sie ihre Klauen in das Loch in der Beinpanzerung und schälte mich wie eine Muschel aus meiner Lady, genau wie Caldswell befohlen hatte. Ich wehrte mich nach Leibeskräften, aber verwundet und ohne Motorunterstützung hatte ich nicht den Hauch einer Chance gegen sie. Genauso gut hätte ich versuchen können, einen Berg k. o. zu schlagen.

Mabel hob mich hoch wie ein ungezogenes Kind und trat meine wunderschöne Verdemont-Sonderanfertigung zur Seite wie ein Stück Schrott. Der Anblick machte mich so wütend, dass ich uns alle am liebsten mit meinem Virus getötet hätte, doch zwei Dinge hielten mich zurück: meine neu entdeckte Selbstbeherrschung und meine Angst um Rupert.

An seinem Röcheln hörte ich, dass Caldswell einen Lungenflügel erwischt haben musste. Er war blass, noch blasser sogar als auf Kessel, und die Angst, dass Rupert vor meinen Augen sterben könnte, war noch schlimmer als die Wut über meine zerstörte Rüstung – etwas, das ich noch bis vor wenigen Tagen für vollkommen unmöglich gehalten hätte.

Meine Gefühle schienen mir deutlich anzusehen zu sein, denn Caldswell stupste Rupert seufzend mit einer Zehenklaue an und sagte: »Entspannen Sie sich. Charkow verfügt über eine hervorragende Zellregeneration. Er wird es überleben. Bei Ihnen ist das allerdings etwas anderes.«

Ich wehrte mich gegen Mabels Griff und hob den Kopf, so weit es ging, damit ich ihm direkt ins Gesicht schreien konnte. »Wissen Sie überhaupt, was Sie da tun?«, brüllte ich. »Wir stehen auf derselben Seite, Sie Trottel! Die Lelgis benutzen uns nur! *Lassen Sie mich gehen*, verflucht!«

Caldswell quittierte meinen hysterischen Ausbruch nur mit einem mitleidigen Blick. »Glauben Sie, das wüsste ich nicht?«

Die Gelassenheit in seiner Stimme war wie ein Eimer kaltes Wasser ins Gesicht. »Was?«

»Wir wussten von Anfang an, dass die Lelgis uns benutzen«, erklärte er mit einer stoischen Ruhe, als spreche er mit einem Kind. »Aber das spielt keine Rolle, denn wir benutzen sie ebenfalls. Das nennt man Diplomatie, Morris – benutzen und benutzt werden. Wir mussten die Phantome aufhalten, und die Lelgis wussten, wie. Bis vor

Kurzem hielten sie den Vertrag auch ein.« Seine Augen verengten sich drohend. »Bis *Sie* alles verbockt haben.«

»Ich?«, polterte ich und wand mich in Mabels Griff. Zur Belohnung grub sie eine Kralle in meine Schusswunde. Ein Schmerz explodierte in mir, dass ich beinahe das Bewusstsein verloren hätte, aber das tat ich nicht. Ich würde mich von diesen Schweinen nicht ins Bockshorn jagen lassen, und wenn es mich das Leben kostete.

»Ich war die Einzige, die den Mut hatte, etwas Neues zu probieren!«, schrie ich. »Sie haben behauptet, was mit den Töchtern passiert, wäre Ihnen ein Gräuel, und jetzt besitzen Sie die Frechheit, mir einen Vorwurf daraus zu machen, dass ich versuche, dem ein Ende zu setzen?«

»Haben Sie überhaupt eine Ahnung, wie sehr ich Ihnen glauben wollte?«, brüllte Caldswell zurück. Auch er verlor jetzt die Fassung und zog die Lefzen hoch wie ein knurrender Wolf. »Ihr Virus gab mir nach siebzig Jahren zum ersten Mal Hoffnung, dass sich etwas ändern könnte, und ich habe alles unternommen, um Ihnen auf halbem Weg entgegenzukommen. Sie wollten etwas ändern? Ich hätte Purzelbäume geschlagen, um genau das zu tun! Das Einzige, was ich Ihnen dafür nicht überlassen konnte, war *sie.*« Er hielt kurz inne und verlagerte Maats Gewicht auf seinen linken Arm. »Aber das war Ihnen ja zu wenig. Sie mussten wegen irgendeines halb ausgegorenen Plans davonlaufen, und jetzt habe ich keine andere Wahl mehr.«

»So war es nicht!«, schrie ich verzweifelt. Wie sollte ich es ihm nur begreiflich machen? »Es *ist* möglich. Wir können diesen endlosen Kreislauf des Elends durchbrechen, für immer und für alle. Sie müssen uns nur gehen lassen.«

»Nein. Halten Sie ein einziges Mal den Mund und

hören Sie zu, Morris. Wir können es uns nicht leisten, in dieser Angelegenheit zu versagen. Gut möglich, dass Sie recht haben, dass all unsere Probleme sich in nichts auflösen und das gesamte Universum fortan in Glück und Frieden lebt, wenn ich zulasse, dass Sie Maat im Hyperraum töten. Doch sosehr ich mir das auch wünsche, ich kann es nicht riskieren, denn wir *dürfen* Maat nicht verlieren. Wir haben alles in unserer Macht Stehende versucht, um die Bedingungen, unter denen Maat erschaffen wurde, nachzustellen, aber das Beste, was dabei herauskam, sind und bleiben die Töchter. Und selbst die sind nur ein Schatten der echten Maat. Sie ist unersetzlich …«

Er schaute Maat verzweifelt an. »Wenn sie tot ist und die Phantome trotzdem nicht verschwinden oder, schlimmer noch, wenn weitere kommen, ist es vorbei. Ohne Maat können wir die Tür nicht mehr schließen und auch keine neuen Töchter machen. Die, die wir haben, werden früher oder später den Verstand verlieren wie alle anderen zuvor auch, nur dass wir sie dann nicht mehr ersetzen können.«

Er wandte sich wieder an mich. »Kapieren Sie es nicht? Ohne Maat haben wir gar nichts. Es ist mir egal, was Sie ihr versprochen haben. Ich kann nicht zulassen, dass Sie unsere einzige Waffe gegen die Phantome und unser einziges Druckmittel gegen die Lelgis bei einem Würfelspiel riskieren. Die Chancen können noch so gut stehen, der mögliche Lohn mag noch so hoch sein, aber die Gefahr ist einfach zu groß. Ich riskiere nicht das Weiterbestehen der gesamten Menschheit, nur um Ihr verfluchtes paradoxisches Ehrgefühl zu befriedigen!«

Ich schaute weg. Unter diesem Blickwinkel wirkte mein Vorhaben tatsächlich wie eine unverzeihliche Dummheit.

Aber auch wenn es gute Gründe gab, an meinem Plan zu zweifeln, konnte ich es nicht, denn ich sah immer noch das Kaiserphantom vor mir, wie es mich anflehte, die Tür zu öffnen und ihnen die Heimkehr zu ermöglichen.

»Ich weiß, dass ich recht habe.« Ich ließ all meine Überzeugung in meine Worte fließen und schaute Caldswell direkt in die Augen. »Sie sollen nicht würfeln, Kapitän, sondern über Ihren Schatten springen. Ohne Risiko keine Veränderung. Wenn Sie sich an das Bestehende klammern, statt zu springen, werden Sie sich nie aus dieser Hölle befreien. Deshalb, Sir, ich flehe Sie an, riskieren Sie es.«

Ich habe noch nie in meinem Leben um etwas gebettelt, aber ich tat es jetzt. Hätte ich nicht über Mabels Schulter gelegen, ich wäre vor Caldswell auf die Knie gegangen, denn das hier war wichtiger als mein Stolz, wichtiger als alles.

Ich sah den Zweifel in Caldswells Augen, sein Blick sprang in innerem Widerstreit zwischen mir und Maat hin und her, und ich hielt den Atem an. *Bitte*, betete ich zum Geweihten König. *Bitte, bitte, bitte.*

Mein Gebet war umsonst. »Ich kann nicht«, sagte Caldswell leise. »Ich glaube Ihnen zwar, Morris, aber das genügt nicht. Ich kann nicht alles aufs Spiel setzen für eine Geschichte, die Ihnen ein Phantom erzählt hat.«

»Dann bringen Sie mich wieder in meine Zelle.« Meine Kapitulation ließ mir die Galle hochsteigen, aber ich dachte, wenn ich das Ende nur ein bisschen länger hinauszögerte, würde er es vielleicht noch rechtzeitig begreifen.

Doch Caldswell schüttelte nur den Kopf und richtete den Disruptor auf meine Stirn. »Ich fürchte, diese Möglichkeit besteht nicht mehr. Es tut mir leid, Morris. Bei allem Ärger, den Sie gemacht haben, Sie waren die beste

Söldnerin, die ich je in meinen Diensten hatte. Ich habe sogar darüber nachgedacht, Sie zu den Detektiven zu holen, wenn Sie nur lernen könnten, Befehle zu befolgen. Aber nach zwei Fluchtversuchen ist mir das Risiko, Sie noch einmal einzusperren, einfach zu hoch, Ihr Virus hin oder her. Sie sind eine zu große Gefahr. Ich bin sicher, das verstehen Sie.«

Das tat ich, aber deshalb würde ich es ihm bestimmt nicht leicht machen. Ich ignorierte den Schmerz und das Blut, das aus meiner Wunde quoll, und wehrte mich nach Leibeskräften, bis Mabel mich mit aller Kraft festhalten musste. Schließlich verpasste sie mir einen so harten Schlag, dass ich Sternchen sah, und packte meinen Kopf. Sie hielt ihn so fest, dass ich ihn keinen Millimeter mehr bewegen konnte.

Ich spürte die Mündung des Disruptors zwischen meinen Augen. Sie war noch heiß von dem Schuss, den Caldswell auf Rupert abgegeben hatte. Seltsamerweise kam mir dabei der Gedanke, dass ich mich nun in exakt der gleichen Situation befand wie damals in dem Bunker auf Io 5. Allerdings war es diesmal keine Illusion, und Caldswell würde im Gegensatz zu Rupert ohne Zögern abdrücken.

»Nur dieses eine noch zum Schluss: Sie haben mein Wort, dass ich Ihre Leiche nach Paradox überführen lasse, sobald die Wissenschaftler mit ihrer Arbeit fertig sind«, sagte Caldswell feierlich, dann wechselte er in die Königliche Sprache. »Der Friede des Königs sei mit dir, Devi Morris.«

Ich ließ die Augen geöffnet und starrte meinem Tod ins Gesicht. Caldswell sollte mich gefälligst ansehen, wenn er mich erschoss. Eine klägliche Rache zwar, aber immer noch besser als gar nichts. Doch dann, gerade als er den Abzug betätigen wollte, erstrahlte ein Licht im Hangar, heller als die Sonne.

Es war so grell, dass ich glaubte, es käme von der Disruptorentladung, da sah ich, dass das Licht von einer *Hand* ausging: Maat hielt die knochigen Finger um den Lauf und drückte so fest zu, dass er sich verbog. Ihr physischer Körper klemmte immer noch unter Caldswells linkem Arm, doch die eigentliche, die *echte* Maat, stand direkt vor ihm und erstrahlte wie eine Supernova, die nur für meine Augen sichtbar war.

»Sie gehört mir«, dröhnte Maats Stimme durch den staubigen Hangar.

Ihre Worte donnerten wie ein Kanonenschuss, eine Mischung aus Schallwellen und Druck rollte durch den Raum und ließ alle zusammenzucken, mich eingeschlossen. Ich hatte keine Ahnung, wie sie das angestellt hatte. Vielleicht lag es daran, dass auch ihr physischer Körper hier war, jedenfalls erschütterte ihre Stimme die Station genauso wie ein Phantom-Schrei. Die Beleuchtung verlosch, die Generatoren verstummten, dann senkte sich Stille herab wie eine Tiefseeglocke. Niemand wagte auch nur zu atmen, da legte Maat ihre leuchtende Hand auf Caldwells Brust.

»Sie ist Maats Freiheit«, erklärte sie. »Und Maat ist nicht allein.«

Während sie sprach, baute sich ein Plasmexfeld um ihre Hand auf. Es war so stark, dass meine Ohren unter dem Druck schmerzten, während das Plasmex sich zu einer Faust verdichtete und Caldswell schließlich mit einem Schlag wie von einem Dampfhammer gegen eine mehrere Meter entfernte Wand schleuderte. Der ganze Hangar erzitterte unter seinem Aufprall, dann folgte ein weiterer Schrei, so tief und durchdringend, dass er mir beinahe das Bewusstsein raubte. *Kaiserphantome.*

Und sie waren riesig. Noch größer sogar als das, mit dem ich gesprochen hatte, größer als das, das zwischen den Überresten von Einheit im All geschwebt war, größer als jedes, das ich je zuvor gesehen hatte. So riesig, dass ich bis heute nicht weiß, wie ich sie alle auf einmal sehen konnte, trotzdem sah ich sie. Es war, als hätte ich ein zweites Paar Augen. Mit dem einen sah ich Caldswell, der gerade wieder auf die Beine kam und Mabel zubrüllte, mich auf keinen Fall loszulassen. Mit dem anderen sah ich die Phantome, die ineinanderflossen und miteinander verschmolzen wie Schlangen in einer Grube. Ihr vereinigtes Leuchten war so hell, dass ich glaubte, darin zu verbrennen, doch am hellsten erstrahlte Maat. Sie kauerte über ihrem Körper, den Caldswell hatte fallen lassen, und schaute mich mit weit aufgerissenen Augen an.

»*Bitte*«, wimmerte sie unter Tränen. »Bitte, Devi!«

Ihre Stimme dröhnte genauso laut in meinem Kopf wie in meinen Ohren. Ich streckte mich Maats Hand entgegen, bekam sie aber nicht zu fassen, weil Mabel mich immer noch eisern gepackt hielt. Und die Phantome kamen nicht nahe genug an mich heran, ohne sich der Todeszone auszusetzen, die mich umgab.

»Nein!«, brüllte ich.

So durfte es nicht enden, nicht jetzt, nicht wegen einer so bescheuerten Kleinigkeit. Ich wehrte mich mit Zähnen und Klauen, schrie und kratzte und biss, doch je erbitterter ich kämpfte, desto erbarmungsloser hielt Mabel mich fest. Ihre Krallen gruben sich in meine Schultern, doch obwohl ich wusste, dass es wehtat, spürte ich es nicht. Ich war einzig und allein darauf konzentriert, Maat zu fassen zu bekommen und zu Ende zu bringen, was ich begonnen hatte – so sehr, dass ich Rupert im ersten Moment gar nicht sah.

Noch vor einer Sekunde hatte er blutend auf dem Boden gelegen, jetzt stürzte er sich auf Mabel und stieß ihr die Klauen in die ungeschützte Seite. Ich spürte, wie sie unter dem Hieb erzitterte, da packte Rupert mich um die Hüfte und riss mich von Mabels Schulter herunter.

Der Schmerz, den mir die plötzliche Lageveränderung verursachte, war so stark, dass er doch durchkam, aber das war egal. Spätestens als Rupert sich mit mir auf den Armen Maat zuwandte, wurde er von überwältigender Liebe und Siegesgewissheit verdrängt. Ich hörte Mabels Schrei, als die Phantome sie endlich packten, sah aber nicht hin. Ich war zu sehr damit beschäftigt, nicht versehentlich Ruperts kaum verheilte Brust zu berühren, während er durch die für ihn unsichtbare Maat hindurch nach ihrem bewusstlosen Körper griff. Als er sie hatte, rannte er sofort los, auf den Bomber am Ende des Hangars zu.

Jetzt, da wir näher heran waren, konnte ich erkennen, dass der Bombenschacht offen stand. Ein Offizier musste vor einem Jahrzehnt oder länger vergessen haben, ihn zu schließen. Eine Rampe war nirgends zu sehen, aber der Bomber war kaum höher als Ruperts Tarnkappengleiter, sogar angeschossen und mit mir und Maat auf den Armen war der Sprung hinauf kein Problem für ihn. Vorausgesetzt, wir schafften es bis dorthin.

Ich feuerte ihn an, da hörte ich einen gellenden Schrei hinter mir. Caldswell war wieder auf den Beinen und kämpfte sich mit wilden Klauenhieben einen Weg durch die Phantome, die ihn mit ihren Fangarmen zurückzuhalten versuchten. Sein ganzer Körper glänzte von glitschigem, eisig kaltem Phantom-Blut, während er aus vollem Hals brüllte: *»Charkow!«*

Unter normalen Umständen hätte Rupert dieses Wettrennen locker gewonnen, denn er war jünger und hatte längere Beine. Aber die Umstände waren nicht normal. Rupert war verletzt, außerdem musste er mich und Maat mitschleppen, sodass Caldswell schnell aufholte. In vollem Sprint brach er durch die Fangarme, die sich noch nicht genügend manifestiert hatten, um ihn aufzuhalten. Zum Glück war unser Vorsprung so groß, dass wir das Schiff ein gutes Stück vor ihm erreichten.

Rupert schob Maats Körper auf die verrosteten Bodenplatten des leeren Bombenschachts, während die Maat, die nur ich sehen konnte, längst drinnen war. Wie ein Gespenst glitt sie zwischen den Cockpitsitzen hindurch, neutralisierte das Störfeld der Phantome und ließ die Triebwerke anlaufen.

Ich schaute immer noch wie gebannt zu, da warf Rupert mich einfach durch die Bombenluke. Ich rappelte mich unter Schmerzen hoch auf die Knie und wollte ihm ins Schiff helfen, da sah ich, wie Caldswell seinen Disruptor hochriss und genau auf meinen Kopf zielte.

Es war, als bliebe die Zeit plötzlich stehen. Caldswell war keine zwei Meter mehr entfernt. Ich sah die wilde Entschlossenheit in seinen Augen, mit der er den Abzug drückte, und mein Herz setzte einen Schlag lang aus. Auf diese Entfernung konnte er gar nicht vorbeischießen. Ich kniete direkt hinter Rupert, unsere Köpfe befanden sich auf gleicher Höhe. Der Schuss würde zuerst Ruperts Schädel durchschlagen, dann meinen, und uns beide töten. Das alles sah ich wie in Zeitlupe vor mir, ich konnte die glühende Hitze der Disruptorentladung schon beinahe spüren, aber zum Ausweichen war es zu spät. Die Zeit reichte nur noch, um Rupert in die Augen zu schauen, mich stumm von ihm zu verabschieden, ihm für alles zu danken.

Er erwiderte meinen Blick mit seinen warmen blauen Augen. »Ich liebe dich«, sagte er, dann riss er die Hand hoch, um mich ein letztes Mal zu berühren, wie ich glaubte. Stattdessen ballte er sie zur Faust und schlug auf den Notverriegelungsknopf an der Außenseite des Rumpfs.

Die Bombenluken schlossen sich mit einem Krachen und hätten mir um ein Haar die Hand abgetrennt. Verzweifelt trommelte ich gegen das Metall. »*Rupert!*«

Als Antwort ertönte die Disruptorentladung, dann ein dumpfer Aufprall, den ich bis an mein Lebensende nicht vergessen werde. Mein Schrei erstarb mir noch in der Kehle. Ich kauerte wie gelähmt im Bombenschacht, beide Hände auf das Metall gepresst, das wegen des Disruptoreinschlags immer heißer wurde. Doch selbst als ich Blasen an den Handflächen bekam, bewegte ich mich nicht.

Ich hörte, wie jemand hinter mir mehrere Schalter umlegte, dann brüllten die Triebwerke los. Aus dem Augenwinkel sah ich Maats durchschimmernden Körper vor der Steuerkonsole, die Touchscreens leuchteten unter ihren unsichtbaren Berührungen auf, und das ganze Schiff erzitterte, während die Hyperraumspule anlief.

Von draußen knallte etwas gegen den Rumpf. Wahrscheinlich Caldswell, der versuchte, irgendwie durchzukommen, dachte ich wie betäubt. Ich wusste, ich sollte etwas dagegen unternehmen, aber ich konnte nicht. Zum ersten Mal in meinem Leben war ich in vollkommener Schockstarre. Meine Gedanken drehten sich in einer Endlosspirale, selbst dann noch, als ich den Sprungblitz sah, der uns aus der Realität riss. Fort aus der Welt, in der kein Rupert mehr existierte.

Mit dieser Erkenntnis zerbrach etwas in mir.

Mit einem Schluchzer, der so heftig war, dass es wehtat, sank ich zu Boden. Es war mir egal, wenn Maat mich so schwach sah. Ich rollte mich auf den verstaubten Metallplatten zusammen, schrie und wimmerte, bis ich kaum noch Luft bekam. Aber ersticken war nichts im Vergleich zu der Gewissheit, dass ich nie wieder Ruperts Lächeln sehen, er mich nie wieder küssen würde. Er war tot, und ich hatte ihm nicht einmal gesagt, dass ich ihn liebte.

Ein neuerlicher Weinkrampf packte mich. Warum hatte ich es ihm nie gesagt? Wie hatte ich nur so bescheuert sein können? Die Antwort kam beinahe im gleichen Moment wie die Frage, und sie war entsetzlich: Ich hatte ihm meine Liebe nie gestanden, um ihm keine Macht über mich zu geben. Solange ich meine Gefühle zurückhielt, war ich in Sicherheit, hatte die Dinge unter Kontrolle und konnte meinen Stolz wahren.

Meine Schultern erzitterten wie unter einem Erdbeben. Was für ein Witz. Was für eine dämliche, kindische, eitle Einstellung. Aber es gab keine Möglichkeit mehr, meinen Fehler rückgängig zu machen, denn Rupert war tot. Und wenn ich tausendmal meine Liebe zu ihm beteuerte, er würde es nicht mehr hören.

Mit meinen verbrannten Händen schlug ich ein letztes Mal auf die Bombenluken ein, dann blieb ich schluchzend liegen. Mein ganzer Körper bebte, bis mir allein von der Anstrengung schlecht wurde. Während ich versuchte, meine Fassung wiederzugewinnen, bevor ich mich noch übergeben musste, wurde mir klar, dass genau das der

Grund war, warum ich nie jemanden in mein Herz gelassen hatte: um nie so am Boden zerstört zu sein wie jetzt, aber ich hatte nicht einmal mehr die Kraft, darüber wütend zu werden. Die Trauer füllte mich vollends aus, in mir war kein Platz mehr für irgendetwas anderes.

Ich kann nicht sagen, wie lange ich heulend so dalag, vielleicht waren es Minuten, vielleicht auch Stunden. Es fühlte sich an wie eine Ewigkeit, und als ich endlich genug geweint hatte, um die Welt um mich herum wieder zu registrieren, spürte ich eine Hand auf meinem Rücken. Sie streichelte mich.

Ich hob schluchzend den Kopf und sah Maat neben mir knien. Die echte Maat, nicht ihren Körper, der immer noch ausgemergelt und gebrochen neben mir lag. Das leuchtende, halb durchsichtige Mädchen neben mir wirkte beinahe normal und schaute mich mit Tränen in den Augen an.

»Es tut mir so leid«, flüsterte sie.

Ihre Worte lösten eine Wut in mir aus, so tief und ungestüm, dass ich sie beinahe nicht als Wut erkannt hätte. »Wieso tut es dir leid?«, fauchte ich und rutschte ein Stück von ihr weg. »Du hast ihn gehasst.«

»Habe ich«, gestand Maat. »Aber du hast ihn geliebt, und du hast mich gerettet. Deshalb tut es mir leid, um deinetwillen.«

Ihre Stimme war unendlich viel sanfter als meine, sanfter, als ich sie je gehört hatte. Jetzt, da mein Gehirn wieder zu derartigen Gedanken in der Lage war, fiel mir auf, dass Maat sich beinahe normal anhörte.

»Was ist passiert?«, fragte ich und richtete mich mühsam auf. Meine Tränen waren immer noch nicht versiegt, ich wusste nicht einmal, ob sie es je tun würden, aber ich konnte es nun mal nicht ertragen, so schutzlos vor jemandem dazuliegen.

Maat wartete höflich, bis ich mein verwundetes Bein ausgestreckt hatte, bevor sie antwortete. »Die Stimmen sind fort.«

»Heißt das, du bist jetzt wieder geistig gesund?«

Sie neigte lächelnd den Kopf. Es war kein verrücktes Lächeln wie sonst, sondern ein erleichtertes wie von jemandem, der nach jahrelangen Qualen endlich wieder schmerzfrei ist. »Ich weiß es nicht. Aber zum ersten Mal, seit ich mich erinnern kann, bin ich wieder allein in meinem Kopf. Das ist ein gutes Zeichen.«

Ihre Antwort ärgerte mich. »Wohin bist du überhaupt verschwunden?«, fuhr ich auf.

Wäre sie die ganze Zeit über bei uns geblieben, statt einfach abzuhauen, nachdem die Königin die Flucht ergriffen hatte, wäre Rupert vielleicht noch am Leben. Ich war nicht sicher, wie sie seinen Tod hätte verhindern sollen, aber ich stürzte mich mit einer Heftigkeit auf die bloße Möglichkeit, dass ich selbst darüber erschrak. Ich brauchte jemanden, dem ich die Schuld geben konnte, den ich hassen konnte, und Maat war ein dankbares Opfer. Doch sosehr ich sie auch zum Ventil für meinen Schmerz und meine Wut machen wollte, es ging nicht, denn ich hatte die Frage kaum gestellt, da begann Maat zu weinen.

»Zu Brenton«, sagte sie mit bebender Stimme. »Ich wollte ihn retten, aber er war bereits tot. Er stand immer noch vor der Konsole und hielt den Knopf gedrückt. Für mich.«

Sie weinte so heftig, dass ich nicht wusste, wie ich reagieren sollte. Schließlich nahm ich unsicher ihre Hand und wartete.

»Ich glaube, ich habe ihn einmal geliebt«, fuhr sie mit

gepresster Stimme fort, dabei hatte sie nicht einmal eine Luftröhre, die der Schmerz ihr hätte zuschnüren können. »Es waren so viele Stimmen in mir, so viele Erinnerungen, dass ich nicht mehr wusste, welche mir gehörten und welche gestohlen waren. Das Einzige, was ich wusste, war, wie sehr ich sie alle hasste.« Sie vergrub das Gesicht in den Händen. »Ich habe so sehr gehasst.«

»Schon gut«, sagte ich sanft und tätschelte ihren Arm. »Jetzt ist es vorbei.«

Erst als ich es aussprach, wurde mir bewusst, dass ich noch gar nicht über unsere Situation nachgedacht hatte. Während ich Ruperts Tod betrauerte, hatte Maat uns in den Hyperraum gebracht. Wir hatten es geschafft. Wir hatten gewonnen! Ich versuchte, so etwas wie Stolz zu empfinden, Glück, ein Erfolgsgefühl, irgendetwas, aber ich spürte nur Erschöpfung und Verlust, als wäre etwas Unverzichtbares in der Realität zurückgeblieben. Etwas, das ich nie zurückbekommen würde.

Doch selbst in meiner Verzweiflung gab es ein paar Dinge, die sich niemals änderten. Arbeit war für mich immer auch ein Weg gewesen, Trost zu finden, und jetzt, da Maat mich an die letzte noch nicht bewältigte Aufgabe erinnert hatte, hielt mein strauchelnder Geist sich genauso erbittert daran fest wie zuvor an meiner plötzlichen Wut.

Ich zog Maats bewusstlosen Körper ganz vorsichtig auf meinen Schoß. Wir schienen uns ähnlicher zu sein, als ich für möglich gehalten hatte, denn als sie sah, was ich tat, hörte auch sie auf zu weinen. Als ich dann meine Finger auf eine Stelle auf ihrem Gesicht legte, wo keine Schuppen waren, wurde ihr Blick klar und entschlossen.

»Das muss nicht das Ende sein«, sagte ich leise. »Es scheint dir schon viel besser zu gehen, und du bist jetzt frei. Du könntest mit diesem Schiff abhauen und irgendwo das Leben leben, das dir genommen wurde.«

Maat schüttelte den Kopf. »Wenn ich das Virus nicht von dir nehme, stirbst du.«

Ich stieß einen Seufzer aus und lehnte mich zurück, was mir sogleich einen stechenden Schmerz in Bein und Schultern bescherte, der im Vergleich zu dem Schmerz in meinem Herzen trotzdem verblasste. »Vielleicht hätte ich gar nichts dagegen.«

Das stimmte. Ich machte mir keine Illusionen, was mich nach diesem Sprung erwartete. Falls Caldswell den Angriff der Phantome überlebte, würde er mich zum Feind Nummer eins erklären, zu Maats Mörderin. Wahrscheinlich wartete das Exekutionskommando bei meiner Rückkehr bereits. Zurück nach Paradox konnte ich auch nicht, falls mein Heimatplanet dann überhaupt noch existierte. Ich konnte den Hyperraumschirm des Schiffs von hier aus sehen und wusste, dass Maat keinerlei Koordinaten eingegeben hatte. Sie hatte einfach den Sprungknopf gedrückt und uns ohne auch nur eine einzige Berechnung aus einem alten, verstaubten Hangar direkt in den Hyperraum katapultiert. Ohne Sprungtor oder Zielkoordinaten, dafür von den Störfeldern der Phantome umgeben, waren wir nun vollständig losgelöst von der Zeit. Nichts und niemand wusste, wo und wann wir zurückkehren würden. Schon jetzt konnten Millionen Jahre vergangen sein, und ich wüsste es nicht einmal. Ich konnte von Glück reden, wenn die Menschheit überhaupt noch existierte. Und selbst wenn ich nur eine Minute nach unserem Abflug zurückkehrte, wäre Rupert nicht mehr da. Warum in den sicheren Tod zurückkehren, wenn ich ihm nicht einmal einen Abschiedskuss geben konnte?

»Ich kann dir nicht sagen, was du mit deinem Leben anfangen sollst«, flüsterte Maat und streichelte das Gesicht ihres bewusstlosen Körpers. »Aber ich werde nicht lebend von diesem Sprung zurückkehren.«

Ich wollte gerade etwas darauf erwidern, doch Maat schnitt mir das Wort ab. »Ich bin so müde. Mit jeder Tochter, die ich erschuf, verschlang ich ihr Leben. Selbst wenn sie bei der Verwandlung starben, gingen ihre Erinnerungen auf mich über. Hunderte Male habe ich zugesehen, wie meine Eltern vor meinen Augen ermordet wurden, und weiß nicht einmal, welche davon meine echten Eltern waren. Und wenn sie die Verwandlung überlebten, blieb ein Teil von mir in ihnen. Ich spürte alles, was auch sie spürten, jede Minute ihres Lebens.«

Maats Lider schlossen sich flackernd. »Jede Erniedrigung, ich war immer dabei, und am Ende …« Sie atmete zitternd ein. »Ich kann nicht einmal mehr zählen, wie oft ich schon gestorben bin, und trotzdem hörte es nicht auf. Immer gab es wieder ein neues Leben und neues Leid zu verschlingen.«

Dann hob sie ruckartig den Kopf und schaute mich so durchdringend an, dass ich zusammenzuckte. »Dass mich ihre Stimmen hier nicht mehr heimsuchen, spielt keine Rolle, denn ihre Erinnerungen bleiben. Selbst wenn du meinen Körper so weit wiederherstellen könntest, dass er ohne all die Geräte überlebensfähig ist, kehren die Stimmen zurück, sobald ich wieder in der Realität bin, und ich verliere abermals den Verstand.« Sie bleckte die Zähne. »Das lasse ich nicht zu. Wenn es sein muss, nehme ich mir das Virus mit Gewalt, und wenn du versuchst, mich aufzuhalten, töte ich dich.«

Ich lächelte. »Dann tu es, Maat.«

»Enna«, korrigierte sie beinahe fröhlich, als hätte sie sich eben wieder an ihren Namen erinnert. Ihr Lächeln wurde breiter. »So heiße ich.«

»Enna«, wiederholte ich und streckte ihr die Hand hin.

Maat nahm sie. Danach ergriff sie die Hand ihres geschundenen Körpers und bedeutete mir, das Gleiche zu tun, sodass wir ein Dreieck bildeten. Dann, als sie bereit war, schloss sie die Augen.

Ich spürte eine Berührung an der Wirbelsäule. Seit das Virus in mein Leben gebrochen war, hatte ich weit mehr über Plasmex erfahren müssen, als mir lieb war. Ich war aus meinem Körper gerissen und in Situationen geworfen worden, an denen ein sensiblerer Geist wahrscheinlich zerbrochen wäre. Aber ich war schon immer ein Sturschädel gewesen und hatte mich jedes Mal irgendwie durchgebissen, deshalb erwartete ich, dass es auch diesmal so sein würde. Die Berührung an meiner Wirbelsäule fühlte sich genauso gespenstisch an, wie ich es in Erinnerung hatte, trotzdem machte ich mir keine allzu großen Sorgen, bis ich Maats Finger plötzlich in meinem Gehirn spürte.

Es fühlte sich an, als würde sie direkt in meinen Kopf greifen und meine grauen Zellen durchkneten wie einen Tonklumpen. Das Einzige, was mich davon abhielt, ihre Hand herauszureißen, war die Tatsache, dass die Berührung nicht echt war – und die vollständige Lähmung, die meinen Körper erfasst hatte. Ich spürte ihn zwar noch, aber ich konnte nicht einmal mehr einen Finger bewegen oder auch nur die Augen schließen, während Maat in mir herumwühlte. Nach meinen Erlebnissen im Eins hatte ich mir den Vorgang irgendwie eleganter vorgestellt, doch die Wahrheit war geradezu lächerlich banal. Maat saß mir gegenüber, ihre Augen waren fest geschlossen, und ihre

Zungenspitze lugte zwischen den Lippen hervor, als knobelte sie an einem vertrackten Rätsel. Aber so unangenehm das Gefühl auch war, ich spürte keinen Schmerz. Ich begann schon, mich zu fragen, wie lange es noch dauern würde, da legten Maats tastende Finger etwas in mir frei, von dem ich gar nicht gewusst hatte, dass es existierte.

Mein Bewusstsein explodierte wie eine Leuchtgranate, mein Innerstes brach auf, und Maat strömte in mich hinein. Noch vor wenigen Momenten hatte sie mir von dem Chaos erzählt, das in ihr tobte, aber nichts hätte mich auf die Flut von fremden Erinnerungen, Gefühlen, Schmerzen und ganzen Leben vorbereiten können, die nun über mich hereinbrachen wie Treibgut. Es war wie damals, als Ren mir meine Erinnerungen zurückgab, nur Millionen Mal stärker, und diesmal gab es keinen Rupert, der die Dinge wieder in Ordnung bringen konnte. Falls das überhaupt möglich war.

Ich beschränkte mich gerade darauf, irgendwie zu überleben, da sah ich das Schwarz auf meinen Fingerkuppen, und gleich darauf kam der Schmerz. Bisher hatte sich das Virus immer angefühlt wie das Kribbeln in einem eingeschlafenen Arm oder Bein. Jetzt war es, als bohre sich ein Nadelkissen in meine Haut, und zwar vom Scheitel bis zum Zeh. Das Virus breitete sich aus wie ein Buschfeuer und bedeckte binnen Sekunden meinen ganzen Körper. Der Schmerz machte das Atmen unmöglich. Wenn ich mich hätte bewegen können, hätte ich schreiend um mich geschlagen, aber ich konnte nicht. Ich konnte nur durchhalten, abwarten und hoffen, dass am Ende noch irgendetwas von mir übrig war. An diese Hoffnung klammerte ich mich, da wurde Maats Griff plötzlich noch fester. Sie begann zu ziehen, und der bewusstlose Körper zwischen uns verfiel in wilde Zuckungen.

Seit wir sie von den Maschinen losgemacht hatten, hatte Maats trauriger, von kränklichen Symbiontenschuppen überzogener Körper sich praktisch nicht bewegt. Jetzt riss sie die blinden Augen auf und schlug mit den Krallen nach ihrem Gesicht, als wollte sie sich die Haut vom Schädel reißen. Es war wie damals auf der *Narr*, als ich Brentons Plasmex-Manipulatorin mit meinem Virus tötete, nur viel schlimmer, denn diesmal war ich mehr als nur eine Zuschauerin. Wegen der Verbindung zwischen Maat und mir spürte ich ihren Tod, als wäre es mein eigener.

Und während der Schmerz, mit dem das Virus Maats Körper auflöste, in mir wütete, spürte ich, wie es gleichzeitig den meinen verließ. Das Schwarz verschlang Maats Hände, meine wurden weiß. Es arbeitete sich ihre Arme und Schultern hinauf, während die gleichen Körperstellen bei mir wieder hell wurden, und ich wusste, diesmal war es für immer.

In diesem Chaos aus Schmerzen und Erinnerungen spürte ich Maats übermächtiges Plasmex, das mein eigenes zwischen den Fingern hielt wie ein Riese ein Sandkorn. Wie wenig ich davon hatte, hatten mir schon genug Leute erklärt, die es wissen mussten, aber es selbst zu spüren war etwas vollkommen anderes. Ich kam mir vor wie ein Einzeller im stürmischen Ozean, doch Maat ließ mich nicht los. Noch immer war ihre Hand in meinem Geist und quetschte sorgsam auch den letzten Rest der Pest aus mir heraus. Dann, als alles Schwarz aus meinem Körper getilgt war, verschwand sie.

Ich hatte mich so sehr an das Virus gewöhnt, dass ich gar nicht mehr wusste, wie mein Körper sich ohne es anfühlte. Ich kam mir vor wie reingewaschen, geläutert, aber das Gefühl war nicht angenehm. Mein Geist fühlte sich an wie durchgescheuert, als hätte jemand ihn gewaltsam freigelegt, alles war viel zu grell und leer. Ich brauchte mehrere Sekunden, bis ich den Mut fand, die Augen zu öffnen. Als ich es tat, fand ich mich im Pilotensitz wieder.

Verwirrt blickte ich mich um. Gerade war ich noch mit Maat vor der Bombenluke gekauert, jetzt saß ich im staubigen Cockpit und schaute durch das Sichtfenster in das grauviolette Nichts des Hyperraums. Ich drehte den Sitz herum, um Maat zu fragen, warum sie mich hierhergebracht hatte, doch die Frage erstarb mir auf den Lippen.

Die Tür in meinem Rücken war geschlossen und riegelte das winzige Cockpit vom Rest des Schiffs ab. Wie alles andere an dem Bomber war die ehemals glänzende Oberfläche längst stumpf und grau geworden, und in dieses Grau hatte jemand eine Nachricht geschrieben.

Der Auslösehebel für den Bombenschacht befindet sich links von dir, stand dort. *Um eine erneute Infektion zu vermeiden, betätigst du ihn am besten so bald wie möglich.*

Ich brauchte zwei Anläufe, bis ich den Inhalt verstand, und einen weiteren, um zu begreifen, dass die Nachricht mit Blut geschrieben war. Aller Wahrscheinlichkeit nach meinem *eigenen*, denn Maat hatte nicht geblutet. Als ich endlich über dieses Detail hinweg war, spürte ich nur noch grenzenlose Dankbarkeit. Maat hatte meinen Körper von dem Virus gereinigt und ihn dann in Sicherheit gebracht. Die Tür war verschlossen, weil sich dahinter der infizierte Leichnam befand und in ihm die letzten Reste von Steinklaues entsetzlicher, vermessener Waffe.

Ich streckte mich nach dem Hebel, da spürte ich etwas

Klebriges auf meinem Handrücken und hielt erschrocken inne. Eine weitere Nachricht stand darauf geschrieben, eine viel kürzere.

Danke.

Die Buchstaben waren zittrig und verschmiert. Eigentlich hätte mich bei dem Anblick das nackte Grauen packen müssen, aber nach allem, was passiert war, spürte ich die Bedeutung des Wortes nur umso intensiver: einen zutiefst empfundenen Dank, wahrscheinlich den aufrichtigsten und glücklichsten, den ich je bekommen hatte und je bekommen würde.

»Gern geschehen«, sagte ich und legte den Hebel um.

Ein Rütteln ging durch den Rumpf, als sich die Luke des Bombenschachts öffnete und Maats Leiche in den Hyperraum gespuckt wurde. Auf dem Monitor blinkte ein Warnsignal, als der dünne Schutzschild um das Schiff kurz erzitterte, bevor das Unbekannte die Leiche und mein Virus für immer verschlang. Eigentlich hätte mich das traurig machen müssen, denn normalerweise legte ich großen Wert auf eine angemessene Bestattung, aber ich spürte gar nichts, denn ich wusste, das Mädchen, das ich einmal gekannt hatte, war längst fort. Ich hatte mein Versprechen gehalten, Enna war frei, und jetzt war ich allein.

Ich ließ mich gegen die Lehne sinken und wischte mit dem letzten sauberen Fleckchen Stoff auf meinem Hemd das Blut von meinem Handrücken. Wie lange ich weg gewesen war, konnte ich nur raten. Auf jeden Fall lange genug, dass die Blutung inzwischen aufgehört hatte. Mein Bein tat trotzdem höllisch weh. Wegen des Splitters pochte mein Oberschenkel so heftig, dass ich es im ganzen Körper spürte. Meine zerkratzten Schultern fühlten sich etwas besser an, aber nicht viel, und ich hatte nicht genug Kraft, um mich auch nur um eine der beiden Wunden zu kümmern. Ich hatte zu gar nichts mehr Kraft.

Jetzt, da die Aufgabe erledigt war, war ich müde wie noch nie zuvor in meinem Leben. Ich fühlte mich ausgesaugt und leer. Ob es an dem lag, was Maat mit mir gemacht hatte, oder an den Tränen, die ich vergossen hatte, wusste ich nicht. Was auch immer der Grund sein mochte, die Erschöpfung war ein Segen, denn sie betäubte meine Angst und den Schmerz über meinen schrecklichen Verlust. Der Teil meines Bewusstseins, der noch zu einem klaren Gedanken fähig war, sagte mir zwar, dass diese Teilnahmslosigkeit auf einen beginnenden Schockzustand hindeutete, aber ich konnte nichts Schlechtes daran finden. Keine Trauer zu spüren war einfach nur schön.

Mehrere Minuten saß ich da und überlegte träge, ob ich zurückkehren sollte oder nicht. Wenn ich nichts unternahm, würde ich an meinen Verletzungen sterben, und das fühlte sich falsch an. Maat hatte mir mein Leben zurückgegeben. Wenn ich schon starb, dann wenigstens an einem Ort, wo die Todesengel des Königs mich finden konnten. Außerdem war ich niemand, der einfach aufgab, egal wie tief ich gesunken sein mochte. Die Vorstellung von einem heimlichen, schmachvollen Abgang im Hyperraum gefiel mir einfach nicht.

Es kostete mich alle Kraft, aber schließlich streckte ich den Arm und schaltete den Hyperraumantrieb ab. Danach sank ich zurück in den Pilotensitz und presste die Lider zusammen wegen des Schmerzes, den selbst diese kleine Bewegung mir beschert hatte. Mit geschlossenen Augen faltete ich die Hände und sandte ein stummes Gebet an meinen König, während die Stille des Hyperraums verschwand und ich zurück ins Universum geschleudert wurde.

Als ich die Augen wieder öffnete, sah ich als Erstes die Phantome.

Das brachte mich für mehrere Minuten aus der Fassung. Erstens war ich davon ausgegangen, dass ich sie nicht mehr würde sehen können, und zweitens sollten sie längst zu Hause sein, nicht hier in unserem Universum, schon gleich gar nicht in so großer Zahl.

Trotz der Sorgen, die mir ihr Anblick bereitete, muss ich gestehen, dass ich ihn genoss. Das All ringsum schimmerte so hell von ihnen, dass ich beinahe glaubte, durch einen leuchtenden Schneesturm zu fliegen. Es dauerte nicht lange, da kamen sie auch *ins* Schiff, glitten wie Geister durch die Außenhülle und landeten auf mir.

Nachdem ich so lange Zeit in einer zwei Meter großen phantomfreien Zone gelebt hatte, zuckte ich unwillkürlich zusammen, als sich das erste auf meinen Arm setzte. Wenige Sekunden später war mein ganzer Körper von ihnen bedeckt. Die kleinen Leuchtkäfer krabbelten über meine Haut und unter meine Kleidung, was sich eigentlich eklig hätte anfühlen müssen, aber ich spürte die Berührung nicht einmal. Nach einer Weile grinste ich sogar, denn kein einziges der Phantome wurde schwarz.

Mein Glücksmoment dauerte allerdings nicht lange. Ich wollte gerade ein besonders flauschig aussehendes, krabbenartiges Phantom streicheln, das auf meinem Bauch gelandet war, da brüllte der Näherungsalarm des Bombers los. Ich riss den Kopf hoch, die Phantome stoben in alle Richtungen davon, dann sah ich drei terranische Jäger in enger Formation direkt neben mir fliegen. Im nächsten

Moment ging ein Zittern durch den Rumpf, als sich eine Harpune in die Hyperraumspule bohrte, dann hörte ich eine stramme männliche Stimme über das Com.

»Unidentifiziertes Schiff«, sagte sie in strengem Universal. »Sie befinden sich auf interstellarem Sperrgebiet und werden in Gewahrsam genommen, basierend auf Sonderartikel Nummer …«

»Schon gut«, unterbrach ich und lehnte mich zurück. »Hier spricht Deviana Morris, ich bin wegen meiner Beerdigung hier. Welches Datum haben wir heute?«

Die schnelle Reaktion ließ Hoffnung in mir aufsteigen. Wenn nach wie vor Jäger um den Dunkelstern patrouillierten, konnte nicht allzu viel Zeit vergangen sein. Außerdem kam mir der Schiffstyp vage bekannt vor, also hatte ich höchstens zehn Jahre verloren. Ich wartete auf eine Antwort, aber es kam keine. Stattdessen wurde mein Schiff von einem Störfeld erfasst, aus dem Com ertönte nur noch Rauschen. Mit einem Stöhnen schaltete ich den Lautsprecher ab und machte es mir im Pilotensitz bequem, während die Jäger vor mir in Abschleppformation gingen.

Nach nicht einmal fünf Minuten tauchte ein republikanisches Schlachtschiff vor uns auf. Ich versuchte die Kennung auf dem Rumpf zu lesen, aber die Phantome strahlten so hell, dass ich die Buchstaben- und Zahlenkolonne nicht entziffern konnte. Doch das Schlachtschiff war bestimmt nicht zum Spaß hier, und als mich die Jäger in den Hangar schleppten, wurde ich doch ein wenig nervös. Wenn immer noch so viele Phantome hier waren, hatte Caldswell vielleicht doch recht gehabt. Vielleicht hatte ich tatsächlich die Schleusen geöffnet und uns alle dem Untergang preisgegeben, als ich Maat tötete.

Ich konnte nicht recht daran glauben. Die Phantome

um meinen Bomber herum waren winzig klein und verhielten sich friedlich wie Quallen in einem Aquarium. So oder so konnte ich erst sicher sein, wenn ich mit jemandem gesprochen hatte. Als sich die Hangartüren hinter mir schlossen und die künstliche Gravitation mein Schiff erfasste, überließ ich die Landung dem Autopiloten und öffnete sofort die Frontluke. Die Leiter hinunterzukommen war ein hartes Stück Arbeit für mein verwundetes Bein; der Ausstieg über den Bombenschacht wäre mit Sicherheit einfacher gewesen, aber Maats Grab nicht mehr betreten zu müssen war mir die Schmerzen wert.

Mein schneller Ausstieg schien das Empfangskomitee zu überraschen, denn als ich den Kopf zur Luke hinausstreckte, waren noch nicht einmal alle in Position gegangen. Erst als ich das Ende der Leiter erreichte, hatten sie ihre Waffen im Anschlag, und ich hob sofort die Hände. Da ich offensichtlich nicht allzu weit in die Zukunft gesprungen war, steckte ich bis zum Hals in Schwierigkeiten, und wenn ich schon hingerichtet wurde, dann richtig, sagte ich mir. Auf keinen Fall wollte ich mich von einem schreckhaften Terraner, der seinen Zeigefinger nicht im Griff hatte, erschießen lassen.

»Ganz ruhig«, sagte ich und versuchte, möglichst harmlos auszusehen, was mit dem zerschossenen Bein und meinem vom Blutverlust kreidebleichen Gesicht nicht besonders schwer war.

Wieder kam keine Antwort, und das verwirrte mich. Warteten die auf irgendetwas oder …

»Sieh an, wen wir da haben.«

Eine tiefe männliche Stimme hallte vom anderen Ende des Hangars zu mir herüber, und ich erstarrte. Nein, dachte ich. Das konnte unmöglich …

Er war es. Ich drehte mich um und sah Brian Caldswell auf mich zuschlendern. Er sah genauso aus wie immer: ergrauendes, rötliches Haar, Fältchen im Gesicht, selbstbewusster Gang. Leider war ich damit auch nicht schlauer als zuvor, denn soweit ich wusste, sah er seit siebzig Jahren so aus. Was mich aufrichtig verstörte, war die Tatsache, dass er *lächelte.* Das war nun wirklich zu viel. Konnte Maats Tod ihn so stark traumatisiert haben, dass er den Verstand verloren hatte?

»Ich habe geglaubt, die nehmen mich auf den Arm«, sagte er und deutete auf die Jägerpiloten, dann musterte er mich von oben bis unten, als suche er nach Hinweisen auf eine Fälschung. »Verflucht, Morris, ich hätte nicht gedacht, Sie je wiederzusehen.«

»Geht mir genauso«, fauchte ich und versuchte, nicht nach den Phantomen zu schlagen, die mir vor dem Gesicht herumschwirrten. »Kommen wir gleich zur Sache: Welches Jahr haben wir? Wie lange war ich fort?«

Caldswells Lächeln wurde noch breiter, und mir wurde noch unbehaglicher zumute, dann zog es mir endgültig den Boden unter den Füßen weg.

»Sechs Tage, zwölf Stunden, achtunddreißig Minuten und achtzehn Sekunden«, antwortete er. »Eine Sekunde mehr oder weniger vielleicht.«

Ich stand eine ganze Minute lang da und klappte den Mund auf und zu wie ein Fisch an Land. »Aber«, sagte ich, als mein Gehirn wieder funktionierte, »wie ist das möglich?«

»Ein nicht berechneter Sprung kann genauso lang wie kurz ausfallen«, erklärte Caldswell achselzuckend. »Große Phantome verzerren die Raumzeit allein durch ihre Anwesenheit gewaltig, und bei Ihrer Flucht waren so viele in der Nähe, dass Ihr Sprung extrem harmlos verlaufen ist. Sie sind ein verdammtes Glückskind, Morris.«

Die Erklärung klang logisch, aber ich hatte mich so sehr auf das Schlimmste vorbereitet, dass ich kein Wort verstand. Was ich außerdem nicht verstand, war, dass Caldswell vor einfachen Fußsoldaten offen über Phantome sprach. Meine Verwirrung musste geradezu mitleiderregend aussehen, denn Caldswell legte mir tröstend eine Hand auf die Schulter.

Das weckte mich aus meiner Schockstarre.

»Fassen Sie mich nicht an«, knurrte ich und machte einen Schritt von ihm weg. Der Kerl hatte Rupert auf dem Gewissen. Wenn ich mir auch nur die geringsten Erfolgschancen ausgerechnet hätte, wäre ich ihm sofort an die Kehle gesprungen. »Falls Sie mich töten wollen, dann tun Sie's einfach. Ich habe keine Angst, und wenn ich schon sterben muss, dann nehme ich Sie lieber mit, als mich in einem Scheinverfahren verurteilen zu lassen.«

Caldswell hob die Hände. »Entspannen Sie sich. Sie haben allen Grund, mich töten zu wollen, aber bevor Sie es versuchen, möchte ich Ihnen etwas zeigen.«

Ich hätte ihm den Schädel einschlagen sollen. Ich hätte mir die Pistole eines der Soldaten schnappen und ihm das Grinsen aus dem selbstzufriedenen Gesicht schießen sollen. Doch leider hätte ich bei beiden Möglichkeiten, so verlockend sie auch klangen, den Kürzeren gezogen. Außerdem war ich neugierig, und Neugier war hundertmal besser als die Trauer, die seit etwa einer Stunde wieder in mir wütete, also folgte ich ihm.

Ich hatte damit gerechnet, in eine Zelle geführt zu werden, aber Caldswell brachte mich auf die Lazarettstation. Ich wartete darauf, dass er mir als Nächstes befahl, mich auf den Seziertisch zu legen, doch als sich mir zwei Krankenschwestern näherten wie Geier einem verendenden Tier, verscheuchte er sie und ging weiter zu einem kurzen Korridor mit kleinen Zimmern zu beiden Seiten. Die Türen davor sahen genauso aus wie die zu meinem ehemaligen Quarantäneraum.

Diese Erinnerung hatte einen ziemlich üblen Beigeschmack, doch da ich schon mal hier war, hinkte ich durch die Tür, die Caldswell mir gentlemanlike aufhielt – und lief direkt einem Xith'cal mit Laborkittel in die Arme. Obwohl ich eigentlich mit dieser Begegnung hätte rechnen müssen, taumelte ich erschrocken zurück.

Hyrek hingegen blinzelte nicht einmal. Er tippte lediglich etwas auf sein Handset und hielt es mir hin. *Ah, Sie sind's.*

Ich las die kurze Nachricht und funkelte ihn an. »Das ist alles? Mehr haben Sie nicht zu sagen?«

Hyrek tippte erneut. Als er mir das Display zeigte, sah ich rosafarbene Buchstaben darauf auf und ab hüpfen. *Willkommen zurück aus dem Jenseits, o Wunder aller Wunder!*

Ich starrte das Handset wortlos an, bis Hyrek es mit der Angst bekam und eilig tippte: *War nur ein Witz.*

»Hab schon verstanden«, gab ich zornig zurück. Im Moment hatte ich nicht die geringste Lust auf Spielchen. »Warum bin ich hier? Was geht hier vor?«

Hyrek warf Caldswell einen Blick zu. Der Kapitän nickte, dann zog Hyrek den Vorhang vor dem Krankenbett am Ende des Raums zurück.

Der Patient dahinter war an ein Dutzend Maschinen angeschlossen, sein ganzer Körper war von Sensoren und Pflastern übersät. Kopf und Augen bedeckte ein dicker Verband, aus dem die ersten schwarzen Haarsträhnen hervorlugten, und über dem Mund trug er eine Sauerstoffmaske, aber das spielte keine Rolle. Ich hätte ihn immer und überall erkannt.

»Rupert«, stammelte ich und wäre beinahe gestürzt, als ich auf ihn zuhumpelte, um seine Hand zu nehmen. Er reagierte nicht auf die Berührung, aber seine Brust hob und senkte sich im Rhythmus seiner Atmung. Spätestens das gleichmäßige Piepen aus einer der Maschinen bewies eindeutig, dass er lebte. Rupert *lebte*.

Weiter konnte ich nicht denken, denn ich begann haltlos zu schluchzen.

Eigentlich hätte ich mich schämen sollen, einfach so loszuheulen. Caldswell stand mit Hyrek direkt hinter mir, zweifellos beobachteten beide jede meiner Reaktionen genau, aber das war mir egal. Und wenn der König höchstpersönlich hier gewesen wäre, ich hätte die Tränen nicht zurückhalten können. Meine Erleichterung war so groß, dass sie beinahe genauso wehtat wie meine Trauer zuvor, und nach all den Ereignissen hatte ich kein bisschen Kraft mehr, um dagegen anzukämpfen.

Nach ein paar Minuten war ich so weit, mich umzudrehen. Caldswell und Hyrek hatten sich diskret bis zur Tür zurückgezogen. Dass das überhaupt nötig war, ärgerte mich zwar, aber was ich am stärksten spürte, war meine Erschöpfung. Ich war in letzter Zeit in jeder Hinsicht weit über meine Grenzen gegangen, geistig und körperlich genauso wie emotional. So überglücklich ich auch war, dass Rupert noch lebte, diese vollkommen unerwartete Wendung gab mir endgültig den Rest. Meine Wut auf Caldswell verpuffte. Erschöpft stützte ich mich auf Ruperts Bett und winkte die beiden zu mir. »Wie ist das möglich?«

Wieso ist er nicht tot?, hatte ich eigentlich fragen wollen, aber der Satz kam mir einfach nicht über die Lippen, also formulierte ich es etwas harmloser.

Caldswell schloss einen Moment die Augen und nickte Richtung Tür. Hyrek gehorchte sofort und ließ uns allein. Als er die Tür hinter sich geschlossen hatte, sank mein ehemaliger Kapitän seufzend in einen Stuhl.

»Glück«, sagte er müde. »Nachdem das Phantom oder Maat oder wer auch immer meinen Disruptor gepackt hatte, war der Lauf verbogen. Entsprechend wurde mein Schuss kein Volltreffer.«

Ich deutete auf den reglosen Rupert. »Warum ist er dann so schwer verletzt?«

Caldswell hob die Augenbrauen. »Ich sagte, es wurde kein Volltreffer, am Kopf habe ich ihn trotzdem erwischt, aber eben nicht so, wie ich wollte. Er hat eine schwere Gehirnverletzung davongetragen, deshalb hat Hyrek ihn auch in ein künstliches Koma versetzt. Jetzt warten wir ab, ob er sich wieder erholt.«

Mein Herz begann wie wild zu pochen, kalter Schweiß strömte aus allen meinen Poren. »Wird er sich erholen?«

»Wir sind noch nicht sicher. Hyrek sagt, er hat noch nie einen so schwer verwundeten Symbionten gesehen, der nicht tot war, aber bis jetzt hält er sich ganz gut. Wenn irgendjemand es schaffen kann, dann Charkow. Er gibt nicht so leicht auf.«

Ich atmete vorsichtig auf. Rupert würde überleben, beschloss ich. Er musste. Ich würde ihn nicht noch einmal sterben lassen.

Natürlich hatte ich keine Möglichkeit, meine Entscheidung durchzusetzen, aber allein bei dem Gedanken ging es mir schon besser. Ich setzte mich etwas bequemer auf

Ruperts Bett und versuchte, nicht alles mit Blut vollzuschmieren, während ich seine warme Hand auf meinen Schoß legte.

»Bestimmt hassen Sie mich jetzt.«

Ich blickte überrascht auf. Caldswell schaute mich an, als wartete er darauf, dass ich widersprach. Als ich es nicht tat, fügte er hinzu: »Ich denke, ich sollte mich bei Ihnen entschuldigen, Morris.«

»Sie schulden mir eine Menge mehr als das«, schnaubte ich und musterte die Phantome, die überall herumflogen. »Ich hatte also recht, oder? Die Tür steht offen, und jetzt kehren die Phantome in ihre Heimat zurück, genau wie ich gesagt habe.«

»Sieht ganz so aus«, erwiderte Caldswell. »Aber fürs Protokoll: Ich entschuldige mich ausdrücklich nicht für mein Verhalten auf dem Dunkelstern. Nur weil Ihr Spiel aufgegangen ist, hatten Sie noch lange kein Recht, sich darauf einzulassen. Sie haben das Fortbestehen der gesamten Menschheit riskiert, und das auf das Wort eines Weltraumungeheuers hin, das nicht einmal sprechen kann. Dass ich versucht habe, Sie aufzuhalten, war nur recht und billig.«

»Mit der kleinen Ausnahme, dass Sie im Unrecht waren«, entgegnete ich. »Aber wofür wollen Sie sich dann entschuldigen?«

Caldswell senkte den Blick, und einen Moment lang hätte ich schwören können, dass er sich schämte. »Es tut mir leid, dass ich versucht habe, Sie und Charkow voneinander fernzuhalten«, sagte er schließlich. »Es hätte allen eine Menge Leid erspart, wenn ich Ihnen von Anfang an die Wahrheit gesagt und *mit* Ihren beiderseitigen Gefühlen gearbeitet hätte statt gegen sie. Ich habe schon so lange nicht mehr geliebt, dass ich ganz vergessen habe, was für Idioten die Liebe aus Menschen macht.«

Das war nicht gerade eine Entschuldigung, aber mehr würde ich von Caldswell wahrscheinlich nicht bekommen. »Was ist mit Maats Töchtern?«, fragte ich weiter. »Was passiert mit ihnen? Sind sie immer noch …«

»Am Leben?«, beendete er den Satz für mich. »O ja, und wie. In dem Moment, als Sie Maat in den Hyperraum entführten, war ihre Kontrolle über die Töchter unterbrochen. Manche, vor allem die älteren, wurden instabil, aber die meisten erholten sich, nachdem sie von Maats Wahnsinn abgeschnitten waren.« Er warf mir einen neugierigen Blick zu. »Sie fragen nach Ihnen.«

Ich musste tatsächlich grinsen. »Glauben Sie jetzt immer noch, ich wäre zu stolz, stur und gierig gewesen?«

»Absolut. Wenn ich nicht so erleichtert wäre, dass alles funktioniert hat, wäre ich rasend.«

»Und was passiert jetzt mit mir? Komme ich ins Gefängnis oder was?«

»Ehrlich gesagt habe ich nicht die geringste Ahnung«, gestand Caldswell. »Es gibt noch keine vollständige Bestandsaufnahme all Ihrer Vergehen während Ihrer Flucht und der anschließenden Beinahezerstörung einer der teuersten militärischen Einrichtungen in der gesamten Terranischen Republik, aber wenn sie fertig ist, dürfte sie ziemlich lang sein. Andererseits haben Sie uns von den Phantomen befreit, das grausame Töchtersystem beendet und uns vor der Vergeltung der Lelgis gerettet.«

Ich runzelte die Stirn. »Wie das?«

»Diesen Teil verstehe ich selbst noch nicht ganz«, antwortete Caldswell, »aber wie es scheint, mögen sie die Tür nicht, die Sie geöffnet haben. Wenn ich Dr. Starchilds reichlich wirren Bericht richtig interpretiere, sind sie an den äußersten Rand unseres Universums geflohen, um so weit von der Tür wegzukommen wie irgend möglich.«

Geschah ihnen nur recht. Die Lelgis waren Feiglinge, natürlich hatten sie die Flucht ergriffen. Ich hoffte nur, dass das auch so blieb.

»Dass diese mildernden Umstände die Entscheidung erschweren, muss ich nicht eigens erwähnen«, fuhr Caldswell fort. »Da Sie unserer Organisation übergeben wurden, obliegt das Urteil theoretisch mir, zumindest solange noch kein Ersatz für Martin gefunden wurde, aber ich habe mich wegen Befangenheit von dem Fall zurückgezogen und die Verantwortung an meine Vorgesetzten weitergegeben.«

»Befangen im positiven oder negativen Sinn?«, hakte ich nach.

Caldswell lächelte nur. »Ein bisschen von beidem. Allerdings haben wir, wenn überhaupt, nicht so früh mit Ihrer Rückkehr gerechnet, weshalb noch keine endgültige Entscheidung getroffen wurde. Ich werde mich mit den entsprechenden Stellen in Verbindung setzen, aber bis dahin sollten Sie sich ein wenig ausruhen und Hyrek einen Blick auf Ihr Bein werfen lassen. Sie sehen furchtbar aus.«

Mir das einfach so hinzuknallen fand ich gelinde gesagt dreist, denn immerhin war mein körperlicher Zustand größtenteils Caldswells Schuld, aber ich widersprach nicht. »Er soll mich einfach hier untersuchen«, erwiderte ich. »Und versuchen Sie nicht, mich in ein anderes Zimmer zu verlegen. Ich gehe hier nicht weg, also können Sie auch gleich Ihre Zustimmung geben.«

»Genau das hatte ich vor«, sagte Caldswell und stand auf. Als er sich zum Gehen wandte, hielt er mitten in der

Bewegung inne und fuhr sich durchs Haar. »Ich bin froh, dass Sie zurück sind, Morris«, sagte er schließlich. »Und ich bin froh, dass Sie sich nicht von mir aufhalten ließen.«

»Ich auch«, erwiderte ich durch die leuchtende Wolke aus Phantomen hindurch. »Ich auch.«

14

Wie üblich hatte Hyrek mich in weniger als dreißig Minuten wieder zusammengeflickt. Die anschließende Gardinenpredigt dauerte wesentlich länger, dabei hatte er gar keinen Grund, sich zu beschweren. Schließlich hatte Mabel mir diesen Splitter im Bein verpasst. Da ich mich strikt weigerte, Ruperts Zimmer zu verlassen, kam ich der Standpauke nicht aus, aber in Ruperts Nähe bleiben zu können war es mir wert.

Die nächsten zwei Tage verbrachte ich damit, Formulare auszufüllen und Rupert beim Schlafen zuzusehen. Letzteres machte mich in Anbetracht des Hasses, den sein Symbiont gegen mich hegte, ein wenig nervös. Aber als Hyrek mir die Titanschließen zeigte, mit denen Rupert ans Bett gefesselt war, entspannte ich mich und genoss die Tatsache, dass mein Geliebter noch lebte und ich zur Abwechslung weder vor Kugeln noch vor Ungeheuern davonlaufen musste.

Das einzige wirklich Traurige war der Verlust meiner Lady. Nach unserem Sprung in den Hyperraum hatten die Kaiserphantome Kleinholz aus dem Dock gemacht. Der Großteil der Station konnte zwar gerettet werden, aber meine Rüstung und meine Waffen waren für immer in den Weiten des Alls verloren. Noch am selben Abend, als Caldswell mich darüber in Kenntnis setzte, hielt ich eine

Bestattungszeremonie ab, und ich schäme mich nicht zuzugeben, dass ich dabei weinte. Das war nur angemessen. Die Lady Gray war die erste Rüstung, die ich je gekauft hatte – durch Blut, Schweiß und Tränen verdient und im Feindfeuer bewährt. Sie war mein wertvollster Besitz gewesen, eher eine Freundin als ein Gebrauchsgegenstand, und selbst wenn ich mir ab jetzt jedes Jahr eine neue Verdemont kaufte, keine Rüstung würde meiner wunderschönen, geliebten Lady Gray je das Wasser reichen können, so viel war sicher.

Der Verlust meiner Ausrüstung, die beträchtliche Unsicherheit meine Zukunft betreffend und die Tatsache, dass ich auf einem terranischen Schlachtschiff festsaß, ohne etwas zu tun zu haben, waren eigentlich Grund genug, in eine ausgewachsene Depression zu verfallen. Der einzige Grund, warum ich es nicht tat, waren Ruperts enorme Fortschritte. Sein Körper erholte sich so schnell, dass ich mich fragte, wie er noch vor sechs Tagen ausgesehen haben musste. Er war immer noch nicht bei Bewusstsein, aber Hyrek schien zufrieden mit seiner Genesung, und da der Xith'cal-Doktor nicht leicht zufriedenzustellen war, nahm ich das als gutes Zeichen.

Ich richtete mir ein behagliches Nestchen auf dem Stuhl neben seinem Bett ein, das ich nur verließ, wenn Hyrek oder die Wachen mich dazu zwangen. Genau dort saß ich und drückte mich gerade davor, einen weiteren Bericht auszufüllen, als eine der Wachen mich informierte, ich hätte einen Besucher. Das erschien mir seltsam, schließlich war das Ruperts Zimmer, nicht meines, da platzte Nova auch schon zur Tür herein und warf mir die Arme um den Hals, bevor ich auch nur Hallo sagen konnte.

»Oh, Deviana«, keuchte sie und drückte mich so fest, dass ich kaum noch Luft bekam. »Ich bin so glücklich, dass wir noch einmal Gelegenheit haben, Raum miteinander zu teilen!«

»Ich auch«, krächzte ich. »Sieht so aus, als musste ich euch gar nicht aus dem Gefängnis befreien, wie?«

Nova schüttelte den Kopf, ihre Augen füllten sich mit Tränen. »Kapitän Caldswell und Mabel haben uns befreit, nachdem das Leck in der Außenhülle repariert war. Caldswell persönlich hat die Tür zu meiner Zelle aufgebrochen.« Sie lächelte glücklich. »Ich wusste, dass er uns immer beschützen würde, aber ich hätte nicht gedacht, dass du sogar noch besser auf uns aufpasst als er.«

Schuldbewusst biss ich mir auf die Unterlippe. Ehrlich gesagt hatte ich während meiner halsbrecherischen Flucht keinen einzigen Gedanken mehr an Nova und Basil verschwendet. Natürlich hatte ich mildernde Umstände, trotzdem kam ich mir vor wie die schlechteste Freundin aller Zeiten. Zum Glück war Nova nicht wütend darüber, dass ich nicht zurückgekommen war, das heißt, falls sie überhaupt wütend werden konnte.

»Ich bin so froh, dich wohlauf zu sehen«, sagte ich schließlich und erwiderte ihre Umarmung. »Und Basil auch«, fügte ich etwas verspätet hinzu. »Wo steckt unser Vögelchen überhaupt?«

»Auf Urlaub. Er sagt, wenn Caldswell kein neues Schiff bekommt, geht er in Rente. Er will nur mit unserem Kapitän fliegen.«

»Weil Caldswell der Einzige ist, der ihn ertragen würde«, murmelte ich und musterte über Novas Schulter hinweg die zweite Besucherin draußen auf dem Flur. »Wer ist deine Begleiterin?«

Novas Gesicht erstrahlte. »Das ist Marielle«, rief sie und zog das Mädchen herein. »Sie sagt, sie kennt dich bereits.«

Ich war zwar noch nie jemandem namens Marielle begegnet, aber als ich sie vor mir sah, verstand ich. Das Mädchen an Novas Hand sah genauso aus wie Maat. Ihr Haar war kürzer und modisch geschnitten, außerdem trug sie dieselben grellbunten Farben wie Nova, trotzdem war sie eindeutig eine Tochter. Oder besser gesagt: lange Zeit gewesen. Das kleine, schüchterne Lächeln allerdings hatte ich nie auf einem von Maats zahllosen Gesichtern gesehen. Sie streckte mir ihre Hand hin, ich ergriff sie vorsichtig und wartete – auf ein Zerren, eine Berührung, ihre Stimme in meinem Geist oder etwas dergleichen –, aber nichts passierte. Sie lächelte einfach weiter, ließ meine Hand wieder los und rückte noch etwas enger an Nova.

»Marielle begleitet mich, um Vater auf seiner Raumstation zu helfen«, erklärte Nova mit leuchtenden Augen. »Kannst du dir vorstellen, wie toll ihre gemeinsamen Meditationen sein werden?«

»Ganz außerordentlich, bestimmt«, sagte ich, und das war nicht einmal gelogen. »Möchtest du Rupert sehen? Es geht ihm schon viel besser.«

Natürlich wollte sie, und während Nova auf meinem Stuhl neben dem Bett Platz nahm, ging ich zu Marielle, die mich von einer Ecke des Zimmers aus erwartungsvoll anschaute.

»Hallo, Deviana«, sagte sie.

Ich nickte ihr kurz zu und senkte die Stimme zu einem Flüstern. »Bist du wirklich Marielle? Ich meine, kannst du dich erinnern, wer du früher warst?«

Sie zuckte die Achseln. »In Maats Geist hat sich alles vermischt. Keiner weiß mehr, wer wer ist, schließlich haben wir die Erinnerungen einfach unter uns aufgeteilt. Ich mochte Marielle, also habe ich ihre genommen. Manchmal tauschen wir allerdings.«

Ich schaute sie entsetzt an. »Du willst sagen, ihr tauscht Identitäten?«

»Eigentlich den Körper«, erwiderte sie, als wäre das nichts Besonderes. »Sie sehen sowieso alle gleich aus, und unsere Gedanken sind nach wie vor größtenteils dieselben, was ist also schon dabei?«

Für mich hörte sich das absolut grässlich an. Ich hatte das Gefühl, etwas sagen zu müssen, mich zu entschuldigen, auch wenn ich gar nichts für ihre Situation konnte. Aber Marielle wirkte kein bisschen bekümmert, nur ein wenig nervös.

»Die anderen möchten, dass ich mich bei dir bedanke«, sagte sie schließlich, den Blick verlegen auf ihre Finger gerichtet. »Wir, ähm, haben auch deine Erinnerungen.«

Ich blinzelte. »*Meine* Erinnerungen?«

Marielle nickte. »Zumindest bis zu dem Moment, als du mit Maat im Hyperraum verschwunden bist. Sie war sehr misstrauisch und hat ständig deine Gedanken durchwühlt, ob du sie auch nicht belügst, aber das hast du nicht«, erklärte sie mit dunklen, klaren Augen, die frei von jedem Wahnsinn waren. In diesem Moment sah sie überhaupt nicht mehr aus wie Maat. »Wir wissen, wie heftig du für uns gekämpft hast, und sind dir sehr dankbar«, sagte sie ernst. »Selbst Maat war egal, was mit uns passiert, aber dir war es das nicht, und das werden wir dir nie vergessen.«

Jetzt war ich diejenige, die verlegen ihre Finger anstarrte. Sosehr ich auch auf Ruhm versessen war, ich konnte verflucht schlecht damit umgehen, wenn jemand mir seine Dankbarkeit offen zeigte. Menschenmengen, die mir zujubelten, machten mir nichts aus, aber ein aufrichtiger Dank von Angesicht zu Angesicht, und ich war verloren.

»Gern geschehen«, erwiderte ich betreten. »Ich, ähm, tut mir leid, dass es so lange gedauert hat.«

»Da wäre noch etwas.«

Ich schaute sie erschrocken an. »Was denn?«

Marielle verscheuchte ein Phantom von meiner Schulter. Ich hatte mich so sehr an die durchschimmernden Krabbeltierchen gewöhnt, dass ich es gar nicht bemerkt hatte.

»Ihr könnt sie also ebenfalls sehen«, kommentierte ich.

»Ja, wir und du, aber niemand sonst. Wir wissen nicht, woran es liegt, aber wir wollten es dir sagen für den Fall, dass du irgendwann einmal Hilfe brauchen solltest.«

»Danke«, erwiderte ich gerührt. »Aber das wird keine Rolle mehr spielen, denn bald sind die Phantome alle fort.«

»Stimmt. Aber du nicht.« Marielle lächelte verschwörerisch. »Nur weil es dann nichts mehr zu sehen gibt, bist du noch lange nicht blind, Deviana Morris. Die Ereignisse haben dich verändert, du bist jetzt wie wir. Damit bist du nicht nur unsere Retterin, sondern auch unsere Schwester, und deshalb werden wir dir immer beistehen. Denk daran, wenn Brian dich das nächste Mal schikaniert. Du bist nicht allein.«

Meine Augen wurden groß. *Darauf* wollte sie also hinaus: Die mächtigsten menschlichen Plasmex-Manipulatorinnen im ganzen Universum zählten mich zu ihrer Familie. Ich unterdrückte ein verschlagenes Grinsen. Das konnte lustig werden, falls ich je darauf zurückkommen sollte.

In diesem Moment kehrte Nova auch schon wieder von Ruperts Bett zurück. Wir sprachen noch ein paar Minuten über ihre Pläne, ihren Vater bei seiner »Arbeit« zu unterstützen.

»Außer der Kapitän braucht mich auf seinem neuen Schiff«, erklärte Nova. »Dann kehre ich natürlich zurück, weil er sich so aufopfernd um uns gekümmert hat.«

»Natürlich«, wiederholte ich und hoffte insgeheim, dass das nie passieren würde. Nova war viel zu liebenswürdig, um sie an jemanden wie Caldswell zu verschwenden.

Nachdem die beiden mir etwa eintausend Möglichkeiten genannt hatten, in Kontakt zu bleiben, verabschiedeten sie sich. Den Rest des Nachmittags verbrachte ich damit, mir Verwendungsmöglichkeiten für meine neu entdeckten Fähigkeiten auszudenken und Ruperts Atem zu lauschen. Das klingt genauso langweilig, wie Gras beim Wachsen zuzusehen, aber nach all den Ereignissen der jüngsten Zeit hatte ich gegen ein bisschen Langeweile nichts einzuwenden. Ich wollte mir gerade etwas zu essen holen, da kam Hyrek herein und stellte meine langweilige Welt auf den Kopf, indem er mir eröffnete, dass er nun Rupert wecken würde.

»Wie lange wird es dauern?«, fragte ich über Ruperts Bett gebeugt.

Zum hundertsten Mal: Ich weiß es nicht. Hyreks Klauen klickten gereizt über den Touchscreen seines Handsets. *Ich mache ihn nur von den Infusionen los, die ihn am Aufwachen hindern. Wann er wach wird, überlasse ich ihm.*

»Okay«, sagte ich und lehnte mich in meinen Stuhl zurück. »Dann warte ich eben.«

Hyreks Schnauze zitterte leicht, als er die letzte Verbandsschicht von Ruperts Gesicht nahm und danach auch die Sauerstoffmaske. *Ihnen ist bewusst, dass es keine Garantie gibt? Er könnte in fünf Minuten aufwachen, in fünf Tagen oder überhaupt nicht.*

»Er wird aufwachen«, sagte ich bestimmt. »Und ich werde dabei sein. Wenn Sie versuchen, mich hinauszuwerfen, trete ich Ihnen in den Arsch.«

Hyrek ließ seine Reißzähne aufblitzen, versuchte aber nicht, mich zu verscheuchen. Keiner versuchte das. Caldswell schien einen entsprechenden Befehl gegeben zu haben, denn selbst die Unteroffiziere, die mich sonst damit belästigten, dämliche Dinge wie essen, schlafen oder Formulare ausfüllen zu erledigen, ließen mich mit meiner wachsenden Sorge um Rupert allein.

Die erste Nacht war die Hölle. Ich tat kein Auge zu, dafür entwickelte ich eine ganz neue Wertschätzung für all die Gelegenheiten, bei denen Rupert an meinem Krankenbett Wache gehalten hatte. Der nächste Tag lief etwas besser, aber am späten Nachmittag forderten die Stille und meine Erschöpfung ihren Tribut. Mehrere Male dämmerte ich weg, fing mich aber wieder, bis ich schließlich mit dem Kopf auf der Matratze gleich neben Ruperts Arm doch noch einschlief. Es konnte noch nicht mehr als eine Stunde vergangen sein, da spürte ich eine Bewegung neben mir.

Ich fuhr hoch und war mit einem Schlag hellwach. Die Beleuchtung war wegen des Nachtzyklus heruntergedimmt, aber immer noch hell genug, um die trägen Bewegungen unter der Bettdecke zu erkennen. Für den Fall, dass er noch nicht er selbst war, wenn er zu sich kam, ging ich eilig auf Sicherheitsabstand. Doch als Rupert die Augen öffnete, waren die Pupillen nicht geweitet, weil sein Symbiont gerade am Durchdrehen war, sondern glasig und betörend verträumt, während er sich ratlos in der Dunkelheit umsah.

Ich hätte wahrscheinlich etwas sagen sollen, aber ich konnte nicht. Glück, Erleichterung und tausend andere Gefühle, mit denen ich nicht zurechtkam, schnürten mir die Kehle zu. Also saß ich einfach da und wartete, bis sein Blick auf mich fiel.

Rupert hielt den Atem an, als hätte er ein Gespenst gesehen, und ich lächelte matt. Mehr war nicht drin, ohne gleich wieder loszuheulen wie ein Schlosshund.

»Hey«, flüsterte ich, und dann, weil ich die Gelegenheit schon einmal verpasst hatte und mir das auf keinen Fall noch einmal passieren sollte, fügte ich hinzu: »Ich liebe dich.« Die Worte kamen mir so leicht über die Lippen, dass ich mich schämte, es ihm nicht schon viel früher gesagt zu haben.

Rupert schaute mich an, als hätte ich ihm ein Messer an die Kehle gehalten. Er riss die Augen so weit auf, dass das Weiß darin vollständig zu sehen war, und nach einer Weile krächzte er: »Bin ich tot?«

Ich hätte ihm ganz ruhig erklären sollen, dass er es *nicht* war. Ich hätte ihm alles Mögliche ganz in Ruhe erklären sollen, denn er war gerade erst aus einem neuntägigen Koma erwacht und offensichtlich verwirrt. Was ich stattdessen tat, war, mich auf sein Bett zu werfen und ihn zu küssen, wie ich es schon die ganze Zeit tun wollte, seit ich wusste, dass er noch lebte.

Rupert begriff ziemlich schnell, dass er nicht tot war, denn nach wenigen Momenten erwiderte er meinen Kuss genauso heftig und schlang die Arme so eng um meine Hüfte, wie seine Fesseln es zuließen. Als ich von ihm abließ, sah er immer noch verwirrt aus, aber viel, viel glücklicher.

»Wo sind wir? Was ist passiert?«

»Auf einem republikanischen Schlachtschiff«, antwortete ich und öffnete die Schließen an seinem Bett. »Du hast einen Kopfschuss abbekommen, dieses Mal allerdings nicht von mir, sondern von Caldswell. Er hat nicht richtig getroffen. Du lagst im Koma und bist gerade aufgewacht.«

Als ich alle Schließen geöffnet hatte, rieb Rupert sich erst einmal die Schläfen. »Meine letzte Erinnerung ist, wie ich dich in den Bomber geworfen habe. Hat es nicht funktioniert?«

»Und ob«, widersprach ich grinsend. »Abgesehen von deiner Schussverletzung und der Tatsache, dass wir beide womöglich den Rest unseres Lebens im Gefängnis verbringen werden, war es ein sensationeller Erfolg. Maat ist tot, die Lelgis haben die Flucht ergriffen, die Phantome sind auf dem Weg zu freundlicheren Gefilden, und die Töchter sind gerettet. Und am allerwichtigsten«, fügte ich hinzu und setzte mich auf die Matratze, »du bist am Leben.«

Ich wollte ihm zärtlich über die Wange streichen, kam aber nicht dazu, denn Rupert setzte sich ruckartig auf, presste mich an sich und vergrub das Gesicht in meiner Halsbeuge. Er sagte nichts und gab auch sonst kein Geräusch von sich, nur seine Schultern zitterten. Ich erwiderte die Umarmung und drückte ihn, bis meine Arme schmerzten. Ich schaffte es sogar, nicht zu weinen, aber nur knapp.

»Ich bin so glücklich, dass du noch lebst«, flüsterte er schließlich. »Du kannst dir gar nicht vorstellen, wie sehr.«

»O doch«, entgegnete ich, küsste ihn auf die Schulter und hob den Kopf. »Wenn du mir nur noch ein einziges

Mal einen solchen Schrecken einjagst, bringe ich dich eigenhändig um.«

Rupert starrte mich eine Weile wortlos an, dann zog er mich auf seinen Schoß und presste mich an die Brust. »Ich werde dich nie wieder allein lassen«, erklärte er feierlich. »Das schwöre ich.«

Ich kuschelte mich restlos glücklich an ihn, denn ich wusste, er meinte es ernst. Was auch immer von nun an geschah, wie tief wir auch in der Klemme saßen, wir waren zusammen. Im Moment war das für mich das einzig Wichtige im Universum, und wenn ich deshalb ein gefühlsduseliger Jammerlappen war, musste ich eben damit leben.

Wir ließen erst voneinander ab, als Hyrek dreißig Minuten später ins Zimmer kam und mich zurück in meinen Stuhl befahl, um Rupert allen möglichen Tests zu unterziehen. Er ertrug das Gestochere und Gepikse weit gelassener, als ich es an seiner Stelle getan hätte, aber die Tatsache, dass er wieder vollkommen gesund war, half ihm wahrscheinlich dabei. Schließlich fragte ich witzelnd, ob Symbionten nicht nur abgetrennte Gliedmaßen, sondern auch ein verdampftes Gehirn nachwachsen lassen konnten, was mir prompt einen ausgedehnten Vortrag über Symbionten-Physiologie vonseiten unseres zahmen Xith'cal einbrachte.

»Ein Ja oder Nein hätte genügt«, murrte ich, als er fertig war.

So, so, tippte Hyrek. *Aber dann hätten Sie nichts gelernt.*

Zwei Stunden später erklärte er Rupert für geheilt. Ich glaube, ich war noch mehr erleichtert als Rupert selbst. Ich hatte dieses Zimmer gründlich satt und wünschte mir nichts mehr, als Rupert mit in die überraschend hübsche Suite zu nehmen, die Caldswell mir gegeben hatte, und dort mit ihm eine Woche lang nur zu schlafen. Leider suchte Caldswell sich just diesen Moment aus, um hereinzuplatzen.

Und er war nicht einmal allein. Er hatte Mabel dabei, außerdem einen älteren Herrn, den ich noch nie gesehen hatte. Er trug eine enorm wichtig aussehende Sternenflottenuniform, wahrscheinlich ein Admiral oder noch etwas Höheres. Begleitet wurde er von einer Tochter, bei der es sich eindeutig nicht um Marielle handelte; ihr Haar war noch kürzer geschnitten, und ihr Blick war genauso kalt und tödlich wie der von Maat an ihren schlimmsten Tagen.

Ruperts Schultern verkrampften sofort, als die drei eintraten, nur sein Gesichtsausdruck blieb undurchdringlich wie immer.

Ich funkelte Caldswell an, etwas gegen diese unerträgliche Situation zu unternehmen, was er auch sogleich tat.

»Raus, Morris«, befahl er.

Ich wollte ihm gerade erklären, wo er sich diesen Befehl hinschieben konnte, da drückte Rupert sanft meine Hand. »Schon in Ordnung, Devi«, sagte er leise. »Geh dich ausruhen, ich komme später nach.«

Ich warf Rupert einen skeptischen Blick zu, aber so unheimlich der Sternenflottenoffizier auch aussah, er hatte eine Tochter dabei. Zusammen mit Rupert waren das schon zwei, die auf meiner Seite standen. Und falls der Offizier es gar nicht auf mich abgesehen hatte, sondern auf Rupert, ihn einsperren lassen wollte oder dergleichen, hätte er es längst getan. Außerdem hätten sie einer berüchtigten Ausbrecherin wie mir dann niemals gestattet, das Zimmer mit ihm zu teilen.

Damit ging es mir ein wenig besser, und obwohl ich mich nur äußerst ungern von Rupert trennte, nachdem ich ihn gerade erst zurückbekommen hatte, wollte ich mich nicht dazu herablassen, eine Szene zu machen. Trotzdem war ich mir nicht zu fein, ihm einen demonstrativ langen Abschiedskuss zu geben, nur um meine Absichten klarzustellen. Rupert grinste, als ich fertig war, und ich erwiderte das Grinsen, dann sprang ich vom Bett und machte mich auf den Weg zu meiner Kabine. Unterwegs warf ich Caldswell den tödlichsten aller Blicke zu, mit dem ich schon Söldner in voller Rüstung erfolgreich in die Flucht geschlagen hatte. Von ihm perlte der Blick ab wie ein Wassertropfen von einem frisch gefetteten Entengefieder.

Ich habe keine Ahnung, wen Caldswell vor die Tür gesetzt hatte, um mir die schicke Diplomatensuite auf der Steuerbordseite zu verschaffen. Sie war zwar klein – immerhin befand ich mich auf einem Kriegsschiff –, aber sie hatte ein richtiges Bett, ein eigenes Badezimmer und außerdem ein Fenster, das einen tollen Ausblick auf das brandneue Loch in der Außenhülle des Dunkelsterns bot. Hätte ich nicht genau gewusst, um welche Raumstation es sich handelte, ich hätte die von Reparaturscheinwerfern grell beleuchtete Installation niemals erkannt.

Beinahe alle Detektive, die während des Lelgis-Angriffs geflohen waren, hatten überlebt, wie Caldswell mir berichtet hatte. Er hatte sehr ernst gesprochen, als sollte mich die Nachricht berühren, aber das tat sie nicht. Für Symbionten war er zuständig, nicht ich. Ob sie tot waren oder irgendwo im All ihre eigene Kolonie gründeten, kümmerte mich einen Dreck, solange ich nur keinen davon je wiedersehen musste.

Eigentlich wollte ich mich von Rupert gleich im Anschluss aufklären lassen, was Caldswell nun vorhatte, aber abgesehen von einem einstündigen Nickerchen war ich schon seit beinahe dreißig Stunden wach. Mein Körper rebellierte. Nachdem ich mich geduscht und umgezogen hatte, schlief ich beinahe im Stehen ein. Ich hatte mich kaum auf mein Bett gesetzt, da kippte ich zur Seite und war sofort weg. Ich glaube nicht, dass ich mich auch nur ein einziges Mal bewegte, bis ich hörte, wie Rupert meinen Namen rief.

Als ich die Augen öffnete, war es wie ein Sprung zurück in der Zeit. Rupert saß auf meiner Bettkante und trug einen schwarzen Anzug genau wie auf der *Narr*. Der einzige Unterschied waren die kurz geschorenen, von der Dusche noch feuchten Haare und das Schimmern der Phantome, die immer noch in einem endlosen Strom durchs Schiff schwebten. Abgesehen davon hätte es auch die Kabine sein können, die ich mir mit Nova geteilt hatte, nur dass Rupert mich offen anlächelte und mir mit einer besitzergreifenden Vertrautheit, die mir weit besser gefiel, als ich für möglich gehalten hatte, eine Haarsträhne aus dem Gesicht strich.

»Und?«, fragte ich und kuschelte mich in seine Hand. »Wie lautet das Urteil?«

Rupert runzelte die Stirn. »Ich weiß es nicht genau. Im Moment sieht es so aus, als würden die Detektive aufgelöst. Es gab Überlegungen, sie als Leibwächter für die Töchter einzusetzen, aber die wollen nichts mehr von uns wissen.«

Das konnte ich gut nachvollziehen. Wer wollte schon seinen ehemaligen Gefängniswärter als Aufpasser? »Und was treiben die Töchter so?«

»Alles Mögliche«, antwortete er, lehnte sich mit dem Rücken gegen die Wand und legte die gestreckten Beine über meinen Schoß. Genauso hatten wir auch dagesessen, als wir vor einer Ewigkeit in meiner Kabine Karten spielten, nur dass er diesmal meine Beine streichelte, während er sprach, als könnte er nicht aufhören, mich zu berühren.

»Sie haben sich bereit erklärt, als Gegenleistung für gewisse Freiheiten mit der Republik und anderen Regierungen zusammenzuarbeiten. Natürlich können sie mit dem, was sie wissen und was sie sind, nie wieder in die Gesellschaft zurückkehren, aber sie sind mächtig und wertvoll genug, um die Bedingungen ihrer Sicherungsverwahrung selbst zu diktieren.« Er strahlte mich an. »Und sie haben eine Amnestie für dich gefordert.«

»Nett von ihnen«, sagte ich gähnend. »Aber ich lasse mich nicht einsperren, weder zu meinen noch zu sonst irgendjemandes Bedingungen.«

»Das hat Caldswell auch gesagt«, erwiderte Rupert mit einem Achselzucken. »Was dich betrifft, sind sie noch zu keiner Entscheidung gekommen.«

»Aber in deinem Fall«, las ich zwischen den Zeilen. »Und zwar?«

Rupert seufzte. »Ich werde wegen Befehlsverweigerung entlassen«, antwortete er ohne Umschweife.

»Ehrenhaft oder unehrenhaft?«

»Es ist schwer zu glauben, aber ein bisschen von beidem«, sagte er lachend. »Es wurde ein Kriegsgericht beantragt, aber Caldswell hat einen Deal ausgehandelt. Ich verliere alle meine Rechte und werde zum Sondergesandten des Wissenschaftsrats degradiert.«

Ich schürzte die Lippen. »Was macht man da?«

»Eigentlich gar nichts«, gestand er. »Der Posten dient lediglich dazu, mich im Auge zu behalten und vor allem nicht von meiner Geheimhaltungspflicht zu entbinden.

Offiziell befinde ich mich auf unbefristetem, unbezahltem Urlaub.«

»Und was hast du vor?« Was zum Teufel hatte Caldswell sich dabei gedacht? Rupert mochte ein Symbiont sein, trotzdem brauchte er etwas zu essen. Dass man einen Elitesoldaten und Geheimnisträger nicht einfach gehen lassen konnte, war klar, aber mit diesen Auflagen konnte Rupert sich nicht einmal eine neue Arbeit suchen. »Wovon willst du leben?«

Rupert warf mir ein trockenes Lächeln zu. »Nun ja, ich hatte dreiundvierzig Jahre lang einen gut bezahlten Regierungsjob und musste nicht einmal für meinen Lebensunterhalt aufkommen, insofern dürfte das kein Problem werden. Ehrlich gesagt klingt eine Auszeit sehr verlockend, vor allem, wenn ich sie gemeinsam mit dir nehmen kann.«

Seine Antwort ließ eine komplexe Mischung aus Gefühlen in mir aufsteigen. Auf der einen Seite hörte sich ein Urlaub mit Rupert himmlisch an. Auf der anderen sah es um meine Ersparnisse nicht gerade gut aus, und mich von Rupert aushalten zu lassen kam nicht infrage. Ich wusste, dass er sein Geld mit mir teilen würde, aber ich hatte schon immer selbst für mich gesorgt, außerdem *mochte* ich meine Arbeit. Für den Fall, dass ich jemals wieder hier rauskam, wollte ich mir einen Job suchen und auf meine nächste Rüstung sparen, mich vielleicht sogar wieder bei den Schwarzdrosseln bewerben, wenn Anthony meinen Ruf in der Zwischenzeit nicht allzu sehr beschädigt hatte. Ich dachte immer noch darüber nach, wie ich das Rupert am besten erklärte, da sah ich draußen im All ein Licht.

Ich erkannte es sofort als Sprungblitz. Einen ziemlich großen. Mein erster Gedanke war, dass es sich um ein weiteres terranisches Kriegsschiff handelte, doch als ich durchs Fenster schaute, wäre ich beinahe vom Bett gefallen.

Ein paradoxischer Schlachtkreuzer der Königsklasse schwebte direkt vor unserem Bug, und nicht nur irgendein Kreuzer, sondern ein golden schimmernder Palastgigant, an dessen Brücke das königliche Wappen prangte. Mir stockte der Atem.

»Rupert«, keuchte ich. »Das ist das Königsschiff.«

»Sieht ganz so aus«, kommentierte er mit einem Blick durchs Fenster. »Was die hier wohl wollen?«

Ich schaute ihn an, als hätte er den Verstand verloren. »*Das* Königsschiff«, stellte ich klar. »Von König Stephen persönlich.«

Noch während ich es sagte, merkte ich, dass das nicht sein konnte. Nur weil sein Schiff hier war, musste sich König Stephen noch lange nicht an Bord befinden. Er verließ nie den paradoxischen Raum. Niemals. Er war ein lebender Heiliger, der von Gott selbst gesalbte König. Selbst den Planeten Paradox verließ er nur, wenn es in den Marschen einen Notfall gab, der seine Anwesenheit unbedingt verlangte. Nie im Leben würde er sich dazu herablassen, terranischen Raum anzufliegen, in dem bis vor Kurzem noch Krieg geherrscht hatte. Allein der Gedanke war absurd.

Ich versuchte immer noch, mich zu beruhigen, da erschien eine Nachricht auf dem Com, das Caldswell mir gegeben hatte. Ich sollte mich sofort zum Steuerborddock begeben, lautete sie. Rupert wurde nicht erwähnt, aber ich glaubte nicht, dass ich ihn zum Hierbleiben bewegen konnte, selbst wenn ich wollte, was ich nicht tat. Stattdessen bedeutete ich ihm zu warten, während ich die besten Kleider heraussuchte, die der Schrank in meiner Suite zu bieten hatte, dann fuhren wir gemeinsam mit dem Aufzug nach unten. Mit jedem Meter, den wir zurücklegten, pochte mein Herz lauter.

Caldswell erwartete uns bereits. Er warf Rupert einen strengen Blick zu, sagte aber nichts, sondern begleitete uns wortlos zu dem Falttunnel, mit dem das Königsschiff angedockt hatte.

Als ich den Mund öffnete, um zu fragen, was los war, schüttelte er nur den Kopf. »Sie werden es gleich sehen. Beeilen Sie sich, wir haben wenig Zeit.«

Mit dieser reichlich kryptischen Aussage schob er mich und Rupert in den Tunnel, dann aktivierte er hinter uns den Zugangsschild. Wir waren eingesperrt. Eine Sekunde lang stand ich blinzelnd da, dann wirbelte ich herum und ging, halb stolpernd, halb laufend, auf die glänzende Luke am Ende des Tunnels zu.

Der Tunnel selbst unterschied sich praktisch nicht von terranischen Modellen, aber als wir den Kreuzer erreichten, betraten wir eine andere Welt. Die vergoldete Luftschleuse öffnete sich automatisch, dahinter nahmen uns zwei Devastoren in voller Rüstung in Empfang. Hätte Caldswell mir nicht eingeschärft, dass die Zeit drängte, ich hätte ihre Königsklasse-Rüstungen volle fünf Minuten lang mit hängendem Kiefer angestarrt. Aber ich wollte auf keinen Fall zu spät kommen, und noch viel weniger wollte ich mir die Gelegenheit vermasseln, auch noch einen Blick auf all den anderen königlichen Prunk zu werfen.

Ich wurde nicht enttäuscht. Im krassen Gegensatz zu den nüchtern-zweckorientierten republikanischen Kriegsschiffen war der Kreuzer dafür entworfen, einen Betrachter auf jeder Ebene zu beeindrucken. Das Schiff war außerdem auf Rüstungen ausgelegt, also riesig, und gleichzeitig luxuriös bis zum Anschlag. Die Wände waren nicht mit Metall oder Kunststoff verkleidet, sondern mit echtem Holz, die Böden waren entweder mit dicken Teppichen oder poliertem, golden gesprenkeltem Marmor ausgelegt. Wie viel so etwas kosten musste, konnte ich mir nicht einmal vorstellen, aber wenn es jemanden gab, der das Beste vom Besten verdiente, dann wohl der König.

Und es war tatsächlich König Stephens Schiff. Alles von den Türen bis zu den Deckenlampen strotzte nur so von blaublütigem Prunk. Selbst die weitläufigen Korridore mit ihren hohen Decken, Balkonen, Ziergärten, Fischteichen und Brunnen sahen weit mehr nach Palast aus als nach einem Kriegsschiff. Ein noch gewichtigerer Beleg dafür, mit welch hochgestellter Persönlichkeit wir es zu tun hatten, war die Tatsache, dass *jeder* an Bord Rüstung trug, sogar die Diener. Nicht einmal ein Herzog wurde so gut beschützt, ob er sich nun auf terranischem Gebiet aufhielt oder nicht, sondern nur die Königsfamilie.

Nachdem die eisern schweigenden Devastoren uns auf die oberste Ebene gebracht hatten, war ich sicher, gleich einem Mitglied des Königshauses gegenüberzustehen. Dem Prinzen vielleicht oder seiner Schwester. Wer auch immer es sein mochte, ich war so nervös, dass ich nicht wusste, ob ich auch nur einen einzigen sinnvollen Satz herausbringen würde. Rupert hingegen wirkte vollkommen gefasst und überhaupt nicht so beeindruckt, wie er es sein sollte. Zu seiner Verteidigung muss ich allerdings sagen, dass er Terraner ist. Die haben einfach keinen Sinn für wahre Größe.

Unsere Reise endete auf einem wunderschönen Beobachtungsdeck oberhalb des Schiffs. Durch die Glasdecke hätte man eigentlich unzählige Sterne sehen müssen, aber der nicht abreißen wollende Strom von Phantomen überstrahlte sie gnadenlos. Der Raum war mindestens genauso groß wie das Frachtdeck der *Narr* und wurde von großen, leuchtenden Kristallen sanft erhellt. Die hatte ich schon immer toll gefunden, aber selbst die kleinen waren immer zu teuer für mich gewesen, vor allem weil sie nur eine Woche lang strahlten und dann verloschen. Bei dem Gedanken, wie viel es kosten musste, ein ganzes Zimmer damit zu beleuchten, wurde mir regelrecht schwindlig. Ich überlegte gerade, wie viele Rüstungen ich mir für das Geld kaufen könnte, da hörte ich, wie sich zischend eine Tür öffnete.

Nervös blickte ich auf und erwartete, einen Sekretär des Königshauses oder vielleicht eine weitere Eskorte zu sehen, die die Devastoren ersetzte, die auf dem Korridor zurückgeblieben waren. Was ich tatsächlich sah, war ein Trupp Soldaten in golden schimmernden Verdemont-Sonderanfertigungen mit dem königlichen Wappen auf dem Harnisch. König Stephens Leibwache. In ihrer Mitte stand in einer über zwei Meter großen Rüstung ein Mann, dessen Gesicht ich schon so oft gesehen hatte, dass ich ihn jetzt, da ich ihm leibhaftig gegenüberstand, im ersten Moment gar nicht erkannte. Als es so weit war, warf ich mich zu Boden und presste die Stirn auf die glänzenden Marmorfliesen, denn vor mir stand der König höchstpersönlich. Ich hatte keine Ahnung, ob das nun bedeutete, dass ich so gut wie tot war, oder ob ich mich unendlich glücklich schätzen sollte.

»Rupert!«, fauchte ich seine Füße an, die ich nur sehen konnte, weil er keine Ahnung hatte, wie man sich vor einem lebenden Heiligen zu benehmen hat. »*Knie dich hin!*«

»Warum?«, fragte er. »Er ist dein König, nicht meiner.«

Ich verdrehte die Augen Richtung Himmel und wartete auf den Blitz, der jeden Moment einschlagen musste. Aber bevor ich meinen König um Gnade anflehen konnte, dröhnte ein tiefes, rollendes Lachen durch den Raum.

»Schon gut, Deviana Morris«, sagte eine Stimme. »Wir verschwenden unsere Zeit nicht mehr damit, uns durch terranische Arroganz beleidigen zu lassen.«

Ich kannte König Stephens heilige Stimme seit meiner Kindheit. Als sie *meinen* Namen aussprach, fiel ich beinahe in Ohnmacht – ob aus Angst oder vor religiöser Ehrfurcht, wusste ich nicht, denn König Stephen sprach sogleich weiter.

»Steh auf, Kind. Lass dich ansehen.«

Ich kam wie vom Katapult geschossen wieder hoch. Dass ich dem König je so nahe sein würde, hätte ich mir nie träumen lassen, und ich wollte es eigentlich auch gar nicht. Stephen war Gottes fleischgewordener Wille und genauso gerecht wie grausam. Wer auch nur einen Funken Verstand hatte, wollte lieber nichts mit ihm zu tun haben.

Während er mich mit aller Eindringlichkeit musterte, hielt ich mich mucksmäuschenstill und betete stumm zu meinem König, dass ihm gefallen möge, was auch immer er sah. Erst nach einer Weile wurde mir bewusst, wie sinnlos mein Gebet war, da Stephen ja direkt vor mir stand.

Auf die kurze Entfernung fiel mir unwillkürlich auf, wie alt er aussah. Ich hatte ihn nie für attraktiv gehalten – in solchen Kategorien dachte man einfach nicht von seinem König –, aber aus der Nähe waren die eingesunkenen Wangen, die seinen markanten Kiefer und das spitze Kinn noch stärker hervortreten ließen, einfach nicht zu übersehen. Er wirke regelrecht abgemagert, beinahe krank, auch wenn allein der Gedanke Blasphemie war. Andererseits ging Stephen jetzt auf die fünfundsechzig zu, und keiner seiner Vorgänger war älter als siebzig geworden. Nur seine Augen waren genauso stechend blau und kristallklar, wie sie immer auf den Bildschirmen ausgesehen hatten.

Das machte mir am meisten Angst. Ich bin eine treu ergebene Untertanin, aber ich hatte mich schon immer gefragt, ob dieses unheimliche Leuchten nicht irgendwie elektronisch hinzugefügt wurde, als kleine Glaubensstütze sozusagen. Jetzt sah ich mit eigenen Augen, dass es kein Trick war. Stephens Augen strahlten wie elektrische Glühwürmchen aus seinem Helm hervor, und obwohl ich mich zwang, keinen Millimeter zurückzuweichen, zitterte ich innerlich vor heiliger Ehrfurcht.

»Du bist jünger, als wir gedacht hatten«, sagte der König schließlich ein wenig enttäuscht. »Doch Caldswell lobt dich in den höchsten Tönen. Er hat uns von deinen Taten und dem Dienst, den du der Krone erwiesen hast, berichtet, bevor er dich wieder unserer Obhut überantwortete.«

Ich schluckte. Als Caldswell sagte, er hätte meinen Fall nach oben weitergereicht, war mir nicht klar gewesen, wie weit.

»Was haben Sie mit ihr vor?«

Ich zuckte zusammen und warf Rupert einen flehenden Blick zu. Man sprach einen Adligen *niemals* von sich aus an, sondern nur, wenn man explizit dazu aufgefordert wurde. Schon gleich gar nicht den König. Wenn Stephen das als Beleidigung auffasste, konnten wir dafür hängen. Doch falls er sich von Rupert auf den Schlips getreten fühlte, ließ er es sich nicht anmerken.

Stattdessen sagte er: »Das hängt von der jungen Morris

ab, ehemaliger Detektiv Charkow. Nach all den Geschichten, die wir gehört haben, beschlossen wir, selbst herzukommen, um dieses einzigartige Naturphänomen mit eigenen Augen zu sehen.«

Dann hob er den Blick und schaute durch die Glaskuppel hinaus ins All. Ich tat das Gleiche und überlegte, was Stephen gemeint haben könnte, sah aber nur Phantome. Inzwischen waren es noch mehr geworden, wie Pusteblumensamen trieben sie über das Beobachtungsdeck und schwebten durch die Leibwache und Rupert hindurch, aber nicht durch König Stephen.

Das ließ mich stutzen. Phantome gingen durch jede Art von Materie, außer durch die Töchter und mich. Daran hatte ich mich so sehr gewöhnt, dass ich ihnen keinerlei Beachtung mehr geschenkt hatte, vor allem nicht in Gegenwart meines Königs. Jetzt fragte ich mich allerdings, wie es mir hatte entgehen können. Sie krabbelten ganz verliebt auf Stephen herum und kuschelten sich an ihn, bis er wie unter einer Lichtkuppel erstrahlte. Das war ein angemessen göttlicher Anblick, aber ich verstand den Grund nicht. Ich überlegte immer noch, da wandte Stephen sich wieder mir zu.

Von diesen blauen Augen durchleuchtet zu werden ist ein grauenvolles Gefühl. Als der König die Hand hob, war ich sicher, dass er mich wie eine Fliege zerquetschen würde. Aber er tat es nicht. Stattdessen drehte er die Handfläche nach oben, und die Phantome setzten sich darauf wie Vögelchen bei der Fütterung. Sie streichelten seine Hand sogar mit ihren Fühlern.

Als Stephen meinen Blick bemerkte, ließ er die Hand sinken. Die Phantome flogen auf, und ein Lächeln breitete sich über sein hageres Gesicht aus.

»Du hast Paradox einen großen Dienst erwiesen«, sagte er mit donnernder Stimme. »Du hast jenen die Tür geöffnet, die festsaßen, und damit nicht nur unser heiliges Königreich sicherer gemacht, sondern uns auch von der Notwendigkeit befreit, die Einmischung der Detektive zu dulden.«

Er zog die Mundwinkel nach oben und freute sich königlich über seine kleine Stichelei, dann streckte er wieder die Hand aus, aber nicht wegen der Phantome, sondern um sich von einem Diener ein Schwert mit verziertem Griff reichen zu lassen. Er ließ die rasiermesserscharfe Klinge gekonnt durch die Luft sausen und richtete die Spitze auf mich.

»Deine Taten gereichen dir zur Ehre«, verkündete er in zeremoniellem Tonfall. »Als Dank für deine Verdienste an der Krone gewähren wir dir in unserer Großmut eine Belohnung deiner Wahl. Sprich, und es wird sein.«

Ich schwankte wie vom Donner gerührt. Ein Geschenk vom König. Das konnte *alles* sein: Reichtum, Macht, sogar ein Adelstitel. Stephen würde mir jede Bitte erfüllen, doch als ich in Gedanken die verschiedenen Möglichkeiten durchging, verspürte ich nur einen einzigen aufrichtigen Wunsch.

»Euer Majestät«, begann ich und versuchte, das Zittern in meiner Stimme zu unterdrücken, »ich bitte Euch, mich zur Devastorin zu ernennen.«

Stephen runzelte die Stirn. »Bist du sicher, junge Morris? Devastoren sind tapfer, aber sie sind Bürgerliche. Wenn es dein Wunsch ist, sind wir bereit, dir ein Lehen in den Marschen zu gewähren.«

Mit einem Lehen würde ich in den Hochadel aufsteigen, eine Ehre, die einer gewöhnlichen Sterblichen wie mir so gut wie nie zuteilwurde. Ich hatte keine Ahnung, welche von meinen Taten mich in der Achtung des Königs so hoch hatte steigen lassen, aber ich war so oder so nicht in Versuchung. So wichtig mich ein Adelstitel auch machen würde, für mich klang das zu sehr nach einem Leben hinter dem Schreibtisch, und was meine Karriere betraf, hatte ich immer nur ein einziges Ziel gehabt. Jetzt, da es in unmittelbarer Reichweite war, würde mich nichts mehr davon abbringen. »Bei allem gebührenden Respekt und trotz meiner unendlichen Dankbarkeit, Euer Hoheit, ich möchte Devastorin werden.«

Ich war sicher, zumindest die Anrede verbockt zu haben, aber Stephen zuckte nur die Achseln. »So sei es. Das Einfachste wäre, dich zum Ritter zu schlagen, was wir mit großer Freude tun würden. Wenn das dein Wunsch ist, junge Morris, dann tritt vor und schwöre mir lebenslange Treue.«

Ich schnappte nach Luft. Zum Ritter geschlagen zu werden war ein alberner Kindertraum. Söldnern wie mir passierte so etwas nicht. Trotzdem wachte ich nicht auf, als ich vortrat und vor meinem König niederkniete. Auch der Druck der höllisch scharfen Klinge auf meiner Schulter war echt, als Stephen die altehrwürdigen Worte sprach. Sogar als ich die entsprechenden Antworten gab, war ich einigermaßen sicher, dass all dies wirklich geschah. Zu diesem Zeitpunkt nahm ich meine Außenwelt allerdings nur noch verschwommen wahr, doch musste ich es einigermaßen hingekriegt haben, denn als ich mich wieder erhob, legte Stephen mir die Hand – seine *eigene*, heilige Hand – auf die Schulter.

»Sir Morris«, verkündete er mit einem Lächeln. »Du wirst nun zu Caldswell gehen und ihm sagen, dass du nicht länger ihm gehörst. Wir sehen uns in Kingston, Ritter, wo alle unsere Untertanen von deinen Taten erfahren sollen.«

Ich fühlte mich, als müsste ich sterben vor Glück, vielleicht lag es aber auch nur am Schock. Ich erinnere mich noch vage daran, wie ich mich vor dem König verneigte und dann aus dem Raum stolperte. Hätte Rupert mich nicht am Arm gehalten, wäre ich wahrscheinlich der Länge nach hingeschlagen.

Trotzdem vergaß ich nicht, mich vor der Tür noch ein letztes Mal umzudrehen, schließlich begegnete man einem lebenden Heiligen nicht alle Tage, doch Stephen beachtete mich gar nicht mehr. Er stand unter der Glaskuppel und schaute den Myriaden von Phantomen zu, die sich wie eine Flut aus unserem Universum ergossen. Das Schimmern seiner blauen Augen tauchte die Phantome in ein unheimliches Licht, dann schloss sich die Tür hinter mir.

Die volle Tragweite dessen, was soeben passiert war, begriff ich erst, als wir die Andockröhre erreichten. Dann allerdings musste ich mich mit aller Macht zusammenreißen, nicht jubelnd herumzuhüpfen wie ein Känguru. Immerhin war ich jetzt ein Ritter, und Ritter hatten sich anständig zu benehmen. Es gelang mir zwar, mich nicht vollkommen bescheuert aufzuführen, aber ich konnte einfach nicht anders, als Rupert am Arm zu zupfen und so lange vor mich hin zu singen: »Ich bin ein Ritter, ich bin ein Ritter, ich bin ein Ritter …«, bis mir die Stimme versagte.

»Ja, bist du«, sagte er nachsichtig und küsste mich auf den Scheitel. »Du hast es geschafft. Ich bin stolz auf dich.«

Trotz des warmen Untertons in seiner Stimme fiel mir

auf, dass Rupert sich nicht ganz so sehr freute wie ich. Der Gerechtigkeit halber muss ich hinzufügen, dass wohl niemand so glücklich sein konnte wie ich in diesem Moment, aber ein bisschen mehr Begeisterung hätte ich mir schon gewünscht.

Zu meiner großen Überraschung war ausgerechnet Caldswell außer sich, als er die Neuigkeiten erfuhr. Er beglückwünschte mich aufrichtig und schlug mir herzhaft auf die Schulter – als hätten wir nicht erst vor einer Woche versucht, uns gegenseitig umzubringen. Das Leben ohne Maat schien ihm gutzutun. Er sah zehn Jahre jünger aus, und als er verkündete, sich zur Ruhe setzen zu wollen, konnte ich es nicht recht glauben.

»Wir werden nicht mehr gebraucht«, erklärte er strahlend. »Die Töchter werden in andere Programme überführt, und mit uns wollen sie sowieso nichts mehr zu tun haben. Maat ist nicht mehr da, die Phantome auch nicht, es gibt nichts mehr für mich zu tun.«

»Irgendwas muss es doch geben«, widersprach ich.

Caldswell zuckte nur die Achseln. »Nichts, was mich interessieren würde. Ich denke, ich habe meinen Beitrag geleistet und eine Auszeit von der Plackerei verdient. Vielleicht besorge ich mir ein neues Schiff und versuche mich ernsthaft als Händler.«

Ich schnitt eine Grimasse. »Nun ja, solange Sie dabei kein Geld verdienen müssen, könnte es vielleicht sogar klappen.«

Caldswells schallendes Gelächter war ein weiterer Beweis für seine erstaunlich gute Laune. Er winkte uns zum Abschied, dann schlenderte er pfeifend davon. Er war vielleicht zehn Meter weit weg, da tauchte plötzlich Mabel auf und schloss sich ihm an. Ich hatte sie gar nicht kommen sehen, was mich eigentlich beunruhigen sollte, da drehte sie sich unvermittelt um und hielt beide Daumen hoch. Anscheinend hatte auch sie mir verziehen.

Kopfschüttelnd schaute ich den beiden hinterher. Vor ein paar Tagen waren sie noch rücksichtslose, blutrünstige Killer gewesen, und jetzt waren sie meine besten Freunde. Detektive waren mindestens genauso verrückt wie Söldner.

»Was hast du jetzt vor?«, fragte ich Rupert auf dem Weg zu meiner Suite. »Du bist frei.«

»Ich weiß nicht. Ich kenne nichts anderes als das Detektivleben.«

Ich zuckte die Achseln. »Warum begleitest du mich dann nicht?«

Er blieb wie angewurzelt stehen und schaute mich mit offenem Mund an. »Aber du wurdest gerade zum Ritter geschlagen ...«

»Na und? Das bedeutet nur, dass ich mich ab jetzt die ganze Zeit in Kingston aufhalten werde. Die Devastoren gehören zum Heimatschutz. Das ist weniger anstrengend als das Söldnerdasein, weil man abends nach Hause gehen kann, statt die knappe Freizeit irgendwo fernab der Heimat verbringen zu müssen.«

Rupert räusperte sich. Seine Miene blieb undurchdringlich, aber ich kannte ihn zu gut, um mich davon täuschen zu lassen. Ich wusste, wie wichtig die nächsten Worte für ihn waren. »Bist du sicher, dass du mich mitnehmen willst? Du hast immer davon geträumt, Devastorin zu werden. Ich möchte dir nicht im Weg stehen.«

Ich boxte ihn mit aller Kraft in den Arm. »Natürlich will ich!«, rief ich und machte ein finsteres Gesicht, damit meine plötzlich roten Wangen nicht so auffielen. »Hast du mir nicht zugehört? Ich liebe dich. Außerdem bist du derjenige, der immer sagt, wie sehr er sich eine Zukunft wünscht. Ich möchte dich immer dabeihaben, denn ohne dich wäre sie ziemlich öde.«

Rupert schaute mich lange an, dann ließ er endlich seine Maske fallen und umarmte mich so fest, dass es mir die Luft aus den Lungen presste. »Tut mir leid«, flüsterte er, nachdem er mich wieder losgelassen hatte. »Ich bin nur …« Er verstummte mit einem jungenhaften Grinsen, das immer breiter wurde. »Ich bin nur gerade sehr, sehr glücklich.«

»Gut so«, sagte ich. »Solltest du auch. Immer.«

Er schlang mir einen Arm um die Hüfte. »Solange du bei mir bist, kein Problem.«

»Als ob ich dich jemals fortgehen ließe«, erwiderte ich und legte ihm ebenfalls den Arm um. Dann gingen wir gemeinsam über die nüchternen Korridore unserer ruhmreichen und, mit ein bisschen Glück, ausnehmend glücklichen Zukunft entgegen.

Danksagung

Wie immer wäre all das ohne den unermüdlichen Einsatz der Leute hinter den Kulissen von Orbit Books nicht möglich gewesen. Danke für eure hervorragende Arbeit.